猎灵手记

余人独唱寂寞 著

浙江工商大学出版社

图书在版编目(CIP)数据

猎灵手记 / 余人,独唱寂寞著. —杭州 ：浙江工商大学出版社，2017.1

ISBN 978-7-5178-1906-6

Ⅰ.①猎… Ⅱ.①独… Ⅲ.①长篇小说—中国—当代 Ⅳ.①I247.5

中国版本图书馆 CIP 数据核字(2016)第 265997 号

猎灵手记

余　人　独唱寂寞　著

出 品 人　鲍观明　汪海英　张　潇
策划编辑　胡珊珊　潘冰豪
责任编辑　沈　娴
责任校对　何小玲
封面设计　叶泽雯
封面插图　郑思佳
责任印制　包建辉
出版发行　浙江工商大学出版社
(杭州市教工路 198 号　邮政编码 310012)
(E-mail：zjgsupress@163.com)
(网址：http://www.zjgsupress.com)
电话：0571-88904980,88831806(传真)
排　　版　杭州朝曦图文设计有限公司
印　　刷　浙江云广印业股份有限公司
开　　本　710mm×1000mm　1/16
印　　张　23.5
字　　数　434 千
版 印 次　2017 年 1 月第 1 版　2017 年 1 月第 1 次印刷
书　　号　ISBN 978-7-5178-1906-6
定　　价　42.00 元

浙江工商大学出版社营销部邮购电话　0571-889049701

目录

Contents

第一章　离若

我每天晚上都在外游荡，目的只有一个，那就是寻找一只叫离若的灵。可是已经过了两年了，依然一无所获。

我第一次见离若，时间是八年前。

我站在四楼的窗户旁望着楼下交错纵横的马路，原本每天都是繁华场景的道路，这次却异常奇怪，路上既没有老师，也没有学生，四周空荡荡的，甚至连声音都消失了，仿佛一座静谧而诡异的空城。

天空有些暗淡，楼与楼之间有些薄雾，让人感觉缥缈而有些恍惚。

这不是梦境，而是我亲眼所见的真实场景。

在这样的景况之下，我的视野中只有一个女子的身影，在十字街头来回穿梭。

她穿黑色的连衣裙，长长的发飘着，手中提着一个黑色的布袋。我可以肯定她迷失在了这个地方。因为她总是在红灯处停下来朝四周张望，然后自以为正确地选择一条道走，可要不了多久，她又会回到那个地点，那个红绿灯闪烁的路口。

我感觉自己在观看一只走迷宫的小白鼠，看着她的彷徨和不知所措。

我突然想笑，杯子在我手中颤抖着，水溢出来些。我想我此刻跟神一样吧，既不想上去帮一把，也不想知道她到底在干什么，而只是平静地望着，像看一个笑话。

待我意识到自己的麻木不仁时，那个女子的身影已经不在那个街口了。

我终于还是忍不住走下楼去，想要看看那个女子到底为何被囚。

我承认自己在某些时候太过好奇，又在某些时候太过心软。尽管我知道人的世界和某些世界是不相同的，就如奇峰跟我说过的一样，“即使你发现了另一个世界，你也最好装作一无所知，与其擦肩而过，避免麻烦”。

然而很多次，我都觉得人的世界太过单调了，在有机会与其他世界接触的时候，我都假装不经意地靠近。

我不知道那个女子是灵或是某种特别的东西，但我知道她闯入了一个事先就布置好的法术结界。

我走下的是我大学时期的教学楼，而那个女人，便是离若。

走下楼的我却被突如其来的喧嚣弄得措手不及，以往繁华的学校如今依然繁华。

难道先前只是我的错觉？

我开始左顾右盼，寻找先前见到的那个女子，尘土飞扬中，我却再也找不到她了。

竟只是惊鸿一瞥，我有些无奈地摆摆头，转身回到了校内。

我自认为是个浪漫的人，我相信某一次邂逅会产生些别有深意的故事，然而我又是生性木讷的，对人的生疏感让我和每个人都保持着距离。我期待着有某些特殊的存在可以让我不似与人打交道那般无助。

所以可以想见，当我以为是一个机会，而现实却给予我沉重一击的时候，那种尴尬和落寞的心情是无以言表的。

在人前，我只是个小屁孩子，平凡到随意丢在人群之中就无法找寻出来，但一直以来，我觉得自己的存在是独特的，至少在某些东西面前，我可以自傲到背手俯视。

我一次又一次地重复模拟一个画面，带着微笑、胸有成竹地望着别人，眼神中无比挑衅和雀跃地说："嚯，你是灵吧？"

那将是件多么惬意的事，只是那样的画面还没有机会实现。

从那之后，我开始习惯在特定的时间看楼下，关注那盏红绿灯，却再也无法看到那个女子。她就仿佛只是为了挑逗我一样，将一块五彩的石头放在我眼前晃一下，然后紧紧地握住再也不让我看，死死牵住我的心。

事情往往就是这样，仿佛你遗漏在房间的某样物品，想找的时候怎么也找不到，不想再找时，它却自己滚了出来。

只是这次，是人，或者说是类似人的某样东西，那个穿白裙的女子。

我斜背着挎包，双手插在裤子的口袋中，漫不经心地准备横穿马路，抬起头时，那个女子站在斑马线的对面，她张望着四处寻找出口，一如既往。

周围的人群犹如浓墨入水般淡去，空气乃至一切都开始模糊不清，万物沉寂。

我的心跳加速，嘴角却莫名其妙地现出一丝笑意，脚步开始向着对面的方向迈出。

她很像一个人，从头到脚，从发丝到如玉的皮肤，我甚至闻到一丝淡淡的香味，那种安宁而让人平静的香味，我想那大概不属于任何一种香水所散发出来的味道，而是她天生就有的。

她的眼神迷茫中带有些无知，犹如一个失忆的人，而她的唇，有着细腻的纹路，水润丰盈。她看上去比我大，二十来岁，身材苗条。

我所知的一切告诉我，她是个灵，然而我排演多遍的话却怎么也说不出口。

我痴傻地站在她的面前，喉咙哽咽着，失去了说话的能力。我就只想静静地看着，一直一直，我甚至不记得，在灵的面前，我该保持人的高贵仪态。

奇峰说，我之所以能感觉到灵气是因为我中了雪女的诅咒，红莲虽然平衡了雪女诅咒的危害，但只要有其他灵气存在，红莲就会无法再克制，诅咒所表现出来的疼痛和其他反应就会突现。

归根结底，我是该远离灵的，否则就是自讨苦吃。

我终于还是忍不住伸出手去触摸，那一刻，我单纯地想感觉一下灵气的冲击。

一只可以幻化成人的灵所带的灵气，应该能让我非常疼痛吧？

我的手鬼使神差地托住了她的下巴。她没有反抗，只是望着我，也不说话。

我僵住了，一切的美好轰然坍塌。

因为，这个我以为是灵的女子，身上没有丝毫灵气。

而对一个人类做出如此的行为，从道德和法律上来说，都是不被允许的……

那天，大学教学楼下，一个怀疑自己患了幻想症的十八岁的少年托着一个看似二十岁实际上不知道多少岁的女子的下巴，尴尬地凝望着她，没人打扰。

多少年来，我都拒绝回忆那个场景。

自从那天街头的尴尬邂逅之后，那个白裙的女子就开始跟在我的身后，仿佛鬼魅一般，无论我如何金蝉脱壳，她都能找得到，到最后，连我住的地方都被她找到了。

离开家乡到城市里读大学之后，不能忍受集体宿舍的我自己在外租了间小阁楼。屋子不大，在江边，很安静，而且清晨和晚上都会有带着水汽的风从江面吹来。

房东有两个女儿，是双胞胎，刚上小学三年级，我给她们补习功课，而我因此得到了免费住宿的权利。

房东就住在楼下，每晚补习完之后，我会上楼睡。

“如果在我的家乡，随意调戏一个女孩子一定得负上点责任，这是毋庸置疑的。但我是受过高等教育的，不管你怎么想，我绝对不会为了一次失误而担负莫须有的罪责，而且，你是成年人，想得应该比我清楚，所以……你可不可以不要再跟着我？”我觉得自己真的是错得太离谱了，不仅弄错了类别，还惹了一个大麻烦。

在住处楼下的门口，我再一次跟她说了这些话。

她不回答，只是背靠着墙壁扑闪着眼睛，脚后跟不时地踢墙。我已经有些无法忍受了。

其实身后跟着个美丽的女子，很多人求之不得。可是，上课的时候，她在楼下站着；走路的时候，她在后面跟着；我上楼睡觉了，她就在楼下路口等着。

这就是她的难缠之处。

事情太过离谱就很难让人接受了，更重要的是我也不觉得自己有什么地方能让人如此着迷。

“我听说刚出生的小鸡小鸭之类，会跟上它所见的第一个会动的动物或是器具什么的，把它当妈妈。你该不会也有这样的情结吧?”我疑问道，话语中夹杂了太多不爽。

老实说，看她似乎有些智力低下。如果真是失忆症患者，有这样的行为也不足为奇。

她没说话。

我只能彻底无语。

世界上最难对付的不是口若悬河、夸夸其谈的辩士，而是木讷不开口，一棍子下去也不出声的闷葫芦。

不出声，别人就永远弄不清楚你需要什么。

我怀疑，她是个哑巴。

我索性也不走了，坐在道旁的石头上，叹气地望着她。

“那……”她突然说了一个字，也许是一个音节。她指了一下远处，从未有过表情的脸上闪过一丝笑，异常抽搐的笑，很恐怖。

我很高兴，因为她终于开始表达什么。我顺着她的手指看过去，远处有架打棉花糖的小车，周围几个小孩在欢快地吃。“要糖?”

她走过去，伸手直接在那车上抓了一把，将整团糖云全部抓在手中。我一阵尴尬，还未待那小贩喊，连忙把钱递上去。

我实在无法忍受一个二十多岁的女人像一个小孩子一样，吃个糖弄得头发、脸上到处都是。

“该这样吃，我教你。”我几乎是有些霸道地抢过糖棒，用手抓了一缕，送到自己嘴边。却突然见她张着嘴，手指着糖“咿呀啊”地说着，敢情是要我喂。

我能不喂吗?

“现在的小孩啊……”戴着眼镜的大叔大妈摇头从我身边走过去，指指点点。

而嘴里含着棉花糖的她却眯着双眼，若无其事地享受。

这时候的我，第一次发现她笑得真正自然起来。

第一次指挥我得逞之后，她开始变本加厉，也不像以前那般含蓄了，直接跟着我进了家门。

我刚打开门她就直接扑了进去，然后指指头又指指某洗发水的海报。

洗头！

洗头也要我帮忙？

“我家傻姐姐，呵……呵呵……”房东太太刚好上来有事，还不待她问，我赶紧主动解释。

除了棉花糖和液体的糖之外，她竟不能吃任何其他东西，饭菜刚刚入口就会呕吐。

她很少吃东西。大多时候，她都在模仿我，我笑她也笑，我叹气她也叹气，刷牙的时候弄得满嘴泡沫，读书的时候把书拿反，还一副煞有介事的样子。

我失去了我的床。

她就如流水入沙床，融入了我的生命，以至于我都没弄清怎么回事。

如果把她当作一个一无所知的学童，会发现她学东西很快，语言、行为，甚至文字。

“在远古的时候，灵纵横，庇护民众的意念成了强大的神般存在，所以很多城市都会有守护神，那些闯入城市的灵会被强大的神力攻击，神骸俱散。纵使有一些保全下来，也会被结界囚禁，永远无法突围。”告诉了我名字的离若盘坐在窗台上，迎着窗外的江风。

“还有这一说？”我笑笑，削着手中的苹果。苹果榨汁，她还是能喝的。

“我就是其中的一只啊！”离若回过头望向我，瞳孔突然变幻，闪过些碧绿的光，犹如一只猛兽。

“我知道。”我平静地榨汁，然后递给她。

灵这类事物，对我来说稀松平常。

“但你知道吗，每个人、每只灵，凡是有意念的一切，其实都是有守护神的。”离若见我没有丝毫吃惊，有些不甘地嘟了嘟嘴，继续说着，“因为活着的都很脆弱，没有守护神，很多东西都很难继续生存下去，你，应该就是我的守护神吧！”

“也许相互守护也说不定呢。”我伸手抚上她的面容，即使是在瞳变的状态下，我依然无法感觉到她的灵气。

这个世界，总有些东西是为了某人而特别存在的吧。

就这样，我们在一起，生活了六年。

两年前的冬天，圣诞节，是我最不愿意回忆的日子。

那一天比往常寒冷很多，窗外下了很大的雪。

门一打开，我就忍不住哆嗦起来。

离若替我系好围巾，握住我的手，连她自己的手，一起塞进我的大衣口袋。

她的手永远都很温暖，可我还是畏缩，又退回屋内，掩上房门。

“我不想出门。”我对离若哀求道。

雪女所到之处，茫茫大雪，而雪这样事物，犹如我的噩梦。

“可今天是圣诞节，你答应陪我看电影的。”离若嘟着嘴。

我最怕她撒娇，一撒娇，我就可以为她去做任何事情，于是我深深地吸一口气，再一次拉开了房门。

那架势仿佛不是要出门，而是去送死。

离若了解我胜过我自己，所以掩嘴偷笑。

出租车行驶得很缓慢，窗外的雪花开始飞舞。我颤抖着缩在离若怀里，捂着右眼，忍受着肉体和骨骼的双重折磨。

是的，疼痛，以及压抑的气氛，就如我任何一次触碰灵。

雪花便是雪女的灵法。她们使用着最浪漫的灵法，让小孩、恋人充满了喜悦。

却让我独自承受苦痛。

如果不是离若，我几乎要破窗而出，擒杀这该死的雪女。

我已经不记得那是几岁，但我记得那是一个寒冷的冬季，雪绵绵不绝地下着，仿佛要将整个世界淹没。

我待在屋子里，裹着厚厚的被子，烤着火炉。

父母都不在家，偌大的屋子就只有我一个。他们很忙，又怕我一个人在外出事，一再叮嘱我不要出门。

我害怕父亲的严厉，所以总是照做。

小孩子也许不懂得寂寞这个词，但孤独却是能够感受得到的。我透过窗户看着外面嬉戏打闹的小孩子，看着他们将手中的雪球扔来扔去，他们兴奋异常。

苏雅就在那时候趴在了我面前的窗户上，哈着热气，盯着我笑，眼神明亮，犹如一潭清水。

她推开我家的门，仿佛与我熟识了很久。她叫我哥哥，然后拿出糖果，陪我玩游戏。

我笑得很开心，我一直觉得那个冬季是我至今为止最开心的冬季。因为有人陪着我，而她似乎并不在乎只有我在身边。

一个星期后，大雪停歇，厚厚的积雪覆盖地面。

那天她没有来，我在窗口看到她和另外一个小女孩在一起。我看着她们躲在一棵大树后面，那个小女孩伸手挽出个奇怪的手势，她们的头顶上就开始飘落雪花。

这似乎是她们的秘密，而我一直掩藏门后，看着这一切。我并没惊讶那个小女孩是如何做到可以变出雪花的，只是心怀嫉妒，恨她抢走了我的朋友。

唯一的朋友。

有一天，我看到那个小女孩从院子外面慌张地跑进来，四周张望一下之后，变成一个巨大的雪人立在院子里。随后，一个年轻的男子闯了进来，四处张望，仿佛正在寻觅什么。

“叔叔，你在找人?”那个冬天我第一次走出门，我猜想这个人可能是小女孩的父亲，也许是其他的亲人，总之，我幻想着他能将女孩带走。

“对。小朋友，你有没有看到一个小女孩跑进来?”他似乎很友善。

我指了指那个雪人：“在那呢，你把她带回家，别让她来了，我不喜欢她。”

我感觉那个男子笑得有些邪恶。我不敢再留下来，转身准备走，可我又想亲眼看着他亲手把她带走。

转头的一刹那，我看到一线红红的火焰刺穿了雪人。

那雪人发出悲惨的叫声，扑倒在地上，慢慢地变成小女孩的模样。

也许是我突然的回头让那个男子感觉到了，他拔出那把燃烧着火焰的长刃，有些不知所措地望向我。

“不要怕，她是灵，所以叔叔……”他没能说出后面的话，因为他背后的小女孩手握一根长长的冰锥，刺穿了他的胸膛。

也许我那时逃离还来得及，可是我站在那木然地看着那一切，直到年轻男子反手割开了小女孩的脖子。她颈项的血激射而出，落在我身上，朦胧了我的右眼。

她倒地不起，那双圆圆的眼睛怀着怨恨没有闭上。

“雪女的诅咒。”那个男子不顾胸口的伤口，一步步朝我走来，将他的大手覆在我脑门上。

我呆呆地不敢动弹，慢慢地，世界陷入了黑暗。

我不知道事情到底是如何结束的，直到后来妈妈告诉我，我在那个冬天一直昏睡。长大之后的我去问过这场血案，却没有人知晓半分。

“哥哥，你的右眼怎么流血了?”有人将我推醒。

我惶然惊醒，看着身旁之人。

不是离若，是一个陌生的小女孩。

电影放映厅内，看电影的人在陆续离开。

电影已经放映完了，而我，在看电影的时候睡着了。

离若呢？

我站起来，四处寻找她，却再也没有找到。从那之后，我的生活仿佛突然混沌起来。

第二章　红莲

我十四岁，读初中。

在这之前，一切都很正常，生活也很平淡，但我已经开始有梦想，会一个人选择一个安静的地方看书。

那时候学校很陈旧，周围树很多。平常学生们会在那树林里穿行打闹，所以把树干弄得异常光滑，地面也是寸草不生。

我会选择更远的地方，在树林深处，那些有大树的地方，独自一个人爬上树去，抬头看一阵天空的云，然后拿书出来看。

我看的书，几乎都忘记了名字，大概也不是些有名气的书，只是故事或者文字很吸引我，我经常从放学之后看到天黑。

我们是寄宿学校，放学之后到上晚自习之前，有两个多小时的时间，供我自由安排。

那一天，像往常一样，天暗下来，听到上晚自习的预备铃声，我顺着高高的树干滑下，转过身奔向学校，却因为太快，撞上了一个人。

是个男人，很胖，穿着一件邋遢的道袍，身上散发出异味。

他就是奇峰。

我对他说了声“对不起”，然后撒腿就跑，却被他拉住。

“我在找一个男人，你见过吗？”他拿出一张照片，有些旧。

我感到奇怪，天色明明已经很暗了，但照片上的人很清楚。

照片上，是那个曾经握着火红长刃出现在我面前的男子，只是显得有些青涩稚嫩。

“见过，可是，都很久以前了，有七八年了。”我老实回答。

“你能把衣服脱了吗？”这是他第二句话。

我有些诧异地望向他：“我要去上自习了。”

“我只是想看看你的后背，确认某些东西。”他解释说，“因为我感觉你身上有某些熟悉的气息。”

他的眼神没有恶意，甚至有种温暖的感觉。我点点头，脱下了上身的衣服。

“果然如此，那臭小子真是个白痴，竟然这么做！”他有些黯然地低下头，冰凉的手轻抚我的后背。

“叔叔，我还得去上自习。”眼看天色渐暗，我有些心急，害怕被老师责骂。

“自习？”他语气有些古怪地轻哼着，“你现在的年纪，该懂得一些别的东西了。”

“别的东西？”我不明白地摇头。

“譬如说，”他侧头望向远处的大树，“灵。”

“啊？”我懵懂。

“你现在出手的话，我不会阻拦的。”他对着那个方向说，“只要你杀了他，我就放过你。”

我不太明白是什么意思，这时有只貂样的东西从树后走了出来，口吐人言：“是吗？”

那一刻，我呆住了，既不知道害怕也不知道逃跑，因为比起这些来，我对会讲人话的貂更好奇。

貂形兽双目泛着红色，在夜幕下的树丛里，浑身散发着白色的柔光：“少年，原本我打算等你长大些，灵力强横些再吃了你，只可惜，命该如此。如今状况，不是你死，就是我亡。如果你妥协，我倒可以让你死得干脆利落，也少些痛苦。”

“你的意思，是要杀了我？”我望着那只有兔子大小的家伙，就像看到一个从童话故事中走出来的精灵，只是它的话带着杀意，而且，异常强烈。

“不只是杀，我还要吃了你的灵体，助我修行。”它毫不掩饰地回应，让我有些惊恐。很难想象，这样小的躯体，却能说这么嚣张的话语。

“我的灵体？虽然我不明白，可我确实还没做好死亡的准备！”我早已经瞄好退路，将手中书本猛地摔出，转身就跑。

“狡猾的小子。”后面一阵凉风袭来，让我脚下一软，“扑通”一声摔倒在地上。地上石头很多，几乎让我摔了个头破血流。

貂形兽似乎是随风而至。此刻它的形象与先前大为不同，几乎膨胀成了双倍大小。一张嵌满了尖锐牙齿的嘴张得很大，四肢末端是锋利的长爪，满身散发着让人恶心的野兽气味。特别是口中，不停滴落黏稠的口水。

它的前肢狠狠地踏在我的胸口，如千斤巨石，直让我感觉呼吸困难，几乎背过气去。

此刻，我的右眼和脊椎疼痛异常，似乎要将我疼死才肯罢休。

我的手拼命地抵住它的颈，防止它那夺命的牙咬下来，可是，它的力气大我太多，僵持几秒之后，它咬了下来。

这是我第一次如此真切地面对死亡，死神的气息就那样喷在我脸上，可我无力抵挡。

我侧过头去，奇峰依然冷漠地站在树下，黑色的身影分毫不动。

看到他冷漠的神情，我没有喊“救命”。他不会救我的，我很清楚这一点。

脊椎猛烈震动，仿佛要脱离我的身体，那撕裂身体的疼痛让我忍不住用手去撕扯。

貂形兽的牙齿已经触及我的喉咙了，而被我拉扯出来的某物泛着红光将它逼退。

它一跃而起，发出一声痛苦的哀鸣。

我颤抖的双手紧紧握着那根东西，那一刻，我以为那是我的脊梁。

它闪烁着红光映亮我的面孔。我气喘吁吁站立着，双腿呈现一种难以描述的扭曲姿态，脖子处有温热的鲜血滚落。

貂勉强站立，刚刚被红光触及的地方已经漆黑一片，仿佛被火焰灼伤。

“可恶。”它侧过头望了一眼不远处的奇峰，面露惊恐，暗骂一声。

奇峰双手抱在胸前，下巴高扬，我已不能看到他的面孔。他的眼睛湮没在昏暗的天色里，有种无法猜透的神秘。

我看清楚我手中的东西是一柄长剑，它在十四岁的我的手中，显得异常别扭。

它太长，有些重，让我无法完全握起，剑尖只能抵在地面。

我莫名地清楚，这就是我以前见过的那把，但对它的出现，我已没有去探明的心思。

我只是不肯也不敢放松它，仿佛那就是我的所有，我的生命。

貂虽然受伤，却还不愿意逃走，也许是不敢逃走。它浑身冒起白烟，很快，受伤的地方恢复了原状。它一声咆哮，再度扑了上来。

我使出浑身力气，胡乱地挥舞手中的剑，可是笨拙的姿态，在对手淋漓的攻击之下，全然无用。

如果不是它对剑上若隐若现的火光有所畏惧，我大概已经是一个死人了。尽管这样，我浑身上下也已然全是伤口，似乎要将我的生命流尽。

我留了力气，最后的一丝力气，只待对手前冲。我要做最后一击，不成功，便成仁。

“呀！”我以声唤力，在貂腾空扑来的那一刹，第一次高举起手中的长剑。貂侧身避让，却已经晚了，它被砍去一肢，痛苦地摔倒在我的身后，口中发出哀鸣声。

我扭过头，用剑支撑着站住。我很想就此了结它，可看到它眼中的不甘，我却停了手，力竭地坐在地上。

奇峰走过来："你为什么不杀了它？"

"跟你有关系吗？"我冷眼相对。

"我现在总算明白，为什么他愿意把红莲给你了。你们这样的人，对生死，都不看重，只一味地按自己的想法办事。"奇峰俯视着我，带着莫名的表情。

"你错了，不是不看重，只是在乎它的意义。藐视别人生命的人，对自己生命的价值，也无法理解。"我反驳说，不掩对他的鄙夷。

"有趣。"奇峰笑起来，手指一挑，我手中的剑回到了我的身体里，"虽然只是小孩子，倒能说些与众不同的话。"他跨出几步，走到貂面前。貂的眼神十分惊恐，身子不停地往回缩。

奇峰伸出手，张开五指，口中默默念诵。貂身上开始出现一个白色轮廓，突然化作一道白光闪进了他的手中，而地上，貂的肉体碎裂成了一堆粉尘。

"你做什么？"我很愤怒。

"我只是做我要做的事。"奇峰回答。

"你刚刚说他愿意把红莲给我？什么意思？"我不解地问。刚才发生的一切，虽然看似理所当然，但其中有太多东西是我不理解的。"还有，刚刚那会说话的，是什么东西？"

"灵。以前你只是看不到他们罢了，但是，你现在既然能看见了，那么以后，他们会一直出现在你生活里。你就像只肥羊，而他们，就是群狼。他们会一直注视着你，直到找到机会把你吃掉。"奇峰说话很温柔，感觉就是闲话家常，可对我来说，却是生死大事。

"我才不怕，我有这把剑，哪个灵是我对手！"我其实一点底气也没有。

"像你那样胡乱挥砍？哼，今天是只小灵，所以你能胜，而且，大概因为我在旁边，他有所忌惮，实际上对这只小灵来说，并不公平。"奇峰鄙视了我一下。这点，其实我也注意到了。

我能用那么笨拙的招式战胜貂，多半是它自己不安心，老是四处乱瞄，分了心神。

"你也不用害怕，你既然是我朋友的继承者，我会教你些东西，但是，你要答应我，不要在人前显露。这种东西，离我们现实生活太遥远，不是每个人都能接受的。"奇峰一点也不考虑我会不会答应。

"我又没说要学。"我不予接受。

“真的？那真是太遗憾了。”奇峰轻呼一口气，“那，再见了。”他摸了摸头发，走出几步。“不是，不会再见了。”

“如果你把那个叔叔的事情说给我听的话，我可以考虑。”我有些倔强地回应。

“你还有条件？”他叹气道，“他的故事，你迟早会知道，又何必浪费我的时间呢！”

“是吗？”我不理解地问。

“每天的这个时候，来这个地方，我教你一些本事。”他的话音一落，人也不见了。

从那之后，奇峰开始教我怎么用剑，然而，他却不肯让我叫他师父，而是让我直呼他奇峰。

我开始知道，原来这世界上，有灵这种事物，也有猎灵人。

夜并不深，我依然走在路上。

一片白色的花瓣循风而来，在我面前旋转着飘落。

我缓缓伸出左手，摊开，花瓣径直落在手中。让我感觉到一刹那的疼意之后，它扭曲成旋，烟尘般消失了。

竟是灵气所凝，其中带着些想要诉说的话语。

奇峰说过，我的眼，总有一天，会真真切切地看到灵，因为我接触灵越多，体内的红莲力量就觉醒得越多。

我望向花瓣的来处，那一片绿树林立，坐落着一个公园。

跨过街区，走进公园的大门，沿着石子小道行走，路过一片杉木林和一座石拱桥。我四处搜寻着花瓣的产生处，可不知为何，却怎么也找不到。

四周有些暗，路灯的光根本无法在林中穿透，公园中的人还不少，偶尔传来情侣们的喁喁私语。

也许是人太多，已经被吓跑了吧。

正在我踌躇着是否放弃寻找时，林子的深处却现出一道柔和的光，仿佛萤火虫尾后的荧光，但一瞬之后，又消失了，过了片刻，又闪一下，仿佛是在挣扎。

我知道那是灵在尽自己所能释放着灵气，想被我发现。

拨开丛丛树枝，艰难地前行了大约五十米，我终于到达了一个小湖边。传来灵气的，正是湖边的一棵树。

树龄有些大，碗口粗细，树干上满是枯枝断裂后留下的痕迹，覆着斑驳的树皮。尽管如此，枝丫却还是异常多，只可惜树叶稀少，地上倒是黄黄黑黑厚厚地落了一层。这树看上去就如枯死了一般，在湖面吹来的微风中摇曳着，发出咯吱的声响。

“是你在呼唤我前来吗？”我对树说。幸亏旁边都是茂密的树林而且没有行人经过，否则我会被他们送到精神病医院。

“是的，尊敬的大人。”没有声音，但我却感觉到了树灵的思想。

尊敬的大人？呵，倒是个好听的词。

“我感觉到了你的无助，是需要什么帮助吗？”我继续问。

“在下身患重疾，已经面临死亡的绝境，本不想麻烦大人，只是与人有约，不愿就此死去，背负失信之名，所以才想请大人出手……”看着树灵枝丫摇摆，向我述说，我仿佛看到一个青衣白帽的古人向我鞠躬请求。

这公园的管理还真是稀松啊，有树要死了也不见人来诊治一下。

“这是小事，我去跟有关人员反映一下，明天会有人来替你医治的，你无须担心。”这对我来说，的确只是件小事。

“大人有所不知，此事因灵而起，普通人类根本无法解决，所以……”树似乎有些无奈。

“你们灵与灵之间的事，我可不能插手。”我说道。

倒不是后果有多麻烦，只是插手别人的内部斗争，有些多管闲事的感觉。

“我知道这会为难大人，我只求大人收其一日，好让我有足够的灵力开放花朵。等明日那人赏完花走后，你再放其出来，在下当感激不已。”树灵近乎哀求。

听树灵的口气，貌似是有另外一只灵在吸其灵力。这树倒也可爱，不憎恨某灵的不劳而获，不关心自己的重病在身，反而还要设法为人类开花。

我释然一笑，有些感慨地拍了拍树干：“你明天开花，对吗？作为交换，我也来看，怎么样？”

“多谢大人，在下荣幸之至。”树灵枝丫抖动，异常兴奋。

话音刚落，就见树根及树干处那些疙瘩中深褐色的物体如烟雾般凝聚起来，飞快地向我面门袭来，将我撞倒在地。

应当就是树灵求我收服的灵了。

“某劝你最好早早离去，不要坏了某的好事，否则，休怪某不客气！”见我摔倒在地，立威得势之后，这灵如果冻一样，扭曲着站在了离我不远处。

说是站，倒不如说立更好一些，因为这东西甚至连幻化也不会，也没有脚，只能勉强展现出一个人形，就像刚建立出雏形的三维立体图形。

我拍拍屁股站起身来，掸掸身上的尘土：“本来我只想抓你一日，但我现在改变主意了。”

“小小人类如此猖狂！某让你有来无回！”这灵身形变长，如一条蛇，飞快地蹿了过来，看起来想要缠住我。

却不是缠，一张大嘴突然打开，黑色的粉尘扑面而来。

“小心，花粉有毒。”树灵提醒我道。

我朝旁边跑去，确保离树灵有了一段距离。

“想逃！”黑色怪物直追过来，一副嚣张嘴脸。

我站定，伸手摸向自己的后颈。

红莲被我拔了出来，用奇峰道长教我的办法，我将灵力灌入。

喷射花粉的黑灵，冲撞在火焰之上，从空中跌落，如一摊软绵绵的胶状物体，在火光的映照之下无法动弹。

“这是什么鬼东西！饶命！”黑灵求饶着，声音凄厉。

“不嚣张了？”我笑望着它。

虽然奇峰道长教了我红莲的使用方法，可因为离若的缘故，我很少真正使用。如果不是害人的恶灵，我一般不会伤害他们。

“你右眼流血了。”黑灵却不接话茬，转移话题，语气略带关切。

“关你什么事。”我一摸眼角，果真流血了，视线也渐渐模糊起来，至于疼痛感，早已经习惯了。

“虽然不知道详情，但某却能感觉到那血上散发出的不凡灵力。那种东西对你来说，大概是祸害吧？”那黑色的一团渐渐凝聚成一条透亮的小蛇，蛇身黑白相间，额头竟然还长了一个突起，颇似一个小角，眼睛则是漆黑一片，只在眼眸中央有一丝竖立的红。

“说说该如何做，才能让我不会流血？”仿佛还能套到点东西，我便问道。

“那灵力对于你来说是绝对的浪费，对某来说，嘿嘿，却不嫌多的。”黑灵奸诈地笑笑。

“你是说你把它吸走？”这倒是可以考虑，但我却有些信不过这家伙，莫非是在跟我耍心眼，想趁机偷袭？

“吸走是可以吸走，但这次的吸走之后，下次还会产生的，所以，某的意思是，某将跟着你，随时帮你吸食那灵力。”黑灵身份转换很快，立马就成了我不可或缺的恩人。

“听上去不错。”我依然有些质疑他的动机，不知道他是否在耍花样。

“你饶某性命，某帮你吸食灵力，增加自身的修为。没有灵力困扰，你则少受很多痛苦，对某和你来说，都很划算。”这时候黑灵倒变得有些头脑了。

“成交。”血越来越多，已经滴落下来，右眼已经完全看不见了，死马当活马医吧！

黑灵向我飞来，化成一阵光进入我的眼眸：“从此之后，某就在这里安家了。对了，某叫霸下。”

“我体内有红莲!”我一句话还没说完,眼睛却奇迹般不疼了,血也没再流出。

这家伙到底是什么东西?附在我身上,灵气却没让我眼睛疼痛,难道他真能中和掉雪女的诅咒?

“多谢大人,在下此生都会铭记大人恩德。”树灵待我靠近后,向我道谢。

“我也算得到了些好处,恩德这种事,明日我来赏花之后就算扯平吧!”我笑着回应。

第二天,我再次来到了公园。

那树,竟已经全树皆花,颜色雪白,远远望去,犹如云海,昨夜残败之像全然不见。

有人比我早到,是个年轻的女人,长长的发,雪白的裙,背着画板站在离树不远不近的地方,仰头凝望,脸上带着欣喜。

“真好。”女子深深地吸了一口气,笑着说,似乎在和树对话。

空气中有淡淡的花香。

“是啊,真好。”我也轻轻地说。树绽放如此绚烂的花朵,一定是等到了它等待的人吧!

“它的名字叫冬樱,却在春天和秋天开花,你是说不是很奇妙?呵呵,而且据说在国内很少,要有缘的人才能看到它开花呢!”女子继续说道。

“何不把它画下来呢?”见她背着画板,我提议道。

“我想仔细地多看看,画画多耽误工夫啊,而且,我一定画不出它的美。”她却拒绝。

起风了,花瓣开始散落。

万千花瓣犹如飘落的蝴蝶飞舞在我和女子的周围,壮观到用言语无法描述。

我任它们落在肩上,落在手里,擦过面颊,犹如一场曼妙的梦。

女子脱去鞋,甩下画板,赤脚踩在花雨中旋转,手舞足蹈,忘却了身旁所有的存在,陷入欣喜。

一树花瓣竟落尽了。

第三章　蜘蛛

我行走在深夜的街道上，如同每晚都会做的那样。

身后突然传来一些奇怪的声响，空中似乎夹带了一些布匹抖动的呼啸。

砰！犹如一个装满水的气球从高空坠落，与地面接触的时候终于炸裂开来。

温热的液体在我回头的刹那，溅满了我的脸颊，迷住了我的眼，一股腥味在我鼻端蔓延。

我抹去那些液体，睁开眼，眼前的景象让我差点晕厥。离我不到三米的地方，一具依然在颤抖着的身体躺卧在地，身上华丽的衣服被鲜血浸染，已然残破不堪。

是个女子，浓密的发将面孔遮挡，支离破碎的手脚交叉纵横。我的手有些颤抖，却不得不靠前。

她是从高楼上摔下来的。

任何人所面对的最大的恐惧，大概就是看到一个同类在自己面前凄惨地死去吧。我很害怕，害怕到立刻想要逃掉，远离之后，深深呼吸。

但我的手，却不受我控制地探向那浓密的头发，拨开。

我急切地想要收回，可是无效。我想闭眼，也来不及了。

这个女子有着姣好的面容，竟然在如此惨烈的撞击之后依然完好。她闭着眼，非常安详，嘴角弯成好看的弧度，似乎是一个微笑。

诡异。

我无法理解，为什么摔死的人会是这样的表情。

就在这时，那双眼陡然睁开！

绯红的眸子中映出我的模样，嘴角更加弯曲，仿佛计谋得逞般，手脚中顷刻间放射出漆黑的丝线，连同头发一起向我包裹而来。

我在一瞬间被她拉扯到与她身体相距不到一厘米的地方，不，几乎是镶嵌在一起！

湿润的血液沾满我的脸和身。

我听到她空灵而媚惑的声音："来，让我们看一下这真实的世界！"

如坠冰窖，刺骨的寒冷让我猛然睁开眼睛，才发现自己头部和上身已经全部湿透，霸下正呼吸急促，伸长着舌头在我不远处飞舞，口中还有几滴涎水滴落。

"呀呀，某不使出这招喷水绝技，还叫不醒你了！"霸下咳嗽几声。

"你贪玩就自己玩去，拿我寻什么开心！"我有些郁闷，浑身上下都是他的口水！

"你看看你的右眼，都流血成什么样了，某待在里面都已经承受不了了，这灵力恐怖得厉害啊！"霸下咂咂嘴。

伸手去摸，才发现右眼果然满是鲜血，视线却不像以前那般模糊，反而没什么影响，仔细看霸下，竟还能看到他身上散发出来的淡淡光辉，骨骼的轮廓若隐若现。

捂上右眼，却又看不见了，这种状态过了一会才消失。

"灵力既然被称为力量，就能对别人产生影响，如今不受你控制喷涌而出，对你必然产生伤害，连某都无法消受，这种力量定然是诅咒之力啊！"霸下一副思索模样。

"是雪女的诅咒。"竟被他个小灵看出来了！我也不加隐瞒，有些无奈地说道。

"雪女？"霸下纳闷，小脑袋摇晃着，却想不出所以然来。

落叶开始在城市的大街小巷翻滚，被环卫工人及时地扫进垃圾箱中，时髦的秋装已经摆上了橱窗，而我，依然穿着好几年前的衣服，那是离若为我挑选的。

路口围着一大群人，救护车呼啸而来，医护人员跳下车，抬着一副担架匆匆闯进去。

"唉，可惜了，年纪轻轻的。"周围有人在说。

"我看到她站在那天台边上，还以为是吹风呢，谁知道不出几秒，她就跳下来了，丝毫都没犹豫！"另一个人接着话题。

有人自杀？我快步走上前去，想要看看情形到底如何。

地面上只剩下一摊血迹，人已被抬上担架。而在众人的指指点点之下，我抬头看到了他们口中的天台，清冷的光线下，避雷针发出阵阵寒意。

我不得不把这样的场景与我昨晚的梦境联系起来，是何时起，我有了预见未来的能力？

右眼有些细微不适，低头看时，从担架上竟有一透明物体如蚱蜢一样弹跳起来，落到人群当中去了。

灵？

这事与灵有关？

一连串的疑问让我稍微有些混乱，为了尽快解决疑问，我必须找到那灵。

“在那个小女生身上。”霸下及时发挥了他的作用。

仔细看去，才发现那白色的物体竟是一只透明的蜘蛛，它的几只脚紧紧地扣在一个穿校服的女学生背后，与她的书包叠在一起。

她身边还有几个同样装束的女生，年纪都在十五六岁，其中一位叫道：“别看了，上学快迟到了！”

“嗯。”周围几个人应声道，迈开步子。

就如同这里的所有人一样，别人终究只是自己生命中的过客罢了。

背后附了灵的女生却没动，紧紧地盯着担架。

“希子，还不走？”身边的女孩扯了她一下。

“哦。”希子这才回过神来般点了点头，跟着走了过去，却在走出几步之后又回头望了一眼，目光沉重。

这种沉重就如一种压迫，让我喘不上气来。就在此时，另外一种被人窥视的不爽感觉也升腾起来。我抬头望向高高的天台，那一处，我的眼角余光瞄到一丝人的影像，以及那人玩味的笑意。

到底是什么东西让我感觉如此忐忑？我按住胸口，再回首时，那几个女学生已经不见了踪迹。

“贺，有很厉害的东西到这个城市了。”霸下的声音响起。

“是什么？”我不禁反问。

很厉害？到底有多厉害。

“不知道，总之是让某很不舒服的气息啊！”霸下回答道。

我不再对他多做指望，尽管他对灵的气息比我敏感，但他实在太弱小了，所知甚少。

蜘蛛灵的气息太弱了，直接找它很难，我凭借记忆，想起了希子的校服上写着的学校名称，直接来到她学校外等待。

这样的等待其实有点盲目，也许那蜘蛛灵中途就跑掉了，没有附在她身上。

但没有别的办法可想，只能碰碰运气了。

我坐在学校大门正对面的 KFC 的靠窗位置，目光流连于来往的人群。

放学时间已经过去五分钟，希子的身影还没有出现。不时有学生经过，三五成群的，还有的进来喝可乐、吃薯条。

我看到曾和希子在一起的那两个女生打闹着走进 KFC，仔细看去，却未能发现她在其中。

“希子今天有点奇怪啊,你们发现没有?平常的乖乖女,成绩那么好的她竟然上课睡觉!”其中一个扎马尾辫的女生嗓门很大。

“不是奇怪,是很奇怪,会不会是早上看到那跳楼的恐怖场景受刺激了?脸一直绷得紧紧的,一整天没有笑过!”一个娃娃头的女生吸着可乐。

“对,一放学就独自走了,也不等等我们!”马尾辫女生叹了口气说。

放学就走了?和我错过了么?

可是不应该啊,我一直候在这里,而且这是必经之路,没理由错过的。

“两位同学,希子的家是这边吧?怎么我一直在这都没看到她经过呢?”我凑上去问道。

三个女生瞪大眼狐疑地打量着我,就像在看一个罪犯,表情中带着审视。

“大叔,你认识希子?”娃娃头打破沉寂。

我这才意识到我与她们从没有过交集。

“大概吧!”我嘟囔着,随后声音大起来,“那当然啊!我跟她很熟,不然在这等她干啥!”

“那谁知道,现在社会上有些老男人专门喜欢欺骗未成年少女,我看你就不像是好人,你不会是想对我们希子图谋不轨吧?”娃娃头继续审视着我。

我苦笑。

“她家的确是往这个方向。”马尾望向我说,“但我们也不知道她去哪了。”

“哦,是这样?”看样子是白等了。我顿了顿,道过谢后,走出KFC。

出了温热的空调房,外面有些凉,我裹了裹身上的衣服,点了一支烟,在街道上盲目地行走着。

城市太大,要寻找一只灵,很难。

然而在寻找离若的过程中,我已有了足够的耐心。

因为这两年来,我放弃了所有的事情,仿佛流浪汉,走过一座又一座城市。

这时,脊椎竟疼了一下,让我的手颤抖着几乎无法拿稳烟。

有某种寒意从头顶传来,我皱了下眉,抬头望去,内心猛然警觉,那里,就是早晨女子自杀的天台,我的心中有某种感觉非常强烈,那里正有事发生!

逆着风,我飞快奔跑起来,闯进大楼。十三层高的楼、红色的楼道标记,没缘由地让我感到不妙。

电梯门打开,再穿行于狭窄的楼道,隐约的光明就在眼前,我却觉得如此遥远而不可触及。自己的呼吸声更重了,仿佛是灵魂在喘息,告知着我前方有着无法承受的压迫。

清冷的风迎面而来，楼顶铁门大开，却没有什么异样的东西，只看到希子靠在斑驳的墙角，手握着笔，正在一个硬壳笔记本上书写着什么。此时，她扭转头诧异地望着我，似乎因为我的闯入，打断了她的思绪。

如果不是昨天有人从这跳下去，我大概不会觉得有什么，可是，这样一个稚嫩的女孩怎么会有这么大的勇气，在这样一个刚死过人的地方安静地书写？

“这么晚，还不回家？”我不明白情况，只能这样问。

这句话却没能得到我想象中的回答，我勉强露出来的笑意在希子缓缓站起，慢慢捏紧拳头的时候变得僵硬起来。她缭乱的额发遮住了她的眼。

我察觉到了怨怒。

“为什么?！为什么?！连想独自安静一会都不行？”声音并不大，却全部都是咬着牙说出的，“连一个陌生人都要来约束我什么时候回家么？”

“呵，你回不回家，与我无关。”老实说适应一个小女孩这样的情绪真有些难度。

随即，我点了一支烟，朝她晃晃：“那么，你也不会干涉我在这里抽烟吧？”

“……”果然只是个小女孩而已，遇到我这种态度只能无语。

她背过身，望向天台之下。她离栏杆很近，这让我有些忐忑。而也就在这时，我发现原本匍匐在她背后的蜘蛛灵不见了！

可她身上，又的确有让我右眼和脊椎都疼痛的灵气。

蜘蛛灵已经进入她的身体，附体成功了！

我不免叹了口气。

“有个女子从这里跳了下去。”希子开口，仿佛是自言自语，又像是对我说。

“嗯。”我应道，没说多余的话。

她的话中带着太多落寞，天台上明明有太多东西，可我望过去，却只看到她的背影，映在一片灰白的背景中。

“她真有勇气，好几次，我都爬上了这栏杆，可是望向下面，我却跳不下去。哼！”她轻轻地笑了声，仿佛是蔑视自己。

“不是勇气。”我吐了一口烟，慢慢地斜倚到栏杆处，“是绝望。”

看着她轻轻地说出想要自杀的话，就仿佛说吃饭一样寻常，我竟也平静到自己都无法相信的地步。

“是我的绝望还没有达到程度？”希子似乎接受了我的理论，“那，你比我多活几年，能否告诉我，有什么比失去自由更绝望？”

“自由？你所理解的自由是什么？”我侧头望向她。

“当我出生甚至说还未出生之时，我的父母就替我安排好了一切，进什么样的托儿所，上什么样的幼儿园，请什么样的家教，上什么样的学校，将来要成为什么样的人，我的父母都已经用剧本写了下来，而我只要照着去做就行了。到现在，每天用什么姿势睡觉，穿什么样的衣服，甚至连牙刷牙膏的牌子都被确定，呵!”亏她还笑得出来。“我不知道自由是什么，但我想，大概就是可以自己决定点什么吧!”

“你的父母还真是……”我想说“变态”两个字，只是没能说出口。

“其实，不只是父母，还有更多的人干涉着你。每个人生存于世，或者说，每个意识存在于世，就一定会受其他意识的左右，就仿佛这样。”来自第三方的声音!

强大的灵气顷刻间出现，一只强大的白色透明蜘蛛出现在我们的上空，那脚上纠缠着出现的白色丝线仿佛傀儡娃娃的控制线，全部牵在了希子身上。

“这些意识就是这些线，想要控制和指挥别人！如同操控一个傀儡。”第三方的声音继续着。

很熟悉。

天地煞白间，一个身影站立在了狭窄的水塔上，长长的发，桀骜的面孔，傲立的站姿，仿佛从遥远的过去飘忽而来。

“贺，我们又见面了。”

是桀!

希子已经在白线的纠缠下失去了意识，低着头，任头发飞舞。

蜘蛛身上散发着强大的灵气，而令人不爽的另一种气息却是从桀身上传来的。这种不爽，夹杂着紧张和压迫，仿佛要让人臣服的灵压如洪水般肆虐。虽然无形，却让人如陷水中，行动都变得迟缓。

我手中烟圈的升腾竟都变得异常缓慢，看来这种氛围还不只是我心理上的感受，而已经影响到了现实。

“还记得我们第一次见面吗?”桀看着我。

“是那次借火?”对于记忆中的东西，我很多时候会混淆，相信自己记忆的人，永远都以为那是记忆的开始。

“对，那天我刚从斗殴现场逃离，满城的警笛尖锐地叫嚣，而我在跳过栏杆的时候遇到了你。你知道，人在享受快感之后，往往会选择抽一支烟，只可惜那天我不仅没带火，甚至连烟也没带。”桀自嘲地笑笑。

“我觉得你打架前最好提醒自己带着烟去，打架之后的那副样子很少人会有胆量递烟给你。”那天的他头发杂乱，衣衫褴褛，裸露的皮肤上几道鲜艳的血痕。他吸了一口烟，仿佛吞进肺里，半晌没有吐出。

尽管形容狼狈，但他戴着的一副镶金丝的薄眼镜，却没有任何损坏。

我没有感到奇怪，跟他打了第一个照面，我就知道他是灵。如果他不愿意受伤，其实根本没人能伤害到他。

但他性情奇特，偏偏喜欢流血的感觉。

我和他，也因此成了朋友。

“我一直以为你只是普通的人类而已，饕餮却告诉我说你继承了红莲并要我拿回去。呵，你说在朋友和自己的性命之间，该如何抉择?”桀望向我，犹如在询问一个十分简单的问题，表情轻松。

生存或死亡。

奇峰告诉我说，因为有红莲，才制衡了雪女的诅咒。

它犹如我的脊椎，生长在我的体内。

桀并不知道，他所说的话的确判了一个人的死刑。

饕餮，这种传说中的大灵，竟瞄上了我么?

“如果我是你，定会想办法保全自己的性命。”我回答道。

道理虽然简单，却并不是那么容易做到的。

桀从一开始就没说过反抗饕餮之类的话。

他所要做的抉择，只在我和他之间。

他也许以为拿走我的红莲只是失去我这个朋友：“那么，你愿意给我红莲?”

“不，如果你要，你只能从我手中夺去，但我不确定你能逼我拿出红莲。”我微微一笑。

红莲不是一个打火机，也不是一支香烟，朋友的情谊还不够我用生命来献祭。

“把红莲老实给我，不然……”桀眼中寒光一闪，嘴角露出一丝笑意。

随后，他轻轻地摆动了下手指，数根蛛丝晃动起来。希子在蛛丝的控制下，傀儡般爬到了栏杆之外。

“我知道你心肠柔软，你不会眼睁睁看着早上的自杀悲剧在你面前重演吧?”桀冷冷地说道。

“你!”我震惊无比。

想不到，桀为了逼迫我，竟然拿活人当筹码，而且，为了彰显他做得出来，竟然已经杀了一个!

“对不起。”我正色道，“如果说，你之前还有机会拿走红莲，那现在，你已经失去了任何机会，因为我绝不会让红莲落在你手里!”

“好，我要的就是这样一个确切的答案!”桀一跃而起，手飞快拨动。

丝线震荡间，又分化出几缕蛛丝，仿佛长眼般朝着我的手脚纠缠而来，“可不要乱动噢，人类身娇体贵，你略做抵抗，我就松开她！”

我没有理会他的威胁，拔出红莲，直接冲了上去。

红莲发出一声清啸，火光四射，将喷射而来的丝线一一焚烧，灵火顺着他的蛛丝，朝着他本体烧去。

与此同时，从我眼中疾射而出的霸下飞蹿到希子身边，将她缠住拖回天台。

形势在一瞬间逆转，桀的目光中露出一些惊异。他舍弃了蛛丝，双手现出了原形。

两条巨大的蜘蛛腿，如同死神的镰刀，朝我收割而来！

我抬手用红莲格挡，红莲与蜘蛛腿相撞，竟发出清脆的碰撞声。

我大惊，这两条蜘蛛腿竟然不畏惧红莲散发出来的火焰！

没有理由！作为斩灵剑，红莲所滋生的火焰具有伤害任何灵物的能力，它并不是普通的火。

定睛望去，才发现了关键，只见其中一条蜘蛛腿上，竟然密密麻麻地写满了符咒，虽然看不明白，但应该是隔绝红莲降灵能力的东西。看样子，为了对付红莲，桀也做了不少功课。

“放弃吧，你不是我的对手！”桀冷笑，另一条蜘蛛腿朝我扫了过来！

他的动作犹如闪电，伴随夜风呼啸而来，不留丝毫余地。

桀在用这两条蜘蛛腿压制住我的红莲后，身上又涌现出无数的蛛丝。

蛛丝缠绕在我身上，我的动作越来越慢，陷入了他灵力的旋涡。

我的皮肤因为无法抵抗这种压迫而开始出现伤痕，右眼更因为这些实体灵力的存在而疼痛不已，甚至流下鲜血，朦胧了我的视线。

我双手持剑，无法躲避，被他的蜘蛛腿扫中，身体犹如被重物撞击，飞速弹出，落在了天台的水塔之上。

水塔被撞裂，水花四溅，将我浑身淋湿。

同时我的身体传来龟裂的声音，口中吐出大口的鲜血，犹如娇艳的鲜花，在水中绽放。

桀快速迫近，蜘蛛腿变回了手，掐住我的脖子将我举了起来。双脚离地的我就像飘忽的风筝，在他高举的手上摇摆。

狼狈不堪。

第四章　饕餮

“呵！”我苦笑一声，麻木地望向他，“人和灵之间果然存在着实力的差距啊！”

“一把剑而已，真的值得你用生命来维护么？”桀傲气而有些轻蔑地望向我，也许在他的想象中，我只是因为舍不得一把剑而跟他拼到这个地步。

我只是在努力维护自己的生命而已，就像你为了自己的生命而向我动手要剑一样，桀，对于生命，我们同样看重。

“也许我该早点给你剑。”我咳出一口鲜血，抬起右手。

红莲此刻还在我手中，只是失去了火焰。

“可惜已经晚了！”桀的另一只手上，出现了一块黑布。

黑布上面纹满了金色的符纹。我不知道那是什么，但我知道，他准备已久，他是灵，不能接触红莲，却可以用这块布将其带走。

出乎桀的意料，就在他要拿过红莲的瞬间，红莲上的火光再次飞腾而起，我顺势一扫，红莲锐利的锋刃摧枯拉朽般切断了他的手。

是的，我的目的是斩断他的头颅，可是，他毫不犹豫地以一只手为代价，阻住了我的最后一击。

桀一声惨叫，却并未因此停止动作，一把将我摔在了地上。

我的脑袋“嗡”一声巨响，剧烈地撞击在地面上。

碎石飞舞，我看到我的鲜血飞扬起来，仿佛冬天的雪，洋洋洒洒，我眼中的世界开始扭曲变形，就如一幕黑白交替的影像。

我不是桀的对手，即使有红莲在手，我们之间存在太大的差距。

刚才那一剑，已经用完了我所有的灵力！

桀的疯狂攻击终于结束，我听到他已经泣不成声，他拽着我的手，想把红莲夺走。

我下意识地紧紧握着它，怎么也不肯放手，我才意识到自己对生命有着疯狂的执着。

“桀，你夺不走它。”我咬着牙断断续续地说，“你如果没有杀死我的勇气，就夺不走它。”

“贺，我并不想让你死。”桀表情痛苦。

“红莲是我的生命依托，失去它，我就得死。你得不到红莲，你就得死。我们两个注定只有一个人能活下去，你既然那么希望活着，就杀了我吧！”鲜血已经从我的口鼻流出，我还在用言语刺激桀，让他别真正地下手杀死我。

我不想死，因为我还要见到离若。

“你以为我会信你？”桀明显一愣，却厉声说道，他手中的蛛丝朝我袭来。

我已经力竭，无力阻拦，瞬间被缠住。

桀再次冲过来，用黑色的布裹住了红莲！

拿到红莲后，桀转身就要跳下高楼。

“就这样走了吗？”再次出现第三方的声音，而这次，竟然是从我嘴里发出的，一个女人的声音！

随着声音的出现，我身上的蛛丝碎裂成粉尘飘落。

“贺，你竟然还有另一张面孔？”桀回过头来，眉头紧皱，如临大敌。

我站了起来，身体的疼痛猝然消失了。

身体里，有另一个意识在控制我！

“贺，我们一起活下去吧！”女声说。

“什么意思？”我仿佛在听天书。

“我就是因你而死的雪女啊，但，其实我使用了雪女的诅咒，让自己的灵魂沉睡在你的身体里，当有机会，我就会醒来。”雪女说。

地面上，水塔里喷涌而出的水都向上飞了起来，变成了细密的冰针。

“灵法·冰针！”我的右手不听控制地向前一指。

所有的冰针，都朝着桀飞速刺去。

桀向下一跃。

噗噗噗……

是冰针入体的声音。

我站在天台边缘，看着下面，黑暗的小巷中，传来一声巨响，之后再没有了任何声息。

但我的右眼却能看到桀躺在水泥坑中，口鼻溢出鲜血。

桀死了，他被斩灵剑砍伤，伤了根本，再经不住这些冰针的威力。

我内心突然一阵悲凉。

曾经。

“贺，如果有一天时光倒流，你最希望回到什么时候？”桀灌了一口酒。

“没有。”我倔强地回答。

其实，我多么希望回到小时候雪女变成雪人立在院落里的那一天，我会给那个年轻的叔叔指另外一条路。

和桀的这一战，我受了很严重的伤，回到家里休养。

这里是我跟离若一同生活过的地方，虽然只是租来的，两年来，我也很少住在这里，但我只要有钱，就会先交房租，一直续租着。

我怕离若哪天回来。

一如既往，我的伤好得很快，或许是拥有红莲的缘故，灵力能替我疗伤，所以连医院也没去。

只是每天需要大量的睡眠。

这天，我推开房门，听到厨房里传来炒菜声，一阵无法形容的美妙香味迎面扑来，而客厅的餐桌上已经摆满了各种精致无比的菜肴。

我有些疑惑，却见苏雅端着一个盘子从厨房走了出来，一见我，就笑眯眯地说：“哥，今天你可有口福了！”

苏雅一直住在本市，得知我病了之后，非要来照顾我。

但她不会做饭，而厨房内还有炒菜的声音，当下我便问道：“不是吧？你连厨师都请来了？”

“厨师倒是厨师，但不是请来的，是他自愿来的。”苏雅一嘟嘴，十分得意，在我看来，有些古怪。

“你好。”说话间，一个身穿白色衬衫、黑色西裤，脚踏锃亮皮鞋，面貌还算清秀的小伙子从厨房走了出来，手上还端着一盘菜，腰间则系着一条围裙，显然他就是那个厨师了。

“你好。”我有些木讷地点点头。在此之前苏雅从没带朋友到过我这，这次竟带个男子回家，还这么殷勤地帮手，像个小女人般，这让我感觉有些异常。

“愣着干什么，快去洗手吃饭了。易泽做的菜可不是一般人能吃到的。”苏雅推了推我。

易泽做的饭菜的确与众不同，应该说我从没吃过这么好吃的东西，一些日常所见的小菜，在他的手下都成了美味佳肴。

我从没觉得吃饭是件享受的事，可这次却感觉到了。

席间我了解到易泽是个高级厨师，在本市一家五星级酒店里当主厨。

“你觉得他怎么样？”待到只剩下我和苏雅两人，她眼睛滴溜溜转了几圈，有意无意地问。

“什么怎么样？”我假装不解。

傻子都看得出他们两个在谈恋爱了。

也许今天，苏雅是带着见家长的心思来的吧。

“哥，我也老大不小了，想要稳定了，易泽已经向我求婚，我只是觉得有那么一点仓促，所以还没答应他。他是个不错的人，性格温柔，很老实，自己也很努力，虽然是个孤儿，但完全凭自己努力走到今天，而且，我待在他身边很有安全感……”苏雅开口说。

“你是个留学生，从国外回来，而他只是个厨师，大概也没念几年书，你们现在觉得没什么，可真正结婚了……”说了两句，我忽然苦笑。

如果说这也算差距，那我跟离若呢？

“呵，我也想过两个人现实的差距。我爸是个很现实的人，他不会同意我的。”苏雅叹了口气，“但是我想，如果你觉得他行，能够支持我的话，我可以尝试着反抗一下。”

“如果你觉得你是真心爱他的，就去抗争吧！我是你哥，我当然会支持你。”我点了一支烟，随即又掐灭。

苏雅告诉我，她准备开个食品屋，要将所有一切好吃的都囊括进她的地盘，原因无它，仅仅是易泽喜欢摆弄各种好吃的。

我知道，苏雅原本是想开服装设计工作室的，而她在国外所学，也尽是服装设计。

为了易泽，她真是放弃了许多。

易泽人挺不错，经常被苏雅带到我家里来，任劳任怨地给我做饭。

有美食辅助，我的伤好得更快了。

苏雅的食品屋也装潢得差不多了，终于有天早上她带我去看成果。

在偌大的食品屋外，她高兴得像个小女孩。

“美丽的公主大人，城堡建设完毕，下一步就要请王子入住了吧？”我站到她旁边，有些调侃地问道。

“是啊，不过我还是想带易泽见见爸妈。”苏雅笑了笑，微微有些担忧。

“那你就主动点嘛，把你爸妈约出来见一面。”我说。

“我都提了好几次了，可我爸一直推脱，说什么太忙了，再等等……”苏雅叹了口气。

这时候她的手机响了起来。

“我妈!”她吐吐舌头笑了下,显然很高兴,然后扭过头去接电话,“嗯,嗯,妈,什么？怎么会？嗯,我知道了……”

后面她越来越哽咽,我感觉到出了问题,最后挂电话的时候,她的眼眶全都红了。

“怎么了?”我低头望着她,有些凝重地问。

“我妈说爸病了,心脏和头都疼得厉害,刚才晕过去,已经送医院急救了……”苏雅越说越激动,眼泪终于哗啦啦地流了下来。

“你先别急。我们去医院看看了解下具体情况。你爸工作忙,也许只是操劳过度,休息下就好。”我忙劝慰道。

打的到了市一医院,途中苏雅又接了个电话。她告诉我是易泽,应该一会也会来。

“妈,爸怎么样了?”到了特护病房外,迎上苏雅的妈妈张姨,苏雅强忍着哭声问道。

张姨反而比较冷静,勉强跟我打了个招呼:“已经做了全身检查,现在还睡着,医生说可能是心绞痛,但具体要等检查报告出来才能知道。”

叔叔受了些苦,面容浮肿,头发竟也白了几根,跟在电视上看到的风光模样区别有些大。苏雅紧紧地抓着他的手不愿意放开。

他并没有醒,苏雅却一直在说话,也许是希望以此来唤醒他。

“苏太太。”医生在门口轻轻地唤了下张姨。

张姨应了声,站起来时却趔趄了一下,看样子她也身心受累了。我上前一把扶住她说:“张姨,我陪你去吧。”

陪着张姨到了医生办公室,医生递上一张报告单,然后说:“我们已经对苏先生进行了一番仔细的全身检查,检查不出什么脏器性的问题,可能跟他的操劳过度有关。”

“医生,你确定？他昏厥了那么久,不会这么简单吧?”张姨质疑道。

“对于昏迷的原因,我的确无法理解。”医生无奈地叹了口气,“这样吧,如果苏太太不放心,就让苏先生先留院观察一段时间。我会和其他专家进行一下会诊,尽快确定情况。”

“那谢谢医生了。”张姨点点头,同意了医生的建议。

叔叔醒过来的时候已经很晚,我陪苏雅坐在旁边,张姨则在苏雅的劝导下回家休息去了。

“女儿,你怎么来了……”叔叔轻声唤了下。

一句话,苏雅顿时欣喜起来:“是啊,爸,你醒了,有没有感觉哪还痛啊?”

“爸有些累,睡久了些,没事。”叔叔无力地笑笑,用手抚着女儿的头。

“你要吃什么，我去买。”苏雅回过头望了我一眼，“哥，易泽还没来么?”

我摇了摇头。他说过要来，可直到现在也没来。

“不用，爸不饿。”叔叔摇了摇头，又睡了过去。

离开医院的时候，已经是半夜一点，想到叔叔被病魔折磨之后的脆弱模样，有些感慨落寞涌上心头。

在自家楼下，见到两个男子背靠着路灯架。其中一个正在抽烟，一个深深地呼吸，吐出一道长长的白线。

另一个则双手插在裤袋之中，不时向天打个哈欠。

“大哥，你终于回来了?”打着哈欠的家伙一见我，仿佛见到了熟人一般，热情地扑了上来。

抽烟的家伙也侧过头来望向我。我看到他的眸子中闪过一丝晶亮的光，他的头发有些枯黄。

两个人我都认识。

他们都是猎灵人。

柳无言和解瞳。

一般来说，一次出现两个猎灵人的情况是比较少见的。

“问下面的管理员，他只知道你出去了还没回来，又不让我们进，害我们在这罚站。”说话的是柳无言，他的眼睛细长，看上去一直都在笑，就连抱怨都仿佛是开心的。

“找我有事?”带着他们进了门，刚一坐下，我就问。

“也不算什么大事，不过，既然到了你住的城市，你总比我们熟悉许多。”说话的一直是柳无言。解瞳则自己打开柜子去泡了一杯咖啡，也不问我们喝不喝，也没问我放在什么地方，就直接找到了。让我惊讶的是连我自己都忘记放在哪了的糖竟也被他从小格子里找了出来。

“看样子他比我熟悉得多，呵呵。”我看着解瞳做完一切，笑了声，“我看你们也不像是要来旅游的，到底有什么可以帮你们的?”

“慕辰死了。”解瞳终于说了四个字。比起一直笑模样的柳无言，深沉的他说出话来分量和气氛明显沉重很多。

我的心一阵狂跳，一个普通人的死也许不算什么，但一个猎灵人的死，意味着太多东西。

“你可知道上古四凶?这四只魔兽因为罪大恶极，却又本领法术高强，无法被消灭，只是被封印了起来。为了防止封印因为某些原因被破坏，师祖们做出了监测它们动向的乾坤指魔仪。前些时候，代表着饕餮的铃响了起来，可是指示方位的针却无法清晰地指出方向，一直盘旋着安定不下来，直到今天下午才终于指明了方位。”柳无言解释说。

“你是说饕餮逃了出来，到了本市？”饕餮？我隐约想到了些什么。

“根据指针的提示，是这样。祖师们的封印阵并不是那么容易被破坏，其中一环就是必须以多柄斩灵剑为钥匙，也就是说，只有斩灵剑才能放出他来。从慕辰的死到饕餮逃离这个时间的先后关系上来看，我们可以认定两者是紧密联系的。”柳无言点点头。

“多柄？”我锁着眉头，“你们的意思是，猎灵人放出了饕餮！”

我忽然想起不久前桀说的那些话，他就是受了饕餮的指令来抢红莲的！

“如果不是猎灵人参与，那就说明，猎灵人不只死了慕辰，至于情况究竟怎样，要等我们抓住饕餮审问了才清楚。”解瞳说。

乾坤指魔仪，除了在蜀山山顶有一台主体之外，其余四个小的部件，代表着各自监管的凶兽，可以被取下来，用于随身携带来寻找凶兽的踪迹。

此刻摆在我面前的是一只奇怪的动物，长相丑陋奇怪，就是传说中的饕餮。

饕餮背上有根指针，细长的一端指示着某一方向，两只玉石的眼睛则在隐约地闪烁着红光，系在前胸的铃也在轻轻地响动，这表示饕餮离此处的距离已经相当之近了。

我将本市地图展开铺在下面，找一支红笔在指针所指的方向上一直画了过去，一条饕餮可能存在的地点连成的线展现在了我的面前。

“明天，我们沿着这条路线去寻吧。”

第二天，并没有过去多久，我们来到了一家酒店楼下。

铃声响得很厉害，而指针竟然竖了起来，直直地指向天空，乾坤指魔仪上的饕餮铜像，眼睛已经赤红，显然，我们已经非常接近饕餮了。

当乾坤指魔仪全身都发出红光的时候，我们三人都站定了。豪华宽敞的酒楼雅间内，我们看到一个正在狼吞虎咽的青年。

他的面前已经堆满了空盘子，那种吃东西的模样，已经近乎疯狂，仿佛几百年没吃过东西一样，口水和汤汁流在衣上，狼狈不堪。

是易泽！只是当初那副斯文甚至憨厚的模样已经完全消失不见，取而代之的是贪婪和痴狂。

“不对呀，不是说上古凶兽不可以幻化人形的么？”柳无言摸了摸脑袋，有些奇怪。

“上古凶兽的确与一般灵不同，幻化这样需要精密构思的灵术，愚笨的他们又怎么学得会！不过附身倒是能行的。”解瞳目光紧紧地盯在易泽身上，眸子中晶亮的光一遍遍闪过，而被人盯着的易泽却似乎不在乎我们的存在，依旧进行着自己的进食运动。

“人类的身体怎么能忍受如此强横的灵力，恐怕用不了多久就会被冲撞得支离破碎吧?”柳无言恍然大悟,释然地笑道,“那就用不着我们动手了,嘿嘿。”

“你的想法未免太过单纯了,你知道他选的这副身体有何特点吗?”解瞳依旧稳当站立,不动分毫,“他的母亲怀他整整十二个月,三百六十五天,一天不多一天不少,此谓之全人。这样的人骨骼身躯健全,气息强劲,与上古女神女娲娘娘最初精心捏制的人有异曲同工之妙,千年难得一遇的。”

“先前我弄不明白他为什么会无法被乾坤指魔仪探测到,原来是隐藏在了人的躯壳里面。”柳无言微笑。

“让我来看看他的真身!”解瞳凭空抓出一把剑,使用了一个繁杂的术法,“禁·时空裂断!”

周围仿佛一瞬间竖起了无数的透明玻璃,连风声和其他的响声都消失了。我知道现在我们动手其他人也无法看到我们,当下也不客气,拔出了红莲。

对付凶兽,没有必要逞强,大家一起上就对了。

红莲上一道灵火朝易泽撞了过去,跟桀大战过一场后,我发现自己对红莲的运用又多了一分了解。

易泽突然将头一甩,巨大的口将火全数吞进,但他的上衣显然不够牢固,被火的余威烧破,一片一片地吹散开去。

在他强健的身体之上,一道道黑色的文身密密麻麻地纠缠着,仿佛是为了阻止某些东西冲出体外。

“虽然得到了全人的身体,却依旧用了封印力量的符印,看来你也够小心谨慎了。”解瞳冷笑着,轻蔑地望向易泽,“只是这样一来,又如何敌得过我们三人。”

“天瞳。想不到现在还有人能拥有这样的玩意,不过即使拥有它,你大概也就能看到三分钟之内将要发生的事情吧?不要用一切都握在自己掌中的眼神来看我,今天,你杀不了我。”易泽狂笑,吐了吐长软的舌头,舔舐了下嘴唇。

“就算只能看到一分钟,我也能胜你!”解瞳暴怒,当下一跃而上。而原来在我身边的柳无言,却不知何时已经失去了踪影。

有如此两大高手在,我大概也没有出招的机会,但即使是被解瞳说过有封印力量的符印存在,易泽竟也抵挡自如。

果然是强横无比的凶兽。

正在我不知道如何才能打破缺口的时候,易泽却不顾解瞳的纠缠,兀自向我跃了过来。

“你妹妹现在一定很伤心吧?”他露出十分轻狂的模样,嗤笑道。

听到这话,愤怒的我却无法动弹了。

第五章　共生

“你到底对她做过什么?”感觉自己心中一疼，但我还是问出了这句话。

“做过什么? 哈，你说呢?”易泽一挑眉毛，四肢跃在餐桌之上，如饿虎扑食一样，大张着嘴咬了上来。我有红莲在手，可愤怒却抑制了我的行动。我想杀他而后快，杀意却让我的手颤抖不已，仿佛握不住手中之剑。

“清心咒!”柳无言的声音传来，一阵清凉平静的气流在我身上弥漫开来，让我冷静不少。

我就地一滚，柳无言从我身后扑出，平剑格挡，将易泽架住。黑白之气交错，电光石火之间，解瞳背后之剑已到，时间拿捏得丝毫不差，果然一切都被他掌握在了手里。

天瞳，果真是可以看到未来的眼!

易泽背后已被刺中，一丝鲜血被剑带起。解瞳退得很快，一跃跳至几米开外，显然他对此次的进攻并未抱太大希望。

并不是易泽的皮肤坚硬，而是在被解瞳刺上的同时，他已经解开了那一区域的封印，强横的灵力破体而出，将解瞳逼退。

这一稍微解印让我明白他身上那些封印到底有何意义，那一处没了黑色封印的地方，仿佛一个伤口，灵力纵横而出，将皮肤撕裂，鲜血飞快地渗出，犹如穿孔的堤坝。如果没有这些封印符纹存在，就算是全人的体质，也是无法完全防御住的吧?

为了防止被斩灵剑所伤，饕餮在瞬间就将自己的损伤降到了最低，竟没有丝毫犹豫!

伤痛给易泽带来了力量，他将头一甩，竟将握剑的柳无言生生地带飞出去，重重撞在了结界之上。

柳无言骂了声，身影再次消失不见。

善于隐藏狩猎的他如果不是为了救我，大概也不会那么快现出身形。

比起柳无言和解瞳来，我真是弱小得如同一只蚂蚁。

可能他们两人也意识到了，我在这里纯粹只是拖累。

因为我完全只有逃窜的份。

好在他们俩给力，易泽虽然顽强，拼着身上封印四处释放，但在夹击之下很快没了还手之力，犹如一只足球四处挨揍。

“我说过，对付你，三分钟已经足够。”解瞳一脚将其踹回餐桌之下，傲然而立，雪白的眼眸里光华四射，但很快，这层亮光散去，剩下漆黑的眸，头发却异常地白了起来。

“你说的是一分钟。”柳无言从侧旁走出来，贱贱地笑一声。

解瞳脸色惨白，倒不是受到了柳无言的刺激，显然他的天瞳已经用到了极限。

“嘿嘿，嘿嘿……”易泽的一只手从餐桌下揪着餐布爬起来，嘴里吐着鲜血唾沫，面部抽搐地笑着。

“还笑得出来，你也真是个坚强的家伙。”柳无言摇摇头，“这人世不是你该来的地方，你还是回到原来的地方去吧！”

“那种地方，谁愿意再回去？等我休息好了，咱们再来过吧，有本事的话，你们就杀了这个人！”易泽双手相握，猛然拍向自己的胸口，一阵耀眼的光芒之后，所有的封印符纹和灵气全数不见，只留下一具伤痕累累的身体，“扑通”跪了下来，那狂妄而桀骜的眼神也失去了先前的光彩，一句十分伤人的话仿佛从遥远处传来：“没有天瞳，你就不知道我会使用这招了吧？哈哈，哈哈……”

一切竟都在他的算计之中。这三分钟的挨揍只是为了耗掉解瞳的预知之瞳！

解瞳原本不怎么好的脸色这次更加难看了，喉咙吞咽几下，却无法发出声音。他“扑通”倒了下来，被裂断的时空瞬间恢复。

“还愣着干什么，快一人一个背着跑啊，难道等警察来抓？”看着一地狼藉，我反应过来，推了柳无言一把。

这个“禁·时空裂断”只是隔绝了当时的打斗声音和场景，被破坏的依旧是被破坏掉了！

费了九牛二虎之力才将两人弄回了家。坐在沙发上我有些发愣，老实说我没太明白刚才易泽最后一下用了什么术把解瞳气得昏厥。

“到底是什么情况？”我把疑问丢给柳无言。

“你说那两位？”柳无言指了指屋内，“解瞳显然是灵力透支加气急攻心，而另一位嘛，身体受伤严重支撑不住而已。”

“既然如此，那你用术收了那饕餮啊，省得到时多生事端。”想到饕餮那恐怖的样子，我多少还有些心有余悸。

“你以为我不想？要有那么容易，解瞳也不会气到那样了。”柳无言苦笑着无奈地摇摇头。

“饕餮当时受伤严重，已经没有太大反抗能力，只需要吟唱夺魂咒就能将其强行拉出体外，然后用缚灵术或是其他方式收了不就行了吗?”我更加疑惑，在我的常识里，这是相当简单的事情。

“灵附身于人体，如果有意夺取对方的躯壳的话，这一争夺的过程中，双方必然有一个争夺的对峙期，经过对峙期更有一个躯壳和魂体的融合期，而以现在的情况看来，易泽的生魂却仍然存在……”柳无言目光沉了沉。

这点我也有点印象，在饕餮用了那不知名的术之后，那凶悍的表情完全消失，取而代之的是虚弱平和的表情，我还以为是虚弱了呢，却原来是换了个灵魂。“你的意思是，原先的易泽依然活着？饕餮是如此强横的凶兽，既然已经占据了身体，他怎么会允许一个人的生魂共存在自己体内呢?”

“这就只有一种解释，两者都允许对方共同存在。作为全人，易泽的魂体有着相当强的力量；作为四凶之一，饕餮自然也不是等闲之辈。两者本来就该有着本能的争夺，可如今却能友好地共存着，这实在是有悖常理。”柳无言表情难得严肃，并不时用手按着眼角，显然在思考对策。

“可能是双方都有让对方存在的理由吧。”我手指敲打着沙发。

也就是说，如果要用夺魂咒的话，指不定夺出的是谁的魂体，就跟搅拌在一起的蛋清和蛋黄一样，要再分开来，是件无法做到的事。

“解瞳自以为掌握一切，可到最后，却发现自己被戏耍，也难怪心中愤懑了。”柳无言望了望房内，感慨万分。

“没有别的办法吗?”我依旧抱着一丝希望。

易泽毕竟是苏雅爱上的男人，如果灵魂早已经死了，我自然没有话说，可如今他灵魂还存在，有一线希望能救活，肯定要极力挽救才行!

更重要的是，她的爸爸还生死未卜，我不能让她承受同时失去两个深爱之人的痛苦。

“两者共存共亡是必然的，猎灵人向来以大义为先……”柳无言略带苦涩地笑笑，“一直以来我都以人为重，以牺牲一人来换多人性命，看似合理，却不公平。”

原来柳无言为难的不是如何料理饕餮，而是如何对待这个仍然活着的人。

“现在饕餮虚弱，如果我们能说服易泽，也许能将饕餮赶出体外。”我突发奇想。

“这倒是个方法。”柳无言来了兴致，“刚回来途中你说他是你妹妹的男朋友。如果他们之间感情深厚的话，加上她在旁帮忙劝导，事情兴许更有把握!”

坚固的城堡从内部更能突破。

“那我们先等易泽苏醒过来，问问具体情况，弄清楚事情原委再说。”对于一个可以将身体交给凶兽的男人，我还无法完全信任，不能过早将苏雅牵扯进来。

易泽只是因为身体受伤而有些虚弱，魂体并没有什么损伤，所以他比解瞳更先醒来。

但身体破裂的痛楚可想而知，易泽呻吟不断。柳无言看不过去，用了个止疼咒。他结印的手法简单流利，让我赞叹不已。

“易泽！”我压低身体，带些审问的意味问道，“你告诉我，你接近我妹妹是何居心！”

“呼……”他有些低沉地吐了口气，望着天花板，并不说话。

“你体内的怪物是饕餮，你知不知道？你把他带进人世，还和我妹妹靠那么近，你是不是想害死她？！”我朝他大吼。

“我不是有意的。”他终于开口，抿了一下嘴，目光却依旧不看我。

“不是有意！那你到底有何想法？既然甘心做了饕餮的容器，为何还要靠近她？你别告诉我是饕餮让你这么做的！我可知道，在昨天之前，控制着身体的可是你！”这一点，从我以前吃菜没有感觉到灵气，以及乾坤指魔仪昨天下午才有反应便能分析出来。

“遇到她只是个意外，让我知道她是他的女儿也是一个意外！是命运在玩弄我，你知不知道！”他猛然坐起，目光横扫向我，大声吼道。

我向后退出两步：“什么他的女儿？你说苏雅的爸爸？”

“原本我都没想过再醒来，准备舍弃身体了，现在既然又被唤醒，可能是天意如此，那我就把事情的原委都告诉你吧！”朝我吼完之后，易泽按着起伏的胸膛，放轻声音道。

听明原委才能了解事情的真相，也才能知道症结所在，找出方法，柳无言和我当即都俯耳倾听。

“苏雅的父亲也是我的父亲！”易泽接下来说的第一句话，让我有些措手不及。不顾我的情绪，他又继续说道：“除了血缘，我们并无任何其他关系。在我还没出生之前，他就抛妻弃子离开了那里，直到我妈妈死之前，我才知道他的存在！”

“也就是说苏雅是你妹妹？”我更加气愤，“你是故意和她在一起的？你为了报复你的父亲，所以这么做，对不对？”

“我报复我的父亲？对，你说得非常对。我的母亲三十岁就瞎了双眼，没到四十就去世了，你以为这都是因为什么？因为那个背叛她的人！她思念着他，爱着他，却也恨着他，所以年纪轻轻就离开了我！我怎么可能放得下，你叫我怎么放得下这份怨恨！”易泽悲愤地抓住床沿，青筋毕露。“可是，你要认为我接近苏雅是为了报复那个冷血无情的家伙，那你就错了。在昨天到特护病房之前，我根本就不知道他们的关系！让我爱上了自己的妹妹，呵呵，你以为是为什么？依旧是那个家伙的错！如果不是他移情别恋和别人生了孩子，没有其他子女的存在，我会走到这样悖伦的境地吗?!”

我只能无语。我不知道事情竟是这样子的，原来他曾去了医院，没有露面是因为发现了这件事。

“我和饕餮做了交易，他让我学会做天下最美味的食物，进入离那家伙最近的酒楼，并教我熬制蚀骨蠡放进了他喜欢喝的汤里，我要他将我母亲曾经感受过的思念之痛全部感同身受!”易泽嘴角咧得有些恐怖。

“蚀骨蠡!”柳无言忍不住倒吸一口凉气，“这么恶毒的术你竟用在自己的父亲身上!”

“那又怎样！这个世界难道允许那样不公平的事存在吗？一个人必须承担所有的苦!”易泽红着双眼望向柳无言，“他该得的!”

我只感觉自己的身体完全瘫软了下来，使不上劲。

无论如何，这所有的人里，苏雅是最无辜的，可是真正说来，易泽难道不无辜吗？

“现在这些都只是人的事情，易泽，你既然已经知道了饕餮的存在，你就该明白他对于人世意味着什么。为大局着想，你必须将他赶出你的身体，让我将他带走!”柳无言并没纠缠当前的话题，而是冷静了下来。

“他是我的恩人，我既然答应了给他身体，就不会赶他走的!”易泽摇摇头，气愤的情绪也似消散开来，他向后仰倒，一副万念俱灰的模样，“反正我的大仇已报，所有的一切我都不在乎了……”

“……”柳无言无言了。

“哥哥，放过爸爸吧，所有的一切，我们都可以从头再来，对不对?”这时房门缓缓被推开，泪流满面的苏雅慢慢步入。

房内三个男人不约而同地转过头去。

全部都被她听去了？我的心揪了起来。

苏雅表情淡漠，她望着床上的易泽，清晰地叫出“哥哥”两个字。

“苏雅……”我和易泽都在轻轻地唤。

“不可能了，有些事情一旦开始，结局就已经注定，苏雅。”易泽摇摇头，异常决绝。

“不会的，不会的……”苏雅蹒跚着冲上去，几乎瘫倒在床上，哭声更加哽咽，情绪仿佛完全失控了。

“易泽，你这个混蛋！”我控制不住自己的手，一个响亮的耳光抽在他脸上，“我不管你用什么方法，你最好让苏雅不要这么伤心，否则，我不会这么轻易地放过你！”

右眼竟然无故疼痛起来，我感觉到鲜血止不住地渗出，轻轻一摸，全是血红血红的颜色。

“蚀骨蠡是用我妈的骨灰制成的，她的恨、她的念都在里面，你该了解那些东西的沉重。它们既然已经形成，就一定不会有方法破解。他会死，他既然喝了，就一定得死。”那一巴掌并未抽醒易泽，对生命都已经不看重的家伙，威胁没有任何作用。

“一切都回不去了吗？为什么？为什么……”听到这话的苏雅跌倒在床沿。

“你一定有办法对不对？”所有的我都可以不在乎，但是苏雅的喜怒哀乐，却如一缕缕丝线牵扯着我的心，我把最后的希望放在柳无言身上。

“凡是人世间的事情，都有始有终。”柳无言却无奈地摇头。从听到蚀骨蠡之后，他就已经知道结局了吧。

“可是，不该是这样的，苏雅根本就没做错什么！”我无法相信这样的结局，也无法面对苏雅。

这个我该保护的女子，就在我的面前被伤得体无完肤、支离破碎。

我已让她受了两次伤。

“念已成行，何不释怀；知之无益，不如忘之。”柳无言伸手一抓，一柄白色的古剑现出形体。话音刚落，他便将剑挽出两个光亮的花，刺向苏雅和易泽。

两个巨大的古汉字纠缠着许多小线条从剑上如盖印一般分盖在了两人身上。

一个释，一个忘。

“这个世界上，没有后悔药吃，所以有人即使后悔，也只能顺着事情的发展继续下去，一错再错。同样，在这个世界上，有很多东西自己根本不想面对，有很多事自己根本不想知道，可一旦遇到、知道，就必须得承受；想要忘记，却记得异常牢靠，从此只能背负。”柳无言收回剑后望着沉睡的两人，朝站在侧旁的我说：“让已经后悔的释怀，让无法承受的忘记，我能做的，就只有这么多了。”

“已经够了。”我勉强笑笑，如此，苏雅应该没那么难受了吧。

易泽被柳无言和解瞳带走了，苏叔在三天后逝世。

苏雅站在自己的食品屋前，仔细想了很久，然后侧过脸望着我说：“哥，你说我当初为什么建这个？”

望着她迷惑而有些淘气的模样，我搂住了她的肩膀。

几天后，我睡得深沉，手机连响了三次才惊醒我。

“喂?”我有些疲惫地拿过手机，瞄了一眼，发现是个陌生的号码。

“贺。我是解瞳。”电话那头传来声音，“你还好吗？听上去很累。”

“我等你电话很久了！”我坐了起来，精神好了大半，“我没事，你已经恢复了么?”

“啊，已经恢复得差不多了。昨晚我启动了天瞳，你要我找的人，我已经知道她在哪里了。”解瞳的声音依然清淡。

“真的吗?!”这个时刻我已经等得太久了，“真的谢谢你！”

“不用。”解瞳轻描淡写，“明天午时她会出现在一个叫三杳市的地方，九夜灵感工作室。我能力有限，只看到这一刻，千万别错过了……”

“已经足够了。”我边说边拿起外套，抓了手提包出了门。

如果错过？怎么会错过！

幸亏这是个有网络的时代，有了地名上网一查就能找到，三杳九夜灵感工作室，在百度上的条目还真多，看来名气挺大。得到了详细地址，买了飞机票，幸亏不是太远，一天时间已经足够了。

来到三杳市已经是第二天早上，出了飞机场，我直接上了去往九夜灵感工作室的车。

已经到了九点，路上行人渐多，可工作室还没有开门营业！想想也不是周末，天眼看到的事没理由会出错的！还有三个小时，一定没问题！

脱了西装，点了一支烟，我有些焦急地在工作室门前的走廊来回踱步。

毕竟两年了，两年的时光等来的一次机会，要是错过，会不会是一生?

“这位先生，不好意思，这个地方不能抽烟的。”一个长头发的女子匆匆而来，正从背包里掏钥匙，看到我抽烟，指了指墙上的禁烟标志。

“对不起。”我抱歉地笑笑，掐灭了烟头。

“你有事?”女子开了门，又回头望了望我。

“是，请问这里是九夜灵感工作室吧?”打开门之后，我已经看到了屋内墙上镶嵌的几个黑字。

“对，对。我是工作室的助理林晓。你好，有什么可以帮你的？对了，先进门吧，今天来得有点晚，不好意思。”林晓吐了吐舌头，做了个请的姿势。

“是我来得太早了，我是贺，这是我的名片，请多多关照。”我递上名片。

林晓接过看了看：“呀，神龙广告，也算半个同行啊。呵，请问您是有什么业务要我们做吗?”

“其实，不瞒你说，我是来找人的。”我有些尴尬，之前我倒真没想过其他的。

“是这样啊。是找我们老板叶玖吗?”林晓倒也没失望,“不过,你有没约她啊?很多时候我都不知道她什么时候会来。”

“啊,是吗?”倒真是有老板风范,“其实,我等的也不是她,说出来你也许不信,我等的是一个和你们不相关的人,她十二点会来这里,所以,我来这里等她。”

“十二点?可现在才九点,会不会来得太早了点?”林晓有些惊讶地笑笑。

“只是害怕错过罢了。”我汗颜地笑笑,捏了捏手,“我知道这很冒昧,但,我希望你能原谅我的打扰,我想在这待着,行吗?”

“这没问题,反正我们这也清闲,请自便。”林晓善意地笑了笑。

第六章　团圆

幸好林晓是个好说话的人，否则我这样冒冒失失的，还真有可能被赶出去。

安下心来，我才打量了一下这间办公室。办公室并不大，十多平方米，除了我所坐的沙发，里面还有饮水机和微波炉，一排书架，两张办公桌相对摆放。

虽然东西较多，却也布局巧妙，怎么看，空间似乎都有多余的地方让人安身。

待得久了，背后的红莲开始有些疼痛起来。

不是吧，这地方有灵气！刚才我和林晓有过接触，应该不是她，可房间关了一夜竟然还有灵气残留，看样子不是一天两天能聚集得了的，莫非这里长期有灵？

“你约的人会来么？为什么不约在餐厅或是其他地方，反而约在这里？我们这平常人迹罕至，她能找得到么？”林晓看来想问很久了。

“会的。一定找得到的。”我肯定地回答。

“看你说得这么肯定，我都不得不信啊！真奇怪，你和我老板讲话的感觉都差不多，明明都还没发生的事，说出来却似乎一定会发生。”林晓呵呵地笑道。

“是吗……说起你老板，她是个什么样的人呢？我在你们网站上似乎只看到一些业务介绍，连她的照片什么的都没看到过，似乎不怎么喜欢露面？”能长期在这的话，大概也只有她了吧？离若是来找她么？

“她？呵呵，一天一夜都讲不完啊！”林晓脑海中应该闪过很多画面吧，不过，她嘴角抿了抿，一句话就带过了。

沙发很舒服，可能因为舒适而且没了压力，睡意竟然弥漫上来，闭上眼向后仰倒，躺在靠背上。

自从霸下进入我右眼之后，遇到灵，我的右眼已经无法有太清晰的感觉，红莲却变得异常敏感。

上次和桀一战，霸下被红莲和雪女吓到，一直徘徊在我周围却不敢再进我的眼睛。

最后他只好变个黑玛瑙戒指戴在我手上。手上和眼里，不都一样么，我也懒得去说他胆小了！

雪女沉睡之前告诉我，雪女诅咒一直潜伏在我眼里，改变着我的眼睛结构，目的是让我能看到灵，看这个真实世界，好让我后悔过往。结果因为红莲的介入，我的眼生长得极其缓慢。不过幸好近些年遇灵过多，让她占了优势，才在昨天终于让雪女的诅咒完成，长成了雪女之瞳。

现在我感受到灵气，右眼却不再疼痛，证明雪女的话是真的了。

正在沉思入睡之际，肩膀被什么软软的东西撞了一下，睁开眼，却见一只黑猫从沙发上窜了出去。

门外两个女子谈笑着走了进来，一个白裙，一个红衣，都非常美貌。

“呀，想不到这么早就有客人，真是难得！”红衣望了望白裙，带着一丝善意的嘲弄。

“比起这个，你们来得这么早才更难得呢！”林晓站起身来，“这位是贺先生，听他讲在这等一个人，却不是来等你们的。贺先生，白裙子这位是我们老板叶玖，另一位是我老板的朋友叶瑟。”

“什么朋友，我是她姐！”叶瑟嘟囔着，“等人？有什么人比我们更重要么？”

“两位好。”我站起来，本想握手，记起了那灵气，略伸出去的手又缩了回来，只是弯腰打了个招呼，“只是来见个朋友，因为听说她会来这，所以早些来这里等待了，叨扰之处，还请见谅。”

白裙叶玖也略有笑意地欠身回应：“难怪今天喜鹊临枝，却是贵客临门，贺先生不必客气。”

“啊呀，啊呀，这么客套的话真是让人受不了，林晓，能麻烦你到外面买点冰茶来喝么？”叶瑟冲林晓调皮地笑笑。

“是啊，要街角那家的噢。”叶玖附和着，“贺先生，随便坐，跟我们不用客气的。”

我却没有再坐。林晓出门后，一道浅色的流光就从门上方罩下，显然是布下了结界，如此光明正大地在我面前显露灵术，自然已经看透了我。

“我都说过冒昧了。”我叹了一口气，赔笑似的望了望她们，“如果早知道这里是灵的地盘，我是说什么也不会来的。”

用雪女之瞳应该可以看见她们的真身吧，不过，当下任何一个施术动作应该都会引起她们的反感，如果处理不当，我就麻烦了。

“看你身上灵气、人气全部都有，还真是天下少见，那么，你到底是什么？”叶玖眼中闪过一丝绿色。

"我对两位完全没有恶意，误闯贵地真是过意不去。如果不方便，我还是换一个地方吧，不过……"我学古人抱了抱拳。

"不过什么？"叶玖和叶瑟同时抬头望一眼我。

"不过，能不能在十二点的时候让我上来一下，我在等一个对我来说很重要的人，她在那个时间会在这里出现。"是不是有点脸皮过厚了，看她们的表情似乎不太欢迎我。

"十二点？"叶玖皱了皱眉，似乎有所顾忌。

"随你喜欢了。"叶瑟迅速挡在了她前面，"你想待多久就待多久，一直待到十二点都没问题，只是，这是我们的地盘，你最好不要胡乱行动。"

难道是忌惮我？

"那是当然，多谢两位成全。"我是真心感谢的。

"哇，搞什么！这门刚刚关得好紧，怎么也打不开，是不是转轴有问题了？"林晓拿着打包的冰茶嚷嚷着闯了进来。

"来来来，喝茶了！"叶瑟急忙跑过去接过饮料。

"贺先生，请你一起喝。"叶玖笑眯眯地从叶瑟手中接过一杯递到我的手中。

"谢谢。"我忍不住重重呼了一口气，有个人类在，这些灵才这么和善的吧？

当我出门的时候，我感觉时间过得好快，生怕会在飞机或是汽车上度过十二点。可是现在，我真切地坐在沙发上，却感觉时间过得好慢好慢，仿佛时间已经停滞不前了，一分一秒都像牵筋动骨，让我坐立不安。

我不知道看了手表多少次，又忍了多少次不看，目光经常不经意地望向门口，甚至都不在乎身边还有两只大灵。

已经快接近十二点，我的额头竟然在流汗。接近冬季的天气里，我竟然流汗了。

"你的心乱得很啊！"叶玖晃过沙发的时候，似乎不经意地说了一句。

我的心的确很乱，一种无力把握未来的感觉一直纠缠在心口。我这时才发现，先前那些所谓的相信，都不及事实将近的时刻来得真实。

我只能无奈地笑笑，却没开口。

"林晓，你不是说今天要请假的么？"叶玖突然冒出一句。

"啊？你答应了？"林晓正玩电脑玩得疯，盯着屏幕头也不回地回应。

"是啊。你哪次请假我没答应？是你自己没走而已。"叶玖显得委屈了。

"谢谢老板！"林晓高兴得跳起来，见我在，又淑女了些，她抓了包，冲我笑笑，"那，贺先生，祝你等到你要等的人。我先走了。"

又被支开了。

“两位，还不到十二点，不会就要下逐客令吧?”还有三分钟，而从先前的状况来看，十二点，她们也有个约会才对吧。

她们和离若已经有过交集了么?

“哪敢，我只是想，你要等的这个人，大概到楼下了吧。”叶玖再次布下了结界。

“啊! 这次，真是来了个大人物!”叶瑟忍不住发出声感叹。

说话间，一个身影已经跨进了流光结界。

离若，真的是你吗?

墙上的时钟指向十二点整，我缓缓站起，面向大门。

那个记忆中已然有些模糊的样子终于出现在我面前，真是离若，让我魂牵梦绕的离若。

离若头发微卷，与以往相比有了些变化，她的脸色严肃，以至于步伐也显得沉重。她没有穿她喜欢的裙子，而是穿了略显干练的女式西服。

她经过我，连目光都没扫过我一下，就像我根本不存在一样。

我憋在喉咙中的名字生生卡住，如鲠在喉般，鲜血淋漓。我探出的手斜停在空中，失去了动弹的力气。

我以为，她就算不扑进我的怀抱，至少也应该笑着叫我的名字，犹如当初那样期待地望着我。

曾经那样亲密的人，曾经感受过彼此温暖热度的人，怎么会如此冷漠地擦肩而过，仿佛素未谋面?

可是，她明明就是我的离若。

仿佛胸口绷紧着的一根钢线“咔嚓”断裂，粗重的呼吸之后，竟是一阵悸痛。

“十二点，果然不多一分不少一秒，您真是准时。”叶玖微微一笑，算是招呼。

“事情考虑得如何了?”离若声音不缓不急，不带一丝情绪。

完全不是我记忆中的样子……即使在一起六年，我也不曾听她用如此口吻说过话。

离若到底怎么了?

“一直以来，我都自由自在惯了……”叶玖望了一眼叶瑟，似乎坚定了些，“我暂时不想加入。”

“还是要拒绝么?”离若望了一眼叶玖又看了看旁边的叶瑟，“你要拒绝，倒也不需要请九尾火狐来帮手的，我不会强迫。”

“什么帮手啊，您真是说笑了，这样一说，可把我们说到对立面了。我是自己要来的，妹妹她劝不过而已。您也知道，像您这样的大人物，可不是能经常见到的。”叶瑟掩嘴打了个哈哈，但眼中还是闪过一丝惊讶。

大概是因为刚见面就被看破真身的缘故吧。

九尾火狐，能够修炼出九尾来的灵，大概还不是那么容易被看破真身的吧，她应该一直都存在着这样的自信。

其实，一直以来，我都不知道离若是什么，因为她从来没在我面前显露过真身，只是偶尔会局部灵化，有时候是眼，有时候是耳朵，有时候是手。在我心里，一直就不在乎她是什么，而且，和我在一起的时候，她失忆未愈，连她自己都不知道自己究竟是什么。

"既然如此，火狐大概也明白我来此的目的了吧，你愿意加入么？"离若望向叶瑟。

"大概也了解那么一点吧，可是，是不是太乌托邦了？"叶瑟抓了抓发丝，有些质疑地看着离若。

"我知道你们拒绝我的理由，是觉得我的构想太过稚嫩么？"离若低头望着地面，"我以为你不一样，才来找你的。没想到，我看错了。"

"在这人世，灵已经习惯了自己的生活方式。这么多年来，不都生活得很好么！您又何必再来改变，要按照您的构想来实施呢？"叶玖虽然口口声声称"您"，话语中却也不卑不亢。

"习惯？你们修炼有为，有能力活在繁华人世之间，但你却不知道，还有多少弱小的灵，躲避着人类，与同胞隔绝，寂寞无力地生活着，时刻面临死亡的威胁……"叶玖的话触动了离若，让她有些激动，她的耳朵伸缩着变大了起来，变得有点像猫的耳朵。

"这个世界的法则便是如此啊！"叶瑟在旁打断，"灵从来都是如此生活的。至于您所说的同胞，灵之间，大概不存在如此亲密的词语吧，灵的世界从来都是弱肉强食，这一点，你能强大到这种程度，应该更加能体会才是。"

"全部被称为灵，就应该算是同胞吧，看着大部分同胞用自己所不认同的方式生活着，我总想着有所作为来改变这一切。"离若有些悲怆，"不过，既然你那么说，你应该无法明白我的心情。"

"虽然我了解了您的整个构想，要建立灵之森，让人界之灵按人类的秩序来生活，可是，从打破到建立，这中间所要经历的东西，您都准备好承受了么？"叶玖叹了一声。

离若双眸闪耀，目光坚定："我早已经准备好了。"

"怎么可能！"叶瑟眉头微皱，吃惊不已。

"我眼望同胞疾苦，耳听灵之哀鸣，如果还无所作为，又有何资格立于天地之间！"离若伸出手，探向两人，做着最后的邀请，"你们，愿意同我一起实现么？"

"听上去似乎有点意思。"叶玖伸出手，握住离若。

“真是小孩子一样爱胡闹。”叶瑟柔媚一笑，也伸出手，“可是做姐姐的我，真是没办法管教呢！”

她们三人，仿佛视我为无物。

离若找到了比我更重要的东西，如此才离开我的吧？

我点了一支烟，略带微笑地望了一眼离若，推开门。

为了让我看到这一幕，离若应该安排了很久吧？那么，我们会不会再见呢？

出了九夜灵感工作室的门，我强压着回望一眼的想法，埋头钻进的士，说了声“去机场”。

我见到了想见的人，明明应该感到欣喜，不是吗？可是心中那阵凉凉空空的感觉又是什么？它牵扯着我的嘴角，无法上扬。

不过，幸好她还在。

我没再停留，回到了原来的城市，从此以后，我也该过自己的生活了。

时间照旧在走，并没理睬我的心酸。

颖子突然打电话来，说和我一起过中秋，这才让我察觉到街旁的气氛开始喜庆了，到处都摆满了月饼直销的宽敞帐篷，是啊，竟然中秋了。

颖子是我的学生之一，其实我也就两个学生。当初读高中的时候做过一段时间补习，教的就是颖子和橘双胞胎两姐妹。我读完高中之后换了地方，可能基于曾在一个屋檐下的深厚感情，联系一直未断，以前还叫声贺老师，但现在一律叫哥了。

在公交车站台接到两人的时候，她们几乎像风一样扑过来搂住我，那份窒息的热烈让我不得不感叹西方文化对青年一代的影响有够深入。

“离若姐呢？”刚进门，颖子就四处瞄了一遍，然后瞪大眼睛望着我。

我被突然问倒，也是，离若理所当然是该在我身边的。

“你找她有事？”

“没事，没见她奇怪而已。”颖子嘿嘿一笑。

“你不会把人家甩了吧？”橘恍然大悟地用手指着我，“唉，现在的男人果然靠不住，话说离若姐高中就和你在一起了呢！”

“两个小家伙。”我拍了她们的脑袋一下，阻止了她们的混乱之语，“知道些什么，在这乱讲。”真是哪疼掐哪，唉。

“不说了不说了，大概刚失恋还在痛苦呢。”橘“嘎嘎”地笑，顺手就拿着遥控器打开了电视。

“你们俩不是出问题了吧？”我在厨房做饭的时候，颖子边帮着收拾边问。两姐妹中，她是姐姐，显得比较勤快。橘在客厅看电视，笑得一塌糊涂。

“她有事去忙了，估计短时间内不可能陪在我身边了。”我撒谎道。

“我看你瘦了很多，你可要照顾好自己。”颖子端着菜往餐厅走，然后又回头望我一下，“我们可还得在这个城市至少待四年，你得养好身体照顾我们呢！”

这孩子。

吃过晚饭，聊了些姐妹俩的校园生活，不外乎军训、结交新朋友之类的。

橘很起劲，口若悬河地把学校生活说得天花乱坠，对这样能脱离父母的掌控在外无法无天的生活极尽谬赞和幻想。颖子则在旁边静静地听，偶尔会意地笑笑。

两个人能考进这样的重点大学，以前的刻苦是可想而知的，看来这摆脱了缰绳的烈马终于能肆意奔腾了。

橘正说到兴头上，她的手机响了，但进入状态的她显然没有意识到，颖子戳了戳她，才让她如梦方醒。

橘接起电话，大大咧咧地把左脚弯曲着放在凳子上，像个山大王一样：“喂，妈？噢，中秋快乐，中秋快乐，我们正吃饭呢。哥？他很好。菜也好吃。先这样吧，我们正聊天呢！”

然后“啪”挂了，看得我目瞪口呆。

“我们说到哪了？”她抓了抓脑袋，问我。

“先吃完饭再说吧，等下赏月的时候有的是时间，一张嘴唠叨得跟大妈似的。”颖子忍不住取笑道。

“切，今天这么多乌云，哪有月亮可赏？我还是趁现在说完了好，不然等下睡不着。”橘继续她的话题。

一顿饭吃得很漫长，看着肆无忌惮欢愉地笑着的橘，我很高兴。看得出，颖子对她也不反感，只是可能怕我会觉得聒噪，在旁边时不时打击她一下。

时间已过八点，天空中真如橘所说的一样，月亮躲在密布的乌云之后，不知踪迹。

窗外有来自公园的桂花香拂入，窗帘翻飞。即使没有月亮，我和颖子也来到了阳台，祈盼着能发生奇迹。橘似乎认准了没有月亮，盯着电视看中秋晚会，一个人看小品笑得花枝乱颤，手里还抓着吃了半边的月饼。

“没有月亮，似乎吃月饼也没什么意思。”颖子探着头望，颇显失望。

“月亮是人们对家的寄托，像我们这样不在家的人，对着明亮的月亮，就像看着父母亲人的面孔一样。现在乌黑一片，目光没有依托点，当然缺乏气氛。”我无奈地笑笑。

“老实说，我这是第一次在外面过中秋，感觉有点闷闷的。哥，你经常一个人在外，应该很难受吧?”颖子说。

“还好啦。”我故作轻松，但还是叹了一口气，“其实……”

“习惯就好，对吧?”颖子的笑声缓解了郁闷气氛。

就在这时，有哭泣声传来。我和颖子不约而同望向屋里的橘，只见她含着半边月饼抽泣着，眼泪哗哗地流。

“这是怎么了?”我和颖子跑过去。突发如此状况，让我有些摸不到头脑。

“姐，我想妈。”橘完全无法控制住情绪，良久，她才说出话来。这时我才看到电视画面上，正在播出一家团圆的情景，橘这是触景伤情了。

“吃饭的时候妈给你电话，你还嫌唠叨? 现在知道想了。”颖子一边拿电话一边摇头，“我打电话回去，你跟妈说说话，好吧?”

谁知橘夺过电话：“多难堪，不打。姐，你抱抱我。”看这娃撒娇的样子，我真是哭笑不得。

还好颖子似乎已经习惯了橘的做法，挨着她坐下之后，抱着她：“也不怕哥看了笑话。”

“没事，哥没事的时候也一个人偷着哭的。”我安慰道。

“出月亮了，出月亮了!”也不知道是谁在外面吼。这让我们来了兴致，三人都往阳台跑。

果然，原先阴霾的天空竟然乌云散尽，莹白的月亮出现在天空。皎洁的月光洒下来，穿过城市混乱的灯光，倔强而温柔地洒在每个人的眼眸里。

那一瞬间的幸福无可言表。

“搬凳子赏月了!”我从房间里拿出凳子，递给两姐妹，然后又拿了些月饼盛在盘子里端出来，“现在开始，才算是真正过中秋了!”

“听奶奶说，从她记事开始，八月十五这一天，月亮一定会出现，不管先前是刮风还是下雨，但到了赏月的时候，她就会光华四射地出现。我还以为今天她会失约，没想到，竟还是出现了。”颖子颇有些感慨。

八月十五，是个重要的日子，因为寓意团圆，像圆月一样。

自从离若离开我，我已经两年没过过这种节日了，幸好今年，有人陪伴。

离若，我会忘了你的。

第七章　幻真

我在九龙海鲜城门口刚等一会儿，翔就牵着一个穿白色连衣裙的婉约少女从侧街穿了过来，他的另外一只手则遮挡着少女的口鼻，让我看得有些恍惚。

“哥们，咱换个地儿，我这口子吧，不喜欢海鲜这味儿。”翔并不是北方人，出于某些经历，他的话语总是带些北方腔调，让人听起来有些许江湖气息。

“你倒体贴。”原来是为那少女遮挡门口飞腾的海鲜气味，我笑了笑。前几天才听翔打电话说交了个女朋友，现在就如此黏糊，看得出进展很快，又一个可怜的花季少女啊！

“这是我女朋友小鱼，这位就是我跟你提过的贺。”走到宽阔些的道路之后，翔才腾出空介绍。

“你好。”小鱼腼腆地伸出手，蜻蜓点水般和我握了下，顿时一张脸变作通红。

“你好。”她的手微凉，说不出的软滑，但那让我背脊和眼睛疼痛的感觉，在这时出现了。

我表面不动声色，暗地里却长叹了一口气，忽然开始厌烦这种不同于常人的辨灵能力。

“别有想法啊！她可是我的。”看着我有些目光发直，翔用手对着我的头一推，笑道，“今天主要是带出来让你见见，别下次在街上遇到被你下手了、你这小子可是典型的老少不拒的。”

“你这是人话吗！”我嘴角抽搐，尴尬地笑笑。

“你那德行谁不知道！”翔搂着小鱼一阵大笑，侧过头去揭我的短，“鱼，别看他现在这样一副文质彬彬的样子，追起女人来就是一典型色狼，经常跟踪美女，一跟就是几十里路。你要是在我之前遇到他，估计早遭毒手了。”

“这倒对。”我轻声嘀咕，可我那追的哪是美女，那是些化成人形了的灵！

“你看这小子点头了不是！”翔继续数落。

在女人面前数落兄弟的不是，这是男人的通病，一言以蔽之，曰：贱。

“我说，你胸口上挨那刀好了没？”眼看这小子没完没了了，我冷不防问道。

“缝了十几针，到时候把线一扯，刚好一条青龙纹，跟以前文的那条白虎相对，左青龙右白虎，特精神，特仪式。这也是我跟小鱼爱的见证！”翔忍不住就要扯开白色的衬衣给我看看。

我无语。

“老实说，哥们我从来打架没理由，那次和桀不也没二话，想不到我人生当中竟然还能有次有理出手的，被我遇到了英雄救美的好事！当下，二话没说揍得他们满地找牙，自己爽了不说，还得了见义勇为好市民奖，顺理成章地还得了个老婆。你说这等美事，天下几个人能遇到，嘿嘿！”翔有些得意忘形。

“挨刀的事不记得了？”我没好声气，这小子还真是单纯！

只是，桀，已成往事。

“要不是那小子不讲规矩要阴的，我也不会把他送局子里去，奶奶的，当我好欺负！”翔似乎记起了点疼，按了按胸口。

“小鱼，你家是哪的？”我见小鱼说不上话，主动提问道。

“她，就本市的，父母都在国外，她刚大学毕业正准备找工作。”翔横插一句，让我忍不住就要抽他。

“哦。”我强忍情绪，又继续笑颜问道，“哪个学校，学什么专业？”

“你什么时候变这么多话。”翔又给截住，“我们可都选好日子了，过几天就结婚，到时候顺便去新马泰度蜜月，反正她喜欢海，可能就玩它半年再回来。你呀，就算打坏主意也没用。”

“没必要这么快吧？她父母同意吗？”我笑笑。

“男大当婚，女大当嫁，结婚是我们的事，父母啊，在家瞅着高兴不就得了。”翔完全忘乎所以，陷入恋爱的白痴状态。

我估摸着也没办法和小鱼说上半句话了，心中暗叹：“你现在就高兴吧，到时候有你哭的。”

翔喋喋不休和我说了很多话，全部是关于两人之间的美妙经历，情到浓时还忍不住相视一笑，暧昧情愫让人鸡皮疙瘩掉一地。

几天工夫让一个只知道打架闹事的浑小子变得如此模样，还真是匪夷所思。莫非他中了幻术？

我大概是因为看到了翔的幸福模样，所以不忍心去破坏，又大概觉得小鱼和离若一样，慰藉了一个孤独的人的心，所以也不便出手。

但小鱼与我握手时淡淡的灵气却让我开始越来越觉得不对劲，因为按照道理来说，一个可以幻化成人形的灵，那浓烈的灵气是足够让我疼痛一阵的，要么是那阵灵气只是我的错觉，要么是她灵力高深，能够隐藏自己的真实身份。

如果是后者，对翔来说，是件危险的事情。

自那次见面后，我越加在意起来。谁知道，之后拨打了几次电话，翔都是关机，去他经常出没的地方找也没找到，翔一下从我生活中失去了踪迹。我很不安，更为自己的放任感到愧疚。

世界上每天都有些人莫名其妙地失踪，失踪的理由万千，却没有任何证据说明有灵参与，而据我所知，灵在这类案件中扮演了很重要的角色。

时间过得很快，转眼半年，我已经接受了翔的失踪。

然而就是这个时候，我接到了翔的电话。他的声音有些沙哑，带着某些悲伤。他说他在医院，想要见我。

找到他所在的病房，我看到他坐在床上，头发凌乱，双眼通红，似乎刚发过大脾气，而双脚被铁架固定夹住，外面还缠了厚厚的绷带。一个小护士正在收拾地面破碎的罐子，散发着浓香的鸡汤洒了一地。

见我进门，他的表情才变得有些舒缓。

"这是?"我有些莫名地望向他。在我的印象中，他不是个喜欢乱发脾气的人。

"没事，被仇家废了两条腿而已。"他恢复到平常模样，苦涩地笑笑。

"而已？你腿挺多?"我无奈地摇摇头。老实说，看到他这副模样，我心里竟放松不少。

"刚有看到小鱼跑出去没?"翔轻声问。

"刚？你和她还在一起?"我并没在走道看到她，而对于两人还在一起，我多少有些诧异。

"我们刚度蜜月回来，前几天晚上在楼下买包烟，碰上了这档子事。医生说我可能以后都站不起来了，所以……"翔尴尬地笑笑，声音有些干涩，"我倒无所谓，可她日子还长，你说一个大男人以后照顾不了自己老婆……像话么……"

"所以刚才你是故意气跑了她?"我恍然大悟。

"其实我早就想到过这一天，可是心存侥幸，以为我们能白头偕老。其实老天让我们在一起半年，拥有那么美好的时候已经足够了，就算拿我的命去又如何?"翔摊摊手。

我不知道该说什么。

翔是个内心孤独的家伙，他总是喜欢站在繁华的街道楼顶，俯视楼下来来往往的人群，一根接一根地抽烟，直到人潮散尽。

这样的家伙，生命中大概也就那么几个人存在，而小鱼这样的离开几乎可以抽空他的所有。

“你替我照顾照顾她，她是个很依赖别人的人，这样的人容易爱上别人，也会很快忘记一个人的。”翔继续说着。

“行。”我不假思索地答应着。我知道，他做的决定别人是无法改变的。

出了病房，我并没有下楼，而是朝着楼顶走去，因为我使用了灵力，寻找到了小鱼的所在。

小鱼正在楼顶，可出乎我意料的是，她正蜷缩着在哭，幽暗的光线下，显得楚楚可怜。

这绝对不是一只灵该有的表现。

“那个，他脾气是有些暴躁，你别放在心上。”我试图安慰。

听到我的声音，她抬起头望了望我，努力地抹去眼泪想要恢复坚强的模样：“他从没在我面前发过脾气，所以让我有些害怕。”

她竟没发现翔发怒的缘由。

“他是个倔强的男人，只喜欢照顾别人，不喜欢别人照顾自己。如今他双腿已废，不仅无法照顾你，反而要你来照顾他，这种转变让他感到无所适从了吧。”我叹声道。虽然我还想说些话帮翔达到目的，但话到嘴边竟无法出口。

“我竟还不如你了解他呢。”小鱼自嘲般笑笑，“那你的意思是不是我该就此离开，再也不出现在他面前，他才会好过一些。”

“也许吧。”我点头。

“可是如此轻易地放弃，能证明我爱过么？”小鱼望向我，眼中决绝胜过疑惑。

“这……”我一时语塞。

“虽然现在有些难过，可我却知道不久之后我能推着轮椅上的他一起看夕阳，我们会有个孩子，我们会幸福地生活下去。”小鱼抿着嘴，描绘着将来的幸福图画，仿佛诉说着事实一样。

既然如此，那我还担心什么呢？人家找了个好老婆，残废了还能被照顾，那是福气。

三天后的一个黄昏，夜养出现在我的家门口，一进门就有些亢奋。

“贺，我给你讲个事情，保证你没听过。”他一进门就从冰箱里拿了瓶可乐，灌了两口。

“什么?”见他一副要吊足我胃口的劲头，我故意不理睬，过了一阵才问。

“你见过灵变人吗?”他一副看待乡巴佬的表情。

“你第一天认识我?”我没好声色。

“听仔细，不是幻化，是变!”他嘿嘿一笑，“大概是一年前吧，我就开始瞄上那只灵，跟了大概半个月，被她跑了。我今天下车的时候竟然又遇上了，可没想到她竟然变成了人。”

“什么乱七八糟的？听不明白!”我看着他一副精神错乱的样子，脑袋发蒙。

“能幻化成人的灵浑身都带灵气，有诛邪在，我一眼就能看出来。这样的灵，能够变回真身，而且还具有灵力。可变成了人的灵，不仅无法变回真身，而且灵力全失，就跟个普通人一样生老病死。你说一个修行上千年的灵，虽然有我们这样的天敌存在，可谁愿意舍弃一切，做个普通人活个三五十年!”

夜养边说边摇头，看样子想不明白。

“你不会看错了吧！可能只是长得相似而已。”我想也不可能出现这样的事情。

“天下就不可能存在两片相同的树叶，相同跟相似我眼睛能分辨不出来?”夜养轻蔑地扫我一眼。

“这倒也是。”我赞同地点点头，“话说回来，海的女儿为了能和王子待在一起，变身成人活一夜都心甘情愿，好歹这灵还能活三五十年呢，也没什么不可能。对了，你说的灵是个什么灵?”

“不清楚，修为太高看不出来，可能如你所说是海的女儿也说不定，因为我记得身边那男的叫她小鱼。”夜养漫不经心地哼哼。

“啊?”我哑然。

“别啊了，忘记了正事，奇峰那老小子惹了件麻烦事，要我带上你去救驾呢。”夜养将可乐往桌子上一放，想起什么般。

红色的月亮，滴血的眼眸，还有那张狰狞狂笑的面孔，以及那把灵异燃烧的长刃。

诡异的街道上奔跑着无数的虚幻影子，长刃挥过，如死神收割生命。

这是我这两天一闭上眼，眼前就会出现的画面，我很清楚地知道那便是我自己近乎癫狂的模样，醒来之后已是冷汗淋漓。

每天的梦境似乎都在连续，慢慢地开始出现一个熟悉的声音，那破裂的身躯，落地时的巨响，还有跌落在地的金丝眼镜。

梦醒。

“到了。”夜养摇了我一下，将我弄醒。

望望窗外，已是夜幕深沉，除了街道上闪亮着一两盏路灯放出昏黄的灯光，远处漆黑一片。

这是奇峰最后出现的地方，如此说是因为在我和夜养出门的时候就已经无法联系到他，估摸着可能出了状况，所以快马加鞭，奔赴这里。

只可惜太过偏僻，坐汽车竟然坐了两天两夜！

也因为如此，我一路噩梦连连。

这是个叫作界痕的小镇，第一次听上去很玄幻，却也只是个平凡的小镇，乡土与城市的交界处，街道不宽，碎石柏油路，各种垃圾废纸绊着脚跟，偶尔会有货车经过。

“我们先找个旅店落脚，明天再去打听。我先前问过司机，镇子不大，奇峰那模样应该很显眼，问问人应该能问到。”夜养左顾右盼地望望，却发现旅店并不好找。

“呕。”声音的来源是前方的一棵歪脖子树，昏黄的灯光下，可以凭背影判断是个少女，穿着颜色鲜明的衣服，留着不长不短的头发，此刻因为酒醉在呕吐。

“请问下，美女，这附近是否有旅店？”夜养病急乱投医，竟上前问道。

“夏……夏美女？你怎么……怎么知道我姓……夏？”那少女朦胧着双眼打着酒嗝，歪靠在树上半天才回过头，一只手艰难地指向夜养，舌头打结。

果真只是个未成年的小女孩，头发挑染一小缕白，彩色的眼影全部糊下来，和水迹一起挂在了脸上，似乎刚哭过不久。

“我想问下这附近是否有旅店？”夜养捂了捂鼻子，坚持继续问道。

“旅店？旅店……你想干什么？我……我才不陪你睡……”那少女一个跨步想夺路而逃，却歪斜着向前扑倒。

夜养呆如木鸡，显然被少女两句话惊到了。

我一步上前扶住，稳稳地抓住了她的手。触到她裸露的手掌，骨骼和眼却没有产生意料之中的疼痛。

如此深更半夜，不合时宜出现的女子竟是真真实实的人类。我松了口气，暗怪自己神经过敏，凭借着夜养感知灵气的能力，全然不需要我亲自上前检验的。

“呕。”少女又是一阵呕吐，刺鼻的酒味加上呕吐物的发酵气味，冲得我一阵发晕。更可气的是，她那一堆脏物全部吐在了我的身上。

“喂，快帮把手。招惹这么个丫头，真是……”我冲夜养叫道，却发现他神情凝重，手指已经结成了召唤印。

“我感觉到附近有灵气，你自己小心。木遁！”夜养轻声提醒，手靠向前方的树，借着黑夜的掩盖，几声古怪的咒语之后，如附身于树一般，消失了。

“真是要命。”夜养惹了麻烦，受罪的却是我。

“我要喝酒，喝……”少女如烂泥般缠在我身上，嘴里还在迷糊地嘀咕。

“美女，夏美女？你住哪啊？”我试图和她对话，结果却只是她说她的，我说我的，完全不在一个世界。

原本藏在云层之后的月亮露出了红色的边，我仰望着天，再环顾四周，竟然发现这周围的一切与以前的梦境重合起来，四周的建筑在红月的映衬下，展现出诡异的气氛。

我手中还抱着一个女子，却看到空旷的街道上出现了一个熟悉的身影。

飘逸的发，桀骜的站姿，泛着光的镜片。

“桀？”我下意识地喊道。

这一声让我无法判断我是在梦中，还是在现实里。

桀冷漠的面孔如碎瓷般剥落，露出另一张冷笑而俊酷的面孔。他瞳孔之中全是白色，诡异之极，黑色的头发如瀑布般从头顶散落，与身上的黑色西装浑然一色。

我沉着脸，右手摸向身后的红莲。

整个过程不超过三秒。

见我动作如此之快，他有些诧异，但只是一刹那，立刻回复冷酷。

红莲的火焰照亮了我的眼眸，也映红了对方的身影。

“红莲。”他冷哼道，仿佛为了显示他的见识宽广。

我并未留手，动作飞快。他既然知道桀的存在，并知道我杀了桀，那么定然与饕餮有关系，很有可能就是来夺我红莲的。

“想不到你这么沉不住气。”他却站在原地，不再移动半步，只是上身摇摆，任我动作飞舞，火光洒落，却无法伤他分毫，“既然如此，我笑纳了。”

只见他伸手一探，我手中的红莲被他直接拿在手中。

失去红莲在身边制衡，右眼的疼痛立刻显现，鲜血疯狂涌出。

“雪女的诅咒。”他似乎知道我会出现如此情况，漫不经心地道，一只脚已经踩在了我胸口，“你身上还真是有着很多有意思的东西。”

“你！你到底是谁？”我捂住右眼，抬头望去，却看见那双洁白的眸子俯视下方，就如俯视虫蚁，嘴角的狞笑更是充满了轻蔑之意。

“我？也许你并不配知道，又或者说，既然会死，知道与否又有何区别？”他反握红莲，锋刃向下。不知是何原因，那原本红色的火焰竟然变作漆黑，偶尔还冒出半丝白气。眼看一直被我所使用的武器即将成为杀死我的凶器，除了感慨我竟没有别的想法。

“定！”我微笑，捂眼的右手结定身诀，“时间刚刚好。”

我话音刚落，手握红莲的他动作很快变缓，刃尖在我头顶一寸的位置生生停住。

“竟然在红莲之上设置了定身诀的配合符文，倒是下了些功夫，竟被你暗算！”他哼道，只可惜全身被符文布满，已经无法动弹。

“既然知道有人打我红莲的主意，我当然得下些功夫，否则在你们这些强悍的灵手中又如何能够生存下来！”我拨开他踩在我身上的脚，站起来，并夺回了被他抢去的红莲。

“你果然比狐狸更加狡猾，为了削弱我对红莲上新增符文的感知，竟然装出一副瑟瑟发抖的样子，并问我问题转移我的注意力。我竟上当！”他愤怒多过懊悔。

“其实你也不赖，你的计划早在几天前就开始实施了，不是吗？我听说梦魇可以自由穿梭于人的梦境，想不到你竟还可以控制梦境。前几次的梦你想让我陷入惊恐，怀着对桀即将出现的恐惧而神情恍惚，然后支开夜养，来杀我！可惜，我从开始做噩梦的那一刻起，就已经有所防备。”我说道。

因为做噩梦的时候，红莲和雪女之眼都感觉到了。

我夺回红莲，火焰蹿起，斩向梦魇。它的躯体顿时消失得无影无踪。

就在这时，我的身体却颤抖了下，猛地睁开了眼睛。

阳光洒落下来，晃得我的眼睛有点睁不开。

停顿了片刻，等我适应了光线，环顾四周，发现自己竟然躺在歪脖子树下！而躺在我怀中的少女竟不顾满身的脏东西，睡得正香。

我不禁哑然，刚才发生的一切，只是一场梦？

那么梦魇到底是灵，还是只是梦本身？

昨晚发生的一切到底算什么？

想着想着，胸口竟开始疼了，低头望去，少女的手肘正抵在上面。

记忆里的过往到底是真实，抑或只是一场梦境？

谁知道呢……

第八章 善恶

界痕的阳光犹如猫般慵懒，感觉得到明亮的光线，温度却不高，很舒服。

少女告诉我她叫夏至，说完后就不管不顾地扒了我的外套，丢进洗衣机，然后又当着我的面甩下自己的外套，转身进了浴室。

还真是个让人无语的孩子。

房间不大，看上去就只有小小的三间，客厅，卧室，浴室加厕所，竟没有厨房。房内贴满了明星海报，窗台处挂有风铃。

门口的鞋橱处只有一双拖鞋，还有几双帆布鞋。

房内家具很少，一个高低柜上随意地摆着几本书，只有一本叫《葡萄园的秋天》前几页有翻动的痕迹，讲一个少女怀春的故事。

我笑着摇摇头，坐在小巧的沙发上，等待夏至洗完澡。

“忘了问你叫什么。”她用毛巾搓着细长的黑发，身上仅穿一件棉布制的睡衣走了出来，浑身有沐浴露的香味。

“贺。”我回答说，却又反问，“你一个人住？”

“我是孤儿，以前住孤儿院，早些时候搬出来的，现在算是一个人住吧。”夏至打开冰箱门，伸手拿了个苹果，应该说只剩下个苹果，“早餐半个苹果，你觉得怎么样？”

不待我出声，她便转身在水龙头下冲洗了下，用刀切作两块，递了一半给我：“你吃大的，我吃小的。”

我点点头。

“看样子你不是本地人，你来这里做什么？”她在我前面的小沙发上坐下，扯了扯睡衣遮住自己的细腿。

“找人。”我回答，咬了一口苹果，发现有些软，显然已经放了很久。

“这个镇子我很熟，我可以帮你，不过有个条件。”夏至似乎有些踌躇，狠狠地咬了口苹果，终于下定决心。

“我可以付给你钱。”我猜测她应该到了没米下锅的境地，所要的东西，除了钱没别的。

“不是，我要你当我男朋友。”夏至声音很轻，脸顷刻红了。

“啊？”我哑然，这样的条件还真苛刻。

“就三天。或者……或者一天也行。”夏至抿抿嘴，语速很快，生怕我拒绝一般，但又将腿蜷缩在了沙发之上抱了抱，“但是，你不许碰我。”

老实说，我对未成年少女没什么感觉。

“我去洗个澡，你把我的衬衫和外套弄干净下。”我站起身，扯了扯束紧的领带，拿起早些时候买的几件衣服，进了浴室。

“你……不愿意么？”夏至有些失望。

“我都已经抱着你睡了一晚，再多当你一天男朋友有何不可？既然我们等下要去约会，我总得弄干净点，对吧？”一天男朋友？现在的小女生还真是什么都能想。心中虽然如此想，但我脸上还是露出个比阳光还灿烂的笑容。

反正闲着也是闲着，一边玩一边打听奇峰的消息也不错。

“嗯！”夏至雀跃般跳起，狠狠地点头答应，眉目间闪过一丝狡黠和得意。

刚买的衣服不怎么合身，粗糙而且带有一种塑料包装的味道。

带她去吃饭，她说想吃面，于是点了那个饭馆最贵的牛肉面，吃完一碗后望着我的碗说能不能分她点，不等我答应她就端了过去吃完了。给她用餐巾纸，她坚持说不用，趁我不注意的时候，擦在了我的袖口上，然后似乎某项阴谋得逞般地狂笑。

街道上没有红绿灯，她不管有车没车，只顾自己横穿而过，然后在街的那头扮着鬼脸笑话我胆小，过个马路还左顾右盼。

去服装店，把衣服一件一件地试，问我好不好看，最后却不买。

她在街上随便找个熟人借了辆摩托车，然后将钥匙交给我说“带我去兜风”。在摩托车上却又不坐着，而是双脚直直站立，不时地大喊大叫，还催促我说快些快些。

镇外没多远，是条布满青苔的河，她指着河中那条白色的线说：“那就是我踩出来的，我经常一个人沿着河逆行，让清凉的水漫过脚背，要不要试下？”

她用疑问句说的话，结果我都是用陈述句来执行的。

这样的时间过得很快，余晖已至，夏至对我说：“陪我去最后一个地方，你的任务就完成了。”

我们来到一所学校附近，转角的时候，她要我出钱买瓶可乐。她在冰柜中找来找去，找到一瓶满意的拿了出来。

学生放学，陆续走了出来。夏至站在街口，看着人群，彷徨而不知所措，双手按着瓶子来回转动。

直到人群散去，一个高个男生走了出来，她才收回有些期待的目光。男生认出她，也靠了过来。

两人相对无言良久，明眼人一看就知道有点问题。

夏至靠近我一些，用手搂住我的脖子。她的手有些发抖，头很低，声音更低："这是我的新男朋友，你曾经陪我做过的事，他全都能做到，以后……以后我不会再缠着你了。"

"噢。"男生望望我，尴尬地回应。

"这是我给你买的可乐，你最喜欢的，微凉，不冲鼻伤胃的，以后，你自己照顾自己。"夏至勉强微笑着。

男生接过可乐，没有说话，转头走了。

忍了半晌的夏至，终于哭出声来。

"是初恋吧？"我拍了拍她的肩膀，有些怜惜地叹了口气。一整天近乎疯狂地玩，看似轻松自在，其实心中早就伤痛万分了。"有人说，初恋是人生第一朵绽开的鲜花，如初升的朝阳一样美好。但鲜花总会凋零，太阳也会西落，时间过去，人们总会失去一些东西，过去的美好时光却是属于你的，你该欣慰。"

"我只是不愿意相信，他会当着那么多同学的面说我是个没教养的野孩子，更叫我以后不要缠着他。我们两个人在一起的时候根本不是这个样子，他会拉着我的手，亲吻我，说笑话给我听，可只要见到他同学，他就会迫不及待地甩开我。我知道他怕同学笑话，可是……可是那么狠心的话，他为何说得出口！"夏至呜呜大哭，全然不顾我的新衬衫被泪水口水湮没。

我大概了解了事情的经过，昨晚深夜的酒醉定也是场宣泄吧。

"这便是这个世界戴在人身上的枷锁了，为此说违心的话，做违心的事，只想维持心中那一丝自以为是的尊严。呵，别哭了，我带你去看电影怎么样？我先前似乎看到了家电影院呢。"我替她擦干眼泪。

"看电影？"她摇摇头，红着眼圈静静地抽泣，"我说过，这个地方是我要你陪的最后一个地方，你的任务已经完成了。"

"我答应你的是一天，也就是说现在你还是我女朋友，作为男人的我，又怎能忍心让自己的女朋友哭着回家，嗯？"我笑着说，轻轻捏下她的鼻子，想哄她笑。

"嗯。"夏至如小女孩般欣然答应，笑容立刻上了面颊。

"快，谁有手机，打下医院号码。这有个孩子出事了！"我和夏至刚准备沿街行走，就听街上一个男子一阵大吼，立刻所有人的目光都扫了过去。

围绕着发声的地点，很快就围拢了几个人，可是谁都没有蹲下。

“是他!”夏至只望了一眼，脸色一下苍白起来，跌撞着扑了上去。

我看她反应已经明白了几分，立刻也跑了上去。

只见夏至前男友平躺在地，腹部高低起伏，口中、鼻中到处是鼓着气泡的血沫，他的眼圆圆地睁着，眼白不时上翻，身体不由自主地抽搐，眼看只有出的气没进的气了。

他的右手紧紧地捏着一瓶打开的可乐，瓶口处可乐正在慢慢涌出，洒在灰尘密布的水泥地上。

周围的人显然被这样的情况吓呆了，根本没人敢上去搀扶一把。我递出手机让他们拨打医院号码。夏至慌慌张张地走上去，想要将他拉起来，可那男生就像一团软泥，连抱都抱不住。

见夏至如此，我连忙靠上前去，却感觉一阵微弱的灵气冲撞上来，让我眼眸一痛。

散发出灵气的赫然是男生手中握着的可乐，正是那些冒出的气泡冲撞着我。

这不得不让我停住俯下的身体，转而打量周围。

这种诡异的伤人手法，的确只有灵有能力做到。只是这只灵很大胆，竟然在光天化日、众目睽睽之下伤人。这样的挑衅做法，只会引来猎灵人的无情追杀，有点常识的灵似乎都不会这么自取灭亡。

我观察着周围的一举一动，妄图从中找出一些蛛丝马迹，却并无所得。

“谁能救救他？谁能救救他？……”夏至已经泣不成声，可于事无补，男生带着一丝麻木和无神睁着眼离开了世界。此时，他的口鼻中依然不间断地冒着气泡。

“好像是可乐有问题，我看到他只喝了一口，突然打了个喷嚏，血就喷出来了，还没迈出两步就摔倒在了地上，真是奇怪。这年头怪事就是多!”扶起夏至经过警车的时候，我听到目击者如是说。

“这，不是你所希望的吗？寄托于可乐之中的念想，我可是完完全全地帮你转达到了，爱与恨纠结之后，人类还真是决绝呢!”一个声音带着笑意从我耳边滑过，与我们擦肩而过的女子有些调侃地望向夏至，完全忽视了我的存在，不待我反应，又化作一阵肥皂泡沫消散开去，空气中只剩下一个模糊的影像。

“我告诉自己不恨，不恨，却怎么也没办法做到，就算有你代替他陪我，我依然不开心，我想着他也许死了才好呢，我的心才不会因为看到他而疼。可是，他死了，我的心却更疼了。”夏至痴痴地望了我一眼，不待我答话，转身走向了人多之处，与所有人逆行。

火色的阳光倾泻而下，烧红了半边天空，如血。

我从没有过如此的愤怒，仿佛某些极力想要挽救的东西被彻底摔裂，再也无法修复。

我找寻到地面的可乐，咬破中指，这是以自身生命为代价而快速找寻灵的灵术。

为了杀掉这个该死的家伙，我豁出去了。

刚刚入夜，喧嚣的街道安静下来，少年的尸体被抬走，地上的可乐被警察带走了。留在可乐中的灵力已经消散得差不多了，最后应该不会查到夏至头上。

人们各自关门睡觉，仿佛一切都不曾发生，一个人的生命，此刻大概只成了几个人的睡前谈资。

街头巷尾盘旋着一缕缕若隐若现的红色，我的右眼和骨骼有些胀痛。老实说，用这个追踪术其实是自讨苦吃，还好心中的愤怒让我忽略了这些。

我沿着灵气的指引快速前行。

渐渐地我发现这灵近段时间在这个城市的活动十分频繁，乃至我不得不在街上绕行来回。

直到后半夜，浅浅的红色灵气才开始深重起来，我知道自己已经离她不远。

周围很是荒凉，寂静一片，月光下，我来到了一幢大楼之下。看得出是幢废弃的大楼，红砖的颜色很深沉，布满了青苔。

窗玻璃的碎片撒落在地，折射着月亮的浅浅光辉。

我的脚步很轻，并极力收敛自己的气息，跟着赤红灵气进了大门。里面很宽广，看似一个废弃的仓库，屋里灵气很乱，来回纵横，犹如飘飞着的丝带。我猜测这大概就是她老巢了。

正在我思忖之间，脚下一滑，像是踩到一块软软的肉上，只听一声惨叫声划破夜色。我心一下大乱，连忙退后几步，却听一个男人粗声粗气地大吼："哪个混蛋，半夜三更的吵老子睡觉!"

这地方竟还有人？我暗叹一声，有些不甘地拿出手电筒朝他照去，却见一个蓬头垢面的流浪汉揉着自己的腿在那乱骂。

原怕泄露行迹而摸黑前来，却不想被这家伙给坏了。刚才那叫声，不只吓我一跳，连我施行的追踪术也给破了!

"……"见我面目狰狞，他嘟囔两声缩回墙角继续去睡了。

没了追踪术，就等于弄瞎了我的眼，用了如此自伤的灵术，竟然没能起到一点成效，我不禁心情烦闷。

却在此时，我头上传来一阵一阵的脚步声，虽然很轻微，但在如此安静的环境里，却显得极其突兀，不是人的声音，似乎是某种动物的利爪轻轻滑过木板。

我拿手电筒向上照去，发现这栋屋的天花板很高，大多已经松软破败，有的甚至摇摇欲坠，随着脚步声的集中，楼顶开始撒落尘土。

仿佛地震一般。

就在一刹那，楼顶坍塌，伴随着阵阵凄厉的惨叫之声，无数闪着碧绿眼眸的猫跌落下来。

不及落地，有几只已经飞快地扑向了一角的流浪汉。只是片刻工夫，那流浪汉就被猫海淹没，痛苦的叫声在“嘎吱嘎吱”的咀嚼声中越来越小。

鲜血飞溅，骨肉牵扯，毛发四处飞舞，这副如饿鬼食人般的景象让我的心口一阵发闷，几乎要呕吐出来。

“退!”我早感觉这些猫身上有着微薄的灵气，手已扣成了“散”的手势，迫于此印的威慑，我才没有落得和流浪汉一样的下场。

“嚎，嚎!”一声比一声凄惨的叫声从这些猫口中发出，森白的牙露在猩红的唇舌之外，身上的毛则全部倒竖着，在吃完了那流浪汉之后，所有的猫全部聚集在我的周围，把我当作唯一的猎物。

一次见到这么多猫并不稀奇，稀奇的是这些猫全部吃人!

如果说这些猫全是灵，这是不可能的，因为这其中连几个月大的小猫都有！唯一的解释就是有人用灵术控制了它们。看它们的眼睛颜色没有改变，却又不像是瞳术蛊惑。究竟是什么样的灵术驱使了这么多的猫?!

我不确定解除“散”的手势之后，能有时间将红莲拔出来，就算能拔出来，也不敢肯定自己能招架这么多猫的同时攻击。

所以我只能保持着手势，暗暗着急。

“竟还会法术呢？现在这样的人可真是比神仙还难寻了。”就在这时，远处横梁之上飘忽现出一个身影。我手电一晃，却发现是张熟悉的面孔——正是白天曾诡异地出现害人，让我不得不追杀的女子，看上去二十来岁，面容清淡，瞪着一双惊奇懵懂的大眼睛，上身穿一件粉色和白色相间的潮流 T 恤，下身着宽松的棉布裙，一眼望过去，犹如隔壁的小姑娘。

现在的灵还真是会装纯!

“用邪术伤害无辜之人性命，难道就不怕报应不爽?”我怒目相对，冷哼一声，对美丽的灵我从来不缺乏好感，可是之前出现在我面前的淋漓鲜血却警示着我这女人不可靠近。

“无辜之人，呵，既轮回为人，又哪有无辜之说，生为人便是罪恶，你懂吗?”女子完全不理睬我的愤怒，自顾自地笑笑。

“这就是杀人的理由?”听她如是言论，我心中怒意更盛。

“我又为什么要跟你解释。今日你我相遇，算是你运气，为众生所食，也算积德！”女子慢条斯理地伸出右手，五指张开，指向我的方向，仿佛要捏住我的脸，“灵法·饿兽缚！”

随着她的声音，地上的猫似乎受了什么刺激一般，口鼻处全部冒出气泡，有些弱小者则全身膨胀起来，仿佛被吹大了的气球，不出片刻竟然炸裂开来，其他没死的，则早已不受我“散”字诀的威慑，朝我猛扑过来。

看来是强制类的灵法！

除了拔出红莲，我还能有什么办法！

红莲在手，我挥斩出去。

这一剑的余波之威，已将我周围之猫迫至三米开外！更有几只躲闪不及，被活活分尸惨死。

火焰，将整个房间缓缓映上了一片赤红之色。

腥臭的气味很快弥漫了整个房间。

我干净利落地干掉了所有的猫，而面对如此状况，女子却没再出手，只是站在高高的横梁上，居高临下地望着。

我脚尖点地，准备借势欺身上去，如此气氛却让我隐隐觉得不对，按理说这灵不会就只有如此本事，定会有什么后招的！

却见那女子周围升腾着许多气泡，火光映照下，全部反射出五颜六色的光。

我连忙转身，这些气泡样的东西透着古怪，我不免想到了那少年喝的可乐。

可我没能落到地面，整个人停在了离地两寸高的地方，仿佛被什么挂在了空中。

我看向下方，原来地面上也被布下了一层气泡，而更多的气泡正在从那些死猫的身上冒出来，集结在我脚下，并迅速地往上升腾。

灵网！想不到这女灵竟然能将灵气实体化，并能加以控制！

“你这么强的修为，不好好修行，为什么还要执着于人世，对普通人妄动杀戮？想要因此堕落成魔，而入万劫不复之境地么？”我朗声劝诫。

“我成魔，与你有什么关系，你自顾不暇，还能关心我的未来？”女子不屑地望向我，“我的想法又岂是你能明白的！人类始乱终弃，抛妻弃子，无恶不为，无利不贪，我只是小为惩戒，伤其性命而没有夺其魂魄，已是怜悯！”

犯杀戮之罪只因见人世不公代人出头而已！口口声声说着生为人即是罪的灵，自以为是地为洗涤人世做着努力。只是，轻易就伤人性命，又怎么是明智之举！

女子一声厉啸，果真动了杀心！只见她手一扭动，那实质般的红色气泡纽带缠向了我的脖子，准备从我口鼻强灌进去。

我笑了，嘴角上扬，右手紧握，将红莲直直插在了气泡组成的网中，紧接着“叮”一声震荡，所有气泡顷刻直奔剑刃而来，一阵灵异的火光之后，整个房间全部被照亮。但火焰来得快，去得也快。

一切归于平静。

所有灵气全化为乌有。

“怎么会?”女子瞠目结舌地望着这一切，喃喃道。

“斩灵剑的奥妙，又怎么是你所能懂得的?”我微笑，暗地里却很紧张，因为这是我最后的力量了。顷刻间，我燃烧掉了身体内所有的灵力，还付出了血的代价。

女子不敢再停留，转身就走。

我没有追，而是朝着相反的方向狂奔!

第九章　重黎

跑出刚才的战场，我立即闯入了一道流光之中，本打算退出，可已经收势不住。

我跨入了一个结界，结界里面是宽敞的场地，硕大的石头堆积，仿佛一块块墓碑。

这绝不是我先前曾经经过的地方。

我看到一个缥缈的影子站立在最高的一块石头之上，光亮的太阳成了他的背景，这让我在仰望的时候，不得不伸手挡在前额。

是一个少年。

我很喜欢少年这个词，虽说青年比较符合他的年纪。

重黎。

猎灵人之一！

我左右看了一下，没有感觉到战斗过的痕迹，这让我有些迷惑："重黎，怎么会是你？"

"不然呢？"重黎反问。

"我以为会是灵。"我轻松了些，"见到你真是太好了。这小镇上，灵实在太多了……"

"这个白痴，到了现在竟然都还弄不清楚状况。"这句话不是重黎说的，声音很熟悉，是刚才那个女人！

她话语冷漠，带着鄙视，身影出现在与重黎并排的石碑之上。

"你这样会吓跑他的。"依旧不是重黎，这个人的影像出现在了女人的旁边，是黑色的一团，完全看不清楚面孔。

"梦魇！"我对这个声音也很熟悉。

我倒吸了一口凉气，这些角色的出现在向我传达一个非常非常不妙的消息。

处于众灵之间的重黎，还是猎灵人吗？放出了饕餮，杀死了慕辰的人，难道是他？

"重黎，为什么？"我抬头直视着重黎，想要得到一个答案。

"因为你不配拥有那剑。"重黎蹲下身子,俯视着我。这一刻,我看清楚了他的眼神。

睥睨。

我心中一紧,对于猎灵人的力量,我比谁都清楚,何况现在我面对的,不只是一个猎灵人,还有一群灵。

真是讽刺的画面。

我向后退出几步,目光扫视了下周围,用意念向霸下说:"找个机会逃吧,去找夜养。"

"贺,你只要尽力对付我就足够,他们不会插手的。"重黎却以为我在担心其他灵,颇为得意地对我说。

"那真是万分感谢了。"我知道这必是我的生死之斗,当下也不客气,右手抓起红莲。

就在我刚准备停当的一刹那,一道红光从石碑之上猛然降下,我挥剑格挡,重黎的身影已到眼前。

抬头看时,重黎那张嚣张而狂妄的脸庞印在了我的眼眸里。

"啊哈,米粒之珠,也放光华? 想不到,你还真敢在我面前拔剑!"

重黎的剑也是赤红色,但剑外面所包裹的火焰,却是青色。

现在的我,手持红莲的时候,火焰已经比以往旺盛很多,这说明我的灵力已经增长了。

增长的灵力对我的速度和力量也有帮助,我能招架住重黎的当头一剑就是证明,可是,这只是短暂的欣喜。

重黎见我招架,诡异一笑,凌空一脚踹向我胸前。我连忙撤剑向后跃出,还未着地,无数个火球已经朝我飞来。

我只感觉眼花缭乱,连忙以左手支地,挥舞红莲,可是哪能完全抵挡,刹那间浑身上下被火球击中。可恨那火球不只沾身焚烧,而且似乎有千钧之力,将我撞出数丈之远,连气都几乎喘不上来。

霸下见势不妙,已然出手,一口清水吐来,替我浇灭了身上之火,可燃烧之后的烟尘和臭味还是不断散发开来。

身体的本能恐惧已占上风,我的手开始颤抖,心脏也剧烈跳动起来,目光紧盯着徐徐走来的重黎不敢松开。

"就只是如此么?"重黎说,"不过,你那身旁的小家伙,似乎也是灵呢,原来,你也喜欢和灵一起啊,哈哈!"

我轻吟咒语，不顾重黎的挑衅话语，红莲尖端发出一线火光，直扑重黎而去。

一道青光闪过，重黎的剑在空中划出简简单单的一条弧线，那本已经迎面而去的火光戛然散去。

我不敢停顿，连忙再放火矢，我知道，他每向前一步，都会让我离死亡近一步。

“还真是……”重黎手挽成环，将剑舞动起来，有些清脆如鸟鸣的声音响起。

我刚放出的火焰，随着那剑舞动的轨迹流动起来，剑环犹如一个黑洞在吸收着，顷刻间火光被拉长，红莲之上的火光竟一直贯入剑光之中，犹如一条红色的丝带将我和重黎连接了起来。

我发现我已经无法控制红莲上的灵火了，它就像被人蛊惑了一样，源源不断地窜走。

战栗的情绪侵扰着我的身体。

我终于知道什么叫差距，什么是云泥之别。红莲只剩下干净的剑身，再也没有灵火扑腾。我也仿佛被抽空了所有的力气，颓然倒地。

“这就是我们之间的差别，凡人终究是凡人，无论怎么努力，其实资质早已经决定了一切。”重黎走到我的跟前，伸手捡起红莲。即使我想紧紧握住，却也无能为力。“所以我说什么来着，这么好的东西放在你这样的垃圾手里，纯粹暴殄天物，呵！”

“定。”这是我最后的努力，那些游动的符文攀爬上重黎的手，我用剩余的力气做最后的挣扎。

见重黎的动作停住，我有一丝安慰：“虽然，我不明白你所说的话，什么资质之类的，但……”

“噢？”重黎突然歪了下脖子，一副逗人的笑意，“以为得逞了？”

我脸色刹那间苍白，怎么可能？

“还不明白么？这些所谓的术法，可不是对每个人都有用的，就像这个世界的某些规则一样。制定规则的人，难道会受规则的束缚吗？”重黎扬起手里的剑，猛然向下指在我的眉间，却又顿住，“你可以向我求饶，也许我可以考虑放过你。”

“对你来说，我的确是卑微的存在吧，所以想抹杀就抹杀，想饶恕就饶恕，可是求饶这样的话，对我来说却还是觉得难以启齿。”我笑了声，“因为，我实在是无法认同你啊，卑微还是强大，不是用所谓的力量或是某些因素就可以确定的吧。”

“是吗？”重黎闭上眼，点了点头。

“你先用了梦魇和那个女人，对我各种试探，不就是担心无法打败我吗？呵呵。”我嘲弄地看着他，“你的力量虽然强大，但胆子却小得可怜啊！”

“你错了……”重黎说，“我比任何人都希望你强大，你知道桀和饕餮为什么会到你身边吗？那是我想让你发掘红莲的力量，可惜……你丝毫没有长进！”

我不由得一愣。

果真如此，饕餮出现在我身边，根本就是重黎搞的鬼！是他亲手放出了饕餮！

为了挖掘红莲的力量？这一点我不太懂，我知道红莲的力量是可以提升的，就跟打怪升级一样，对战经验越丰富，甚至于说被灵欺负得越惨，越能激发出红莲的力量。

可是，重黎为什么要挖掘红莲的力量？他到底要干什么？

“受死吧，你没用了。”重黎陡然睁开了眼，凶光毕露。

“不要！”霸下连我的红莲之火都会畏惧，在重黎的火光面前更是瑟瑟发抖，但在如此境况之前，却并未逃走。他匍匐在地，仿佛用尽全身的气力在喊。

“连你个未成型的小灵也敢对我指手画脚？”重黎猛然望向他，目光凌厉。

霸下被这一瞪吓得魂飞魄散，哪还敢说半个字。

“古人有句话说：物以类聚，人以群分。你们在一起，倒是印证了这句话，垃圾跟垃圾在一起，太配了！不用担心，我不会拆散你们的。”重黎冷笑。

我紧咬着牙，不说半个字。对于这种人，我实在无法说出求饶的话来，即使，只是为了霸下。

可是，真的无法认同就这样被轻易地抹杀掉，这并不只是屈辱那么简单。

我感觉我的右眼开始流出滚烫的液体，我分不清是眼泪还是血液，我感觉我的右手抓住了重黎的剑刃，身体也缓缓地站了起来。

“我真是有些看不下去了。”

说这话的不是我，是雪女。

我看到重黎的目光从杀意变成了诧异，我的手钳制着他的剑，鲜血滴落在地，却感觉不到疼痛。

“你？”重黎说，“竟是半灵？”

“虽然假装说成了他的眼糊弄一下他，不过，到了现在这种情况，再不出来的话，恐怕就没机会了吧。”雪女说。我发现我已经无法控制声音和身体，只能这样静静地看这一切发生。

“一般人类的身躯只能被寄生，要不就被侵占，就算有可能达到协议共存，却也依然只能是人的躯体，想不到当今人世真还有人类的身躯可以与灵的身躯融合。”重黎说。

“当今人世？”雪女轻笑，“无论时代如何，什么事情都还是能发生的吧。”

“那倒是。”重黎点头，“只是，现世的半灵是否真如传说中的那般厉害？”

“你可以亲身尝试一下。”雪女猛然将手滑向剑柄，只是一瞬，那青色的火光竟一下熄灭，丝丝冰碎的细屑掉落在地。

重黎脸色大变："碎灵！"

"小子还有些见识。"雪女说。

重黎左手红莲砍下，趁雪女躲避之际抽回了被雪女握在手中的剑，向后跃出，跳到高高的石碑之上，双手发力，两柄剑很快分别燃起红和青的火焰。

"这除了浪费灵力，根本对我没有丝毫用处。"雪女摇摇头，将手环扣，画出几个古怪符号，"霸下，多吐几口水来！"

霸下求生心切，虽然明知不是我，也还是听话，张大了大嘴，源源不断地吐出水来。

那水柱刚到空中，雪女的符咒就一个接一个依附了上去，一支支将近一米的冰箭飞快地射向了高台，分毫不差地朝重黎钉去。

"雕虫小技。"重黎蔑视，将双剑直插入地，伸手探空一取，竟又抓出了一柄剑，这柄剑的火焰是紫色。他将此剑横握，三柄剑组成一个长方形的门。三道火焰仿佛活了一般，飞快地流转起来，那飞去的冰箭穿入，竟仿佛撞到实体，无法穿透，纷纷跌落下来。

我所在意的不是冰箭无效，而是我看到的第三柄剑，赫然就是慕辰的斩灵剑——炎烬！

这家伙！

"果然是你杀了慕辰！"我喊叫一声，心中悲愤，"雪女，替我杀了他，杀了他。"

我再也无法控制自己的情绪，只是一味地怒吼。

"贺。这样会增加我对身体控制的难度。"雪女轻声说。

"我知道了。"雪女下了决心般回应我，双手暗自用力，我能感觉到浑身有阵寒冷的气流升腾起来，两根长长的冰锥出现在我的手上。"我知道你很气愤，但也只能静静地看着，明白吗？不然，我们都会死在这里。"

我知道雪女的意思，两个意识如果一样强劲，一定会干涉到身体的活动，虽然内心愤懑，但我也只能极力地克制自己，让自己安静下来。

一直以来，我已经看轻了很多东西，我以为那种想置人于死地的仇恨不可能会出现在我身上。

但此刻我才明白，有些人，我实在无法认同他们存在了这个世界，唯有让他们消失才能让我内心得到真正安宁。

我的视线跟随着雪女的动作，只是她的动作太快，让我无法看清楚，犹如在疾驰的车上向外张望，道旁的景物都显得有些线条拉伸。

片刻之间，两根冰锥已经刺在重黎面前的门上。尖锐的冰锥比冰箭坚硬很多，我看到门仿若玻璃一样，开始出现裂痕。

“猎灵人的所有灵术，都是由灵力组成，不过如此啊。”雪女略带笑意。

重黎面色铁青，在门后一脸严肃。这种表情，让我大为高兴。

“休要得意。”重黎猛然将炎烬收回，顺势向下，将双冰锥格住，左手顺势操起地上的红莲向前刺来。

“碎灵！”雪女轻唤。重黎所持剑上的火焰与冰锥接触处很快成为冰屑散落，这让他不敢再让剑与冰锥接触，刺出的剑也只好随身形向后退出。

雪女得势向前，冰锥交错。重黎躲闪不及，胸前衣服竟被划破，一丝血迹沾染在了冰锥尖上。

“都给我闪开！”跃到附近高台的重黎已然被激怒，对周围几个表情诧异的灵吼道。其他灵也不言语，很快消散了身形。

“半灵，”重黎回过头望向我，皱了皱眉，眼睛微微一闭，再睁开时，墨黑色的瞳已经变成血红，“很少有人，我是说，几乎没有什么东西能伤到我，是我大意了。”

此刻，他的眼神又回到了当初的睥睨，冷冷中带着蔑视。

“要动真格的了？”雪女不以为意，依然浅笑。

“如果可以，我倒希望不必如此，可惜了，红莲的力量还没完全激发出来，就这样融合，力量根本不能最大化，不过，对付你们这种垃圾，绰绰有余。”重黎冷哼，嘴角却露出一丝诡异的笑。

他将两手相合，红莲和炎烬发出一丝轻鸣，竟合在了一起，腾出的左手再向前一探，插在地上的另一柄剑飞到他的手中，他故技重施，这柄剑也被融合在了一起。

融合在一起的剑除了剑刃变宽，并没有太大改变，颜色仍旧赤红，但火焰更猛更烈，似乎要将重黎整个人完全包裹起来。

斩灵剑是可以融合在一起的么？我心生疑问。

可看到眼前的景象，这个疑问的答案已经相当明了。从重黎的这种举动来看，斩灵剑的确是可以融合的，而且融合之后的力量，恐怕要远远超过三柄剑分开使用时的样子！

为什么从来没人告诉过我，斩灵剑还能这么使用！我忽然间明白了，重黎为什么要杀死炎烬的原主人了，因为重黎他觊觎这份恐怖的力量！

“那么，来尝尝真正的火神之剑！”重黎一声大呼，身影已经如离弦之箭飞扑而来。

雪女双臂向前用冰锥架住：“对于这种纯粹浪费灵力的做法，你要持续多久？”

重黎的面孔在火光中飘忽不定，但嘴角那狂妄的笑意却无法被遮掩：“是吗？”

我隐约觉察不对，因为火光并没有随着碎灵咒语而出现先前的熄灭的征兆。

“怎么会？”雪女也觉察到了。那火焰不仅没有消失，反而猛然腾高数丈，试图将我们笼罩焚烧。还好雪女反应迅速，向后一跃，跌落高台。

“赤焰，红莲，炎烬。三柄剑内都有火神魂魄碎片存在，现在三剑融合，所产生的火焰乃是自身之火。火神神力无穷无尽，火焰当然也就不休不息，凭你小小碎灵之灵术，哪能与神力相匹敌！”重黎位处高台，俯视向下，赤红的双眸尽显杀戮狂妄之意。

我木然。

“这下可玩大了。”雪女半蹲在地，有些气喘吁吁。

“怎么？”我问。

“这个火很麻烦。”她伸出手在我眼前晃了晃，手中的冰锥赫然冒着乌黑的灼烧烟尘，她自嘲地笑笑，“你的灵魂，应该没有它耐烧。”

灵魂之火吗？我心中大骇。

灵魂之火和灵火虽然概念相似，但伤害程度却是完全不同的。

灵火是用灵力催生的火焰，可以针对肉体进行伤害，它和真实的火在伤害方面没有区别，只是不会蔓延到易燃材质上。

但灵魂之火，除了表示它是灵火之外，它所针对的是对灵魂的伤害。

肉体可能长好，但受伤的灵魂绝对没那么容易修复。

结界内部流光溢彩，红色的火光在结界壁上反衬着，甚至遮掩了太阳的光辉。

或高或低的石碑在地面留下拉长了的阴影。从低处向上看，重黎的身躯显得异常高大，诡异的红色瞳仁在暗黑的脸庞上散发出灼热的杀意。

雪女的喘气声从我喉咙里无法抑制地冲将出来，这不是一种力竭的反应，更多的是担忧。内心无法抑制的恐惧正在全身蔓延，我不知道这种恐惧是属于我的，还是雪女的。

明明只是拥有强大的力量，而且那份力量只属于斩灵剑，并不属于他，却这样恣意猖狂，不把任何人放在眼中，随意剥夺别人的生命，哼。

我知道自己无法做任何事情，只能眼睁睁地看着重黎狂妄地挥舞着手中的斩灵剑，不甘和无力在心里漂浮，更多的情绪，却是悲哀。

生命，真是不平等的吗？

“贺，接下来，我要第一次正式使用这具半灵的身体了，可能会有些难以忍受，但要生存下去，就只有这一条路可以走了。”雪女说。她缓慢地站直。

“霸下，拿出你的全力逃跑，知道吗？”我向附近的霸下传达着这一意念。在我孤单一人的日子里，是霸下一直陪在我的身边。虽然胆小，虽然聒噪，虽然和我抢遥控器，偷喝我的咖啡，可是那些画面，犹如午后的阳光从摇摆的窗帘后透入，让我感到温暖。

那么，霸下，一定要活下去。

“这个身体请随便使用吧，但我不想把它当成是欠你的而让给你使用，因为，这个身体，就本该是你的。”我笑着说，用眼望向那“阳光”，有些炫目，我感觉泪水恣意地流下来。

如果能没有亏欠地离开这个世界，应该算是完美人生吧。只是，怎么可能没有亏欠呢？那么，能还一点是一点吧。

“贺，虽然你感受不到我的想法，但你的想法我却是能完全知道的，呵，别想些可爱的东西，不然以后会觉得尴尬的。”雪女冷峻的表情被我融化了，竟笑了起来，而后又正色道，“那么，开始了，贺，看看我们的真实面目吧！”

雪女将双手紧握，猛然发力，我感觉周围的空气全部凝固了。若干闪耀着白色小光的微尘漂浮出现，只在一瞬，那些微尘飞快地向我扑过来，闯进了我的身体。

还来不及惊讶，一阵无法想象的疼痛从我骨骼里传来，仿佛有人用刀在骨头上削肉一样，又像是有人用重锤将它们一根根锤断。巨大的疼痛感没有一点控制地蔓延到全身每一个角落，我根本无法把持，一声哀号脱口而出。握在手中的冰锥，被我喷薄的苦痛力量捏碎，我感觉整个身体都快要爆炸，头脑一阵眩晕，仿佛被钝器猛烈敲击。如果身躯不是被雪女的意志在支撑，我早就蜷缩着摔在地上了。

“人类的魂体大小已经固定，现在是在增加你的魂体容量，这个过程原本是要慢慢进行的，但形势危急，迫不得已，你多忍耐。”雪女说，“人的魂体决定了形体，只有扩展之后，才能变化形体。”

我感觉全身的骨骼在伸缩，身高也开始变化，脚伸出尖锐的爪，刺穿了皮鞋。

“看你浑身都在冒血，似乎又在做什么让我不明白的事情呢！”却是重黎的声音，他双手紧握着斩灵剑，猛劈下来。熊熊火焰瞬间到了面前，已经避无可避。

雪女猛然抬手，用手臂将斩灵剑挡住。我在重黎那双诧异赤红的眼睛里看到自己的模样，但很快，我的身影一闪，已经跃到了另外一地。

我在距离重黎不远的地方停住，而格挡着重黎的那个我依然停在原地。

两个我？

这是个什么情况？我有点蒙。

第十章　逝去

雪女却没停止动作和言语："吾念所致之处，亦吾身之所在，其令之托，皆为无上妙法，灵法·化身！"

话语刚完，在周围的宽阔地面上，一个接一个的我在恍惚间出现了，不出一刻，几十个我姿态各异，包围住重黎。其实确切地说不是我，因为那模样很古怪，面色苍白，眉目间多似以前见过的小雪女，上半身虽然还是人的模样，但下肢显然更像某种野兽，干瘦细长，却能更加感觉到力量。

鲜血流淌，已经浸染了西装。

分身法？这时我有了一点概念。

"虽然人数少了一点，但作为第一次使用的半灵，已经是很不错了。"雪女有种无法掩饰的兴奋。她话虽然这么说，但在我感觉，她似乎并没有预料到有这么好的效果。

"噢？"重黎一剑将架住他的化身劈成了两半。还好只是成为一堆碎玻璃似的瓦解开来，要真是真人被劈的样子，我估计得吐了。他摆头环视了周围一圈，将剑横扫了下，笑意弥漫在他脸上，"有趣有趣。不过这些木头似的东西，能顶用么？"

被他这样一说，我看了看周围的那些化身，动作的确显得很僵硬，这样的东西有没有杀伤力，连我自己都怀疑。我现在在乎的是身上在不停流血，更麻烦的是，依然存在的疼痛感使得身体有些抽搐和痉挛。

不管动作怎样慢，那些化身还是不可一世地嚣张地冲向重黎，这样的勇气让我十分欣赏。可惜的是，这些化身只要被斩灵剑触及，就碎成数段，像樱花一样纷纷散落，在越战越勇的重黎面前，很快就要覆灭殆尽。

雪女冷眼望着这一切，没有任何动作。如果这些化身是为了削弱重黎的战斗力，我看根本没有达到这个目的。我不知道雪女到底还有没有后招，但无论怎样，重黎和斩灵剑的强大，已经毋庸置疑，我的死亡只是迟早的问题。

我一直在数剩余的化身数，仿佛在倒数自己的生命，还剩十四个的时候，雪女才用手结印。

“灵法・冰凌之舞！”

在场地上慢慢移动的那些化身，浑身上下“突突”地出现了一根根冰凌，像刺猬一样，动作也突然变得极其迅速，刹那间朝着正在从容应付的重黎奔了上去。重黎已经适应了先前那些化身的动作，对于突然的变化，显得有些吃惊，招架之间脚步显得有一些凌乱。十几个化身在他面前飞舞旋转，交错而过，根本不予斩灵剑接触的机会，但尖长的冰凌却给重黎留下了非常明显的伤害。

不待重黎应付，那些锯齿已经将他卷在了空中，把他当成皮球一般撞来击去。很快，鲜血淋漓的重黎就摔落了下来。他用剑点地，身体高悬，就在剑尖触地的瞬间，火光猛然一旺，向上将他整个身体覆盖了起来，等站定时，他的身体已经完全被火遮挡。

化身并不停歇地向前，这次却有点意外，不及近身，一道半径一米多的火柱从地下无端地冒出来，并蹿上高空十余米，一下将他焚烧了个干净。

重黎任由鲜血直流，眼光戏谑：“竟轻敌了。”

化身向他突进，不及近他身，那些地下猛然蹿起的火柱就将他们身形冲散。就算逃过几次，可那些火柱却似无休无止地蹿起，最终化身也无法逃离被烧的命运。

化身还剩三个，远远地站立，和我本体成四角之势，将重黎包围在内。

“炎火・蝰蛇！”重黎一跃而起，向着地面伸出双手，身体落定，双手也手掌向下贴附在了土地上。两条弯曲的黑色火焰线成对称的半圆弧形朝着四方扩散，就像往平静的湖面丢进了一块石头，散开的波纹线有将我们包围之势！

周围的黑色火苗显出一个异常标准的圆，而中间有些细弱的火相互交叉成古怪的图案。

两条黑色的长形柔软物体从火圈中破土而出，相互缠绕着直奔化身而去，那迅猛的速度让化身没有任何反应的时间！

“这个时候，该关心的是自己的本体吧！”重黎冷冽的声音在我的上空响起，那与火融在一起的身躯从火中探出了半截，一个巨大的火球从上急速往下，阴影完全将我遮蔽。在阳光下跳跃的火苗暗影就如魔鬼一般张牙舞爪，我几乎已无力向上望，瞳孔突然放大，整个人已经完全陷入了恐惧和绝望之中。

雪女没有躲闪，连招架都没有。我看到那火光越来越大，仿佛全部要灌入我的眼眸。我觉得我还来得及思念某个人，却记不起她的模样。

我以为，死前能看到以前的过往，可是，我只看到了凶器。

“灵法・冰凝芳华。”雪女不动声色地说了几个字。我看到重黎的暗影在我额前不远处生生地停了下来，那模样就像被放进了冷藏柜。瞬间，霜雪漫上了他的身体，将他连同斩灵剑冰冻了起来。那原本被他削断砍碎的玻璃状物体从周围飞快聚集起来，将他包裹住。很快，一个半径将近五米反射着彩光的巨大冰球形成，并重重地砸落在我面前的地面上。

我承认很刺激，从地狱到天堂。

但很快，我就有些担忧了，那火焰的威力很大，会不会……

雪女已经用行动消除了我这一担忧。她伸出右手，探在了冰球上，乌黑的符文随着手仿佛蛇蚁一样，向整个冰球攀爬过去，像一张网一样罩在了上面。

“灵法·冰裂!”雪女狂吼。这种决绝和冰冷让我意识到雪女的本性中依然有着残忍。

我忍不住有些伤感，我就这样的垃圾性格，明明自己刚从死神手中逃脱，转过来就开始担忧别人的命运。

巨大的冰球在我的眼前碎裂，伴随着里面的一切，坑地上只剩下一堆冰晶的碎屑和水。

不带丝毫怜悯，这是生死之斗，你死我亡，我明白。

可是，我厌倦这种模式。

“趁着他的同伙忌惮，快走。贺，我已经到极限了。”雪女疲惫地说。

我开始控制我的身体，转身走，但走得不紧不慢，为的是不让那些可能隐藏在暗处的灵生疑。

不出数步。

“就这样走了吗?”这是重黎的声音，虽然有些沙哑和虚弱，但绝对没错，是他的声音。

“这不可能!”雪女的声音夹杂着一丝恐惧。我更加不敢相信。

我回过头，看到一只手拨开了碎屑从里面伸出，然后是另外一只手，握着斩灵剑插在地面，以此为支撑，他的头部也探了出来。那黑色的头发湿漉漉的，满是欲滴落的水珠，活脱脱一只水鬼！他将整个身体拖出地面是一个漫长的过程，但那还是一个完整的身体，只是那花白的衣服已经破碎，几近半裸的上身，血迹模糊，和水混在一起滴落卜来。

他喘着粗气，胸膛起伏，但眼神中带着精光，仿佛要将我吞没。

“该死!”我迈开脚步想要拉开距离，却颓然倒地，身体已经不听使唤了。

“虽然做到了这一步，但你不得不承认，这个世界很多东西已经注定，不论你如何努力，强大就是强大，弱小就是弱小。即使你妄图改变，即使你以为你可以改变，最终的结局都是意料之中的。我们属于不同的层次，所谓的蔑视，也只是我看待你的正常眼光而已，我们本不该出现在同一世界。这个扭曲的世界，呵，吾以天地之火，清扫乾坤，谬存于世者，皆自归去。”重黎一步一步向前，脚步蹒跚，他的斩灵剑拖在地上，火光开始从地面蔓延，他的笑意在跳跃的火光中显得狰狞不堪。“火神·祝融！”重黎猛然大声咆哮。

平地上，高台上，都有火光开始闪现。我看到他身后一个高大的身影缓缓从虚幻到实化，那是个巨大的天神般的人物，铜铃般的双眼冒火，身上的火焰如丝带般飞舞。他手握一柄巨剑高高扬起，仿佛全世界的火都聚集在了剑上向我扑来。

火焰瞬间出现，也在瞬间消失，只是留下来的世界，已经面目全非。大地已经是一片焦土，到处是黑色的痕迹，刚刚还在的花草树木，就如梦境般，不知先前是否真实存在，那曾经高耸的巨大石碑，此刻也化作粉尘洒落一地。大地之上任何一个突出的部位，都已经失去了它原本的模样！不只这样，甚至连先前艳阳高照的天空，此刻也仿佛被火灼烧了一样，变得血色弥漫、红云堆积！

如果死亡之前我很努力，那么死其实也不算一件尴尬的事，可是——

重黎说得对，强大和弱小，有时候就是那么纯粹，怜悯这类东西根本就不能在两者之间存在。人潜意识里都向往强大，因为不愿意被人左右，所以想变得有力量，只是，先天注定了很多东西，也注定了悲哀和无力。

扭曲的世界啊！

我听到自己和重黎一样在叹息，陷入了黑暗之中。

我的脚步声回响着，好像行走在回音的走廊上，我感觉自己跌跌撞撞，身形蹒跚。

这是哪？

我努力地睁着眼，看着极其狭长的前方，有星星点点的亮光从两侧照入，朦胧柔软。

我挣扎着奔跑过去，发现那些亮光遥远而不可即。

我听到自己呼吸声越来越粗重，就像在胸腔内壁来回撞击。不知道过了多久，我终于看到了清晰的光，那些光从门口照入，没有强度和温度，仿佛棉花糖般慵懒而纠缠。我侧目看去，除了白色，看不到任何东西。

我的心惶恐而忐忑，不敢停留。

其实不只一扇门，每隔相同的距离，就会有一扇，在我奔跑的时候，它们不停地落在我的身后。它们无声无息，却潜伏着未知的恐怖，我把它们认定成猛兽的口，只要我探进去，就会被囫囵吞掉。

我终于筋疲力尽，不能再跑。就在停下休息的刹那，我看到一只手突然从门外探进来，拽住了我的手，将我猛然拉了出去。

我几乎喊出声来，可是嘴张得老大却没发出声音。那些积聚在我胸腔的空气堵住了我的喉咙，喷薄而出的时候，胸腔急剧起伏，我犹如久溺的人从水中探出头，仅余粗重的呼吸声。

我猛然坐起，睁开了眼，只看到有几丝光线从挂着帘子的窗外透入，屋内显得阴暗不已。

我看到了古色古香的家具和盖在身上绣着飞鸟鲜花的红色锦被，各种漂亮的瓷器摆放在高低不等的柜子上，周围的墙壁是灰白的砖砌成，木制的窗户刷着红漆。这样的家具和锦被在城市中不常见，但在乡村的话，又不会有这么多的瓷器。我只是闪念过这些讯息，对自己的所在没能有更明确的认识。实际上，我更在意的是自己的身体，我所能见到的部位全部缠满了绷带，我不敢想象绷带之下那血肉模糊的模样。

我还活着，我只能这样庆幸。

门口的帘子被人伸手拉开，阳光倾泻而入，让我不得不侧目回避那刺眼的光。等那帘子再度放下，一个身影已经站在了我的面前，是个少女。

“你醒了。”她笑着说。

我茫然地点了点头：“嗯。”

少女梳着光滑的辫，身着十分奇怪的服饰，手里端着一盆水，而那盆显然是铜做的，显露出一些青色锈斑。

“还疼吗？”她把水放在旁边的矮柜上，“大夫说你可能得过几天才能醒呢，想不到你醒来挺快。”

大夫？我眼角抽动了几下，感觉到了某丝不妙的气息，就像某种要闪现的东西摩擦着大脑皮层，却又始终跳不出来的那种酥痒感。

我动了动手腕，虽然有些僵硬，但感觉不到什么疼痛，莫非恢复正常了吗？“不疼了。”我回答，却不由自主地望着她。她的装束颇有些古风遗韵，只可惜我没有研究过，不知道这到底属于哪个民族的服饰……或是，哪个朝代？“我怎么会在这里，是你救了我吗？”

“是我家三公子。前些天他和几个玩伴在落雁山打猎，看到了你受了很重的伤昏倒在那里，所以把你带回来了。”她侧着身，将手中的布巾拧干，然后靠近我，似乎准备替我擦脸。

我尴尬地笑笑：“谢谢，我自己来。”我伸出手去接。

“三公子交代我好好照顾你，我怎敢让公子你自己动手呢？”她不依，直接替我擦拭了脸。我一阵尴尬，脑袋却有些发蒙：三公子？公子？是什么概念？不过，这种被人服侍的感觉还真是挺舒服。

“公子好生休息，我去告知一下三公子，他挺记挂你的。”她施着礼退了出去。

我将缠在手上的布条扯开来，发现和以往一样，受伤之处已经恢复，甚至连小小伤疤也没有，就像没有受过伤一样。身上并没能好全，还有着一道道红色痕迹，这是在半灵变化的时候扯破的伤口，但已无大碍。我原先的衣服已经不见了，还好柜上放着几件长衫。我穿上，下了床，活动下筋骨，打开门帘，推开了门。

我以为那场大火会把我烧得魂飞魄散，没想到竟然活了下来，又或者这是死后的世界？只是没听过幽冥界会如此安生。

我从来不会去思考太多自己的所在，除了耗费脑细胞，没有任何含义，在哪里就是哪里，我早已习惯了随遇而安。只要能真实感知周围的事物，就已足够。

阳光明媚，我的眼睛还无法很快适应，别过脸望着阴暗处调整下之后，才重新望回阳光照耀处。这是一个院子，并不大，但很空，几乎什么也没有，几丛矮树灌木胡乱地生长在旁边的屋子前。院子中央还有木材烟火烧过的痕迹，看样子点过篝火。

附近听不到人声，反而各种虫叫鸟鸣十分热闹，越过屋顶望过去，可以看到一片绿色，森林繁茂。

空气很清新，让我忍不住大口大口呼吸。我来回地走着，狠狠地踩地面，用手摸着圆滑的柱头，笑意漫上嘴角。“多好。”我笑出声来。

有铃铛声从远处传来，地面轻微震动，似乎有马队跑来。我望向院门，片刻之后，院门被人从外推开，几匹高头大马一跃而进，扬起高高的尘土，在我身前不远处盘旋几周才停顿下来。

为首的是个清秀的少年，乌黑的头发被一根细绳高高系着，着一身华贵劲装，鞍前挂着弓箭，腰间配有一柄长剑。他身后跟着五个高矮胖瘦不一的男子，都是布巾缠发，身着劲装，面目坚毅，显得格外有力量，身上也俱是配有刀剑，或长或短，十分彪悍。

六人下马，动作干脆利落，虎虎生风，看得出有点功夫。

这场景真是让我以为到了武侠剧的片场，不过我见过太多奇怪的事物，对于此，反而没什么异样的感觉。

推门的是个五十多岁的老头，看那模样应该是个守门人。他走进来，将马匹全数牵往旁边的屋子后面去了。先前照顾我的少女从隔壁屋子走了出来，看到我站在院子里，有些惊讶，但没有顾我，上去向少年行了一个礼：“三公子，这位公子刚才醒过来了，我还没能通知您……”

三公子意气风发，带着十分笑意，朝我走过来：“恢复得不错啊，竟然能下床走动了。”

“多亏三公子搭救。”虽然有些不习惯，但我还是硬着头皮迎了上去，学着古人抱拳行礼的样子，向三公子行了个礼。

“不必客气，举手之劳而已。”三公子挥手制止，“叫我孙星哲就是了。不知道阁下如何称呼？”

“贺。”我回答，想不到他没什么架子。

“这几位都是我朋友，有机会再一一介绍。”孙星哲指了下身后，然后又说，“贺兄重伤刚愈，不如我们进屋再谈。桃花，去准备点吃的，我想贺兄应该很饿才对，我们边吃边聊。”

原来少女叫桃花，面目倒也与名字相衬。

推门进了大厅，大厅内摆放了几张大的木桌，几把座椅摆放在周围。各自坐下，孙星哲望了望我，似乎想起了什么，走到大厅后面，拿了一个黑色的长盒子出来，摆在我的面前。

“这是？”我不明就里。

“打开就知道了。”他说，一脸笑意。

有个铜锁挂在盒子上面，并没有锁紧，我打开，看到一柄白色的玉剑放在里面，形状和斩灵剑一样，剑柄和剑鞘上高低不平，刻满了符文，但我确定，我从没见过这把剑。

“这把剑是在你昏迷的地方发现的，我想应该是你的东西，所以把它拿了回来。”他指了指，惊叹着说，“老实说，这样的剑我从来没见过，它的纹和上面刻的字形都十分精妙，特别是它的材质，应该是一种非常难得的玉，要刻成这么长的一柄玉剑，而且剑柄剑尖的纹理还那么接近，这样的玉石得多大！”

“是吗？”我很茫然，没有头绪。

“是啊，我们几个都想知道关于这把剑的价值呢，我估计，能够买下整个风昌城了！”他双眼放光。其余人也俱是点头，眼中充满了期待，但我没看到贪婪，这点倒让我颇为欣喜。

我伸手握在剑鞘之上，只是一瞬，不知道多少的画面在我脑海一闪而过，很多原本不明白的东西一下就全部明白了。

无数的记忆，在我脑海中翻腾起来。

这，才是真正属于我的“斩灵剑”！

因为重黎将我逼迫到濒死边缘，我竟然觉醒了！

对，觉醒这个词，我早已知道，奇峰曾经告诉过我，猎灵人会一度处在蒙昧的状态，也就是说，跟普通人没有两样。只有觉醒之后，才有机缘获得斩灵剑，以及拥有斩灵剑所带来的力量。

而所谓的觉醒，就是因为各种因缘，让人和斩灵剑产生了共鸣，继而让彼此有了感应，让一个原本普通的人变成猎灵人的过程。这个过程说简单也简单，说复杂也复杂。

像我这样，因为濒死而觉醒的猎灵人，据说是不在少数的。

我本以为我跟其他的猎灵人不同，只是个被强塞了一把斩灵剑的普通人而已。

没想到，我竟然也有真正觉醒的一天。

我向后重重靠在了椅子上，笑了下："这把剑叫'逝'。如果说它的价值，对于不同的人，可能会各有不同吧。"

"逝？"孙星哲疑惑地问，"有这样的名字吗？很奇怪。"

"其实只是为了纪念过去发生的某些事情，或者，只是为了纪念过去而已。"我回答。

"有趣，有趣。"孙星哲笑了声，连连点头，"贺，你是个有趣的人啊！"

第十一章　山中

桃花的手艺很不错，满桌子菜香味扑鼻，让我垂涎欲滴，几乎没有停顿，就将肚子填得满满的。

看到我狼吞虎咽的模样，众人先是惊讶，后是开怀大笑，各自喝酒尽兴。

酒是好酒，恰到好处的甘甜和浓烈，适合我的口味，我也毫不客气地与他们交杯换盏，喝了个畅快。

“我果然没看错，贺是值得交的朋友！”孙星哲有些醉意，拍着我的肩膀。

“贺兄，你也是懂剑之人，要不然为我们舞上一段怎么样？”一个高个的家伙站起身，向众人提议道。

“曾辉，贺兄重伤刚愈，这个要求是不有些过了？”坐在曾辉旁边的胖子反对道。

“是，看到贺兄弟如此生龙活虎，我还真无法把他和数天之前那重伤的样子联系起来！”曾辉一拍脑门，自嘲地笑笑。

“真不知道贺兄经历了什么，能出现那样惨烈的场面，想来一定是个很精彩的故事吧？”孙星哲又露出了好奇的眼神。

“惭愧，惭愧。”我干咳几声，不好意思地笑道，“只怪我学艺不精，才被人重伤，不值得一提啊。”

“贺兄太过自谦了，就从你这身体的恢复速度来看，就绝非寻常人所能比的，虽然受了重伤，对手肯定也没讨到什么便宜。”胖子见我尴尬，替我解围。

“三公子，清风道长到了。”就在我们谈笑的时候，守门的老人走进来，向孙星哲报告。

“是吗？快——快请。”孙星哲酒醒了大半，连忙招呼，后又觉得不妥，“还是我亲自去迎吧。”只见他三步并作两步走了出去。

“还是咱们家三少爷面子大……”曾辉颇有些得意。

“那是，一般人就算上门去请，估计还请不出门呢。”胖子也点头。

“这么说来，少爷真的要做那件事？”坐在我旁边一直没开过口的瘦子面目严肃了很多。

“你以为是说笑吗？”曾辉抛了个嘲弄的眼神，“莫不是你小子怕了吧？”

“怕？”瘦子不服气地站起来，“谁怕，咱能和少爷吃香喝辣，当然也能和他出生入死！”

“死，死你个头！一张乌鸦嘴。”胖子对着瘦子的脑袋就是一爆栗，“少爷请动清风道长出手，自然是胸有成竹，我们就在旁边看看热闹，最多打打下手就足够了。”

“听你们说得这么热闹，似乎有什么大事要发生？”我在旁边心生好奇。

“贺兄，其实也不算什么大事，虽说没必要瞒你，但有些话一旦说明白，话音可是会随风而走的，恐怕一不小心就会走漏了风声。”曾辉十分神秘地压低声音。

“曾辉虽然好玩，说些不对时的话，但这个倒是正话，等我们拿定了主意和计策，到时候通知你，看热闹一定不会少了你。”胖子继续打圆场。

“这是正理。”虽然好奇，但对方既然不想说得太过清楚，我也只好作罢。

“道长，这边请！”孙星哲领着一个青白长衫的中年男子进来。

这男子眉目间流露着不食人间烟火的气息，胡须留得很长，背后背着一把褐色的木剑，双手藏在长长的袖中，果然是个道士！

“这些都是在下的朋友。”孙星哲又指了一下在座的各位。

清风道长不动声色地环视了一下我们几人，脸上并没显露出任何表情，然后径直走到正对着大门的正席上，这个地方，原本是孙星哲坐的。

“三公子，你在信中说找齐了高手，就是这样的几个人吗？”清风道长走到大厅的正席之后，背对我们停顿了一下，转过身。

气氛本已经不妙，这样的态度显然让几个性情中人颇为不爽，但他们又不好发作，就连先前颇有敬佩和景仰之情的曾辉和胖子，脸色也不大好看。

“道长，虽然我们与您相比，能力可谓云泥之别。不过，在这风昌城内，还找不出几个比我们功夫更厉害的人来。”胖子不卑不亢地反驳。

“看你们的模样，平时打架行凶应该算是好手，贫道倒是不否认你们这方面的能力。不过，三公子要做的这件事，可不是与人打交道这么简单，一招不慎，必会危及乡邻。三公子，依贫道所见，还得另择能人，贫道才会同意替你做事。”清风道长不依不饶。

“牛鼻子道士竟敢瞧不起人！”瘦子一下就按捺不住了，手探向腰间的弯刀，只一瞬，明晃晃的刀刃就已经横在了清风道长的喉咙上，“我倒要看看你究竟有何本事！”

我看到清风道长手指弯曲结了一个印，嘴里念动几句口诀，竟是“定”字诀。言语和动作都很快，应该算是有点真本事的家伙！

清风道长迈出了一步，而瘦子依旧停在原地，无法进行下一步动作，这让在场的几个家伙目瞪口呆。

“我的身体怎么了?”瘦子呼吸急促起来，使劲用力也动弹不了。

“你无论多强壮，刀法多快，可是贫道只要动一下嘴，就能让你动弹不得，任人宰割。”清风道长伸手拿过瘦子手上的刀，在手里玩弄着，“你们连一个我这样的人都对付不了，果真能对付得了灵么?”

灵？我心里激荡，他们所说的事，原来是要对付灵。

“清风道长，还望看在在下薄面，不要为难邓鸿兄弟，他脾气直了些，请多见谅。”孙星哲见状，连忙上前解围。

清风道长显然是要给众人一个下马威，这一手一露，的确是起到了一些作用。

邓鸿的身手并不弱，刚才的那一系列动作，简单利索，一般人的话根本招架不住，所以清风道长如此行动之后，众人脸上反而多了悦服之色。

“贫道并无羞辱三公子各位朋友的意思，只是，各位该认识到事情的严重性，此事非同小可，如不是三公子对贫道有恩，贫道决计不会答应出手。”清风道长放低姿态，解了定身咒。

“三公子，我身体有些不舒服，大概你们也有要事要谈，我还是先告辞回房休息吧。”有关灵的事，我内心并不想要参与，很疲惫。

在握剑的那一刻，记忆里一下承载了太多，那是不用时间来消化和酝酿就能懂得的东西，就仿佛一直刻在骨髓里，只是此刻被触发苏醒了而已。

奇峰说总有一天我会知道关于红莲和红莲拥有者的一切过往。他说错了，红莲根本不属于我，我拥有的，是斩灵剑“逝”。

“嗯。”孙星哲点头，“贺兄自便，有事吩咐桃花和袁老爹就是了。”

“各位告辞。”我行礼道，将斩灵剑连盒抱住，出了门。

门外月华如水，已是黑夜。微风吹来，带着森林特有的清香，小鸟归巢的轻啼在林间来回，就和我童年时节所在的乡下别无二致。在这样的情景下，我只想倚门而坐，抽一支烟，让时间肆意流逝。

我坐在大门外青石板堆砌的小台阶上，任由微风吹拂，内心平静。

一直一个人，所以不在乎在何时、在何处。

没有烟，只有面前的“逝”，只有那些记忆过往，只有安心面对，就像抬头能望见的月亮，行于云雾之中，或盈或缺，千百年来依旧坦然。

“公子，夜凉了。”桃花手里拿着一件厚实的衣服，在我身后轻声说。

她虽然做些事服侍别人，可明眸皓齿的形象和处事的进退有度，却又不似丫鬟。

“还好，并不冷。”我回答，然后又问，“这是你家吧？”

“算是，三公子买下的私宅，但他们只是偶尔会来，我和父亲一直住在这里。”桃花回答，依旧替我披上了衣服。

“三公子像是名门家的公子？”我假装若无其事地问。这家伙爱好打猎游玩，现在还准备要做些力所不及的事，但在为人处世方面又能有些君子风范，这样的人，应该是名门之后。

“风昌城里南城孙家的公子。”桃花算是肯定了我的想法，转而又问我，“公子不是本地人吧？”

“是啊，不是本地的，所以对三公子的身份并不了解呢！”我笑着应声。我听出桃花的话语里有些连三公子的名头都不知道不配做本地人的暗示。

“公子是误闯进落雁山的？”桃花说，“你一定是没听过落雁山有灵，对了，你是被那里的灵伤了吗？”

她恍然大悟般瞪大眼睛张大嘴，似乎明白了什么。

“啊？这个，倒没遇到什么灵，我要是说我不小心迷路从山上摔了下来，你应该不会告诉别人吧？实在有够丢脸的。”我撒谎道。

果然是不同的时空。灵这么张狂？明目张胆占山为患了。

“那座山一直传说有灵，听说吃人呢，除了三公子他们，很少有人敢去，你被救回来，也算幸运。”桃花笑逐颜开。

“那真是谢天谢地了。”我点头道，“对了，你知道落雁山上的灵是什么样子的吗？”

桃花想了想，有些不以为然。“这个，各种传言都有，有人说是个非常漂亮的女灵，双眼会放光，也有人说是条长角的大蛇，有的竟然说是两个很大的灯笼，总之千奇百怪，风昌城里的说书人都把它当故事说呢。”

“看样子，灵的传说已经很久了呀。”我抓了抓脑袋，叹了口气。

“是，很早就有了。小时候我爷爷都讲给我听过，不过，他讲的似乎是个很动人的故事，可惜我记不完全了。”桃花回忆着，脸上露出一丝遗憾的笑意。

“还想听听呢，真是可惜了。”我也有些遗憾，“这些天多谢你照顾了，可是，我都没有什么可以回报你的。”

“公子说哪里话，每个人都有落难之时，何况是三公子交代的，我做的只不过是分内的事。”桃花摇摇头。

救命的恩情，在救人者的眼中，竟是这样轻描淡写。

“公子要走了么？”桃花又问。

“还没，我还欠三公子恩情呢，救命的恩情，不是说你们不要，我就可以不给的。”我站起身，拍了拍衣服，望向她，“桃花，如果你有什么愿望，可以跟我说，也许我能帮你实现呢，呵。”

“是吗？”她嘟了下嘴，“看公子的眼神，好像真的能实现一样。”但随即她就显露出那太过童话的表情，自嘲地笑了笑。“不过，这世界上不会有这样的事情发生吧，还是算了。”

我念动收剑诀，将“逝”放回了储剑空间，躺卧在床上，原本感觉还很清晰的记忆开始有些模糊。

早上醒来，竟忘记了大半，其实我明白，与其说那是我的记忆，还不如说是觉醒了的斩灵剑的记忆。

如果形象点说，它就是一个存储盘，记录着历代拥有者的记忆和力量。

夜养和其他猎灵人在握剑时候的深沉便是如此，因为有了更多的记忆，而那些记忆的拥有者是主观的自己，就仿佛自己活过了千百年一样。

我知道孙星哲一行人经过一晚上的计划肯定已经做好了部署：清风道长是个有智慧的人，他能让众人服从并为他所用；邓鸿的身手我见识过，的确有可用之处；就普通人类的身体修炼来说，其他几人应该不会弱到哪去。

根据我的猜测，孙星哲要对付的应该就是落雁山的灵，出于何种目的尚未可知，出于玩乐也不无可能。但无论如何，我是无法劝服他不去做的，我也没有要劝服的理由，灵的本事我并不知晓，所以，我打算跟着去。

有些事情自己不喜欢，却不得不去做。

我站在大门口，看着守门人袁老爹将马匹全部牵了出来，其余人各自检查了兵器，将箭和弓放上了马。我看到剑和弓箭上都用丹朱画了些加强攻击和防御的符文。

桃花从屋里拿出一大桶糯米饭，用大布袋装起来，然后放进了一个密封的大陶瓷罐里。

“袁老爹，再去牵两匹肥点的马。”孙星哲吩咐袁老头。

“三公子，准备出发了？”我问。

“是，我们要去办件事。”孙星哲点头。

“帮我也准备一匹马吧。”我笑着对他说。

“贺兄，你要走了？”孙星哲似乎没明白。

“我想和你们一起去。”我继续笑道，“听曾兄的说法，似乎很热闹，我也想去见识一下呢！”

孙星哲望了一眼曾辉。曾辉故作不知，却暗地瞪了我一眼，继续忙活。“这个，我们只是去办件小事而已，贺兄重伤刚愈，不便骑马，我看……”孙星哲面露难色。

清风道长也走过来说：“这位兄弟不知深浅还是如何，我们去做生死买卖，无暇照顾你。”

这话说得就有点让人气恼了，直接得让我有些难堪。

胖子有些不好意思的表情，让我明白了昨晚他们的邀请其实只是酒后的扯淡，孙星哲没有想过拉我一起，而清风道长，根本就把我当成了闲杂人等。

孙星哲拍拍我的肩膀说：“贺兄，道长虽然言语激烈些，倒也在理，你并无必要参与其中。”

“胖哥，你帮我说说好话，我保证不添乱。”我并不想通情达理，立马拉上胖子。

“这……”胖子昨天说了大话，被我这样一弄，对我也有愧意，更觉得很没面子，“三少，贺兄弟也是有本事的人，我看也许能帮上些忙，就让他一起吧。”

“道长？”孙星哲大概也无法应付我这么无赖的家伙，只得看道长的意思。

“尔等视生死之事为儿戏，也怪不得别人，随你所愿吧。”道长摇摇头，拂袖而去。

“贺兄多加小心。”孙星哲尴尬地笑笑，收拾东西去了。

“贺兄弟太不够意思了。”在马上飞奔的时候，胖子还在抱怨着。

“呵，昨晚听你们说抓灵的事，我内心激动不已，真想亲眼看看，实在没有办法，只好求你这位好人了。”我拱手致谢，“多谢胖哥成全，回来请你喝酒！”

“真是恨不起来你这家伙！”胖哥笑着说，无奈地摇摇头。

“不知道要对付的是什么灵？”我口无遮拦地继续问。

“这个我也不太清楚，不过，到了自然明白。”胖子摇了摇头，“道长说了，这需要我们全力以赴，所以，你到时可得自己照顾自己。”

“多谢胖哥提醒。”见问不出所以然来，我只好作罢。

策马狂奔，一路风景秀丽。山路多少有些崎岖不平，屁股与马鞍多次撞击，疼痛难忍，又不好出声，只得咬牙坚持，少了观景的心思。

行了将近两个小时，山林越来越密，应该到了森林深处，躯干粗壮、树叶浓密的大树比比皆是。后来干脆就只能下马，在杂草丛生、树叶堆积的小路上小心行走。阳光星星点点地透下来，在地面留下斑驳的痕迹，身上感觉很凉。

我们骑的马已经被弃掉不用，另外那两匹肥壮的马则牵着，我看胖子将那大罐糯米饭用手举过头顶，有点霸王扛鼎的气势。那少说也三百多斤，看他模样却似轻松，气息平稳，这又不得不令我刮目相看了。

落雁山的深处。

一行人默默前行，不再有人说话，气氛非常凝重。我的内心开始生出强烈的不安感，肌肉也绷得紧紧的，每个毛孔都警觉地感知着周围的风吹草动。

其他人不愧是武者出身，目光和神情中带着严峻的警惕，除了牵马的曾辉和举罐子的胖子，每个人的手自然而然地放在武器之上，如临大敌。

但这还不是将要面临某种威胁的反应，而只是因为闯入了别人领地所感觉到的压迫感。这种压迫感是为了划分界限而存在的，是一种预警，是某种生物本能散发出来的。正是这种压迫感的存在，让我明白这个地域的确存在着强大的力量，具体点来说，是灵。

实际上，所谓的传说从来都不是无风起浪、空穴来风的，总会有那么点根据。

稀薄的雾开始浓了。

清风道长扬起了手，让众人停了下来。

这种雾气专业点讲是“雾瘴”，是灵主动释放以做侦察之用，任何闯入的生物都有可能被感知到。之所以说是有可能，是因为概率极低，雾瘴之中又有阴霾、灵氛等成分更加浓密的雾，这些的侦查能力比较强。

一般人只会将这个理解为普通的雾而已，在这样清冷的森林深处，而且又是有溪流的地方，出现点雾毫不奇怪。清风道长让大家停下来，显然知道了这是雾瘴，这一点再次证明了他有着道士应该具备的非常丰富的专业知识。

我之所以明白，是因为我闻到了雾里的腥臭气。虽然没握剑的时候会失去很多的过往记忆，但几乎很多感知和反应都成了本能，不用去思考就会自然地浮现。

我总是在失去某些东西的时候得到某些东西，却无论如何也与灵脱离不了干系。应该说，我已经完全进入隐藏在背后的真实世界，以往的一切光怪陆离，渐渐地在我的世界变得稀松平常。

这是一种不可逆的改变。

“道长?”孙星哲低声问。

“已经不能再往前了，按昨晚的部署来吧。”道长低声交代，“大家一定要小心谨慎，如果在安排妥当之前惊扰了灵，可就麻烦了。”

这样的话我不怀疑他在昨晚强调过多次，众人俱是表情沉重地点头，然后各自行动，只留下我一个人站在那里，看着他们忙碌。

实际上要做的事情不多，邓鸿用快刀收割着周围的杂草，那熟练的模样让我有些忍俊不禁，所谓的功夫，看来并不一定是要杀人搏命才能派上用场。胖子将糯米饭提了出来，本应该香喷喷的糯米竟然没散发出一丝一毫的气味，显然清风道长在上面做过了手脚。清风道长拿出一个葫芦，从中倒了些液体在木剑上，环着邓鸿清除出来的一个大坪画了一个圈，又吟诵了一长串咒语。

从我的感知来看，应该是布下了结界。

首先说明下，我不是道士，夜养也不是，但奇峰是，虽然是师兄弟，但这只是维系着组织存在的一种说法而已。每个猎灵人都是独立存在的，而且所使用的术法也不是道术，如果偏要有个类别，姑且说成猎灵术吧，至少猎灵人一直是这么认定的。

所以，对于道士所施展的道术，我并不完全清楚，口诀和方式都和我们有所不同，但表现出来的效果，在某些层面上是相似的。

待结界布置完成，胖子将糯米饭全部倒在了结界内的空地上。其余几人都上前帮忙，将糯米饭捏成长条状，而且故意弯曲了些，看起来像一条蚯蚓，不过，是条将近四米的蚯蚓。

就在一切有条不紊地进行着的时候，雾浓了。

第十二章　重逢

清风道长目光扫过，眉头微皱了一下，用手迅速摆动几下，跟特警手语似的，孙星哲立马带着众人手拿弓箭，各自找地埋伏去了。

胖子倒是顾着我，也不考虑我在研究清风道长到底在忙活什么，一把拽住我，把我拖到巨石后面去了。

清风道长依旧站在结界内，两匹肥马也是，只见他手起剑落，一个马头“扑通”一声掉在地上，而另一匹马，他并没有杀，而是解开缰绳，在它屁股上刺了一剑，那马嘶叫一声，负痛奔跑而去，单单一柄木剑竟然锋利如此！只是杀生之时毫无怜悯之情，看来，死在他手下的灵，估计也不在少数了。

调虎离山，倒是早有准备。

道长将切下的马头放在糯米蚯蚓的一端，而马身竟然还站立在那，喉咙处也没鲜血流出来。他抱了陶瓷罐，接在了喉咙处，鲜血才喷涌而出，之后，他将陶瓷罐放在地上，开始诵咒。

我知道这必然是个大的术法，所以也必然有长时间的施法过程。

但灵已经出动，一声巨响，马的哀鸣声只一瞬就消失了。森林里传来“噼啪”的树木碎裂声，由远及近。

“道长施法期间，由我们来牵制，各位，务必不要让道长受到影响！”孙星哲大声喝道。

声息越来越近。

地面的震动十分强烈，就像整座山都在摇晃，仿佛巨大的浪头席卷而来。这样的力量和速度，以及在短时间内的迅猛反应，都在昭示着这灵非比寻常。

我还没能看到这灵的模样，但看其出场前的声势，我已经可以知道应该是爬行类，无足，类蛇。

看来别人口中长角的大蛇这个传说应该是可信的。不过既然长角，那就该是蛙了，从一口就让那匹肥马没有声息的情况来看，体形相当可观。

众人埋伏的位置刚好在迎着怪物来临的方向，几块巨大的石头摆在当口，以此作为屏障，倒是刚好遏制了其前进。看得出各人都是用弓好手，架势和气势十足，那种混乱之下仍能屏气凝神的姿态，让我相信这些人必定有过杀伐经历。

这一切都说明，孙星哲是有计划地将这些人召集在手下，杀灵之事筹划已久。

我望向他，他的眼神完全不像一个少年。我见了太多的少年，眼神都太过沧桑，因为他们经历了太多与年纪不相符的事情。

此时的孙星哲的眼神不是将要收获猎物的快意，也不是要看到神秘怪物的欣喜，他的眼神中所表现出来的是无比的怨恨和怒气，有种杀之而后快的憎意，这种冰冷的感觉与此前那平易近人的气息截然相反。

他经历过什么，与这个怪物有何渊源，我不得而知，但两者之间一定发生过一些事，这个我能肯定。

灵终于出现，与猜测中大致相同，是一条巨大的蛇。

褐色的角质鳞甲犹如战士的铠甲，头上一只角直冲向前，犹如战士的矛，浑身笼罩着黑色的雾，红色的分叉信子吐在外，弯曲的白牙森森，碧绿的眼闪烁着狂暴的光，有欲将一切毁灭的气势，游动的尾巴所经之处飞沙走石，树木尽折。

我依旧低估了其体形，这蛇的腰半径将近一米，也就是说，其躺卧不动，也会比我们任何一个人高。

这样的家伙，肚量不会小，而且胃口看上去也不错，那个关于两盏灯笼的传说，在我看来，竟然也是正确的，不过，那只是这条蛇的两只眼睛而已。

单角蝰，残忍与血腥的代名词，杀戮和凶横的综合体。

六箭齐发，全部朝着蝰蛇而去，电光火石间，竟然全部命中。那画了符咒的箭发出一道金黄的光，穿透黑雾，直接与飞速冲撞而来的蛇身相撞，发出刺耳的尖鸣。

蝰的势头被箭的力量阻止，缓慢了不少，可是箭还是无法穿透蛇的鳞甲，纷纷弹到地上。

“继续!”孙星哲大喝一声，竟然跃上了巨石，连连飞矢。

这小子不要命了。

对于这凭空出现的目标，蝰立刻锁定，身上的鳞甲全然竖立起来，不过迫于箭芒的威慑，左右挪动却不能近前。

“这家伙竟然杀不死!”胖子背后的箭筒已经只剩下一支箭，可他还在激情澎湃地弯弓。

“不是杀不死，是根本就没有受伤。”我说，“如果不是那些符咒，你们的箭碰都碰不到它的身体。”

“箭已用完，而道长还没准备好，看来得亲自上阵了。”胖子射完最后一支箭，咬了咬牙，拔出了佩剑。这倒让我有些吃惊，他竟然能精确地知道自己背后的箭已经用完！我却是小看了他。

“蛇灵的目标是三公子，你晚点出去，能出其不意。”我漫不经心地说。

“这样？”胖子质疑地回望我，但又恍然大悟，“虽然是置三少爷于险地，倒是最好的机会。”

“就算你们同时出去，这怪物也能在同时做出反应，出其不意却还有机会。”我肯定道。

胖子反握剑柄，做出了跳跃的架势。

孙星哲临危不惧，衣衫、头发都在腥臭的风中飞扬。他双眼圆瞪，弃掉了手中的弓箭，只抓一柄长剑在手，那种模样，真有几分勇士屠龙的决然和霸气。

埋伏着的邓鸿却出手了，从蝰的侧旁突出，这时候不是好时机，他的身影必然会映入蝰的眼。

果然，蝰巨大的尾巴横扫向他，将巨石击碎，邓鸿反应不慢，一个闪身躲过，不过，蝰的余力依旧将他扫翻在地。他口中鲜血喷涌，在地上滚出数丈才勉强稳定身形。

在我看来邓鸿的身手应该是他们中最敏捷的，却也不能躲避一击之力。但这一所谓的空当出现，却让曾辉等其他三人全部出手，这定然是惨烈收场！

蝰的身形巨大，动作却很迅猛，三人腾空跃上，画了符咒的剑锋在灵气中现出金黄的光芒，却只是一瞬。蝰张大嘴，喷出一口绿色的毒雾，三人被笼罩在烟雾当中。片刻之后，好像木头一样自由落体，跌落在地上，一个个面色苍白，几乎没了气息。

蝰清除掉这些旁边窜出来的人之后，目标却依旧是孙星哲。这四个受伤的人，几乎没对蝰产生任何影响，他们视死如归的行为结果是无用之功。

孙星哲双手握剑，屏住了呼吸，他的目标是蝰的口腔，这里才是蝰的柔软之处，也是唯一的弱点，他显然已经认识到了这一点。

不过，这样做，他绝对没有生还可能，他到底为了什么，宁愿死也要杀掉这本不需要搭理的怪物？

胖子出手了，他此时所处的位置，已经在蝰的后方，最佳角度和时机，而且他拥有最强的力量，如果说只有一个人能伤害到蝰，他是最好的人选。

孙星哲和胖子的剑几乎是同时刺中蝰，蝰的两处伤口，一处在口腔，一处在脖颈，两处弱点伤害使得两者的交互攻击得到更好的作用，遗憾的是即使这样也没能致命。

蝰的嘴因为脖颈的疼痛没能合上，这给了孙星哲逃命的可能，但胖子显然骑虎难下，他双手紧握着剑柄，被因为受伤而变得更加狂暴的蛀带着翻滚，击碎的巨石和树木击打着他的身躯，片刻间他已是伤痕累累。

结界终于散去，一阵幽香而甜美的气味传来，清风道长大汗淋漓，颓然地用剑支地，大口呼吸。他为了这个法术，显然用尽了全力，当然，他的成果并不错。

在他前面地上的那条糯米蚯蚓，加上一个马头之后，已经活了过来，浑身红白鳞交错，双眼发射着红光，身下竟然还生出了四条腿。它的动作极其优雅，盘旋着绕到了清风道长的头顶，周身散发出幽幽的光辉。

竟然是条龙。这是以物化形的道术，用死物配合生灵的鲜血，利用模拟某种生物灵魂的方式，得到短时间内的生物，也就是说，清风道长模拟龙的灵魂，创造了一条龙。

果然颇有能耐。

龙的出现让我明白清风道长早就知道这怪物的真实身份。自古就有一物降一物的说法，龙能降的物种不止一种，但蛀最怕的物种里面，龙必然是首选，两者之间的差距用级别似乎已经无法衡量了。

虽然就两者的体形看来，清风道长的这条龙体积只是蛀的十几分之一。

但蛀再大也只是蛀，而龙再小也是龙，虽然是句废话，意思却极其明显，两者之间存在的差距明显而不可逾越。

狂暴的蛀意识到了龙的存在，在龙的光辉下，极其不情愿地匍匐在地上，竟然瑟瑟发抖。

胖子趁势跳了下来，赶忙去照顾其他几个受伤的人。邓鸿用手擦拭了下嘴角的血，望着匍匐在地上的蛀，面目狰狞。

孙星哲是其中受伤最轻的，他在蛀头之前佝偻着身体，手中紧握着长剑。

“我一直在等这一天！”他努力压抑内心的怒意，但似乎太过亢奋，怎么也压抑不住，他朝蛀咆哮着，“你这个孽畜，我就说迟早要杀掉你，你这该死的灵孽！你想不到你也会有今天吧！”

“三公子，你要快些动手，时间不多。”清风道长在后面有气无力地催促，“而且必须一击致命，否则过多的疼痛会让这灵逆反的。”

“我不会让这孽障就这么便宜地死掉的。”孙星哲却似有些癫狂了，他开始来回地踱步，挽了个剑花，摇头拒绝。

“你这样会害死大家的！”清风道长在后面说，他已经无力动弹，无法干预孙星哲。“邓鸿兄弟，你快些动手！”

邓鸿面目狰狞，根本听不进话。他被蛀所伤，估计此刻的心理和孙星哲的是一样的。

孙星哲大喝一声，向蝰的腹部刺出了一剑，那蝰被龙所慑服，身上的抵御能力大减，这一剑竟然完全没入，蝰的嘴因为疼痛张大，却没敢动弹。孙星哲并不拔剑，而是顺势向前移动，将蝰的腹部划出了一条长长的伤口。

“还给我。”孙星哲狂喊着，“把她还给我！还给我！”

蝰鲜红的血飞溅在他的身上、脸上，将他染成了修罗一般。

“公子，快去了结这灵，三公子继续下去会出事的。”清风道长求不到人，恳求的目光扫向了我。

“我力量不够。”我早就准备出手，猎灵人的本能就像皮鞭在鞭策我的神经，让我在无形之中痛恨眼前的蝰。它散发出来的腥臭气味让我内心不安。

可是我的力量根本恢复不到一成，再者，“逝”的能力偏重也不是攻击，所以要想杀死这灵，简直做梦。

“那就先用剑砍掉它的角，破了它的修为。”清风道长语出狠毒。

我走出来，在蝰附近的地上拾了柄剑，准备按清风道长的说法去做。一般来说，类蛇的怪物，额顶有块丹玉配合其修炼，这单角蝰额顶的角则代替了丹玉的作用，以供其吸收日月精华。

当前唯一能对蝰一击致命的就只有孙星哲，此刻他却在发狂。清风道长所提的方法却是不差，破除了它的修为，至少在逃命的时候机会会大上很多。

蝰巨大的瞳就像一面镜子，映出了我的身影，一身青白长衫的我，面色苍白，手中的那柄剑寒光闪闪。

它的明眸看向我，随着我的身形移动。突然，我看到它的瞳剧烈收缩，就好像被什么重创了一样，猛然跃起，强大的气流冲撞出来，将我掀翻在地。一阵接一阵的黑雾从它身体的鳞甲里蹿出来，瞬间就掩盖掉了龙的光辉。

是清风道长所说的逆反出现了吗？

黑雾弥漫着，将我覆盖在了里面，周围的树木很快都不再清晰，只是很奇怪，这些黑雾没有了先前的腥臭气味，反而清新了不少。我看到那巨大的蝰眼如幻白的灯笼照亮了周边的黑雾，而我孤影幢幢地氤氲在柔白的光亮之中。

那一刻我竟然没任何动作，连召唤剑的想法都没有。我高仰着头平静地望着蝰，就如蝰平静地望着我。

“是你吗？”蝰突然说话，声音细腻。

“……”我很诧异，我没想过这个级别的灵能说话。

“不记得我了？是我啊！”它的头探得很近，信子都快探在了我的脸上，“我以为你死了，你还活着吗？”

这灵，是不是认错人了？

“君前行路自洒逸，妾落碧茵身蜿蜒。挽剑当赠牵牛子，昏日晨阳同赏玩。”蛙念了一首诗。

那过往的记忆里，这首诗，我竟熟悉。

离若？

只是，离若，你何以成了这副模样？

猎灵人的记忆并不由一世构成，只要斩灵剑觉醒，它就会像另外一个大脑，将拥有者的记忆和经历的事情记录下来，并在斩灵剑下一次觉醒的时候灌输在当前猎灵人的记忆里。

当然这种记忆只有在握剑的时候才会显现得很清晰，其余的时候，它会被淡忘掉。但极其深刻的残片还是能印下来，留在猎灵人的脑海里，随着握剑次数的增多，记忆会越来越多，越来越强。

我握了一次“逝”就不想再握，在我前世所有的记忆里，有太多我不愿意面对的东西。当然，这种前世不是指所谓的轮回，而是在我之前斩灵剑“逝”的拥有者们。

我无法想象我竟然和我前任有着同样的模样，以致离若将我认了出来。

我突然恍惚，那个人是不是就是我？那些以自我为视角的记忆，感同身受般真切。

我突然想流泪，仿佛那一剑一刃全部划在了我的身上，压抑不住的悲切在我内心翻滚。“疼吗？”我的手覆盖在她冰冷的鳞甲上，想说很多的话，却只吐出了两个字。

“这么多年，这些已经无法计算的日子，你都去哪了？我一直等，就在这个我们约好的地方，等到我都快忘记你了。”她的眼眸中滴落泪水。

“对不起。”我的泪水终究溢出眼眶，珠连成线，泛滥成河。那种灵魂之中不由自主的情感流露和自然而出的言语错乱了自己。

就像，我明明就是知道她，就是懂得她的。

柔白的光辉越来越强，她的身体收缩着，渐渐变小，在我眼前渐渐成了一个俊俏女子。只是血染了罗裙，低落的黑发遮挡了容颜，她就那样轻飘飘地落下，落在我伸出的双手上。

“我不怪你。”她用右手环抱着我的颈，左手将披散的发别到耳后，面对着我努力地笑出来，“我知道，如果你能来，你一定会来的，我不是等到了吗？”

我感觉手上有温热的液体在流淌，我也知道那是血液：“你受了很重的伤。”

“是啊，很重，你一定不知道是我，所以才没有出手阻止吧。是我太笨了，要知道你也在，我就用这样子来见你了。”她傻傻地笑，顿了顿又说，“也不行，这个样子，只能给你一个人看呢，呵！”

“不要说话了，先治疗下自己吧。”我的心很痛，“你不该受这样的苦。”

“我的胆囊被那个少年刺破了，已经恢复不了了。”她苦涩地笑着，“你一直要我不要吃人，不要伤害其他的生灵，否则会受天谴的。我努力地去做了，可是你不在身边。那种和你在一起就可以淡忘的嗜血的本能，在一个人的时候，我根本抑制不了。我吃了很多的生灵，也包括那些人类。现在，果然得到报应了。”

“你……”我长长地叹了一口气，“胆囊破了，你还变成人形做什么，这样会将自己最后一丝力量耗尽，本来还可以自救的！”我忍不住责备。

“我怎么能用那么丑陋的模样出现在你面前。”她的气息越来越弱，却还是笑靥如花，“连我自己都讨厌自己这个样子呢。”

她用最后的力气化作人形，死亡已定，回天乏术。我的心里早就知道结果。

我语塞，无法言语。我只能紧紧地抱着她，希望能多抱一会儿。我静静地看着她，希望能多看一眼。

终究，她垂下了挽着我的手。

我将她冰冷的身躯放在地上，看着她慢慢恢复成巨大的蛀。

我召唤出了“逝”，刺在她的身躯之上，那巨大的身躯缓缓地变小，最后成了一条小小的蛇。

这是“逝”的能力，将刺中的物体变回过去的模样，然后利用“逝”的“刹那”能力，将离若固定在了当下时间，这样，她的灵魂可以依旧停留在身体里。凭我当前的能力，也只能对死物做到这个程度。对于生灵，我所能使用出来的力量还欠缺很多。

我现在还救不活她，但可以保证她处于能被救活的一切有利条件下。之前的悲戚在此刻全然成了理智，我一步一步地做着，压抑了悲伤和疼痛，因为我绝对相信能将她救活。

离若，稍等就好。

我将剑送回了储剑空间，将离若藏在了身上，她的身体周围凝固了时间，就像一个琥珀。我用手抚摸了下发涩的眼，静等着黑雾散尽。

也许，来杀灵的几个人都没想到黑雾之后都还能活下来，他们警惕着周围，待看到彼此，脸上的紧张转为疑惑。

胖子蹒跚地靠近我。“贺兄弟你没事吧？那怪物怎么不见了？”

“应该死了。”清风道长接过话茬，“已经感觉不到灵的存在了。”

“我还好。”我挤出一丝笑容，“快些回家吧，那几个兄弟都中毒不轻，得快些治疗。”

“贺兄弟，是你杀了这孽障？”胖子又问。

我望了一眼已经从发狂状态恢复，却在那木然发呆的孙星哲，苦涩地笑了笑：“算是吧。”

“我就说你这人能帮上忙！”胖子拍着我肩膀哈哈笑着。

如果只是那丑陋的怪物，我大概也能跟随着笑起来，而不会有这么的苦涩吧。

可是，谁会知道那丑陋的身体里，有着的是那么单纯的灵魂！

人总是看到冰山一角就以为洞察了整个世界。

第十三章　故事

“我终于兑现了承诺，我替你报仇了。”孙星哲扑通跪下，掩面而泣，“对不起！对不起！”

我不知道这错乱的言语之后隐藏了什么，但我能感觉到他的悲戚，对离若的仇恨的真实，离若一定夺走了对他很重要的人吧。

我走过去拍了拍他的肩膀：“一切都过去了，没事了。”

他强烈地压抑着疼痛，侧过头的时候，他的手摁着胸口，脸扭曲到无法想象的程度。良久，他才舒缓了些，仿佛记起了什么般。“能陪我去办一件事吗？”他说。

“现在？”我问。

“嗯。”他点头肯定，然后颤抖着叹了一口气，幽幽地说，“我把她扔在这荒郊野岭太久了。”

他交代其余几人先行回家，然后带着我朝着离若来的方向走去，一直走，走进了大山的深处。

不久，到了一个大洞口，里面腥臭无比，灵气弥漫，是离若的味道，我不禁怅然若失。

“你要和我一起进去么？”见我停顿了，孙星哲问。

“你似乎对这里很熟悉？”我没有回答而是反问，脚步跟了上去。

“因为我来过，在三年前的一天。”孙星哲回答。

“你很幸运。”我说。能够在离若嘴下逃生的可能性实在很小。

“可惜，我是和我喜欢的女子一起。”孙星哲说，“我们私奔到这里，因为相信了一个动人的传说。”

“这真是一个悲哀的故事。”我已经大抵猜到了事情的经过。

他轻哼了声：“其实有很多个传说，我和她只是相信了那个最美的而已，不过，却是最不真实的。传说中在这落雁山里住着神仙眷侣，没想到，却只是那丑恶的灵。”

“也许，你们只是来错了时间。”我忍不住叹气，抬头望着巨大的空穴石壁，声音很小。

“啊？”孙星哲没有听清。

“没什么。”就算我说出来，他也不会相信的吧。

“在这。”在洞穴的深处，孙星哲站定在一大堆白骨前，“已经分辨不清了。”他用手摸上那些枯骨，脸上带着些梦幻的笑。“我在梦里一次又一次地回到这个地方，每次都看到她伸出双手让我带她走，她还是那么美，笑得让我心疼。”

“在我们的一生里，总要失去很多东西。”我拍了拍他的肩，“在没失去之前，它们就好像是牢牢属于自己，地老天荒永不会分离，但临到头了，却发现只是一个转身就已不在。”

“她是本不应当属于我的女子，那一晚，我们逃到这里，希望能像传说中那对神仙眷侣一样美好地生活下去。”他说，“怪物出现的时候，我正在洞穴附近的小河打水，而她坐在洞穴门口的石头上休息，那怪物的模样吓到了我……”

我静静地听着。

“我跑了，跑得很快，只记得跑，连最心爱的人也忘了，我一直跑回了家，大病了一场，差点死掉。”他继续说，“我后来一直怀疑自己是否爱她，如果爱的话，我怎么可能逃跑呢？我们明明约定连死都会死在一起！”

我不知道怎么回答，只看着他笑着的脸和泛滥的泪。

“可是如果不爱的话，为什么我会愿意舍弃家，舍弃亲人和她一起，甚至到现在都记得她的模样，记得和她在一起的情形。”

“我立誓说要报仇，三年来一直筹划着，压抑着那揪心的疼痛。我总告诉自己，只要报了仇，我就会好的。可是我现在才发现，即使我杀了怪物，我疼痛的心也没有好上一点。我心的疼痛与怪物本就没有关系吧，只是因为在生死存亡之时选择了逃离，失去了她。”

“我只是贪生怕死的小人而已，对吗？”

他就像梦呓一样在我面前说着话，又好像只是说给自己听。

“如果是小人的话，她又怎么可能用疼痛来提醒你，让你记得她呢？那痛彻骨髓的深刻，看来，她一点也不介意被你记得啊！”我说。

有些疼痛弥久而悠长，有些疼痛短暂而激烈，我的疼痛不在其中。我只是转过身，就模糊了这种感觉，仿佛内心有个深渊将这些疼给装了下来，并打下了封印。

回到桃花家的时候已是黄昏，孙星哲和我一起。进院门的时候，看到其他的几个人都在院子里疗伤。望着这一群兴奋的家伙，我无法恨起来，只是在内心有些苦涩。

他们没有我看得全面，没有经历整个过程，只在某个阶段介入，所以以一种无知的模样笑谈他们的成就。而他们对待我的态度又是诚恳而真挚的，各种堆积的复杂感受我只能独自承受。

我捂着胸口处放着的离若，在院子中央堆放的篝火暗影里，在狂欢之后的静处走进了房门。

其间我告了别，打算过完了夜就离开，去做一些要做的事。

早上似乎是被噩梦惊醒，却不知道是做了什么噩梦，只觉得浑身冒着汗，在那一瞬间，脑袋空白一片。

深深呼吸之后，才发现桃花站在床边，手里拿着琥珀状的离若。我没有丝毫犹豫，一把抢了过来，动作僵硬而粗鲁，并且满脸怒意。

“对不起。”桃花被吓得满脸通红，不敢动弹，畏惧地看着我。

良久我才反应过来。“方才冒犯了姑娘，不好意思。”我把离若握在手里，发现并未损坏，有些局促地说。

“我看到它掉在衣服外面，所以……”桃花见我舒缓了表情，勉强地笑了笑，“是很重要的东西吧？”

“算是吧。”我将离若捏在手里，体会着它的质感，但是我不知道那种感觉到底说明了什么，一种记忆中的爱恋算是爱恋吗？但如果记忆堆积起来的爱恋都不算，那到底什么是爱恋？

我突然想起孙星哲，他的那种矛盾，和我也是一样的吧。

“落雁山的灵真的是只丑陋的灵吗？”桃花又问。

“你很在意？”我望向她，见她眼神中流露出些许遗憾。

“我只是想起爷爷讲过的故事，那个残缺不全，但我知道很是美丽的故事。”桃花抿着嘴说，“我一直很努力地想要记住呢，不过太多事情要做，把记忆都消磨掉了。爷爷讲的时候眼神坚定，我都以为是真正发生的故事呢，却没想到他只是为了逗我，给我编了个故事而已。”

“呵。”我笑着，心中突然很欣慰，“你的爷爷大概和你一样，也希望那个美好的故事是真的吧。”

“美好的东西本来就少，谁都希望能真实发生得多一些吧。”桃花点点头。

“你想再听一次爷爷讲的故事吗？”我问，眼神安定。

桃花兀自笑笑：“想啊，如果能再听一次，如果我能完整地记得所有的细节，我就会更加相信那个故事吧，至少，我会认定，会一直坚持，落雁山真的不只是存在过一只丑陋的灵而已。”

“其实，我也想听听那个故事呢。”我笑着说，“而且，袁尚这个善良的人，我真该当面表示感谢才是。”

“啊？”桃花诧异，“你怎么会知道……”

我念诵起唤剑诀之后，再施展了“镜”，并抓住了桃花的手，念道：“往事如尘，皆镜中花，水中月，以吾所念重临天幕之影。”

屋子里顿时光芒四射，待再睁眼时，却到山水之间了，只是这些山水如波纹一样，在我们周围晃动，十分虚幻。在我们的正前方，一个小女孩坐在石头之上，一个头发花白的老头笑吟吟地看着她。

他说：“小桃花啊，要听下发生在这座山里的故事么？”

在我记忆里，袁尚还只是个青涩的少年，在落雁山替富人家放牛的时候，吹着自制的竹笛在树林里穿行。他那无忧无虑的模样和快乐的笑容让我忍不住羡慕。

我坐在溪边的石头上看着他，内心宁静。

他经常会带些自家酿制的谷酒，用荷叶包一只山鸡，抑或顺手抓几条小溪里的鱼，烤熟了给我吃。

他很少说话，只是有时候会问我为什么一直待在山里，而且衣裳白净，露水和尘埃都不沾，他说我一定是神仙。我便问他，是因为我是神仙，才送东西给我吃的吗。他就说，神仙当然是要讨好的，如果讨好了，就会一直留在这里，这样，他放牛的时候也就有伴了。

我便告诉他，如果我是神仙，哪还用得着吃东西。

他摸着脑袋傻傻地笑，似乎也意识到是这么一回事，于是便不再问了。

这样的生活简单而快乐，不用去思考太多东西，有酒就喝，想睡便睡。落雁山的阳光很慵懒，照在人身上永远都是那么温柔，夜晚的星空很明亮、很宽广，就像一个可以远离尘世喧嚣的美好去处。

袁尚突然有一段时间没有再来，我不得不亲自去城里买吃的。我相信自己有抓鱼的能力，但我不想去抓。当它被别人烤熟了摆在我面前，我会吃，不带一丝怜悯，但如果我亲眼看过它活生生的模样，然后亲手掏心挖肺，拔鳞去刺，直到烤熟，我是无论如何也吃不下去的。

在袁尚的故事里，这一段他说得十分简单，但也十分偏离事情的本身，他用了一句话说给小桃花：“爷爷小时候在山里遇到过一个神仙。”他的眼神如桃花所说，坚定异常，让人看不出丝毫破绽。

我在一个小酒馆买了两坛酒和三只烧鸭，出门之后，我闻到了一阵清幽的香气。两个年轻女子在我面前经过，微笑着聊着些什么，她们手里各提着一个花篮，里面装了些新鲜的花草。这是一种不常见的花草，名曰解语，它们要么在深山老林之中伴人参花开，要么在冰山雪域与雪莲并蒂而生，总而言之，解语只与高邻相伴。

如此，既然出现在这繁闹的城市之中，势必与常理不合，我总是不喜欢去探讨不同常理的背后会有些什么，因为猜测往往会被证实。

可是，总得做点什么才是，作为猎灵人的宿命也好，还是只作为一个人的良知也好。

不过，总要先吃掉美味再说。

有时候鼻子太过敏锐也不是件好事，或者从来就不是件好事吧。敏锐很容易变成敏感，所以，我喷嚏不断，以至于几次险些呛出酒来。

很难想象，越往城里走，提这样的花篮的女子会越多，个个开心满怀、谈笑风生。在清幽花香的缭绕中，喝酒都不会醉的我，竟然醉了。

当我清醒过来的时候，我已经到了城门口。我回头望一眼城内，有些无奈地叹气，这个家伙做事倒也干脆利落，我才刚露面就被发觉了。第一个回合，竟然输了。

但是这样明目张胆，是不是太小瞧我了？我当然不会年轻气盛地再闯一次。于是我坐在城门口，喝我的酒，吃剩下的一只烧鸭，思考着或许可以再睡一觉。

袁尚远远地看到了我，向我打招呼。

“你怎么进城了？”他在我旁边的石块上坐下。

“有点饿。”我回答，“你怎么不放牛了？”

“我另外谋了份工。”他笑嘻嘻地说，显得相当高兴，“每个月工钱比以前多五分银子。”

“涨了不少。”看得出他比以前快乐，“是做什么？”

“卖花。”他说，“我刚刚就是出城送花去了。赵府的老太太在别府静养，他们管家安排我们送些解语花去。你看他们还多给了两分银子，本想晚上买点东西给你送去的。”他从怀里掏出点小银子，很是兴奋。

“解语花。”我轻笑，“有些东西真是想躲都躲不掉啊。”

“躲什么？”袁尚不解地望着我。

“没什么。”我打了个哈欠，“你们的店铺开在什么地方？”

“东街左三号。”袁尚回答，“在街口就能看到了，很热闹的。”

“哦，你先去忙吧。我吃饱了得找个地方睡会儿，有时间去看你。”我站起身，向城外走去。

赵家的别府我去过，在翠湖旁边，我也经常在翠湖旁边散步，那里的风有种不同于山林的清新味道。

附近住了只叫离若的蛇精，我曾看到过她变成人形在月夜下的湖里游荡，当然，那夜湖面的雾很大。这是件遗憾的事。

我曾在赵府喝茶，赵老太太是个慈祥的老人，会招待过往的路人，条件只是用一个故事做交换。我连续在那喝了半个月的茶，而她听了十五个故事，光怪陆离的。

我无法讲完整的故事，因为健忘。有些时候必须做些无关紧要的事情来造就一个很重要的结局。我在讲完第十五个故事之后，抓了只潜伏在赵家的灵。

上了年纪的老人总是会觉得孤独，有种无法言表的被遗弃感，所以老太太亲自在门口接我的时候，目光温和，仿佛见到久违的亲人。

问了些是否平安的话，我放下手中的茶，不经意地嗅了嗅，便问："好特别的香味。您家添置了什么奇花异草么？"

赵老太太点头："公子的鼻子果然厉害，后院一直荒着，今早才添了些花草，不过也说不上奇花异草，是城里最近很多人家都种的解语花。"

"这种香气清幽雅淡，连绵不绝，飘逸致远，绵而不媚，远而不浮，并不是寻常之花所能达到的。"我说。其实，解语花与雪莲和人参之类毗邻而居，自然也不是凡物，不过世人大多只知雪莲、人参，却不识解语。"我前次听您讲对花草植物之类很是了解，既然您说算不上奇花异草，估计也就真是不值一提了。"我倒想听听她的见解。

"公子果然是风雅之人，极尽品花之能事。老身幼时曾有幸于深山之中见过一株，活时其色润，其味淡香，刚触人气，它便形枯涩，味腥臭，顷刻化为尘埃了。"赵老太太微笑着说。

"您的意思是这并不是真正的解语花？"倒也见识宽广，不过看她不以为然的神情，似乎更有深意。

"老身无法辨别，模样相近，气味相同，但我以为，解语之所以被称为解语，并不是因其形气，而是因其高洁不染世俗之志气。"赵老太太说。

"您的意思我很明白。"我有种恍然之感。

"古语云，宁做深山放荡鬼，不为尘世供奉神。解语之意乃其完美诠释。"赵老太太颇有些感慨，"故，来到尘世的那些花，香染庭院可以，却不可谓奇花异草之属，也不能谓解语之名。"

走出门的时候已经是夜晚，明月高挂，翠湖在夜色下青碧可人。我望了眼湖中心的位置，没见到有任何动静，离若一般会在月圆的时候出现，如果时间允许，我倒愿意等一等。

可是解语存在了。

对于解语，我了解得不多，对于它的认识，局限于一本陈旧的书，而那样的书，并没有提及解语为何不入人世。但赵老太太却给了我答案，我清楚了它不能存在人世的原因，这让我更加明晰了这种反常的背后潜藏的危险。

一种事物改变原本的习性，总会有一种力量来支撑，然而在我的概念里，违反天意的力量，总是具有破坏性的。

我本想在赵老太太这看看解语花，从中看些东西，但听了她的话，我改变了想法。我开始以为远离了城镇，那种覆盖在整个城市的力量会无法涉及，但原本没有力量支持就会枯萎的花，竟然还存活着。也就是说，那种力量延伸这么远还存在，那么与其正面接触，并不是理想的做法。

站在城楼上，看城内灯火通明、热闹非凡，心中很安慰。没有一处属于自己，却知道每处都能去。这种宽慰的心情，只有在落雁山这样的孤寂地方单独生活半月以上后再次回归才能体会。

我经常在山野独自生活，就为再次回来的那种热泪盈眶，就为了相信人世总是温暖去处。这种生活方式得益于那个迷失在野外的樵夫，他惶恐地寻求同类，遭遇我时，欣喜万分。那一刻我明白，人只有孤独之后，才能体会到温暖的重要。

猎灵人的气息是无法掩盖的，它就像神的光辉一样，即使温和纯洁，也一样存在。更何况杀灵众多之后，那种杀戮和暴戾的气息，在灵的感知里异常强横。

我很少杀灵，这是因为我斩灵剑的特殊能力局限所致，但我依旧会有猎灵人的气息。猎灵人是灵的天敌，这一点让我在他们的感知里依然具有危险性。

我低估了对手，高估了自己，所以她出现的时候，我竟有些诧异。

是个女子，散发着张扬的解语花香。她的速度很快，光影之间就已经出现在了我的面前。

我用嗅觉感知灵，杀戮越重，气味越浓，越腥臭。

我在这个女子身上所感觉到的，却是清香。在此之前，我一直以为是解语花的味道，而现在，我分辨不了。我也不敢想象，这座城市随处可以闻到的味道，到底哪些是她所散发出来的。

她的笑很美，眼神很亮，仿佛能照亮人心，此时，我已经完全认定，这就是城市里存在的那个力量。

对于变化成女子的灵，我总有些无力招架，但大部分的灵似乎都喜欢这个性别。

“你无须动手，在下稍作休息，自会离开。”我尴尬地笑笑。

“哦?”她略有诧异，没料到我会这样说话，良久才回答了声。

我并无完全把握能胜她，而且她闻上去并不坏。当然，对这种拥有强大破坏力的家伙，好坏并不能作为评判标准，很多时候这类灵都能在不经意之间做些无法补救的事情。他们的善恶标准与人类不一样，更不会以善恶这样的标准来行动。

当前，我纯粹只是觉得气氛很好，不想搅扰。

我欣赏着城里的一切，而她就陪在旁边。如果是路人经过，绝对会以为是情侣在月下赏玩美景。

好吧，我承认美人在旁也是决定气氛美好的一个因素。我没料到的是她竟会如此配合。

“你在看什么？”她终于忍不住问。

“灯光。”我回答。

“灯光有什么特别之处么？”她又问。

“不在灯光的特别之处。”我笑着说。

“不明白。”她摇摇头。

“每个亮光之处，都有人的存在，有人存在的地方，就会有温暖。”我说。

“你真的这么认为？”她叹了口气，“为什么我会没有觉得？”

“没有觉得温暖？”我看到她在苦笑。

“你所感受到的温暖是什么样子的？”她反问。

“内心被填满欣喜，笑意随时可以满溢出来，即使没有热火，在凛凛冬日，也没有丝毫寒意……”我回答。

“哦。”她冷冷地打断。

“你似乎不以为然。”我陷入尴尬。

“你真的有过这样的感觉吗？”她说，眼神中带着同情。

我的心在那样的目光中开始变冷：“你说什么？”

“你一直远远地望，真的能望见那灯光之下的真实的东西吗？”她不以为然地说，“你其实在害怕吧。”

“害怕什么？”我底气不足，想不出她到底在我心里看到了什么。

“灯光下富人们享乐玩耍，青楼女子妆花媚残，丫鬟仆童洗衣刷碗，乞丐侧卧街旁……这些东西你真的看到过吗？你只是望着灯光，憧憬之下发生的一切，感受你自以为是的温暖。还是说，你知道这一切，却认定这就是你的快乐？”她望着我，我侧过了头，“或者，你害怕看到这些东西，才远远地观望，假装不知道，来满足自己的心。你真是个悲哀的家伙啊。”

“你的话真是有些残酷啊。”我的胸口仿佛被重重压着，怎么也无法喘息出来。那远离尘嚣的回归，在旁人的眼中，莫非重点却在那远离的过程？这蜻蜓点水的浅尝辄止，就是为了蒙骗自己的眼？

“你是猎灵人吧。”她说，“保护人类的愿望究竟是源于什么？宿命还是自以为是？”

“我不知道。”我黯然神伤，就像被她完全看透，所有的弱点在她面前一览无余。

“解语，远离人世却最知世人的疾苦，也因了解这份疾苦而远离。”她却笑了，“我总是不明白我们的族类，他们被谓以解语之名，却要躲避人世。现在我看到了与他们相似的人类，却突然懂了，原来，只有这样，才能高傲而温暖地活着啊。”

“可是这份骄傲和温暖，在你眼中显得可笑之极。”我笑不起来，“你到底是因为什么，才来到这人世呢？”

“因为了解，才懂得拯救，难道你要指望那些不知情的人来做？”她说，“我的族类知道人世的疾苦，为那些造成这种疾苦的冷漠和无知感到悲哀。他们迁怒于人类，却忘记了自己才是深知其中缘故的一群。我并不责怪那些只懂玩乐的富人，也不怪罪那些无奈的妓女，让不懂的人懂得，让无知的人明白自己的处境，让无法享受温暖的人享受真正的温暖，让那些陷入生活无法自拔，丧失了自己的人懂得什么是真正的方向，这是我一直想做的事情，也是我将要做的事。”

“真是美好的愿望。”我感觉轻松很多。

“你愿意放弃吗？”她诚恳地问我。

“放弃什么？”我疑惑。

“除掉我。”她一字一顿。

“我会一直看着你，看你究竟能做到何种程度。”我跳下城墙，一步步地远离了属于她的城市。

拥有高洁不染世俗志气的，真的是解语吗？

第十四章　寻访

在袁尚的故事里，我和离若的相识被描述得十分传奇，几乎就是一场一见钟情的邂逅。

在一个清冷的黄昏，残阳如血般落在远处的山峦里，我卧睡在翠湖旁的巨石上。而离若是一个路过的美丽女子，给我披上了一件厚实的外衣，当我睁开眼的时候，我们坠入了彼此的眼波荡漾之中。

在我的记忆里，替我盖上衣服的其实是袁尚。

而恰好离若化身成女子从湖边走过，袁尚看得出神以致将衣服直接扔在了我头上，我朦胧中用手拔开衣衫，却被衣带牵扯，失足跌落在冰冷的湖水之中。

那其实是场尴尬的相见，但在那尴尬之中，我却见到了离若的笑容，那足以让我忘记自己身份的倾城之容。

袁尚总是会在闲暇时候过来找我，替我带些酒和吃的，而我和离若开始习惯于沿着翠湖行走，流连山色湖光。

离若尽力掩饰着自己的身份，而我依然能在她身上嗅到一丝腥味，我知道她一定吃过人，但我不想去追究。

她在我面前，天真得就像一个孩子，跳跃着，旋转着，从不愿意安分走路。安静的时候，她又盯着翠色的湖面发呆，她做的所有事情，都能让我在静立的时候心生温暖。

为了掩饰自己的猎灵人的气息，我经常换衣服。穿香草狠狠熏过的衣服，能在一定程度上遮掩我的气息。

那是短暂而无忧的时光。有一天，她固执地要念诗给我听。

一直以来，她甚至很少和我说话，却说要念诗给我听，我甚是诧异地坐在圆石上，她轻提裙角，装模作样地沉思一会儿。我看得出她对将吟的诗已经构思很久了。

她声音抑扬顿挫，动作有板有眼："君前行路自洒逸，妾落碧茵身蜿蜒。"

我以为会很长，笑吟吟地等着下文，她却涨红了脸，说："我，念完了。"

“你等着我接?”我说。我听出她的诗里说了她的身份,却故作不懂。

“能听懂吗?”她见我不针对她的诗句,问。

“挽剑当赠牵牛子,昏日晨阳同赏玩。”我将她轻拥入怀,“能听懂吗?”

“不是懂不懂的问题,是我一直都知道你是。你也应该知道我是吧?但我不知道你知不知道我是,所以我想告诉你。”她局促地说。

“真不知道你在说些什么。”我大笑着,心想自己的气息还是太重了,熏香果然无法掩盖住。只是这样的傻瓜,还敢待在我的身边。

袁尚的故事里,我作为神仙和一个凡间的女子幸福美满地生活在落雁山上,而实际上,那也是我的想法。只是,在实现这个愿望的过程中,出现了一个很大的意外。

秋季里,一个半灵进了解语所在的城市。那个有着旺盛半灵特质的家伙,带着嗜血的本性,带着对灵的复仇使命,将在秋季里虚弱无力的解语逼上了绝路。

我阻止了一切,却也身受重伤,濒临死亡。那时的我依然想着与离若的约定,要袁尚送我上山,死在半路之后,我让袁尚将我连带着我的“逝”,葬在了落雁山的近处。

在“镜”中,我颇为感激地看着袁尚聚精会神地讲那个虚假的传说,回忆那些与真实相关的东西。

我真该当面感谢他,但我所见的只是已经发生的,只是过去的影子而已,所以无法实现。

桃花没注意听故事,只是望着袁尚面露欣慰,故事并不重要吧,重要的是可以见到爷爷,感受天伦之乐。

真高兴还是能替她做点事情。

往事已矣,逝者如尘,活着的人,怀揣着温暖的记忆,继续生活吧。

我整理好衣服,迎着阳光,迈入新天地。

这是一个美丽的村子,一条晶莹剔透如玉带的小河从中穿过,十几户人家星星点点布列在或高或低的位置。傍晚时分,炊烟袅袅,村口有几个顽童嬉闹玩耍,围着一棵巨大的榕树追逐。

我顺着道路前行,在经过榕树的时候,突然听到一声尖叫,一个黑影从我头顶茂盛的树叶中猛扑了下来,不及闪躲已经触及眼前,将我“扑通”砸翻在地,整个视野里我只看到昏黄的天空和绿色的树冠。

眼睛慢慢转向被重物压着的腰部。

是个小女孩,八九岁,扎着两根小辫子,穿灰色的衣裙。她安然地坐在我的身上,用一双乌黑的大眼睛天真无邪地望着我,似乎在细细打量。“咦?”良久,她开口了,一脸恍然大悟，似乎有很多的话都涌上了嘴边，嘴缓缓张大到了圆形。

“咦什么？”我莫名其妙地望着她。

“没什么。”她摇摇头，收回了所有的表情，然后站起身，拍了拍衣服，咂巴咂巴嘴，走向了榕树，而眼角的余光却一直在扫着我，可能感觉到我没再注意她了，撒开脚丫子一溜烟窜走了。

“这家伙。”我摸着有些疼痛的腰站起来。

踩在碎石堆积起来的狭窄河堤上往村子的中央走，开始有妇人叫自家的孩子回家吃饭。孩童追逐而过，带起的气流沾染着我的长衫。孩童特有的不知疲倦与张狂在他们身上弥漫。

山坡处的小茅屋还在，门口一张木头桌子上摆放着一个木桶和两个瓦碗，和多年前一样。

茅屋里亮着灯，但在昏黄的光线下，还是有些暗。我上前推开门，看到头发银白的释梦坐在摇椅上闭目养神。

“来了。”释梦慢慢地睁开眼，对我说。

“让你久等了。”我恭敬地点了点头。

“你还是这么年轻。”释梦笑了笑，“你们果然是被女娲宠幸着呢。”

“岁月只是在我们的生命里显得有些迟缓。”我掩上门，靠着墙站着。既然她认错了人，我也没想着要过多解释。

就让我延续着上一世的生命和记忆，来完成他未能完成的一切吧。

茅屋显得有些低矮，让我不得不佝偻着身子。“这个村子倒是一切都没发生什么变化呢，比起我们来，它才是真正永恒的东西吧。”

“依旧有耕作的大人，依旧有奔跑嬉戏的孩子，依旧有奔流不息的河流，也依旧有袅袅的炊烟，如果忽略那些面孔，只看这些的话，的确是没有任何改变，呵。”释梦站起来，望向窗边，透过这个窗，可以看到整个村子的面目，“两百年里，都是这样一成不变的景象。”

“也难得你不厌烦。”我感慨。

“为什么要厌烦呢？”释梦欣然低眸，背向我问，“你来不会只是为了探讨这些吧？”

“要你帮忙找些东西。”我说，“瑶草和苜囬，这个世界上，应该还有它们的踪迹吧？”

“那样的灵物这个世界倒是存在，只是觊觎它们的灵们也不在少数，凭你恐怕不是对手。”释梦说，“你又何必去逞强行事呢？”

“没能保护好，所以不得不做些事情。”我拿出离若握在手里，有些怅然。

“你真是喜欢乱来啊。”她回过头，“瑶草和苜囬相隔千里，一能起死，一能回生，起死者肉体活化，回生者魂体复归，但它们都没有恢复灵体的功能，你确定只要这两者吗？”

“让她重新来过吧，那些过去的记忆，不要也罢了。”我低头望一眼离若，说。

“明早我会告诉你详细的地点。”释梦说。

“村口那个孩子……”我应承之后，目光扫向那棵大榕树。

“留意到了？”释梦顺延着我的目光望去，看着大榕树下先前那个撞在我身上的小女孩正一个人往村外走，残阳的昏黄暮色让她的背影显得极其萧索。她踢着石头，继续一个人的玩乐。

“如果不是撞到我身上，我几乎嗅不到她身上的气息。”我笑着说，“你能容忍她进入村子，应该有你的想法吧。”

“只是只雏鹰而已，大概厌倦了高崖深山，所以跑到人世来玩乐，和我当初何其相似。”释梦轻轻叹息一声，“人世的乐趣真是让人流连忘返呢，甚至不惜被族类驱逐，她应该也只是拥有着这样的心而已。”

“我听说通天狐族能占卜凶吉，能知过去未来，却无法猜透别人的心，果然如此啊。”我说。

“莫非你发现了些其他的东西？”释梦皱了皱眉。

“你不觉得她有只手一直捂着腹部吗？”我忍住笑意，用手指了指，“以我看来，她一定在衣服里藏了东西。”

释梦仔细地看了下，终究视力不行，无法看清，只得闭上了眼，开始用术。待她睁开眼时，有怒意弥漫上她的脸：“这小丫头，竟敢在我眼皮底下偷鸡！”

“哈哈！”我笑到弯下腰来，“鹰竟然在狐狸嘴边偷了鸡去。真是闻所未闻啊，大概也只有这个小妮子做得出吧。”

“太可恶了，这丫头经常来的，也不知道偷了多少去！”释梦将脸涨得通红，此刻的模样已经完全与老妇人的身份不相符合了，更像个小孩子。

“看她如此小心翼翼，大概早就知道有你存在了，是个有心的家伙啊。”想到她先前的表现，我早就认定是古灵精怪，只是没想到如此之快就能见识到更多的东西。

“分明就是挑衅。”释梦幽幽地说，“得给点颜色让她瞧瞧。”

灵们的领域意识开始作祟了。即使在人世待了那么久，骨子里还是有着无法被抹去的东西。因为有着自傲的力量，所以会在第一意识里将处理问题的方式认定为武力；也因为自傲，所以不能容忍别人的挑衅。

明明一个幻化成了年近古稀的老妪，一个幻化成了顽皮孩童，在本质里，却都还是灵的心。

“你只是说说而已的，对吧？”我故意问。

“怎么可能……”释梦反驳着。

“也许我能说服她不再来偷鸡吃。”我打断她的话，“你来到人世不就是喜欢这种和谐的景象吗？想要学会和同类和睦地相处着生活，正是如此，才宁愿舍弃了有着狭隘种族观念的族类，来到人世吧。”

“你还记得。”释梦停顿下，自嘲地笑了声，“我自己反倒忘记了。”

“人类以脆弱之躯、微薄之力却能常存于世，正是因其团结包容，相互依存。如若各自为战，必然早就覆灭了吧。”我说。

“你还是一如既往地喜欢说教。”释梦微微笑道。

“也要有人能听懂，我才说得下去呢，不然即使说了，大概也被认定是疯言疯语吧。”我轻轻叹道，“只可惜，现今的人类慢慢淡忘了这一点。”

“你总是喜欢这么悲天悯人吗?”释梦摇摇头，也轻叹一下，“猎灵人的身份真不适合你。”

“我觉得挺好。”我说，“如果不是这个身份，又哪能看到这么多!”

“那倒也是，你说能说服那个小丫头不再来偷鸡，我倒想听下你会如何做。”释梦点点头，接着问。

“我想要带她走。”我也是突然有这样的想法。

“这可能很难。”释梦皱了皱眉。

“也许会很容易。”我胸有成竹。

“为什么?”释梦诧异于我的肯定。

“她是鹰啊。”我望向已经黑寂的远山，太阳已经沉下最后一线，“鹰的骨子里向往宽广的天空，向往自由翱翔，她会愿意和我去天下各处的。”

“要获得你所需之物，的确是需要很多帮手呢。”释梦明白了我的想法。

我相信我的半灵之体还存在，但经过尝试却无法唤醒雪女。上次与重黎一役，她也伤得不轻，大概得经过长时间的休眠才能恢复。

释梦说我不是那些觊觎瑶草和苜囯的灵的对手。这样的话不由得让我很是失落，她这种口吻的对象其实是我的前任，那个全然觉醒了的猎灵人。既然对他都只是如此评价，对我这个刚刚觉醒，力量几乎只能发挥前任十分之一的家伙，说是去白白送死都不为过。

如释梦所说，我必须要很多帮手，我必须借助别人的力量。这一点在她说出这句话之前我就已经意识到。

天明之后，在释梦那里拿到了有关瑶草和苜囬的具体信息。我守在了进村的路口，开始等待那个鹰族的小丫头。不久之后，她一脸天真无邪地唱着童谣而来，而此刻的村子，还在一片宁静当中。

我蹲在地上，把玩着两块小石头。

她与我擦肩而过，完全忽视我的存在，我也不出声，依旧玩石头，任她远去。她跳着蹦着离我七八米远之后，才回过头来，皱眉说："你怎么不叫住我？"

我抬头看她一眼，不出声，继续玩石头。

"喂，我跟你说话呢！"她几步跨上前来，叉着腰站在我面前。

"干什么？"我装傻。

"那只老狐狸真是狡猾，知道自己不是我对手，就在外面找人来帮忙，一点都不厚道。"她气哼哼地说。

"哦。"我这才拍拍手站起来，面带笑意，"我早就听说鹰灵双眼如炬，今日一见，果然非同寻常啊。"

原本我以为她初次见我时只是故作姿态，以逃避我追究，却没想到，是识破了我的身份。

不同的灵，具有不同的天赋本领。

就如通天狐族可以以微弱法力幻化人形一样，鹰族天生就具有鹰眼来洞察别类的本体。

不只如此，他们似乎天生洞察力就很强，对隐匿的危险有着极强的识辨能力。

在此之前，我单单只是觉得这小丫头机灵，而且灵气不明显，才想要让她随我同行的。直到这一刻，我才更加确定了让她做我的帮手。

我将这样的决定归因为直觉。

"你还没回答我的问题呢？"她嘟着嘴瞪着我。

"什么问题？"我诧异地问。

"为什么不叫住我？"她重复了她最先的问题。

"你自己会走回来的，我为什么要叫呢？"我笑着说，"如果硬要有个理由，那就是，我相信你。"

"切。"她却不满地冷哼一声，"你只是太冷血而已。我父亲说得对，猎灵人都冷血，我原本不相信的，今天见识到了。"

"这跟猎灵人冷不冷血没关系好不好。我只是测试一下你的能力而已！"我大为不满，随手甩掉了手中的石头，砸在前方路中央的沙地上，一堆沙土伴随着软塌塌的茅草垮塌了下去。

的确，她的前方有陷阱，不过只是一个简单的陷马坑。我挖了半晚上才挖好的，不深但很宽，这样，她“中奖”的概率会比较高，我只是想知道她到底有没有洞悉的能力。

她却将问题锁定在了应该叫住她之上，这让我很费解。

我是猎灵人，在她的心目中是被老狐狸叫来杀她的猎灵人，更是她爸口中的冷血猎灵人，有什么理由要叫她？而她又有什么理由相信我会叫住她？

我们是完全对立的两方，她却觉得我叫住她是件理所当然的事，这个世界的逻辑都跑哪去了？我脑子乱了。

“这还差不多。”她颇为得意。

“什么差不多？”我混乱的脑袋已经无法想明白很多问题。

“虽然测试我的能力这种借口很烂，但考虑到你最终还是毁坏了自己的陷阱，坚定地选择了弃恶从善，这让我很是感动，我对你还是比较满意的。”她一本正经地点头，而且显然因为兴奋带上了点鹰族特有的方言。

“那真是多谢，可是，你到底是不是因为久居深山老林，所以对词语的用法比较生疏？‘弃恶从善’这样的词语怎么能用来形容原本就单纯善良的我呢？”我嘴角抽搐了几下，完全被她拉走了思路。

“我妈说外面的世界太危险，我看也还好，猎灵人也是孺子可教的类型，一点也不像传说中的恐怖嘛。”她根本就忽视了我的抱怨，自顾自地抓了抓脑袋。

“孺子可教？”我语塞。这娃的启蒙老师是谁啊？！这也太不靠谱了！

“你听不懂？”这下却听清楚了，她瞪大那无辜的眼睛，“我给你讲解一下啊，他的意思就是说，像你这样的孩子……”

“我懂了。”我打断她的话，兀自蹲下，用手在沙地上画圈圈。

“功德无量。”她闭上眼双手合十朝我鞠了个躬，然后表情冷淡地转过身去，朝来路飞奔而去。

看着她远去的背影，我这才恍然大悟。

被这小丫头忽悠了！

连忙撩起青衫，飞步追了上去。

森林是灵们的领地，小丫头一窜入幽深的森林就失去了踪迹，但我没想要放弃。同时拥有洞察和洞悉能力的鹰眼，我很需要，这会让我在之后的路上少很多麻烦。

破败腐朽的树根、枝丫和落叶堆积着，厚实的树叶在头顶犹如华盖般覆盖，清晨的阳光无法透入，我穿着单薄的青衫，阵阵凉意袭来。

越往前行，越是阴冷，越是能感觉到压迫感，幸好在此之前已经记下了她的气息。

虽然她灵气单薄，但施展以血为代价的追灵术，那淡绿色的气息还是能看见的。

一直到了悬崖之下，抬头一看，绝壁高耸，隐约有威严压迫之意象，有老鹰盘旋于天空之上，发出尖啸。

只在片刻之间，数个黑影就悄然地从附近的山崖和大树之间出现了。那枭红的眼和蓬松着的硕大体形无一不昭显着他们的敌意。

“此为我族领地！尔乃何人？胆敢擅闯至此！”一只黑鹰缓缓停落在我面前的一棵大树上，身体渐渐地变成一身黑色战甲的少年，但嘴和鼻子却依旧是鹰灵的尖嘴。

由于那尖嘴导致话音也是无比尖锐，一点也不好听。

从变幻的过程之长，以及无法变化完整的身体，可以判断出，他的灵力很弱。

这少年是小头领，而其余的鹰灵，修为更低于他。

大概，就算能看到我猎灵人的本体，也不知道这意味着什么。

“我乃在外游历的灵，观此处山灵风秀，知有特异灵族在此，故来拜会。”我撒谎道。

“我族类不与外界往来，你还是走吧。”黑鹰少年果然修为欠缺，相信了我灵的身份，但话语也并不友好。也难怪，灵之间原本也是不太友好的。

但这份不友好总不至于像对猎灵人这样的天敌来得猛烈。

“其实我是被刚刚过去的那位邀请来的，她步子快，我一时没能追上……”我只好再出一招。

“你认识我们的公主？”黑鹰少年质疑地望了望我。

能自由外出，而且调皮捣蛋、古灵精怪的，我早知道在族内身份也不会低，却没想到高到如此地步。

“正是。”我点头，一副跟她很熟的模样。

“是这样？”黑鹰少年低眉思考，露出很为难的表情。

“那，我就先进去了。”我抱了抱拳。

他们没有阻拦，我一阵窃喜，想着还是这些家伙单纯啊，民风淳朴。

“公主说，有跟随者，擒拿之。”待我从他所站的大树枝下过了之后，黑鹰少年冰冷的话语在我后方响起，语气中带着丝奸计得逞的得意。

第十五章　半灵

这个世道！这鹰族果然是沿袭了一样的血统，都够阴的！

这样一来，是我自己乖乖地走进了他们的包围圈。

好虎架不住群狼，我可不敢出手，周围的鹰少说也有上百，一下扑过来，我估计连剑都没拔出来就成了骨架。

“好吧，我认栽。”我举起双手，表示不反抗。

黑鹰少年用了个束缚法，将我五花大绑了，展开庞大的双翅，飞上了高崖。

他带着我在高崖与石林之间穿行，大自然的鬼斧神工似乎特意为鹰族创立了栖身之地。从高处俯瞰，就如都市的钢筋水泥一样，各处崖腰崖顶的空处，住满了老鹰。

更有展翅飞翔的老鹰在我身旁经过，盘旋着直入云霄。

好一个强盛的鹰族。

终于到了一处更为高耸的山峰处，山顶云雾缭绕，看不清晰，落了地，才看到一处巨大的庭院，几乎全是用巨大的树木架起，充满了大气和威严，和人类的建筑风格略有不同，但依旧大同小异。灵一般风餐露宿，住山洞树底是家常便饭，这样的建筑手法大抵是从人类那学来的。

没人站岗。

进了庭院，才发现两个老者正在下围棋：一个白发尽染，穿古朴的灰麻衫，有几分仙风道骨；一个黑发黑须，眉目间散发着无形的威严。

“族主，属下拿得一人类，他尾随公主而入，有不良之意。”这黑鹰少年话语间就定了我的罪。

黑发黑须的老者下了一子，侧目望了望我，略带笑意：“我早知这丫头在外乱闯会闯出祸端，果然引来了无妄之灾。”他走上前来替我解开了绳索。

“族主?”黑鹰少年诧异。

“凭着你这绳索，还困不住这位大人。”他用手制止，又向我鞠了一躬，“下人不识大人身份，还望多多包涵。”

真是个有趣的鹰王，我还以为会是个暴戾的家伙呢。

“鹰王客气了。在下并无冒犯鹰族之意，只是前来拜会而已。”别人客气，我自然也不能失礼。

“这位是青云道长，我的故交好友。”鹰王又挥手示意，走到那白发老者跟前。

他在向我表明他的善意。道长和我这样身份的人大致是相近的，既然两人能成为朋友，那对我决然是没有恶意的。

青云道长抚摸着白须向我微笑着示意，但目光已然打量了我几次，即使是得道之人，大抵也要努力才能看清楚我的真切身份，鹰王对我的态度显然给了他很大提示。

“不知小女何处冒犯了大人，让您追踪至此？”鹰王还是没有放心，待我们坐下之后，旧话重提。

“不瞒大王，在下并不知道公主身份，以为只是普通鹰族，看其能力非凡，想结交同游，去寻仙草救我重要之人的性命。”我不加隐瞒。既然是公主的身份，大概也不会随我远游，但我心中仍怀有一丝侥幸。

“大人倒有一番良苦用心，可是小女刁钻任性，怕无法帮上大人的忙。”鹰王果然拒绝。

“道兄乃蜀山猎灵人，游历天下，铲除恶灵魔怪，力量自是非凡，又何须假手旁人？”青云道长轻捻细须，不紧不慢。果然是至交好友，慢条斯理间就替鹰王说了话。

“呵。”我总不能告诉他们现在我是半残废吧。

“大人也是知道，凡我灵类自数千年之前败于人类之手，早已定下誓约，不得再涉人世，如有逞凶惹事者，必被诛杀。”鹰王趁势加压，“您的存在，不正是这一约定所造就么，蜀山猎灵人，全是半仙之体，扶持人道，以灭灵为己任。”

这些原委一旦被人说出，我倒懂了，之前心思俱在寻求帮手之上，反而忽视了这一重点。

鹰王果然是厉害，竟然看透了我被蒙蔽了的内心，话语说得不紧不慢，却全有解惑的意味。

被人直穿内心，真让人心慌。

“我沧源鹰族之下，俱恪守本分，飞扬于山林，觅食于旷野，不入人世，故得以昌盛，亦得逍遥。”鹰王更进一步，将我置身在若有所求，必是陷其族于不利的高度。

我哑口无言。

“父王，我要跟他去。”公主从帘后步入，嗓门很大。

“不要胡闹。”鹰王见状，口气一下严厉起来。

“你就知道让我待在这里，一点也不好玩，天天看到的不是树就是草，连一个可以讲话的人都没有。”公主一脸不快，嘟着嘴表达自己的不满。

“你根本就不知道人世的险恶。”鹰王无奈地摇摇头。

“我到附近的村子玩耍，遇到的都是些非常有趣的人，也没见有什么危险！”公主气哼哼地说，“什么险恶？你根本就没去过人世，怎么会知道人世险恶？就知道欺骗我。”

鹰王摇摇头，顾忌着外人的存在，也不便说些严厉训斥的话。

“公主，在此山野之地，民风淳朴，亦无道人和尚之类，故而无险。若入其他繁盛之地，势必危机重重，如贫道若在人世见灵，亦会擒拿。”青云道长也加以规劝。

“若一生如此度过，有何意义！这不能做，那不能做，凡事俱听你们的，与行尸走肉有何分别？”公主并不示弱，“更何况，我与猎灵人一起，亦不为恶，有何危险！”

果然伶牙俐齿，一下说出三条反驳意见。

鹰王无法招架，只得叹一声，望了望我。我看到他的瞳孔在一刹那间收缩了很多，灵气显露，显然用了灵术。之前随便就能看清楚我的内心，那么现在用灵术是为了看清什么？

“你？”鹰王突然诧异不已，表情极其夸张，似乎受了什么打击。

对于如此状况，公主和青云道长都有些疑惑。

“怎么……”我也是诧异不已，连忙抱拳询问。

“大人竟有半灵之体？”鹰王目光中似乎带上了畏惧之色。

我不明白他为什么突然问这么一句，不过也没加隐瞒：“因为以前的一些机缘巧合，所以才有了这种体质。”

“此前我只看清您的半仙之体，如今以‘洞明’之术，方才看清您亦具‘半灵’之体。”鹰王解释说，“这种奇特体质，实属前所未闻，所以让我惊讶。”

青云道长一听，手竟颤抖不已，也不知道是害怕还是激动。

公主倒很淡定，满脸都是懵懂：“父王，你别转移话题好不好！”

“公主，你别心急，你父王只是在考察我是不是值得信任而已。”看到形势有所好转，我坦然了很多。

“人世有句话，叫作女大不中留。鹰族也有句话，叫作雄鹰就该展翅翱翔。”鹰王轻叹，“前辈们告诉我，他们为了躲避厮杀而逃进了人间界，却不曾想到，迎接他们的争斗并不比灵界来得轻微，最终不得已放弃尊严而苟延残喘，被流放于荒原森林之中。多少岁月过去，其实在我看来，如今生活在这旷野之中也是件惬意的事。”

“父王你是同意我走了？”公主极为得意。

“这样的人生，并不是你所希冀的，不是吗?”鹰王勉强微笑，“我们总是奋力想要改变，以为另外一种生活会更好，不过，也许并不是如此。”

“不经历又怎么会知道呢?”我笑着反驳，“如果只是因为清楚其中的利害关系而畏惧，将孩子置身于自己呵护的羽翼之下，难免爱得太过自私。”

“父王，也许另外一种生活会好呢!”公主双目含泪，“娘曾经说过太多关于人世的故事，我真的很想见识一下。”

鹰王过去挽了挽公主的肩:“我以为让你去附近的村子就能让你满足，现在看来，你没离开只是契机未到而已。如今时机成熟，你想离开，那就离开吧。”

鹰王府邸选址极其考究。夜晚的天空月明星朗，树影婆娑，有几分清寒凉意，实在是个修炼的好地方。而八面高阁之上，有明镜八面对应，反射光辉集中一处。鹰族公主人影晃过，我才知道，月光星辉所到之处正是她的房间。

日月灵气、山川精气都利于修炼，鹰王更用了如此宏大的“八方天地”修炼法阵为公主修炼增幅，看样子的确把她当成掌上明珠。而且，如果存心要她生活在这荒野，大抵用不上太强的力量吧，他一直都在为她的离去做准备吗?

“大人还未休息。”鹰王在背后开口。

“大王不会怪罪于我吧?”我双手背负，仰望于天。

“岂敢! 她既愿意，我又能说什么。”鹰王顿了顿，有些支支吾吾，“不知大人可看出小女亦是半灵之体?”

“并未看出。”我回过头，有些诧异。什么时候开始，半灵成了如此常见的物种了。

“我与人类的女子相恋成亲，有了她。”鹰王有些哀伤，“我早就知道，她与人类的渊源和纠葛是必然的。失去她的母亲，然后失去她，这个事实的发生只是时间早晚的问题。”

“人类和灵族不是无法生育后代吗?”这是我之前一直持有的固定观念，我疑惑地问他。

“那么，你的半灵之躯是如何来的?”鹰王反过来问我。

等等，在我前任的记忆里，似乎人与灵生出半灵是极为常见的事情!

怎么会? 到底怎么回事?

似乎有什么地方出现了偏差。

可仔细回想又无能为力，毕竟我的记忆太繁杂，想得太多越乱。

“你会好好照顾她吧?”鹰王继续说，“虽然我不说你也会好好地照顾她，但我还是忍不住要多说上两句，大人，希望你能好好照顾她。”

“我会的。”我恭敬地回答。

“道兄真的需要帮手?”青云道长从旁走出。

“是。”本想说自己受伤刚愈,但见鹰王在,怕其担心,只好干涩地回了声。

“三山五岳、九州大川之中藏龙卧虎,力量强横之灵不计其数,道兄所寻仙草之地,肯定多有大灵守候,多寻帮手自是好事。贫道门下有一弟子,资质非凡,如若道兄不弃,贫道愿推荐给您。”青云道长说。

人类道士能强悍到哪去呢? 我有些不屑,但口上还是不能拒绝:“我此去必是危难重重,人类之躯恐怕……”

“不是人类之躯。”道长打断我的话,“乃我青城门灵兽之子,却与其母不同,善化人形,在贫道门下学艺,聪明好学,触类旁通。”

“是吗?”我来了些兴趣,“如此,倒可以考虑。”

“贫道也实在无其他能授,故为其另觅出路。”道长略有惭愧状,“如若能得道兄指点,也不枉费良才了。”

“既得你如此举荐,看来绝非凡品。”我欣慰一笑。灵兽之子也是灵兽,应该差不到哪去。

“那贫道先替霸下谢过道兄了。”道长微微鞠躬。

“霸下?”我忍不住吼出声来。

“莫非道兄有所耳闻?”道长问。

“没。”我笃定些,“应该没有。”

青城也是蜀中道家名山,与猎灵人所在的蜀山绝顶却又不同,两者处世态度全然不一。

青城道士时常游走人世,广收门徒,俗家弟子遍布整个中州大地,在人们心中颇有声望。而蜀山绝顶和猎灵人这些称谓几乎不在世人的耳闻之中,只有十分有见识的有为人士才能知晓。

蜀山绝顶对于猎灵人其实也只是个心中回归之地。

猎灵人的觉醒全然靠机缘,行走在世的猎灵人只在极其特殊的情况下才会回到蜀山绝顶去。而且同一时期觉醒的猎灵人也可能极少,都极其自觉地掩饰着自己的身份,故蜀山绝顶名声不显。

连同门之间都如此,青城与蜀山绝顶更不可能有来往。

听青云道长说了霸下之后,我产生了极大的兴趣,偕鹰族公主告别了鹰王之后,三人踏上了去往青城的路。其实是飞在空中,青云道长竟然可以御剑飞行,这让我大为惊叹。飞剑绝技虽不高深,但作为青城派绝密术法,也只可能是掌教三席及护教六冠可以得到传授,看得出其在青城的身份并不低。

而我与鹰族公主并不算熟稔，我知道她之所以愿意和我同行，多半还是借机远离。

她的本体是火冠七彩鹰，翅膀宽约三米，背部宽阔，刚好可以坐下一人，在高空迎风飞行这样的经历我的确不曾有过，所以心中极为忐忑。

“我叫紫慕。”鹰族公主御风而行，对我说。

“哦。”我心不在焉，有些紧张地捂着胸口。

青云道长在前方带路，一手拈须，一手背负，极为从容淡定。

“我听说你要为重要之人寻仙草？什么重要之人？心爱之人吗？”紫慕问。

“这个，算是吧。”我吞了口唾沫，有些吃力地望了望周围。云雾皆在身上穿梭，远不如在飞机上安逸。还好自己用了清心咒，没那么晕乎。

“算是？”她对这个答案似乎不满意，“心爱之人能被算是吗？是就是，不是就不是，原来猎灵人也这么不干脆啊。”

“呵呵，这个事情很复杂。”我想解释给她听，但发现很难解释。

“那么，猎灵人是不是见了灵就要杀？”她接着问。

“啊？”我回答的时候才发现她话题已经转变了，我的心此刻其实在琢磨怎么应付上一个话题，“你思维很跳跃啊，一般来讲，只有出现在人世，而且危害人类生活的灵我们才会除去。”

“是这样吗？那危害人类的人类呢？是不是也要除掉？”她继续发问。

“我只管灵。”

“对我们来说，这可不公平。”紫慕有些不满，从她飞翔的姿势和速度我已经能察觉到了。

“这只是不同族类为了各自的生存所必须做的。”青云道长从旁插话，替我解了围，“灵是力量强悍的族类，如果肆无忌惮地侵入人类的世界，定然会给人类带来毁灭性的后果。为了保持这种平衡，天道才让猎灵人介入人和灵之间，而我们则是人类自身产生出来的维护者，维护着人类的安全。”

“在你们眼中，灵似乎都是不讲理的！”紫慕气闷地辩解。

“这是有前车之鉴的。在数千年前，灵中出现了一只名叫蚩尤的大灵，聚集灵众，企图消灭人类，霸占整个人间。”青云道长淡然地讲道，“双方经过数年的战斗，几乎将战火蔓延到了任何一个有人的角落。那是一场无法估算损失的浩劫，对人、对灵几乎都是致命的打击。在天道众神的帮助下，灵战败，蚩尤被斩杀成九块，然后被九头灵兽食下封印于体内，八十一个兄弟尽数被杀，其下四大凶兽被封印于中州四方，其他灵众或逃或降。最终双方盟誓恪守本分，灵退居山野荒原，遇人须避，不可介入人世纠纷。这样一来，人世才得到了这么多年的平静。”青云道长将过往娓娓道来。

“难道就不能和平地共同生活吗？”紫慕问了个极其天真的问题。

“世间生灵各有各的位置，这是早已定下的。”青云道长却没正面回答这个问题，只是泛泛而谈。

“我才不管这些，我就想好好地生活着，和人类的小孩子一起玩耍，我就从来都没有过要去伤害人类的想法。和我一样想法的灵应该也很多的吧？为什么你们就认定我们无法和平生活呢？”紫慕显然对这个答案并不满意。

“和你不一样想法的灵应该也很多吧。”青云道长浅浅笑道。

我不知道怎么回应这样的问题。其实哪止灵和人类，就算我记忆里的人类之间，不同的肤色种族，也有无法相互容忍的。

也许，是彼此都认定自己更高贵一些，又或者因为有着想象的隔阂而彼此无法相互信任和理解吧。

我望着前方迷雾，就如看到自己被搅乱的内心，空余一声叹息。

霸下，我们是不是会在青城相遇呢？

过了将近半日，青云道长引导我们下了高空，一线青黛色的山峰越来越清晰地呈现在我们的视线之内。峰顶云雾缭绕，让人辨不明晰，有几分缥缈之感，却也是座毓秀俊美的灵性之山。

落了地，以仰望之姿再看，又有另一番感受，层峦叠嶂，六座主峰或高或低，或险峻或平缓，各有可圈可点之处。

紫慕化了人形，站在我旁边不停地扯自己酸疼的胳膊，感觉她颇有些不舒服。她瞪了我半晌，才疲惫地吐了两个字：“真累！”

“还好已经到了青城山脚了。”青云道长收剑入鞘，捻捻长须，“凡人重如山，亏道兄是半仙之体，否则凭你的修为只怕背负不起。”

果然这就是青城了。

“明明你比他老那么多，还一口一个道兄的。”紫慕嘟嘟嘴，显然不满道长。

“道兄虽然面目年轻，修为却不知高出多少，故如此称呼了。”青云道长果然好修养，依然微笑着。

“那我该如何称呼他？”紫慕问，“我可有三百岁了，修为显然也比他高。”

“在下名贺，你可以直呼我名的。”我笑了笑，“我能请教个问题吗？”

“说。”紫慕理着垂在额前的发。

“我发现你身高高了不少。”我提出我的疑问，之前她的幻化形态只是个小孩子，而现在，身高高出不少，打扮也成熟许多，似一个十六七岁的少女了。

“这有什么问题?”紫慕丝毫没有意思到问题的所在。

“不是应该只能幻化成一个人的模样吗?”灵通过修炼灵力增强的确可以幻化成万物，但幻化成人，不仅要求修为足够，而且人形只能成为她最初幻化的模样，也就是说，灵都只有唯一人形。

“我还可以变更多样子呢，之前那个样子，我只是为了方便和那些小孩子玩罢了。”为了反驳我，她又变化了几次，变形之快让我瞠目结舌，似乎变形对她来说是不需要消耗灵力似的。

我不再追问，能进行多种人形的变化，应该是半灵体质所致吧!

“之后的路途，我们步行而上。”青云道长向我解释。

“紫慕，以后可不能随意在别人面前变换形体了，不然要吓坏那些凡人的。”我却不放心地叮嘱一下。

“知道了，跟父王一样啰唆。”紫慕瞟瞟我，走上前去了。

我尴尬地摇摇头。

第十六章　青城

沿着山道向上，一路崎岖，密林中隐约传来鸟鸣兽叫，“叮咚”的泉水声清晰入耳。

“据说蜀山绝顶乃人间仙境，贫道心向往之已久，却一直无缘得去，几次步行至蜀山之腰，却因修为不够，险些入了迷障。”青云道长徐缓而行，与我交谈。

“因锁灵塔中关押了太多大灵，故不得不布了九层结界，以防外逃。”我对青云道长印象颇好，如实相告。

事实上，这些都是我在上一世的记忆里知道的内容。

“这样，怕是此生都无法见识绝顶之妙了。”青云道长略显遗憾。

“青城与蜀山无相差太多。”我回应道，虽想满足其愿望，蜀山却着实不是旅游之地，“据说青城香火旺盛，上山进香的信徒络绎不绝，怎么却没能见到？”我岔开话题。

“那进香道观在青城翠云峰，而我们前往的是青城主峰。”青云道长解释说，“故而见不到香客。”

一路清幽，行了一个时辰，出现了一处古朴幽深的庭院，门匾上两个遒劲大字“清潭”。

“师父。”两个小道士出门迎接。

“到了吗？”紫慕问，推开两个小道士就往院里钻，“终于可以找个地方好好睡一觉了，累死了。”

“这只是半山腰。”青云道长回答，跟着进了院落，“这里是洗身去息的清潭，因为你们都带灵气，所以得洗一下。”

“竟有这么神奇？”我是第一次听说还有可以把灵气洗掉的水，天下之大，无奇不有。

“只是短时间内掩盖住气息而已，三首青龙对灵气极其敏感，恐其发怒，不得不如此。”青云道长说，然后交代两个童子去打水准备，“天色已晚，我们在此休息。明日再上青城观。”

我还以为灵气可以完全洗掉。要是有那么好的疗效，这个地方恐怕没这么安宁了。

虽然经过极其舒服的沐浴，却是一夜无眠。脑海中总是翻腾着关于霸下的记忆，特别是与重黎一战时，胆小如鼠的他与我共同奋战，毫不畏死的模样，让我忍不住欣慰地笑起来，却又有些悲凉弥漫上来。

真不知道他到底怎样了。

这是过去的话，看看过去的他也好吧。

将离若放在手中端详一番，看着她栩栩如生的模样，就如根本不曾失去生命，那时光凝固的晶体包裹着她，隔绝了她与我。

对于她，两世的感情重叠在一起。

对于她的爱恋感觉，到底是上一世的遗留，还是来自后世呢？

我依然茫然。

整理好衣衫的时候，早已经有小道士端了水来洗漱，并说已经准备好了食物。

紫慕对素菜相当没兴趣，坐在桌子上不爽。

“没肉？”端着清粥的小道士战战兢兢地放下粥后飞快跑了出去，进来个端青菜的又被她追问。

“师傅说，我们这是清修之地，不允许杀生的。”这个小道士十六七岁，长得眉清目秀，比先前那个倒是从容很多，说话也是极其轻柔，倒有几分清修之质。

“不允许杀生？”看得出紫慕对这个完全没概念，“那这是什么？”她用筷子夹了棵青菜。

“这是青菜。”小道士微笑着回答。

“它原来不也活着吗？”紫慕望着小道士质疑地问。

我也安静地看着，看他如何回答。

“是活着。”小道士回答，却不多说话。

“可是它现在死了，你们把它摘来煮熟，不也是杀生吗？”紫慕对自己的这个见解颇为得意。

“不是。”小道士回答。

“为什么不是，明明就是。你把活着的弄死了，就是杀生。”紫慕拍桌子争辩，眉目中带着狡黠，看得出她只是闲来无事而已。

“我以前问过师父，师父说不是。”小道士坦然回答。

“他说不是就不是了？”紫慕颇为嚣张地瞧着小道士。

“师父说的总是有道理的。”小道士并不吃这一套。

“没意思。”紫慕嘟嘟嘴，“一点都不好玩。我说你能紧张点吗？”

“……”小道士不温不火地笑笑。

“青云道长呢？”一大清早就不见了人影，晚上可是说好了早些上山的，霸下这个名字的确让我失了些沉静。

“师父昨天晚上已经走了。”小道士回答。

“啊？”这可不是我想要的结果，“走了？”

“是，他跟我说有些事情处理，要二位在‘清潭’等候。我本想在二位用膳之后才告知的。”小道士回答。

“有说去哪吗？”我追问。

小道士摇摇头。

这样可有些无礼了，莫非有很重要的事情？

“我出去下。”紫慕并不在意，也难怪，她并没有在意的理由。

还肯跟我打招呼，我自然也不好再问去做什么。

但我的眼神显然出卖了我的问题。

“我只是去抓只小兔子吃吃。”紫慕挑了挑眉毛，将头发往后面一甩，大步流星地走出去。

在鹰的世界里，还真是没什么怜悯呢。

“你认识霸下吗？”我只好边喝粥边找小道士聊天。

“他？”小道士点了点头，“青城没人不认识他的。”

“这么有名？”我有些意外，不过都说是灵兽之子，有名也是必然了。

“他入门极晚，但就在数天之前的青城弟子演武上，击败了掌门大师兄。”小道士回答。

看小道士的表情既是羡慕又是惊叹，这跟他之前的表现有很大反差，似乎霸下的胜利并不是理所当然，而是出人意料。

“这不很正常吗？”我是以霸下作为灵兽之子的角度去看这个事实的。

“正常？”小道士瞪大眼睛，相当之激动，“我和他是一个村，一起进的青城，我连第一场都没打赢！他却把在这修炼了将近百年，号称青城新一代第一的掌门大师兄重黎给打败了，这正常吗？”

“是有点不正常。”我嘀咕着，试图平息小道士的不满情绪。这个霸下的出身似乎和青云道长说的完全不一样，我有些迷惑。

“等等，你刚才提到重黎了？”我缓缓抬起头，手中的汤匙跌在了汤碗里。

我总是相信生命中的每一次相遇都有着特殊的含义，可是经历了无数次平凡的相遇之后，所感受的都是擦肩而过的远离。我开始怀疑自己，也开始怀疑所谓的注定和意义。

不得不说，霸下这个名字的出现让我开始重拾这样的想法。

如今，又加上了重黎这个名字。也许只是巧合吧，却又有些期盼。

我坐在宽阔的门槛上，望着来来往往的白云，感觉自己就如它们一般，不知来往，聚散无时。只是还好，我依然拥有一颗心，知晓冷暖。

从小道士那里本想多了解一些关于霸下的情况，他却因为无法平息自己的情绪而无法说出更多。我只知道他们共同生活过的村子就在青城山脚不远处，是个平静而祥和的村庄，每个少年心中的理想就是上青城山，那种纯粹的向往让我很是羡慕。

在我看来，这个小道士的确有修道的潜质，而且还自视挺高，也因如此，才会因为霸下这种情况心里不平衡。

我开始思考这两个霸下到底是不是同一个。那个软弱之极的小家伙能有着如此强悍的姿态？如果有，之间又发生了什么，让他变成了那般模样？

青云道长是掌教三席之一，人称苍袍七星剑。我缺乏历练，识人依然停留在表面，只能从气色仪容上来判断他的不凡，却还无法从精神筋骨上来看到他的实际能力。

“清潭”的水清澈非常，里面有我没见过的鱼类游走，有着坚硬的鳞甲，时常跳跃起来，在阳光下闪耀金色的光辉。它们似乎对我都很好奇，在跳跃的时候会用圆圆的眼睛盯着我，在那一刹那会在空中显得缓慢。

我鼻子有些痒，因为有强势扑来的灵气卷入。这不可能是紫慕，她灵气浅薄，就算强力释放也达不到这样的层次。这种灵气化风而来，让我一连打了几个喷嚏。

敢在这样的地方放肆，真是有些胆大妄为。我站起身，依循着这灵气飞奔而去。

步入茂密的林子，却突然完全失去了气息，我彷徨地辗转张望，小心地防备。怎奈那家伙收敛了灵气之后，我完全没了办法寻找。

“花舞！”轻声在我身边响起，让我不由得一怔。耀眼的光环在幽静的林子里华丽四射，匍匐于地的那些野花的花瓣仿佛利箭一般朝我射来。

我召唤出了“逝”，不像以前那样从背脊处拔出，让我有些不太适应。

“逝”出现后，我身上一道光晕向外猛然扩展，大致结成了个半米左右的半圆形，抵御住了那些花瓣的攻击。花瓣碰撞到一层无形的灵气上，向里突进了不少，但最终还是跌落在地上。

“花影！”又一个灵术发动。

还不待我有所反应，地下一阵晃动，几片巨大的黑色花叶生长出来向我围拢，很快就将我严实密封起来。

我眼前瞬间黑暗，有强烈的灵气盘旋来回，在我身体周围飞快流转，片刻就冲裂了我“逝”剑的灵气屏障，那种“呼呼”的声音，仿佛要将我吞噬。

我挥舞手中的剑斩向那包围的黑暗，还好，只是普通的灵术。

“逝”虽然不是攻击性的武器，但斩灵的能力比一般的武器要强很多，对付这种级别的灵术还是绰绰有余的。

我斜拉开一道口子，一脚跨了出来：“解语，你这见面礼可真不轻啊！”我缓缓抬头，将剑入鞘，望向面前笑吟吟的女子。

“贺，听说你死在了落雁山，没想到，我们还能相遇。”解语依旧是记忆中的那般模样，只是记忆中的她很缥缈，而如今却如此真实地站在我面前。

“贺的确是死在了落雁山上，如今站在你面前的，是另一个贺而已。”我略带微笑，“你引我出来，用术法逼我出手，想来早就看清楚这一点了吧。”

“我倒知道猎灵人可以传承记忆与姓名，却没想到连相貌也如此相像。”解语回应，“不过，没看到你的剑之前，我怎么也不能冒昧相认吧。”

猎灵人的相貌倒是不会相传的，我只是个例外罢了。

“已经恢复了吗？”我问。

“是啊。”解语点点头，“本想当面表示感谢，但你已是另外一个贺了，那么，我只好藏在心里了。”

“他说不客气。”我知道她其实还是想说感谢的话，“你现在还在继续以前的事吗？”

“嗯。”解语笑了笑，“只是没有人看着，多少有些失落。”

“是吗？”我低头勉强一笑，却又疑惑，“这里离风昌怕是有千里之遥，你怎么找到了这里？”

“我其实已经在这里很久了，只是昨日看到你们，所以才来见你。”解语回答。

“在这里很久？有什么事要做么？”我依旧迷惑。

“现在还没什么眉目，不过还在调查之中。”解语回答，“你呢？怎么会到这里？”

“说来话长，有时间说给你听。”我说，却又不放心地交托一句，“这里是青城，你可要多加小心啊。”

“除了他们的灵兽，其他的我可不放在眼里。不过，我却正是因为灵兽的事情而来的。”

“灵兽？”事情还真是凑巧得很。

“我怀疑他们的灵兽出了什么问题，数月之前，她居住的寒碧水苑周围被人布上了八门金锁阵，如今，已然无法感觉到关于她的任何信息。”解语回答。

“是吗？”八门金锁阵可不是谁都能布上的，作为青城来说，也只有他们有条件布阵，他们却也是最不可能去布阵的，因为这个阵法一旦布下，不历经八八六十四个月是无法破除的。他们怎么可能把保护自家安危的灵兽锁起来？如果消息走漏，那些寻仇的灵估计得颠覆整座青城山。

解语了解信息的方法是独特的，只要有花的地方信息就能被她知道。

“对你来说，应该有感兴趣的理由吧？”我了解她，她并不是个好管闲事者。

“半灵。”解语却说了一个与之前谈话完全不相关的词。

我的表情开始凝重。对她而言，这并不只是感兴趣的层面。

“在灵兽被锁之前，有半灵在这附近的村庄出现了。”解语解释，“我猜测两者之间有一定关联，如果属实，那么半灵接下来会有所行动。”

“你还没能找到半灵吧。”我说。她想要守株待兔？

“已经蛰伏了，这就是我的调查依然没有眉目的原因。”解语捏了捏手，显得有些愤懑，“你还记得上次那个半灵说过的话吗？对灵、对人，那都只是开始。”

解语所说的半灵，正是杀死我前世的那只半灵。

一个猎灵人加一个解语依然只是险胜，猎灵人还付出了生命，如果那只是开始，开始之后会是如何？

被她一说，我那脑海中的那场战斗，那个嚣张而狂妄的半灵无比清晰地显现出来。

就算杀死了我，我之后的半灵也会以此为目的，得到这个世界。

对于半灵我并没有太多的了解，只知道在漫长的人和灵共存的时空里，各种机缘巧合之下，生出了这样的一类存在。

他们是人和灵的后代，却不同于两者，他们所拥有的力量，甚至超越两者。更因为上次的交手，我知晓了他们拥有着一颗与人和灵无法共存的心。

我之所以一直使用他们这个词，是因为半灵是一个群体，一个超乎想象而且异常庞大的群体。

我的前一世知道这些的时候已然面临死亡，心智受到很大影响，故此记忆里我无法知道他有什么判断。如果解语的说法被证实，那么也就验证了那只半灵所说话语的真实性，人和灵将面临一场无法估量的危机。

两个人久久沉默。

“那么接下来，你继续对半灵的调查。我有机会上青城，灵兽这一边由我来弄清楚始末。”做出这样的决定，我捏了捏胸口放着的琥珀，轻轻地说了声“对不起”，并说：“看来，得延后了。”

生活就是这样，总被当下发生的事情左右，却不得不担当，不是不得已，而是放不下。

“嗯。我会随时与你联系。”解语颇为欣慰地点头。

“我身边那位小姑娘，你应该也见过，她也是半灵。不过，她自己还不知道自己的身份，你不用在意。”我又提醒了下，这才收回剑，整理了衣衫，转身朝“清潭”走回。

就像早已经注定，事情不可避免地纠缠在了我的身上。

青云道长和紫慕已经在“清潭”等候。见到我回来，紫慕没有丝毫表情，依旧玩着手中的狗尾巴草。青云道长向前几步，向我施礼赔罪：“未向道兄说明就擅自离开，贫道多有得罪。”

“见外了。”我回礼，“事情可否办完，我等如今能上山了吗？”

“按理是今日上山，怎奈突生变故，此事恐怕还得延缓。”道长面露难色，少了当初的从容。

“道长遇到难事了吗？”见他如此表情，我猜测着问。

“这……”道长轻叹一声，“此事一言难尽，道兄亦不是外人，贫道无须隐瞒。这边坐，且听贫道说个大概。”他略显沉重地向后退了几步，示意我在院中亭子的石凳上坐下。

我注意到道长的面目精神有些疲倦，苍老不少，而右手动作僵硬，似受过伤。听他有意说明，估计所发生的事情跟我相关，我也不好过问，只好坐下来听。

“昨夜有外人侵入青城观，掌门急招贫道上山抵御外敌。”青云道长说得还真是很大概，不过说得极其重点。

从中至少能看出三点：第一，入侵外人力量凶猛，可以侵入青城观，不用想都知道那地方必然是青城精锐力量的聚集之地。第二，青云道长被急招，可见他在青城的实力和地位。第三，这是件令青城观蒙羞的事，青云道长却不避讳地说给我知道，一定是有所用意。

“原来如此。”我不动声色地回答，“难怪我看道长似乎经历了颇为惨烈的战斗。到底是何方神圣，敢如此作为？”

“对方只有三个人，却迫使我等掌教二席以及护教六冠中的四冠全力出手。”青云道长轻叹一声，“直到现在，贫道仍不知道他们的真实身份。”

莫非是半灵？

我心中咯噔一下：“未能留下线索吗？”原本想问是否将他们杀死，但青云道长言下却并没有丝毫胜利后的轻松之感，让我不得不重新考虑问题。

青云道长摇了摇头："他们与我们缠斗，暗地里却另有人带走了霸下，之后他们全身而退。青城上百年来，从未受如此羞辱。"

终于说到了我所关注的话题。这样看来，除了半灵没谁再有这么强悍的本事。不仅如此，他们竟还避开了解语的耳目，做事手法相当之高明，如果作为对手，着实是恐怖的事情。

带走霸下却又有何目的？

"三首青龙没有出手？"我不经意地问。

"我等轻视了对手，故未动用灵兽。"青云道长略有迟疑，眼神中闪过一丝为难。我知道他说了谎。

"霸下既是三首青龙之子，想来他不会坐视不理。"我装作未察觉，"接下来，不知道青城做何打算？"

"掌门已经责令青城门下弟子出动寻访，谅他们会找出些蛛丝马迹，并传出了三首青龙令，召集门下高手回观，共雪此耻。"青云道长回答，"原想让霸下跟随道兄出外游历，却遭遇如此变故，未能实现之前诺言，耽误道兄时间了，贫道真是汗颜。"

"出此变故，乃是上苍欲要证明我与霸下之缘分。我会尽我之力，与青城共进退，直到将霸下带回来为止。"我不假思索地回应。

见霸下一面，真是有些难度！以为近在咫尺，却又散落天涯。

紫慕弄了只小兔子在手里把玩，一副不知愁苦的模样。

我有些怀疑她到底有没吃过兔子，不然兔子理应会害怕她身上散发出来的那种戾气而显得惊慌不安才对。

青云道长回山顶去了，临走之前要我静候他的消息。毕竟青城弟子广布天下，信息情报要比我自己去找来得快。

太多的疑问在我脑海里纠缠不清。

第十七章　霸下

半灵以得到这个世界为目的，那么掠去霸下是何道理？

如此明目张胆地与青城为敌，难道是想要拉开战争的序幕了吗？

却又不像，否则昨天的青城山顶就该是血腥的修罗场。

与前一世交手的那只半灵当时对解语出手，以他的说法是要提升力量，所以四处找强大的力量战斗。

不对。

当时的解语并不强大，甚至相当虚弱，那个理由并不成立，那么究竟是为了什么？

如果提升力量这个说法不错，那么就是提升的方式有出入。

战斗的确是修炼的一种方式，但修炼的方式却不止这一种，最直接、最快捷的方式是“吞噬”。

我不怀疑这些半灵能拥有那样的变态能力。那家伙精神恍惚，很多时候甚至有些错乱，一定是用“吞噬”来增强自己力量！

所谓“吞噬”，就是直接吞掉其他灵，将他们的力量转化为自己的力量！

如果是这样，霸下可就危险了，他有可能成为食物！

在青云道长这一边，从他说话时的表情可以看出，三首青龙的确已经被八门金锁阵锁了起来。其他的事情可以被人知道，这个他却在努力地遮掩。具体是谁做了这件事，我却还无法断定。

半灵们去灵兽附近布阵，恐怕得付出血的代价，不可能这么无声无息，最有可能布阵的只有青城自己，但为何这样做，我无法想出理由。

还有就是在众弟子眼中，霸下只是个从村子里出来的少年，但青云道长却告诉我，他是灵兽的儿子，我可以推断两者说的都是真实情况。但霸下不是作为灵兽之子存在于青城，而以普通人的身份进入青城，为何要这样？

一定有一个可以将这一切解释通透的理由，究竟是什么呢？

“我们不去找仙草了?”紫慕在背后突然开口,让我从疑问中脱离,她把兔子丢在我手上,“一整天待在这种地方,你又半天闷着不出声,一点也不好玩。”

“会去的,可是有必须要做的事情啊。”我有些惭愧。她原本是要去看看大千世界的吧,因为有着这样的心思才以我的请求为借口,现在却不得不收敛起自己的好玩天性,闷闷地陪在我身边。而且,恐怕很快就要被卷入险恶之中,当初做出那样的决定,是不是太过自私了? 为了将离若救回来,那份急迫让自己失去了分寸吧。

“你要做的事情可太多了。”紫慕嘟嘟嘴,“我可只会为你去取仙草,作为对你把我带出鹰族的报答,之后的路我们各走各的。”

这话说得还真是决绝。我淡然一笑,点了点头,抚摸了一下手中的兔子,交在她的手中。“嗯。你先去睡吧,你只需要做我的眼,其余并不需要参与。”

“那么,是要替你看到那些你无法看到的东西吗?”她笑着说,目光转向门口处的横梁。

她也发现了? 果然不愧有洞悉之眼。

在那里的黑暗之下,的确有我无法看到的东西,如果不是紫慕的灵气已经被“清潭”的水洗涤干净,而这道观的气息又那么清醇,那么这种弱到几乎无法感知的灵气,定然混淆在了其中。

“是半灵吧。”我抓了抓眉际,有些无可奈何地朝那黑暗之中的暗影说道,“既然来了,又何必藏头露尾?”

“呵!”他跳下横梁,半蹲着用手支撑着站起,轻轻地笑了声,目光清冷,“真是尴尬啊,这么快就被发现了。”他的长发在月光下拢上了一阵冷冷的银色光辉,眉目轮廓清晰,一身黑色的衣服略显单薄。“我只不过听凝月说起了你们,所以忍不住来看看,并没想要打扰。”

“凝月?”我确信我不认识这么一个人。

“以后你们会知道的。”他表情极其轻松,“我叫倾羽,如果你喜欢,可以叫我阿羽。藏言那小子就这么叫的,虽然听上去没本名好听,但挺亲切的,你知道,我喜欢亲切。”

老实说我不知道。

这家伙,自来熟?

但我确实无法有敌意,仔细看去,他天生就是那种半月眼的家伙,估计笑容一直都这样被他保持着,感觉天生乐天派似的。

“你们半灵将霸下带走,到底有何目的?”我将他偏移的话题拉了回来。

“你们半灵?”倾羽表情夸张,眉目挤成一团,然后吃吃地笑了起来,“啊,你这家伙真是的,弄得自己不是半灵似的。”他再次扭曲了话题。

“半灵是什么?”紫慕在旁边迷惑地问,看来鹰王真没告诉她真实的身份。

“哇。你们真不知道!”倾羽在原地捂着脑门转了一圈,表达自己大失所望的情绪,“半灵嘛……”

“我问你们把霸下弄去了哪里?”我硬生生地打断他的话。

“你真是不具备我们这么好的素养啊,莫非是血统不完整的缘故?”倾羽挑着眉头说。

他怎么知道那么多! 我心中疑惑。

话说这小子真的是跑题大王,一次一次地将我的问话给带跑了。

“是他自己愿意和我们一起走的。”正待我要问第三次,倾羽却终于回答了我的问题。

“怎么可能!”我根本无法理解,“他怎么会愿意跟半灵在一起!”他可是灵兽之子,难道竟如此堕落? 愿与这些残暴而有野心的家伙们在一起?

“因为……”他听到我的话,露出十分神秘的表情,靠近我几步,却突然用手捂在耳旁,沉静了一会儿,“藏言叫我回去了,这个秘密之后再揭晓吧。”

“恐怕由不得你。”现在正好是各个击破的大好时机,我念动唤剑咒,握“逝”在手,“紫慕,你去青城观找青云道长,我留下他!”要凭我单人之力留下半灵,的确是有些困难,但只要纠缠一段时间,待到青云道长一众人赶来,就有了八分把握。

紫慕变回本体,朝屋外飞去。

“没有分寸的家伙。”倾羽颇为无奈,“但是你知道,我是不会对同类出手的。”

“我根本不是你的同类,我只是猎灵人而已。”对于这群半灵,我并没太多好感,过往的血战记忆在持剑那一刻清晰地刻入我的骨子里,我执剑而上,丝毫没留余地。

“难怪凝月不让我来找你们,果真是不懂事的家伙。”倾羽并没躲闪,那只一直藏在袖中的右手抬起,电光火石间抓住了我已经近到眉间的剑尖。那是一只乌黑的爪,上面布满了坚硬的鳞,指甲尖锐,紧紧地扣住了我的剑,甚至与剑身摩擦出了耀眼的火花。力量之大,我用尽全力也无法拔出。

要知道斩灵剑所依附的力量不是一般灵类能抵御的,他却能轻而易举地抓住且丝毫不受影响,半灵的力量果真匪夷所思。

“不过,你是猎灵人也好,是人类也好,只要你拥有了半灵的身躯,我就会将你视为同类。”倾羽正色说道,“这就是我的生存之道,也是半灵们的存活之道。”

“一切影响世间安宁的暗影和威胁,我都会亲手除去,用我的剑捍卫和守护这和平的大地,也是我存在的理由。”“逝”出鞘,光晕猛然向前爆发出去。倾羽松开手,向后躲避。

“真是不错的说法。”倾羽双脚立在横梁上，银白的头发迎风乱舞，“只可惜，今天我还有别的事情要做，否则真要多听听你的说法。”

见他要走，我哪肯罢休，连忙攻了上去：“不把霸下还回来，你休想离去！”

“还回来？”倾羽已然转过身去，却又回过头来，目光中带着讥诮，“我早说过他是自己愿意和我们走的，你是真不清楚吗？他也是半灵啊，虽然他的母亲是三首青龙，但他的父亲却是人类，我们是因为都是同类才聚集在一起的！”

怎么会？

我听到这句话后僵住了，缓慢地落在了地面，眼望着倾羽飞身离去而没了力气追击。

灵兽依然是灵中的一种，即使被称为灵兽，所带的气息与低等灵只在感觉上有不同，实质上并无太多差别。

所以倾羽说霸下是半灵的时候，我并没有怀疑的理由。即使是灵兽之子，与人类有了血缘关系之后，那便是半灵了。

紫慕带着青云道长及众人赶到的时候，我双手交叉顶着额头在院中的石桌上静思。

“贺，你没事吧？”紫慕进来就奔了过来，听着她的问候颇为欣慰。

“没事。”我站起身来摇摇头，向青云道长及众人施礼，“在下能力有限，未能留下他。让众位白跑一趟了。”

“道兄没事便好。”青云道长环视了周围几眼，见我如此，微笑着说。

众道士皆是怀抱激情而来，却没想到跑空，有两位失望之情已然溢出。在这群人之中，我竟看到了清风道长，原来他也是青城道人。

“这三位是贫道的师弟。”青云道长又向我介绍道，“护教六冠之中的紫霞冠青溪和黄鸦冠青桑。清风早年外出游历，没在青城居职。其余皆是我等弟子。”而后又向他们说明了我的身份。

我看到清风道长有一丝诧异，显然已经认出我来，但还是低头和众人一起向我行了礼。

一行人进了议事厅，我将刚刚所发生的事大略向众人说了一遍，但隐瞒了霸下的身世。

“想不到灵猖狂之极，竟进出青城如此自由！”青溪道长怒气冲天，其余弟子也是义愤填膺。

“此等灵若不斩草除根，定会遗祸无穷。”清风道长言语并不激烈，但杀意弥漫，竟让我感觉到无比压迫。上次我认定他是血修之人，看来果然非假。

“只可惜他们来去无踪，根本无计找寻。”青云道长拈着胡须，有些无奈。

“三首青龙莫非不能嗅出其踪？”有一弟子疑问。

青云道长摇了摇头。“此类灵实属半灵，人气灵气均衡相掩，着实难以分辨，三首青龙亦是无法。”

如此一来，又陷入了僵局，半晌毫无进展，众人只好各自散去。

“青云道长。”我故意留到最后，叫住了青云。

“道兄有事？”他问。

我掩上了议事厅的门，这样，议事厅中就只剩下紫慕、青云道长及我三人。“如今我等共同抗敌，实属同盟之义，故必须开诚布公才可齐心合力。不知我说得可有道理？”

“道兄说得自然有理。”青云道长微笑着回应。

“这样便好。”我坐回椅子，“我想在青城，明白整个事情原委的大概也就只有你了。”

“道兄所说的话，贫道不明白。”青云有些疑惑。

“关于霸下。”我说，“虽然原本是你教内部事务，我不便干预，可既然我应邀来此处，我觉得我有权知道整个事情的真相。”

“霸下。莫非道兄听说了什么？”青云道长脸色有了些许变化，但仍然故作镇定。

“他是半灵对不对？”我不再含蓄，直入主题。

“看来那几只半灵跟你说了什么。”青云道长叹一声。

“是你自己欲盖弥彰。你原先都说根本不知道对方是何身份，而刚刚在院中，你却说此类灵实属半灵。”见他承认，我有些愤怒，“你根本就知道霸下和他们是一类，却不告诉我真相，而且还要让霸下跟随我，你的目的就是让我和这群半灵斗个你死我活，对不对？”

“道兄不要发怒，听贫道解释。”青云道长尴尬地赔礼，“贫道也是出于无奈才出此下策。本意是让道兄带走霸下，却着实没有让你与半灵斗个你死我活的心思，只是认定道兄兼拥半仙之体与半灵之体，半灵不会与你为敌，霸下亦能被带入正道。”

“霸下是三首青龙与人类之子这个秘密只有贫道一人知道，在出生之时，贫道便将他偷偷抱离了青城。因为霸下出生之时就是人类之躯，贫道便以为他只是半灵之中的‘庸’，并无后患，故而放在了附近的村民家中抚养。长大之后，贫道收他为徒，是不想让他如平凡之人终老。但世事难料，上次青城演武之时，霸下显露了半灵之力，而且异常强横，甚至一举击败了重黎。”青云道长继续说，“当年贫道告知三首青龙说其子夭折，可霸下显露半灵之力之后，竟被她察觉到。她多年失子之痛复醒，乃至焦躁不安，意欲找寻。贫道害怕母子相认，故用八门金锁阵将其隔离。”

“此事事关青城声誉，故贫道小心行事，不料又引来了半灵。失却三首青龙，青城不堪一击，乃陷水深火热之中。眼看此事后果甚大，贫道只好去鹰王那寻求帮助，岂料遇到了道兄，权衡利弊，有道兄帮助，方能保全青城声誉。”

如此说明，就能将一切原委说通了。

只是，若不是我机缘之下仔细思量，真被这老小子当棋子用了。

“好吧，我不怪你。”也许，这就是所谓的缘分，势必要将我和霸下牵扯在一起，“只是我还有一事不明，从各方面来看，你对霸下的情谊都不同一般，周全地为其考虑，并不只是因为他是灵兽之子这么简单吧？”

“他的父亲与贫道关系匪浅。”青云道长解释说。

“师兄！你说的都是真的？”门“哐当”一声被推开，清风道长紧捏着拳头，情绪激动地站在门口。

“师弟，你还没去休息？”青云道长脸色惨白地望着清风道长。

“师兄，你刚刚说的一切都是真的？”清风道长快步走入。

“唉。”青云道长不禁叹惋，袖子一摆，将门掩好，“事情怎会变得如此！莫非是天意！”

“师兄，霸下真的是我的儿子？”清风道长已经迫不及待地要得到结果。

事情可谓越来越复杂。虽然我不应该属于这个时间，可是这个时间发生的事情却与我紧紧相关。莫非真有天意存在？

青云道长拗不过清风道长的追问，点了点头：“当初三首青龙与你相见之时，竟忍不住化了人形，那时为兄就已经暗感不妙，早已提醒你要多加避讳。哪知你不知深浅，却与她相恋，还生出如此事端！”

“后来传师父之命，让我下山斩杀百灵方可回来，也是师兄从中调摆的吗？”清风问。

“的确如此，为兄见你越陷越深，故而向师父进言让你远离青城。只可惜，错已铸下，你走后三年，霸下便出世了。”青云长叹一声。整件事情只有他一人知晓始末，这么多年确实也背负了不少。

“我一定去寻得霸下回来！”清风扭头就走，一边拔出了背后的剑。

看样子他已方寸大乱。

“清风道长可知霸下在何处？”我上前两步，伸手阻拦。

他皱了皱眉：“在下自有办法寻得！”

“你就算寻得到，也不会是半灵的对手。你去，只会白白丢了性命。”我冷冷地说。

“你怎知在下不是对手!”清风道长语气倔强,撞开我的肩膀继续向前。

“因为我在落雁山见识过。”我依然表情冷漠,为了平息他的情绪,我不得不装成这样。

清风道长最终站定:“这么多年,我都没尽过做父亲的责任。我怎能忍心让自己的孩子堕落到如此地步!”

“师弟,我们乃方外之人,这种不知所谓的话不要再说。”青云道长打断道,“现如今重中之重是让青城渡过难关。若半灵入侵,以及霸下身份被宣扬出去,青城多年清誉将毁于一旦,我们有何面目去见师父和师祖!”

“那该怎么做?”清风已毫无头绪。

“半灵一定要被杀掉!”青云道长一扫颓然,双眼通红,杀意毕露,“至于霸下,为兄已经决定让贺带走。”

虽然我以前对半灵的印象并不太好,可是见了倾羽之后却无反感之意。但青云现在所做决定却的确是从青城角度来看最合理的。如此之大的门派,天下多少人心中景仰,只要有些许纰漏,大概就要名誉扫地,树倒猢狲散了。

可是,现在的问题是,霸下是自愿和他们走的。他拥有那么强大的力量,要想杀掉其他原本就已经很厉害的半灵,把他带回我的身边,怎么看都是比登天还难的事。

为了养精蓄锐,两位道长决定各自回房休息,而我却想到了另外一件事。我回到这个年代,可能是因为斩灵剑“逝”回到过去时间的能力。现世的霸下所表现出来的东西,那识别灵气和收敛自身灵气的能力,以及见识的广博,都表明了他的不平凡,我已经认定了这两个霸下就是同一个,但觉得之所以会产生这两个形态的霸下,中间就一定发生了什么,这不得不让我怀疑到自己头上。如果我能完全使用“逝”的力量,要把霸下弄成那样是多么简单的事。

莫非真该如此?

接下来的几天都没有什么进展,我内心已是焦急不堪,包裹离若的法术已经有了一条裂纹。出现八条,法术会自动解开,到时候就回天乏术了。

思忖再三,我决定向青云道长请辞,可走到半路,却看到紫慕偷偷地从门口窜了出去。

这小丫头又去抓兔子?可是平常都是光明正大的,今天怎么这么鬼鬼祟祟,一定是去做什么心虚的事!

我收敛了气息,偷偷跟了上去。

她一路左顾右盼地钻进了树林,还不时往后瞧,感觉害怕谁跟踪似的。她脚程很快,马上就到了一个小瀑布附近的石滩上,停住左看右看了一会儿,不耐烦地踢了几脚石头，看样子在等什么人。

不会这么快就跟人约会了吧！脑袋里一冒出这个念头，我自己都吓了一跳。

就在我胡思乱想的时候，一个身影从瀑布高处飘然而下，一头银发十分醒目。我感觉我呼吸都快停止了，竟然是倾羽！

全青城的人满天下找他，而他竟然还在青城山上，果然是有恃无恐，紫慕却是什么时候与他接触的？

“你上次说我和贺都是半灵，究竟是怎么回事？”紫慕一见倾羽，立马问道。

“你连自己的身份都不知道吗？你是鹰族和人类的后代，当然就是半灵了。”倾羽回答。

“鹰族和人类的后代？”紫慕疑惑地低声重复，“你是说我的母亲是人类？”

“是。”倾羽点头，“看样子你生活得很好，并没对自己的存在感到疑惑呢！”

“你到底在说些什么，我不明白。”紫慕说。

第十八章　庸奇

“我是说，因为你没有经历过痛苦的事，所以才不知道半灵这两个字意味着什么，你的父亲对你一定很好。”倾羽有些凄然地笑，缓缓地从袖中伸出那只黑色的爪，“像我这样的半灵，在人世里，从一开始就被当成怪物对待，作为人类的亲生母亲竟然在见到我的时候就叫接生婆将我溺死。还好接生婆怜悯我，将我偷偷地丢在城外，后来我被瞎婆婆救了，才活到现在。至于所谓的父亲，我从来都没有见过。”

“父王对我的确很好。”紫慕捏了捏拳头，似乎对倾羽的话有些感触，略有伤感，“只是很少提母后，但我时常看到他对着一幅人类女子的画像悲伤流泪，没想到那竟是母后。”

“所以凌月说你不会加入我们的。”倾羽将爪收回去，“她说你过着与我们不一样的生活，无法理解我们的追求和行为。”

“你们要做什么?”紫慕问。

“有太多的事情要做。”倾羽说，“虽然凝月所说的都是对的，但我却不甘心，你只要是半灵身份，就应该做些事情。”

“我没有兴趣。”紫慕摇摇头，“我答应了贺去帮他寻仙草救他重要的人。我在他的心里看到了别人身上无法看到的深沉悲伤，那种感觉让我非常难受，我必须去化开才会心安。”

“也许你该和我去一个地方，或许会改变你的想法。”倾羽并不放弃。

“我只是对半灵这个词不了解而已，现在我已经了解了。”紫慕拒绝道，“还有，你告诉霸下一声，他的父亲回来了，也许，他会想见一面。”

倾羽一怔，说道:“霸下不会想见的，他现在过得很好。”

“不要用你的想法来猜度他人。”紫慕一笑，“我先走了，跟凝月问好，谢谢她派你来揭开了我的疑惑。梦里的她真是个美丽的女子，只可惜醒来时我却忘记了她的具体模样。”

眼见紫慕朝我的方向走来，我赶紧跑回了“清潭”，坐在石凳上假装思考。过了不多久，紫慕就走了进来。

“咦，今天怎么没抓兔子回来？”我装作无事地问道。

“也不知道怎么回事，今天一只兔子都没见到！可能是我在这里的消息传出去，都躲得远远的了吧。”紫慕微微嘟着嘴，一副可爱模样。这让我想到先前她和倾羽说关于我的那段话时候的神情，那是种爱怜与心疼，与此刻完全不同，我不禁内心温热。

“你抓了放放了抓的，谁经得起这么折腾啊。”我微微一笑，“对了，我想向道长辞行，动身去寻仙草，你觉得如何？”

“不管霸下了？”她急忙问。

“时间有些紧迫了，这边不知道何时才能解决啊。”我说。

“也行。”紫慕似乎欲言又止，最终只是点点头答应。

这时，我看到她的衣服上沾了一片花瓣，伸手拿过来一看，却是解语花。

我轻轻地拿过来，解语花沾手化成了虚无，这是解语传来给我的信息。

“贺？”紫慕见我神情沉重，“怎么了？”

“已经找到霸下了。”我回答，“我们一起去。”还真是无法扯断的缘分啊。

来到和解语约定的地方，只见她坐在高高的树上，漫不经心地甩着双脚，仿佛把空气当成了湖面在戏要。

“他们在哪里？”解语飞身跃下，站在我面前，我迫不及待地开口问。

“半灵们躲在离此地二十余里的披霞山里，附近已经有青城道人在聚集，显然他们的踪迹已经被发现了。”解语说。

“躲？凭半灵们的实力，自然来去自如，哪会用得着躲？”对于解语的用词，我有些不解。

“没错，的确是躲着。”解语伸手在虚空处摸了一下，一道透明如镜的帷幕出现，上面显现出一幅画面，“我已经通过‘花间’了解了他们的行踪，他们人数众多，但显然对青城的道人有所忌惮。”

我看到画面中有很多长相奇怪的家伙：有的长相是人，额头却长有犄角；有的长着人头，却是野兽的身躯；有的用衣衫紧紧地包裹着身体，只露出两只发光的眼睛。

看到这些的时候，我内心一怔，几乎快丧失言语，这些，全是半灵！竟有数十个之多，而这种场面，远比看到长相丑陋的纯粹怪物来得更加震撼。

“在我看来，似乎并不是所有的半灵都有着极强的力量，否则，数量如此众多，人类的道士无法抵挡得住。”解语在旁说。

“他们都有双悲伤的眼睛。”紫慕在旁边沉重地说，“那的确不是强者的眼睛。”

紫慕的话让我从茫然中醒悟过来，画面中的那些半灵的确是悲伤着的。

画面中倾羽的身影出现，匆忙地走向那群半灵中央一个人类模样的女子。倾羽嘴唇动了动，我没能听到声音。

“他叫她凝月。”解语在旁边说，“‘花间’中的声音只有我能听到。”

“我梦到过她。”紫慕说，“但她和梦里好像有些不一样。”

“她是个奇怪的家伙。”解语说，“从我发现她开始，她的眼中就一直流着泪。”

“一直？”我有些惊讶，看着那清泉般的泪水源源不断地从那双悲伤的眼中流出，漫过整个面容，如此远远地望着，就已经心疼不已。

“是。一直。”解语肯定道，“就算她笑的时候，那双眼睛，也一直在流泪。”

到底是如何深沉的悲伤，让她的灵魂在哭泣？

“他们在商量撤离的事。”解语向我们传达他们聊天的内容。

这时，画面里出现了一个少年，头发乌黑，半面有鳞，瞳仁混黑，中间有一丝赤红。他穿着破烂不堪的青城道袍，走路的方式十分奇怪。仔细看去，下身的道袍中露出来的竟是半截蛇尾！我心中产生几分无法言明的熟悉感，是霸下！

“我们去披霞山。”我下定决心。

“贺，你说过他们是能入侵青城的人物，而且，竟然全数躲过了我的视线；你也说过，有个叫倾羽的和你接触过，你并非他的对手。我无法估算他们的实力，这样冒昧前去，会很危险。”解语劝阻。

“按照倾羽的说法，这个叫凝月的女子似乎拥有很强的感知能力。她不仅知道我的具体行踪，还能躲避你的追踪。”我说，“你以前无法侦查到他们的行踪，现在却能完整地看到所有的半灵，在我看来，一定是她故意让你看到的，而最终目的是让我看到。”

“可是我想不明白她这样做的目的是什么。”解语疑惑地说。

“也许要向我说明些什么。”我回答，视线却无法离开那些半灵，“解语，在这不见的一段时间里，我的身份也有了一些改变。”

“改变？”解语皱眉望向我。

我用手按向我的右眼。“是啊，我的身体和灵魂有一半是属于灵的了，简而言之，我也是半灵。”

“这怎么可能！”解语几乎惊讶地叫出声来。

“我也是。”紫慕迟疑了一下，终于还是说出了口，“贺，远远这么看着，我无法看透他们究竟为什么而悲伤，但那种表情，那种痛楚，你也能清清楚楚地感受得到吧。原本我不想介入，倾羽说带我去一个地方，我也拒绝了，但现在，我却无法坐视不理了。

贺，他们不是要向我们说明什么，而实实在在地需要作为同类的我们做些事情！”

“同类？”解语有些怅然地重复着这两个字，望着画面中哭泣的女子，“凝月和我是一样的吧，因为知道别人的痛苦，所以想去改变。”

我和紫慕来到披霞山的时候，倾羽已然在地面守候。“你们还是来了。”他面带微笑，“凝月终究比我厉害，我不太会说服别人。”

“我并没有被说服。”我并不想与半灵靠得太近，“我只想知道凝月邀请我们的原因。”

倾羽不置可否地微笑，转身带我们走向他们的藏身之地。

凝月果真和解语说的一样，那双清澈的眼一直在流泪，仿若永不枯竭的泉眼。她见到我的时候，嘴角却是上扬的：“你们来了。”那样的腔调就如跟熟识的老朋友打招呼一样。原本这话应该带有几分自信，但我知道其中没有夹杂丝毫的霸道与理所当然。

有些人总是一见面就让人备感熟悉和亲切，我却不知道这种感觉的因由。也许，一个流泪的女子，始终是让人无法有距离感的。

“你似乎改变了主意。”我说，余光看到霸下，他的眼神里没有表露丝毫情绪，只是一遍一遍扫过前方不远处的那些半灵。

“起初我并没有考虑你们。”凝月明白我的意思，“不过，现在情形不一样了，我低估了青城观的力量。”

很直白。

“你需要我们怎么做？”与我内心的猜测类似，可是，凭我能做什么？

“青城的弟子已经发现了我们的行踪，大量道士正在往披霞山追来。现在要想离开，只能使用传送法阵，以保周全。”凝月说，“而要使用传送法阵传送这么多半灵，至少得要四象法阵。”

“也就说，需要四个阵脚。”我接过话题，“可是，你这里这么多半灵，应该不成问题。”

“我没有可使用的灵力，除了倾羽、藏言、霸下和静夜，其余半灵与我一样。”凝月轻叹。

“按说半灵都应该有强大的力量才对。怎么会没了灵力？”我不解地问。

“半灵中分为‘庸’与‘奇’。”倾羽从旁回答，“‘庸’就是从生下来到死去都没有灵力的半灵，甚至连普通的人类也不如；‘奇’就如我，从出生起就拥有强悍的灵力，或者如霸下，因为机缘巧合而灵力觉醒，但只要是‘奇’，就一定拥有十分强大的力量。”

“庸”这个概念我也听青云道长说过，只是一直不知道究竟是怎么回事而已，如此一来，这些无助而悲伤的眼神就能解释得通了。

“虽然我们布阵的人手足够，但道士们也越来越近，我们不敢冒险尝试。想必你也知道，如果传送法阵被打断，传送中的半灵定然难逃一死。”凝月说。

“你要我们去挡住他们？”我皱了皱眉，这个任务很艰巨。

“不。我去。”倾羽笑着回答，“你们只需做阵脚就行。霸下会在你们附近守护，以防疏漏。”顿了顿之后，他又说：“不过，应该没有这个可能性。”

“在答应你们之前，我要确定一件事情。”做阵脚倒是简单多了，可是，“你们四处聚集半灵，目的何在？”

是解语看到的为了同类的悲伤而去解救，还是像那死去的半灵所说——

为了得到这个世界！

这些“庸”的悲伤，究竟是什么样的悲伤？

灵分族，不同种族的灵并没有同类的概念，相互之间的敌意就如灵与人。

那么半灵呢？半灵会如何对待不同于己的异类？真的可以以半灵这样的称呼而共同存在吗？

那只半灵用坚定而信心十足的口吻说：“就算杀了我，我之后的半灵也会以此为目的，得到这个世界。”

那一刻的我，浑身战栗，仿佛他所说的即将成为现实，在惊雷阵阵中，我握不住我手中的剑。

我害怕半灵们以此为目的。

“你知道为什么半灵中会有‘奇’？”已经向外走的倾羽回过头来反问。

我摇摇头：“这与你们聚集半灵有关？”

“因为有‘庸’存在。”凝月回答。

我很迷惑，这基本上是废话一句，什么也没表明。

倾羽目如半月，仿佛说着极其轻松的事：“我们能力有强弱，但都生就了怪异的模样，似人非人，似灵非灵。人类见了我们把我们当灵，灵见了我们，同样厌恶我们身上的人气，并因此要杀死我们。

“在他们的世界，我们都无法被容纳，就仿佛在两堵围墙之间，遭受冷漠和凌辱。一直以来我都独自行走，并不知道活着的意义，也没感受过温暖。

“但凝月告诉我，这个世界还有‘庸’，他们太弱小，他们需要我的保护，我才明白了我存在的意义。”

凝月站起身来，我看到她的裙摆下露出了一条长长的狐狸尾巴。她说：“‘奇’强大的力量就是为此而生。为保护弱小而战斗，亦为创造半灵的世界而战斗，我们站在他们的周围，抵挡一切来袭的入侵者。”

她像一个斗士，文弱的外表下掩藏了勇猛和无畏。

“可是，创造半灵的世界却要以人和灵为敌。这样做的后果，你想过没有?”果然如此，这样的目的让我后怕。

我盯着凝月的眼，就像看到了离若。那种熟悉的感觉，让我方寸大乱，她所做的事和现在何其相似。

“我们的出现正是人和灵的错。即使不为创造半灵的世界，我们也会向他们复仇的。”这个声音是从脑中响起的，是意念传音，和我以前与霸下的交流方式是一样的。

我侧头望去，一个黑影从高耸的树上一跃而下，一刹那间，他就贴近了我。他全身都被披风遮挡起来，只露出两只极大的眼睛，显露着愤怒的神情，与我四目相对。

“藏言，不要……”倾羽轻唤，也许是害怕他做出什么攻击性的行为。

“你不愿施加援手就罢，不要什么也不懂就在这指手画脚。人和灵必然为其所作所为付出代价!”藏言的意识以无法遏制的尖锐刺激深入我的脑海，让我忍不住后退了几步。

“藏言。”凝月也喊他的名字，“冷静些。”

“你看看这些半灵的样子! 哪一个不是伤痕累累! 他们从出生开始，就被遗弃在臭水沟里，要么就被丢在某条不知名的河里，甚至当场就被自己的亲生母亲、亲生父亲杀死。他们大喊着怪物，将自己的孩子用绳子捆起来，放在烈火里焚烧，甚至害怕不死而用刀剑刺上几次。侥幸活着的，也不知道自己究竟是什么，躲藏在人世的街道角落，寻一些吃的填饱肚子。如果被人类的小孩子发现了某些怪异之处，就会被扔石头，丢各种各样的东西来驱赶。如果被大人发现，就会被抓起来，用火活活地烧死，他们还会在他的嘴里塞上湿漉漉的布条，防止他叫出声来!”藏言的言语几乎在一瞬间灌入我的脑海，伴随着无数让人心疼的画面，“看得到吗? 你看得到，对不对? 放荡无耻的人类和灵，做出违逆天意的事情，却让我们承受这份痛苦，而这份痛苦，却加上了他们自己的施予!”

我发现自己紧握着拳头，泪水无法抑制地落了下来。

凝月，你这样流泪的眼，是因为看到了这些，还是因为经历了这样的事?!

我该怎么做? 我失去了方向，在青城的时候，我用过往的角度看待半灵，这群必须被消灭的家伙，带着巨大的危险存在于世。

然而现在，我站在这群半灵之间，感受着他们的悲伤和疼痛。

似乎每个个体都有自己不可动摇的理由，而这个理由，便是为湮灭对方而存在。

我是否该抽身离去，远离这些纠缠不清的事件，远远地观望或者背过身去，就像看一场电影般，轻轻松松，事不关己。

可是，凝月、藏言、倾羽、静夜，谁都可以抽身离去，他们却站在这里，任所有的悲伤和纠葛如藤蔓般攀爬于身，坚强而倔强地抵挡着未知的锋芒。

只有我看懂了双方的理由。道士杀灵、杀半灵的理由，还有半灵杀人类的理由。

解语说，因为了解，才懂得拯救，难道你要指望那些不知情的人来做?

我要如何拯救身为同胞的人类、半灵？如何化解那深重的仇怨？我不知道。

“先将他们送走吧!”我说，“这是我能做的事。”

倾羽微微一笑，拍了拍藏言的肩膀，向山下飞跃而去。霸下扭动着蛇身，向外围靠了些。

凝月颇为欣慰地点了点头:“这个传送阵由静夜来发动，有劳你们辅助了。”

静夜是站在凝月旁边的女子，有着美玉一般的肌肤和缥缈的眼神，在光的映衬下，周身有着淡淡而朦胧的影，也许，在月光之下，这个女子也会有荧光笼罩吧。

静夜走到空旷处，咏动了四象法阵的咒语，一道道弯曲的明亮线条从她脚下蔓延开去，仿佛一朵盛开的花，张开了三个花瓣。我和紫慕以及藏言对望一眼，跨步踩在了阵线的边缘。我感觉全身的力量开始向脚部涌去，一道道光线开始在我们四人之间来回穿梭，猛然间，无数道光影屏障无限制地朝天冲去，仿佛搭起了一架通天的桥。

“快。”凝月朝那些半灵说道，“进去，我们离开这里。”

半灵们开始有序地走向四象法阵，在里面停留片刻之后，身影便化成虚幻的影消失不见了。但这样送走一个之后，法阵就会光芒全无一会儿，大约两分钟之后才会重新开始出现，接着才能继续传送。

这样冲天的光柱，青城的道士是绝对能看见的。

所幸传送的事有条不紊地进行着，道士们并没有前来干扰。倾羽说那样的话，的确有够自信。

但就在我欣慰的时候，有道士出现了。

清风。

“谁是霸下?”清风手持木剑，大吼着问。霸下冷冷地站在他面前，他却不认识。

我的心一紧，藏言的话立马就在我脑海里响起:“不要分神，你会害死他们!”

我连忙收敛心神，我第一次听到这个霸下说话，只是一个字——某。这个字让我轻松了很多。

真的是你，霸下。

“跟我回去。”清风盯着他看了一会儿，深吸一口气以稳住颤颤巍巍的身体，语气夹杂着虚假的威严，像极了一个父亲。

“某有自己的路要走。”霸下很冷静，他的眼神和他的年纪不相符合，那种没表露情绪的眼神，却有着太多的内容。他没问对方的身份，我也不知道他知不知道自己的父亲就是眼前的这个人。

“你不要执迷不悟，否则……”清风握紧手中的木剑。

“你要清理门户吗？”霸下接过他的话，嘴角浮现一丝嘲弄的微笑，这个古怪的表情，似乎是在表示压抑。

第十九章　从心

“霸下，让他走。”凝月意识到了清风的威胁。

“好。”霸下调息了下呼吸，但双眼的怒意已然无法掩饰，“某已不是青城之人，你无须纠缠不清，至此两断，互不来往！”

“我怎可看你自甘堕落！”清风少了以往的从容，腔调都变了。

“某是半灵！与灵、与人俱不类同。”霸下反驳，“况且，某心向往之，与你有什么关系！”

“我是你父亲！”清风终究无法掩饰自己，“我怎可看你与此类灵物聚于一处，为祸人间！若你不跟我回去，我必毙你于剑下！”

真是个添乱的家伙。

“是吗？”霸下身形陡然变大数倍，衣物尽碎，变成了蛇头龟身蛇尾的巨大怪物，血盆大口悬在清风的头顶，吐纳着阵阵阴风，“在青城演武那天，围观的道士眼中看到这副样子的时候，某就告诉自己，绝对不会饶恕那个叫作父亲的家伙！”

清风的眼中充满了错愕。

“连你也会用这种眼神来看自己的儿子呢！”霸下欣然接受了这个父亲。他那沉积在心中的愤怒需要一个发泄的出口，无疑，就是清风，这个造就了他那般模样的父亲。

“是我的过错。”清风颓然跪倒在地，手中的木剑跌落尘土。

“某不会再怪谁。”霸下说，语调很冷，“当然，在你死之后。”

清风一副甘心受死的架势。

一个半灵已经跨进了法阵。霸下将大口贴近了清风。

“很多时候，我们会怨恨把我们带到这个世界上的人。我们会想，如果没有来到这个世界，那么多的痛苦便无须承受。”我说，“可是，霸下，当你开心的时候你何曾感谢过他们？遭受不幸的时候才将怨恨转嫁在他们身上，是不是太过自私了？”

霸下并没有停顿，仿佛没有听到我的话，但他改变了进攻方式，他合拢了嘴，头重重地撞在清风的身上。清风连滚带爬地被撞翻在地，口中的鲜血瞬间将胸前的青衫染红了。

“你凭什么教训某？”霸下那红黑的眸子中闪现出我的身影，他侧过了头紧盯着我。

在他们眼中，我没有受过那样的苦，所以没资格吧。

藏言是，霸下也是。

“没有人必须对你的人生负责。”我想起少年时的我总是在某些时候怨怒自己的父母给予太少。我行走在城市的街道，不记得何时开始了一个人行走，可是，我也开心过的。即使有过短暂的孤单和那无法抹去的悲伤，我也有开心的时候。肆无忌惮地张狂大笑之时，我也曾感谢自己的父母，他们让我存在了，就这么简单。

霸下，即使是你，和我在一起的日子，你也有过开心吧。那时候的你，是否感谢父母将你带到了这个世界？

我无所畏惧地直视着霸下的眼睛：“总有一天，你会明白我说的话。”

“滚！”霸下朝清风怒吼，“某再也不想见到你。”

我感觉清风在那一刹那苍老了许多。他用木剑支地，趔趄着站起来，并用手擦拭了一下嘴角的鲜血，说道：“师兄和弟子们很快就会过来，一个半灵抵挡不了多久。”说完，他背过身，向天望了一会儿，叹了一口气，朝来路走去。

这时我明白，他们没有前来，并不是被倾羽牵制了，而纯粹是他们要集中力量，先将倾羽解决。

还剩下三个“庸”。

凝月突然踉跄一下，向旁边的支撑物靠去。“倾羽……”她轻声念道。

“凝月，你没事吧？”霸下迷惑地问。

“倾羽消失了。”凝月悲伤的脸极度扭曲，双眼更是一片惘然。

青城的人来得很快，附近很快传来了熙熙攘攘的脚步声。

“先将他们送走。”凝月看到藏言欲动，连忙制止，“霸下，你也跟他们一起走，去真正属于我们的地方，在那里，你会很快忘记悲伤的。”

霸下却背过身，说道：“实际上，某从踏入青城开始，就喜欢上了那个地方，每日习武练功，与师兄弟们谈笑风生，听师父讲些降灵伏魔的故事，某把那当成了一辈子的生活。可是，当大师兄那一剑刺过来的时候，某看到自己变了，变成了故事中的恶灵，某看到了师兄弟们错愕的眼神。某只想和青城的道人一样，过那样普通的日子，却因为这副样子的出现，让那普通的生活都成了泡影，那一瞬间失去了一切，也包括自己，我便成了某。”

“霸下?”凝月轻轻唤。

“那家伙说得对,其实,某已经有过快乐的日子了。”霸下说,“比起从一出生就遭遇悲惨的他们来说,某已感受过幸福了,虽然,某知道你说的那个地方一定能让某找回自己,但,让他们去吧。”

霸下巨大的身躯朝山下冲了下去。

“凝月,到你了。”传送完最后一个“庸”,静夜说。

“不用了,静夜,解除传送阵吧!”凝月说。她的目光望向霸下离去的方向,带着忧伤和决绝。

“你不该在这里倒下,还有很多事情要你去做,凝月。”静夜并没解除传送阵,“那些颠沛流离、无家可归的半灵都等待着你。只有你,才能清楚地知道他们的希冀,也只有你,才能准确地找到他们等候的地点。”

“可是,倾羽死了!”凝月朝静夜大喊,那撕心裂肺的哭喊声伴随着无法抑制的悲怆呼号从她口里传来,失去了之前的矜持和淡然,“再也回不来了。”

“这样的事情,总会出现的。”静夜维持着传送阵,“倾羽虽然喜欢说些什么义正词严的话来摆明自己的立场,但我知道,他只是为了你,你不该让他的付出白费。”

凝月一刹那有些失神,终究向传送阵迈出了一步。“那你们?”

“逃脱没问题。”静夜说,“我们回家再见。”

凝月点了点头:“回家见。”

凝月消失在传送阵里,我不由自主地松了一口气。虽然我只是传送阵的辅阵脚,但就我本身那低微的灵力来说,已然是超水平的发挥了,再耗上个几分钟,我估计得晕过去。

我大口地喘息,望着山下,很是担忧。连倾羽都敌不过青城,霸下能全身而退吗?

“藏言,还有你们,快点逃吧。”静夜手扶着树干,呼吸紊乱,凭她如何努力调息,也还是压抑不住。我知道,她的灵力耗费得太多。

我看到藏言满脸诧异。

“我灵力殆尽,跟你一起走会拖累你。”静夜苦笑着对藏言说。

藏言连连摇头,欲上前去。

静夜用手抵挡着制止,背靠着树,望向那蔚蓝的天空,说道:“我一直以为能陪你们走到最后,但我是说陪,而不是拖累着你们走到最后。我是‘奇’,不是‘庸’。”

静夜顿了会儿,说:“藏言,你明白的,你很明白,我并不喜欢他们,只是不喜欢那样的遭遇,看到他们的悲惨,就好像是自己施加给他们的一样。如果能改变,当然要去做，对不对？我并没有凝月那样高贵的想法，我只是不想自己难受。”

“我总是幻想有一天，能够安静地坐在繁华街道的某棵高树上，看着来来往往的人群，不管那里面是人、半灵或者是灵都安安静静做自己的事，脸上平静而满足。”静夜面露微笑，仿佛一切皆在眼前，“只是这样的画面，恐怕永远都是见不到的吧。”

藏言在用意念传音和她交流，在我看来，仿佛是静夜一个人的呓语。

“我期待这样的安宁。”静夜说，“我就这样自私地希望着世人都为我改变，但世人都有自己想过的生活和各自自私的喜怒吧。”

“不对，那是我自私的快乐啊。”静夜反驳，“就跟所有自私的快乐一样。”

静夜的话一字一钉地扎在我的心口。

“紫慕，还有力气吗？”我问。

她点头，说道：“我送她走。我们还在‘清潭’见面？”

她能看穿我的心，我此刻完完全全地相信了。我点点头：“你们走吧，尽快。”

“你要做什么？”静夜问我。

“我想看到你们都好好地活着。”我念动了唤剑诀，将“逝”握在手中，“请你不要拒绝，因为，这也是我自私的快乐。”

我看到静夜用手掩上了眼，指缝间泪水无法抑制地流淌下来。

我们都是平凡的，谁也不比谁伟大。

我们，都只是遵从着自己的心在生活而已。

倾羽，霸下，静夜，紫慕，还有我。

我握着剑向山下飞奔而去。

霸下硕大的身躯很快映入了我的眼帘，他的下半身匍匐于地，上半身高仰摇摆。在他的周围稀稀拉拉倒下了一些青城道士，比起这些来，我在意的是御剑飞行在离地面十来米的那八个道士。

青云道长和之前见过的几位师弟赫然在列。

能够御剑飞行的，灵力当然都不会低。不出所料的话，应该是掌教三席和护教六冠，唯独缺了清风。

此时八个道士位居八方，刚好将霸下稳稳围在当中，不时有惊雷从空而降，伴随着烈风冲击。霸下摇摇欲坠，发出大声怒号，口中喷出的水柱和水箭胡乱之极，根本无法击中目标。仔细看，才发现他的下盘已经被无数粗壮的藤蔓给牵绊住了，完全动弹不得。

青城这些家伙真不留一丝情面！在他们眼中，灵和半灵是没有区别的吧。

我正在思索该如何调停，却见一线青光从远处疾驰而来。

是条龙！它一阵剧烈卷动，将御剑飞行的道士们打了个措手不及，其中有两个被龙尾给扫了下来。趁着阵形被打乱的时候，龙很快飞到了霸下的头顶上方，挡住了惊雷和烈风的冲击。

“清风，你做什么?!”出声呵斥的是青云身边的道人，穿紫蓝相间的道袍，年纪看上去比青云还大，雪白的发须飘扬着，仙风道骨。

“掌教大师兄，都是我犯下的过错，你饶恕了他吧，我愿接受青城的任何惩罚!”龙的背脊上坐着的是清风!

“你该顾全大局。”青城掌教眉目庄严，“若不让开，连你一块拿下!”

“他只是无知小儿，误入歧途，若用心教化，定能弃恶从善!”清风并不放弃。

“清风，你在外降灵除魔，可放任过一只灵？又曾见过哪只弃恶从善过?”青城掌教义正词严地拒绝，“若对他有一丝怜悯，日后你悔之晚矣。”

“若要杀他，请让我死在前面。”清风下定决心。

“与灵为伍，论罪当诛。”青城掌教不为所动，“你要想清楚。”

“清风，霸下已经堕落，你不要再执迷不悟了。”青云道长从旁劝道。

“做错事情总要承受，只可怜让霸下无辜受罪!”清风一声哀叹，咏动咒语按向龙头，龙口张开，猛烈的火焰扑向掌教。

掌教正待动手反击，一道水柱却从下蹿出，击中清风和龙。龙化成一摊泥水从空中落下，清风失去支撑，猛然跌落。

“不要在这假惺惺，某才不会受用!”霸下大吼道，“都来啊，杀了某，降灵除魔，匡扶正道，不是你们青城要做的事吗？用出身来衡量生死，用形态来决定善恶，这个该死的世道，你们这群真正该死的人!”

他狂性大作，竟挣脱了身下的藤蔓牵扯，口中冰箭漫天铺地地喷射了出去。

这小子找死!

眼看青城掌教被激怒，我飞身而上，立在霸下背后，轻声说:“霸下，已经够了，他们都已经安全地离开了。”

我看到霸下怔了一下，知道他并没有发狂，他小心地避开地上的清风，刚刚的那一记水箭也是为救清风而施。

不管如何，他一直都心地善良，就像很久很久之后的他。

“道兄?”青云道长示意道士们住手。

“霸下已经同意跟随我了!”我朝他喊道，“虽然是灵，但如果他成了我的契灵，是不是可以网开一面?”

青云道长骗我到此，也该对我有些愧疚。

“这是怎么回事?”青城掌教还没弄清楚状况。

“是蜀山绝顶的猎灵人。”青云向他解释,“我出去求援的时候,在路上偶遇了他,告知了他一些情况。”

道士撒谎也是面不改色。

闻言,青城掌教一阵无语。家丑不可外扬,也许,在他心里憋着这句话。基于我的身份,他也不便说什么,一时间,场面冷了下来。

“霸下曾为青城弟子,现有如此结局,亦算青城宽厚。掌教师兄,就宽恕了他吧。”青云道长见势更添一句。

“道兄有礼了,我们回去。”青城掌教盯着我看了几秒,敷衍行礼,逃也似的走了。

蜀山绝顶的猎灵人,还是有几分面子的。

他倒不是对我无礼,纯属没脸多待。

青云道长意味深长地望了我一眼,颇为安慰地笑了笑,下了飞剑,将不省人事的清风搀扶起来,随着道士们一同走了。

“你是猎灵人?”霸下问我。

“是。”我肯定道。

“为什么要做这些事?”霸下又问。

“喜欢而已。”我摊摊手,放回了剑。我倒是没想到事情这么容易解决,还以为得干一架呢。

“你是个奇怪的家伙。”霸下说,“施术吧。”

“什么?”我不明所以地问。

“你刚不是说某是你的契灵吗?”霸下盯着我,“那就施术啊。”

“只有这么说,他们才会放过你。”我根本没想过要他成为我的契灵,“一句戏言而已。”

“你刚跟他们说某跟随你这样的话的时候,某并没有拒绝。”霸下说,“某已经答应了。”

“哦。”我不置可否,“走吧。”

“契”,就是俗称的通灵术,两者以契约的形式相连,当施术者念动咒语的时候,就可以将通灵兽召唤到施术者的身边。

然而,我并不需要通灵兽。

到达封阳的时候已是傍晚,连续问了五家客栈竟然全部客满。

终于在某个幽深的小巷子找到了第六家,还好,有两间空房。

“客官真是好运气，要是晚一点，估计就没房间了。”小二热情满满地招呼我们，引导我们前去房间。楼道里人来人往，和之前那些客栈遇到的一样，一色的年轻人，男人。

“这干吗呢？”我憋了很久，终于还是问了。

“你们不是为那事来的？”小二神神秘秘地反问一句。

“那事？什么事啊？”我不明就里。

“今早，郡守大人发出通告，说他家小姐得了怪病，要征大夫，说是只要治愈就赏千金，还可以娶他家小姐为妻！”小二絮絮叨叨地说。

“你的意思是这些人都是大夫？”我惊叹。

“对啊，得知消息的大夫都来了，有的甚至是从五百里之外赶来的呢，马都跑死了两匹。”小二说。

这也太夸张了吧！而且，怎么看有些人也不像是大夫。难道这怪病这么好治，随随便便一个人也来碰运气？这千金的诱惑实在也太大了些。

“他们不去郡守家治病，都跑客栈待着干什么？”我接着问。

“已经有五个人去了，都瞧不出啥毛病。这些人都在等明天呢！”小二回答。

“贺，你问这么详细干吗？有兴趣？”霸下在旁边忍不住来了句，此刻的他已经恢复人形，换了身锦缎衣衫，十足一个俊俏公子。

按道理，化人形是种相当有技术含量的活，没想到紫慕和霸下竟都相当有技术。当然，霸下还是稍逊一筹，除了变回原来的面貌，再也变不成别的模样，紫慕倒是随心所欲，忽大忽小、忽美忽丑的。但霸下拥有的一种能力紫慕也不具有，那就是化物，但，是那些无法动弹的物体，譬如黑色玛瑙戒指，这是个让我感觉亲切的物件。

我一看，紫慕和他都是一脸鄙夷，我只好尴尬地笑了几声，推开房门。

“公子倒也可以看看，听说郡守家小姐美得跟天仙似的，即使去看看，也不吃亏的。”小二忙不迭地在旁边添了一句。

“比她呢？”霸下唯恐天下不乱，指着紫慕问小二。

“呵呵，呵呵！”小二瞟了瞟紫慕，笑得相当有内容，“小的也没见过，没啥事小的先下去准备吃的了。”

“过了封阳，大概还有半天路程就可以到神仙谷了。”我向他们说明，神仙谷就是瑶草所在的地方。

“据说瑶草成熟要至少三百年，现在成熟了吗？”紫慕问。

“没成熟就等呗！”我半开玩笑地说。

“某怕你等不了。”霸下一副无所谓的模样，“某倒是不介意。”

我一阵尴尬。说起来，即使身为猎灵人，寿命也是很短暂的，跟这两个半灵说起话来真讨不了什么便宜。

“瑶草并不容易寻找，而且如果成熟了的话，极有可能被人采摘了去，所以我们定然要花上一些时间的。”我正色说。

“睡觉。”两人几乎齐声说，还一起打了哈欠。

这两个家伙。

我却没有什么睡意，盘腿坐在床榻上，看着柔和的月光从窗子里透射进来，犹如洁白的布帘。

只要取得了瑶草，离若的性命就算救回一半了，之后再去取苜囬，她就可以重获新生。

这几乎是一定可以达成的事情，因为在未来，离若是活着的，我不过是去实现这个过程而已。

可救活她以后呢，我该怎么办？

解开“逝”的力量，回到原本属于我的时代？

那个时代的离若，跟我早已没了关系。

想到这，我不免悲伤起来。

第二十章　瑶草

有忧伤的笛声从寂静的窗外响起，时而婉转时而悲戚，仿佛为配合我此时的心境而吹奏。

我闭上眼投入地听着，笛声中潜藏的催眠之意一波一波地向我袭来。

没多久，笛声停了。窗外一个身影一晃而过。我嗅到他穿行而过时身上散发出来的气息，带有一丝腥味。

灵。

真是不安分啊，半夜三更的还出来闹腾。

我缓缓睁开眼，轻轻站起身来，咕哝道："都还没能让我睡着呢，着什么急啊。"

就在我准备跟出去一探究竟的时候，窗户哐当一下开了，我看到霸下的身体浮了起来，朝着窗户飘了过去。

"搞什么鬼？"我连忙一把抓住霸下的腿将其强行拉回，并解开了沉睡咒。这小子江湖经验就是不足，竟然中了招。

我制止了欲言的霸下，用手指指外面，此时窗外的场面真是蔚为壮观，随便一个普通人见了绝对会被吓得精神失常。

整个空中飘满了睡熟的人，有的甚至打着响亮的呼噜，当然这其中还夹杂了某个吟唱的声音："……来处所来，去之所去，以吾念所施，皆自归矣！"

"这小子在干吗？"霸下问我。

"谁知道。"我也不懂，"这个咒语倒是有点熟悉。"

那些飘浮在空中的人开始只是飘浮着，紧接着移动的频率高了起来，还没等我反应过来，"呼呼"数声，就朝着各个方向快速飞走了。

黑漆漆的屋檐顶上只剩下一位一袭白袍、手握玉笛的少年。

"喂，你小子干吗的？！"霸下毫不含糊就冲出去了。

"霸下，别冲动。"我弄不明白霸下这样做的目的。

现在敌友未明,这样做没有丝毫含义。

“……”玉笛少年显然没预料到还有人醒着,转身就跑。

我上前拽住了要飞身而出的霸下:“你干吗呢?”

“你没发现紫慕的窗子开了?”霸下回过头瞪着我。

“这小子!”我倒忘了这茬了,“把紫慕弄哪去了?”

可是已经不会有回答了,玉笛少年早不知去了何处。

最终我还是没有上前追赶,因为我想明白了刚才那少年使用的术法——遣归术,也就是送他们回家的法术。凭紫慕的能力,不出半天自己就能飞回来。

“遣归术。”霸下听了我的解释弄不明白了,“把他们送回去做什么?这灵吃饱了撑的?”

“看上去他送走的都是些外来人口。”我微微笑道,“也就是说,他把那些外来凑热闹的大夫都给送走了。”

“看你表情好像一切在掌握中似的。”霸下不屑地瞟瞟我。

“当然。”我信心十足地回应,躺倒在床榻上,“睡吧,咱明天去逮那小子。”

“某又没说要逮他,你自己的事情自己处理。”霸下一副不在乎的样子,打了个哈欠睡了下去。

早上起床,隔壁铺早已空荡荡。我下了楼,小二的眼神极其古怪,好像看见鬼一样。

“怎么了?”我问。

“昨天晚上发生了怪事,全客栈的人都不见了,你怎么还在?”小二畏畏缩缩地说。

“有这回事?”我故作不知。

“嗯。”小二盯着我影子看了个仔仔细细,终于确认我不是鬼,放下心来,“你有没听到什么动静?”

“我睡得很香,什么也没听到。可能是半夜有事走了吧,不会是什么怪事的,你看我不好好的吗?”

“也是。”小二摇头晃脑,嘀嘀咕咕地走了。

出了客栈,我向路人打听了去郡守府的路。

沿途更是留心了各大客栈,果不其然,其他客栈的人也不见了大半,而且全是从外地赶来的大夫们。

但即使昨晚那样大的动静,街道上的店铺和小摊子依旧照常营业,并没有受此事的影响。那玉笛少年做事也还算神不知鬼不觉。

买了两张烧饼,一边扯着吃一边向前走,来到郡守府的时候,看到个老头子在那来回走动，似乎十分焦急。

“你可算是来了。”我刚走到府前，老头子就迎面扑来，那感觉就跟几百年没见了似的。

“你一直在等我?”我问。

“唉，大夫你不是来为我家小姐治病的吗?”老头子一副见了救命恩人的眼神，“说起来，今天大夫们都不见了，昨天还听说有很多不远千里而来。”

“可能都知难而退了。”我笑了笑，“毕竟你家小姐的病不好治，治不好多丢面子。”

“大夫，你有把握治好我家小姐?”老头子估计是个管家。

“医家讲究望闻问切，我没见到你家小姐，恐怕还无法回答你这个问题。”我装作专业。

“请问大夫贵姓?”管家问我。

“免贵姓贺。”我拱手回答。

“贺大夫一看就是高人。”管家笑眯眯地说。

“这个，算不上吧。”我谦虚道。

“不然，为什么连医药箱也不用带呢!”管家眼神一变，“一看你就是个混子，竟敢到郡守府来撒野! 给我拿下!”

左右站岗的士兵立刻威武地拥了上来。

“师父，你走得这么匆忙，某都追不上你!”我正准备跑路的时候，后面传来了霸下那熟悉的声音，这小子来得正是时候。

他假装抹了抹额头的汗，把医药箱打开：“应该没漏什么吧?”各种大夫需要的道具一应俱全。

“真是，跑这么慢。”我不满地瞪了他一眼，然后往郡守府里走。

管家也不好再说什么，神情缓和下来道：“大夫跟我来。”

“你不是说不来吗?”我悄悄地问霸下。

“某只是为了证明某不比你差!”霸下一副得意样，“一切都在某的推断之中。当然，你忘了你的医药箱，而某没忘，证明你也不过尔尔。”

我一阵无语，只得默默地向前走。

进到了一个房间，大概是小姐的闺房，散发着丝丝幽香，各种家具摆放倒是十分常见，也没有什么独特之处。进了珠玉幔帐，里面是一张朱漆的床榻，被浅浅的纱帐遮挡了起来，隐隐约约可以看见一个少女躺在床上。

“方便让我看看吗?”我问管家。

管家点了点头。

我拨开纱帐，看了一眼，又掩上了。

“我们去外面谈。”我说。

管家皱了皱眉头，有些不理解。

“你治不好？”刚到外面，还没待我坐下，管家就朝我问。

“治嘛，当然能治好。”我不紧不慢地坐下，“不过，在此之前，我有几个问题要请教。”

“您请问。”听我说能治好，管家语气立马变了。

“小姐的病是什么时候开始发作的？”我问。

“小姐身体一直都不错，大概是半个月前，她说有些不舒服，然后就不怎么吃饭了。直到十天前的夜里睡着之后，就再也没有醒来。”管家回答道，“开始我们大家都急坏了，但后来发现，小姐除了不醒之外，其他都很正常，也没有呼吸减弱之类的，其他大夫也只说是睡症，就是怎么也唤不醒。”

“按道理说这样的病也不算是怪病，郡守府也不缺钱，可为什么要开出谁治好了就将小姐嫁给他这样的条件呢？小姐这么美丽动人，应是大人的掌上明珠才对，他没理由这么草率的。”我继续问。

“这也是没有办法的事情。前些天有个道人路经此地，说是必须如此才能救回小姐。”管家无可奈何地摇摇头，“他有些手段，治好了夫人的眼疾，大人也就信了，所以才出了这样的榜文。”

“哦，这倒有趣。”我抓了抓头发。

明明只是中了个沉睡咒，要解开还是挺容易的，可偏偏我不能解，咋办？

外面突然传来吵闹声，一个卫兵磕磕绊绊地跑了过来。“外面有个带玉笛的少年闯进来了！”

难题终于解决了。

其实我也就只是求证一下而已。

“让他进来吧。”我制止了要出去赶人的管家，“能治好小姐的人来了。”

我带着有些心照不宣的笑容与玉笛少年在走廊里擦肩而过。我看到他焦急地向前走，衣衫不整。他侧着头看我，略有浅绿色的眼睛中带着复杂的情绪，幽怨、疑惑，以及急切，或者还有其他，我却没能一一明了。虽然如此，那一瞬间，我仍然有种把他当人类的错觉，那些情绪真切异常，灵类淡然的气质全然不见。他没有放慢前进的步伐，转眼就跑进了小姐的闺房，我知道，此刻的他，方寸大乱。

也许，他认为我破坏了他的好事。

可我总是不忍心去坏别人的好事。

我也总在这种时候和前任一样，忘记自己猎灵人的身份。走廊外天空湛蓝，看不到一丝云彩，我停下脚步。

霸下默默地站在我的身后，提着医药箱不说话。

“贺，这样好吗?”霸下终究是问了。

“我不知道。”我听到自己叹了一口气，深埋着的想法本想以不经意的方式表达出来，但最终犹如石头般沉重地落到地上。

“这小子还真是不嫌麻烦。”霸下说。我知道他也看透了整个事件。小姐的病，贴榜以小姐的婚姻为代价，昨晚的灵术，刚刚急不可耐硬闯郡守府，所有的一切，全是玉笛少年所为。

“这正是我无法下手的原因啊。”我苦笑道，“以他的本事，要和这位小姐在一起，实在是有太多的办法，可他偏偏选择这样麻烦的手法。他是想以这样名正言顺的方式融入人世之中吧。”

“你这样心软的家伙，真的是猎灵人吗?”霸下摇着头叹息，“某知道你是怎么想的，但你有没想过这样放任的后果，也许这个人世之中又会多出一个可怜的半灵，又或者他有其他目的呢？你难道真的相信可以活上千年的灵会和一个只有几十年寿命的人类在一起？你为什么总是这么天真?”

“既然事情存在着向好方向发展的可能，那么为什么不相信它会发生呢?”我轻笑一声，脸上的肌肉却绷直了，怎么也做不出微笑的表情。

“某知道，你总有说服别人的力量。”霸下拍了拍我的肩膀，“其实，某并不在意你这样放任会导致怎样的后果。对某来说，每个人都有自己要做的事，就像某不喜欢别人干涉自己一样，某也不会去干涉别人。”

“我以为……”我回过头看他，实际上，我以为他会极度反感。

“但是，每个人都要为自己所做的事情负责。”霸下咧开嘴，眼神中充满了坚定和隐忍。

如果他做了让你愤怒的事，你会将他亲手除去，对吗？我明白了。

“走吧，不能再耽误时间了，我们去寻瑶草。”我说，“紫慕也该回来了。”

是啊，每个人都有自己的路，每个人都有自己要做的事，只要能对自己负责，别人又能说些什么呢。

其实，这也是我一直在坚持的原则吧，只是霸下用最简单的话说了出来而已。

站在繁闹的街头，望着远方重重叠叠的山脉，一片云雾缭绕，神仙谷就深藏在群山之间，那是我要去的地方。

离若，等待片刻就好，你已经等太久了。

原谅我……

来到客栈的时候，紫慕已经一个人在吃东西了，那架势就像江湖豪侠，一条腿蹬在侧旁的一条长凳上，手里拎着油腻腻的鸡腿，边撕扯还边招呼旁边的一群小孩子："来吃，别客气哈，姐有钱，想吃多少吃多少。"

我和霸下面面相觑。

"贺，你们回来了？"她一见我们，连忙招呼，手里甩起一条鸡腿，"要一起吃吗？"

"你这是在做什么呢？"霸下一脸疑惑地望着她。

"这些小孩子家穷，吃不起鸡腿，所以我拉他们来吃。"紫慕笑嘻嘻地看着一大帮孩子，"你看他们多开心。"

"你心肠好，可你也没必要带这么多小孩子啊，全客栈十多张桌子，一张桌子八个人！"霸下瞪着眼睛说，"你以前在路上就小给大给，把盘缠都用得差不多了，某现在身上可没了！"顿了顿，见紫慕不睬他还一副胸有成竹样，霸下侧身上去轻问："难道你回家你爸给你钱了？"

"我飞到半路就飞回来了。"紫慕如实回答。

"什么?!"霸下咋呼一声，"意思是你根本没钱还请别人大吃大喝！"

"我以为你有。"紫慕极其委屈，"反正我不管，你们是男人，你们想办法。"说完回去招呼小孩子们吃鸡腿，还不时招呼小二继续上。

我想起当初在来封阳的路上，途经一个小镇的时候，有个小乞丐问她要钱，她给了一大串铜钱，转过街道就听到那小乞丐和另外一个小乞丐说这女人傻瓜，好骗。我看到当时紫慕脸色变了变，可是到了另外一个镇子，又有小乞丐问她要钱，她又给了。

我问她："难道你不怕他也是骗你的？"

她没有回答，只是反问："如果他是真的没钱吃饭呢？"

我说："其实以你的洞察力，应该能知道他是真是假吧？"

她摇头："人心很难洞明，如果出错怎么办？"

"这家伙。"霸下在旁边摇头叹气，"以后得住树顶啰！"

"去结账吧。"我拍拍他肩膀，"住哪都一样，去神仙谷估计就得住树顶了。"

"紫慕，走了。我们去办正事了。"我招呼紫慕。

"我刚刚听到几位客官要去神仙谷？"旁边擦桌子的小二神神秘秘地靠近我，这小子真有当探子的潜质。

"怎么？"我问。

"那里面有灵吃人，我劝你们还是别去了。"小二低声咕噜，仿佛怕被别人听见。

“神仙谷有灵？这不是笑话吗？神仙谷只该有神仙才对啊。”我故意调侃。

“神仙?”小二替我着急，“以前那确实有个神仙，经常治病救人，可是，他已经被灵给吃了！就算在神仙谷附近采药都有可能被吃，弄得城里很多采药人都没了活路。郡守大人起先还找了很多道士和尚来降灵，但几乎是一去就没再回来，后来只得颁布了禁令，让民众远离那里。”

“那，有没说是什么灵?”看他说得有模有样的，故事似乎有些可信度。不过，有灵这种事情是理所当然的。如果瑶草所处之地都没有奇异生灵，那我真不相信这地方有瑶草呢。

“有人说是只白色的狼，有三个头，眼睛贼红贼红的；有的说跟人一样，但尖牙露在外面，在那撕咬人肉。总之各种各样的说法都有，我也弄不清楚是啥灵。但我想，大概都是猜测的，因为很少有人活着回来过。”小二啧啧摇头，停止了手中的工作，似乎对自己这个见解颇为自豪。

“走吧。” 霸下付完账过来。紫慕和众小孩道了别。我点点头，迈出客栈大门。

“喂!”小二在身后喊，“你们怎么就不听话呢?!”

“他在说什么?”紫慕见身后小二张牙舞爪的，疑惑地问我。

“他说神仙谷有灵，叫我们别去。”我回答。

“哦。”紫慕反应平淡，于是我们继续默默地走。

走了大约十分钟，紫慕突然猛回头大喊：“我们也是！我们也是!”街上人群纷纷侧目。

“憋坏我了。”她说完这一句，闭上眼深呼吸了两下，好像什么也没发生似的继续前行。

我和霸下目瞪口呆。

一入神仙谷，我就闻到一阵沁人心扉的清香。周围高树林立，平添一丝阴冷。林中小道早已被杂草掩盖，我和霸下两人只好踏草而行，紫慕则飞于空中，在前探路。

不多时，就到了谷中空旷处，平坦的地面上零星点缀着几处碧绿的小水潭，低矮的青草则匍匐于地，浅浅的雾气氤氲着，犹如仙境，香气更显得浓郁起来。在这空旷处的中央部分，一株孑然独立的绿色植物迎风轻摆，重重叠叠的叶子仿佛轻摆的罗裙，在顶部有一颗泛黄的果子，犹如含羞的面庞，而几缕银丝纠缠于上，似乎很快就要将整个果子包起来。

瑶草！果子也快成熟了。我不禁有些欣喜。

只是，很奇怪，气氛显得太过寻常了，生长如此奇异果实的地方，竟然没有人们口中所说的灵守候。

只待银丝如蚕茧一般将果子全部包拢，就可以取下使用了。而看那蔓延的速度，显然用不了多长时间。

没有灵最好，我也省了些麻烦，我向前跨去，准备守候在瑶草旁。

“小心。”霸下却在旁扯住了我。

一道结界出现在我的面前，我的脚触碰的地方则显现出黑色的符文来，结界很硬，像一堵坚硬的墙，触碰到结界的脚一阵疼痛。

我心里不禁暗骂一声：“该死！”

瑶草的香味让我对灵气失去了感觉，心中的不安则让我失去了对危险的判断。

我试图解开结界，但发现丝毫没用。而霸下却不会类似的法术。

我仔细地看了看结界，发现只要一触到结界，内部的地面就会有黑色的符文涌现，这是一个用符文配合咒语布下的结界，而且是从内部发动的，很难解除。

紫慕从高空落下，说道：“附近没有看到其他的人。”

“有这样强悍的结界在，的确用不着亲自看守。”我忍不住轻叹一声。

“要不我们就在这等着，眼看瑶草就要成熟，他一定会回来取的，到时候，抢了便是。”霸下出主意道。

“我对瑶草势在必得，但若与其争抢，我怕误伤了瑶草，到那时多生许多事端。”这样的想法我也不是没有过。

“这个结界虽然看上去异常坚固，但我感觉其中总有些蹊跷。”紫慕皱眉思考，又不时轻弹结界。

“从内部布下的符文结界看，应该是所谓的‘樊牢’。”我从旁解释。

“既然施术者在内部使用了符文，那么当结界完成之后，他一定也被困在了里面对不对？”紫慕恍然大悟。

“困在里面？”霸下问，“你的意思是，瑶草自己施放的结界？”

“不对。”我露出微笑，“紫慕的意思是，这个施术者在结界上留了出口！”

第二十一章　守护

“对。”紫慕点头，“你看，我们轻触的时候，就会有符文立刻出现加强其防御，如果他留了出口，那么必然有一个地方是没有符文的！”

“现在我们要做的，是找到这个空白的地方。”我虽然想到了施术者在内部，却没有考虑到他到底是怎么走的。

“可是必须得触及了才知道哪个地方没有符文，要找到什么时候？”霸下显然想找回刚刚自己丢掉的面子，出言反驳我们的推断。

“你不是可以吐水吗？”我和紫慕几乎异口同声。

“我就知道卖苦力铁定的是某！”霸下嘟嘴表示不满，“闪开点，某要吐了！”

这话真不怎么动听。

果然在半圆形的结界上，我们找到了一处漏洞，轻松解开。

“哈，还真有些想法。”一个略带轻笑的声音从我们背后传来，我不禁心中一寒。

还是出现了。

“这棵瑶草，我在这守候了将近一百年，可不是你们这么一来就可以随意取走的。”声音越来越近。

我很想转过身去看看这个家伙，却发现自己竟然动弹不了了。

“你们三个都触摸结界了吧？”一张玉雕般白皙的脸却几乎贴到了我的脸上，以至于我看不清楚他的全貌，“那可是地狱陷阱啊，带有死神的诅咒，你们怎么会有勇气去触摸？”

赤红的眼睛中，俱是杀意。

我喉结滚动，却吐不出一个字。

人为刀俎，我为鱼肉。

连紫慕这个专门侦察危险的鹰眼拥有者也没有看出问题。

我们都低估了形势，或者说，我们都忘了世道险恶。

“嗯。”来人深深呼吸一下，有吞咽口水的声音传来，“你们的味道真的很香，吃了的话，应该比这棵瑶草所能增加的修为要多得多吧。”

竟然看清了我们的身份！

现在的我手不能动、口不能言，只能眼睁睁看着他在那胡言乱语，却没有任何办法。

“可是，要从谁开始呢？”那家伙退后几步，颇有些为难地抓了抓头发，赤红的眼在我们脸上不断游离，最终将目光锁定在霸下身上，“要不，从你开始？看你细皮嫩肉，味道一定不错。”

“吃某？”霸下语调委屈，伸手指了指紫慕，“说到细皮嫩肉，她不是更好！”

“喂，霸下，你是不是男人！关键时刻不挺身而出为女孩子遮风挡雨也就罢了，还出卖我！”紫慕怒不可遏。

“某当然不是男人。某是灵啊！你看某像男人吗？”霸下说完，化成一张石凳立在了地上。

“你们争什么？我要吃什么难道还要你们来决定吗？”这位双眼通红的仁兄显然还没有意识到发生了什么，陷入紫慕和霸下演绎出来的情境之中，“等等，你们怎么能动了？”

实际上，连我也不清楚状况了，我的确是全身不能动的，他们两个却似乎全然没受影响。

“你这种小小的陷阱，本公主根本不放在眼中，说什么地狱陷阱、死神诅咒，充其量不过是混了些‘石化’的符文罢了，只有无知的三岁小孩子才会上你的当呢！”紫慕不无得意地将对方的伎俩拆穿。

我的脸红了。

“好好地让开，否则别怪某动手动脚。”霸下面色冷峻地站起来，出言警告。

可是，动手动脚这样的词怎么能使用在这样的场合，没文化也不能这么肤浅吧！

我想着，脸更红了。

“我贪狼的东西，从没有过拱手相让的。”原来叫贪狼，这名字很直白。

“我们三人一哄而上，你不会是对手，又何必做无谓的阻挠！”霸下的话里无不透露出一种以和为贵。

但是这成语用得实在差强人意。

平时交流也没出什么问题，但一到人前就出岔子。可恨我不能动弹，不然一定要踹他一脚。

“也许无谓，但不试试怎么可能知晓！”贪狼轻轻哼笑一声，一跃向后，落在瑶草附近，“大不了我损失些修为，而你们，也许不是为修为而来呢？”

“现在怎么办？”霸下问紫慕。

紫慕又扭头看我：“贺，你要怎么做？”

我不出声。

“贺，你表情怎么这么奇怪？”霸下皱眉问我。

我依旧不出声。

“你不会真的‘石化’了吧！”紫慕使劲拉扯我几下，才觉不妙，“霸下，我们先走。”说完，化身成鹰，抓起我腾空而起。霸下也不多话，转身狂奔。

“喂！”贪狼在身后不甘地叫喊，“你们到底打不打？别这么折腾我好吗？”

这家伙。

迟早收拾他！

“石化”的效果消失以后，我坐在大树的树枝上久久不语。远处的大山笼罩在一片如血的火烧云之下，我的心却在此刻淡漠如静湖之水，不起一丝波澜。

“贺，你打算如何？”紫慕站立在我的侧旁，目光放在跟我相同的方向。

“我其实早就已经拿定了主意，如果刚才不是中了‘石化’，我早已出手。”我淡然回答。

“这不像你的举动。”紫慕略微叹息，“不过贪狼定然不会轻易让开，除了如此，并没有别的方法。”

“我早就知道会有这么一天。”我缓缓站起来，拍了拍身上的尘埃，“当我决定要寻找瑶草的时候，我就知道势必会为此争斗的。”

“可是，你寻找瑶草的过程却并未表现出应有的急迫来。”紫慕似乎看穿了什么。

“我只是要找些帮手。”我下意识侧过头，霸下正在树下睡觉，一副安然自得的模样。

“小的时候我曾经问父王，为什么两只鹰明明是同胞却还会发生争斗？”紫慕说，“父王告诉我，因为摆在他们面前的只有一份可以喂饱自己的食物，如果不争斗，自己就会饿死，所以两者必然是你死我活的结局。”

我明白紫慕的意思。

“也许你根本就不需要帮手，而只是利用这段时间说服自己的心来杀戮争夺而已。”紫慕继续说，“你其实还没准备好，对吗？”

我的确没有准备好，虽然话语强硬且杀气十足。

我一直学不会为了某些东西去争斗，但有些东西却不会从天而降，只能靠自己去争抢。

“我说过，我已经准备好了。”我从树上一跃而下，惊醒了熟睡的霸下。

“回客栈了吗？”霸下睡眼惺忪。

“不。”我说，“紫慕、霸下，等我引开贪狼之后，你们两个去采瑶草吧，记住，一定要等它成熟，散发微弱的银光之后才能采。”

“可是，贪狼并不会那么容易离开瑶草的。”霸下说，“先前就没追出来。”

“霸下说得对，他一定依仗着我们需要瑶草而以瑶草作为挡箭牌，让我们不敢妄自动手。”紫慕表示赞同。

“可眼看瑶草就要成熟，若被贪狼食用，一切就悔之晚矣！”当下情况，却不得不冒险，“我会尽量将其引开，你们只要见机行事，夺取瑶草也不无可能。”

“也只能如此。”紫慕点点头，“也许贪狼一时触怒，与你厮斗，我们就能轻而易举地夺取瑶草了。”

“某看不妙。”霸下故作高深，似乎深思熟虑过一般。

“有何不妙，再扰乱军心，小心我踢你！”我好不容易下了决心，这小子却还冥顽不灵。

“要不我们去找那玉笛小子，你不是说他能用沉睡术吗？只要将贪狼一沉睡，不是想拿什么拿什么，也无须太多争夺了。”霸下灵光一闪。

我停止了前行的脚步。“这方法倒是可行，好歹我们卖过人情给他。”

“谁？！”就在这时，紫慕低声呵斥。

“我只是路过而已，不小心听到你们的谈话。”从树后走出一个身影，带着浅笑，“也许，我可以帮上些忙。”

“你是谁？”我冷冷地望着眼前的青年，这家伙有着和贪狼相似的面孔，身材几乎也一样，唯独眼睛碧绿，头发颜色灰浅，面带从容的笑容。

“在下廉贞。”来人不紧不慢地回答，“看你们的表情一定是在奇怪，为什么我和贪狼这么像？”

“的确。”我表情依旧，其实，我所在意的不是他们相似的长相，而是这人偷听到了我们的讲话。从他现在的话语来看，他似乎一直都在关注我们的动向，我们竟然都没有发觉，其实力可见一斑。

“我和他是兄弟。”廉贞说，“但是，关系并不怎么好。”

“你刚才说能帮上些忙？”我问。

“是。”廉贞点头，“我知道，你们想要瑶草，我有办法帮你拿到它。”

“作为交换，”我打量着他，他有股自信的从容，举手投足间儒雅淡定，我知道，这样的人最难对付，“我们要付出什么？”

“你所说的是交易，我刚说过，我只是帮些忙。”廉贞回答。

“是吗？”这种好事似乎来得太快，但我只能心存侥幸地接受，“你不妨说说怎么个帮法。”

“瑶草成熟就在今明两天，他定然会小心看守，但是，只要我前去挑衅，他一定会愤怒不堪失了理智，你们拿了瑶草即可。”廉贞的想法和我们自己的思路并无二致。

“这和我们的想法并没有两样。”霸下指出疑问。

“方式的确没有两样。”廉贞肯定道，“不过，效果却不一样。”

“你的意思是？”看他一副信心满满的样子，似乎有某些关键点被我们忽略了。

“贪狼虽然头脑简单，但对轻重还是分得很清楚的。”廉贞回答说，“他知道你们的目的是瑶草，就绝对不会离开瑶草半步，而我不一样，他对我的恨比任何东西都重要，所以，他只要一见我，就绝对会失去理智。”

“对你的恨？”我发现我的疑问还不少。

“起初，在那块平地之上，并不是只有一棵瑶草。”廉贞并不厌烦我的疑问，依然微笑着回答。

“你毁掉了其他的？”我猜测。

“我原本是要将它们全部毁掉的。”廉贞露出一丝不甘，“不过，还是让他保住了一棵。”

“这似乎也构成不了深仇大恨。”实际上，我为那些瑶草惋惜不已，如果多上几棵，我可能就没那么麻烦了。

“在瑶草还没生长在这个地方的时候，这个地方被称为神仙谷。”廉贞似乎要从头说起，“你知道所谓的神仙是指谁吗？”

我摇了摇头。

“我们兄弟三人。”廉贞淡然地说，“人类实际上很单纯，我们的举手之劳对他们来说却是救命之恩，他们为此感激涕零，把我们当作神仙膜拜，不时送来美酒佳肴，我们三人因此逍遥快活，落得自在。那时候的我们很享受这种感觉，可瑶草现世之后，一切都改变了。贪狼以为上天垂怜自己，给自己真正做神仙的机会，变得不可一世，更疑神疑鬼，害怕人类觊觎。有次有个人类不小心进到瑶草之处，贪狼竟将他吃掉了。从那之后，神仙谷就成了灵谷，再没人敢来了。”

“因此你毁掉了所有的瑶草。”我恍然大悟。

“是。我以为这样能将他拉回以前的生活。”廉贞说，“可惜，最终我们两人却落得兵戎相见，三弟更是不爽我两人争斗，跑到人世去了。三人再回不到以往那逍遥的日子，其因全在瑶草！”

“我明白了。”我点头。

“只要没有了瑶草，一切就可重新开始。”廉贞眼神中闪过一丝期待。

“那么，我先行谢过了。”我抱拳表示感谢。

“事不宜迟，我先行一步引开贪狼。”廉贞点了点头，“你们随后赶来便可。”说完，他向着瑶草的方向走了。

“我们跟上。”我朝紫慕和霸下招呼道。

“我总感觉事情有些太过顺利了。”紫慕迟疑了一下，眼见着廉贞消失在视线之外才开口。

“某也是。”霸下随声附和，“这家伙虽然说得天花乱坠，但一副离开了那家伙就无法生活似的模样完全不像个灵。”

“你没听他说是要回归以前的逍遥日子吗?”我反驳说。

“某现在所担心的是，先前只要对付一个贪狼，现在他却多了一个兄弟。”霸下说，“不对，不止多了一个，他刚说的是三个。如果是三对三，我们不一定有胜算。”

“你真是胆小如鼠。”我忍不住用以前的评语来鄙视他，“总之，这是唯一的契机。不要耽误了，我们这就走。”

紫慕没再出声，霸下则嘀嘀咕咕不知道说些什么。

我有理由相信廉贞的话，他的情绪很真实。体会过美好的人，总会在失去美好之后想尽办法回到过去，那份迫切与希望，远比追求梦想来得强烈。

来到瑶草的所在，我们只看到廉贞站在那里，而贪狼不知所终。天空已经愈加黑暗，瑶草的银色光辉显露得更加灿烂。

我们三人见状，连忙跑了过去，我更是大喜过望，仿佛瑶草已是囊中之物，伸手覆盖于柔和的光芒之上，感觉十分真实。

“你不是去引开贪狼了?”霸下的疑虑还没有完全打消，对廉贞不太客气。

“我到的时候，他并不在这里。”廉贞并未在意霸下的情绪，一如既往的斯文淡然。

“暂且不管，现在我们只要守在此处，等待瑶草成熟即可。”我并不关心其他，目前来看，我已占据主动。

“嗷!”就在我颇感幸运的时候，一声怒吼传来。我还不及躲闪，就感觉凌厉的硬物刺入了肩膀，侧头去看的时候，才看到雪白的牙已经咬住了我的肩，瞪大的赤红眼睛映出我诧异的表情。未来得及反应，我已被扑翻在地。

霸下和紫慕反应并不慢，片刻间已经跃出了一段距离。

我整个人匍匐于地，但我知道，是一头巨大的野兽，尖锐的爪摁在我的后背处，让我无法动弹。它的头高仰着，腥臭的涎水伴着鲜血不时滴落在我头附近的地面上。

"你果然骗了我们!"霸下怒吼道,已经现了原形,体形大小与踩着我的野兽相比并不逊色,这让他在说话时有了足够的气势,"最好放开他,不然我可不会客气。"

"什么叫作骗?"是贪狼的声音！难道所谓的廉贞是贪狼假扮的?可是明明两人气息完全不一样,而且,模样也有改变。

灵可不是轻易能改变自己选择的人类面貌的！像紫慕这样可以随意变换可是半灵的特殊能力。

"廉贞说的话,可都是真的。"贪狼接着说,"只不过,他此刻已经做不了主了。"

"……"霸下语塞,显然弄不清楚情况了。

"你这样背后偷袭,算什么灵!"紫慕怒不可遏,"有本事,放开他,咱们公平对决。"

什么时候灵成了高尚的代名词了?

"我拒绝。"贪狼冷哼,"你们最好滚得远远的,不然我现在就咬死他!"

今天可真够倒霉的,我忍不住叹了一口气。

被咬中的地方如被火炙烤,鲜血正在恣意地流下。

"如果要杀掉一个人,一定要很恨这个人吧?"我感觉整个身躯都在抖动,无法抑制的笑声从我口中传出,"贪狼,你如果做得狠毒一些,我会更加感谢你。"

"真是不知死活的家伙!"贪狼在爪上施加了力量。

我的胸腔似乎快要被压破,笑声被隔绝,口中有腥热的鲜血开始涌出,而身体深陷在泥土里面。

我还是一直无法做出义无反顾的事啊,即使曾告诉过自己,每个人都有自己要做的事,只要为此负责就行了。那一刻,我曾多么冷酷地想,只要杀掉挡在瑶草前路上的家伙,就能够救回离若了。可是,真正面对的时候,我还是要努力寻找一个杀死对方的理由。

为了救回一个人而杀掉另外一个人这样简单的理由对我来说远远不够。我需要了解这个家伙的的确确有被杀死的必要。我努力地丑化对方,仔细听对方的言语,抓住他口中任何一丝引起我反感的措辞。我努力地愤怒,想让自己怒不可遏。

可是,我是在为了自己而夺取对方的东西,一想到这一点,我的怒气就消散得无影无踪,只余下愧疚的情绪。

我依旧是个优柔寡断的家伙啊!

泥土的清冷气息覆盖着我的脸,就如离若触摸我时的感觉,她的模样氤氲在我的眼前,就如不曾离开。我微笑着,念动了唤剑诀。

"我们都该为自己想要的东西努力一下,对吗?"我安然地说。"逝"的出现给贪狼带来了巨大的压迫,他的身躯跃离了我,让我得以站起身来。

“嗷!”贪狼的呼啸地动山摇。他左右跃动着身体,显得焦躁不安。

“贺。”紫慕轻声唤了我声。

“我没事。”我回应,“你们也退后些吧,会伤到你们的。”

贪狼浑身的白毛流动,犹如月夜山林中摇摆的松涛。“不知所谓的家伙!”他狂吼一声,猛然扑了上来。我持剑格挡,挡住了他坚硬的铁爪,只是他力道之重,让我半蹲了身躯。比起前任,我的力量大概恢复了其十分之三,但我知道,对付眼前的贪狼,已经足够。

“你对年轮这种东西了解吗?”与他相抗之际,我问。

贪狼用他雪白的牙做了回答,每一次攻击都针对我的脖子,显然,他只对我的性命感兴趣。

“树木的横截面会有一些同心的轮状痕迹,你知道吗?它实际上是时光留下的记录。”我不厌其烦地介绍。

贪狼多次进攻都没有效果,我的躲避显然还是有效的,这不仅得益于前任们的经验,更因为自身从前的一些实战经验。比起以前的笨拙来,突如其来的力量让我对要实施的动作顺手不少。

“而你身上,同样也有时光留下的记录。”我终于逮住机会,握剑与其紧靠,虽然机会转瞬即逝,但依旧够刺中他一下了,“半月·往!”

贪狼听到我的术法,跃出了我的攻击范围,扭头检查自己的受伤处。

但实际上,看不到任何伤痕,我的剑刺入了他的身体,但并没有造成伤口。

“第一次有点紧张,念错了咒语。”我摸着头哈哈笑道,片刻后,我阴沉下来,“不过,接下来,你可要小心了。”

“虚张声势!”贪狼之所以停下,是因为他感觉到了剑刺入身体的痛楚。

但他没看到伤口,这让他有了错误的判断——我的剑根本无法对他造成伤害。

这绝对是致命的。

我第二次攻击很快得手。

“百年·往!”这是第二次得手时的术法。

贪狼哈哈大笑,那是对我的嘲讽。但过了片刻,他就笑不出来了。

返回半月的时间对灵来说并不算什么,但变到百年前定然会有影响。

第二十二章　成长

“我说过，你的身上也有时间记录的年轮，而我的剑刚好能认出这种年轮。”我看着贪狼被刺中的那条腿开始慢慢变小，与其他三条不再协调，“当然，它还能让年轮记录的过去成为现实。”

“你这个家伙！”贪狼并不感恩我的讲解，用另外三条腿继续战斗。

“贪狼，你知道我为什么尽量避免战斗吗？”我抹掉脸上的污泥和鲜血，有些悲戚地看着奔跑而来的贪狼。

他理所当然不会回答，愤怒已经让他失去了理智。

“因为我害怕这棵瑶草会因为战斗而损坏，但我刚才感觉到了它周围的小结界。”我兀自地说，“我知道，你和我一样珍视它。”

“你知道，我想了很多，我怕你因为被人夺了瑶草而发疯，因此迁怒人类，所以，我必须为这种后果做准备。”我还在继续说，言语冷峻到让自己都觉得恐怖，“所以说，我要拿走瑶草，那么，你就必须死，虽然有无数变数，但最终结局却是如此。实在是没有办法的事情。”

贪狼已经破绽百出，奔跑的动作虽然流畅，但我知道，他在尽力保持这种平衡，我双手握剑，做出劈砍的架势。他一跃而起，发出了最后的攻击。“逝”划出一个弧形，从贪狼身躯正中穿过，如果我的剑有实质性的砍伤的话，他应该分作了两半。

“十八世·往！”这是我目前能用的最强术法，一世表示三十年，也就是说，贪狼的身体和修为都将回到五百四十年前。但这不是永久的，最多保持一分钟。

贪狼已经小了很大一轮，整个身体勉强站立，突然失去力量让他感觉孱弱，他低吠着，咬牙切齿。

“五瓣花·刹那！”我并没有停留，继续用术法，透明的晶状物体从贪狼的身体上沿着刚才“逝”穿过的痕迹突出来，像一朵花盛开一样，他完全被凝结的时间固定住了。

我将剑直接插在他的头顶，直视着他愤怒的双眼，咏动了夺魂咒："尔之魂灵，吾将收之。"

就在这时，他的身体竟然剧烈抖动起来，脖子好像痉挛一样拼命地抽搐，我诧异地望着，不多时，贪狼又长出了一个狼头！这颗狼头没有中"往"，所以和之前的贪狼一样大，它的眼是碧绿色。

"不要杀他！"是廉贞的声音。

"你？"我疑惑地望着他。我知道他不可能是贪狼变化出来的，贪狼此时已经没有气力控制身体变化了。

"我们是一体的。"廉贞说，"只不过他的力量较我们强横，所以一直控制着身体。"

"贪狼性格暴虐，放过他，他一定会寻机报复甚至迁怒于旁人！"双头狼这种事情我是知道的，两者如果和平共处，绝对是以双头的面目出现，如果不和睦，才会有压制另一头而单独出现一个面目的情况。刚刚战斗的时候，并未有双头情况出现，也就是说，廉贞所说的情况是真实的。

"以前并非如此。"廉贞说，"他是被瑶草蒙蔽了心智。"

"廉贞你又何必求情！"贪狼头部的花瓣已经碎裂，这让他有了说话的可能，"瑶草是我希望所在，我拼命保护，并没有任何过错。你不明白我的心意，竟还怂恿外人前来夺取！"

"我们三人原本开开心心地在一起生活，可自从瑶草出现，你就压制了我们，单独使用了身体。"廉贞说，"只要瑶草消失，我知道你会恢复本心的。"

"三人？"贪狼声音悲戚，"只是三个脑袋而已！我喜欢炼药，你喜欢郊游，三弟喜欢弄笛。当有一个人在做事的时候，我们只能瞪大了双眼在那发呆而已，这样的存在也叫三人？"

廉贞一时语塞。

"大哥说得对，的确不能叫三人，不过，又有什么办法呢？"又一个狼头冒了出来，瞳孔是浅绿色。

"瑶草就可以改变这种状况，吃一颗瑶草果实，我们的修为可以提升数百年，只要我们修为提升，就可以分开独立存在！"贪狼十分气愤，"你可知瑶草的种子千载难逢，一株瑶草生长上百年才可结果成熟。廉贞不通药理，生性散漫，安于现状，毁了那么多瑶草，还自以为是。"

"你不曾说过这些。"廉贞低下头。

"你也不曾问过，就自作主张了！"贪狼低着眼瞟我，"如今落得这种地步，要杀要剐悉听尊便。"

不卑不亢。

“连我一起吧。”廉贞突然冒出一句，“是我做错了事，不然，也不会到现在这般地步，刚才我听到了夺魂咒，这样的话，就可以将身体完全留给三弟了吧。”

“你们两个有毛病？”三弟说话很直白，“这样不是挺好。”

“如果他要夺走瑶草，势必在我死后！”贪狼硬要将事做绝。

“他在人世卖过人情给我，送他瑶草又有何不可！”三弟说，“我已经习惯了这种情形，从没想过分开独处。”

难道是那小子？我就说眼睛怎么这么熟悉，不过，闪烁的眼神表明这只是违心的言语吧。

三个有着各自志趣的家伙绑在一起忍受着彼此的生活，是多么难受的事。

我长长地吐了一口气，收起剑，望了望那招摇摆动的瑶草，转过了身。

离若你会怪我吗？我在如此近的距离放弃了。

霸下和紫慕都距我不是很远，他们静静地观望着我，我努力地笑着，向他们的方向走去。

包裹着离若的“八纹·刹那”已经裂开了四纹，但是我知道，已经不重要了，刚刚战斗之中我已明白，离若是属于前一世的离若，她所向往的是随那个人一同离开，现在的结局，已经是最完美的了。

我所希望的救赎，全是出于我自身的在意，我对她的感情，只是前任潜移默化的记忆和我自身的感动。她在死亡之前是满意地离开的吧，那样，我又何必再多此一举，让她回到这孤单的人世？

我感到眼睛有阵剧烈的疼痛，有温热的鲜血滑落。我不禁诧异，手还不及触摸，我就失去了对身体的控制。雪女这次的反应迅速而霸道，让我猝不及防。“雪女！”我大喊，声音却未能冲破喉咙，而是消弭在身体里。

“狼灵，你们最好用最强的姿态来对付我。”雪女说，“因为，我会抢走这棵瑶草，另外，我并不像刚刚那样好说话。”

我的意识被雪女屏蔽在身体之内，也就是说，此刻她完全占据了我的身体，我能够正常地看到视线里的一切，却不能有任何作为。

雪女到底怎么了？

我看到三头雪狼的神情各异，显然对于这个情形有所困惑。

“气息全变啊！”贪狼可能对危险有着天生敏感，那红眼之中很快俱是兴奋之色。

“怎么回事？”三弟显然未能明白，颇有诧异。

“和我们一样。”廉贞解释，“他的身体里也有着不同想法的两个灵魂，看她的表情，以及所散发出来的灵力，只怕比先前的更加厉害。”

“果真到了存亡之时啊，哈哈！”贪狼战意满布，“这才像话！要争夺东西就要不怕牺牲。同样，要保护东西，就要全力以赴，这才是这个世界的真正生存之道啊！”

“说得有理。”雪女对贪狼的话深表赞同。

“廉贞，天雨，将你们的力量暂时借我，让我与她斗个你死我活！”贪狼表情狂躁，森白之牙全露，涎水滴落于地，但狂躁之中却显露着一种让人羡慕的霸气。

廉贞、天雨对视着点头，将头颅向着中间的贪狼靠近，不多时，竟重合起来了。原先雪白的狼身开始出现层层叠叠的黑灰纹路，体形也增加不少，眼神则从赤红变成了红绿相间，霸气依然。

雪女伸出双手，小小潭中之水，俱向她喷来，在她手上凝结成了两根将近两米的长枪。

贪狼眼见雪女动手，并不迟疑，飞身扑上，动作之快，何止先前三倍。雪女长枪舞动，犹如在黑夜里盛开一朵朵白莲，在身体舞过之后，依然留下诸多幻影。

战斗并未取得实质性进展，除了追逐之外，两者都未能对对方造成伤害，甚至连肢体接触都没有。双方都凭借着自身的敏捷动作躲避着对方的攻击。

但我知道，这样消耗体力的战斗，对雪女并无优势。上次与重黎一战的伤就算完全愈合，她也不敌对方三人重合之力，何况短短时间之内，她的伤定然不会痊愈。

雪女很快跳跃出了与贪狼缠斗的圈子，飞跃于空，手中长枪飞出，直射贪狼身躯，这一脱手之刺让贪狼只得跃至旁边躲避，未能追逐而上。趁此机会，雪女空手结印，“灵法·冰针之乱！”天空之中顿时无数冰针如雨般射向地面的贪狼。

贪狼左奔右闪躲避，但冰针之多，范围广布，根本没有丝毫可避之处，冰针很快就布满了贪狼的身体。

雪女喘息着落地，为了使用这个术法，她在之前做了很多准备。为了将空中布满水滴，她舞过了每一处。贪狼显然没有觉察雪女有条不紊地进行这些动作。

但就在雪女落地的一刹那，一道光影突然冲撞而来，速度之快根本无从躲避，雪女被撞飞出去，在草地之上翻滚着，一口鲜血不可抑制地吐了出来。

“怎么会？”雪女艰难地支撑，颇为不解地望着贪狼。

贪狼立身于前，高大的身躯如山般屹立，浑身上下看不出一丝伤痕，冰刺竟然没能对它造成一丝伤害！

“在你进行准备工作的同时，我也在进行准备工作啊！”贪狼计谋得逞般眼神戏谑，“廉贞的‘无殇’结界，算是第一次用对了地方。”

这时，我才注意到，贪狼先前跃动的地方有浅显的划痕，此刻已经光芒四射地组合成了一个巨大的结界。

雪女一跃向后，与贪狼拉开了距离。

“不用害怕，我不会那么容易杀了你的！”贪狼语气渐冷，“此前的羞辱，我定然会慢慢地还给你。”

“有趣。”雪女不甘示弱地回敬，“所谓的‘无殇’结界，就是说无论我用什么术法，也无法伤害到你，不过，你这结界的名字还真是直白，不愧只是山野之狼呢！”

“直白才具有威慑，对吗？”贪狼并不恼怒，“你的紧张，我已经感觉到了。你那不安心的跳动就如笛声一般美妙，逃不过我的耳。”

雪女的确强压着自己不匀称的呼吸，而贪狼的眼神告诉我，他并没有故弄玄虚，这家伙，变强了不止一点。

“你何必逞能！”我对雪女说。

雪女不理睬我的话，当我不存在一般，在半屈身形之后积聚了爆发之力，双手紧握剩余的一支冰枪，迅速扑向贪狼。贪狼并不躲避，似乎是挑衅一般站立，眼神中尽是轻蔑。我听到雪女冷哼了一声，冰枪直接贯穿了贪狼的身体，但毫无效果，就像穿过虚空一样。

雪女怒意升腾，我知道她已经失了分寸，在重伤未愈的情况下强行行动，在心理上早已处于弱势，更加上贪狼无视她的存在，在气势上她也有所逊败。她快速停住身形，猛然回头，准备再次攻击，但视野之中，贪狼的身影早已不见。

头顶一道黑影俯冲而下，雪女已然被贪狼全然笼罩。她不甘示弱，脚部在瞬间变得如野兽一般强健有力，手臂则在冰枪融化之后形成了巨大的冰钳，将贪狼那俯冲而下的身躯稳稳接住，不只如此，她口中并未停歇：“吾念所致之处，亦吾身之所在，其令之托，皆为无上妙法，灵法·化身！”

不过化身并不多，只有四个，它们一出现就极其敏捷地飞身而上，分别钳制住了贪狼的四肢，在雪女真身飞离先前所处位置的同时，四个分身稳稳地将贪狼四肢牵扯着按倒在地上。

那轰隆的撞击地面声，犹如巨石坍塌。

“灵法·冰凌之舞！”却是第五个分身在空中，那浑身冒出的尖刺冰锥随着飞快滚动的身躯犹如齿轮一样，向着贪狼的身躯直击而去。

做完这一系列的动作，雪女的气息逐渐沉重，显然已经到了极限。

“无殇，我早已说过无殇的啊！”贪狼躺卧在地上，表情怡然，“然而你偏偏这么愚蠢，做些这样无用的事情。”

雪女恶狠狠地望着他，早已经丧失了说话的力气，整个身躯摇摇欲坠。

贪狼狂吼一声，那种声音的力道竟将附近的五个化身全部震碎。他抖落掉身上的碎片，站起身来：“你可知道，我讨厌战斗，但很多时候，却不得不做这样的事情，我有要守护的东西，偏偏有人来争夺，那样的后果就必然是你死我活。在这个神仙谷内，被我吃掉的灵和人类早已不计其数。虽然我的确会于心不忍，但我从来不会迟疑，因为要以什么样的态度来对待他人我早已心中有数。在纷纷扰扰的事件之中，我只能选择自认为正确的，有选择，就必然有放弃。”

“呵呵。”雪女勉强地笑出声，之后的声音低到只能被我听见，“贺，你可听到，他懂得可比你多多了。”

“雪女，你究竟要做什么？”我依旧疑惑，是什么让她如此决绝地在我面前表现这一惨烈情景。

“这么久了，我以为你长大了。可是，贺，你的成长实在是够慢的，我看着你一直沉浸在自己的世界，既没有让自己对周围产生影响，而周围人实际上也无法影响到你。你就像一个没有实质感情的过客，却还自以为是地颇感温暖，做一些自以为正确的事。你放弃了多少本该属于你的东西，你知道吗？多年前，在院子里出卖我的那个人真的是你吗？”雪女低语。

“我知道我错了，所以我才会如此看轻自己。我只要稍微退后一步，不就可以让更多的人过自己想要的生活了？”我反驳着她。

“谁要你给他们想要的生活了！我怪罪过你吗？贪狼对你感恩戴德了吗？你不是神，没有资格高高在上，自以为是地为天下人牺牲你自己。”雪女冷哼，“实际上，你只是享受这种天下人都欠你的感觉，不是吗？”

我呆住了。

“还记得我说过的话吗？当有一天，你承认自己做错事，并愿意改正的时候，我就会如新芽一样伸展开来。”雪女继续说，“而现在，我却迫不及待地要纠正你了。贺，你很多事情，错得太离谱了。”

此时，我看着贪狼风一样地席卷而来。

那个为了夺得温暖而出卖她的人是我吗？

的确是我啊，可是我却不曾想过会是你死我活的结局。

我现在的确一直都明白，我行为的结果会是如何的，所以我温暖地望着，擦肩而过，这种温暖真如雪女所说，是我自以为是的么？

可是，我的确放弃了太多本属于我的东西，不是吗？

我的脑海里一闪而过那个熟悉的影子，我是多么想将她握住，甚至那味道，那种气息，已轻抚我的脸，然而她就在我面前漠然走过，我却没有伸手的勇气。

一直以来，除了想念，想象着自己某天彻底改变，自私且不顾一切拥她入怀之外，我没有采取任何举措来改变。

就像当前，我想象着自己，如果杀了贪狼，我的心就会变得坚强起来，以后的路就会随之改变，在最后一刻，我还是放弃了。

过往的思维如枷锁一般紧紧地钳制了我，那是一种惯性、一种拘囿，无法突然改变也无法跨越。

雪女，你要协助我跨出这一步吗?

“是啊，贺，你已经站在了光明的门前，只要轻轻一推，阳光就会迎面洒下。”雪女知晓我心中所想。我却要推测才能知道她的心意。

她挺直着站立，微笑着迎接贪狼的杀意。

我看到紫慕与霸下从侧翼朝贪狼攻了上去，锋利的羽毛和闪亮的水箭都在试图阻挡贪狼前进的步伐，他们显然已经察觉到我正处于危险当中，但在‘无殇’结界之中，这些实质性的攻击都没有任何效果，它们穿透贪狼的身体纷纷落在地上。

“贺!”紫慕与霸下都在惊呼。贪狼的血盆大口已然到了我的面前。

无从躲避，不过还好，我终于得到了身体的控制权，正是如此，身形缩小了不少，贪狼先前针对致命部位的攻击落了空。但巨大的力量将我撞飞出去，腑脏移位，脑中发蒙，浑身上下鲜血流淌，真真切切的痛感阵阵袭来。

“我不可以发怒，因为我没有发怒的理由。我也不可以悲悯，因为我没有悲悯的资格。”我狂傲地笑着，召唤出了“逝”，“所以，我和你一样，用同样的姿态，来表明对自己争取事物的在乎，以及不顾一切的决然!”

“啰唆的家伙。”贪狼身形迟疑半秒，却还是无所畏惧地欺身而上，“早该如此了!”

我迎面抵挡，与其缠斗起来，已然加入战场的紫慕和霸下并不客气，也来助阵，只可惜三人配合实在过于勉强，两人又现了原形，反而增添了不便。不过，贪狼多了忌惮，分身不暇，心神不宁，倒也弊益相当。

霸下重守，稳重不移，紫慕宜攻，敏捷机灵，不多时就耗了贪狼个气喘吁吁。

“无殇”结界中无法对贪狼造成伤害，所以紫慕和霸下不约而同地选择了消耗体力，的确是明智之举。我终于逮住机会，刺中了贪狼，使用了术法“五瓣花·刹那”。

贪狼的身体却没有因此停顿，表情依然狂妄:“在这结界之中，任何术法都是无效的!”

“怎么可能!”三狼合体之后，力量竟然强到了这种地步，我不禁为先前没能抓住机会而惋惜。

不对，我的术法并不是伤害，而是一种对时间的控制! 贪狼在故弄玄虚!

“五瓣花·刹那。”在缠斗之中，机会并不难寻，我继续使用这一招。

贪狼一跃脱离缠斗，口中却不示弱：“我早说过，这对我没有任何用处。”

“是么?”我胸有成竹地望着他，“如果我没有猜错，你身体中的两个灵魂已经被固定了。”

贪狼眼神大变，突然掉转过去，朝着瑶草之处狂奔。

该死，竟然想毁了瑶草！真是不值得同情的家伙。

不过，他似乎没有注意到我在他身上插的剑并没有拔下。

“五瓣花·刹那!”最后一次，勉强发动，我不顾身体疲惫，朝霸下喊道，“快扶我前去解决了他!”虽然时间停止一次可以延续三分钟，但贪狼身体内最先中招的那个灵魂应该快要解除法术了！如此循环的话，我就算能不停使用术法也于事无补。

霸下变回人身，应声而到，几乎是环抱着我将我抡着飞奔到了贪狼面前。

“尔之魂灵，吾将收之。”我的手变成了几乎透明的乳白色，探入了贪狼体内。在那里，我感觉触摸到了十分冰凉的柔软物体，我知道，那是灵魂，只需要轻轻一拔，我就能杀了他。

虽然我的前任没有少做这种事情，但我真实触摸到这灵魂的时候，内心却在颤抖。

跟我一样的猎灵人在杀灵的时候，都必须做到这一步，这无疑是一种无法言喻的折磨。

一阵耀眼的光芒从我背后闪耀起来，仿佛一轮明月的光辉映出了我的身影。

是瑶草成熟了。

我一阵欣喜，扭头去看瑶草，可就在这时，贪狼动了。他飞快地奔跑起来，朝着那耀眼之处而去。那晶莹剔透的灵魂正被我抓在手中。三个灵魂在那一刹完全脱离了身体，像水母一样，牵扯在一起飘飞着，撞击着夜色。

没有灵魂的贪狼就那样本能而忘情地向前跑着，直到身体湮没在耀眼的瑶草光辉里。

贪狼，直到最终，你还是离瑶草最近。

第二十三章　苜囲

穿行在繁华的集市，两侧是来往的人群，宽阔的大理石街道上杂耍的卖艺人表演着极其炫目的杂技，手捧鲜花的少女腼腆地叫卖着，伴随着酒肆、茶肆、羊肉狗肉摊铺的吆喝，仿佛一曲盛世赞歌。

紫慕一如既往欢喜非常，霸下也是瞪大了双眼，不时发出惊叹声。我们走过太多的地方了，而这里，无疑是最为热闹壮观的。

因为这里是皇城，也是苜囲所在地。

事实上，我曾经质疑过，那样的灵物即使出现在繁华的人世之间，恐怕也会沾染了人气，失去了原来的功效，但释梦告诉我，人世之间也有灵秀福德之地，譬如皇宫。

“一入宫门深似海，从此萧郎是路人。”我站在皇宫之外，不由得想起这句诗来，这个地方从来都是有进无出的。

要想得到苜囲，我必须潜入宫去，但对于我来说，人远比灵更难对付。不说守卫森严，就是那千百宫房，我估计不出十天半月也是找不清楚的，加上那来来往往的太监宫女，若是不小心被发现了行迹，恐怕宫中会是天翻地覆的景象。

在这种情况下，我必须有的放矢，也就是说，我得先了解苜囲放在皇宫的哪里，或者让内部人员给弄出来就最好了。

“我们根本就没钱了，你说要买通太监，拿什么买？”霸下在旁向我提出疑问。

“目前状况的确是这样。”我有些为难地讲，“不过，总有办法的，不是吗？”

“从没见过你这样的人，什么也没准备，就在这等别人来，不白忙活吗？”霸下还没有意识到事情正在朝他不利的方向发展，但最终，他明白过来了，“你们两个为什么用这样的眼神望着我？没门，某可不做，被人塞在臭烘烘的裤兜里，这种事情……”

我和紫慕瞪着他，一言不发。

“好吧。”霸下在我们的眼神里屈服了，变成了相当大的一锭金子落在了我的手中。

“这可是你自愿的。”我和紫慕对视一眼，压抑住想要狂笑的冲动。

有几个人从皇城中走了出来，一个穿着灰色的长衫，绣着一些特殊的花纹，戴着丝质的帽子，手里拿了一串拂尘，身后还跟着四个拿刀的侍卫。

“这位公公，您是要出去办事呢?”我上前鞠了一躬，毕竟求人办事嘛，礼数要周全。

公公一脸狐疑地望着我，不出声。

“是这样，我呢，有那么些事情请教公公，不知道您是否有空?”我继续赔笑着，并把霸下从袖子里拿出来，偷偷地递了过去。

公公一见金子，马上眉开眼笑，但一笑后立马收敛，将我推出了几步，小声地说：“有什么事啊？快点说，咱家还得去办正事呢!”这个声音足够让我起一身鸡皮疙瘩的。

“不知道公公可在宫中听过一味叫作苜囲的药物?”看他那鬼祟模样，我也只好低声说。

“药物？这可得问御医啊，咱家可不懂。”公公还在那掂量手中的金子，眼看就有要放到嘴里咬上一口以辨真伪的冲动。

“我听说公公耳聪目明、见多识广、学识渊博……想来一定是知道的。”我连忙一堆成语甩了上去。这些话对公公算是极其受用，他摆出一副得意的架势，以验证我所听非虚，霸下也得以从他口下逃生。

紫慕倒是一副期待的表情，看到没咬有些大失所望。

“咱家回去替你打听打听，三日后你来此处，到时候告诉你。”公公将霸下所变的金子塞在小钱袋里，发现不太稳妥，又塞进了上身内衣口袋。

可怜的霸下。

“霸下啊，你忍耐忍耐!”公公走出了十多步之后，我冲他的背影大声喊道。公公狐疑地回望，见我勉强地冲他笑，他也只好笑了笑走了。

“霸下真是太可爱了，哈哈，要是那公公心情好咬上一咬，会不会现出原形来!”紫慕在旁笑得不可收拾。

“你刚有没看到一个黑色的东西从公公身上哧溜一声飞走了?”我正色道。

紫慕停住了笑：“应该是只小灵。”

“好像是随着公公从宫里出来的。”我说，“那种地方法阵极多，更有帝皇之气压制，一般小灵定会形神俱毁的，所以小灵之类可断然无法在皇宫之内存在。”

“那你的意思?”紫慕的面目也变得严肃起来了。

“怕是和我们一样盯着苜囲的大家伙。”我望向皇宫的高空，那里紫霞满天，却带有一丝阴郁。

“苜田乃是偏南之地臣子进献之物，据说可以有驻颜美容、延年益寿之功效。因其异香扑鼻，皇后深爱，皇上特地命人将它放进了皇后的寝宫，让其朝夕相处，已有半个多月了。咱家与皇后娘娘疏远，故而之前不知此物，经多方打听，方才有些眉目。”公公不愧是能办事也能邀功的人。

“那真是多谢公公了。”我又拿出一锭金子给他。

其实这锭金子又是霸下所变，三天前他变身成金子之后，被公公揣着到了西门的钱庄换了银票，之后被锁在金库里半夜才逃了出来。自从有了这个例子，紫慕倒是觉得有了生财之法，琢磨着让霸下一天变上十七八次的，也好换点银子买冰糖葫芦吃。当然，受益人不只她自己，还包括全京城各大街小巷无家可归的上百儿童。

这对霸下来说无疑是个噩耗，他只好求助于我，我当然好说话，只让他变一次就成了。权衡利弊的能力，霸下还是有的，所以此刻他又被公公揣进了贴身的兜里，享受那一般人无福消受的怪味。

公公这次没有咬的冲动了，但狠狠捏上两下是必须的，他笑了笑：“公子果然是大方之人，咱家知道公子问自有深意，本不该过问太多，不过，如能帮上些忙，咱家受您恩惠也好过意得去不是。”

还是个懂得推销自己的家伙。

“公公果是明白人，那在下也就不拐弯抹角了。”我抱了抱拳，“对于苜田之功效，还不只公公所说那些，它还有另一重要功能便是起死回生、生血活络……”

“公子想要用来救人？”公公在被表扬之后，力求证明我的眼光没错。

我点了点头，表示正解。

“皇宫之内，无论活人还是死物，可都是有进无出的。公子这个主意打得不妙，咱家知道公子信得过咱家，才将事情说与咱家知道。所以奉劝公子一句，还是收手为好。”公公叹了一口气，“而且，那苜田乃是皇后心爱之物，而皇帝又宠爱娘娘，如若不见，定然会龙颜震怒。你可知天子一怒，将是血溅千里……”

公公的确有些想象力，内心果是已经猜透了我将要采取的行动。

“在下也知此事难为。”我当然知道这些后果，不然也不会说出来给他知道了，“故而想看公公是否能有个两全之策？”

“咱家听闻娘娘近两天来夜深便会一人独自哭泣，想是有何心事。若公子能替她完成心愿，按理说，娘娘自会感谢你，将苜田拱手相送。”公公笑了笑，为我指点迷津。

这老家伙原来早就准备好了诸多素材，当太监真是屈才了。

“想来公公已经洞悉一切了。”看他表情，还想多要份大礼，可是我却没钱了，“不知娘娘有何心事，在下一定会努力为其达成，至于公公，苜田到手之后，必将以厚礼相赠，永世不敢相忘公公的大恩大德。”

“公子言重了。”公公眉开眼笑，但又故作神秘地低声说，“咱家也是费了些手段，听娘娘近侍说，娘娘的影子不见了。”

这可不是心事。

“你知道，没有影子，可是近鬼、近灵了，如若被皇帝知道，必是要入火油之刑的！皇后待人一向仁慈，所以众人即使知道也是为其遮掩，老实说，皇宫之中出此事情，并不稀奇。就咱家所知，前朝就有几位妃子莫名失掉了影子，只是不知何故，甚是让人疑惑不解。”公公露出难以理解的表情。

“这种事情真是匪夷所思了。”我故作吃惊，“不过，事有因果原委，想来必能解决，在下自当尽力为公公解惑。”

我不说为娘娘，而独说为公公，就是向他表明我已经看出了他的打算。

如果我为他解了惑，他定然能为皇后解惑，到时候，好处可是颇多。这家伙，指定着想借我的手来帮他达成向上爬的愿望。

不过，两人各有所取，交易才能安然完成。

这个世界上，在普通人们认知里，千奇百怪的事情每天都在发生，就如影子不见这类事情，万物皆可成灵，为何影子不行？

实际上，影子与人脚底相连，遍沾人气，极易感知人的思维与念想，在某些条件催化之下，就会脱离开来，成为独立的存在。

在公公说明情况的时候，我就已经想到这个事情的原委了，所以此刻，我和紫慕正在大街之上遍寻影的痕迹。这并不是一件轻松的事情，影子可以藏在任何一个阳光无法直接照射的地方，成为虚影而避开我们的耳目，不过幸好我知道它成灵不久，灵气浓厚，只要站在街道的下风方向，仔细一闻便可知晓有灵无灵了。若是有灵，再和紫慕在街道上走上一轮，这样可以节省不少时间。

但大半天的工夫下来，却未有所发现，反是看到了一堆不相干的灵，人模人样地行走在繁闹的街道之上。

京城还真是个鱼龙混杂的地方。

不过我没那份闲心去抓，对于猎灵人的使命，我有些有意无意地回避。

“哇，风筝！”紫慕望着河对面宽阔的平地。那里大大小小的人们正在放风筝，燕子、腾龙之类摇摇摆摆，这让紫慕玩性大发，两眼发直，双腿不自觉地挪移出去。

“我们还有正事呢！”我一把拽住她。

“不要紧，不耽误工夫，就看一会儿!”紫慕哪管什么正事，眼睛闪耀着光芒。

“真是……”我拗不过她，只得被她反拽着过了桥，来到了放风筝的人群里。

“真漂亮!”紫慕一副惊叹模样，跑近一个正拽着风筝线的小童子旁边，不由分说就抢了来，“小弟弟，让姐姐玩会好不好?”

喂！这么大人抢小朋友东西?

小朋友理所当然地哭了，可紫慕早跑出几十米之外了。我只好蹲下身来，安慰那在地上打滚撒娇的小朋友，然后看到两位摆着护犊表情的男女走了过来。我暗感不妙，只得撒腿就跑。

在奔跑的过程中，我闻到了一阵灵气。

而发出这阵灵气的，正是与我擦肩而过的一位年轻女子。她一手拽着风筝线，一手提着烦琐的裙摆，一路欢笑，一路奔跑，全然不顾及周围的人，就像掉进了她自己的美妙世界。

这种高贵华丽的布料和奇异的香味……

莫非是她?

我连忙跑到紫慕身旁，将紫慕拽住:“快帮我看看，她是不是影灵!”我指向那名年轻女子。

“没见我玩得正开心呢！等会儿!”紫慕哪管这档子事，左摇摇右摆摆，只顾玩乐。

“……”我直接上去就把线给弄断了。断线的风筝一下飞出老远，然后一头扎在地上，不再动弹。

“你!”紫慕嘟着嘴，一副生气的表情。

“等忙完正事，咱好好来玩，成不?到时候让霸下变风筝!”我一咬牙给她了个许诺。紫慕一听立马表情转换，特别得意:“这还差不多。”

“你们的风筝。”就在这时，我认为是影灵的女子却拾着风筝走到了我们面前。

“谢谢。”我顺手接过，却发现连骨架都散了。

“风筝真是奇怪的东西，要被线牵着才能飞得高高远远的，一旦线断了，它就一头栽到这泥土里面，粉身碎骨。”那女子见我露出惋惜的表情，也叹了口气。

“大概正是如此，人们才热衷于放风筝吧，就像用笼子将小鸟关起来一样，因为可以被控制，所以才有把玩的乐趣。”我勉强笑笑，“你放风筝的乐趣，不正在此吗?”

“我的乐趣在于看它飞得极高又远。”女子摇摇头，否认了我的说法，“小时候我放风筝的时候，总在把线用光的时候将线剪断，我以为那样能让它飞得更高，可是，每一次，它都从高空坠落下来，支离破碎。慢慢地，我就不再放风筝了，因为我总能感觉到它被牵扯着的痛苦。”

“风筝如果不被牵扯就飞不起来，就只能匍匐于地，看不到高空的风景，就像人一样，要得到一些东西，就必然会付出一定的代价。”在得到了紫慕的确认暗示之后，我指向皇宫，“在外面的时候，皇宫就像一个高不可攀的神圣之地，一切的权贵、美妙之物俱在于此，但进去之后却发现，它是樊笼，禁锢了自由。人总是这样顾此失彼，不是吗？当千方百计到了那处所在，在乎的东西却又发生了改变。”

“就如人放风筝一样，希望它飞得高，却又希望它不被牵扯，对吗?”女子突然嫣然一笑，“我们总希望得到更多。”

“我听说皇后失去了影子。”说到这个份上，我想我能直白地表明来意了。

“呵!”女子笑了笑，不置可否。

“影子与人本是一体的，但一个人如果心存向往却又无力改变，那么影子就会和人分裂开来，成为这向往的所在。皇后身处后宫，自由全无，那她就会极度想要回到以前的岁月，她的影子成为这个意念的寄托，就一定是逃到了宫外，过那些无拘无束的日子。”我略有深意地望向她。

“你真是见识广博。”她夸赞一句，转身准备走。

“你知道吗？影子与人，就如这风筝和线。两者俱在，虽然会有被牵扯的痛苦，却也能飞翔于天，但分离，就会从高空坠下，两者皆毁。同理，人和影子分开，恐怕就连当前所能拥有的也会全部失去。”我可不能让机会白白溜走。

她迟疑了一下，但还是走了。

“怎么办?”紫慕问我。

“如果杀了她，影子自是可以回去，但心结不解，过不了多久，影又会成灵。”我相信她已经有所触动了，“让她考虑清楚吧。”

次日中午，公公喜笑颜开地来到我的住处。“公子果然是能办事之人啊！老实说，咱家可是担惊受怕了一段时间呢!”

“怎讲?”这家伙怕是自己弄出了些事端吧!

“咱家一回宫就想法子传了个消息给皇后，说是咱家已经找到方法可以找到影子了。不过，有个条件就是要以苜囯为药引，娘娘二话没说就把苜囯给送来了，你看，在这。”公公小心翼翼地从兜里拿出个水晶盒子，递到我面前，“后来听说早晨的时候，皇后就发现影子回去了，可把她高兴的!”

“公公魄力非凡啊!”我忍不住赞叹道。这老家伙还真是敢赌呢!

“咱家是相信公子的实力。”公公干笑几句。

我接过水晶盒子，看到一株跟瑶草一样散发着柔和光芒的花儿，内心安稳了不少:“那还不是仰赖公公慧眼。既然现在事情办妥，我之前的承诺也该兑现，为公公准备的金子，我这就去拿。”然后我瞟了眼霸下，让他跟我一块进里屋。

“不用客气了，公子给咱家的已经不少了。”公公制止说，“做人可不能太贪心，对吧，咱家这就告辞了。”

转性了？我听到霸下松了一口气，但紫慕原本奸诈的面目一下变成了失落的表情。

“想不到这家伙这么胆小，见你有本事所以不敢贪求太多！”紫慕在公公离去之后愤愤地说。

“霸下已经够辛苦了，你体谅体谅他。呵呵！”我笑着说。

“那就去放风筝吧，去放松放松。”紫慕点头。

我脸都黑了，但霸下根本没意识到什么事，高兴不已。“好啊，好啊！”

“我说霸下，你个大男人，玩什么放风筝！”我想替他解围。

“放风筝挺好玩的啊，谁规定男人不许玩？何况，某又不是！”霸下理直气壮。

那真是没有办法了。

看着离若的身体渐渐柔软活化过来，在我的手掌中蜿蜒爬行，我欣慰地看着，释然的感觉漫上心头。将她放归山野，我的任务也算是完成了。

猛然之间，一阵钻心的疼痛从我手上传来，却是离若在我食指上咬了一口。

好家伙，精神焕发啊！表达手法这么直白！

我手一抖，她扑进了碧绿的草丛，飞快地爬走了。

一切都会重新开始。

我的手上留下了两个小口，血流不止，就像某种纪念。

“我也该回家了。”我望向蔚蓝天际，那里有絮状的白云如棉花糖般堆积，这让我想到被棉花糖遮挡起来的离若的面孔。

“你家在哪？”霸下坐在枯树墩上，嘴里叼着根狗尾巴草，百无聊赖。

“未来。”我回过头，看到了两眼明亮的紫慕。她似乎知道些什么，这让我不得不侧过头，避开了她的眼神。

“不太明白，是地名吗？”霸下皱眉思索。

“是时间。”紫慕沉默一会儿，开口说，“霸下，难道你没发现贺使用的法术？”

“什么法术？”霸下是个木头。

“那些可以停止时间，甚至让时间倒流的法术！”紫慕静静地望着我，“贺，从未来而来，就是如此。”

“哦。”霸下木然地回应，“所以，你现在一直生活在某个法术里！”这时，他才从枯树墩上站起来，瞪大了眼睛，“哇！好厉害！教教某怎么样？”

“笨蛋!”紫慕伸手对着霸下脑袋就是一巴掌，眼泪哗哗就流下来了，“他说要回家，就是要解除法术！再也不会回来了!”

“原来如此。”霸下潇洒地背过身去，学我先前一样望着天空，“未来一定有重要的事情在等着他，所以他才要回去的，天下无不散之筵席，不是吗?”

“可是，这样的生活不是很好吗?”紫慕抿了抿嘴唇。

听着他们的言语，我没办法说话，任何话语都显得苍白无力。我突然很想点一支烟，静等这种悲伤时刻消逝。

我总是不擅长离别，过去的我总是自然而然地背上背包，不与任何人说再见，一个人默默地离开。因为熟悉的身影渐行渐远，心中总是升腾起诸多悲戚，但事实却并非如此，又只得自嘲一番，久而久之，发现连道别都是件做作的事。

“那么，再见了。”我开始为自己的所作所为感到愧疚。

实际上，我一开始就知道自己所有的事情都能摆平，却还是故作姿态地寻求帮手。我只是需要太多时间来思考，而寻求帮手，无疑是打发时光，以及，消泯孤单。

紫慕回家，霸下去半灵那里，我回未来。

完美结局，不是吗？一起有过快乐时光，彼此有了有关对方的记忆，这已足够。

可是，为什么还会有心痛的感觉?

“凝月要见你们。”我脑海中响起一句话，却见紫慕和霸下也是眉头一皱。

是藏言的传音。

对于藏言的传音，我也有了一定的了解。这种传音不限地域和距离，只要和他见过一面，他就能联系得到。跟打电话似的，还无须拨号，不过却不是一般灵能用的。应该属于半灵的特殊能力，就如霸下能随意变物，紫慕能随意变成各种人形一样。

应该是有重要的事，那就多留一会儿吧。

第二十四章　意义

三人不敢怠慢，朝藏言所说的地址出发了。

来到彩云村的时候，天色已暗，这是个被巨大结界包围的村子，外围是巨大茂密的树木。从外人眼中看来，这完全就是一座森林，只有跨入结界，才能看到彩云村的真实面目。

平凡如人类的村子，但是生活在这里的，全是半灵。那是一副让人震撼的场景，远比在披霞山看到的多得多。模样丑陋得只能用怪物来形容，最让人心惊的是，他们的面孔和身体多少有人类的痕迹。

在这里，他们没有遮掩，全部暴露于我的视野之内。小半灵欢快地嬉戏，大半灵则如人类一般劳作着。

凝月将天下的半灵都聚集在此了吗？

在静夜的带领下，我们来到凝月的所在之处，是栋比一般房屋大出很多的空旷屋子。一进门，就看到地上诸多的法术符文，隐隐约约看到诸多的流光摇摆，不是结界，而是五行法阵，用来增强力量。

凝月闭眼盘坐在正中央，清泉般的泪水依然源源不绝，身体时不时微有颤抖，似乎感应到了悲伤的事情。

“你们来了。”我们在一旁静等，不多时，凝月站起身来，走向我们。

“听到藏言的传话，想来是有重要的事，所以匆匆赶来。”我浅笑着说。

“的确，有重大的事情想与你们商议。”凝月点点头，“你们也看到了这个法阵。借助它的力量，我能够与天下所有的半灵取得联系，能看到他们的面目，能知晓他们的方位，以及，知晓他们所受的苦难。在这数日以来，天下又增加了三十多半灵，而且大多是‘庸’。我们的能力已经跟不上了，这样下去，这种救援的行为将永无休止。”

“一方面，我们眼睁睁地看着那些悲惨的事情发生，一方面，我们却又不得不承受这份痛苦，无力改变。”静夜叹声道，“我已经快坚持不下去了，一想到这些事情，我就夜不能寐。”

“要某做些什么?”霸下表情肃穆,略带悲戚,单纯的孩子总是很容易流露自己的情绪。

“我已经想到办法一劳永逸。”凝月顿了顿,“秋月是新来的‘奇’,有创世之力。”

我早已经注意到了凝月的团体中多了两张陌生的面孔。其中一个年轻的女人有着十分明亮的眼睛,两只手完全被布缠了起来,似乎受了什么伤——她正是凝月所说的秋月。秋月走上前几步,解开双手的布条,露出两只几近透明的兽爪,有着水波纹理,好像湖面一般。这让我深深吸了一口气——那是言灵的爪子。

“夏之莲。”秋月将双手覆盖于地,再缓缓抬升,一朵盛开的荷花出现在我们面前。

“这莲是真实存在的,它会如同这个世界的其他莲花一般兴衰。”凝月进一步解释。

一般灵实际上都有些能变出小玩意的法术,但大多数是幻术,有些则只能维持一小段时间。如凝月所说,秋月创造出了它,它与遵从自然界法则的一切生物一样,是具有实体的。女娲就拥有这样的力量。

如果早知道有这样的存在,我连去寻找瑶草和苜田都可以省了。

“那你一劳永逸的办法和创世之力有关?”显而易见,但我还是忍不住问了一声。老实说,创世之力可是禁忌存在,任意使用定会遭受未可预知的后果。连言灵这样的灵也是不可以创造真实事物的,秋月真是异数。

“我要创造一个新的世界!”凝月说这话的时候,表情凝重。

“这种事情,真的可能实现吗?”我很怀疑。秋月拥有这样的力量是不错,但创造一个世界,秋月不会具有这样的灵力。然而凝月定是有了可行的思路才敢如此确定,那么,她要借助我们的力量?

“我们无须创造完整的世界,只要是能成就一个半灵的纯粹世界就行,没有人类,也不存在灵,简简单单,没有痛苦。”凝月回答道,“静夜能够使用强大的传送法阵,那么我们所要做的事情就是将整个彩云村脱离地面,然后利用传送法阵传送至修罗界。在传送过程之中,秋月以创世之力建立一个能容纳彩虹村的时空就行。”

构想真是宏伟!

“所以,想让你们帮助我们将彩云村脱离地面。”凝月望向我和霸下。

一个这样大的村子可不是那么容易就能与地面脱离的!至少我没办法。

“交给某吧!”霸下挺身而出。

“嗯。”凝月点了点头,“在进行这个步骤之前,我们先要做另外一件事情。”

我们静等着她的发言。她示意身后和秋月并站在一起的少年向前来,然后说:

“这位是新来的‘奇’洛水。他有诅咒之力。”那个少年抬起头，我看到那双眼，黑色的瞳仁充斥了整个眼眶，让人心生震撼。

“我希望，除了我们这些半灵存在之后，这个世界上再也不要有半灵产生。这个半灵的种族，将彻底地从人类的世界中消亡。”凝月说。

原来如此。

看来他们的行为的确起了效果，在未来，的确是没有半灵再出生了。

我们来到村子中央庞大的广场之上，中央是个由巨石堆砌的高台，我们一行人站在高台之上。高台之下是密密麻麻的半灵，他们紧闭着双眼，手拉着手，身体挨着身体。

“我们不该出生在这个世界，这个从我们睁开眼就被讨厌的世界之中。我们曾经选择了报复，报复那些对我们造成伤害的人类和灵类。但，这只会给我们带来更多的伤害，我们不断地失去同胞，失去至亲。已经够了，我们夺取不了这个世界。所以，我选择离去，大家和我一起离去，去往只有我们同胞存在的地方，静静地生活。”凝月面带微笑，泪水却仍未停歇，“在这之前，让我们来聚集我们的念想，除了我们，这个世界上再也不会有半灵存在。”

“我紧握你们的念，并说与天上的神知道，这违逆天道的一切，人与灵的相恋，半灵的出生，将不再出现……”洛水瞪大着双眼，望着宽广的高空。蔚蓝的高空之中，黑色的云旋绕着聚集起来，仿佛一场风暴将要来临。两侧的紫慕和霸下都拉着我的手靠紧我，低着头，闭上了眼。

我也开始祈愿，这个世界将不再有半灵出生，不要再承受那份苦难。

不知道过了多久，洛水的声音开始变轻，而周围的风声也停歇了，我们缓缓地睁开眼，却见洛水的身体已经缓缓地变成尘埃消散开来，他的眼此刻已经明亮如平凡人一般。

“怎么回事？”我几乎是下意识地要将他拉住，却只抓到一丝发梢。

“他将永远留在这片大地之上，守望着天神给予他的许诺。”秋月轻叹一声。

我早该知道，这样强大的术法必然是要用生命作为献祭的，为何这个少年一点迟疑都没有，就果断地承受了！

“霸下，下面该轮到你了。”凝月对霸下说。

霸下点了点头，望着我和紫慕笑了一下，这让我心里有一丝不妙的感觉升腾起来。

“霸下，你小心点啊！”反倒是紫慕望着他说了声。我却连说话的勇气也没有。

霸下现出了真身，腾跃而起，长龙盘绕一圈，从高空朝着地下猛扎了下去。地底传来了轰隆的响声，地动山摇，这样的响声持续良久，地面突然一偏，再也没了声响。静夜立于高台之上，将手摁住地面，浑身散发出闪耀的光芒，无数道发光的符文从她手下向着四周延展，很快就布满了所有的地面。

巨大的挪移传送法阵。

地面开始颤抖，这些发光的符文开始全部向天空直射光柱，地面开始向上动起来。但是速度极其缓慢，感觉随时都要停顿下来一样。藏言一扭身，化成一道白光钻进了静夜的身体，这让静夜光芒大盛，速度也快了起来。竟然将所有的力量都交出去了，藏言还真是干脆呢！

“等等，霸下还没上来呢！”紫慕突然醒悟过来。

“他，已经消失了。”凝月轻声说，“以整个身躯撼动地面，他必须用上所有的修为……”

“不可能。”紫慕根本不接受这个现实，变成火冠七彩鹰朝着村子边缘飞去。

我心里却是淡然，因为我知道霸下最终会回到我身边，但眼见紫慕离去，我却不知晓她曾发生了什么，连忙奔跑着跟随了上去。跑到村子边缘的时候，发现村子已经上升到离地面近千米的距离了。

我一跃而出，已经站在了巨鹰的头顶，整个彩虹村所在的地面，只剩下一个巨大的深坑。

“紫慕，算了。”我隐忍着泪水，“这是他的选择。”

“不。”紫慕在地面上徘徊着，到处寻找着霸下的踪迹，“那家伙，怎可以一句道别的话也不说就选择离开！”

我知道她的悲痛，却无法安慰什么。

几乎寻找尽了每一寸土地，一无所获。紫慕落在坑的边缘，望着那坑道中来来回回的巨大痕迹，那里有着斑斑血迹，还有一片龙鳞。“这个笨蛋。”她说完这句，再也无法开口了。

天空却在此时传来一声巨大的响声，传送的速度似乎减缓了。

“贺，再见了。”紫慕抬头望了一眼天空，腾空而起，身形越变越大，翅膀宽度超过五十米，几乎遮天蔽日了。

“别这样！”我大声呼号着，这样超常的变化是在消耗自己的生命！

却只能看着她将巨大的身体顶在了村落的下面，宽广的背部背负着，将彩虹村艰难地向上抬升。

我突然想到离若的话——“看着大部分的同胞用自己所不认同的方式生活着，我总想着有所作为来改变这一切。”

忽然之间，我有些理解现世里离若所做的事情了。

只是……

下一刻，天旋地转。

我解开了“逝”的所有灵术，回归现世而去，我还有很多疑惑，没有明白。

我坐在轮椅上，在医院的小公园里散心，这是我醒过来后第三天。前两天都只能无力地躺在病床上看天花板，但我实在无法忍受满目的纯白让视线没有落点，便强烈要求到户外来。

“前几天都还挺温暖的，昨天冷空气来了，弄得天空阴沉沉的，不过深圳就这样，过不了几天，又会回暖的。”说话的是推轮椅的小护士麦香。她十八九岁的年纪，有着黑亮的头发和甜美的微笑，还有护士特有的温柔。

“挺好。”我伸了个长长的懒腰，望着厚重阴霾的天空露出笑意，几抹绿意摇摆，抚在我身上。

“你别乱动，手上还打着点滴呢！”她压低我高举的手臂。

“没事。”我手掌收合几下，肌肉虽然还有些酸软，但已无大碍了，有力量慢慢恢复的感觉，不过腿部没有太多知觉，无法动弹。

“可真看不出你是重症病人。”麦香觉得有些惊奇。

“谁说我是重症病人，我身体好着呢！”我笑着说。

其实我对自己当前的处境并不是很了解。

“麦香，你怎么把他从病房推出来了？”一个三十来岁的男医生从一侧的住院部走了出来，带着有些责怪的语气。

“他说他想出来吹吹风。”麦香声音有些低。

“他刚做完手术，身体很虚弱，外面这么冷，风又大，加重病情怎么办？”男医生开始喋喋不休，“你作为护士，知道什么该做，什么不该做。他要出来，你该劝阻他啊！”

“我身体已经好得差不多了，应该出来呼吸下新鲜空气，这更有利于身体恢复。”我不露痕迹地支撑着轮椅站起来，顺手把针头拔了下来，又舒展了几下手臂，顺便看到了他胸前的工作牌，问道：“对了，白医生，你看我什么时候可以办理出院手续？”

“没这么快。”白医生看到我没事，也不好再说麦香什么，“你是我主治的病人，我得对你负责，就算恢复得不错，也得好好爱惜自己。现在的年轻人啊……”说罢，叹息着走了。

“这跟是年轻人有什么关系？”麦香瞟着白医生，轻声嘀咕以示不满。

我却支撑不住，一下坐回轮椅里，气息紊乱，冷汗淋漓。

“你原来还没好啊，怎么能这么强撑呢！”麦香连忙扶住轮椅。

我想说话却没有丝毫力气。其实我也不知道为什么要硬撑，却本能地做出了那样的反应。

麦香将我送进病房，大病房一片空白，有些像我的脑海。

我失忆了，我不知道自己叫什么，也不知道自己为什么在这，但有些事情心中却无缘由地明白。在麦香的搀扶下，我重新躺回床上。她替我挂上点滴，然后把我的手放到被褥下，朝我微笑了下，说：“你好好休息，有事按铃。”说完便要走出门去。

“还没问到吧？”我终于还是忍不住问了。听麦香说是有人将昏迷的我送来医院，还留下一笔钱，这也是我能住在单人病房里的原因，但从我接受治疗之后，那人就再也没有出现过。

麦香犹豫了一下，摇了摇头，关了灯，掩上了门。

不管了，睡觉。

不知道过了多久，我猛然醒来，心脏莫名跳动得很快，浑身绷得很紧，十分不舒服，全身都已被汗浸透了。

不是噩梦，我没有任何梦境。

有丝光从门缝透进来，我看了看手背，发现手上的点滴已经被人拔掉，应该是麦香来过了。门却没关紧，有阵淡淡的腥臭味从门缝里飘进来，而这，似乎就是让我莫名紧张的理由。

我扶着床沿，站了起来，向着门外走去。

很奇怪，醒过来之后，身体的紧张感很快消失，反而心中充满好奇，想要去一探究竟。我扶着墙壁，轻轻走近房门，从门缝里往外边的走廊望去。

走廊里灯光很亮，空空荡荡的。麦香正坐在一张长椅上，手里抱着一个保温壶，面带略有羞涩而感动的微笑。她的身边紧挨着坐着一个年轻的男子，瞟了四周一圈，确定没人之后，嘟着嘴在麦香脸上闪电般蹭了一下。

“小心护士长看到。”麦香撒娇地推了一下那个男子。

“这有什么！为夫千里跑来送鸡汤，难道还不能索取点回报？”男子见麦香并不太反对，借机又靠了过去，表情极其暧昧。

小两口打情骂俏，我也不便多看，加上双脚颤抖不已，便收回目光顺着墙壁坐了下来。是否也会有人为我送鸡汤来呢？我不禁怀抱期望，但随后立马又自嘲地笑了笑。如果还有人关心我，应该早就来了。

那阵腥臭味依然存在，我甚至知晓是从那个和麦香说话的男子身上传来的。我知道一个人身上散发这样的味道很古怪，并且让人很难以忍受，可是麦香为什么没反应？她理应无法适应才对，因为这真是一种让人很反感的味道。

我侧头又望了出去。

走廊里，只剩下了麦香一人，那个男子却不知道哪里去了。她打开保温壶的盖子闻了闻，望了望走廊的另一头，然后盖上盖子，向着我这边走过来。

我连忙爬起来，手脚并用地爬回了病床，装作依旧未醒。

麦香推门进来，轻轻地打开灯，走近病床，然后半晌都没有出声。

我不知道发生了什么情况，只好假装迷迷糊糊地睁开眼，却发现麦香正抱着保温壶，坐在旁边的陪护椅上，双眼盯着空处发呆。

"你醒了？"过了好一阵，麦香才意识到我醒了。

"嗯。"我点点头。

"感觉好点了吗？"麦香站起身，放下保温壶，靠近病床，把被子往下拉了拉，又打量了一下我的面色。

"好些了。"我回答。灯光从头顶映下，让她的容貌显得更为柔和细腻。

"我家人给我送来了一些鸡汤，知道我在看护病人，便多送了一份，你现在想喝吗？"麦香问。

"我……"我知道她在撒谎，"我不想喝。"但肚子却不争气地咕嘟了一下。

"表里不一啊！"麦香意识到了我的肚子对我的出卖，扶起我的头，用枕头垫高了些，然后用壶盖装了鸡汤，拿勺喂给我喝，"乌骨鸡，对身体恢复很有帮助的。"

光是闻到香味，就已让我连咽口水，我有些迫不及待地喝了一口。

连日来，我都靠输液活着，但那根本无法满足我身体恢复的需要。

"噗！"没有任何预兆地，鸡汤刚入喉，就被我吐了出去，身体的每个部分都在抵制着它。我喉咙一阵痉挛，趴在床沿，吐得停不下来，似是连胆汁也吐了出来。

"怎么回事？"麦香被我的反应吓到，脸色青白，慌乱一阵之后，才想起要去找医生。

我拉住她，说："没事，可能胃很久没有进食的缘故，你别担心。"

"也许是太油腻了。"麦香也找了句话安慰自己。

"这样一来，闹得你胃口都没了吧。"我抱歉地说。

"没关系。"麦香摇摇头，掏出纸巾来，替我擦了擦嘴角。

"你这个贱人！"一个声音从门口传来。还未待我反应过来，一个男子已经冲到了病床前，一把扯住麦香，一个耳光已经甩了上去。

我顺势一把将麦香从病床这边扯到了另外一边，避开了男子的攻击。

"你怎么回来了？"麦香惊魂未定地望着男子。

是之前给麦香送鸡汤的年轻男子，靠得更近之后，他身上的味道更重了。

“不回来，怎么能看到你们这么恶心的一幕，我好心给你炖鸡汤，你却给别人喝，给我戴绿帽子！”年轻男子火气很大，指着麦香就骂。

“他是病人而已，你别这么神经兮兮的。”麦香面色涨红，显然不擅长对骂，又见有外人在场，表情煞是尴尬。

“病人？我生病了，你都不见得给我喂！”这男子醋意很大。

这话似是触动了麦香，她的眼泪不由自主地掉了下来。“我们出去再说，别让人笑话。”她准备向门外走去。

男子却不动，气势汹汹地指向我：“要我还是要他，你选一个！”

这个男子的表现实在夸张。我不知道怎么去劝导，因为我也是当事人之一，但当前最为麻烦的是，这男子身上的腥臭味已经让我有了焦躁的感觉。我拿起被子，蒙住口鼻，还不由得嘟囔道：“好臭。”

男子一下靠了过来，抓住了我的衣领，面带凶意：“你说什么？”

“你好臭！”我一字一顿地回答他，心中已经对他充满了敌意。

第二十五章　无力

气氛在两个人的针锋相对中紧张到了极点，虽然我知道这样刺激他绝对只有挨揍的份，但依然不愿妥协半分。

“我看你是不想活了。”男子手劲并不大，我能感觉得出来，但对于全身无力的我，已经绰绰有余。他将我摁在墙壁上，扼住了我的喉咙。我立刻呼吸困难，有种快要死去的窒息感。

“你会杀死他的！”麦香显然看出了我面临的状况，冲过来要扯开男子。可惜她力气实在太小，根本扯不动分毫。

我感觉到脑袋越来越昏沉，他们的影像也越来越模糊，眼睛再也睁不开了，仿佛黑幕猛然拉了下来，但随即，很多蓝色的星星点点在黑幕里闪现起来，而且越来越多，它们飞快地聚集起来，窜进了我的身体。

我感觉力气回来了，我慢慢地睁开眼，依旧看到男子的手扼着我的咽喉，但我并没有呼吸不畅的感觉，视线里，空气中的蓝色星点不停地涌进我的身体。那一瞬间，我的全身仿佛都在呼吸，有种说不出的畅快淋漓。

男子其实已经放松了气力，但见我一睁眼，立马又加了几分力：“你还给我装死！”

我无暇顾及他的言语和行为，因为我看到他的背上攀附着一个几近透明的白色物体，虽然很是模糊，但轮廓之间有几分人的眉目的感觉，那腥气正是从它身上散发出来的。

“你们在这干什么！不知道这是病房吗？在这吵闹影响病人休息！”一声严厉的呵斥从门口传来，显然是白医生。

男子一怔，松开了手，也不说话，扭头就走。而我呼吸正常之后，刚刚看到的蓝色星点和白色透明物体都不见了，这让我有些许纳闷。

“你还好吧？”麦香抱歉地看着我，见我无大碍，松了一口气。

“麦香，又怎么回事？”白医生走过来，带着训斥的口吻。

“没事。她朋友过来，顺便带了点鸡汤给我喝。”我见麦香不知如何回答，笑了笑。

“是吗？”白医生狐疑地打量了麦香一番，又凑近我，替我检查了一番，“麦香你没什么事，就先换班吧。”

麦香欲言又止，只好点了点头走了。

“你倒是护花心切。”白医生待麦香走了之后，无可奈何地摇了摇头，对着我叹息。

“护花？你说麦香？”我对白医生并不反感。

“不是她还有谁。”白医生说，“虽然背地里说别人不符合我严谨的生活作风，但我觉得必须提前告诉你一声，麦香虽然是个好女人，但在处理人际关系方面，很有点问题，你要注意分寸。”

“注意什么分寸？”我不禁有些好奇。

“她对男病人一般都比较好，”白医生说，“但她老公是个醋坛子，经常在医院闹得不可开交，我是说了很多次了，让她注意分寸，可她不改，我也没什么办法，所以我只好叮嘱这些男病人。可你，我还没来得及叮嘱。”

“没事，我知道了。”我点头。

“你知道就好，你身体康复很快，大概要不了多久就可以出院了。”白医生说，“在此之前，我可不想你有什么差池。”说着，他准备要走。

“我失忆会好吗？”我忍不住问。

“现在还不清楚你失忆的原因。”白医生回头，“作为医生，我不该说这种话，但其实失忆了，也没什么不好。”

“哦。”我突然感觉有点失落，但笑容依旧挂在脸上。

我没有思考很多，唯独对那个白色的透明物体有些在意，这反而让我入睡很快。一夜无梦，睁开眼的时候，我看到清晨的阳光落在室内，窗帘摇摆着，又是美好的一天开始。

麦香来得很早，她站在我床旁，我知道她有话对我说。

“早。”她笑得很自然，就像彩排了很多次，太自然了。

“是。你比平常都早。”我笑着说。

“昨天晚上的事情……”她摆弄着自己的手指。

“不好意思，弄洒了你的鸡汤。”我说。

“不是，是我男朋友……”麦香纠正我的错误。

“看得出他很爱你。”我制止她要道歉的话。

“他就爱那样……见不得我对别人好。”麦香轻叹。

“如果是我，我也不喜欢的。人之常情嘛！”我说。

“他以前不是这样。”麦香见我不责怪，放松了很多，“以前的他，很不在乎我。”

“哦？”我有些吃惊。但我不知道自己为什么要吃惊，这种本能的反应让我很不喜欢，仿佛连我自己都不清楚自己将要做什么行为一样。

“他对我其实很好。”麦香说，“但，我总觉得他不在乎我，因为，他从不会为我吃醋，即使看我跟别的男人说说笑笑，他也只是笑笑，我觉得这根本不像是恋爱的感觉。我觉得如果我们是恋爱的话，他就一定会吃醋的啊！”

我没说话，认真地听着。

“后来，我去拜访一个朋友，只能算是朋友的朋友吧。他告诉我个方法，说是可以让我享受真正的恋爱，让我男朋友很在乎很在乎我。”麦香却又叹了一声，“可是，现在的他的确很爱我，我却觉得，不像是他了，我对他越来越害怕了。”

“哦。”我恍然大悟般地点了点头，脑袋里浮现起昨晚那白色的透明物体，“恋爱中的人，大概都希望对方成为自己所希望的样子。这应该也算是人之常情吧，不过，人的性格，不，应该说是秉性，也许并没有那么容易改变。如果妄图改变，只怕是多生事端了。”

“你真的失忆了吗？”麦香有些诧异地望着我。

“我真失忆了。”我面目涨红。我自己都不明白，我为什么能说出这些话来。

“也许我该去找那个朋友，让他教我如何让我男朋友恢复到以前的样子。”麦香说。

“目前来看，这是最好的办法了。”我说。

麦香住院了。

这个消息是洛阳告诉我的，她跟麦香是对班的护士。她比麦香稍大一些，戴着一副黑框的眼镜。她几乎不笑，即使笑也只是紧闭着嘴唇，嘴角稍微上扬，弯曲出一条极不明显的线条。

除了跟我有几句日常的简单交流之外，她从不说什么话。

其实，我也不知道该说点什么，所以经常病房里就只有脚步走动的声音，静谧得让人不知所措。

她替我做完常规检查之后，才告诉了我这个消息。

“我本不想告诉你。”洛阳又补了一句，“但我想，她一时半会可能无法过来照顾你，到时你还是会问。”

这是我听过的她说得最长的一句话。

“很严重？”我扒开了被子，准备站起来。双脚仍然有些僵硬，不过，比起昨日来，要好了许多，勉强行走应该没多大问题了。

“你果然跟她说的一样。”洛阳轻笑，但也只是嘴唇一抿。

“说我什么？”听到不相关的话题，我有些疑惑地侧头望她。她不是一个会偏题的人。

“说你失忆，反应倒还快。”洛阳回答。

“是吗？”听到麦香住院，我反倒没有太多心思聊天。

“如你所说，很严重，住进了重症病房，不方便探望。”洛阳又说。

“到底严重到什么程度？”我不禁眉头微皱，醒来就在医院，我自然知道重症病房意味着什么。虽然从洛阳的字里行间听出了些端倪，但如果住进了重症病房，就另当别论了。

“肚子鼓胀，要炸开一样。”洛阳即使说着这样的话，表情仍然无多大的变化。显然医院这样的环境，已经让她处之泰然了。

我即使脑袋里只是想象一下那样的情景，都觉得浑身不舒服，似乎麦香那惨痛的模样就在眼前。

“查明病因了吗？”我只想多了解一些。尽管我知道，这根本没有任何实际意义，事情已经发生，疼痛就必须得承受。

洛阳摇摇头：“至今还未动手术，我会去替你打听的。”说罢，她向门外走了。她的话总是有种削掉了枝叶的感觉。

“谢谢。”我有些木然地说了声。

窗外的风声突然大了，让我心里充满了躁意，辗转反侧，肢体不知如何摆放，躺了一会，终究还是爬了起来，坐上轮椅，朝病房外走去。

走廊上冷冷清清，两旁的墙壁白到让人窒息，长长的走廊似乎永远没有尽头。

顺着电梯下楼，轮椅驶入了医院的小公园里。天气不是很好，我抬头望了一眼，看到云层堆积，仿佛尽数压在我的心上。

旁边有个中年男子用大衣裹着一个穿病人服装的小女孩匆匆走过。那小女孩从大衣里露出半张稚嫩的面孔来，清澈的双眸望见我，暖暖地笑了一下。

我也想冲她笑，肌肉却似痉挛了，很是僵硬，以致表情很是古怪。待我半晌调整好表情时，他们却早已消失在楼道之间了。

“知道麦香在哪个病房吗？”我左右寻觅一阵，才叫住了一个从我身旁走过的小护士。

“不知道。”她摇头，并未多做停留，转眼就离我远去了。我连问了数个护士，没有一个人给我答案，都是行色匆匆，不愿多搭理我一句。

既然这样，那就只能靠我自己找了。

我所在的这一栋是特护病房，旁边一栋则是一般住院部，总共有十二层，重症病房也在其间。据麦香说，我昏迷的那段时间，就一直住在那里面，但到底哪几层是重症病房，我却不甚明了。

没人告诉我在这栋房子里具体躺了多久。

但我知道，一直照顾着我的人，是麦香。

经常有急救的病人推入，根本没人顾及坐着轮椅的我。我找到了重症病房的楼层，共有三层。我一个房间一个房间地找，探着头从虚掩的门缝里看，但很多都紧闭着，我无法看到里面。我害怕错过，便一个个敲门，经常会看到疲惫的陪护家属替我开门。

浓烈的消毒水和药味让人觉得窒息，其间夹杂的怪味更是让我有沉重的压抑感。幽暗的走廊则充满了凉意，仿佛空气中弥漫了尖锐的锋芒，一不小心，就会向我刺来。这些味道跟那个白色的透明物体散发出来的很像，却不是同一种。

我很想问别人那是种什么东西，不过一直都没机会，但此刻，我知道我能通过那种气味来寻找麦香，因为她男朋友，那个名叫肖雨的男子，很有可能陪在她的身边。

最为熟悉的气味终于在我搜索到第三层的时候迎面扑来，我心中一喜，加快手上的速度，向着散发着气味的房间疾驰而去。那房门刚好打开，我收势不住，撞上了那开门的人。

我滚翻着进了病房之内，脸摔在冰冷的地面上，气喘吁吁。我想爬起来，才发现早已无力支撑，手跟脚一样，都有了僵直的感觉。我抬起头，看到一张病床，病床之上，那张熟悉的面孔正在熟睡。我轻舒了一口气，紧接着，我就被人架了起来。我没办法看到他的脸，但我知道，他正是肖雨。视线越升越高，得以让我看到麦香静躺在病床上的全貌。

“放我下来。”我看到麦香的上身近乎赤裸，腹部胀大，犹如一个硕大的圆球，上面的血脉交错拉扯，凸显出暗青的纹理。皮肤因为过分的牵扯而显得过于平滑和绷紧，似乎再用一点力，就要破裂开来。

“是你?”肖雨将我放到轮椅上，疑惑地望着我。

我突然之间平静下来，双眼直直地望着那腹部:“怎么会这样?”

“昨天吃完晚饭就开始疼，医生说查不出什么问题，肚子空空的，似乎只是充满了气体，但医生不敢手术，怕有未知的隐患。”肖雨轻叹一声。

我看到麦香的双手和额头都有受伤的痕迹，十指都被包扎了起来，而手背关节处青紫痕迹尤多，血肉模糊。我脑袋里浮现起她因为疼痛在地上翻腾，全身磕碰地面，以其他地方的疼痛来减轻腹部疼痛的那种样子，感同身受般全身一阵战栗。

“就没有其他的办法了?”我捏了捏僵直的手指。

肖雨摇了摇头。“现在只能用药物让她沉睡，这样，可以少受点罪。”

面对未知疾病，真的就这么束手无策？可恶，我什么忙也帮不上。

“扼住我的脖子。”突然，我似乎抓住了什么，我有些生硬地对身边的肖雨说。

“啊?”肖雨顿时愕然。

“就像你上次要杀我那样!”我说。

“上次我的确有些失控……”肖雨有些不知所措。

“我很喜欢你女朋友，难道你不吃醋吗?”我试图激怒他。

他不为所动：“你喜欢她，我无权干涉，但我知道她只喜欢我一个。”

这家伙变了。难道麦香已经如她自己所说，去找那个朋友让他变回原来的样子了?

“你难道不想救她?”我瞪向他。

“可是我实在不明白……”肖雨摸不着头脑。

“总之，我让你做什么，你做便是。”我知道无论我说什么，都无法解释清楚。

“哦。”肖雨靠近我，小心翼翼地抓住我的脖子，轻微地扼住我的喉咙。

“像上次那样扼住我脖子，用必须杀死我的心情来对付我!”我吼道。肖雨手上的力道越来越大，我渐渐感到了些许窒息，“还不够！还不够!”

我的话语对他起了作用，铁钳般的双手截断了我的呼吸，犹如睡梦来临，我的双眼沉重地阖上。周围的蓝色光点浮现起来，涌入我的身体。我能看到面前的麦香腹内，蠕动着浅白色透明的虫子。它们翻滚挣扎，不停地繁衍，越来越多，将麦香的腹部撑起，更有些开始穿过腹壁，爬向其他的地方。

就是这些家伙吧！我恨不得把它们全部抓出来，捏碎，踩爆。

我正要伸出手去，肖雨却松开了手，面前的一切改变，我再看不见那些东西。

“你要干吗?”肖雨挡在了麦香面前。

“我要救她。”我说。进入房间之后，我就闻到了一些味道，只不过那味道很淡，更被肖雨身上的腥味所干扰，以致让我误以为是药味。但靠近麦香之后，我才确定，那味道正是从麦香的腹部发出来的，而且千丝万缕纠缠一处，时而轻微，时而浓烈，带有极强的生命力。

“你拿什么救，你自己都是病人，还来管这闲事!”说话的是白医生，洛阳站在他身旁，两人一左一右，挡在了门口。

“麦香肚子里……”我正要解释给他听。他是医生，一定知道那些虫子就是病因。

“推上他走。”白医生根本不听我说完，双手插在兜里，用头摆了一摆，示意洛阳把我带回病房。

“白医生，麦香肚子里有很多白色透明的虫。你赶快通知别人动手术吧，不然她会疼死的！”我无力反抗，洛阳推着我在走廊上飞快地走，白医生大步流星走在前面，我只好大声地喊。

“你首先要确认一点，你是个病人！”白医生头也不回。

“我是病人，可是，这有什么关系？”我不理解他的用意。

“你是什么病？你是大脑严重受损，加全身肌肉组织断裂，再加骨骼错位、骨质增生等一系列毛病之后的残废品。你活着都是奇迹。”白医生显然很气恼，不然说话不会这么急促。

等电梯之时，他回过头，手指点到了我的额头之上。“但重点是，你失忆了。你连自己的名字都不知道，连基本常识也没有，却把自己当医生来看病，我看你，所有的疾病之上，还得加一条，妄想症！”

“可是明明我看到很多的虫，其实，她男朋友背后……”我不死心，进了电梯之后仍要争辩。

“人的腹内的确可以长虫，但那是蛔虫，或是其他的寄生虫。它们可能是白色，但绝对不会透明的。而且，医院的高精度仪器也验不出她肚子里有什么，你却能看到？”白医生一脸鄙夷。

“哦，也是，不在临死状态，你是看不到的。”我不由得嘟囔道，然后仍不死心地望着他，“但它们的味道你应该闻得到吧？有臭味的那种……”

“……”白医生突然不知道说点什么好，手指指了我几下，也没说出来一个字。出了电梯后，他只对洛阳说：“把他给我锁在房里，别再让他出门了。”然后，他头也不回地走了。

“你的手在流血。”回到自己的病房，躺在了床上，洛阳拿了一卷纱布过来。

我看看双手，手掌果然都破了皮，鲜血还在渗出。

“不用了。”我抬头望向天花板，良久才问静立在旁的洛阳，“你说，以前的我，会是个什么样子的人？”

洛阳没有回答我，连我都不知道，她怎么可能知道。

洛阳则无声无息地退去，并锁紧了房门，我听到了反锁的声音。

我一直抬头望着天花板，在思考拯救麦香的方法。但我知道，我缺乏太多依凭，缺乏生活经验，也就是缺乏白医生口中所说的常识。

我一筹莫展，很快这种情绪就变成了焦躁难耐。我的手拽着洁白的被褥，用力地撕扯着，但滑软的手根本无法依附在布料上，一下就分离开来。

面对这个世界，我原来这么无能为力。

有温热的眼泪滴落。

我没有抽泣，更没有任何声响，眼睛瞪得很大，眼泪肆无忌惮地从眼眶中滑落，无从阻止。

不知道眼泪流了多久，仿佛一场等不到晴天的雨。

“呼！”我长长呼出一口气，感觉压抑在灵魂里的一切东西都已随着眼泪流去。此刻，空明、寂静重新回归到了我的身上，好多了。

动情让人丧失理智，却无助于任何问题的解决，既然这样，何不留一个最清醒、最冷静的自己？

我闭上双眼，回忆被人掐住脖子的那种窒息感，渐渐地，我断绝了自己的口鼻呼吸，周围的黑幕开始出现蓝色的小亮点。我感觉自己身体的每个毛孔都张了开来，开始呼吸。那些蓝色的小亮点缓缓移动，向着我的身体扑过来，与我的身体接触，然后窜进了我的身体里。

有些像冰，带着无比的寒意；有些像火，有着几分灼热感；还有的感觉无法言明。之前我并未能分辨出来，直到现在，我才稍稍品出了其中的滋味。

紧接着，身体上下有热流和寒流交替涌动起来，让我感觉尤为亲切。

亲切得就像在我身体里流转过了千百回，我相信这样的体验是曾经的我所体验过的。我把失去记忆前的我称为曾经的我，那样让我自己心中有所区别。

但不管如何区别，不管多久的曾经，那依然是我，是我此刻无比怀念的我。

第二十六章　剑匣

我有种很强烈的感觉，如果我还是曾经的我，麦香就不必受那样的苦。至少，我有办法说服医生，麦香有哪些病症，可以让医生对症下药。

白医生不肯相信我的原因，就是因为他把我当成一个一无是处的废物。

一个连过去都没有的人，说出来的话，做出来的事，怎么可以让人信服？

我不想去争辩。如果争辩没有效果，为何要去争辩？

我依然不知道该如何解决问题，不过此刻的我已经感觉到了全身充沛的力气，有了独自行动的能力。

我站起来，活动活动四肢，整个身体都由自己掌控的感觉，很好。

门已经被反锁，要出去，很难。

幸好，还有窗。

窗外有几条金属管道连接在各楼之间，不时冒出些朦胧的热气。

天气渐黑，我将门从屋里加了一道反锁，然后趁着夜色跳出了窗，向着隔壁的重症病房爬去。

找到麦香所在的病房，并没有花费太多的时间。一天之内我两次来到这里，却用了两种姿态，一次狼狈不堪，一次从容不迫。

门没有关，留着较大的空隙，可以看到病房里面，麦香躺在病床上，肖雨不知道去了哪里。

我蹑手蹑脚地走进去，掩上房门。

麦香依旧在沉睡，呼吸声安详平稳，这让我松了一口气。

我嗅到一阵香，但这种香却给了我一种不舒服的感觉，就像无数品种的花碾碎搅拌在一起发出的味道。在这原本诸味各呈的药房里，充满了轻轻的撞击声响。

似乎这种气息，与其他的气息都有矛盾一样，且不只如此，它们内部，竟也充满了矛盾，彼此撞击，彼此排斥。

我很快发现一件事，麦香的身体已经被被子全部遮挡住了，而那原本鼓胀的部分，此刻已经塌了下去，露出平常的身材轮廓来。

难道已经治好了？

我掀开被子一角，展现在我眼前的，却是一副让我为之目颤的景象。

麦香可见的肌肤之处，浑身上下，都似被虫蛀了一般，留下一个个的小眼，虽然没有流血，却比血腥的场面更让人不舒服。

一条半透明的虫子挣扎着从平滑的肌肤里冒出头来，脑袋扭摆着四处张望，对着我时，生生停住。

我眉头微皱。因为我竟然从这小小的虫里感觉到了它表现出来的敌对意味。我伸手过去，想将它捏出来看个究竟。还不待我靠近，它猛然窜起来，极快地冲向我的双眉之间。

我迅速抵挡，将它抓在手里。

虽然没有任何声音发出，但我能感觉到它现在非常痛苦。它在惨叫、嘶鸣，希望死亡。

小虫在我掌心爆裂。犹如一阵青烟，顷刻消弭在空气里。

我摊开，手中已然空空如也。

“它叫而肥。”门口有人说。

我没出声，缓缓放下被子。

“专门食言的而肥。”那人继续说，“我就知道，你这个病人，是我遇到的病人中最麻烦的。”

门口的是白医生。他的双手插在白色长外衣的兜里，双眼直直地望着我，脸上既不是责怪，也不是无奈。明明五官俱在，我却似看到了一张白纸。

不是纯净的白，也不是色彩的白，而是空空如也的白。

我看不出那是什么表情，读不懂他的情绪，那张脸上什么内容也没有。

所以我不知道他在想什么，不知道他怀着什么样的心思，更不知道他下一步会怎样。

但我已经知道，我此前认识的白医生，音容举止、怒气责骂完全都是虚假的，那都是他故意装出来的，那不是他的本来面目。

现在才是。

他站在我面前，浑身上下的气息却似乎被什么包裹了起来，没有一丝泄漏，只要稍不注意，就有他已不在那里的错觉。

“你说的是什么意思？”我审视着他，想要看出点什么，但完全看不出，我只好开口问。

“若是以前，你即使只嗅到味道，就该知道那是什么东西。”白医生在门口让出半个身位，示意我出来。

我放下被子，替麦香好好盖上，走出门。“你了解我的过去？”

“我对你的过去一无所知。”他很快浇灭了我心中的一丝期盼，带着我一转，转进了隔壁的值班室，关上了门。

我坐到椅子上，准备漫长的谈话。

“对于过去，你真这么在乎？”他随意地坐在办公桌边，手重新插回兜里。

“对眼前发生的事情一无所知，不是很尴尬吗？”我说。

“你不是照样应付自如吗？”白医生望向窗外的夜色，“你可知道很多人想要忘记过去却无能为力。”

“其实，无所谓。”我突然笑了声。

“哦？”白医生回头望我，波澜不惊的面孔上闪过一丝诧异，旋即又恢复成原来的寂然。

“我以为你会跟我讲讲我的过去呢，不过看样子，真如你所说的，我的过去，你一无所知，所以，我们的谈话到此结束了。”我站起来，准备离去。

“对于你过去的记忆，我的确一无所知。”白医生顿了顿，“但对于你的元位，我多少有些了解。”

“元位？”我站定，欲听下文。

“尘落于土，水流归海，花开于枝，兽啸于林……任何事物都有其特定的范畴和领域。这种特定的范畴和领域，就是元位。这个世间的一切都有它的元位，而你的元位，” 白医生说，“我已经触手可及。”

“你能直白点吗？”他的拐弯抹角让我气结。

“如果你有过去的记忆，当前你心中的三大问题就会迎刃而解。”白医生对我的问话置若罔闻，吊人胃口无疑是他拿手的。

我静等。因为他猜得对，我心中的确有三个疑问。

“那些白色的小虫是什么？为什么你能看到它们？为什么你一吃饭就会吐？你现在想要知道的是这三个问题，对吗？”白医生露出一丝看透我的优越神情，同样一转即逝，若不注意，很难察觉到。

“你既然猜得出来，那么一定也会替我解答了。”我说。但第三个疑问，他说得不对。

“那些白色的小虫，是灵。”白医生说，“你看得到它们，是因为你在这世间的元位特殊。第三个疑问的答案，也是如此。”

“你不觉得你什么也没告诉我吗?”我瞪着他。灵啊什么的，我完全没概念。

“现在，我就来看看你的元位。”白医生从兜里伸出了他的右手，并摘下了套在上面的白色薄手套。

他的手白皙而细长，五根手指伸张成一个奇怪的手势，在柔白的灯光之下，水波般的掌纹犹如旖旎的湖面，带着蛊惑人心的力量。我只觉一阵恍惚，回过神来时，我周围的场景已经完全变了。

周围阴暗黑沉，视线看不出太远。

白医生站在我旁边，手在虚空中抚摸而过，一排长匣依次出现，看似悬在空中，却是平平稳稳地搁置着。

“你的位置就是这十二个木匣中的一个。”白医生说。

“我的位置是木匣?”那些木匣之上纹理清晰，每一个的纹理都不一样，有的纤细如丝，缠绕着伸展开去，有的线条很粗，像燃烧的火苗。不管如何特别，但我的位置是木匣，这让我无从理解。

“是。”白医生点头。

“匣中有什么?”我很好奇。

“斩灵之剑。”白医生说话间已经打开了一个匣子。

“如果我的位置是剑匣子，那么我的身体里就有一把剑? 哈哈!”虽然我没什么常识，但我还是觉得很好笑。

白医生郑重地点了下头。“你的身体里真有把剑，不过，具体的关系倒没有当前这样的剑匣子和剑的关系这么直接。如果通俗一点，你可以这样理解，你是属于剑的，剑也是属于你的。”

“那么，我是哪把剑的匣子?”我停止了笑声。

“我不知道。”白医生说，“每个剑匣都有名字，每把剑也有名字。你没有名字，所以我不知道你是哪把剑的匣子。”

“你不妨说说，这对我意味着什么吧!”我把事情尽量简化。

“每把剑都有特殊的力量，可以斩灵，而与之息息相关的剑匣，自然拥有斩灵的能力。”白医生回答。

“这就是为什么麦香身体里的灵会被我杀死的原因了吧?”我终于明白了某些事情。

“是。”白医生习惯性地顿了顿，“不过，这也正是麦香身体里的而肥会钻体而出的原因。”

“我正要问，而肥离开了麦香的身体，麦香就没什么问题了吧？”我感觉到白医生话里的转折，隐隐觉得忐忑，连问话也稍有迟疑。

“你觉得呢？”白医生不冷不热地反问。

我心中已经有了答案。

白医生的全名叫白泽。

除此之外，对于他的一切，我没有过问。

他告诉了我有关灵的一些常识，也告诉了我普通人类对灵的认知仅仅停留在想象阶段，并告诫我不要在人类当中谈论这类东西，否则会被人当神经病。

直到越来越多对我陌生的词汇引入被我打断之后，他才开始谈正事。

整个过程之中，他都收敛着自身的气息，脸上没有一丝表情，也不谈及自己。

我有种感觉，他在戒备我。

白泽告诉我，麦香身体里那些名叫而肥的灵已经离开了她的身体。

灵的生长是个极其漫长的过程，而麦香身上那些而肥从产生到有能力离开，不过两天，这其中，我所做的贡献是尤为突出的。

我知道他在嘲讽我。我在不知所以然的情况下，做了件蠢事。我这个剑匣无形之中给了而肥压力，迫使它们在极短的时间内飞快地吸取营养以寻求自保，将麦香的灵体顷刻吞食得千疮百孔。

白泽还告诉我，幸好我没有在灵出现形体之后接触麦香的身体，否则，恐怕而肥就要以麦香的身体为战场，将她的灵体作为力量的源泉，与我做殊死拼搏。那样，麦香的灵体一定会被完全吃掉，最后连活命的机会都没有。

从与我接触过的那只而肥来看，这是很有可能发生的事情。面对我时，它根本没有试图逃走，因为它深知自己无法逃走，那是一种绝望之下的反扑。

我已知道，灵体破损会造成记忆的丢失和残缺，并直接导致部分身体功能无法正常运作。以当前麦香的受损程度来看，全身瘫痪已是必然，至于记忆的损失却不得而知。

而且，灵体破损无法自动恢复，要找到那些而肥，一一杀死它们，然后用特殊的方法把它们吃掉的灵体镶嵌回麦香的灵体里，才有可能让麦香的灵体得以还原。

“是有可能，不是一定。”白泽说到这里时，特别强调。

他的办公室四面张贴着一些人体结构图，还有几具骷髅骨架。原本办公桌上还放了几张动物的手绘画，但在谈话的过程中，他已不经意间收了起来。

“至少得试试。”我说。

“据我所知，而肥这种从人身体内部产生的寄生灵一般都离不开寄主，这其中必有蹊跷。而它们的数目有成百上千之多，要找回来，谈何容易。”白泽再浇冷水。

“而肥是因何而来？”我从白泽的话里抓到些关键，试图从源头开始理顺。

“古人曰：食言而肥。”白泽在纸上写下四个字，递到我的面前，“《风谈》有载，启嵝国君之子而肥，书万言谏君之过，君盛怒，指书简曰，言成文乃实，食之吾当改。闻之，尽吞简，乃死。君不改如昔，三日后，暴薨。国师曰，而肥咎其食言矣。‘食言而肥’这四个字，现今已演变成指代不守信用，承诺却不兑现的意思。”

“原来是这样。”我看着白泽递过来的纸。

失忆并没有影响我的阅读能力，纸上“食言而肥”四个字我认了出来，旁边还配有一只画得栩栩如生的虫子，正是我此前见过的而肥。

“也就是说，产生而肥的原因，就是不守信用，对吧？”我自然而然生出这样的疑问。

“大致上是这样，只是不管自古，还是如今，不守信用，说话不算的人多如牛毛，数不胜数，而生过而肥的却只是九牛一毛，像麦香这样的严重事例，我从未遇到过。”白泽说。

“也许是麦香特殊吧！”想到麦香的样子，我忍不住叹了声。

“说到这个，是有这样的说法。”白泽记起什么般，“人类体质各有不同，有的容易招惹灵物，适宜灵物寄生和成长，麦香恐怕就是这样的。”

“你发现麦香身上出现而肥是什么时候？”我又问。白泽显然比我早发现。

“是肖雨送她来住院的时候。”白泽说。

“所以，别人身上有灵的时候，你也能看到，对吧？”用元位的理论来理解的话，他和我的元位差不多吧，我猜测着问。

“我和你不一样。”白泽用那没有丝毫温度的语气回答我。

“不管是感觉还是看到或是其他的什么办法，你总是知道它们在那的。”真是沉闷啊，我倒宁愿他是之前的那副德行，“那么，肖雨身上的那只灵，你也知道的吧？”

“那是仿似。”白泽说到这个的时候，又在纸上飞快地画起来，画完之后写上了两个字。

“虽然不知道那意味着什么，总觉得不是什么好事情啊。”我打了个哈欠。

“为什么要扯到他？”白泽语气稍稍变化，略有疑惑。

“只是脑袋里一下就出现那只灵攀附在肖雨背后的情景了。”我微微一笑，“隐隐约约感觉而肥和这仿似脱不了干系。”

“连逻辑都无法建立的家伙，却在这推理吗？”白泽冷冷地哼了声。

“都说是直觉了，直觉而已。”我站起身挥挥手，“我先回房休息，明天见。”

全身又开始乏力了。

走到门口时，我忍不住回头说："你绷着不累吗？收敛着气息是怕我发现你也是灵吗？"

白泽刚要说什么，我已收回高深莫测的表情，掩上了门。

经过一晚上的调整，体力得到了很大恢复。扯开病房的窗帘，明媚的阳光透过窗户落在脸上，有一丝早上特有的清冷。我忍不住展开双臂，伸了一个漫长的懒腰，骨骼被拉扯得咯咯作响，全身上下有种说不出的爽快。

我下意识地在病号服的口袋里掏了掏，却不知道自己要掏什么，只好打了个哈欠，顺手摸了摸一团枯草似的头发，准备出门去找白医生。

洛阳正好推开病房门走进来。

"办出院手续。"她手中拿着一张单子，脸上的笑意依旧不怎么明显，说话间已经将一支钢笔递到了我的手中。

"出院？我没提过这个要求啊。"我盯着那张单子发愣。

以我当前的情况来说，确实可以出院了，可问题是出院了去哪。在这里我好歹有几个熟人，一跨出医院，举目无亲，那种感觉一定很可怕。

我脑海里想过这个问题上百遍了。

"白医生说的。"洛阳强调了一句。

"我不走。"我赶紧坐回床上，嘴里还不忘小声责备白泽，"姓白的那小子昨天还聊得好好的，今天就翻脸！"

"你家人来接你。"洛阳看着我无赖的模样，无可奈何地摇摇头。

听到这话，我停止了装模作样，目光望向她，寻求确认。

"你先签个字，待会他就上来了。"洛阳再次把单子递过来。

"我签什么字？"我不知如何下笔，我连自己的名字也不知道，医生和护士也从来没叫过我的名字。

"写床号。"洛阳说。

我只好有些不情愿地写了个"1"上去。

刚写完，白医生已经带着一个十五六岁的少年走了进来。

少年头发乌黑细长，颇为随意地披在肩上，挡住了双颊，上身套一件松垮的方格子衬衫，下半身则是一条更为松垮的裤子，一眼看去有点奇怪，多看几眼时，却又指不出什么缺点，有种浑然天成的协调感。

他个子不高，差不多只到白泽的肩膀处，但与白泽并排站立的时候，我的目光一定只会停留在他身上。

打量完全身，我才仔细看他的脸。

那是一张永远也睡不醒的脸，双眼迷离，视线似乎落不到任何一处，刚一个照面，就已经打了数个哈欠。

没有什么亲切感，却也讨厌不起来。

“你是我的谁?”见他那副不紧不慢的样子，我扫视了一下那绷紧脸的白泽和好不到哪去的洛阳，让我亲人相见的热情顿时消减了不少。

“走吧。”少年朝我摆了摆手，又打了一个哈欠，不等我答应，已经转过身去了。

我眉头一阵抽搐，顿时尴尬，几步跨了过去，一把搂住了他的肩膀，往我身边揽了揽。“好小子，还是老样子，不错。”

“好像你记得我似的。”少年灵活一闪，避开了我的手。

“都来接我了，就不要这么冷漠嘛!”我干笑几声，“何况，我还是个病人。你不会这么狠心的吧?”

“我倒是想把你丢在这算了。”少年的步子迈得很小，却似滑行一样，让我疲于追逐。

“你怎么可能舍得让我在这孤苦伶仃呢?”我讨好似的笑着，紧跟着他的步伐，生怕走丢了。

“比起孤苦伶仃的你来，我对而肥更在意。”少年丝毫不在意我这颗一再受伤的小心脏。

我竟忘记这回事了。

麦香还躺在病床上等着我去救呢。

我立刻停住了脚步。

“要回去?”少年没有回头，却在我停步的同时也停了下来。

我轻微一笑。“不是你提醒我还有没做完的事吗?”

“我只是随口一说罢了。”少年转过身，一屁股坐在了沙发上，“到家了，随便坐。”

我左右一看，才发现不知何时已经到了一个不宽不窄的房间里。屋子里没有什么东西，显得有些空旷，和我住过的病房差不多。

明明才走了几步，到底怎么回事？我不禁纳闷。

“而肥的事，凭现在的你根本无从化解，回也是白回。”少年接着又说。

显而易见，他比我了解得更多。

“你既然知道一切，为何不出手?”我审视着他，带有谴责的意味。

“咎由自取。”少年用那散漫没有焦点的视线扫向我，让我忍不住回避。他略微一笑。

“就凭这么一句话，你就想说明麦香承受的那些是她该承受的吗？”我冷笑，“她那么单纯可爱、待人如己，我敢说，她的心里连一点阴暗都没有，什么狗屁咎由自取！”

“看来，你还是明白咎由自取的意思的。”少年对我的怒意毫不动容，头枕着沙发，哈欠不断，“正是她单纯可爱，才低估了后果啊。她对别人轻而易举地给予了承诺，却又轻而易举地忘记承诺，她把自己的言语当什么了？”

我突然很不安。

“说者无心，可是闻者有意，言语明明是重要的东西，却如此肆无忌惮地戏弄，世人真的早已丧失了敬畏之心吗？”少年侧过身去，发出轻微的鼾声。

我倒在凳子上，颓然垂下了头。

第二十七章　夜养

我脑海中模拟过很多次与亲人见面的场景，亲密拥抱抑或携手谈笑，手里不一定捧着鲜花，却会带着温暖的笑容，问下我是否想他，又或者什么话也不说，只是静静地望着我，伸出一只手来……

我尽可能地想象，想着想着便笑出声来，不过，我必定会把房门锁死之后才敢想这些，因为担心被洛阳或是其他的护士看到，说我傻。

我唯独没料到是这样的情景，身穿着白蓝线条相间的病号服，跟在一个连名字也不肯告诉我的小屁孩后面回家，结果还被冷落着丢在了一旁。他倒好，自顾自在那没心没肺地睡大觉。

其实早可以预料到的，昏迷那么久，我都没人理、没人睬，怎么可能突然改变呢？要是我恢复了记忆，发现他只不过是我儿子，我非揍他一顿不可。

房间内物品极少，除了一张堆满了纸张，仅露出半个角的木制书桌，就只有少年躺着的皮质沙发和我坐着的木制凳子。四周的墙壁和地板，以及天花板，铺着亮褐色调的木板，散发出一种清淡的香味。

四面都有一扇宽约一米的透亮窗户。

窗户的边框使用的是相同的木料材质，没有玻璃，也没有任何遮挡，却没有风拂动的迹象，从屋内向任何一个方向望去，都能看到空旷的天空，蔚蓝的背景里，有几朵白云浮动。我走到窗边，视线往下，才发现我此刻所处的位置是在一栋高楼的顶端，周围的建筑均矮了不知多少，车水马龙的街道，犹如蛛网一般匍匐在地上。

这应该是整个城市最高的楼，而我们，就在这楼的顶楼上，整个城市都在我的眼皮底下。

以前，我就住在这里吗？我摸索着墙壁，目光打量着房内的一切，却没有什么熟悉的感觉。

“叮……”寂静的房间内突然响起了金属敲击声。声音来自我身前的那张桌子，几张写满了符号的稿纸飘落到了地面，一部金属色泽的电话露了出来。

我走近些，扒开那些写满了符号的纸，抓起听筒。

这是一个古董电话，青铜的底座外壳上绿锈斑斑，看得出有些历史，听筒倒是整体锃亮如新，闪耀着冷冷的金属光泽。

“喂。”听筒里传来一个低沉沙哑的声音。

“哦。”我随口应了一声。

“贺吗?”那边问。

“是。”我刚要回答，少年已不知何时到了近前，抢过了听筒，声音压得很低沉，刻意装出几分成熟。

“您有时间过来了吗?”我从旁边听到对方的声音，很是客气。

“明天我会来。”少年挂了电话。

“贺。”少年坐回沙发上，面对着我说了一个字。

从刚刚电话的内容来看，贺似乎是这个少年的称呼。他冲着我叫自己的名字，我迷惑了。

“明天，有件事需要你去做。”少年说。

“刚刚有人也叫你贺。我们，谁才是贺?”我意识到他原来是在叫我。

“贺是你，我是夜养。”少年回答我。

“夜养，贺。”我重复着这两个名字，没什么熟悉感。

“名字原本就只是个代号而已，是不必在意的东西。”夜养见我反复喃喃，说道。

“那还不如叫我‘1’，我没那么别扭。”对我来说，“贺”这个字眼，远没有作为床号的“1”熟悉，麦香、洛阳在最开始的时候都是以“一床”来叫我，后来熟悉了些就直呼我为“1”。

如果声调变一变，就完全符合我面对这个世界时内心不停在翻转的声音。

咦?

这个世界原来是这样，又或者，原来这些事情我心里都明白，诸如此类，都会在理所当然接受一切的同时，内心莫名地泛起疑问，犹如在镜湖之中掉进一颗石子，激荡起一阵由深而浅的涟漪，不多时，又悄无声息地自行消散了。

“不过，”夜养话锋一转，“‘贺’这个代号现在还有些事没做完。”

“要做什么?”我问。

“去见一个人。”夜养手向前微伸，地面有张纸朝他飞了过来，他抓着纸的顶端，纸上是一张人物画像。

那是一个微胖的中年男子，戴着白边浅金的眼镜，双眸之中精明的光泽遮掩不住，带着锐利的射线，嘴角和眉目布满了笑意。我脑海里突然浮现他一副笑面相迎，眼镜后却是冷眼相望的样子，背后无端泛起一阵凉意。

“刚刚打电话来的人？”我很快将两者联系了起来，却又觉得嗓音跟眼前的面孔无法搭配。

“他只是想找个人，讲一些他无法理解的怪事。”夜养说。

“我以前就在做这样的事吗？”我不禁好奇，对方直呼我的名，显然是对我有一定了解的。

“刚刚，你是在模仿我的嗓音跟对方说话吧？”我问。

“以前啊……”夜养望了望窗外，再回头时却已经换了话题，“嗓音的话，确实是模仿你的。”

没有下文的以前，我也知道没什么好多问的了。

明天就权且去听听怪事吧。

坐在我面前的中年人头发稀疏，身上披着光亮柔滑的毛皮大衣，但即使外面阳光普照，他也是一副瑟瑟发抖的样子。他没有戴眼镜，眼眶青紫充血，似乎有半个月没有好好睡过。

若不是夜养在出门的时候又给了我一张跟眼前景象类似的画像，我不会相信这个中年人就是此前画像上的那个男子。

夜养告诉我，他叫乐申，是个坐拥财富和名声的人。

他的双手都藏在大衣里，大衣的外表在微微抖动，颔下青筋暴露，显然是在努力克制浑身的战栗。

他的身旁站着一个极年轻的女子，穿着干练，曲线柔美，有着十分好看的眉目，但细看时，棱角分明，犹如刀削一般过分精致和冷艳，让人有不易靠近之感。

从我一进门开始，她就直直地盯着我，眉头微皱，不曾离开过分毫。她的眼中透露出强烈的审视意味，并毫无保留将它展现于外，生硬地刺在我的身上。

“贺先生，很高兴您能来见我。”乐申很客气地向我打声招呼，声音沙哑，比起昨天电话里来还要低沉几分，带着漂浮的无力感，似乎声音不是从他身体里发出来的，“我无法亲自去迎你，请勿见怪。”

“无碍。”我制止了他的客套，在他对面一张红木椅上坐了下来。

这个房间之内，装饰摆设极为讲究，在乐申周围的地面上，八块黑色的休元木以特殊阵形放置，制造出一个小型的结界。

虽然我脑海里第一时间出现了休元木和结界这些词汇，也知道这个结界起了一定的作用，但具体是什么作用，我并不知晓，只觉得那一刹那，很多结界名称在脑海里浮现，却都不是眼前结界的名称。

另外，这个房间里很多东西很扎眼，它们都带有积极表现自己的欲望，纷纷跃入我的眼帘，不容我忽视。仔细看时，却又不过是静静地摆放在那，和周围的其他物品没有两样。

“如果可以的话，开始吧。”我从口袋里拿了包烟，点了一支，深深吸了一口。

这是我在家门口买的。此前我一直用手摸口袋，总觉得少了点什么，塞了包香烟之后发现正好。点燃第一支的时候发现自己驾轻就熟，显然这是我失忆之前的强项之一。

“我丢了一样东西。”乐申低思一阵，抬起头来时，眼中充满无奈的迷茫之色。

我静静吸烟。没有出声，红木椅坐着很舒服。我坐低些，跷起二郎腿，刚买的皮鞋和裤子都不太合身，浑身不自在，我忍不住又抖了几下。

乐申身边的女子没有变换表情，连目光都没有变化。

“是什么东西？”乐申说了那句话之后就陷入了迷茫之中，没有主动说下去的意思，所以我只好问了一句。

乐申苦笑着摇了摇头。“我自己也不知道。”

不知道自己丢了什么，却总感觉自己丢了东西，这种感受我也能明白。

“自从感觉自己丢了什么，我就一直没办法再安心做其他的事情，心里纠结于这个问题，没办法解脱，每日坐立不安，食不甘味，夜不能寐……”乐申描述的时候，缓缓地伸出双手，手上刀痕道道，“这样能减轻我的痛苦，可以短时间内让疼痛来转移我的思绪，但只是极为短暂的几秒钟。”

“即使我用药物来强制入眠，也还是会从心慌的噩梦中惊醒，漫无目的找东西以求心安，直到把房间翻得乱七八糟，直到筋疲力尽才能停下来。我也用各种奇怪的方法来遗忘那件让我不安的事情，但没有任何成效，不安的感觉依然在那里。”乐申渐渐喘气，双手紧紧地拽着毛皮大衣，指甲处先前的伤口再次被抓裂，渗出鲜血来。

烟雾缭绕在我的眉前，我的手敲打着扶手，发出一声声闷闷的回响。“我能帮你？”尽管听了那么多，我还是不知道这跟我有什么关系，而且，听上去也不像是在说什么怪事。

乐申停止了诉说，点了点头。

“你怎么知道我就一定能帮你？”我好奇地问。毕竟，我不知道自己能干点什么。

“因为，你是猎灵人！”乐申眉目突然大展，面色有些诡异地涨红，嘴角极不协调地带着一丝笑意，似乎知道我对他来说是一件值得自傲的事情。

“哦?”我停止了手中的动作,眉头微皱些,“猎灵人”三个字犹如一道闪电极速穿过我的脑海,以致头皮有一阵异样的酥麻。

我对这三个字的熟悉感远超白泽所说的剑匣子。

怎么我的身份一会儿是剑匣子,一会儿又成了猎灵人?

“我用了一切可用的途径和手段,才得到了有关您身份的消息。您斩妖除魔无所不能,自然可以帮我。”乐申双眼之中激荡起激动的光芒。

“对不起,我只是过来听听所谓的怪事,至于帮忙什么的,我可没办法做到。”一支烟刚好抽完,我在烟灰缸里摁灭了烟头。

“是我给的钱不够?”乐申脸上的兴奋瞬间消失。

“跟钱没什么关系。”我摆摆手,钱除了能买烟,没有其他意义。

“我再加钱,你要多少?”他没把我的话听进去。

“你知道我的身份,说什么斩妖除魔之类的东西,这跟你丢了东西产生的不安有什么关系?”我没来由地冷冷一笑。可能是他说钱的事情让我莫名不爽,又或者是“斩妖除魔”这几个字,总之,我突然想要走,离开此地,不要再跟他说话。

“你还不明白吗?我的身体里有灵啊,是灵让我变成这样子的!”乐申有些激动,继而想明白了什么,悲哀地叫了起来,“你不是猎灵人!否则早该知道我身上有什么才对!”

“我自己是不是猎灵人,我不能确定。”我站了起来,目光直直地盯着乐申,语气坚定,“但我可以肯定,你的身体里,根本没有什么灵。”

我站在窗台处往高楼下望,手中的香烟在我的摆弄下断成了两节。

“猎灵人”三个字在我脑海里兜兜转转,有很多画面呼之欲出,远远的模糊一片,就跟我在高楼望地面的景象一样,全是大团大团的混乱色块。

背后有轻风拂过,我转身,夜养出现在原本空荡荡的房间里。

“猎灵人是什么?”我直直地问出心中的疑惑。

“看样子你听到了些东西。”夜养走近我,从我身上掏出香烟和打火机,扔进垃圾桶,“这些俗物以后不要带上来,会弄污这里。”

反正已经抽完了,我无所谓。

“简而言之,就是上天安排专门来猎杀灵的存在。”夜养坐到沙发上,“他们与灵一样,生活在正常人类社会的阴影里,在人类面前掩饰着自己的本来身份。你是其中之一。”

“乐申不过是正常人类,他怎么会知道我的身份?”我问。

“我告诉他的。”夜养打了个哈欠,“这个消息卖了五十万。刚好付你的医药费和住院费。”

我知道五十万数目不小，香烟十块一包，五十万，意味着可以买五万包烟，够我不间断地抽十多年。

“难怪他开口闭口都是钱了。”我说，“那么你帮他除灵，他又给你多少？”

“这个房间，以及房间内的一切。”夜养指了指房间。

房间里并没有太多东西，但绝对不止五十万。

“可你还没有除灵。”我说，手不自觉去拿烟，却又无奈收了回来，“而且，这里也不是我们的家，对吗？”

夜养仰头躺下，阳光洒落，让他的面庞泛起阵阵金色的光辉，黑曜石一般的瞳被阳光穿过，缓缓变得闪耀起来。

“家？”他嗫嚅地说，“我到哪里都差不多一回事。而你，连自己的记忆都丢了，还能体会到家的感觉吗？”

“听到这个字，总是让人莫名心安啊。”我轻轻笑了声，继而内心有些情绪升腾起来，叹了一声。

他，果然不是我的家人。

“那个家伙，把家给弄丢了。”夜养突然说。

“你说乐申？”我想不到别的人。

“你在医院的时候，我去过他的家乡。”他一直望着阳光，似乎要在阳光里寻找什么，“那是一个很偏远的山村，几乎与世隔绝。只有一条石壁上的路可以通往村外，石壁光滑，布满了苔藓，很多地方都已松垮，一不小心就可能跌落。我在崖下看到了很多枯骨，村里人说，是很多想要出村却跌落山谷的年轻人，因为崖下瘴气太多，人不能至，只好让他们曝尸荒野。为了避免这类悲剧，村里的老人们定下了规矩，禁止年轻人私自出村。乐申和三个年轻人经不住外面世界的诱惑，相约偷偷地溜出来，那一晚，除了乐申，其他三人全死在了崖下。”

我脑海里出现一幅月夜图：黝黑的山崖上，四个年轻人攀附着藤蔓石角，斜着向外面的世界攀爬，一个不慎，就有人落下崖去，摔在锋利尖锐的石头上。同伴的坠落引起了恐慌，年轻人接二连三地掉落下去。有的未曾断气，挣扎着爬动，瞬间被瘴气侵染，中毒而亡。

“外面的世界并不如那里。”夜养坐起，双掌相交，抵在额前，“那样的拼命，甚至为此丢失性命也在所不惜，究竟是为了什么？”

我再次听到了他的轻叹，叹声极短、极快，有种不曾发生的错觉。

我觉得他跟以前不一样了，虽然我不记得他以前是什么样子，但我知道，他以前绝对不会出现这个样子。

“不去看，又怎会知道究竟哪里更好呢?”我说，“何况，你又不是他们，怎么知道外面的世界不如他们的家乡。”

“家乡有家，外面有吗?”夜养走到窗前，瘦削的背影对着我，遗世独立。

“乐申把家给丢了，所以才没办法安下心来吗?”只是因为这样吗？我总感觉没那么简单。

“我已经查过，他走出村子之后，就再也没有回去过。一直打拼，极尽算计，终于赢得了今日的成就。”夜养点头道，“他家乡还有父母亲人，但在所有的履历表上，他都从未提及过，他刻意掩藏了他的过去。”

“绝情绝亲是换得今日地位所需要的吗?”我再次加深了对乐申的厌恶。

“无牵无挂，行事更加干脆利落；无所顾忌，自然爬得更高。”夜养背手而立，俯视高楼之下。

“可是，同样换来了今日之患！即使拥有太多，又有什么用，咎由自取，该受此罪。”我冷哼一声，心有快意。

“贺。”夜养淡淡地打断了我，“我本想不管这件事，只是，我知道了他父亲在他偷偷离开的那天晚上跟他说的一句话。”

“我们这辈子是走不出去了，但是你一定要到外面的世界去，如果能留下，就留在外面，不要回来了。”

我把夜养带回来的故事向乐申求证的时候，乐申面带微笑，泪如雨下，重复这句话数遍，不厌其烦，若痴若狂。他说:“我至今都不敢相信，这是我那个日夜只懂劳作的父亲说出来的话。”

“你父亲说，他想你了。”我点燃了香烟，让自己氤氲在一片烟雾缭绕里，“你可以回家看看。”

夜里，我开始做一个重复的梦。梦里有一个让我无法认清的背影，长发凌乱地飘落在地面上，拖曳起落叶和尘土，留下一道长长的划痕。

我在后面怒喊追逐，想要叫停他，但我无论如何也追赶不上。他一直没有回头，渐行渐远。

我不知道自己在喊什么，是在挽留还是在向他表达我的愤怒，他的身影最终消失在地平线下，我的眼前只留下一片苍茫的萧索。那一刻，我心中有阵失落的疼痛牵动我的全身。

醒来后，我总是会有片刻失神，浑身大汗犹如刚从湖中爬出一般，衣衫尽湿。

夜养依然不在，房中空空荡荡，只有穿过窗沿的风，呼呼作响，像是有谁播动着大鼓。

这一夜，这个梦重复了数次，醒来时，月色带有红色的尖角，悬挂在高空之上，夜晚似乎停了下来，不再有天亮的迹象。

我不想再睡了，下了楼。夜色下霓虹闪耀，人流不息，三三两两，欢声笑语。我鼓着腮帮子回望了高耸的大厦一眼，黑压压的巨大楼影笼罩在我的头顶。瞬间我感觉有丝清冷。我点了支烟，快速地穿过人群，走向空旷的所在。

我不喜欢人多的场所，也不喜欢看到太多的颜色，但我不会躲避起来，像一只害怕人世的小狗，呜咽着用爪子挡住自己的眼。恰好相反，我喜欢走出人多的地方，站在一个空旷的地方回过头来，强逼着自己看那些滚滚的人潮涌动，咧着嘴吸吮那可以穿进身体中的温暖烟雾。

斑斓的色彩会浑浊我的双眼。看得久时，我的眼中只剩下模糊的影像移动，各种大大小小的色彩跳跃着闪烁不定。

我顺着附近的墙壁靠下来，屈一只脚、伸一只脚地坐在台沿，仰着头，任由那模糊的眼眸里继续保持着光怪陆离的景象。

人世离我如此之近，却又如此之远。

“借个火。”我的视线渐暗，一个黑影挡在了我的眼前。

第二十八章　魔物

我集中视线，看到一个高瘦的青年双手插在裤兜里，向我俯下身，口中叼着一支未点的香烟。他的脸在夜色的灯光下显出漫散的光辉，犹如一片光滑的白玉，黑眉之下的双眸微闭，却遮掩不住那刺目的红光，嘴角带着狡黠的笑意，像是一只微笑着的狐狸。

我没有动弹。

他伸手从我口中摘了烟头自己点上，站直了身体，深深地吸了一口，然后侧头望着人群，又回过头来望着我，幽幽地说："热闹终究是别人的。你这种人，骨子里生就的不合群。"

"你认识我？"我强忍着，终究没有问出口。因为我不喜欢这个人，非常不喜欢，连话也不想接。

"不说话也没关系。"他又说，"我知道你失忆了，很可惜，我却没办法告诉你太多的东西。"

我打量着他，每一个细节都不放过。整体来说，他不是一个外表让人讨厌的人，说话语气也是漫不经心，我甚至不知道他是哪里引起了我的反感。我支撑着墙壁站起来，没有接他递回的烟头，重新点了一支，避过风口，走进侧旁的小巷。

"这次来，我只是想来打声招呼。"他弹飞了手中的烟头，在夜色里划过一线亮光，"告诉你，我，回来了。"

弹出的烟头莫名地熄灭了。与此同时，天空之中响起了衣袂抖动风的声音，我感觉有重物从我的头顶飞快地落下。我望向高空，一个黑影已经落下。

我连忙伸手去接，手脚却在一瞬间僵直得动弹不了。

一声沉重的闷响在我耳畔响起。有温热的液体溅洒起来，一瞬间，我的双眼瞪圆，眼泪不听使唤地落下，脑海里已经明白发生了什么事情。

"贺，有些事情，我们总是无能为力，对吗？"他没有任何表情地说，轻步从我身旁走过，践踏着地上的血液，消失在黑暗里。

我再次抬头看着天空那红色的弦月，喃喃自语。

究竟，我在哭些什么啊？

我觉得此情此景似曾相识。

血腥的味道在夜风中游荡，地面黑色的液体从黑物附近蔓延开去，像一朵灵异的花在瞬间绽放。

我可以肯定这黑物此前是一个鲜活的人，因为落地之前我曾听到他的叹息声。那是解脱的长声叹息，似是要将身体中的气息在落地之前完全吐出体外。

他的眼被黑发和鲜血遮去一些，在离我不远处的地面生生地望着我，虽然人已气绝，但那双眼中神情鲜活，比活着时还要明亮几分。

在我眼前献祭生命，就是刚刚那个高个青年人带给我的见面礼，我心中已经这样认定。

腥臭的味道在我怒意难耐的时候冲进了我的鼻腔，让我忍不住想吐出来。

这种味道是从眼前的尸体身上发出来的。就在我闻到的同时，他的身体痉挛地扭曲了一下，断裂的肢体和骨骼发出一声声脆响。

从腰部开始，身体开始鼓胀，向着上身游动，很快蹿向了喉部，我看到那张本已摔裂的嘴此时撕裂得更加夸张，下巴几经扭动，一只圆形米白的大虫撑破肌肉和皮肤，从口中爬了出来。刚一探头，就将那米粒般大小的红眼望向了我，浑身急剧膨胀，向我表达敌对之意。

"而肥？"除了体形大了数十倍，眼睛变成了红色，味道更难闻之外，模样和之前见过的而肥没有丝毫差别。只是，此前我所见的而肥是成千上万聚集在一个人体内，怎么这人体内却只有一只，而且体形如此之大？

"嘶！"而肥嘴巴大张，露出圆状的口腔和里外交错的尖牙来，散发着荧光的丝状液体上下牵扯，恶心无比。看它的样子是要向我发动攻击，我不知如何反击，只好站定，等待它先做出动作，我好本能反击。

它果然向我快速扑来，跃起之后，嘴巴撕裂成宽阔的两瓣，似是要将我整个吞下。

"不知死活！"我冷哼，心念之间，手中握住一物，向着而肥掷去。它一声哀鸣撞在了墙壁上，一柄白色的冰剑穿透了它的身体。它没有死，只是首尾摇摆，无法挣脱。

所有动作一气呵成，利落非常。

那真是一柄由水化成的冰剑，很快融化掉，在墙壁上留下一块斑驳。而肥失去了攻击的气力，落在地面挣扎着想要逃离，无奈伤得过重，没办法再移动。

我茫然地看着自己的手，根本不知道那冰剑从哪里来的。

或许，那是跟失忆前的我有关联的事物吧？

我不再去想，因为我相信，总有一天会知道的。

我将注意力放到那面目狰狞的而肥身上。

千百年前王子的忠义之灵，到现在却成了这般凶恶模样，真是天意难测，造化弄人。

等等，而肥以吞食灵体为生，难道长这么大是因为吃了眼前此人的灵体？

白泽也说过，要救麦香，必须找回她身体中厉害的而肥，以特殊的手段收回灵体才能复原，如果眼前的而肥正是从麦香体内逃出来的，抓回去岂不正好！

只是，该怎样将它带走呢？望着这恶心的东西，我犯了难。

夜养不知何时到了我的身边，手中抓着一个贴满了符文的瓶子，对着而肥念念有词。后者身体越变越小，心不甘情不愿地被收入瓶内。

“走吧，警察要来了。”夜养说。

跟着他的脚步，没走几步，我们就走回了房内。这种“缩地成寸”的法术，是夜养的本事。我向他请教，他故作神秘，说什么我不是学那种法术的材料。

回到家，夜养放出了那只受了伤的而肥，蹲在地上瞪着它看了半晌都没动弹。我第一次看到他这么认真，视线收敛，散漫的目光集中在一起，露出金色的瞳仁来。

“他究竟想干什么？”良久，他才喃喃自语地坐回沙发上，将双膝抱在胸前，双眼依旧盯着地板，思索着什么。

“谁？”我很疑惑，不知道他口中所说的人是谁。

“世间所有生灵的存在和成长都是自然造化之功，若本身的存在和成长要靠直接剥夺和掠取其他生灵的灵体来维持，有违天道，此类生灵则被称为魔物。”夜养答非所问。

“嗯？”事实上，我能明白他所说的话，但不知道他意有何指。

“灵的自然成长缓慢之极，到这般大小，少说也要上百年。而肥生于人体，百年之后随人体而亡，本没有多大危害。如今脱离本来宿主，并在短时间内夺取其他人类的灵体，显然已入魔物之属。”夜养说，“重点是，寄生的灵并不具备从一个寄主向另外一个寄主转移的能力，这其中绝对是有幕后黑手！”

“我明白了。”我恍然大悟。

“贺，我有预感，这个存在很危险。”夜养正色说，“尤其是对你。”

“为什么啊？”我极其郁闷地瞪着他。

“因为你一直在跟而肥打交道，显然是被盯上了。”夜养依然正色。但不经意间，我看到他似有似无地微笑了一下，似有期待的意味。

看来他是想明白什么了！可是，我身处危险之中，有必要高兴吗？

白泽急匆匆地走进办公室之后，朝走廊左右看了几眼，鬼鬼祟祟地掩上了门。

我坐在他的办公椅上，手里把玩着夜养的收灵瓶。

这个暗红金属材质的瓶子重量并不轻，外表斑驳，历史悠久，加上上面贴着各种朱砂书写的白纸符文，看上去极其丑陋。

不过我对它收灵的能力极为欣赏，便软磨硬泡从夜养手中拿了过来，并学了几句收放灵的咒语，以备不时之需。

“赤铁炼灵瓶？你可别乱用！”白泽一进来，就绷紧了身体，看到我手中的瓶子之后，倒退一步贴着门口，眼睛里充满了警惕。

“你还有点见识，不过外面已经贴上了减效符。你不用害怕，就算收了进去，也不会炼成灵丹的。”我满是优越感地晃荡了几下瓶子，有点小人得志。

我早怀疑这小子来路不正，果然有猫腻。

“我可不想拿性命开玩笑。”白泽低咳一声，“你来找我什么事？”

“我抓了只而肥，想来问问你怎么让它把吃掉的灵体吐出来。我可不能让麦香就这么在病床上躺一辈子。”有正事在身，也没时间多逗弄他，便咏动了放灵咒。那只让人恶心的而肥哧溜一声掉在地上，身体比之前小了几分，浑身上下尽是黏稠的液体，似是要融化开来。

“你说这是而肥？”白泽望着地上的而肥，靠近了几步，想看得仔细些。

“不是而肥吗？”见白泽的表情，他似乎不相信这个事实。在我印象中，白泽也算是个有渊博知识的人，难道而肥变大之后就不认识了？

“而肥食言，而此物恐怕不仅是食言这么简单吧！”白泽盯着地上挣扎的而肥，眉头微皱，“《风谈》有言：形状而名定，形名不可分，若形变则名变。这物此前被称为而肥，是因其细小形状和食言的秉性，如今性情大变，更有凶意，已非而肥之类。”

“之前你不就说是而肥吞食了麦香的灵体吗？怎么现在又不是而肥了？”我很疑惑。

“首先，麦香体内的，的确是而肥，并且因为你的介入，导致了而肥的本能惧意而快速吞噬麦香的灵体以促进成长，最终脱离了麦香而去。开始时我怀疑，这只是麦香因违背了诺言而产生的而肥，又因你导致了如此后果，但是现在看来，这些而肥的出现是别有因由的。”白泽继续打量着地上的大虫，似乎在寻找什么。

我没有打扰他，静静地等待他给出答案。

他从旁边的手术车上拿出一把锋利的手术刀，在而肥的脑部划开一道细长的口子，接着，用戴着手套的右手从那口子中挑出了一粒黑色的小颗粒，并迅速将其装入办公桌上的一个小玻璃瓶里，盖上盖子。只见那个黑色颗粒猛然膨胀开来，犹如一团黑色的烟雾，一下就将整个玻璃瓶充满了。而肥则飞快变小，变成了半透明状，和此前在麦香病房所见的一模一样了。

“此物曰荒芜，《风谈》将它分在‘邪物’卷中，是不折不扣的邪魔之物，有惑乱心神的能力。它不是活物，只有与其他生灵相融合才能产生影响，激发生灵内在最为凶残的性情。”白泽讲解道。

“如你所说，这种死物出现在而肥体内显然是很不正常的了。”听到这里，我心中已明朗了起来。

“定然是有人从中作梗。”白泽肯定了我的话，而后顿了顿，“而且，如果我的推断没错，麦香身上的而肥也不是自然而生的，而是有人施加了推力。”

“竟把麦香的身体当灵物的培养容器！这个畜生！”我已大致明白了原委，心中怒意难抑。

“恐怕不只如此。”白泽欲言又止。

“你是想说，我也被算计在了其中，对不对？”我明白他要说什么。而肥的快速催化，我的确是其中的关键人物。

“而且，他在你之前将所有的而肥从麦香身上弄走，显然你的行动一直在他的关注范围之内。你去看麦香，自然极有可能也是那人的预谋。”白泽见我明白，便点了点头，补充道。

夜养所料不差，我果然是被人盯上了，而且，还无形之中做了帮凶。

是他吗？我回想起昨晚那个让我感觉非常不好的青年男子，那双赤红的眸，跟魔化后的而肥倒是极其相似，但是，他一直潜藏起来不是更好，又为何要现身在我的面前，让我有所防备呢？

“你是不是想到了什么？”见我沉思不语，白泽问道。

“还没有太多头绪。”我摇摇头。因为我同时想到了另外一个人——当时，是洛阳告诉我麦香生病的消息的，莫非她是有意为之？

我的身边究竟隐藏了多少未知的危险和心怀叵测的人？

“总之，你多加小心吧。”白泽轻叹了声，“荒芜这类魔渊之物久违人世，如今重现，真是让人忧心啊，希望不是魔渊的家伙带来的才好。”

“听你说得这般凶险，这个玩意儿要不要用什么特殊点的方法封起来？”我看那装荒芜的瓶子就只是个普通的玻璃瓶，颇为担心。

“你知道它为何被冠以‘荒芜’之名？”白泽拿起瓶子，反问一句。

不及我回答，他已经打开了瓶盖。瓶子中那团烟雾并没有再变化，似乎凝聚成形了一般。

“它虽然形态多变，但并无意识，并不会主动侵扰生灵，被冠以荒芜之名，只因其被荒芜了内心的生灵所用，而终成魔物。”白泽说，“最凶险的，是荒芜了内心的生灵啊。”

白泽在纸上用毛笔画下了一个圆形的复杂图案，并将而肥放到了图案中间。在白泽抑扬顿挫的话语之间，图案开始光影变幻，而肥在其间慢慢浮游起来，仿佛被什么撕扯着要分开来，一会聚拢，一会分散。良久之后，光影消散，而肥从浮空状态重新掉落纸上，一如之前鲜活。

“怎么会这样？”我看着满头汗水的白泽，心中隐隐不安。按他的说法，通过这个特殊的法阵是可以将而肥重新化为灵体，送回麦香体内去的。

“找不到麦香的本体所在。”白泽拭去头上的汗珠，疲惫地坐回椅上。

“这话是什么意思？”我瞪着白泽，情绪很是激动。

“她似乎已经不在人世了。”白泽轻叹道。

“不可能！”我扭头就走，拉开了办公室的门，朝着重症病房跑去，似乎那日找寻麦香的焦急心情又重新回归，也顾不上撞倒了别人，急急忙忙地就到了麦香所在的病房。

门紧闭着，推了几次都推不开，我急不可耐地一脚踹了上去。门应声而开，病床上的麦香没了踪影，她的男友肖雨坐在另外一张病床上，表情木然，仿佛石化了一样。

“发生什么事情了？！”我疯了一样翻遍被褥和可以隐藏的地方，连小橱柜都没有放过，可是，找不到麦香的一点痕迹。我冲到肖雨的面前，几乎是用咆哮的声音对着他吼。

无论我怎么摆弄他，他都没有丝毫反应，连眼都未眨一下，甚至连呼吸声都没有。

“你冷静一点！”白泽已经气喘吁吁地赶上了我，见我几乎失控，连忙劝阻我的行为。

“你要我怎么冷静！”我一把甩开他，麦香那清新可人的面目在脑海里挥之不去，我紧捏着拳头，对着虚空狂吼道：“到底是谁要这样赶尽杀绝？！用这样的手段对付一个弱女子？！等着吧！我一定会找到你，亲手将你正法！”

“你给我控制好自己，失控的话会伤及无辜的！”白泽将我紧紧地摁在墙上，想要制止我。

他的双手根本没有什么力气，我稍微用力就挣脱了他的束缚。“我才不会顾忌什么无辜，要是不把麦香还回来，我就把这个城市都给翻过来！”

“果然还是不行，果然还是不行，哈哈，哈哈！”肖雨在这时却形若癫狂地大笑起来，视线聚焦在麦香的病床之上，仿佛被定死了一样。

“你说什么不行！”看到肖雨开口，我抓起他的衣领，怒声质问道，“你是不是知道什么？麦香到底怎么了？”

“不行，还是不行，我果然没有感觉。”肖雨表情极其古怪，面部的肌肉不自然地抽搐着。

“你在胡言乱语些什么！”我完全被他惹恼了，手上的力道又重了几分，几乎将他举了起来。

“他只不过被吓傻了，你这样会勒死他的！”白泽在旁说，却不敢靠近我。

我没有把白泽的话听进耳里，只是静静地等待着肖雨身上的腥气越来越浓。果不其然，不久之后，一个白色的躯体从肖雨的后背渐渐显出来，继而像一个气球被吹胀一样，头颅从躯体里面缓缓抬升起来，黑色的发闪落下来，几乎触到我的手上。黑发分开之后，一个几近清晰的人脸带着笑容和明亮的眸好奇地望着我。

“麦香？”白泽诧异地唤道。

“她不是麦香，只是灵物而已！”我硬生生地回答道，“肖雨被吓傻了，这只寄生的灵，自然不会一无所知？”

“类人之灵？情人所负？是仿似！”白泽恍然大悟，“《风谈》倒是有载名目，只是其内文早已残缺，弄不清楚其根源了。”

“不管其根源怎样，现在的重点是要它说出这里究竟发生了什么！”此前就知道，我的存在对灵物有着强烈的压迫，此时才能迫使它现出形状来，也就是说，我也可以逼它说出我想要听到的东西，“告诉我！”

仿似没有说话，只是摇头晃脑，既没有惶恐，也没有什么其他的表情，不时扑闪着眼睛，像个不通人情世故的小孩。

“你说还是不说？”我空着的手抓了过去，捏在了它脖子上。那触感和真人竟有几分相似，我不由一怔。

仿似发出一声轻微的悲鸣，嘴巴张开来，口中的一切却没有长全，舌头、牙齿等物都略有透明，吹弹可破一般。

“该死！”我手松开一些，但立刻又抓紧了，“敢冒充麦香！我这就解决了你！”说罢，手上力道渐重，就要将它生生从肖雨身上撕扯下来。

“我留着它还有用处，你这么做，可是让我很为难啊！”肖雨的手突然抬起，重重搭在了我的手臂上，低视着我的眼中充满了无奈。

漆黑的眸开始慢慢地被星星点点的赤色所填满。

周围瞬间被黑色的雾气所萦绕，随着他眸子变赤，彻骨的寒意从肖雨接触我的地方飞快蔓延到了全身。

第二十九章　清醒

我开始嗅到一种非常不爽的气味，那就像是地底深处腐烂发霉的动植物尸体所散发出来的味道，不只让人窒息，更充斥着死亡的寓意，让我想要尽快避开，一刻也不愿在此地多待下去。

但偏偏逃离不了，那些黑色的雾就像一只只触手缠绕在我的脚下，我甚至感觉有僵硬的爪子握住了我的脚踝。空气中传来呼啦的风声，盘旋着震彻我的耳膜，而我的衣袂却尽数静止着，丝毫没有舞动的痕迹。

病房中的一切都看不见了，只剩下肖雨和那双赤红的眼。虽然是我举着他，但占据了主动的无疑是他。

"原来你早就知道这灵的存在！"我讨厌他的眼。他的眼里表面是无奈，但更深的是不屑，然而，我直视着，我想要看清楚，那眼眸之中隐藏着什么。

"她看起来很可爱，对吧？"肖雨凌空退后一步，同时手臂一展，将我甩飞出去。我们两人之间的距离瞬间拉开了数十丈。我只觉一阵眩晕，可依然动弹不得，那些束缚着我的触手依然存在，似乎刚刚就不曾松开过一样。

四周都是虚空，没有墙壁，白泽也不见了。

"麦香还一直以为是她自己用了什么方法让你变得不像以前了，亏她还傻傻地去弄什么解除的方法，却没想到过，是你自己养了这样一个灵在身上，还害得她生不如死！"我放弃了挣脱的打算，此刻，我更多的是想要弄清楚麦香的去向。

我不愿意她就这么死了。

"你说错了三件事情。"肖雨语调缓慢地陈述，"第一，她的确去找了人下咒，我身上出现仿似这个灵，正是咒产生的效果。第二，害得她生不如死的，不是我，是而肥，而而肥，正是麦香自己去取消咒所产生的反噬。第三，她现在不是生不如死，而是已经死了。"

"你就这样眼睁睁地看着她经历这些？凭你的能力，要救她，易如反掌！"我不敢相信他就这样说出了原委，还能一脸无所谓，似乎麦香跟他没有任何关系一样。我双眼胀痛，咬牙切齿，想要将他生吃活剥。

“为什么要救?”肖雨听到我的指责，表情稍有变化，冷哼了声。

“为她煲汤，嘘寒问暖，甚至吃醋，难道你对她就没有丝毫怜惜之情？你们之前的感情都是假的吗?”我只想弄清楚，眼前的这个家伙，到底冷血到什么程度。

“那不都是麦香自己的意愿吗？与我有什么相干。”肖雨对我的激动嗤之以鼻，冷笑了声，“我留着仿似，也就是想看看，究竟麦香还需要我做些什么事情，才能满足她那颗贪无止境的心。”

“她只不过是个渴望爱情的小女孩而已。什么叫贪无止境！你既然不愿意做那些事情，离开她就是了，却眼睁睁地看着这样的结局出现，此时更说出这样冷漠的话来?”我怒不可遏。

“冷漠吗?”肖雨不以为然地挑挑眉，“她对于我而言，是个完全无感觉、无所谓的存在，我的话语里自然也不会夹杂什么感情，只不过是表述些事实而已。”

“为什么是她?”我逼视着他。

若不是他这样的家伙出现在麦香身边，她应该可以平凡地生活下去。

“总要有个实验的对象，不是吗?”肖雨摊摊手，“原来我只不过想慢慢地等待，一直陪伴着，找到那个人所说的‘爱’的感觉。不过，麦香倒是有趣的实验对象，竟然在我身上种下了灵。我觉得这也许是个契机，所以感受着她的心思，被动地做些事情，但感觉仍然没有出现。后来，我见你因为她的处境而心生焦急，似乎就是我所要寻找的那种感觉，所以就将她的处境逼到悲惨的极致……”

“你因此杀了她?”看他娓娓道出原委，我已经不想再表达我的愤怒情绪。他是个没有感情的人，根本就理解不了别人的愤怒为何物。

“我只不过想知道，‘爱’究竟是种什么感觉而已。”肖雨向我抬起手，赤色的眼睛中出现了一种诡异的神情，像是某种期盼，但让人感觉很病态，“你可以告诉我吗?”

我的身体被束缚着在地面滑行，向肖雨靠近。

“你不说，但你的心也许会告诉我。”肖雨的手瞬间长出了尖锐的指甲，犹如刀刃一般，闪耀着寒光。

我知道，片刻之后，我的胸膛就要被他的手刺破。

他的目标，是我的心脏。

事到临头，我的视线猛然清晰起来。时间就像被拉长了一样，变得尤为缓慢，黑雾冉冉升腾，刺过来的手缓缓移动，肖雨显得极为狰狞与期待的变幻面孔显十分清楚。

同时，我的身体急剧变化，似乎骨骼和肌肉都被拉裂，疼痛感蔓延到身体的每一个角落，但旋即产生巨大的力量让我很快挣脱了黑雾的缠绕。我抓住肖雨伸向我心脏的手，电光火石间，把他扔了出去。

肖雨没有飞出多远就停了下来，黑雾托起他的身体。

我压抑着喉腔中凝重的呼吸，刚刚这一击是怒气所发，并没有保留余地，所以耗费了我极大的力量，但效果显然不尽如人意。对自身的不了解，让我对力量无从驾驭，而且，脑海中一个念头的产生往往没有任何预兆，确切来说，我有时候并不知道自己会如何应对出现的情况。

身躯在这一怒之后很快变回了原状，撕裂的皮肤渗出鲜血。那血很冷，我感觉到它冷得侵染到骨子里，没有丝毫温度，就像冰水在我身体上滑过。

"凭你也敢对我出手？"肖雨支撑着身旁的黑雾站直身体，眼中赤芒更盛，带着令人不爽的傲慢。

"你欠麦香的，我要加倍拿回来。"我平静地说。此刻，我感觉诸多的情绪在怒气倾泻之后已伴随而去，怒气、怨恨、心伤全部了无痕迹，没有了丝毫感觉，只剩下平静与淡然，无力笑，也无力哭。

"那么，你所得到的，不是死亡，而将是无尽的痛苦。"肖雨眉头微微颤动。周围的黑雾开始旋转起来，形成了一道道圆形的风柱，摩擦着发出刺耳的啸鸣，向着我席卷而来，仿佛要将一切啃噬干净。

你所能给予人的，除了痛苦，还能有什么呢？

我站定未动，面对来自四面八方的攻袭，我不知道哪里是破绽，也不知道如何化解，但我心中没有丝毫害怕与恐惧。我静静地等待，虽然我并不清楚自己在等待什么。

黑雾转动之后，阴沉的空间内反而显得明亮了许多。头顶稀薄的黑雾遮挡不住不知是哪来的亮光，犹如早上穿透云层的晨曦，落下一道道绚丽的光束。

我抬起头，看到金黄的光芒一闪而过，衣袂翻飞的声音像是战旗在风中猎猎作响。

"静等着死亡，什么都不做，好吗？"夜养平稳落地，周身的光辉带着层层似真似幻的晕圈。黑雾形成的飓风被抵挡在金黄的光圈之外，无法再向我靠近，甚至，随着光圈的扩大，有后退的趋势。

"我总觉得自己还有很多事没做完，不会就这样死在这种地方。"我轻笑。

站在我左前侧的夜养，手里拿着一把漆黑的剑，头发比平时长了很多，像披着一袭华丽的黑色披风，跟他平时的样子有很大的差别，但是，这样的他让我不只没有陌生感，反而多了几分亲近。我心生诧异，也许，这样子才是他的本来面目。

他的到来让我很意外，因为这跟我内心所设想的情形似乎有很大出入。可是我究竟期待些什么，自己却没有太多概念。那是无法形容的东西，只是种若有若无的感觉。

夜养听到这话，侧目打量了我一下，颇有深意地笑了。“你的确不该死在这种地方。”

“呀！”肖雨一声暴喝，从黑雾中腾跃而出。整个身体都扑在光圈之上，双手做刃，作势要撕裂它，再加上飓风的旋转摩擦压迫，不多时，光圈出现了丝丝裂痕，但要完全弄破，还差得远。

“这点分量，真激不起我动手的心思。”夜养靠近肖雨，与他相距不到一米，有些不满地摇头。

“去死吧！”肖雨狂性大露，口鼻之间黑雾吞吐，脸上和身上裸露出来的皮肤裂开一条条纹理，像是要喷发的火山岩浆一样。赤色在裂纹中忽明忽暗，身后一直安静的仿似顿时大声悲鸣起来。

“找死！”夜养似乎被什么触动了神经，闻言声音一变，与此同时身体也冲了上去。两道分明的光影纠缠盘旋，发出震耳欲聋的撞击声，向着高远之上飞去，片刻就消失在了我的视线之外。

周围一切迅速复原，一切跟之前看到的普通病房没有两样。白泽依旧站在我旁边，唯独我高举的肖雨不见了踪影。

我有些失神，仿佛刚刚经历的事情都不曾发生，而身体之上的疼痛则提醒着我，那一切都是真的。

“果真有魔渊的家伙跑到人世来了！”白泽脸色煞白，身上散发着一种奇怪的气息，他以往在我面前收敛着的气息此时已经完全泄露了出来。

“魔渊？那究竟是什么地方？”我已经不是第一次听到他说这个词，而且，每次说到这个，他都神色凝重，而这一次，显然是在恐惧。

“那是滋生邪恶、死亡，以及一切黑暗的根源，那里出现的生灵都是毁灭、破坏与杀戮的集合体。他们经过了仿佛无休止的相互厮杀与争夺，在无数次撕裂与聚合，经历了灵体最大的痛苦和获得了强大的力量之后才能够走出魔渊。他们生就了仇恨、怨怒、嫉妒与傲慢……任何情绪都要比人类的情绪高出千倍万倍！”白泽有些激动。

“看上去真是这么回事。”我拍拍他的肩膀，“不过，无须担心，这种没好感的家伙，会死得很惨的。”

“他能到达人世，就说明被封印了的魔渊有了缺口，甚至极有可能已经被完全破坏，若是那样的话……”白泽不再说下去，眼神中满是沉重。

后果很严重吗？

我盯着地面上已经凝结的鲜血半晌，幽幽开口：“白泽，你很在乎这个人世吗？”

我的声音没有传出多远就消弭在空气中，像是被一只无形的手不经意抹去。

房间突然静下来，只有心脏怦怦直跳，声音在空间内激荡。

巨大的压迫感突然降临，将我的呼吸声堵在了喉咙里，白泽更是猛然双膝跪地，双瞳放大，双手紧紧扼着喉咙，似是有人扼住了他的脖子。

透入白色窗帘的阳光在一刹那间失去了热度，却变得更为刺眼，每束光中都带着锋芒，有种冷峻的恨意。

走廊中响起脚步声，一步步干脆利落，步履整齐，似是过了很久，又似只是一瞬，病房门豁然打开，走廊里的风穿堂灌入，带动我身后的窗帘上下翻飞。

高瘦的青年立在门口，踏在了我地面长长的影子之上，双眼微闭，笑容诡异。

“你同他一样，也来自魔渊吧？”我慢慢地适应着周围的环境，压迫感渐渐消失。

“何须明知故问？”青年比起前次巷中的样子来，多了几分掩饰不住的狂意。

“你的目的究竟是什么？”这时登场，怎么看都是来者不善，而以他表现出来的力量，比之肖雨有过之而无不及。余光之中的白泽，已经脸色苍白，将近气竭。

“要一个答案。”青年抬手伸向我，眼睛慢慢睁开，赤色的眸在阴影里熠熠生辉。

“可惜我连自己是谁都回答不了，又怎能给你答案？”我冷冷回应。

“那就先回答你自己的问题吧！”青年双手十指飞动。白泽从地上一跃而起，双手为刃，白牙外露，向我猛扑过来。我看到反射着白光的丝线交错纠缠，从青年手上一直蔓延到白泽所在的地方，束缚着白泽身体的每一寸。我跃过躲闪，手掌向下，探向地面血液所在之处。

数根鲜红的血锥在我手上成型，转念间，已经飞快掷了出去，速度之快，连我自己都有些吃惊。

“噗噗”声响起，鲜血迸射。

血锥在临近青年的时候，白泽身形后退，以身为盾将其尽数抵挡。受伤的白泽目光悲戚，却不能发出一丝哀鸣。他被对方当成傀儡控制，完完全全成了挡箭牌。

我一怔之间，白泽已经扑到了我的面前，下巴最大限度地张开，两旁的脸部肌肉也拉裂开来，血流如注，同时，他的双手从身上拔下了两支血锥，刺在了我的身上。

我不敢再还手，虽然我感觉到了周围有我可用的东西，比如侧墙水管中涌动的水，以及震荡在我身体里的血。

血锥刺入我的身体，我清晰地感觉到那上面蔓延的凉意与温热的鲜血混杂在一起。

“还！手！”白泽口齿不清，每说一个字都会耗费他很多气力。

“如果能帮我记起过去，又何必反抗呢！”我咧嘴一笑，“这身体疼痛的感觉，慢慢地有了种久违的熟悉感。白泽，不用抵抗，也无须懊恼，就尽管按他的意思来吧。”

我知道，白泽一直在以自己的力量抵挡着青年的控制，可是，力量悬殊，根本没有效果，反而使得他徒增痛苦。

青年傲然而立，笑道：“比起以往，你的气魄与度量倒是大了少许啊。”

“很不爽！”白泽一字一顿，面孔扭曲得狰狞不堪，他努力争夺着对自己身体的控制权，骨骼和肌肉发出怪异的摩擦与碎裂声，“吾宁死，亦不愿受制于人。”

“你也是倔强的人啊！”白泽的话带动了我思绪，我猛然推开他。他控制着周围水管之中的水穿透墙壁，朝我疾射而来，与此同时，身上的鲜血迅速生成血刺，仿若荆棘丛生向外生长，多日修养恢复的身体，顿时千疮百孔。

痛彻心扉！意识刹那间陷入一片黑暗，在那黑暗之中，有一个声音由远而近。

“那个雪女早就死了，而我，却是被你创造出来的。”

你说什么？雪女又是谁？

“把所有不认同的事情全部丢在一个自己创造的东西身上，以便让自己不受谴责的煎熬，多少次轮回了，你还是本性难移啊。”

起初依旧是那个女人的声音，然而慢慢地，却变成了我自己的声音。

是吗？

原来如此。

我睁开眼的时候，周围的水已经全部凝结成冰。我奋力地推开面前的阻挡，从水晶雕塑般的冰堆中爬出来，站到高高的冰峰之上，头顶的阳光暴烈无比，温度异常。

远处的断裂楼层里，赤眼青年似笑非笑地面对着我，漫不经心地活动着手指关节，在丝线的控制下，白泽左右摇摆，像一具失去了血肉的骷髅，骨骼咔咔作响。

我拧掉了一根刺出体外的血刺刺头，放在口中细细地嚼。

血很凉。

“现在，可否给我一个答案？”赤眼青年手微抬，一副理所当然的模样。

“自然。”我眉头高挑，笑意外露，“只是，答案恐怕不是你想要的。”

我向上跃起，脚下的冰堆尽碎，扬起晶莹的冰尘。我凌空一探，“逝”已在握。“往事如尘，皆镜中花、水中月，以吾所念重临天幕之影。”

水泥铸成的高楼迅速消退，黑色的雾气堆积，无数破絮一般的灵体挣扎哀号，环绕了整个天际，诡谲的光影穿透而过，头顶之上犹如只能纳入一线光柱的井口，云雾散聚不定。

我从空中落地站稳，用手指挑着剑柄转动着长剑，旋出一道道剑影。

“我倒不知你有这样的本事。” 赤眼青年半掩于光影之间，半面玉白。

“这个世界的乐趣不就是所遇之事往往超出自己认知，每每都有惊喜吗?”我说。暗淡下来的环境，浅显地带有凉意，但幻术背后的烈日温度，依然时能察觉。

“此话我深表赞同，甚合我意。”青年微微颔首。

“我很荣幸。”我笑意不减。周围充斥的事物越来越多，越来越拥挤，人状的黝黑躯体从污秽地面的黑泥中爬出，朝着青年所在的方位发出一声声亡灵的喘息。

“不过，幻术只惑有心之人，何况你所用幻境乃是魔渊，岂能作用于我?”青年又说。

“有心之人? 抑或有心之魔? 并无区别。有心无心，你说了不算。此术既然启动，就已足够说明问题。”我冷哼一声。

“镜”能映出生灵过往生命中最为刻骨铭心的一幕记忆，那是无法忘怀甚至一经触碰就会牵动所有心绪的一幕，它藏于心底，在黑暗之中深埋，但只要稍加撩拨，就会映上心来，像刚刚发生于眼前一般。

生灵皆有情，情动处即是弱处，弱处便是死地。

在我的身旁，一个与其他模糊躯体不一样的黑发男子缓缓出现。他高昂着头，全身颤抖，发出不知道是高兴还是悲戚的鸣啸，声音在我耳中转瞬即逝，不能长久，显然是底气不足，失却了气力。在那赤裸的身躯之上，密密麻麻的黑色长线穿刺而过，身体之内的雾状体从创口不停地向外泄出来，被那些周围的絮状亡灵争夺而食。

是桀。

他面对着赤眼青年的方向，与我并排而立，几乎触手可及。

魔渊之中，成长的手段是吞噬弱者，挑战强者，从而才能站在更高处。但能出魔渊者，不仅要从深深的魔渊之中闯出来，还要穿过数道魔渊之外的阻碍才能到人世中来。

“不得不说，这种幻术前所未见。”青年稍稍前倾，眼眸扫过一眼我身旁的桀。他们两个只有三分相似，最似的那一分，就在嘴角，曲线诡异。

赤眼青年说话之时，在他所在的位置之前，一个向下佝偻着的身影渐渐显出身形来。这一个与他身材一致，唯独五官不全，只在头顶天灵盖上睁开着一只赤眼。

显然，这个怪物正是桀的对手，也是此时赤眼青年的前身。

“镜”于此时才算完全呈现，多年前，在魔渊所发生的一幕，留在赤眼青年心中最为紧要的一幕，此刻，再现在了我的面前。

“重现发生过的事，岂止幻术这么简单！”我停止把玩，稳稳握住剑柄，“我想，你该考虑一下问题是什么了。”

“你这个连话都不会说的家伙，有什么理由挡在我的前面……”桀的声音紧跟着我的问话，那声音中的无力与颤抖，带有十分不甘的意味，“但是，真的已经到极限了，我突然有了真正完全消散的感觉。喂！你这头怪物！如果你能听到，请替我去问一个问题吧！”

“去找那个叫贺的男人，问问他，如果再给他一次选择的机会，他还会杀我吗？”赤眼青年与桀同时说道。两人的声音重合在一起，如同幻音。

第三十章　冷血

桀颓然跪下，仰头望着魔渊之上，眼眸闪烁。“吞噬我吧！尽情享受盛宴，让我的力量送你出这该死的魔渊！”

怪物的虚影没有丝毫迟疑地扑向了地面的桀。此时的桀已无生息，形体膨胀涣散。他所有的力量，都在最后一刻灌注在了他的言语里。

有着强烈报仇之心，甚至以超强念力穿透魔渊与人世界限的桀，亦止步在了魔渊之下。

我似乎感觉到了怪物掠来的一阵风拂过我的耳际，而那明明只不过是过去的一幕光影重现而已。

“这，就是我要问的问题。”赤眼青年直直地望着我，“贺，你可有考虑答案？”

那风，是被我的心绪牵动了吗？刚从封印之中走出，果然还有些不必要的情绪夹杂进来了。

“那样天真的问题，你有必要替他问吗？”我冷冷回应，“一次，十次，百次，只要是对己有利的事情，我还是会去做的！反倒是你，从魔渊之中跑出来的家伙，竟然真的替他问这样天真的问题，莫非脑子坏掉了？”

“你的答案很好。不过，为了验证答案的正确性，我还要做一个测试。”赤眼青年半蹲下地，猛然跃起，手指在空中张合，一个接一个的人从后方的虚空里蹦了出来，身穿着医院的病号服，姿态各异地站到了地面上，自己则在下坠之后，落在了这些病人之后，“只要你将这些人全部杀掉，我就正式认同你的答案，与你分道扬镳，再无瓜葛。”

“很好。”我持剑在手，快步向前，冲进人阵之中。

病人们直直望着我。我挥起一剑，将最前面的一人砍倒。

“停手，停手！”人群之中的白泽挣扎着大喊。

我假装没有听到，又砍倒了第二个。

“贪生怕死，猎灵人遇到魔，就是这副嘴脸吗？我真是瞎了眼，认错你了！”白泽歇斯底里地大叫，奋力地想要阻止我，血肉被丝线牵扯撕裂也浑然不觉。

我劈倒了第三个。赤眼青年沉寂地望着我，没有表情，也不去理白泽。

病人一个接一个地倒下，没有发出一丝喊声。

“不要再杀了！不要再杀了！”白泽无法忍受这样的场面，重复不断地说。

我内心平静地一路砍去，剑刃劈砍到骨骼发出脆脆的声响。

最后一个是个小女孩。她站在尸体当中，与白泽和赤眼青年相距不过三米，两条麻花辫整齐地落在肩上，穿着碎花布的小衬衫和裙子，头顶上别着一个蓝色星点的蝴蝶发卡，手中紧紧地扣着一个穿公主裙的布娃娃，微笑的面孔上，溅着数滴鲜血。

不久之前，我见过她，那时她被父亲的大衣裹着，露出暖暖的笑容。

我扬起了剑，这一剑，将要结束一切。

剑刺入了白泽的身体，他终于挣脱了傀儡丝线的束缚，扑在了我的面前，将剑挡了下来。

“笨蛋。”我暗骂一声，连忙抽出剑来，一脚将他踹到一旁，跳向了赤眼青年。随之而动的，还有地上那些鲜血，血液流动犹如无数长蛇，蹿向了青年可能躲避的任何一个角落。地面上早已流在他脚下的血，猛然凝结成冰，向上刺出，钉住了他的双脚。

未有躲避，所有的鲜血刺枪尽数刺进了他的身体，将他稳稳地固定在原地。

“谢谢你送来这些鲜血。”我跃身在他的头顶，双手紧握剑柄，剑尖垂直向下，刺向了他的额顶。那里的眼睛是他聚灵的根本，破坏了它，就能杀了他！

“不用客气。”赤眼青年语气诡谲。

我的剑尖被黑色的器物托住，再不能向下刺入半分。而头顶那只赤眼缓缓睁开来，红芒让人心生寒意。不急细想，我尽可能远离他身侧，并顺手提起白泽，将他丢到了我身后的空地上。

青年周围地上的尸体中纷纷有硕大的魔化而肥爬出，然后裂开成两半，头中的荒芜浮游起来朝他聚拢过去，附在刚刚抵挡我剑尖的器物之上。

那竟是一件由荒芜组合而成的多变的武器，可柔可刚。他操控死物的能力，显然胜过操控活物。

“你把人命当什么了！”白泽反应过来，怒不可遏地向青年质问道。他手中抱着的小女孩在而肥离开之后，已没了气息。

“天地不仁，以万物为刍狗；神魔不义，视生命为草芥。”青年缓缓吐出丝丝白烟，“我既是魔，人命于我为何？”

那日巷中，他说：“贺，有些事情，我们无能为力。”

我此刻突然有些明白了。

天性如此，岂能更改？

肖雨无心，却生好奇之心，麦香无罪，却成有咎之体。这赤眼青年在夜养与肖雨缠斗之后登场，若这也是他的计算，也不无可能。

我收起剑，“镜”猝然消散，阳光透入，驱散了薄尘。“为麦香下咒，以致遭遇反噬，成为而肥容器的黑手，是你吗？”

“我总需要些测试你的道具。”青年没有丝毫推诿。

若真是如此，谋而后动，精于计算，与桀如出一辙。这个躯体里，还有桀的部分存在吧？

“这些人，于我没有丝毫意义。”我冷笑。

“你之所以能毫不犹疑地砍向他们，就是知晓他们早已死去，而他们的鲜血，更能成为你当前出奇制胜的法宝。”青年嘴角微弯。

“即使活着，我亦会砍向他们。”我并不认同他为我做出的解释。

“哦？”青年手握向荒芜之器，几经变化之后，它变成了一柄长戟，“鉴于前次测试失败，我想进行第二次测试。这一次，你的敌人只有一位，干掉他，我就离开！”话音刚落，他向我掷出了手中的长戟。

长戟只不过是想分散我注意力，真正要对付我的，是白泽。

白泽几乎在一瞬间，双眼变得赤红无比，手爪指甲尖锐，刺破鞋袜，全身毛发迅速长长，覆盖在身，如野兽一样，白牙森森，唾液滴落，一副择人而噬的凶狠模样。

“你要离开，恐怕没那么容易。”我声音高亢。白泽还不及跃起，已被我先发制人。我凝成数支冰晶血刺，刺穿了他的四肢关节，让他失去了攻击的能力。

“此物曰荒芜，《风谈》将它分在‘邪物’卷中，是不择不扣的邪魔之物，有惑乱心神的能力。它不是活物，只有与其他生灵相融合才能产生影响，激发生灵内在最为凶残的性情。”他先前说过的话犹在耳边。

青年能将一切都当作棋子使用，没理由放过白泽。

一环接一环，总留后着，怎奈我已料到，早做了打算。

“是虚豸！”白泽艰难地说道，瞳仁忽黑忽红地幻变着，显然是在凭自身的力量抵抗着荒芜的影响，“杀了我……就可以……驱散……”

我虽很少与魔渊人士打交道，但虚豸之名，我倒曾有耳闻。虚豸是由恐惧魔渊，一心要逃离魔渊的死灵附聚而成，力量强大，却因没有主核而必然会在出渊之时分解，各奔四方，被其他强大存在吞噬。

如果眼前的青年真是虚豸，那么他存在于这里的原因多半是受桀死时那个问题的影响。

在生命受到威胁时，自己与别人，如何选？

桀想弄明白的，一直是这样一个问题吧，所以最终还是将我和白泽放在了你死我活的处境里。

所以，白泽所说的，的确是当前解决问题的最快方法。

但，凡事总是先拿自己做牺牲品，真让我有点不爽。

“你对自己生命的态度，请恕我不敢苟同。”我制止他继续说下去，“他人皆可杀，却不可杀己！”

“于你而言，我不是己！”白泽反驳道。

“我早说过，我给的答案恐怕不是他想要的。”我飞跃而起。

目标，虚豸。

绝望是什么？

是望着繁华的世界发现没有一处是自己想要的？还是处在空旷的原野不知道奔向何方，又或者是心中有着明确的目的、希望与期盼，却没有足够能力实现？

我第一次如此真切地感觉到绝望。它在我身体周围纠缠环绕，没有丝毫情绪，没有悲悯与怜爱，没有怒意和怨恨，像极了静观人世的上苍，无论是歇斯底里的乞求，还是遍体鳞伤的抗争，它都无动于衷。

这种绝望，跟生死无关；这种绝望，来自费尽心力登泰山之顶，自以为可以睥睨天下之时，却望见了万丈金光的太阳。

黑色的丝线穿透我的肌肤与骨骼。我像极了一只丑陋的提线木偶，半悬于空。

我低估了虚豸的强大，这个来自魔渊深处的家伙，有着我无从撼动的力量。

萤火之光与日月争辉，自惭形秽。

血在滴落，洋洋洒洒。我的嘴角上扬，努力摆出微笑的姿态。

虚豸半仰头望着我，赤眸中映着我的悲惨模样，笑意亲近，比起此前如狼的神情来，多了几分孩子似的得意与明朗。

“你果然还是舍不得杀他的，对吧？”他说，“我就知道，哈哈！”

我不说话，无话可说。我只笑，尽管虚伪。

“白泽是你朋友，所以你不杀他！”他像小孩子一样开始喋喋不休，“桀也曾经是你朋友，所以你杀他只是个意外，对吧？再给你一次机会，你定然是不会杀……”

“你错了。”我生硬地打断道。

“你骗不了我。”虚豸露出森白的牙笑，“现在的情况不是跟当年一样吗？当年是饕餮、你和桀，现在是我、白泽和你，都是三方，你上次选择了桀，但这一次选择了如饕餮一般厉害的我……”

“什么你我。”我忍不住轻哼了一声，“桀，都过去了，你继续追究又有什么意义？”

“我不是桀！”虚豸愣了一下，神色变了变，“我只不过是答应帮他问一个问题而已！”

“友谊是什么？”我反问，“你所理解的友谊是什么？”

虚豸回答不上来。

“我们可以一起喝酒，一起打架，一起谈理想，一起追女人……”我说，“但当我们不能共存的时候，我就会想办法将你从我的世界抹去，这就是我的友谊！”

即使我当时是认为他能回来的，但，只是认为，却不确定，不是吗？我的内心做如此想，只不过是个理所当然的借口罢了。

“不可能！”怒色漫上了虚豸的脸庞，“我在魔渊生存下来，就是因为一直执念于你不会真正地想杀我，我相信你会告诉我一个满意的答案！”

“你终于承认自己是桀了。”我说。

虚豸自知失言，手臂向后一缩。

“这就是答案，这就是现实！人世就是这样的世界，你却天真得像个孩子。这里不是你的游乐场，滚回你那凭着简单的理由就可以存活下去的魔渊去！”我收敛起笑意怒吼道，疼痛让我双眼通红。

虚豸笑意全无，连天生的嘴角弧度都收敛起来。他望望我，又望望地上受伤哀号的白泽，眸子闪烁不定。

黑色的线从我身上一根根抽走，我的身体晃荡摇摆，像一块随风舞动的破布。所有的黑线从我身上脱离之后，我从高处跌落。

“即使我很失望，即使与你已经陌生，即使你口无遮拦，不说一句让步的话，即使我内心有一千个、一万个憎恨你的理由，我也不愿意你死在我的面前，尤其是死在我的手下。”虚豸站在我的面前，而我无力地匍匐在他的脚下，“因为，你曾是我的朋友。”

笑吧，尽量大声！我告诫自己用全身的气力来嘲笑他！

哈哈！哈哈！哈哈哈……

“这就是我的友谊！”虚豸半屈着身体朝我怒吼，声音冲撞着我的笑声。

我仰头向天，日已西落，残阳似血。我在笑声中抬起手，鲜血从我的指间滑落，在我赤裸的手臂之上游走。

你可曾触碰到我体内的鲜血，桀，此时此刻，它真的，如冰一般冷了。

虚豸走了，留下一地的尸体，他的背影一如我之前所做的梦。只是，我没有想要留住他的脚步，没有怒喊追逐。

从我挥剑向你开始，我就已经没把你当朋友了。覆水难收，你却要一而再再而三地证明我的错误，证明我的……

卑劣吗？

耳边有风声，我看到竹叶飞舞，像漫天飘絮映入我眼。

我记不起那是什么时候的事了，我只知道，那时候的我穿青衫，系灰巾，奔跑起来脚不履地地穿行在竹林之中，拂动竹叶沙沙作响，像永远也弹不完的曲。

那时候的我还只是少年，意气风发。

“贺，你怕吗？”身旁也有少年对我说。

他有着和我一模一样的面容和身材，连我们的父母都不能轻易分辨我们。所以为了区分，故意梳了不一样的发型。

他是我的孪生兄弟，栾。

“怕什么？”我反问，此时的我们还无法心意相通。

“去乱世啊，过了今晚，我们就到了去乱世的年纪了。”栾说。

栾口中的乱世，就是那个灵人共生的尘世。

我们虽也在尘世之中，但居住的周围灵物全已肃清，已不是乱世，而是宁境。那个时代，宁境只是其中很少的星星点点，乱世却是遍布天下。

“你不是一直都在期盼这种事情吗？今天怎么怕了？”我看出了栾眼神中的些许忐忑。

“可是，我们要是跟叔伯一样，回不来怎么办？”栾说。

“我们一定会回来的。”我肯定地说，“娘不是说我们资质高出他们很多吗？那些灵怎么可能是我们的对手！”

“我们都走了，谁来照顾娘？”栾道。

“早点除尽天下邪祟不就好了。”我飞跃落地，望向天际，目中轻狂，霍然抽出手中的长剑，清音阵阵，响彻山林，奇峰叠嶂，回音不绝。

栾紧跟着落下，斜立在我身侧，衣袂翻飞，手摁在腰间的剑柄之上，笑容重新明亮起来：“说得也是。”

中间经历了什么，我已记不清了。记忆飞快跳跃到了某个雨夜，栾站在一堆人类的尸体之上，闪电下的眼神明亮如星。我从远处赶来，抬头望向他，有些失神。

“你杀了他们？”我问。

原本孪生子在弱冠之年后，就可以达到心意相通，但在我可以无限制地传达我的意念和情绪的时候，他却无法做到，一直处于封闭的状态，让我无从了解他的内心想法。

但我知道，这些人都是他所杀，他手中的剑上还沾满了鲜血。

“灵物附身，不得已。”栾冲着我笑。

“难道他们身上都有灵物？”我皱眉，要附在人体上逃避的灵物才没有可能这般群体活动。

“其中有一个人被灵物附身了。”鲜血在他脸上与雨水夹杂在一起，肆意流动。

血水漫过了脚背，强烈的腥味让人恶心。

“这样的话，我们很快就能回家了吧？”栾兴奋地说。

“他们都是我们的同胞，你怎么可以这么做？”看到他的表情，我难以理解。

“可是，要一个个地去确认，不是很浪费时间吗？”他依然带着笑容，未从兴奋之中冷静下来，“这样的话，速度快了很多啊，哈哈！除尽天下邪祟，贺，我们很快就能回家了。”

他跳到我面前，像一个发现了新鲜事物的孩子，高兴地向我诉说着。

啪！

我的手掌酥麻。天雷经过，却不及我的耳光声响亮。

栾望着我，笑容凝滞。

“你是在杀人！”我咆哮道。

“为什么不可以？”栾捂着被我扇过的脸，很委屈，“乱世之中，他们不是照样会被灵物害死吗？被我杀跟被灵杀，有什么区别！”

“我们一样都是人类！”我说，“我们是同胞，我们只能将剑刺向那些灵！”

“对我来说不都一样吗？我对这些人类和灵都没有感情！凭什么以同胞的名义，我就要控制自己，处处维护他们！”栾胸膛起伏，气闷不已，“而你，也要以这样奇怪的名义来打我！”

“你完全不知道自己在做什么！”我望着那些在闪电下瞬现瞬灭的尸体。他们死不瞑目的面孔让我内疚，但更让我心痛的，是栾对生命的麻木与无知。

“我比你更清楚我在做什么！”栾推开我，“如果你觉得我做错了，我们以后各走各的！”

这是我最后一次见他。我没来得及挽留，他跃到黑暗之中，我失去了他的踪迹。

在与栾分开之后，我们之间的意念却反而相通了，但更多的是我感觉到他。他的心意与意念之强，甚至达到了可以控制我的程度。

我一个人行走在乱世里，无数次面对灵。有时候，我会在重伤它们之后，下不了手，也无数次面对别人的生命和自己的生命这两难取舍的境地。

这时，栾的意念就会控制我的身体，杀了他们，除去挡在我面前的一切阻碍。

无论我躲在哪里，无论我用什么方法，我找不到他，他却如影行随，用他的方式折磨着我。

每到关键时刻，他的意念就会占据我的身体，让我无法控制自己，我只能眼睁睁地看着那些悲剧一次次上演。

“贺，感觉到你的血越来越冷了吗?”栾的意念在离开我时总会这么说，“用不了多久，你就和我一样了。”

在离开家之前，栾唯一和我不一样的地方，就是他从出生开始，身体里流淌的血液，就是冰冷而没有温度的。

这一次使用“逝”，我竟又记起了另外一世的许多内容。

冷血的人，考虑事情与正常人从来都不一样，他优先考虑的，永远都是自己。

栾是这样的人，而我的血，也越来越冷了。

第三十一章　白泽

房内幽暗，檀香炉中的檀木燃得极慢，丝丝青烟萦绕，渐渐淡开，气味清心入脾，让人备感宁静。

床榻上白泽的手伸出了被褥，无力地摔向了床沿。

我背靠着窗坐在木椅上，缓缓地抬眼。

“你怎么在这里？”白泽勉强抬头打量了一下房内，嘴中嚅嗫，似有疑惑。

这是他的家，装修极为古朴，身处其间，会感觉时空错乱，伸出手，能触摸到历史的尘埃。

“我跟着你来的，你没发现？”我笑着说。解除血刺之后，他咳着血，头也不回地往家里走，可能真是以为自己到了弥留之际。

“我们不是一路人，你走吧。”白泽对我的主动示好并不买账，语意冷淡。

“我们可是生死之交，怎会不是一路人？”我假装没看到他那冷漠的表情与甚至有点憎恨的眼神。

“生死？那么多人死在你面前，你和他们有交情吗？”白泽挣扎着坐起来，迸裂了伤口，绷带处显出斑斑血迹。

“你在在意什么？”我疑惑地望着他，“你明明知道他们不过是魔渊那小子的傀儡，早已被而肥吃掉了灵魂。我动手劈砍的，不过是他们早已经死亡的身躯，你因为这个怨恨我？”

“虽已死，你却也不能以他们的身体为道具，肆意使用。今日可以践踏死尸，他日你就会利用活人！”白泽胸膛起伏不定。

“你要这么说，我也没有办法。”我莞尔，手肘立在椅侧支撑着我微斜的头，“过去的事情就算了，争执解决不了任何问题。我们不如谈谈将来的事。”

“请原谅我对你的所作所为不能苟同。你要谈的事，我也没有兴趣……”白泽余怒难消。

我拿起桌面上的一张照片，打断他的话，语气幽幽：“喜欢上人类的女子，很辛苦吧？真难为你那么不怕死，不过，要我杀掉你之前，你有想过她吗？”

画面上的女子容貌清丽，整个人都陷在白泽的臂弯里。两人笑容甜蜜放肆，背后海浪滔天袭近，浪白沙黄。

“你到底要做什么？”白泽面色稍变。

“你对自己的生死不放在眼里，是因为你死了之后还能复活，但你若没有能力保护好身边的人，那种罪恶的情绪，即使再度复活，也难以忘怀吧？”我说，“如果因为你的事，殃及这样的女子，恐怕不是你所愿见到的。”

“你威胁我？”白泽直盯着我的眼。

“我只不过好心提醒而已。”我说。

自从我恢复了记忆，就已判定白泽乃是用九转轮回术封印了灵兽灵魂的完人。

他身上的气息虽与真正的灵兽有很大差别，但还不至于被人类的躯体气息所掩盖。

“我现在所有的，只是完人体质。除此之外，都是些无关紧要的小法术，可能无法成为你与灵族抗衡的力量。”白泽说。

“《风谈》记录了百灵起源，你拥有这个就足够了。”我没有掩饰自己的本意，“我身边自然不会只有你这么一个帮手。”

“我知道你能看上的，除了这个也没别的了。”白泽自嘲地说。

他需要庇护，而我需要帮手，合作算是初步达成。

“那么，就这么说定了。”我向他伸出手，脑海中一晃而过有关那日离若遇见叶瑟、叶玖时的情形，连忙又将手缩回来，背在身后。

“我还有一件事情要做，那是我最大的弱点。”白泽又说。

“她？”我问。

“她。”白泽目光望向我侧旁桌上的相片，神情突然缓和下来，眉目间显出柔情。

似乎连说到有关她的字眼，都是甜蜜的。

我不由在身后握紧了拳头，脸上笑意渐淡。

行走在街道之上，身旁的人与我擦肩而过，有的三三两两说笑，有的眉头紧蹙，旁若无人。

“自己异于常人，会不会有种暗爽的优越感？”我问身旁的白泽。

白泽戴了副茶色眼镜，看不到眼神。他约了我出门，见了我却不说一句话，自顾自地走。

“从普通人觉醒成为猎灵人，会更暗爽吧？”白泽反唇相讥。他是个性格很直接的人，即使压抑了自己的情绪，也还是带些刺。

“与任何人打交道的时候，带着略为请求的表情，说什么请你帮帮忙之类，而实际上，与之相较，我们内心早嘲笑他们千百遍了。这种忍不住想要笑出声来的体会，难道你没有吗?”我笑道。

“你这么肤浅吗?”白泽侧头瞟了瞟我。

“我也是人。”我对他的冷嘲热讽并不在意，“长远的记忆、渊博的学识都不会有太多的作用，毕竟人的本性还在。那些骨子里的东西，即使千年过去，也是不会变的。”

“看来你拥有了记忆之后，更露骨了。”白泽说。

“人本来就是这样的存在，遮掩自身的缺点，不敢正视自己的本性，压抑在自己骨子里，结果，这个世界变得多么奇怪，到处都是谎言，没有真实。”我说，“如果一个人连自己都不敢正视，还有什么东西是他敢正视的呢？我只不过是正视最真实的人性、最真实的自己而已。”

“我宁愿你一直失忆。”白泽嘟囔道，转进了一条小街。

街道很狭窄，散发着难闻的味道。落叶随意地堆在大树的阴影里，风轻轻一吹，就会露出下面的腐败垃圾。

生活在城市里总会在不经意间撞入这样的地方，让人心情不好。但生活在这里的人，似乎从来没有发现有什么问题，依旧日复一日地生活着。

路旁有两个人在吵架，声音尖锐，此起彼伏，也不知道在吵些什么。周围很多人回头望，笑嘻嘻地看着，像看电影。

几个月前的话，我大概会上去拉开他们吧。

“精神都不错嘛。”我和白泽没有停步，与他们擦肩而过。我没能忍住回头望了一眼，揽了一下白泽的肩膀，哈哈大笑起来。

白泽将我的手从肩头甩下来。“我不喜欢男人碰我。”

“哦。”我又把手搭了上去，“作为灵兽，你果真没有什么优越感吗？这个人世之间，就你们九个特殊的存在，从封印蚩尤之后就开始在这个世间轮回，那么多的经历，光是记流水账都可以出无数本书了。对了，你有写日记的习惯吗？有时间借我看看。”

“你很聒噪。”白泽说，“我想我要重新考虑答应你的事情。”

“好吧。我闭嘴。”我捂住嘴。

他乘机扭身甩开了我，一直快步走，与我保持了数步距离。

我们在一个大铁门前停了下来，没有什么标识，铁门后是一栋平房，周围是高高的围墙。看门的是个老头，抬起浑浊的眼瞟了我一眼。白泽点头之后，铁门发出一声清脆的金属声响，自动打开了。

智能？

其实我脑袋有些混乱，冒出来这两个字，花了一定的时间。

我本以为连门都不必要存在的。我已经看出了那栋平房修建的位置很特殊，它建在整个以围墙为圆的正中心点上，两道弧形的长花坛横向切断，在我们面前空旷处还有一个圆形的水池。不出所料的话，花坛那端是一个水池，水池中还有一个圆形的土堆与之相呼应。

一个十分简单的太极两仪阵。

《道德经》说："道生一，一生二，二生三，三生万物。万物负阴而抱阳，冲气以为和。"换而言之，这个简单的太极两仪源源不断地生出可供万物生长的力量——天道之力，或者说，灵力。

白泽推开了平房的门。

雪白的墙壁，雪白的床，还有床上静静躺着的那个雪白面容和雪白头发的女子。

我几乎感觉不到她的呼吸。整个空间也有一种几近恍惚的错觉。

她在生死之间。

"白泽，你要怎么处理你的弱点呢？"我掩上门，半靠在门上，问。

躺在床上的是个普通的人类女子，但她身上有特别的东西存在。

我在以往的记忆里也找不到与之匹配的气息，那不是我所认识的东西。

也许是灵，也许是别的什么，我无法判断它的类属。

它寄居在女子的体内，我能感觉到它若有若无的生气和动作，像是肥皂泡在空气中破裂的声响，清脆，不经意，无从回味，不可预知。

等待时，它久久不会再响，待准备放弃的时候，它又响上一声，撩动心弦。

我想到山涧悬壁之上的冰，阳光照射下来的时候，它极其缓慢地融化，良久才会聚拢一滴，从岩顶上滴落，敲击在几米甚至是数十米之下的石板上，摔成雾。

我闭上眼，收敛了心神，只为了听得更清晰。

陡然间，我睁开了眼。

很难想象，我的思绪一时竟让如此简单的声音牵引到了别的地方。

人的思绪就像是长有无数触手的章鱼，一旦被内心或外物影响，这些触手就会延展，探向更深远的地方。清水优昙的蛊惑之术就是通过心境影响思绪和行为，而当前的这种声音，则是属于外物影响，也是所谓的牵引。

就如人登高山看到天下皆小则被牵引出豪迈之气，临大海则被牵引出阔大之气，天地之间很多事物之间就是这么奇妙，相和相生。

有些幻术也是通过外物牵引而实现，但此时此刻的我被牵引，却不是中了幻术。它就像阳光的温度，恰好的温热，无须躲避，因为能知晓它是美好而无害的。它是天地之间最纯美的东西。

我再次见到白泽脸上的温柔表情，还夹杂了点物我两忘的陶醉。

我问的问题显然已经被他抛到了一旁。

他渐渐地靠近床上的白发女子，缓缓伸出的手抚向那女子的面容。我走上前，朝他屁股踹了一脚，将他踹回现实。

“你做什么？”他有些恼怒地瞪着我，墨镜挂在右耳上，在脖颈处晃荡。

“就这么无法控制吗？”我用种无可奈何的眼神望向他。

“我又失神了……”白泽瞟了一眼白发女子，表情再度柔和下来，语音也豁达了些，“我都说了，这是我唯一的弱点啊。”

我早已经明白他所谓的弱点并不是这个女子，而是女子身体里的东西。

“寄主若死去，它也就不存在了，你又何苦这么费劲保着自己的弱点？”我有些纳闷。

太极两仪阵能产生万物生长的天道之力，却也同时产生毁灭的修罗之力。这种毁灭力多半会反噬到施术者自己身上。不过目前来说，我还看不出白泽受到了些什么很明显的反噬。

“所以才是弱点嘛！”白泽自嘲地笑笑，“就算苦，也无法下决心舍弃掉。抬头望向天空的时候，想到它还在，就会很欣慰地笑。不然，像我这样一个人生活了那么久的怪胎，看天的时候脑袋里空白一片，迟早会疯掉的吧！”

“那么，它陪伴着你过了数千年了？”我疑惑地问。

白泽摇头：“忘记了。”

“嗯？”我不解。

“就是忘记了。”白泽略略苦笑，“这个阵的力量反噬于我，像一只贪得无厌的虫，慢慢地将我数千年的记忆蚕食掉了。很多事情，我都记不清了。你也看到我每次说出灵的名称，总是要先将他们画出来吧！因为只有那样，我才能把《风谈》上的内容联系起来，靠猜测和本能将它补全。”

“我明白。”失去记忆这类事情，我感同身受，“那，你忘记它叫什么了？”

我很好奇那究竟是什么。

“没。”白泽回答。

我期待着他的答案。

“我从来就不知道它叫什么。”白泽摘下眼镜，半倾着身子，撑在床沿上，“即使失去了很多记忆，但只要是《风谈》上有的东西，我迟早能回忆起来。那是刻入了我骨子的东西，会被掩盖，却不会消失。”

“那么，你给它命个名不就好了。”我笑着说。

据传，《风谈》乃上古记载万物起源的奇书，凡被命名的都会自动出现在相关的条目之中。该书分为多卷，内容庞杂，为灵兽白泽所掌管。

就目前来说，这个传闻并没太大偏差。

“我无法自己命名。”白泽头低下去，声音沉了很多，“这也正是我叫你来的原因。”

“原来如此。”我凝视着他的背影，心中明白了几分。

白泽之所以会视其为弱点，不仅仅是被它吸引，更是因为对它心存牵挂。而牵挂的原因，乃是它与众不同，对自己是种特殊的存在。

想象着如果原本特殊的存在突然变得不特殊了，感觉总是不那么好的吧？

“走吧。”我拍了拍他的肩膀，转身推开房门。

“你还没有起名呢！”白泽诧异，追上我质问道。

我控制着后院的池水结冰，冰锥一道道地刺向围墙之内，毁坏了花坛和土池，太极两仪阵瞬间崩毁。

白发女子肉身毁坏破裂，血肉骨头像风卷飞沙一样一缕缕飘飞起来，盘旋着消散在雪白的房间里。

“你……”白泽目瞪口呆地看完这一切，手指颤抖地指着我，说不出话来。

“它早就有名字了。”我说，“自有人类，它就有了名字。”

“是什么？”白泽失神地呢喃。

我收起笑容，生硬地说：“它有了名字却不入《风谈》的名录，可见，它根本就是你无从理解的东西。”

“那究竟是什么？”白泽追问。

我不再说话，头也不回地向外走。

那是爱。

乐申约我见面，态度貌似谦卑，实际上语气里充满了世俗的圆滑。被这个社会浸染，变作这副样子，理所当然。

我让他来我居住的地方——夜养的家，暂时的家。我是哪都能住的人，随遇而安，也就不必要再去找个居所。夜养自上次卷入与肖雨的争斗之后，久未露面。

我并不担心他。他能应付的话，我没必要担心；若他不能应付，我担心也没用。等待就好，时间总能告诉我答案。

所以，我等待在此。

在我昏迷的那段时间里，夜养私下里处理了人世间很多异常事件，事实上就是有关灵的事情，乐申的事件只不过是其中之一。

夜养跟我一样，同为猎灵人，只是，他与我不同，觉醒之后，就行走世间，到处漂泊。

我知道夜养在这座城市停留，更多的是因为我的病情。他致力于提升战斗能力，自然对于治疗型法术和咒语不屑一顾。

只是将我送入危机重重的地方，不知道是机缘还是巧合。

不过，让我从混沌状态在极短的时间内恢复清醒，不得不说是得益于这样的安排。

是的，之前的失忆根本不是因为灵体受损，而是处于一种混沌的状态，换句话说，就是脑袋里一下装入了太多东西，从而导致思维混乱，产生了似乎什么都没有了的空白状态。

是外在的强烈刺激让我理顺了思绪。

乐申已经到了门外。

我打开了门。他准备敲击的右手放了下去，见到我，局促地笑了笑，气色好了很多。他的身后是我此前见过的那个女人，一身干练的装束。她有一双野兽的眼睛，一见我就盯上，不管我是与她对视，还是不理会，都不从我身上移开分毫。

“你带了多余的人。”我望了望她，对乐申说。

“是我助理，我身体……”乐申抱歉地说。

“别对我撒谎。”我打断他的话，露出已经看透他的表情，浅笑中带着冷漠。

乐申圆滑地跟着笑。

“站在门口吧。”我让乐申进门，挡住了后面的女子。

我不讨厌女人，但被人这般紧紧盯着的感觉，并不是很好。

“贺先生，她既然已经来了，要不也让她进来吧，不会太碍事的。”乐申说。

女子没有开口，表情也没有变化。她迈出一步，向前走。

我没说话，掩上门，将她关在门外。她的额头几乎撞在了门上，余光中，我看到她脸上浮现一丝恼怒。

并不是完全没有情绪的木头嘛。

“这次又是什么？”我坐回沙发上，问道。

乐申回头望了一眼门口，眉头微皱了下，听到我的话，很快又恢复了过来，轻轻地咳嗽了下。“我大致也能了解到，有些事情是我这样卑微的角色不能打听的，但越是这样告诫自己，我的好奇心就越重。忍了这么些天，我知道我再不来问，恐怕又会变得和以前一样坐立不安了。”

“是吗?”我已经猜测到了他此行的目的。

“上次,是灵作祟吗?”他喉结滚动一下,声音变得干涩起来,手指捏了几下,很紧张。

我摇头。“不是。”

“不是?”他大失所望。

“你觉得是?”我反问。

“我也不确定,但,总觉得是怪异的东西。这些年来,我其实也有想过回家,可是每次走到城市边缘的时候,我就鬼使神差般转了回来,慢慢地就忘记了老家这回事。而且,不管我在哪做生意,我都只习惯待在大城市里,去稍微人少点的地方,看不到人来人往、霓虹灯光,我都会浑身不舒服,会想办法赶紧离开。”他说,“我就像被关在监狱里的囚犯一样,关得久了,已经习惯,即使离开了还老想着回去。”

言郭,就是一座被言语围起来的监狱。

“世界上根本没有所谓的灵,作祟的是人心,因为要实现父亲的愿望,你才逼自己留在了城市,是你自己囚禁了你自己。”我故作高深地说。

人心能产生灵,这是实情,但人类所了解的,到人心为止就够了。

“仅仅是这样?”他嗫嚅,依旧还在怀疑。

“就是这样。”我极度肯定地回答,“如果你仍然无法释怀,我建议你去找个心理医生看看。”

“这,倒是不用了。”他笑了笑,“我本以为没这么简单呢。你知道,我自小对灵什么的,就比较有兴趣,只是大了之后,每天忙得没时间去花心思研究了,刚好碰到这种事情,难免……”

他很失落。

乐申走后不久,我出了门。

我无意去猎灵,如今的情况,已不是逐只斩杀能够解决问题的。夜晚的城市彩光霓虹,到处都是灵魅乱舞,待我走过,纷纷隐去,与我保持一定的距离。

警惕,挑衅,恐惧与质疑……各种情态皆有。

猎灵人所守护的世界,终究变得面目全非。也许,是早已变得面目全非,只是如今的我,看得更加清晰了而已。

第三十二章　言咒

我快步如风，在大街小巷游走。我在找一个人，也许，是一只灵。总之，在任何一个城市，总有那么一个存在，知晓这个城市所发生的一切。他熟知一切，在黑暗与光明中游走，以此为生，或者，以此为乐。

黑白之间为灰，间断低伏之连为阙。故此类被称为灰阙。

我不乏在城市之中找人的经验。有那么一段时间，我摸遍了整座城市，只是那时候的我还不具备让灰阙主动现身的力量和身份，走了不少弯路。

但现在，我只要散发出找寻他的信息，他就会自动找上门来。他找我，总比我找他来得容易。

这数天来，我已经在这个城市寻找了很久，在某些地方透露我的意愿。

在我的视线之中，终于出现一个固定的身影。他只给我留下一个背影，也不曾回头看，距离不远不近，恰到好处。

他转进了一条幽静的小巷，在一个咖啡厅的门口转头望了我一眼，推开门走了进去，走上了二楼。

咖啡厅人很少，他们细声细语地聊天。

我上了二楼，看到他坐在靠窗的位置，桌上已经放了两杯咖啡。服务员与我擦肩而过，向我微微笑了下。

二楼没其他人，咖啡浓郁的香味充斥着整个空间。

“秋天快到了。”他用金属勺搅拌着咖啡，杯子上空弥漫着点点雾气。他头发稍长，卷发，戴着一副黑框的眼镜，留着浅浅的胡茬，很年轻，看上去像个大学生。

我知道他话中所指——多事之秋。

“并不会有多少改变。”我坐下，俯身闻了闻咖啡。

我不能喝，会吐。闻起来味道极好的东西摆在面前，却不能享用，很遗憾。

“不管怎么样，我是左右不了什么的。”他笑，将咖啡一饮而尽，苦涩的滋味从他面孔上表现出来，肌肉痉挛，龇牙咧嘴。

“我找了你数天，你才出现，真是有损名声。”我说。

他歉意地抓抓头发。“真是不好意思，刚接触没多久，算是实习阶段。你知道，城市这么大，我还没办法应付自如。”

“我想知道一件事。”毕竟有求于人，也不好多挑刺，我切入主题。

“我所知道的不会太多。”他瞟瞟我说。

“知道我想知道的就够了。”我靠向藤椅背，“什么地方可以找到那位言咒师？”

“你很有经验。”他无可奈何地轻笑。

“灰阙只会回答一个问题，这点我还是知道的。”我说。我临时改变了问题，此前寻找他，本是想问点别的。

“他很危险。”他挥了挥手，让服务员又添了一杯咖啡。

“看来他事先已经做了点准备。”我浅笑。

威胁或是利诱灰阙不要暴露自己行踪的人总是有的。

“不。”他说，“我的意思是，如果我说了他的位置，他就危险了。”

“这个，我还真不敢保证。”我盯着他，说，“你在乎他的死活？”

“这是第二个问题，如果给你答案的话，那么第一个我就不回答了。”他狡黠地笑笑。

“真不知道是什么人立了这种破规矩！”我有些愤愤然，尽管我已经可以回避用问句方式了，但还是用了疑问句。

“要不然，我不成了搜索引擎了吗？”他搅拌咖啡。片刻后，他停住了手，眼睛盯着咖啡流转而产生的旋涡，缓缓地放低金属勺，试图阻断它的流动，“他明天正午会去富商乐申的家。”

说完，他端起咖啡，一饮而尽，露出喝第一杯时一模一样的表情。

“谢谢。”我照他的样子，将咖啡一口喝下。

苦涩难耐，让我感觉到真实。

“我该谢谢你的咖啡。”他站起身，挥手再见，一直下楼都不曾回头。

两杯咖啡，就是我付给他的报酬。

我付了款，下楼，走到小巷子时，怎么也压制不住呕吐感，苦涩的咖啡呛进鼻腔里。我倚着墙角不停地呕吐，直到将胃里的液体吐净。

我抬头望天，天空中看不见星星。我知道星星肯定存在，只不过近在咫尺的街灯掩盖了它们的光芒。

没有人能否认语言的力量。

但语言的力量,并不只是常人所见到的那么简单。

将语言作为力量来使用的人类,被称为言咒师。他们的独特能力,就是将语言表达的东西,通过某些方式变为现实。

尽管猎灵人中也不乏此类存在,譬如柳无言。

而且某些治愈咒、清心咒什么的,我也懂点皮毛,但我们不是言咒师。

言咒师是纯正的人类,不会使用灵力。

当今不乏使用言咒的人,他们所使用的言咒要么有滞后性,要么效力微弱,要么具有极大的反噬危险。他们有些甚至不懂其中的原理,而是通过一些生搬硬套的表象来使用言咒,对此产生的后果往往无法掌控。

我不知道当今世界是否还存在真正的言咒师。

不过蹩脚的言咒师我还是发现了一位。

我一直认为麦香的死是桀一手造成的,是他给麦香下了咒,直到乐申再次出现在我面前,我才发现事实并非如此。

这个倒霉的家伙,似乎拥有特别招惹“言”的身体材质,之前被言郭所困,如今身上竟又出现了而肥。

灰阙所给的消息中既然提到了乐申,想来有一定的准确性。

我并不在意乐申。

我所在意的,是这个言咒师。我曾立誓要将伤害麦香的人碎尸万段。

如今的我已经没有了悲愤与伤感,我只想对自己说过的话负责。

我去过乐申的家,再次找去十分快捷。

正午时分刚过,一个女子自行驾车到了乐申家门口。乐申亲自开门,应该是早已经约好。我只看到她的背影,光是背影就已有几分熟悉,应该是我见过的人。

不是那个助理,昨天刚见过,没理由会认不出,不过一时半会我还真想不起来。

我跳过栅栏,快速跑过花坛,靠近客厅的外墙,侧着身子往里望。

两人已然坐定,乐申身旁站着那位面无表情的助理,刚进门的女子则背对着我,看不清脸。

房间隔音效果不错,我完全听不清两人在说什么。我只看到乐申面目越来越阴沉,压抑着自己的愤怒。

乐申的助理有意无意地瞟了一眼我所在的方位,而后又继续保持那木然的表情。她身上拥有的是人类气息,凭她不可能发现我的存在,所以我没有挪动半分,把注意力放在乐申身上,看能否发现一些蛛丝马迹。

我看到他的手因为激动而颤抖，额头流汗，眼睛浑浊，布满血丝，显然是而肥的数量还在增加，已经有了吞食灵体的迹象。

有点不对劲。

之前麦香的灵体之所以那么快就被而肥吞食是因为有荒芜的存在，激发了而肥的凶性。除了桀，根本没人能控制得了荒芜；没有荒芜，而肥没理由会成长这么快的。

我瞟见了地面上的黑色休元木。

八块黑色休元木形成了一个小型的结界——蜉蝣。

这个蜉蝣结界所产生的效果，就是加速结界内的东西生长。

蜉蝣朝生暮死，以此命名结界，取生命短暂之意。

一般来说，法阵的力量是生与灭。而结界，则是时与空。但两者之间并没有完全区分界限，时间变幻，也可产生生与灭，所以结界有时候也能发挥法阵的作用。

难怪客厅所养的动物，尽是乌龟、老鳖之类，此类动物生长原本缓慢，再加长寿，短时间内根本看不出影响。

对于而肥而言，短时间内快速成长，有违它们的本性，从而刺激了它们凶狂的一面。虽然没有荒芜那么厉害，但产生的效果类似。

而肥被当作棋子使用，成了害人的帮凶。

罪魁祸首显而易见就是这个言咒师。

乐申一直想见灵，不知道亲眼见到自己体内的灵，会是什么表情。

背对着我的女子用手在鼻梁旁按了按，像是在按什么东西，是眼镜！

我蓦然想起，在我所认识的人中，的确是有人戴眼镜的。

曾经照顾我的那个护士，与麦香对班，并告诉我麦香生病消息的那个人。

眼神淡然，连笑也极不明显的。

洛阳。

此时，乐申豁然站起，从身后掏出手枪，指住洛阳的头，脸上的表情已经不是愤怒，而是一种想与之同归于尽的决然。

谈不拢就火拼，可不是为商的本色。

洛阳抬起头，直直地看着乐申，我能想象她一定带着掌控一切的浅笑。

乐申的助理既不惊慌也不参与，站在一旁观察着事态的发展，沉稳的神情让我感觉诡异。

“砰！”乐申扣下了扳机，子弹擦过洛阳的左面颊，穿过了我身旁的落地玻璃窗，玻璃上顿时出现丝丝白色裂痕。

“你的性命完全掌握在我的手里，不要太得意忘形了。”我听到乐申阴沉的声音从客厅中传来。窗户花了之后，我再看不清楚里面的情形。

“这话是我说才对。”果然是洛阳的声音，“即使失去性命，也不放弃？”

“我可没有那么多耐心一遍遍回答你的问题。”乐申杀意已露，“杀人这种事情，并没有什么困难的，你最好明白这一点。”

“你做到自己说过的话，咒语会自行解开，否则，杀了我也没用。”洛阳淡淡地回答，乐申的言语威胁丝毫没有起作用。

“做到自己说过的话？让我放弃所有的一切，回老家去？”乐申几近咆哮，“我当时不过随口说来，现在你却要拿这句话来要挟我？我说过的话没做到的多了去了，我是个什么人，只是个商人而已，商人的话能当真吗？”

“正是有那么多假话说出来了也没有产生过后果，才对食言完全没有畏惧之心了吧？”洛阳的语气平淡之极，就像是在自言自语。

“世界上那么多人，你为什么偏偏来找我？”乐申显然已经认输，语气恹恹。

“世界上那么多人，我偏偏来找你。”洛阳几乎是重复他的话。

只是少了“为什么”三个字。

很多事，没有为什么。

房内良久没有声音，静到连呼吸声都没了。

“我放弃所有，就能保命？”乐申开口，声音一下老了数十岁。

“你当初是这么说的，自然可以。”洛阳依旧淡然。

“那么就按你说的做吧！”乐申长舒一口气。我感觉他坐回了沙发上，那是一种无力的坍塌感。

“是按你自己说的做。”洛阳回答，没有丝毫得胜的喜悦。

没有回音，乐申已经无力再争辩什么。

“我一无所有了。”乐申坐在我面前，我看到他鬓角有了些许白发。

“要喝酒吗？”我问他。

“你这有吗？”他环视一周，疑惑地问。

我摇头，家中并没有酒，我只是觉得这种情况下，他一定想喝酒才对。

“那就算了。”乐申叹了声，而后他又抬起头，“难道你就不想知道我为什么一无所有了？”

“你把财产全都捐了，报纸上都有写，我留意到了。”我说。

“肯定很多人都在背后骂我是个傻子。”乐申自嘲地耸耸肩。

“也会有人觉得你是个好人的。”我说，“看样子，你并不开心。”

“我奋斗了二十年，她只用了一个星期就夺走了一切，我能开心吗？”乐申眼中依然有恨意。

“谁？”我明知故问。

“不提也罢。”乐申捶了捶额头，“其实也没什么大不了的，只不过不甘心而已。”

“不是说这城市就是座监狱吗？没了金钱这根绳索，你就不会老想着回来了。”我笑了笑。

“你说得对。”乐申站起来走近窗边，用手探了探，发现窗上没有玻璃，他把手伸出去，感受着风，“事到如今，我才感觉自己触摸到了一丝这个世界的真实。”

“世界的真实是什么呢？”我好奇地问。

“这个世界真的有灵。”乐申语调一下子神秘了起来。

“哦？”我忍住笑意，故作疑惑。

“在我所了解的世界之下，有人类所不知道的东西潜伏着。人类看不见甚至感觉不到，但它们是确确实实存在的。这些东西就是灵，还有些别的说不清楚的东西，与人类所认知的世界合并起来，才构成了真实的世界，是这样子的，对吧？”乐申来了兴致。

我没回答，饶有兴致地望着他。

他瞟了瞟我，然后又继续说：“你是猎灵人，你真真切切地治好了我的病，其实那不是病，那是灵在折磨我，所以你才能治好我。换句话说，你杀了那些灵，所以我找遍名医都没办法治好的病，才被你给治好了。这就是黑暗下的秩序，跟江湖一样。”

“有点意思。”我笑出声来，“不过，志怪小说的作者都懂这一套。并不是什么新发现。”

“他们是信口胡诌，但我是亲身经历。”乐申说，“一直以来，我对此深深相信，并心怀敬畏。可能正是因为如此，我才被选中了，才被允许靠近这个真实的世界。你对我坦诚相见，并不拒绝与我见面，就是铁证。现在一切的世俗束缚都没了，表示我的一切从零开始，向一个新的方向……”

“你不止四十岁了吧？”我打断道。

“为什么这样问？”乐申一时不明白。

“被选中这样的话，不像是三流美剧的剧情吗？”我摁着额头大笑，语带讽刺道，“四十多岁，至少对事情的理解表现得稍微成熟点吧。”

“所谓朝闻道，夕死可矣，就算临死了才弄明白，也不算晚。”乐申陷入了一种莫名的亢奋情绪，完全置我的讽刺于不顾。

“不管怎样，我真希望你说的是真的。”我说。

“你知道我说的是真的!”他双目焕发着光芒地望着我,试图证明自己已经做好了接受真实世界的准备。

“你病了。”我拍拍他的肩膀,轻叹一声。

这次的乐申不是带着失望的表情走的,他的眼神自信至极,犹如恢复到了全盛时期。

我突然心生羡慕,执着地追求某一件事情果然是幸福的。

白泽到的时候,天已渐黑,如今的我习惯了等待,日出日落,一天匆匆而过。有些事情总要等待才能得到结果。每天已无意义,唯独可以得到的结果是意义所在。

“怎么样?”我问。这些天来,他一直在为医院的事情善后。普通的人类看不到事情的发生,造成的后果却是能察觉的。我不知道白泽会用什么手段,总之只要不引起太多的关注,就算是过关了。

即使明眼人一眼就能看出那里究竟发生了什么,但大部分的人依旧生活在被隔离的温室之中。那就继续生活在温室里好了。

“死亡人数依次平分下来,每天也就是三四个,对医院来说,再正常不过了。墙体坍塌稍微异常了点,不过豆腐渣工程人们也是见多不怪,算是蒙混过关了。难以想象你在那样重伤的情况下,还用了法术。”白泽摸了摸额头的汗。

“有着猎灵人的身份在,就算帮不上忙,至少也不要再给这乱七八糟的局面添乱了。”我伸了个懒腰,“离职手续办得怎么样了? 你这样的王牌,医院应该舍不得放你走吧?”

“稍稍复杂了些,不过,已经搞定了。”白泽说。自从毁了他纠结很久的法阵,也不知道他是想通了,还是无奈接受了现实。不过对我倒少了诸多的情绪,变得不远不近起来,稍稍有了点协作的意味。

“也许你一走了之,也没什么大不了的吧?”我不咸不淡地说。

“我还有些社会身份,不是想走就走得了的,也还要考虑下别人的感受。”白泽回应。

我觉得他意有所指,但我不想深究。

“那,我们什么时候出发?”白泽问我。

“你对洛阳了解多少?”我没有回答他,转移话题。

“怎么又扯到她了?”白泽疑惑不解。

“她是一个言咒师,你一直没有发现吗?”对他我没必要隐瞒。

“倒看不出。”白泽斜着眸子回忆了下,“说起来,和别的女孩子是不一样,平时寡言少语的,对什么都不热心,和麦香完全不一样,麦香那丫头挺闹腾的……”说到此处，大概是看到我脸色有变化，便咳了下，绕了回来，“你刚说她是言咒师，莫非而肥那件事是她做出来的？”

“据我了解，那是事实。”我点头。

“那你要怎么做？”白泽知道我对麦香的事极为在意，小心翼翼地问。

“我之前想废了她的能力。”我说。

“现在改变主意了？”白泽接过话头。我看到他绷紧的脸稍加轻松了些，他不是个擅长掩饰情绪的人，总是让人一目了然。

“我一如既往地不习惯对女人出手。”我说，“你对她的了解仅限于此吗？”

“她是外省人，一个人住在医院附近，除了上班时间能看到，其余时间基本见不到人影。不过你知道，我这个人活了那么久，各种性格的都见过，对她自然也不会太在意，没想到竟是言咒师，早知道该去切磋切磋。‘言’也是一个庞大的群体，我脑子里与之相关的资料，也丢得差不多了。”白泽补充说。

他所说的言，自然是跟“言”相关的灵群体，而肥、言郭都是其中之一。

“下次见面，你就可以多切磋切磋了。”我轻笑，“有件事，我还是想问问。”

“你说。”白泽回应道。

“她和麦香究竟闹了什么矛盾，竟要置她于死地？”我用手摁着额头，心中并不抱太多期望。

他眨了眨眼，回想了片刻，咬着嘴唇摇摇头。

其实在与白泽见面之前，我就已经在医院之中稍微打听了下，并没有得到什么有用的东西，只知道洛阳是个离群索居的人，内容几乎和白泽告诉我的雷同。

那么要知道更多的东西，必须亲自去问洛阳了。

知道了洛阳的身份，要找她的家易如反掌。她住在出租房里，在探知她没有回家之后，我从阳台潜进了她的房间。

房中只有淡淡女子的味道，狭小的空间内除了一张床和一书架书之外，就只剩一个梳妆台。

梳妆台上没有香水或任何化妆品，只有数面镜子。

也许之前是一面，摔过之后，碎成了很多块，然后又被粘在了一起，一眼望去，可以看见无数个面孔拥挤地凑在一起，加上房内阴暗一片，平生出几分阴森狰狞来。

书架上的书全是童话书，我随手拿了一本，靠在软绵绵的床上随手翻动。这本书所讲的是动物之间发生的故事，用拟人的语气加上故作幼稚的儿童口吻，一看就是失去了童真的成人编的，让我觉得有些无聊。

翻了几页之后，我发现空白处有了手写的笔记，是对故事的重新书写，笔迹成熟，但语气十分可爱，即使在我看来都觉十分有趣，能够想见作者的童心。

我正看得投入时，门口响起了钥匙开锁声。

第三十三章　应和

来人推门进来，反手掩上了门。就在那一刹那，她似僵住了一般不知如何动弹，双眼直直地盯着我。

“洛阳，你好。”我挥手笑着说。

阳光从窗台洒进来，风吹动着窗帘，摇摇摆摆，像舞动着的幽灵。

“看来我的出现不在你计划当中了，吓你一跳，真是抱歉。”我站起身，把书放回书架，“我也是刚到，你看，一本薄薄的书都还没看完呢。”

洛阳在刹那的失神之后，恢复了淡然。

她没有被我的话逗笑，这让我有些遗憾，但总有些人缺乏幽默感，这也是没办法的事情。

局面有点僵持，显而易见她没有料到我会出现，当然，我也不知道她对我到底了解多少。

若说让我去看麦香从而促进而肥异变，是她计划中的一部分，那么我的身份她多少是了解的。

“好吧，闯入女生的房间的确非君子所为。我过来并没有恶意，只是来问些问题，问完就走。”我微笑着说，尽量不让自己表现出恶意。

“可以。”洛阳站在门前未动，看得出对我怀有警惕。

“你知道我是谁吗？”这种问题我似乎问了别人八百遍了，希望她别以为我还没恢复记忆。

“我知道。”洛阳回答。

看来，她是早已知晓了我猎灵人的身份，而且我恢复记忆这种事情，她也是知道的。这丫头对我的关注度还挺高。

“为什么要用灵物害人？”我接着问。

“因为你。”她很配合地回答。

“啊?”我一时没反应过来,这答案实在和我想象中的差距有点大。

难道这丫头因为麦香和我亲近,然后醋意大发杀死她？可是为啥要把乐申弄成丧家之犬？莫非她要让靠近我的人都没有好下场？我虽为自己如此幼稚的推演感到羞愧,也无法不往这些方面想。毕竟一个怀着童心来做事的人,行为是不会符合常理和规矩的,栾就是前车之鉴。

“那天,我值班,碰到了你的手,随后脑海里出现了很多画面。我知道那是关于你的,以及这个世界的真实……”洛阳依靠着门坐下,抬头看着屋顶的风铃,目光中辉映着金属风铃的光影,有些勉强地笑了下,但看上去,着实有些落寞。

看到她这个样子,我脑海里闪过了乐申的面孔。尽管两人生活在不同的社会层次,可无论是语气和感觉都让我觉得十分相似。

“世界的真实？一个有灵有人的世界吗?”我略略苦笑,实在没想到洛阳有着敏锐的灵感,通过跟我接触,就能获得那么多的东西。

“更是一个纯粹的神话世界。”洛阳接过我的话头,“向上有仙境,向下有地狱,可以有向往,内心存禁忌,没有无所畏惧的欺骗,不会陷入世俗的生活泥沼而不自省……”

“我能明白你的意思。”我说,“只是,即使你接触到了真实的世界,你也不能将自己当作仲裁者。你不能因为麦香一点言语上的小过失就夺走她的生命！你自然明白别人的生命也是禁忌之一!”

“触碰禁忌必须有人来惩罚。真实的世界未展现在人类的面前,它藏起来了。我所做的,就是唤醒人类看见真实的世界!”洛阳稍显激动起来,“做完这些,我会接受惩罚,但我不会后悔,我所完成的是我的必然使命!”

“你真相信人类知道了真实的世界就会变得谨言慎行,一片祥和,彼此不会伤害了？人性不变,一切就不会有任何改变,真实的世界一直都在,只是人类假装不知道罢了。所谓的唤醒,不过你的一厢情愿。”我说。

洛阳死死地盯着我。“那我所做的一切,都白做了?”

“这个世界就是这样的,并不是你做什么就一定产生意义。”我轻笑,“人生就是一个罔度的过程,你比任何人都了解这一点吧！强加给自己一个使命,你所获得的,也只是虚假而短暂的充实感而已。一个人独处的时候,又会再次陷入找不到出口的迷茫之中吧?”

“罔度的过程。”洛阳轻念着我的话,无可奈何地苦笑一声,“果然是这样的吗?”

我知道,我说中她的内心了。

“一直以来,我都在寻找人生的意义。”洛阳说,“虽然我不知道那是什么,但我觉得那应该是种能让我感觉充实的东西。我可以为了它横冲直撞，丝毫都不迟疑。可这么多年来，我总是找不到，直到我在你的记忆里，找到了一些东西。那一瞬间，我似乎有了一点点充实的感觉。”

看来，言咒的力量百分之百是因此获得的！

想不到，我无意之中成就了她的想法。

可是，这种言咒的力量，我感觉自己很需要。

洛阳从进门开始就在左顾右盼打量夜养的住所。看她一副认真的模样，我也不好多问，以免打扰她的兴致。

白泽坐在沙发上十分不自在，大概是因为此前习惯了用假身份生活，这时遇到熟人，反而无所适从。相反，洛阳却视白泽如无物，注意力片刻都没放到他身上。

“你把她带来做什么？”白泽轻手轻脚地站起来，将我拉到离洛阳稍远的角落。

“和我们一起啊。我上次说过，要对抗强大的灵族，需要很多的人手。”我一副理所当然的表情。

“你是想借灵族的手来害她！”白泽压低声音，一边偷瞟洛阳，生怕被她听见。

“你思想太阴暗了吧！”我义正词严地反驳，“别老把我想得那么坏。我这人从不做虚伪的事情，再说了，我为什么要害她啊？”

“之前你不是说她害死了麦香？”白泽以为我装傻，瞪了我一眼，“你别告诉我以前一副要杀人的样子是你假装的。”

“事情并非我所推断的那样。”我故作神秘地笑笑，“不过我不会告诉你的。总之你大可以放心，如果我要对付她，根本用不着借灵族的手。”

我觉得这小子有点像以前的我，老是喜欢瞎操心。

白泽大概也了解到了我的性格，知道他越表现得想知道，我就会越不说，所以给了我个白眼，自己一边玩去了。

我不曾想事情绕了一圈，最终还是绕到了我的身上。麦香之死虽然与洛阳有直接关系，但罪魁祸首却是我。若不是我的出现，让洛阳获得了不属于自己的东西，麦香和她的命运也就不会发生任何改变了。

作为她们命运的干预者，我该负有责任，但除了表示遗憾，不迁责于人，我也不会做到自戕谢罪的地步。

洛阳转完一圈，用手按了按眼镜，双目中闪耀着明亮的光，原本白皙的面孔充满了血色，呼吸徐徐，显然是在努力控制好让自己冷静。

我很好奇她感知到了什么。我知道《自然》之书的力量不寻常，夜养也曾说，女娲创生之力，便源于此。但具体这种力量如何表现，是否因人而异，我所知不多。

就目前我所了解的来说，洛阳只不过拥有了言咒师的力量，也许之后会有惊喜，但不能太有期待，毕竟，洛阳所拥有的只是普通人类的资质。

“好了，人到齐了，我们还有点小事要处理。”我拍了拍手，引起他人的注意。

“跟我有关?”洛阳见我盯着她，问。

“与乐申有关。”我坐回沙发上，“自然与你有关。”

洛阳诧异地望着我，显然不知道我已经了解到了这个程度。

“很多人喜欢给我承诺。爸爸说生日的时候陪我；妈妈说只要我考上大学，就不再管我，让我做自己喜欢的事；我唯一的朋友说她会是我一辈子的好朋友，不争吵，不分开。”洛阳一勺一勺地吃着冰激凌，一边淡淡地说，“其实，我并不在乎他们是否兑现承诺，只要他们记得这些就好。但每次我把他们的话拿出来作为争辩的论据的时候，他们却似从来没说过这些话一样。慢慢地我就不再拿这些话来争了，甚至都不想跟他们说话。我走得远远的，和所有人保持着距离。”

我坐在她的对面静静地听着。店内的人不多，偶尔有一两个人从身边经过。

“尽管这么说，”洛阳轻轻苦笑，目光闪烁，“我应该还是很讨厌他们那样的吧，否则我也不会对麦香还有乐申那么反感了。你……恨我吗?”

“每个人做事都有自己的理由，而我了解你们各自行事的原因，所以除了遗憾，我无法有更多的情绪。”我避开她直视的目光，看着面前香甜可口的冰激凌，我还未决定是否要吃。

“听上去，你就跟这天一样，静静地看着一切发生，从不干预。”洛阳望了望窗外的天空，“只是不知道，它是否会对这一切表示遗憾。”

“它早睡着了，对这世上发生的一切并不知情。”我望了一下天空，灰色的云层仿佛千年未散，“不过有很多人都想着要唤醒它，也许不久的将来，它突然就醒了。”

洛阳看看天又看看我，似懂非懂。

“我们约的人总算到了。”这时，我看到乐申从窗外经过，走进了店里。

“抱歉，来晚了。”乐申在我旁边坐下来，刚坐定，他就满怀期待地说，“你想告诉我了?”

“不是该先问问为什么她也在这吗?”我撇开他的话题，自进来，他就当洛阳不存在一样。

“没有任何瓜葛的人，无所谓了。”乐申本不想理会她，但见我问起，摊摊手说道。

“难道你不认为我们是一伙的?”我盯着他。凭他的阅历，有这种联想理所当然。

“即使是一伙，对我来说都是过去的事情了。”乐申轻松地笑笑。

“你难道不怀疑正是我和她联合起来，让你失去一切？”我略带嘲弄的语气。

“你们没有从中获益。”乐申觉得我们没有那么做的理由。

“你的现状就是我们获得的好处。”我冷冷地打断他的话。

我冷冰冰的语气和与以往完全不同的态度让他极为不解。他的眼神中充满疑惑，嗫嚅道：“可是，我的现状并没有什么不好。如果你们真那么做了，我表示感谢。”

没有愤怒，只有顺从，这样的反应并不是我预想中的结果。

我把面前的冰激凌朝他的脸摔了过去。他躲闪不及，早已融化的冰激凌全部倒在了他的脸上，白花花的一片顺着脸颊向衣领内滑动。

“你……”乐申抹去脸上的冰激凌，眼中闪过了一丝愤怒，但更多的依然是疑问。

玻璃杯碎裂的响声引起了店内其他人的侧目，女服务员踌躇着不知道该不该过来询问。

我顺势一脚踹了过去，将乐申踹翻在地。我的力道稍重，只一下他就咳血了。我冷冷地打量他。“还感谢我给你的现状吗？”

“我不明白。”乐申忍住疼痛，握着拳头怒视着我，但不敢反抗。

这样没缘由的羞辱，任谁也无法接受的。

“你心中明白的。”我留下一个意味深长的微笑，站起身，从他身上跨了过去，和洛阳一同离开。

“我也不明白。”洛阳紧跟在我身后，走了一阵，终于开口。

“你亲眼见过灵吗？”我已经收起了那些佯装出来的表情。

“没有。”洛阳回答，“我知道咒语可以产生灵，但从来没有亲眼见过，对我来说，知道咒语对人有影响就足够了。”

“人类千百年来体质虽然越变越弱，但依然对灵具有一定的抵抗力和免疫力，所以，大部分人一辈子不仅无缘得见灵，更无法受到灵的影响。”我说，“不过，也存在缺失了这种天护之力的人，他们极容易招惹灵物，能受到灵的影响。乐申就是这样。”

“我知道咒语在乐申体内产生了叫而肥的灵。”洛阳说。

“咒语是与灵或是与其他的具有力量的事物达成的一种契约，你的言咒就是以语言的力量。乐申完成了承诺之后，你与而肥的契约就算自动解除，而肥也就自此从乐申的体内消失，但它们曾吞噬了他的部分灵体，所以此时的乐申的身体极易被其他灵物寄居。”我简要说明。

“但是，这跟你现在这样对他有关系？”洛阳问。

“他现在身上又被灵物寄居了。”我说，颇有些无奈，“而且，我都不知道那是什么灵。”

“你是在逼那只灵出现?”洛阳猜测着说。

“差不多是那个意思吧。”我点头,“这只灵级别不低,却还选择寄居在人体内,显然是有所企图。只要乐申情绪不稳定,它就一定会乘虚而入。”

“这……”洛阳犹豫着问,“会害死他的吧?”

白泽对我在冰激凌店的所作所为很是不屑,觉得我的做法就像个幼稚的小孩,当众羞辱,莫名其妙地攻击,故作高深地装模作样,除了扮扮酷,起不到任何效果。

“而且,为什么一定要选家冰激凌店?处处像是童话一样的场景,那么不深沉不压抑的地方,不会对灵产生半点影响。”白泽絮叨个不停。

我觉得他是因没叫他一块儿去而心生不满。

“是我想去吃冰激凌的。”洛阳在白泽说了将近半个小时之后,终于找到了机会开口说话。

“那……”白泽一时语塞,停止了理直气壮地走来走去,倚窗站定,半晌才问我,“你看出什么没有?”

“这次附身的灵不简单,如果只是为了向我出手,附身只是多此一举。乐申情绪波动的时候,我再次感觉到了它的气息,它的力量增强得很快,所以,我认为它和乐申之间有某种联系。”我说。

“你是说‘应和’?”白泽反应很快,与我得出的结论一样。

“什么意思?”洛阳不明白。

“天地万物,如果两者能相互促进,实现质的飞跃,就被称为‘应和’。譬如两个人弹奏乐器,彼此分开演奏时,听上去枯涩无味,有时还十分刺耳,但一旦相互配合,就能演奏出如天籁一般的乐曲。”白泽解释说。

“据我所知,人与灵两者之间也有这类‘应和’关系,原本十分孱弱的灵与普通的人一旦找到‘应和’的彼此,就能产生强大的力量。”我接过话,以乐申对所谓真实世界的执念,加上灵体残缺,出现与之“应和”的灵,的确不无可能。

“如果有了力量的话,他理应来找我报仇吧?为什么见了我反而那副无所谓的态度?”洛阳对此仍有疑问。

“他现在的重心完全在处理自己与灵的事情上。你对他所做的事,他自然不会放在心上。”我说,“另外,就目前来看,他应该和体内的‘应和’之灵有过交流,只是他不够坚定,所以才会一直想要得到我的印证。”

“事实和经验所表现出来的不一致,必然会让他感到茫然与矛盾。这时候只要有一个人告诉他那是真的,他便能完全下定决心抛弃以往的经验,所以,急于求证自是没错。”白泽补充道。

“但是，他和‘应和’之灵犯了一个极大的错误，就是来向我这个猎灵人求证。”我的话里散发着丝丝冷意。在乐申上次拜访我的时候，他身上附身的灵向我释放了灵气，那是种刻意的释放，赤裸裸的挑衅，像是在说：“明明我就是灵，为什么你还视而不见，快点告诉乐申啊，告诉他我是真的。”这也就不难解释，乐申为何如此自信地向我求证了。

猎灵人是灵所畏惧的存在，一直以来，灵物望之而逃，从不敢正面相遇，更不敢挑衅。

历年来，即使猎灵人再无杀灵之心，但对于敢当面出现的灵，也一定会尽力除去。

因为猎灵人三字代表一种秩序，这种威慑力一旦崩毁，就会失去猎灵人的尊严，被灵无所畏惧地戏弄。

白泽听出了我话里的意味，不好多说什么。

我蹲在水泥桥洞中往下望，半夜清冷的水气漂浮在水面之上，像一层层柔软的棉纱。

十余个巨大的桥墩从水中探出来，支撑着上方的厚重桥体，我的目光一直跟随着桥墩上的那个身影。它的周身散发着淡黄色的光辉，时而在附近的两个桥墩上跳跃，时而沿着桥墩上下攀爬，犹如一只刚刚长出利爪的小兽，带着新奇之心探索着自身的力量。

我静静地等，时间慢慢流走，黑影身形渐慢，在一个跃空之时，未能抓稳，从空中掉下了河面，而后又在河面之上踩着水波向着河床趔趄着跑了过来，上了陆地后，它气喘吁吁地仰卧在冷硬的鹅卵石上，身上淡黄色的光辉消散，四肢摊开，筋疲力尽。

我跳出桥洞，一跃而下，落在它身旁的一块大石之上，冷眼俯视着地上的黑影。河水散发出恶心的腐败臭味，让人很不舒服。

黑影努力地支撑起身子，见是我，眼中的警惕一闪而过，脸上挤出一丝笑容。

“贺先生。”乐申上气不接下气，语气一如既往的谦卑，“你来了？”

我之前刻意保持了距离，让他无法察觉到我。

“飞檐走壁的感觉怎么样？”我点点头，淡淡地说。

“从未这样畅快过，像是没有任何束缚了一样。”乐申发福的脸上水珠滴落，头发凌乱地贴在额前，眸中迸发着火热的光芒，“感谢你对我的帮助！”

“不用客气。”我没有回绝他的谢意。

的确，他能与体内的“应和”之灵达到同步，我的所作所为至关重要。

“应和”之灵是没有真实形体的。人与灵要发挥出力量，就必须达到一种默契，实现人的身体和灵的灵体同步，否则力量就无法施展。

事实上，在发生冰激凌店事情之前，我就已经知晓乐申身上拥有了“应和”之灵，即使那次侮辱被白泽说得一无是处，我却达到了目的：让乐申完全相信我和洛阳从一开始就是一伙的，只为将他陷入一无所有的境地，愤怒与悔恨实现了他与“应和”之灵的同步。

实现同步之后，乐申很快明白了我的真实意图，一直认为被神选中了的他，说出感谢我的话，理所应当。

只是，这还不是我的最终目的。

看着地上筋疲力尽的乐申，我挺直身体，咏动了唤剑诀，雪银色的“逝”出现在我手中，河风的腥臭气味一扫而空。

第三十四章　生存

乐申触电一样一跃而起，连连弹跳，从我身旁弹到了十米开外，像兽一样半趴在地，面露凶意，身体之上慢慢涌起淡黄色的光芒，像是穿上了一件半透明的灵体外衣，手脚极为锐利，在刚刚的石头之上留下一道道划痕。

“有兴趣陪我玩玩吗?”我语气轻松，露出和蔼的微笑。

“你要杀我?”乐申冷汗直流。有着商人本能嗅觉的他要看出我的本意根本不难，何况，我丝毫没有掩饰我的意图。

“你也说过吧，猎灵人斩灵除魔。”我说，“你与灵一体，我自然要除去你。”

“竟是这样。”乐申胸膛起伏，在我斩灵剑的威慑下不断向后小退，“想不到我浸淫商场这么多年，到现在才看清你的真实面目。”

“你要看清我的面目还差得远呢!”话音未落，我飞扑向乐申。

乐申知道不是我对手，扭头就跑，更不忘顺势将鹅卵石甩向我，阻挠我的追逐之势。茫茫夜色之下，他身上的光芒忽明忽暗，因为时间的关系，他和“应和”之灵的同步程度还不高。

乐申沿着河堤奔跑，我在他身后追逐。慢慢地，长满了苔藓的光滑鹅卵石成了他前进的阻碍，他一连几个跟斗，摔得头破血流。

“乖乖认命吧!”我一脚踩在他肩膀上，剑锋指在他的双眉之间。

“你不是让我陪你玩玩吗?”乐申吐了几口血沫，“现在让我死，你不会有丝毫乐趣可言! 棋逢对手才有意思，不是吗? 我知道自己还有潜力，你不用等多久，到时咱们再一决高低!”

“说得也是。”我很赞同他的说法，但剑锋并没有动摇半分。

“何况，你让我到达现在这个状态，目的也是想看看我的真正实力吧!”乐申见我动摇，喜出望外，想要继续说服我。

“可能，我是有这么想过。”我点头，犹豫地将剑收回，“你保证不会跑掉?”

“肯定不会!”乐申坚定地回答,生怕略有迟疑我就会改变主意。

“那你约一个时间吧,什么时候?”我将“逝”放回储剑空间,等待他的回答。

“此刻!”乐申面目狰狞,一跃而起,双手为剑,刺向我的胸膛。

我断定他会出手,不过他的表现稍稍超出了我的意料。时机把握恰当,动作果断干脆,颇有商人的行事风格,虽然身材看上去略显不协调,但对力量的掌控在短时间内达到这般水平已是不错。

想必他早看出我的必杀之心,虽然不明白我为什么还要故弄玄虚将剑收回,但他还是愿意将计就计赌一把,赌他的行动快过我的预判,从中寻找到一线生机。

失去了一切之后,只有生命可以拿来做筹码,若胜则活,若败则死,对已无退路的他来说,把握住这一刹那的时机尤为重要。

我稍稍侧过,他的手削破了我的左边衣袖,手臂上顿时被划出一条血痕。

原本被认定是极为强大的存在,顷刻间就被自己所伤,乐申嘴角闪过一丝自信的笑意,下手更加勇猛。我故作狼狈地东倒西歪,不时被他的手剑刺伤,鲜血直流。

“你竟不守信用!”我连连后跃,口中愠怒地质问。

这一问让他弄不明白我到底是不是在演戏了。不过,他只是稍皱了下眉,身形却未停顿,在我说话之时,手剑刺入了我的胸膛。

我颓然倒地,鲜血顺着他的手臂源源不断地滴落。我紧紧地盯着他,眼中满是失望与不解:“为……为什么?”我的双手无力地抓住他的手臂,声音虚软。

“……”乐申面孔上再无法保持复杂的表情,也不知道该说点什么,只是呆呆地望着我。我拉着他的手臂,无力地瘫倒在地上,双目圆瞪,气息渐无。

“是你逼我的。”他没有移步,伸手探了探我的鼻息,确定已没呼吸,顺势坐在了我身旁的石头上,点了一支烟,“为了活下去,我什么都可以做。”

他在给自己借口,有借口才最可怕。

若没有借口杀人,杀人者便会陷入自责;若是有借口杀人,杀人者迟早会说服自己,从而变得更加理直气壮。不只杀人如此,其他亦是,譬如说谎。

活下去,是他努力生存的意义吗?我突然对他顷刻间放弃一切的坦然有了更深一层的理解。的确,对于期盼活着的人来说,除了生命,没有什么是不能放弃的。

真是让人羡慕的生存哲学。

他没有再说更多,静静地吸完了烟,手上光芒再现,嘴巴如兽一样最大限度地张大,咬向了地上的尸体。他速度很快,不多时,就全部吃了下去。

我有些想吐,虽然是远远地观望着,而且那些血肉也不是真的,但还是有些反胃,即便我胃中没有什么东西。

“好吃吗？”我悄无声息地走到了他的身后。

乐申正用手擦拭嘴角的血渍，听到声音，全身都僵硬了。“怎么可能？”良久，他才颤抖着说出四个字。

“只不过是些小手段罢了。”我知道他一时间恐怕难以接受，要想回过头来估计很难，只好绕到了他的前方，“本来只想看看你会不会杀人的，倒没想过，你竟做到这种地步！”

“我早就知道，不会那么容易。”他的脸色煞白，口中冒着寒气。

把我的冰分身整个吃下去，也算是意外收获。现在他的性命，无疑完完全全在我的掌控之下。

“本不该给你可以反抗的奢望，不过现在这种情形，才能够心平气和地坐下来闲聊。”我说。

“要聊什么？”他问。后面还想说什么，却生生停住。

闲聊的话，根本不用逼到这种地步，以前随时都可以，我猜想他后半句可能是想说这些话。

“知道为什么我们这些猎灵人会存在吗？”我问。

“这种问题……”他根本没有闲聊的兴致，内心里一定在想如何摆脱困境。

“不是为了斩妖除魔。”这个话题的确说过很多遍了，但我觉得该涉及一下本质了，“这个世界每天都有新的灵产生，哪是我们这区区数人就能清除得了的。”

“那么，是为了什么？”乐申感觉情势又可能有所改变，有了些许热情。

“平衡。”我说，“压制冒头的灵魔，然后务必清除掉产生灵魔的根源。”

“哦。”乐申声音又降了下去。

“你没兴趣知道那根源是什么吗？”我问。

“是像我这样的人类，对吗？”乐申惨笑道。

“所谓的猎灵人，既不站在灵那边，也不会站在人类这边，对双方有着相同的情感。这样说，你能理解了吧？”

“可是为什么一开始不告诉我实情，还对我撒谎？”乐申问。

“事情总是慢慢变糟的。”如果不是一意往背后的世界里钻，也不会出现这样的结局了吧，走到现在这一步，也是没办法的事情，“本想拉你回头，但你多踏了一步。”

“如此说来，倒是我过于执着了。”乐申轻叹一声。

“没能阻止，深感抱歉，我的解释到此为止。”我再次召出“逝”，光芒映在他的脸上，柔和中难掩杀意。

“贺先生，虽然我知道无济于事……”乐申双拳捏紧，额头微低，双眼掩在了额头的阴影之下，“但，能允许我再献丑一次吗？”

“我能理解。”我点了点头，“用尽你所有的力量来保住自己的命吧。”

说话间，我已毫无迟疑地催动他刚刚吃下去的冰，刺穿了他的内脏。

“谢谢。”乐申嘴角微扬，鲜血从口中缓缓地渗透出来。

说完这话话，乐申咆哮而起，全身光芒大盛，双眸通红，杀意毕现。“要活下去，就全力跟上！否则，就只能止步于此了！”

我听到一阵空灵的鸣叫从他体内传出，“应和”之灵与之同步率更进一层。速度、力量发生质的飞跃，但，要与我为敌，所差甚远。

“这种程度，远远不够！”我右手执剑，左手执冰刺，将他死死压制在河滩之旁。冰箭不时从河中飞出，让他躲闪不及，即使被灵衣挡住不少，仍然伤得不轻。

同时拥有了雪女和猎灵人能力的我，已绝非他能抵挡，更何况，此时的我还拥有一颗如栾的冷血之心。

他身体之上的光芒猝散，冰刺猛刺而下，半截刺入了他的背部，伤及脊椎，一声哀号从他口中狂啸而出，“应和”之灵空灵的声音同时呼应。

我心知乐申这一动作是有意为之，连忙飞身遁走，但未能躲过。他的灵衣再次形成，细长的触手快速伸过来，束住了我的脚，将我向地面砸去。

我在空中几次卸力，才避免了狼狈的嘴啃泥。

他已经知道了外界的伤害能逼出自己的潜力，不惜亲自解除防御。不得不说，这才稍稍有点像样了。乐申未有迟疑，向我飞速扑来，笼罩在身体之上的灵衣成了他意念的延伸，阻挡着我的法术，向我还手出招。

我知道这样的力量来得快也去得快，只要躲过了他暴风骤雨般的猛烈攻击，等待他的必然是失败与死亡。

我且战且退，一直被追至高大的桥墩，我看出他力量减弱，攀爬时动作已不连贯。但他抬头望向上空的眼神炙热，像是看到希望。

该是绝望才对吧，我心中想。

“往事如尘，皆镜中花、水中月，以吾所念重临天幕之影。”我看着乐申的身影，咏动了“镜”。我突然想看看他的过去，“乐申，是什么，让你如此执着于生呢？”

周围光影变幻，一个巨大的悬崖幻影替换了之前的桥墩，四个身影攀附在悬崖峭壁之上，缓慢地移动着身体。

“蛇！”一声哀鸣之后，一个身影脚下一滑，在他左方的男子探手扯住了他的衣襟。

“涂了蛇药的，别怕，不是蛇！”左方的男子伸手举了一把，让他再次扯住了藤蔓。正以为是虚惊一场时，一条蛇咬住了左方的男子，未有片刻，那男子就坠落下去，摔在谷底，发出一声令人毛骨悚然的闷响。

"快爬!"上方的两个青年加快动作，其中一个朝下方的男子叫道。

"是族主! 它不放我们走!"下方的男子悲号道，"我们回去吧!"

"快爬。下去也是死路一条，快到顶了!"上方圆脸的这个青年见下方的男子畏缩着往下去，迟疑了下，向下滑动去接应，一把拽住他往上爬。

最上方的男子眼看登顶在即，露出欣喜的笑，那笑容如此明亮，就跟在我眼前一样。

是乐申，年轻时候的乐申。

他的手抓在了一条蛇细长的身体上，表情骤变。这一变故，使得他向着崖下猛坠，直到滑到另外两个人的位置。情形并不妙，三人挂在一条老藤之上，在空中晃荡。

没人出声，在寂静的夜里，只听到老藤撕裂的声音，以及不时颤抖着向下看的三个悬空身影。

良久。

"这样的话，我们三个人谁也活不下去。"其中一个青年说。

"怎么办?"年轻的乐申问。

"如果一个人的话，能顺着藤爬上去。"圆脸的青年回答，"你们两个选吧，谁要去外面?"

"只能活一个吗?"颤巍巍的声音问。

"也许是族主的旨意。"圆脸的青年凄然一笑，"带着我的那一份活下去。"他松开了手，身体在夜空中急速坠落。

"你去吧。要不是我，大家也不会死!"乐申说，"我就只能到这里了。"

"我这么胆小，一个人在城市里过不下去的!"胆小的青年说，"你懂的东西多，一定能见识得更多。"话音刚落，他松开了手。

"去好好看看世界啊!"声音在悬崖下回响。

幻影消散。乐申无视刚刚的一幕，努力地爬在光滑的水泥桥墩之上，那种感觉，就像多年前他爬悬崖时一样，专注而执着。

"当前方遇到阻碍的时候，总会质疑自己的路是否正确，总在想，大概不这么做，就不用承担现在这样的后果。可是，从那夜开始，我再也没后悔过，我要连同他们的那一份也活下去。既然不后悔活下去，自然要以死相拼。"

他爬到了我脚下，只要探手，就可以触及我的脚踝。我知道，他已经到了极限，油尽灯枯。他的手再无法举起，身体后仰，向着黑暗之下的河坠落。

我纵身跳下，扯住乐申的一条手臂，将他带到岸边，随后"逝"剑刺入他的身躯。

"逝"慢慢恢复了他的伤势。

"为什么……要救我?"本已濒临死亡的乐申抬头看着我,很疑惑地问。

"就当是我被你感动了吧。"我无力一笑,"好好活下去,不要再被过去所束缚,为自己活下去,找找自己真正想要做的事。"

就跟我一样——后半句,我没说出来。

红莲不在之后,我的右眼,遇到灵,也不会再流血了。

然而,我已经完全觉醒,记忆向前延伸了几世,光凭这种本事,就已经没有多少灵能逃出我的感知。

"来了。"我站在大桥上,睁开眼,看到有一名长裙女子由远而近。

头发系成马尾,眉细眸大,脸庞犹如皓月,嘴唇红润,脸颊处各有一个浅浅的酒窝。走动之时,带着憧憬的微笑,不时望向江水,双手不时向四面八方舒展,似在做广播体操一般,有一种动态的美丽。

这个女子浑身有种与周围环境脱离的感觉,就像游离于生活之外,若是视野中只有一人还无法发觉,但有人从她身边走过的时候,那种对比的强烈之感就能明显地表现出来。

"黑。"我直接称呼了对方的名字。

有了白泽的《风谈》,对于寻找灵,的确是有很大的帮助。找到黑,是白泽的功劳。

"跟我来吧。"黑愣了愣神,稍后微笑着说,"在人世,我的名字叫玉秀。"

玉秀比黑好听。

跟着玉秀沿着江岸向前,到了临河的一栋两层寓所,她掏出钥匙,打开了门。屋内被温暖的橙红颜色所充满,淡黄的墙,橙色的沙发,红色的复古家具,淡蓝的窗帘。在靠窗的地方,高出了地面数丈。

地面是红木地板,摆放着三盆九华兰和一张厚实的茶几,茶几上面搁着一套小巧而精致的茶具,看得出是一个茶室。隔壁有个钢琴房,除了一架钢琴之外,古筝、琵琶各种乐器也各就其位。

隔过客厅,另一端是厨房,厨房被镂花的玻璃门遮掩着,只能看出极为模糊的轮廓。

"你来找我,是为了什么事?我没在你身上感觉到杀意,不然我也不会让你看见我。"玉秀一边说,一边不紧不慢地摆弄着茶具。

"我找离若。她一直在各地招募力量强横的大灵,像你这种级别,多半知道吧?"我极为客气地说。

是的，我对离若，还没有放弃。

"离若?"玉秀看了看我，"我倒是听说过这个名字，不过，她并未来找过我。"

"你知道她在哪吗?"我急迫地问。

"这个我就不知道了。"玉秀摇摇头，"数月前，有一只名叫叶玖的灵途经我处，曾跟我聊起离若，说离若要建立一个什么'灵之森'，让我加入，但被我拒绝了，后来叶玖就离开了。"

"叶玖，她来过？你知道她去哪了吗?"我眉头微沉，这实在是个熟悉的名字。

"我身为灵，告诉一个猎灵人其他灵的去处，不太合适吧?"玉秀倒了茶水给我，莞尔一笑。

我意识到自己乱了方寸，果然，只要是有关离若的事，我依然心绪不稳。

"我只是有些事情，必须要找离若，跟我的本职无关，我并非要伤害她……"拿起茶杯，我喝了一口，掩饰自己的窘态。

"你……身为猎灵人，竟然爱上了一只灵吗?"玉秀抬眼，漆黑的眸子里，倒映着我的脸庞。

"……"我喉头滚动，却一个字都说不来。脑袋里忽然有一阵混沌，让我感到天旋地转。

"你太大意了啊!"玉秀依然微笑，"猎灵人!"

我不该喝那茶水，那茶里她放了什么东西，却并不是灵术。

只是普通的人类世界的药物!

我晕了过去。

我再度醒来之时，发现自己身处不知名的地方，似是一个封闭的石质囚室，四周火炬释放着跳跃的火苗，将整个囚室照得光影斑驳。

我四肢被黑色的金属锁链缚住，挣扎着动弹两下，那锁链之上的尖锐处就会变得更加细长，刺得人身体极痛。

猎灵人，竟被灵抓了吗?

我不禁好笑。

"莫不是疯了，这样还能笑得出来?"却听到一个女声从不远处传来，言语中带着一些戏谑。

我定睛看去，这才发现有一个女子同样被黑色锁链所缚，侧身躺在火把之下的阴影里，看不清面容，听那声音，竟有几分熟悉，却又一时间想不起在哪听过。

"我只是笑自己很傻很天真罢了。"我回想起玉秀那天使般的面孔，却对我这般下手，心中大是落寞，咬着牙，坐了起来，"你是谁？怎么会被关在这里?"

“萍水相逢，说来无益。”那女子拒绝道。

“说的也是。”我赞同她的说法，当下不再出声。

这锁链很奇怪，我不动弹便不会刺痛，我也便顺其自然，不再动弹半分。

两个人就这样安静地保持着各自的姿态，不知过了多久，我突然想起衬衫上衣袋里还有一包烟。

于是低下头去用牙叼了出来，又从中叼出一根，努力地站起身来，在火炬上点燃，深深地吸一口。待烟气弥漫着吐出之时，我洁白的衬衫已经被锁链刺破，溢出鲜血。

“你真是疯了。”那女子忍不住说道。这次的言语已经没了戏谑之意，完完全全地直抒胸臆。

“你被关了多久了？”我叼着烟，可双脚战栗，一时站立不稳，“扑通”一声摔在地上，锁链刺入血肉，额头的汗水也流了下来。

“这里别有洞天，根本不知日夜，你这样的问法实在太过愚笨了。”女子回答，“不过，像你这样的年轻男子，倒来过十余个了。”

“十余个？”我忍着疼痛依着墙壁靠着，轻声嘀咕，不料囚室非常安静，话语出口立刻成音，“难道黑是在用邪术修炼？”

“你并不是普通的人类？”那女子质问，想是听到了我的话。

“每个人类都有不普通之处。”听这口吻，我也断定了她不是普通的人类，不过嘴上却故作不明。

“你所说的邪术修炼，黑本人倒是不用，不过，在这里却有人需要年轻男人的躯体。”女子也不做计较，向我说明。

第三十五章　涅槃

“你怎么会知道这么多?”我问,却又疑惑,“既然是需要年轻男人的躯体,你怎么又在这?”

“因为我不小心误闯了她设定的禁地,所以被她囚禁了起来。”女人无奈地说,“可能是还没想好如何处置我吧。除了用凤凰尾链锁住我,她也没有其他的能耐再动我。”

听到凤凰尾链几个字,我低头仔细看了看,才发现这黑乎乎的东西果然是由一节一节的凤凰尾羽制成的,只是颜色深红,在火光下看似黑色。

传说凤凰尾羽极其坚韧,火焚不坏,刀砍不断,用以铸造兵器和弓箭之类都能入神兵利器之列。

想不到被黑用来制作了锁链,也难怪这女子被锁住就无法逃逸了。

“用来锁我实在大材小用了。”我叹了一声。有这玩意儿在,我即使是猎灵人状态也是没法挣脱的。

“你无须等待多久,过不了几刻,黑就会将你送到那人身边,用你血肉重铸那人的身体,你便不会痛苦了。”女子笑了笑,明显带着恐吓之意,想来是在这无聊,找个人消遣消遣。

“那样也好。”我无所谓地笑笑,嘴上的烟头已经被我咬坏,口中满是苦涩之味。

“你是怎么被抓住的?”女子又问,“看你知晓黑的本名,想来是有些渊源,而且,你与前面那些男人也不一样,见识广博很多,是修道之人?”

“修道谈不上,只是偶尔抓抓灵罢了。”评价这么高,让我有些不好意思。

“想不到我还有幸和道士关在一起。”女子想笑出声,却被锁链弄疼,舒展的眉目瞬间又皱在了一起。

“我不是道士。”我反驳说。

“啊! 啊!”正在此时,囚室的外面传来凄厉的惨叫,似乎是有人受了极大的创伤。

不,还不只如此。

那是一种自灵魂之中呐喊出来的痛楚，在人间绝对听不到的地狱之声，让我有了不在人世的错觉，我只觉寒毛直竖、耳膜阵痛，实在有要捂住耳朵的冲动。

“又开始了。”女子听到此声，也是悲悯地叹了一口气。

“这是谁？”我忍不住问。

“就是要你重铸的那个躯体。”女子说，“每隔一些时日，他就会惨叫，黑就会把年轻男人带走，给他重铸身躯，每重铸一次，他就会好上一段时间。”

“真的重铸？”我愕然，这种事情骇人听闻，想不到我真能亲身遇到。

“你以为我在说笑？”女子淡漠地回答，“凤凰可以涅槃重生，可人死了就化作尘土。黑拘禁了他的灵体和魂体，想让他继续活着，只是他的身体早已经死去，每过一段时日，身体就会腐烂，他的灵魂便不得不经历身体腐烂之苦。若不是有血海深仇，这样的事情决计是无人能做得出来的。”

“黑竟然能做到这种地步？”我惊道。

囚室的墙壁突然裂开了一道门，黑一脸严霜地走了进来，也不多话，用一个搬运之术，将我凭空托起，缓慢地向外移去。

一路阴暗潮湿，夹杂着些滴水之声，那呼啸恐怖的叫喊声却越来越近。

穿过了走廊之后，又到了一个石室，这个石室大了许多，凤凰尾链横七竖八地钉在墙上。

黑收起搬运术，我一骨碌滚落在坚硬的地面上，抬头时，看到石室的中央竟然悬挂着一个人。

与其说是人，还不如说是一副骨架，他下半身的肉已经腐烂不堪，纷纷掉落在地上，只有上半身还算完整，头低悬着，发出令人脊背发凉的哀鸣。

我实在不忍去看，却又能看得分明，那头部模样很是熟悉，却不知何处见过。片刻之后，我全身战栗起来，犹如筛糠一般，喉结滚动，早已不知如何言语，满腔的话句，未能吐出一个字来。

“原本与你无关，你要自投罗网，也怪不得我。”黑望向我，收回了凤凰尾链。我躺倒在地，浑身没有丝毫力气，只是战栗不已。

不知道是愤怒还是悲伤，只觉眼泪一下就模糊了双眼，望着的那张熟悉面孔再看不清晰。

尽管这人，我只见过两面，一次是在我家的院子里，一次是在奇峰给我看的照片上。

然而，他是给了我红莲的人，给了我第二次生命，也给了我了解这个世界真相的力量。

我本以为他已经死去，没想到，却以这种最悲惨的方式存活着。

猎灵人，萧遥！

如果不是我，他应该活得很好，有红莲在手，一定不会被灵抓来折磨。

“害怕吗?”黑看到我这副表情，眼中闪过一丝不屑，冷笑着，“还以为你是猎灵人，会胆识过人一些。既然如此，我也不再多费口舌了，好不容易找来一个猎灵人，这一次，一定不会再有问题了。”

只见她双手结印，口中默默念叨。我所卧倒的地面上，几道金黄的光束飞快流转，很快形成了数个光圈，光圈里黑色的符文扭动，就像一只只跳跃的蝌蚪。

它们迅速找准位置，钻进了我的身体。身体在一刹那间剧烈疼痛起来，仿佛体内有无数的虫蚁在撕咬着血肉，想让整个身体分崩离析。

我紧咬着牙关，忍受着这种痛苦，根本没想去拔剑。听着从高处传来的惨叫，我的眼泪顺着眼角流下。

我只想感受一番他所承受过的痛苦，哪怕只承受一秒，我也要承受一次，血肉离开自己的身体，那番痛苦，到底是如何的痛苦。

“离!”黑一声疾喝。

我全身的血肉猛然向外扩张了一下，在膨胀之后，却并没有飞散出去，反而又全部依附在了我的身体上，在这过程中，我终究是没能忍住，一声惨痛的尖叫喊出声来。

这不是人所能忍受的。

一声尖叫之后，随之而来的，是满口的鲜血喷溅。我一扭身，匍匐于地，紧紧地摁着胸口，剧烈地咳嗽了几声。我很快地调整了呼吸，抬头望向黑。

黑双眸凝重，身体站得笔直，一副防备的架势。

“真的很疼。”我凄然一笑，用“逝”剑支地，艰难地站了起来。

在黑那声疾喝出口之际，我的唤剑诀也几乎同时出口，大幅度地增加灵力，护住了全身的血肉。

“竟然能抵挡我的灵术，你深度觉醒了?”黑向后一跃，跃到了那些纵横的凤凰尾链上。

“算是吧。”我握剑在手，那些前任的记忆全部灌入，让我冷静了许多。

“这样的躯体更好，更好!”黑冷笑，身上凤凰尾链密集地伸展，一些刺向墙壁稳定身形，一些则如利箭一般射向我，金属声响动，幻音阵阵，让我脑袋轰鸣。

“灵力不弱!”我剑锋摆动，避让掉凤凰尾链的攻击，飞身欺上，但狭小的空间并不利我的发挥。更可恶的是那些尾链似乎无穷无尽，在整个石室内翻滚扭动，尽管有灵力护体，依然有不少刺伤了我的身躯。

我凌空而行，用剑抵挡着攻击，越靠越近。

若不是刚刚想要感受下肉身分离的痛苦，黑即便是凤凰，也早就无招架之力。

黑的动作略显颓败，重铸身体是件极其耗费灵力的事，虽然半途而废，但她的灵力似乎也耗费不少。

她已经近在身前，不管她如何躲避，我都在她两米之内，只需再前进一步，我的剑就能刺入她的身体，只要如此，一切就将结束。

剑已刺中，但我咒语不及出口，她一声哀鸣，现出了真身，乃是一只焦黑的大鸟，只有头部的金黄凤冠和尾部数根美丽的尾羽证明她曾经是凤凰。

凤凰飞行速度快上数倍，让我的追逐显得力不从心，但是，在这么狭窄的地方变回真身实在不太明智，我占据中央位置，任她如何围绕着石室盘旋，只待我找到机会，就能一击致命。

凤凰似乎没有在这种地方飞行过，翅膀扫过墙壁，磕磕碰碰，身形蹒跚，就在一趔趄之间，我已经找准了机会。

却在这时，萧遥悲号的声音突然停顿了一下，隐隐吐出两个字来。

我与他仅一步之遥，他的声音传入我耳，虽然力微，却依旧明晰。

他说，停手。

听到此话，我握剑的手不觉松了半分。

见我杀意顿减，黑一声啸鸣，口吐烈焰朝我扑来。我一闪避过，再回首时，她已经从石室门口飞了出去，巨大的石门轰然合上，将我关在了石室当中。

我踩在凤凰尾链上，与那副飘零的骨架面对面。

即使都为猎灵人，我们相遇的机会也不多。

猎灵人奔走各地，而且觉醒程度不一，经常在某些历史时期，只有某一位甚至是某几位猎灵人存在于世，其余的就跟沉睡了一般，杳无音讯。

就像我的前任，在落雁山上死去，直到数千年之后，才有了我的觉醒。

即使有剑在手，关于萧遥，我记忆中仍旧只有那院落里手持红莲的样子，这让我更为难受。

因为这，与我相关。

“萧遥。”我直呼其名，一剑刺在他的身体上，“半月・往！”

这样可让他的身体在短时间内恢复到此前较为完整的样子，以减缓他的疼痛。

萧遥的血肉慢慢恢复过来，这让他的伤痛减轻了几分，只是整个身体根本没有丝毫活气，依旧如一具死尸。

“‘逝’?”萧遥声音很低，似乎连灵体都已经疲惫不堪了，“我只认得你的剑，我的剑丢了很久，已经不记得你的名了。”

剑是大部分前任记忆的承载，这就是为什么握剑的时候，猎灵人会像变了一个人一样。

而且，他显然忘记了那个冬天站在院落里的我，只把我当成了他的同类，是的，同类。

“我叫贺。”我回答，又问，“我该怎么做？”

“杀了我。”萧遥说。

这种情形，解脱的确是最好的方法，但是，我下不了手，虽然我的脊椎中已经失去了红莲，但想起他那赐予我生命的行为，我的脊椎仍隐隐作痛。

“嗯。”我终究点了点头，却又不甘地问，“怎么会弄成这样？”

“我弄丢了我的剑。”

“哦。”我感觉得到他的凄然，不禁低叹一声。

“虽然我这样说很不在理，不过，放过她吧。”他停顿了一会儿。

“可是，她对你做了这样的事情！”我明白他的意思，但心中有些怒意。

“她想救我。”萧遥说，好似笑了一下，“只可惜，她不懂生死有命。”

“救你？”我更加不解，“为什么？”

“多年前，我以红莲之火促其涅槃，但她凡心未了，反被红莲之火烧伤，道行锐减，心性大变，从灵兽堕变成灵，我们也由此成为敌对之势。为了恢复到以前的情形，她以人类精元为食，想以此快速恢复以前道行，却不知这样会越陷越深。我不忍见此，便弃她不顾，远走他乡。直到后来我失了斩灵剑，濒临死亡，被她发现后，用了拘灵之法，让我苟活于世。她跟我说再寻找合适的身体，一定会让我继续活下去。呵！”萧遥笑得无奈。

“倒也是单纯的女子。”我不禁黯然，却又叹道，“你太心软了。”

堕落之后，就该杀了她才对，后半句我没说出口。

“总觉亏欠，所以……”萧遥说。

“亏欠。”我细品着这两字，“你总是喜欢追责于自己，本都是些与你无关的事情。”

“怎么会没有关系？”萧遥不解。

“总之，正是因为亏欠二字，才将你弄成了这般模样。”我捏了一下拳头，没打算说那段往事，咏动了夺魂咒。

石门却突然打开，黑一声厉喝：“你要敢伤他，我跟你没完！”

我定睛看去，却见黑的旁边还站了一名女子，正在活动手脚，看来是寻来的帮手，但那模样竟也有几分熟悉，我不禁说出两个字来：“是你？”

叶玖！

“小道士挺厉害的嘛！”黑身边的女子根本没认出我来，不停地揉捏着手臂，又舒展了腰肢。

“原来是你！”听到她的话，我意识到这人就是先前和我同关一个石室的那个女子，刚才在那火光黑暗，我竟没有认出她来。当然，她对我印象显然不够深刻，即使我在灯火之下，她也对我没有一点感觉。

“什么是我是你？”她反倒有些疑惑。

“叶玖，我们的事情稍后再算。这小子是猎灵人，不除掉他，我们都有危险。”黑打断了她的话。

“这点我当然是明白的。”叶玖很快甩掉了疑惑的表情，冲我一笑，眼神闪亮，犹如一汪清澈的潭水，腰肢更是扭成了最妩媚的姿态。

对我用媚术！我不由好笑。这种粗浅的灵术，对付普通人还可以，对我这种觉醒几世的猎灵人，丝毫不起作用。

“停手，玉秀。”萧遥的声音从我身旁传出，带着几分无奈几分责怪。

黑向前的身形突然停顿了下来，站在原地不动了，眼神极为复杂。

“不打了？”叶玖也明白媚术没用，站直了身子，见黑停顿，望了黑一眼。

“你还记得你给我取的这个名字。”黑幽幽说道。

“又是抒情篇吗？”叶玖无奈地嘟嘟嘴，把手抱在胸前，身子向后靠在墙上。

“我怎么可能忘记？”萧遥说，“那是你最好听的名字，什么黑，还有凤凰，我一直都觉得不好听。”

“可是，那么好听的名字，根本不配我现在的模样！”黑想到了什么，笑意锐减，一下显得狂躁起来，“我只配叫黑！”

“不要再错下去了！”萧遥打断她的话，声音很大。

“我哪里错了？”黑迷惑了。

“以人类精元去修行，用凡人的血肉来为我重铸身体，这些都错了。”萧遥说。

“可是，你之前没告诉我这些是错的。”黑望着萧遥，又将手指向了我，“是不是他！是不是他跟你说了什么？”

“与他无关，是我太累了，想要解脱。”萧遥的声音悲戚。

我刚刚的夺魂咒出口，可能已经让他有了面对死亡的觉悟。

“可是，你之前不是这么说的！”黑摇摇头说。

“说什么不在乎你用什么方式修行，说什么我想活下去，都只是我觉得对你有亏欠罢了。”萧遥苦笑道，“十多年了，我早该还完了，你也该面对我早就死了的事实。”

“你在说什么，我完全不明白。”黑的眼泪突然涌了出来。

“你这样强留着他的灵魂，为他寻找合适的身体，每一次重铸，就是让他经历一次生死，而且，每一次都是亲身经历肉体腐烂的痛苦。这十多年来，你记不记得重铸了多少次？你到底明不明白你在做些什么？”我在旁喝道。

尽管，萧遥和黑，让我想起了我跟离若……如果，离若能在我身边，不论什么痛苦，我都能承受吧？

“可是，要想复活，这些都是必须经历的！”黑见我出声，似是底气足了几分，变得理直气壮起来。

“猎灵人的灵魂是独一无二的，它和斩灵剑一起，选择自己的肉身，在普通人中根本找不到相符合的肉体，即便用我这种猎灵人的躯壳，也于事无补。”我反驳说，“你只不过是在乱杀无辜。”

“怎么会？”黑如受重创，退后数步。

“玉秀，到此为止了。”萧遥说，“原谅我一直对你的纵容，以后，不要再为了我去伤害人命了，贺，动手吧！”

“不要！”黑大喝一声，“你看，我的身体很快就要恢复了，你也可以，一定可以的！”

她突然撕开了衣衫，露出白皙的皮肤来，身上布满了大面积狰狞的伤疤。

“我一直不敢接近你，怕你看到我丑陋的一面，我极力地想要变回从前，可以叫玉秀，可以有着和玉秀相匹配的美貌和一切。因为你说过，你的玉秀是美丽动人的！”她颓然跌倒在地，“我就快回到以前的模样了，所以，请你不要离开我。”

听到这话，我的思绪回到了千年以前的落雁山，眼前竟然雾蒙蒙一片。

石室门口的黑哭得一塌糊涂，叶玖站在她身后表情淡漠。萧遥已经不知道如何回应。

“还记得你的剑丢在了哪里吗？”在尾链之上，我问萧遥。

“一个小孩身上。”萧遥被黑的话感染，陷入不知所措之中，良久才开口，“他中了雪女的诅咒，所以我将剑化成了他的脊椎。真不知道他现在如何了。”

“如果不是他，你们本可以幸福地在一起吧。”我本想告诉他我就是那个孩子，但最终没有说出口。

“灵人殊途。”萧遥吐出四个字，带着一丝无法言明的苦涩。

“是啊。”我竟犯傻了。猎灵人对灵的杀意来自本能，那是一种不可控制的杀意，会在不经意之间萌发。

最为重要的是，我想起了那个诅咒。

半灵洛水用生命作为献祭，诅咒说：违逆天道的一切，人与灵的相恋，半灵的出生，将不再出现！

“猎灵人本就是没有爱的，我和她，终究只是个误会罢了。”萧遥说。

“也许吧。”我不想辩解，很多东西，只有他自己内心明白，每个猎灵人都有着丰富的阅历，该如何取舍，其实早就心中有数。

若我反驳，也只是为自己反驳而已。

法术“半月·往”已经开始消散，萧遥的身躯很快就恢复到了之前的模样。他忍不住大声地呻吟起来，我拔起剑，咏动了夺魂咒。

正在此时，一道火光汹涌扑来，却是黑再次现出原形，吐着火焰，向我席卷而来。我不料她还未放弃，急忙掉转身形，可哪还能避让，只得放松身体，从尾链上顺势落下，滚落在地面上。

再抬头时，只见头顶火光冲天，照亮了整个石室，黑全身火红，沐浴在火光之中，围绕着萧遥盘旋转动。萧遥浑身散发出蓝色的光辉，完整的灵魂显现出来。

“即使要走，也要带上我。”黑说。

“这又何苦？”萧遥的灵魂张开双手，做出了欢迎的姿势。

黑身上火势大涨，与火光浑然一体，只见一线火光源源不断地涌向萧遥的怀抱。

就在撞击的那一刹那，火光四散，犹如一场火雨消散在空气之中，而那幽蓝的灵魂也在同一时间如碎裂的钻石一般飘零飞撒在空中。

我呆呆地站在原地，却有冰冷的水珠滴落在我的脸上，我不知道，到底是谁的泪水。

十多年前救我的那个男子就这样死在了我的面前。

那么，他为何救我？真的只是因为误伤了我对我亏欠，还是因为纠缠在猎灵人身份和爱上灵的复杂关系当中想要摆脱？

我不知道，我更不知道他是否为那件事而后悔。

我只知道，他在张开怀抱欢迎黑的时候，他的灵魂静谧而安宁，似乎等待这一刻已经很久。

直到最终，他还是想要拥有她。即使，与之同死。

第三十六章　花灵

我站起身来，走向门口，叶玖依旧站在那，眼神闪闪烁烁。

“猎灵人所到的地方，都没什么好事。”我擦肩而过的时候，她冷哼一声。

我站住，望向她，表情冷峻。此刻我已经没有了除灵的心思，她却还在那言语挑衅。

叶玖见识过我的厉害，见到我露出这样的表情，向后退了一步，但旋即又想起了什么，皱眉向我问道：“我是不是在哪见过你？”

“我要见离若。”我直接开口说道。

“原来是你……”叶玖终于想了起来，“你变得跟以前大不一样了，想不到，你是猎灵人……”

“我要见离若。”我又重复了一句。

“不行。”叶玖摇头拒绝，“你也看到了，猎灵人和灵相爱，是怎样的下场。”

我无言以对。

“出来这么久，原来是和男人在这幽会。”这时，一个身影从石室走廊迈步进来，边走边说道。

我瞥过去，发现是以前跟叶玖在一块的另一个女子，叶瑟。

叶玖轻哼了声：“我可不敢抢离若的男人，更何况还是个猎灵人，我还想多活几年呢。”

“贺先生，我们又见面了。”叶瑟含笑看着我。

我思索着她在这里出现的缘由，来救叶玖？

可是，似乎不完全是，因为她对于我的存在一点都不惊讶，仿佛事先知道我在一样。

“离若让我来邀请你过去。”叶瑟紧跟着说了第二句话。

“真……真的？”听到叶瑟的话，我一时之间竟有些呆滞，“是她对你提的？”

“是。”叶玖见我这副表情，莞尔一笑，郑重点头。

我没有多问其他，跟着叶瑟、叶玖，去找离若。

我四处找灵，正是为了这个最终的目的！

三人很快启程去往离若所在之地。

飞机便利，不出半天就到了目的地。下了飞机正好黄昏，天空上弥漫着一层黄色的云雾。

“贺。”机场外的人群中，一个声音传过来。

我侧过身去，看到久违的离若站在不远处，路灯正好亮起来，映着她的样子，我跑过去，直接将她搂在了怀里。

“我很想你，离若。”我紧紧地搂着她，害怕她会挣扎，害怕她会一手将我推开。

但是她没有。

“我知道。”她说。

我以为会很久，却不想此刻已经拥她入了怀中。这种如梦幻的感觉让我觉得有些不真实，我不由更搂紧几分，想要让自己相信这一切都是真的。

“我透不过气了。”离若含笑推开我，一如以前的熟悉模样，美得不可方物。

“对不起。”我双手轻握着她的双臂，看着她的眼睛。她眼中没了前一次见面时的深沉，有的是水波流转，含笑带媚，似是见到我也极为欣喜。

“松开好多了。”离若抚上我的脸，说，“你还是那么莽撞呢。”

我知道她听懂了我说道歉的意思，这么多年来，她一直都能看穿我在想什么。我便望着她，再不出声了。

“贺，原本我知晓了你猎灵人身份之后就知道缘分已尽，但是现在，我已控制不住自己的心，而且，我也希望得到你的帮助。”离若望向我，手重了几分。

听到离若的话，我心中激荡了片刻，点点头。“我会一直站在你身边的，不管以后发生什么，我都会一直坚定地站在你的身边，再不想离开半步了。”

若有若无间，我闻到离若身上散发出来的浅浅灵气，淡淡萦绕，一直以来，我都不知道离若的灵气味道，这次却是闻到了，我低视着她的黑发，将她揽近些。

我们都变了呢，离若。

但无论怎样，我早已经决定了。

我会陪着你走你想走的路。

周围的绿树枝丫摇摆，有小鸟在树林中啼叫，知了正在进行入秋之后最歇斯底里的悲鸣。

我们此行的目的是四凶之一的穷奇，离若早已经查明了具体的地址——贵州东北部的某个叫康归的小地方，并安排了人守候。

飞机、汽车、毛驴之类的交通工具使用了个遍，最终到了这被繁茂树木覆盖的康归。

临到最后地势险阻，再也无法使用任何代步工具，只得步行。仗着身手轻灵，我们倒也可以悠闲地欣赏这奇山怪岭，看遍青葱绿色、苍云飞絮，又见山下一道湍急撞击石头而显出白色水花的河流发出轰隆震响，犹如一条银甲白龙奔跃，不由赞叹盘古大神创世之妙。

虽然地处偏远，地势险峻，但依旧有农户散居在山林之中，袅袅炊烟升起，鼻中竟能闻到美食的香味。

不多时，走进一个庞大的苗家大院之中，以前也曾到过凤凰古镇，这里的建筑却远比那里的古朴。

穿着传统苗家服饰的苗人愉快地忙碌着，早有两个女子在门口迎接我们，大略看去，她们几乎一模一样，仔细瞅瞅，才觉得略有差别：左边一位笑容满面，另一位则平淡许多。

我忍不住打了个喷嚏，窜入鼻中的是淡漠而孑然的清香，原来两位竟是不折不扣的花灵。

“离若姐，你可算来了，可把我想死了。”左边笑容夸张的女子扑到离若身边，见离若挽着我，嘴巴嘟了嘟，固执地将她的手扯了出去，“你看我手也瘦了，脸也瘦了，腰也瘦了，不信，你摸摸，都是因为想你……”

“皓月！”另一位摇着头喝止，似乎为有这么个太过热情的姐妹而无奈。

“你们两个又弄些花样来骗我！”离若笑了笑，将名叫皓月的女子推回去，“好好站直喽，谁也不能笑。”

两名女子听话地站到一起，收了笑容，竟似没有丝毫差别。离若皱眉思考一番，指了指右边的女子：“你才是皓月。”

两人左晃右晃地换动着位置，然后一齐说：“再猜？”

服饰本来就够花哨，银饰又亮晃晃的，让人眼花缭乱，离若仔细看去，却是怎么也分辨不出来了。我有些好笑，离若竟也和这两个丫头玩这小孩子游戏。

离若摇摆着手：“不猜了，你们两个，虽然一个叫皓月，一个叫萤火，可是完全没有差别，连心里想什么都一样，我怎么能分辨得出来！要叫你们，就只能把你们放一块叫，皓月萤火。”

“太狡猾了。”皓月和萤火几乎是异口同声，连表情都一致，就如一面镜子。

原来是双生花。

有位哲人说，世界上不会有两片相同的树叶。

我觉得他应该是不知道世上有双生花的。

“你们先去玩吧，我要和灵儿谈点事。”离若说，径直朝楼上走去。

“这两个女孩子有点意思。”我不由得赞叹两位女孩子的天真无邪，世界上最完美的双胞胎应该就是这个样子吧。

“她们两个就是调皮了些。”离若说，“刚开始遇到的时候皓月装得很深沉，萤火装得很天真，然后煞有介事地介绍自己。等我刚转过头，两人就换了位置，换了表情。两人就是这样以此为乐，让别人弄不清楚谁是谁，只要叫错名字，她们就嘻嘻哈哈的，似是有什么阴谋得逞一般。”

“就算是你，也真的分辨不出吗？”这不免让我想到西游记里的那只谛听，心里明白却不说。

“连她们自己，大概也分辨不出吧。”离若从阁楼往下望了望，推开了房门。

我并没有进房，因为我闻到房中有很浓的灵气，若是进去，我身上的猎灵人气味绝对会让他感到压迫。离若明白我的意思，进了门，又将房门掩上了。

我扶着栏杆打量着下面的苗人，他们多数是正常的人类。

“下来一起玩啊。”皓月萤火两姐妹一同叫我。

我摇了摇头，站在离离若最近的地方，一直是我的心愿。

“叶玖姐姐，那家伙是谁啊？这么趾高气扬！”两姐妹见我拒绝，立马变了脸色，虽然看起来是在低头和叶玖窃窃私语，但那不大不小的声音，明显就是说给我听的。

我不由苦笑。

“他还挽着离若姐的手！”不知是皓月还是萤火。

“是啊是啊，很奇怪呢！”不知是萤火还是皓月，“看上去色眯眯的，我们可要小心。”

我的脸部肌肉强烈地抽搐了一下。

“他就是那个样子的啊，接触多了也就习惯了。”叶玖显然不是在为我开解。

“要变的话，都是变成女生好看一点吧？”皓月萤火中的一位说。

“是啊，变成一个男人的样子很别扭呢。”皓月萤火中的一位说。

“也不美型一点，实在很诡异啊！”好吧，能这么说的，除了两姐妹还会有谁？“莫不是修行太久了，所以心理扭曲？”

我不是灵。我干笑着默念数声。

“他啊，”叶玖偷笑着望了望我，“多少有一点吧。”

我抬起头来，假装这个世界与我无关。

“他在干吗？”皓月萤火显然不会罢休。

“赏月吗？”她们中的另一位立刻接过话题。

“大白天有月亮看吗？”一唱一和。

“所以才说他很奇怪啊。”

“真是呢！”

“不过，这样看上去，还是很顺眼的呀。”

“你是说他抬头的样子吗？”

“对呀，因为看不清楚面孔嘛。”

“我也发现了。”

淡定。淡定。

离若打开门出来，我如释重负。“这两个丫头心情不错啊。”什么都逃不过离若的眼。

“我的心情可是大受影响。”我无奈地摇头，“我们什么时候去抓穷奇？”

“现在灵儿状况还不稳定，恐怕得等一段时间。”离若轻叹一声，似有些不从心愿。

“灵儿？”我不免疑惑。

“她是千兕。”离若知道我要问什么，“有她，我们才能控制住凶横的穷奇。”

“原来是这样。”我点了点头表示理解。

抓捕这四凶，原来离若准备已久。

离若迟疑一下，似是要说什么。我故作不见，揽过她笑了笑。“有灵儿在，这四凶应该很快就能抓齐了。”

离若，我并不想知道太多，你走你的路，我陪在你身边就足够了。

“你看，他又揽着离若姐了！”两姐妹走了过来，同时指着我，异口同声，但话却是对着双方说的，似是向对方告状一样。

“这么色！你说，你是不是狐狸？”其中一位又加了一句。

凡是花灵，因其清丽脱俗，戾气不重，所以对气息气味的辨别会很模糊，认不出我是猎灵人也在常理之中了。

“让你奶奶（苗语中妈妈的意思）准备两间房吧，他们要暂时住在这里。”离若连忙转移话题，打发了她俩。两人这才收声走了。

“她俩一直和人类生活在一起？”我听离若这般说，便问。

“很好奇吧？”离若笑了笑，“灵或多或少都会有自己的故事，你总是会这么想。”

“这么有趣的人，当然会有些有趣的故事。”离若的话让我想到以往，那时候的我接触灵并不多，总是想让她多说几个灵的故事。如今时过境迁，所遇到的灵比遇到的人还多，心中自没有了那么多期盼。但江山易改，本性难移，话语总是不自觉地将其抖搂了出来。

"人虽是有趣的人，但故事，并没有那般有趣。"离若的确是知道她们姐妹的故事的，这个故事肯定让她有所感触，以至于她向我靠近了些。

本来苗楼一般都是依山而建，我所住的苗寨却建在山腰的平地上，模样也比一般建筑都大上很多。苗寨的主人孙奶奶家只有四口人，除了皓月萤火，还有一个才七八岁名叫杨皿的小儿子，大概一直以来都与女人为伍，见了我，开口闭口"哥哥"叫个不停，不多时就与我玩熟了，还约我晚上到后山去捉萤火虫。

苗乡的夜清清冷冷，月亮高挂，月下飘着浅浅的薄云，宁静到了极致，就连白日所见的轰隆白练河水，此刻也似入眠一般，只余下柔绵的潺潺之音。转过几个山坡，到了后山，又是另一幅情景，我本以为跟别处一样是荒山野岭，却不料是片宽广辽阔的草地，半人高的茅草随风摇摆，白色的絮花四处飘飞，月光映衬下，别有一番景致。杨皿手中拿着捕虫的网兜，在前方循着小径一步步地往着茅草丛深处走去，我紧跟在后，手不自觉地摊开，任如雪的飞絮落满面。

我想起和雪女初见的那场雪，又想起蜷缩在离若怀中的那场雪，以前的雪对我是个禁忌，如今，我再不会害怕了。但，如果害怕该多好。

"快点，快点。"杨皿在前面走着，见我发呆，不由催促。他是个虎头虎脑的小孩子，眼睛中充满着好奇的光芒。做小孩子真好，自己喜欢的东西就可以明目张胆地争取获得。

"啊，来了！"我拨开两旁的草，向着前方跑去。

"看吧，很多萤火虫！"杨皿喜笑颜开地站定。

"这……"我无法描述这种场景。如果说先前的飞絮密集如雪，那此刻，萤火虫就代替了那些飞絮，在靠近溪流的地方成群结队地飞起，虽不如蜀山绝顶的幻世奇景，但在这种地方，见到纵横数里的萤火光带，哪还能分清楚天上人间，有种踏上虹桥的飞仙之感。

"怎么样？多吧！"杨皿的眼中只有他想要获得的东西，对美景反而没有观赏的情致。

"这么好看，咱不如就在这看看吧。"我见他跃跃欲试，不想让他因小失大，好意提醒。

"在这看？"杨皿疑惑地望向我，"我想做个萤火虫灯，课本上说，古时候有人用它们来看书呢，我就想看看是不是真的。"

世人皆被虚妄迷眼，置身其中，又哪记得取舍？如此，我却不如一个小孩子了。

“皓月萤火。”我想起离若跟我讲的故事，“你的哥哥，就是在这遇到你的姐姐们的吧？”

“我不太清楚，我很小的时候就没见到哥哥了。”杨皿忙得不亦乐乎，苦于杂草太多，走动困难，只能待在近处挥舞手中的捕虫兜，显然对自己有无哥哥这件事并不放在心上。

那种名叫双生的花，可能存在于这个世界的任何一处，甚至可以生长在房屋外，极靠近人的地方，它们盛开一处，两花同株，只为有情人出现。若是男女二人相见，必然有情人终成眷属，若是只有男女其中一人相见，也可以在很短的时间内找到自己的意中人。

这些是我以前就知道的，而离若告诉我的，却是不一样的结局。那个名叫杨血的苗族男子看到了双生花，不久，他就遇到了皓月，很快便坠入爱河，此后，便有了不间断的约会。有一天，杨血却偶然看到了一模一样的两人，并听到了姐妹俩的话，原来，在那段约会的时间中，是两人交替前来的。杨血出来指责她俩为何要这样做，为何要欺骗他的感情。

我不知道原话是什么样子，但感情被欺骗这种心理绝对是会有的。

但对于所有一切都一模一样的两人，所付出的感情难道会有所不同吗？

这是我无法知道的答案，杨血跳出来指责几句，立马哑口无言，因为在他面前的两位女子，他根本无法说出自己对哪一位有感情，而对哪一位没有。

“那是无法抉择的，杨血最终走了，远离了这里，远离皓月萤火。”离若告诉我结局。

“即使是把感情给予了两个不同的人，有的人，大概也不会知道自己是爱哪一个多些，哪一个少些吧。”离若又说。

我轻轻叹了一声，躺倒在飞絮和萤火一起飞舞的草地之上，望着那明月穿行在薄云之中。

人的心意，就如此时的月一般吧，看似明亮，却总难分明。

在苗寨住了几天，灵儿的状态慢慢调整了过来，我们开始向更深远的老林中行进。原始丛林之中，渺无人烟，随行的灵无须顾忌了便各展神通，在挺拔的大树和峭立的山崖之间跳跃飞奔。

不能取出斩灵剑的我只能凭借着记忆中对灵术的运用方法，勉强跟上，眼见一个个迅疾如风，唯独我气喘吁吁，步履沉重，不由得暗暗叫苦。

此来一行，除了皓月萤火、离若、灵儿、叶家两姐妹之外，还有一名名为雰祢的女子和一名叫镜烨的男子。此二人在苗寨时，不只寡言少语，而且常不露面，一行灵里面，就数这两位身上灵气带有严重的腥气，即使数十米开外都能闻得分明，应该吃人不少。

此时，两人处在最前的位置做先锋。

灵儿一袭绿裙，面貌清秀，嘴唇微微上翘，目光中带有一丝自信的傲然，却是有几分模仿离若的嫌疑，举手投足之间更是生涩，时常手脚并用攀爬，不改本性，刚刚成灵，也是正常。

也不知行进了多久，视线豁然开朗，前面一行已经飘飘下坠，落在了一个大湖之上，这湖清澈宽广，微风拂过，带来透体的凉气。我手扶在身旁的大树枝丫上，调衡紊乱的气息，此刻若想同他们一样站在水面之上，是绝对没有可能的。

“就是此处了。”离若环视四周，点了点头。

“山清水秀，生机盎然，此湖面如映天之镜，承天地之灵气，穷奇被封印于此处，可谓莫大的造化！”叶玖不禁暗暗赞叹这美景。

“这么说，可是有些本末倒置了。”离若轻轻笑道，“这湖光美景，鸟兽成群，一片勃然景象，乃是穷奇之功，这封印名曰灭魔，就是为了让这穷奇万年灵力逐步散尽，化为乌有。”

“原来如此。”叶玖恍然大悟，“我原以为穷奇有凶兽之名，乃是戾气聚集，怎料到有如此令人舒服的灵气，与这天地造化之气同工同妙！”

“天地万物，同源同宗，是世人愚昧，硬要分个高低贵贱。”离若轻叹，“不过，穷奇凶劣，戾气自不会少，如此平和自有异常，想必是……”

“来了。”镜烨侧身而立，将一行人挡在身后。

雩祢也向前几步：“你们暂退，此怪来得凶猛！”

这两位原来是身先士卒的勇将！

第三十七章　穷奇

只见远处碧浪滔天，黑云滚滚，转眼就将青天白日遮掩了起来。

狂风席卷，犹如利刃扫过，那险恶的腥臭之气充斥我的鼻腔，我屏住呼吸，但澎湃的风浪涌来，我哪还站立得住，生生从树上跌落，幸好离若飞来，将我环抱着带离。

数人在远处站定，那湖水中的怪兽这才露出头来，却是一条丑陋非常的赤红鲤鱼，身长数十米，眼突牙裂，口中呼啸着黑气，身体跃动，将平静的湖水搅得天翻地覆。它动作极快，扭动之间，真有几分化龙的模样。

镜烨和雩祢冷眼相望，并未出手，身形则随着脚下涌动的湖水高低晃动。

“此物定是吸取了穷奇多年来被消磨的戾气。”离若直视着湖面，“心智全无，灵昧不开，凶顽成性，要除去决计得花上一番气力。”

“反而是愚昧之辈最难对付了。”皓月萤火自话自答，“难怪凭我们的伶牙俐齿，也对付不了某人呢，原来是完全听不懂。”

这两丫头还真不浪费任何机会进行人身攻击啊。自无法分辨两者之后，我已经把她们当成一人对待了。

“对了，贺。你这么弱，究竟是什么灵啊？”皓月萤火靠近我些，瞪着无邪的眼，“连飞都有些困难，恐怕帮不上什么忙吧？要是纯粹来看热闹，我们可无暇照顾你，到时候，你千万得躲在后面点，知道吧？”

叶玖在旁忍不住要笑。

我无奈地笑笑，顺从地点了点头，说：“我会好好躲在后面的，绝对不给两位添麻烦。”

离若握了握我的手，瞥向战场，说道：“这鲤鱼怪，果然有两下子！”

却见那湖面之上，时而水浪滔天、振聋发聩，时而火光闪现，传来呼啸之声，赤红鲤鱼上下翻飞，口中黑气，水箭交相吐出。

镜烨虽然身形不慢，但手中操纵的火焰刚刚燃起，就被扑灭。雩祢在水中穿来穿去，来往无阻，所施用的灵法看来与水相关，虽疾而猛，却无成效，那赤红鲤鱼的鳞甲犹如一道屏障，直接将水挡住了。

“这赤红鲤鱼多年来只不过因穷奇戾气成长，其力量绝不过穷奇百分之一，竟然这么难对付！”我幽幽地说。回想起上次的饕餮，我心有余悸，那种封印了自身力量百分之九十以上的家伙，从容对付了两个猎灵人，还加上我这个半吊子。

“胆小的家伙。”皓月萤火耳朵很好。

“雩祢乃山泽水精，镜烨是雷霆火精，两者在水中自不如赤红鲤鱼，不过，赤红鲤鱼不懂收敛力量，我们只需要静等，那赤红鲤鱼终有落败之时。”离若胸有成竹。

难怪两者有一种天生的傲然，竟是水火之精。

灵分多种，世间万物皆可成灵，而五行之精绝对属于天分最好的一类，他们是构成这个世界的本源。猎灵人的法术，也大多来源于此。

总而言之，五行之精就是纯粹力量的集合，只要世界不灭，他们的力量亦不灭。

离若的话成了现实，无论赤红鲤鱼如何掀起滔天巨浪，还是用巨大的身躯去撞击，雩祢和镜烨始终停留在它不远的地方。

这时我才发现，这两人从一开始就用了心思，并不与赤红鲤比拼蛮力，只是时不时用灵法撩拨一下，让它凶性大发，激烈凶猛地挥霍自身的力量。

看来这二人对敌经验十分丰富，以致面临敌人就能想出最合适的迎敌策略。也难怪离若仅仅依靠这数人就敢来对付穷奇。

赤红鲤的颓败之相已现，天空堆积的云散尽，水面渐趋平静，雩祢这才飞快念动咒语，让满湖的清水向着赤红鲤汇聚，将它托出水面数丈。

无论何种法术，若是涉及御物，就会有两者力量的比拼，赤红鲤长期生活在水中，对御水之术自然熟悉，而雩祢的法术也是要御水而为，两者若是在交锋中争夺使用权，势必大大消耗力量，所以雩祢等对方耗尽力量之后再使用御水的灵法，表现出来的效果要好上很多，还无须消耗太多的力量。

毕竟此行的目的是穷奇。

这水火之精的冷静实在非同一般。

镜烨化成一团烈火，窜进赤红鲤的口中，不多时，就将它照了个全身火红透亮，伴随着让人心悸的哀鸣之声，黑色的气体从赤红鲤口中不停地向外喷出。

“好厉害的驱魔之火！”我在旁赞叹。

驱魔。

我想到柳无言的斩灵剑。

难道对于这种充斥了戾气的怪物，离若并没有打算杀掉？

不过也是，在她心中，一切灵都是平等的。

我望向离若，在耀红的光芒中，她渐露微笑，甚至双手做出了欢迎的姿态。

那巨大的赤红鲤散尽戾气之后，身形已经缩小了数倍，而上半身则变成了俊俏的少女模样。

人鱼。

虽然很多次亲眼所见，我依旧会在丑陋的怪物面前心生厌恶。

以貌取人，人类的通病。

雩祢用水托着人鱼，将她送到离若面前。

那人鱼眼中流淌着泪水，清澈的眼中已不留半分暴戾之色。

“我能感受到你的悲伤。”离若揽向她，“原谅我来迟了。”

人鱼没有说话，只是紧紧地搂着离若，而离若略带浅笑，眼神却是朦胧的，两人仿佛熟识已久。

离若，你的心中拥挤的，全是灵们的悲痛。

我，一定会为你做点什么。

“大人，那穷奇的封印法阵在湖底，恐怕全湖的生灵受其戾气影响，会有一些变成和她一样，为以防万一，我们是不是先找出来？”雩祢请示离若的意见。

“的确，若是破阵之时被干扰，恐怕很难收拾。”离若点头。

“湖中没有其他的怪物了。”人鱼停止了哭泣。

“怎么可能？”雩祢不太相信，“戾气滋生，总会让周围生灵受到感染，难道这数千年来，唯独侵扰了你？”

“当然不只是侵扰了我。”人鱼声音更小了些，“只不过，那些受到侵扰而成为怪物的家伙，都被我吃掉了。”

“吃掉？”离若似是明白过来，眼中又现无限怜爱，“数千年来，你一直做着这样的事情？”

我并不知所以然。

“好一份沉重的责任。”叶玖竟也跟着轻叹一声。

“他们说，若不如此，成了怪物定会走到人世去为害，到时引来天谴，恐怕连其他未被感染的灵也逃脱不了灭亡的灾祸，所以大家决定选一只灵出来吃掉那些被感染的灵。”人鱼颤抖了一下，似是有些心悸，“我终生都离不开水，只能生活在这个湖里，就被他们选中了。”

“可是你被戾气所侵，失去了理智，他们难道会亲自送到你口中来不成？”雩祢忍不住反问。

“正是如此。”人鱼点头，“刚刚被戾气所侵的他们会有理智，都会主动前来触怒我，然后成为我的食物。”

这是一群什么灵！

而离若却似明白他们的行为意义一般。

果然，我对灵还是不够了解。

“等我们带走了穷奇，你就不会再痛苦了。”离若安慰道。

“虽然我知道你们都很厉害。”人鱼欲言又止，“但……”

“厉害？”皓月萤火听到前半句就笑了出来，“我们厉害是当然的呀，不过，你看那个……”说罢指了指我，“他也厉害？”

人鱼瞟了我一眼，立刻收回了目光，将头低了几分。她长期生活在山林之中，对气息极为敏感，应该是感知到了我的猎灵人的气息。

“别打岔，听她说完。”离若知道人鱼有正事要说，制止了皓月萤火的打闹。

皓月萤火吐吐舌头，朝我扮了个鬼脸。

“早些时候，已经有几只灵去了湖底，”人鱼身体不自然地颤抖了几下，“他们很凶悍，有只灵还让我做了一个很恐怖很恐怖的噩梦。我知道你们不是一路的，要是争斗起来，会很危险，你们最好还是离开。”

“你说的是梦魇！”我捏紧了拳头，有些恨恨，不由追问，“多半是重黎他们！他们之中是否有一个猎灵人？”

“猎灵人？”人鱼有些懵懂，“我不知道什么是猎灵人，但的确有一个气息让我很害怕的人，他不是灵。”

“是不是气息和我一样？”看来猎灵人的名头还未能传到她的耳中。

人鱼望了望离若，离若示意她别怕，她才点了点头，“嗯，类似，不过，他的气息更让我害怕一些。”

“你是猎灵人？!”皓月萤火在同一时间闪开，离我更远了几分。

除了她们，其余人反应都很平常，应是早就知晓了我的身份。

“别怕，他不会伤害你们的。”离若只简单说了这么一句。皓月萤火放松了些，但看我的眼神显然变化了，多了一丝戒备和怀疑，对我的举动也有了更多关注。

“受戾气影响下的你竟然还会对他们有害怕的感觉？”叶玖很是诧异。

“想不到他们来得如此之快、如此之巧！”离若也没料到会出现这样的状况。“不能再等了，绝不能让穷奇落到重黎手中！”

离若传达了命令之后，雩祢施展法术在湖面开出了一条道路，镜烨紧跟其后，随后众人依次前行。

上古四凶的洪荒灵兽，个个俱有万年灵力，此行离若的目的，就是要抓获穷奇，为自己所用。

不过，这四凶，之前都被灭魔封印镇压住了。

灭魔封印以六道轮回之力催动，这力是一切力的本源，神力、灵力乃至人力，皆来源于此，它没有正邪阴阳之分，只是一种遍存于天地之间的力量。所以无论灵、人类还是其他生灵，要想打开这个封印都会很困难。这种力高于其他力量，很难被其他力量所影响。

而斩灵剑是打开这个封印的钥匙——这一点我是知道的。

离若也知道这一点，所以才会说要我帮助。

忽然之间，我心中冒出了个念头，离若突然叫我来到她身边，难道是因为我能替她出力？

不会的，绝对没有可能，离若不是这样的人。

我摇头，努力切断这种杂念。

如果连她都不能相信，我还能相信谁呢？而且，我既然答应陪她走下去，能帮助她乃是我值得庆幸的事情。

已经到了封印的范围之内，我周身都能感觉到灵气的冲撞，腥臭的异味从一个巨大不见底的深渊里传来，深渊中的水比湖水要浓稠很多，有些像蜂蜜，颜色却是碧绿的。

“这就是封印的入口——青岚幻境，现在已经被破坏，看来重黎已经进去了。”离若站在深渊之侧，打量着深渊。

“青岚幻境？据说是能让人迷失在美好景象中的幻术，心中执念越多，就越容易迷失。”叶玖说，“可不是力量强大就能破坏的。重黎这帮人，能人不少啊。”

“既然幻境已破，那我们还等什么，要是被重黎抢先，我们就功亏一篑了。”皓月萤火作势就要往里跳，却被雾祢和镜烨一左一右拉住。

“他们可能做了什么手脚。”雾祢沉声说，“让我先来。”说完，便化形跃入了碧绿的水中。

我们静静等候，不多时，雾祢又飞跃回来，化作人形，朝离若点了点头：“可以过去。”

离若听罢，一跃而下，身后众人也不犹豫，跳了进去。只是一瞬，就已经踩到了实地，却是到了一个横向的大溶洞里，里面干燥无比，有黑白的气流交缠着从通道的一端流传过来。看来在这种地方，我的力量也增加了不少，没使用斩灵剑的时候竟能直接看到气息涌动。

“有灵力泄漏！重黎他们动手了！”离若一看情形，脸色大变。

雾祢和镜烨已经化作原形，水火盘绕着向洞穴深处掠去，我们紧跟其后。前方的洞穴越来越大，光也越来越盛，很快，豁然开朗，却是到了一个巨大的宽阔之地。足有一个足球场般大小，石壁光滑，从四周向中央呈螺旋形由浅至深，像个火山口一样，而这山口的顶上，是穿透湖水射下的阳光，波光粼峋，那湖水凌空涌动，高高横跨在我们头顶之上。

一道火光从圆形中央高高腾跃而起，巨大的火神身影傲立，伴随着狂啸的嘶吼之声，站在那中央的，不是重黎又是谁？东南西北四个方位上，四个古怪的身影都正对着中央之地，口中喷出各种颜色的光芒，向着场地中央的重黎传送过去。

打开封印，竟然要这样强大的力量！

“怎么办？要不要趁机下手？”雾祢站回离若身边。

“稍等一会儿，他们快要打开了。”离若看着场中。

我已感觉到了大地的震动，土石不停地往下落，那原本就没有支撑的水底也开始破裂，泄露出丝丝水流。

地面龟裂，黑色的灵气争先恐后地向着外面跃出。

“看来封印破除，这里就要坍塌了！”叶玖用灵法支起了防御结界。

“那是另一道阻碍！”离若抬头看着已如瀑布落下的水流，“五行大阵中的天水破元阵！若是沾染到他们头上，他们必然灵法尽失。”

“真是天助我等！”雰祢露出一丝笑意。

“不，要帮他们一把。”离若说，“你用灵法控制住那些水流，本体别靠近，要是沾上会短时间内失去灵法的。”

“是！灵法·凝冰！”雰祢没有丝毫犹豫，一个灵法用出，那水在半空之中停顿住，却是凝结成了巨大的冰块，悬在了半空，但不出一瞬，那冰块却又重新化成了水！

“这天水果然厉害！”离若显然也没料到灵法竟然不能起效。

“雰祢，再使一次。”我召唤出“逝”，一跃而起。雰祢听到此话，再次使用了灵法，在冰冻的瞬间，我的剑已经刺上，“五瓣花·刹那！”一朵巨大的五瓣花从冰块中显出样子，时间停住。

“猎灵人的力量果然非同一般！”待我落下，离若面露欣喜。

“穷奇出来了！”皓月萤火指向场中，那些黑气已经慢慢地凝结出了一个实体。

赤红的眼，森白的獠牙，模样和狮虎类似，却更为凶猛，约有五米的身躯霸气斐然，背生白色双翼，全身的毛发艳丽非常。只听它一声怒吼，原本震动的大地震动得更加剧烈了。

“你们四人对付周围的四个，叶玖、叶瑟，重黎归你，灵儿和我负责穷奇！”离若部署道。

众人应声而动，离若现了巨大的黑蛇真身，背负灵儿而去。

我只能待在离若布置的结界当中，因为“逝”必须停在空中，保持冰块的形状，而我手中没剑，跟个凡人也差不了多少，只能干等着。

“想要黄雀在后？”一声大笑传来，我循声望去，心中倒吸一口凉气，只见重黎已经一跃上了穷奇的头顶，手中火神剑火焰蹿飞，面孔之上更是带着一份诡怪的笑意。“只可惜，穷奇已属于我了，刚刚真是多谢你为我抵挡住了这天水破元阵！”

怎么可能？这穷奇暴戾无比，怎么在片刻间就顺从了重黎！

这天水破元阵中夹杂了湮灭灵力的符咒和术法，来势凶猛，若是倾覆下来，恐怕此处所有灵都会短时间内失去灵力。

离若一见天水破元阵倾覆，早已经料到后果，这才要求我们帮重黎一把。

只是这一帮，更加不妙，穷奇也不知怎么回事，瞬间就顺从了重黎。若以之前的打算，重黎、离若还有穷奇三方势力，勉强还能平衡。

如今却是以二对一，我们这方陷入了大大的不利境地。

四方的灵一一对战，早已经战得不可开交。叶玖、叶瑟全都现出原形，朝着重黎扑去。重黎手中火神剑一挥，一条火龙朝着她们追去，那龙却似活物一样，与叶家姐妹纠缠在一起。

数日不见，重黎的力量又精进了不少！

“离若，真是闻名不如见面，听说你聚集了不少灵，怎么，用这样几只小灵就想与我对抗？”重黎傲立于穷奇头顶，“还是说，舍不得你的精兵强将来送死，留着做开疆辟土的功臣？”

“果真是个啰唆的家伙！”离若身形巨大，与那穷奇相比也小不了多少，“你以为凭几句话，就可以拖延时间，恢复力量？”

说完，一声大吼，阵阵音波传出，让我脑袋一阵发晕，几乎摔倒。

重黎以剑相抗，黑发挥舞，脸色瞬间苍白。

果然是强弩之末，在故作姿态。显然他在打开封印的时候就已经耗费了大部分力量，为了让离若忌惮，又耗费全力制造了火龙。只是无奈遇到离若这样久经沙场的大灵。

“穷奇，替我杀了他们！”重黎一声暴喝，已经无力支撑，摔落在地。

穷奇听到命令，大吼一声，黑气从嘴中喷出，朝着离若而去。

“恶止兮，善之始，天穷兮，地之尽，阴阳相合兮，清浊不辨……”灵儿从离若背上站起，摊开双手唱了起来，那声音柔美之极，丝丝白气从空中弥漫升起，仿佛清晨的雾气一般。

那白雾与穷奇口中吞吐出的黑气相互缠绕，竟似中和了一样，很快，两股接触在一起的气都消散不见了。

离若高亢而震慑的声音抵挡着穷奇前进的脚步，灵儿柔美的声音则直接消泯了它的戾气。穷奇无法近身，又无法远攻，竟成了无用的摆设。

重黎用剑支地，努力地站定，但实在体力不支，浑身战栗，不只如此，他口鼻耳中竟流出了鲜血。他右手飞快地结印之后，撕开上衣，将胸膛裸露出来，然后又将右手食指和中指放在口中咬破，在胸膛画起符咒来。

“血炼符！”我看得清晰，心中骇然，等等，不只如此，没有片刻犹豫，他在血炼符的外边又画上了四个小的血炼符，“血炼大阵！”那是以自身精血为引，以寿命为条件，激发力量的血咒！同时也是禁咒！

这小子，要拼命了！

“小心重黎！”我大喊一声，提醒离若。

第三十八章　信任

重黎却已经站了起来，乌黑的头发飞长，那双流血的眼更是让人惊悚不已，他露出森然的笑意，尖锐的牙犹如兽齿。“怎么可以在这里止步！”他一声大喝，化成一道火光，从离若的声音中穿过，扑向正在吟唱的灵儿。

灵儿一怔，歌声停止，那穷奇口吐的黑色戾气猛然暴涨，迅速袭向她的面门。

“该死！”没有斩灵剑，我根本就是个普通人！

“还好，赶上了！”叶玖高大的身形从离若头顶一跃而过，将灵儿叼在口中，逃过一劫，“你只管唱，不用担心！”

好在有惊无险，灵儿再次唱了起来。

叶玖龇牙咧嘴，朝着重黎扑上去，浑身毛发犹如针毡，变得异常锐利。长尾扫动，犹如一条长满荆棘的藤鞭，缠住了重黎手中蹿起熊熊火焰的火神剑。

大灵打斗时，习惯使用真身，这样虽不能使用需要结印的灵法，但眼不会被幻术所迷，浑身灵力会自动放开，形成守护的力量，让一般的法术无法对自身产生影响，自动抵御。再加上动作迅猛，蛮力非凡，动辄毁山填海。

是故，此刻重黎的法术，只能算是雕虫小技而已。若不显出火神真身，恐怕血炼大阵也无能为力。

然而，一旦使用出火神真身来，那穷奇不管当前以何种理由顺从于他，都是会反叛的，因为两者是天敌。

重黎再次陷入两难境地。

此时，我头顶上的冰发出一声脆响。我抬头一看，发现冰上的五瓣花已经只剩一瓣了。

五瓣花散尽之后，我才能使用下一次五瓣花，可是，若没人替我将它冰住底层，我可怎么把这无边无际的水给停住！

即便使用雪女的能力，也不可能控制住这么多的天水！

我四处寻找雳祢的所在，可战斗正酣的他们，各自施展着绝技，而且有几位真身都差不太多，我哪弄得分明。

“天水破元阵要落地了！”我只能大喊一声，警告他们。

可在离若和灵儿的声音之中，我的声音哪有半分效果。

却见一道身影还是飞到了高空之中。我连忙准备配合，身形飞到半空，笑意却凝固在我脸上。

重黎。

却是重黎！

“贺，我们又见面了。”他长发飞舞，手握着我的“逝”，望着飞到半空的我说。

天水倾泻而下。

奔腾而下的天水瞬间冲入了打斗的人群，下方的构造四周高，中间低，刚好利于聚水。我眼看着下方的离若一行陷入了天水破元阵，却无力救援，心中担忧不已。

重黎身处弱势，却能抓住重点，转败为胜，这份果断与心机，我着实佩服。

大水滔天，我变身雪女，以身外化身的办法，挡在周围，极力地往外冲去。

这天水破元阵虽然能断绝一切灵法，但并非真正的水。离若一行失去了灵力，最多体弱无力，绝不会有生命危险。所以当前所要做的，是阻止重黎的下一步动作，占据主动，与重黎纠缠，好让离若一行得以恢复灵力，以便重开战局。

刚刚聚集天水的地方，已经成了个巨大的深谷。

重黎早已腾跃而出，到了地面之上。四周蝉鸣鸟叫，山林静谧，离之前那个大湖却又不知道有了多远。

我踩着光滑的石壁，经过数步攀越，也到了深谷之上，与重黎对面而立。

“上次一战夺了你的红莲，这一次却是换了一把‘逝’，贺，想不到你原是‘逝’的主人。看来，上次那次生死之战，反而是帮助你觉醒了！”重黎站在突兀的石崖之巅，黑发披落，长身而立，一手一剑，眼神中没了上次的睥睨，反是多了若有若无的笑意。

“那我还需感谢你不成?”我冷哼一声，“凭你现在的状态，要打败你并不是难事！”

“自然不是难事！”重黎一甩手，将“逝”抛过了山崖，我一伸手便接在了手中。

“所以，投降吗?”我将剑握在手。

“给一个打败我的理由吧?”重黎侧了侧头，玩味地望向我，“如果能说服人，我自刎谢罪也无不可?”

“理由？刀剑相向，都是需要理由的?”我灵力催动，身形飞跃过了山崖，猛然一剑砸落，口中狂吼一声，“当日杀我，你可曾有理由?!”

“我要红莲！”重黎稳稳接住这一剑，用力弹动，将我重重甩出。我在空中翻滚几周，再次将剑刺了下来。“这就是我的理由！”

“可惜，这个理由我不满意！”我一连跃空攻击数剑。他只是稳稳站在地面抵挡，手中长剑挥舞，却没移动半分，嘴角流露着浅浅笑意。

“那么，你是因为仇恨？”重黎说。

“正是！”我身手虽比起上次两人之战的时候已经快了数倍，但依然无法取得任何优势。

重黎使用了血炼大阵，还能拥有如此实力，实在让我心悸不已。还好，他没有使用火焰，只使用一柄光秃秃的剑，否则我定会很快落败。

“仇恨！”重黎大喝一声，“好一个理由，只要有理由，杀我便已足够！”

重黎手中长剑瞬间被我弹飞，高扬而起，直插在他身后的土地上。我的剑余势未消，从他耳边扫过，划落一缕黑发。我脚踏他的肩膀，一个空翻，落在他身后。

没有剑，他便是普通人一个。

“拿命来吧！”我长剑刺去，夺魂咒欲破口而出。

“贺！”一声从我身后传来，我心中一怔，脚步停滞下来，我听出了来人的声音，但他的声音极冷，冷到陌生，“夜养，你要阻止我？”

“是。”夜养身形一跃，已从后方跃到了重黎面前，黑发遮挡了他的面孔，让我看不清他的眼神。

“为什么？”我长剑落地。

“总有一天，你会明白！”夜养揽起重黎跃向深谷，留下这样一句话。

“我不会明白的。”我捏着拳头，双眼通红。

“呼呼”，数条黑影从深谷之中跃出，重黎与夜养骑乘在穷奇背上，向颓然坐在深谷旁边的我望了一眼，飘然而去。

天水散尽，我跃下深谷，看到倒在地上软弱无力的离若和其他众人，他们依旧保持在原形状态，我默默地等候在一旁，等待着他们恢复灵力。我不敢靠得太近，害怕身上的猎灵人气息伤害到他们。

不知道过了多久，我已沉沉入睡，一只冰凉的手触摸到我的下颌时，我才惊醒过来，抬头一看，是已经恢复灵力变回人形的离若，叶玖等人则远远地站在下面，抬头望着我。

“对不起。”我几乎听不到自己的声音，我捏着离若的手，在脸上摩挲着。

“若不是我心急，本可以让重黎一行受天水破元阵影响之后再出手的，这怪不得你。”离若略带微笑，但是我知道，她很失望。在重伤了重黎之后，穷奇本是囊中之物，虽然有个夜养出现，但若我拼命一搏，至少可以拼到离若灵力恢复的时候。

猎灵人之间实力相差很大固然不假，但各有各的本事，要认真对阵起来，也不是没有变数，何况，我已深度觉醒。

可是，夜养站在重黎那边，让我失去了所有的力气。那一刻，我再次迷茫了。

“下一次，我会尽全力的。”我对离若说。

“你本不必卷入这样的纷争，平平静静过你的安稳日子。”离若轻声说，“若是不开心，便回去吧。”

我摇头：“我很开心。从你离开之后，我才是没有真正开心过，而且，我也有在你身边的理由，我已失去了一切，只剩下你了。”

脑海中夜养那决绝的样子又在闪现，就像一个挥之不去的噩梦。

若信任真的存在，那么背叛理所当然会跟随，这不算什么。我告诫自己。

“灵儿！”正细思间，皓月萤火搀扶着的灵儿突然倒地，两人发出极为担忧的声音，离若一跃而下，走到灵儿身边。

“劳累过度，恐怕是支撑不住了。”离若眉头紧皱。

我只了解千兕是天地之间善念所聚，善念积存不易，所以千兕成灵极为困难，若是要成人形根本没有可能。从离若说到千兕开始，我就在思考她的来路，想来定然是离若以自身力量来促成的。

现在看来，果真如此了，离若刚刚恢复灵力，但要再帮助千兕恐怕是有心无力。

“贺，帮我定住她的时间！”离若望向我。

“‘逝’虽有这样的能力，但是伤害也是不小的，到时法术解除，恐怕更是回天乏术。”我有些为难，斩灵剑伤灵乃是秉性，非我所能控制的。

“现在顾不了那么多了，灵儿大部分力量来自我，除了我，谁也救不得，只能以此保持，等我灵力全部恢复，再做打算！”离若颇为焦急。

离若既有打算，我也不便再多说，召唤了“逝”，使用了“五瓣花·刹那”，将灵儿本体停住。离若则从口中吐出灵丹来，准备就地强行催发灵力。那灵丹硕大无比，我在所有记忆之中搜寻，都没有找到比这更大的灵丹。

灵丹是灵修行时的灵力存储，待到有需要时可取之使用，平日里天地精华、日月灵气也可以自然而然地被其吸收，成为灵力，一般灵只有成精之后才会拥有灵丹。

悬浮于离若头顶之上的灵丹中灵力倾泻而下，源源不断，仿佛无穷无尽。良久之后，那灵丹失去了光芒，重新回到离若口中，被吞咽下去。

“可以解开法术了！”离若面色红润，黑发亮泽，双眼之中迸发着光辉。她走近灵儿，待我解开法术之后，她双手紧握着灵儿的手，只见一道道白色的光影纷纷向灵儿身上窜去。

离若，你到底在做什么？

我紧握着拳头，连呼吸声都重了。我挨在近处，灵儿的面目十分清晰地印在我的眼帘里，而离若与她正面相对，更好比较。

两人面目虽有差异，却有八分相似，只是发髻与穿着不同，又因此前隔得太远，我没太注意，此时却是看得分明。

为了四凶，离若不惜分灵裂魄制造分身，更将自身善念聚起促成千兕成灵，难怪，我会觉得离若跟以前不一样了。

而我，却在最为关键的时候，让她失败了。

我默默地跟在一群灵的后面艰难地行走，失落与懊悔充斥着我的脑海。火热的太阳照射下来，我的眼前一片炫目，五彩斑斓的色彩犹如灵异的媚惑。我一时看不清去路，脚下一个趔趄，竟是撞在了一个坚硬的物体上，只觉眼前一黑，便什么都不知道了。

醒来时，我已经躺在了床上，这是我在苗家大院的房间，想来是我晕过去之后，被他们带回了这里。

我不想动弹，眼睛盯着黑漆漆的屋顶，就如看到我自己的内心深处，幽暗而无光明。

脑海中重黎的话不停回响，夜养那冰冷的面孔不停地闪现，这两个人走在一起究竟有什么目的？他说我会明白，我究竟要明白什么？难道那个将我杀死的重黎所做的事情是夜养所认同的？

不，我一定是在哪错过了什么。

猎灵人的使命便是清除人世一切的灵，重黎可能被冲昏头脑，但夜养绝不会忘记自己的使命。

我不敢再想下去，因为如果夜养所说的是真的，那么离若建立“灵之森”的目的，很可能不只是要保全自身！而是要建立庞大的实力，来灭掉所有的人类！

可是那么善良温柔的离若，怎会狠下心来做这样的事情！

灵儿！想到她，我猛然从床上坐了起来。

浑身竟止不住发抖。

这所有的一切，这所有的一切，原来早已环环紧扣，而我却未能发现！

是我天生愚昧，还是被所谓的感情蒙蔽了双眼？

离若，你果真已经不是以前的离若了。

我在你的眼中，到底是工具还是玩物？

“你醒了？”一个温柔而带些惶恐的声音从门口传来。我循声望去，是一袭绿裙的灵儿。她眼神明亮中带些茫然无措，似是畏惧，又似是彷徨。我一时恍惚，竟有将她认作离若的错觉。我在刚刚遇到离若的时候，她多多少少也是这副神情。

如果可以回到过去，我是不是不将她带离那个结界才好？那样，我便可以站在高高的教学楼上，时常看到她这副表情。那时候那么让人心疼的表情，在此时却让我欣慰不已。

“是啊，醒了。”我点点头，压抑着脑海中所有的思绪。

“那，你可以陪我走走吗？”灵儿顿了很久才开口，似乎很是犹豫。

“你刚成灵未久，我身上气味太重，会让你感觉不舒服的。”每使用一次斩灵剑，猎灵人的气息就会更重几分。此次又用了两次，脑中关于以往的记忆更多了些，想来气味不会太轻，所以我拒绝了。

“不要紧。”灵儿摇摇头，“离若姐姐替我增长了灵力，我已经不怎么怕猎灵人的气味了。”

我只好爬起来，向着她走去。外面的院落里空荡荡的，只有杨皿一人正在看小人书。随着灵儿出了院门，她一直低着头，手不停地摆弄着衣角。

“你是有什么事要跟我说吗？”见此情景，我问。

天空已经阴沉下来，西边的云厚重一片，让我觉得气息凝重。

“没有。”灵儿摇摇头。

两人陷入一种无法言明的尴尬，只好没有目的地在苗家大院旁边的山林小径慢慢地走。既然是说陪着走走，就陪着走走吧。

“恶止兮，善之始，天穷兮……”我轻哼起她之前唱的歌。

“你也会唱？”灵儿好奇地问。

“听你唱的，唱得很好听，刚刚突然回想起来了，这是什么歌啊？”我问，像是某种咒语，但又有所不同。

“《道传》。”灵儿道，又接着我的唱了下去，“地之尽，阴阳相合兮，清浊不辨……”歌声柔和而美丽，让人心中不良情绪一扫而空，更有几分清朗。

“真是神奇。”周围的世界似乎明亮多了，看在眼中，有种莫名的欣慰。

“天地之间的万物都是两两对立的，有阴有阳，有善有恶，而《道传》可以将这些中和起来，成为虚无。”灵儿解释道。

“你听到了我心中的怨尤之声吧？”我侧头望着她。

“我只是不愿看到你和离若姐心存嫌隙。”灵儿没有否认。

她是离若的一部分，自然也能拥有她的能力，想听到别人心中的想法，简单无比。

“我们之间没有嫌隙。灵儿。”我轻叹了声，透过树顶，望着阴暗的天空，“我和她，只是行走在不同的道路上。”

“你们……”灵儿语塞。

“灵儿，你对离若了解多少？”我抓住她的手臂，直直地盯着她的眼睛。

“了解？我记得不清楚。”灵儿一怔，连忙摇头，“我不了解她。”

“不，你了解的。”我甚至显得有些粗暴。我用手捏着她的下巴，我要让她看着我的眼睛。“你告诉我，离若是不是把她关于我的记忆大部分都转移给了你？”

“我不知道你在说什么！”灵儿惶恐不安地挣扎着。

“离若把不利于她的善良转移出来，做成了可以帮助她的你，她自然也可以把那段纠缠她的感情全部转移出来，她要把自己的心变得坚如磐石，因为只有这样，她才有勇气走下去，才敢把我当工具一样使用！”我的心无法平静，若不是灵儿说出我和离若心存嫌隙的话，我还无法想到这层，灵儿明明是对我和离若的过去很了解的！离若自然不会和她说，那么唯一的可能就是她承接了离若的记忆。

“这样的话，不也说明她心中是有你的吗？你又何必如此憎恨她。”灵儿双眼通红，流下泪来。

听到这话，我如受电击一般，退后几步，颓然地靠在一棵树上。

果真是这样！

我知道，我的确是憎恨了，憎恨离若的绝情和冷酷，憎恨她为达目的不顾一切，更憎恨的是她还虚伪地靠近我，明明在她心中，关于我的过去都已经不存在了。

“只有我才知道她心里到底有多珍惜你。”灵儿慢慢地靠近我，手抚摸在我的脸上，就像当年离若的模样，“每一个动作，每一个画面，你的每一句话，她都深深地刻在脑海里，一丝都不曾忘却。”

我朦胧的眼中，看到离若就在眼前，我想揽过她亲吻，但我知道，这不是她，这是拥有她记忆的灵儿。

就像我拥有了前任的记忆，心中对幽有着感情，但依然无法有爱意一样。

灵儿就如我那时候一般，她是她自己，她不是离若。

“总有一天，当离若姐姐完成了她想要做的事，我会把这一切的记忆都还给她，那时候，你们又可以在一起了。”灵儿面带笑意，眼中却闪耀着泪光。

“灵儿，你太天真了。”我摇摇头，“她没准备回头了。当她心中有了把记忆剥离的想法，想把我当成工具来用的时候，她就已经放弃我了。但我不怪她，因为在她的心中，有比我更重要的东西存在着。人的一生，总要经历一些插曲，我和她都只是彼此路途上的一段插曲罢了。我若早些放手，也不会造成今日这样的惨淡收场。”

那个嚷着要吃棉花糖的离若，那个让我洗头发的离若，那个像猫咪一般躺在我身旁的离若，那个牵着我的手走过茫茫大雪的离若……若我止步在九夜灵感工作室，离若便依然是我的离若吧。

“问世间情为何物，直教人生死相许。哈哈，斩灵剑‘逝’总是留恋过去之物，所以注定被一个情字所累，直到今日方才醍醐灌顶，将一切悟透了。”一个黑影从大树后走出来。

不用看，我就知道是奇峰。

“你是来看我笑话的吗?”我不知道他跟了我多久，但从这种说话的语气来看，他对我了若指掌。

“我可无心来看笑话。”奇峰依旧是那副矮胖的死样子，眉目之间不笑都带着三分贼意，“只是夜养说以你的资质一定会很快领悟，所以让我在这附近候着而已。”

“他那小子装出那副样子，下次见面，小心我削他!”我没好声气地说。

“那副样子可不是他装出来的。”奇峰笑眯眯地走近，“先跟我走吧，慢慢地你会知道一切的。”

“你要走?”我刚跨出一步，灵儿从后扯住了我的衣衫。

“我曾经说不管离若如何，我都会陪同她走下去。”我苦笑道，“这一次，我又无法守住自己的承诺了。”

“可是……”灵儿松开手，却依旧想要说些什么。

“再见了，灵儿!”我不想再听，纵身一跃，在山林之中飞驰起来。

“你慢点!”奇峰施展飞行术，被我甩在身后之后，嘴里一个劲地喊着。

离若，下次见面，我们是敌非友了。

第三十九章　意海

蜀山绝顶依然没有多大的变化，一路行来，都是些眼熟的风景，虎啸林、洗剑池、风云涧、云海、仙人松……各种名字不由自主地蹦出脑海。

这个猎灵人在世间唯一的归宿，数千年来一直静静存在，每一个年代，才会有一个猎灵人回来，待上一些时间。

蜀山绝顶的正中心是正殿指天殿，如今的指天殿在岁月的消磨之下已经破败不堪，随意触摸一处，墙沙都不停往下落，然而指天殿的恢宏依然在我的记忆深处。

那是上古时期，第一次灵人大战之时，人类节节败退，在大地之上建立的宁境越来越少。面临灭世之祸，蜀山绝顶之上以三万人鲜血献祭，祈求神族降临，以救天下。神降临指天殿中，那是一位自称来自九重天上的神将，名为明光，浑身白光闪耀，让人看不清楚真实面目。他说愿意拯救天下，但还差一点东西。

他缺一把神剑。

具实在神将未降临之前，人类为了与灵作战，已经利用各种手段来强化自己的力量，武器、防具、武学、术法……长期与灵作战，血肉之躯的人类在灵身上学到了很多，渐渐成长了起来。十分有趣的是，人类适用的术法最初正是灵法，所以被动挨打极为正常。

人类从来不知道神剑的铸造方法。

明光将打造神剑的一切工艺和要领悉数教给了人类，并让人去乱世之中寻回了十二个人。

我便是其中之一。那时候的我，像一只惊弓之鸟在乱世之中乱闯，逢人必杀，逢灵必斩，以生肉为食，几近入魔，若不是蜀山绝顶的人带了神将给的清心卷轴，恐怕无法将我顺利带回蜀山绝顶。

指天殿高耸入云，是当时天下最高的建筑，俯视四野，是人类为与神靠近，耗费数年，折损无数人命建造而成的。但尤为奇怪的是，明明是这么显眼的东西，当时的灵王蚩尤却没有把它当成攻击的目标，似乎无视了它的存在，让它得以顺利建成。结果明光降临，导致了灵的灭顶之灾。

明光要以我们的灵魂和血肉铸剑。他悬浮在我面前，说出这句话的时候平静异常，而我只是咧嘴一笑，认为那也没什么大不了的。

我在他的身上感觉到无比强大的力量，那正是我在乱世之中寻觅的东西，我不断地让自己变强，从中寻找安全感，那时候我的孪生兄弟栾控制我越来越频繁，很多时候，我都分不清是他还是自己控制着身体和手中的剑。但是，即使和他一同对敌，我依然无法安心，那份忐忑如噬骨之虫撕咬着我，让我狂躁不安，只能无尽杀戮。

我知道那是害怕，因为害怕，所以不管对错，更不敢停止。

我不能给自己片刻思考的机会，那样会让我退缩。

在明光面前，我安心下来，那种回家的感觉，什么都不用防备的感觉，就这样包裹着我，我想，在他身旁挺好。

就算被铸成神剑也没什么不好。

"在那之前，你有一件事要做。"明光说，他的语气平淡之极，几乎不带任何情绪。当时我不知道怎么形容，但以现代人的认知来比喻的话，那像是机器人发出的声音，没有人的鲜活之气。

"是。"我不知道那是什么事，但我立刻答应了下来，因为我害怕稍微有点迟疑，就会失去他的信任。

"你的身体内有两个灵魂，我只需要一个。"明光说。

"那么，杀掉另一个?"我问。我其实不理解他所说的两个灵魂是怎么回事，栾只不过是和我心意相同而已，他不在我的身体内。很奇怪，我没有丝毫怀疑神将的说法，第一反应竟是想着解决问题。

"我选择你，是因为你有一个特殊的能力——'逝'。"明光没有肯定也未否定我的解决方法，而是开始溯源。

"我不知道那是什么。"我摇头。

"'逝'即是过去，一切已逝去之事物，你可以再让它出现。"神将回答，"你体内的另一个灵魂，正是因此而来。"

"是栾。"我明白了他的意思，"你的意思是栾本已经死亡了，而我之后被他意念控制，是因为我自己让他复原了?"

"正是。"明光点头，"你需要他冷血的一面，所以你将他的那一面复原在了你的体内。你并不知道自己的能力所在，才会一直误认为是他在操控自己，事实上，你是在按自己的意志做事。"

“那么，杀掉他？”我再次说了这样的话，询问他的意图。

“让他消失。”明光只留下了这样的话。

于是，我进入意海，封印了他。明光大概知道我无法杀掉自己，所以才没有明确地给我那样的命令，但我知道，若他给出明确的意见，我也能杀掉那个灵魂。

但我最终选择了封印，因为我的能力会再现逝去之事物。如果没有逝去，则不必有这样的担心。

我讨厌那样毫无畏惧、冷血的自己，同时，我也明白，那正是我所期待的自己，即使杀掉，也会再次出现。

指天殿如今只剩下最下一层，其上的建筑早已不见了踪影。我下了地道，走向曾经的神剑锻造地。这里如今空白一片，只有墙壁上依然有着烈火炙烤的痕迹，摸上去光滑如镜。

十二个人，即使我们自始至终没有一句交谈，但彼此都知道，我们是一样的人。

那一天，熔炉之下火焰旺盛，八头喷火巨兽分据八方，将从各地采集来的罕有矿石焚烧成熔浆，明光引雷电锻造。我们没有一丝犹豫，整齐地跳进熔炉，成了十二剑灵，与明光的神剑融为一体，或者也可以说，成了明光的神剑。

在那之前，我们每一个人都在乱世之中被摧残得体无完肤，在灵肆虐的世界里，每天担惊受怕，受尽煎熬，为了生存，残杀同胞，做尽龌龊卑鄙的事。如果不是灵现世，我们不会成为连自己都厌恶的自己。

所以，有一个机会可以将灵斩尽，我们求之不得。

神剑炼成之时，天地失色，万物夜泣，仿佛在宣告一场杀戮的开始。

明光手握神剑，跃下蜀山绝顶，从那一刻开始，乱世之中四处流传起有关明光的传奇与神话。灵望风而逃，蚩尤鼎盛的乱世灵王朝至此一溃千里，加上明光传授的各种法术与降灵技巧在世上如星火般流传开来，人类面临灭亡的命运开始发生了逆转。

那柄神剑可穿梭时空，逆转阴阳，颠覆乾坤，施用五行，然而它却只有一个直白而简单的名字。

猎灵。

明光说，它天生为猎灵而存在，只配这样的名字。

往事说到此，我靠着地上的一角铸铁坐了下来。月光从头顶上的孔洞里射下，整个空间像是氤氲着一层薄雾。

我的身旁只有洛阳一人，而我的故事，也正是说给她听的。她静静地听我说，没有打断我，但现在我突然沉默下来。她等了等，不见我开口，便问：“后来呢？”

“你有痛恨过自己吗？”我没打算说下去，反问道。

“谁都有连自己都厌恶的一面，因为是自己，看得特别清楚，一旦做了后悔的事，就会很讨厌自己，可正是因为自己，即使厌恶也没办法舍弃，只好埋在心底，假装不在意，但只要被触及，那种憎恨自己的情绪就会成倍地涌现。”洛阳说，她的语调是一如既往的平缓。

这些话，她应该早就在思考了。

“很辛苦吧。”我顺着月光的方向抬起头。

“很辛苦。”洛阳短暂停顿之后，点头说，她努力挤出一丝笑意，但很苦涩。

我这么问她，只是猛然想起刚刚说起的故事势必触及了她的痛处。麦香那件事，她不可能那么容易放下。

“谢谢你。”洛阳接着说，似乎怕我不知道她道谢的理由，又补充了一句，“你若不挡在路上，我便会一直倔强地走下去。”

发现自己做错了事很容易，难的是承认自己的错误，更难的是接受犯了错误的自己。

为了不讨厌自己，便只有坚信自己是正确的。

于是，就可以发现那么多人明明错谬之极，却依然坚称自己是正确的，因为一旦承认，失去的不只是尊严，更是会失去自认为正确的人生。

人生，不可重来，无法弥补犯下的错，只能接受自己，接受会犯错的自己，然后转个弯，调整自己的路。

“每个人的错误之路上都会有那么一个挡路的人，你也许会打败他继续前行，也许会停下来重新选择方向。”我说，明光的身影就似悬浮在我身前的月光里，我努力忍住想伸出去触摸那片光的手。

“那个挡在你的路上的神，后来去了哪里？”洛阳问。

“想必你也猜到了。”我笑了笑，“灵人大战结束后，他就死了。神剑猎灵在他死亡的时候，因为力量强横，无人驾驭而爆裂开来，十二剑灵各自分散，化为十二柄斩灵剑，成了守护世间平衡的力量。”

“那么，你是人，还是剑灵？”洛阳小心翼翼地问。

“两者都不是，又或者两者皆是。”我回答，“不管是什么，我知道自己是谁，要做什么就足够了。”

洛阳听到这话，沉默片刻，继而抬起头来，目光灼灼地看着我。“贺，我有一件事，想要去做。”

“嗯？”我心微微一沉，忽然有些不安。

“我想给麦香一个交代。在哪里错了，就该走回哪里，然后重新选择正确的路。”

洛阳说完，抿着嘴唇。

我不再说什么，因为我知道洛阳已经有了决定。

“麦香是无辜的，她理应活着。”洛阳张开双臂，面对着我，“贺，我愿意奉献出我的生命，用出我所有能用的言咒力量，你帮我一下，让麦香取代我活着，好吗？我知道，用‘逝’的话，一定能做到。”

我点点头。

“逝”的确有复原曾存在过的事物的能力，不过，以当前我所掌控的力量，还不足以做到这一点，但加上洛阳的言咒，再加上一定的载体，倒是可行。

这个载体，就是洛阳。

她很聪明，也知道这一点，已经做好了牺牲的准备。

我召唤出“逝”，刺入洛阳的躯体，洛阳开始使用言咒的力量，随后，她的外貌开始转化，逐步变成麦香的样子。

麦香没有活，洛阳也没有死，只是，以后的洛阳，都将以麦香的样子，以及她所塑造的麦香的记忆，代替麦香活下去。

就跟我曾利用“逝”，造就一个雪女活在我体内一样。

蜀山绝顶是绝佳的修炼之地，为了应付接下来的事情，我必须竭尽所能地锻炼自己。

前世的贺在遇到离若之前，是个悠闲的猎灵人，游走世间，玩世不恭，那种看透世间百态，万物于我如浮云一般的心境，来自对自身的一种过度自信。

那时候，贺一度以为世间就只有自己一位猎灵人，虽然因为某些片段的记忆而回去蜀山绝顶，但从未想过世间还有和他一样的存在，毕竟，尽管几度觉醒，他都未曾遇到过同类。

认定自己是世间独一无二的存在，自然心中要傲然几分，处事的态度也便有所不同。

是的，尽管现在的我并不想把猎灵人归为一类，但在前任贺看来，他是将猎灵人列为同类的，从这就可以看出，虽然拥有同样斩灵剑的猎灵人彼此传承了记忆，但很多东西却还是有所区别。

我必须在漫长的记忆中寻出自己的本质。我只是一个出生在二十世纪八十年代的现代人，以后所有行事的准则，都必须建立在这个基础之上，不管是栾，还是离若，都只是我记忆中的东西，除此之外，再无别的关系。所以我会画清界限，把那些混杂不堪和无用的东西，驱逐出我的世界。

只有这样，我才不会再次迷失。

前世的贺知道世间有同类存在，是在遇到倾城之后。这个名字不容忽视，但即使现在回忆起来，都没有太多的印象，那是一个模糊的身影，像是一弯水中的月，微风吹起了涟漪，怎么看，也看不明晰。

现在想来，我觉得他有些像明光，即便当时看清楚了他的笑容和明亮的眸，转身就忘记了具体的模样，但再次相遇的时候，却又十分熟悉。

未觉醒时的倾城是位没落世家的公子，肩负着振兴家族的使命。他十一岁开始上战场杀敌，一路鲜血与白骨，攻城略地，十八岁时就已经名动边陲，每逢对战，都是浴血而归，战袍染成红色，被人称为赤袍将军。他觉醒前的最后一役，陷入了敌军的埋伏，他低估了敌人守城的决心。他们献上三百孩童为祭品，召唤出了荒原之上的灵兽。

他战胜灵兽从城中出来时，整个城市再无一个活人，他部下三千精锐加上原本城中的五万守军及百姓，全部死在了这一役中，绝大部分，是被不可控的灵兽杀死。

那一次，倾城见识了世间不允许存在的东西。

“我已经预感到了浩劫的来临。”倾城在高墙之上迎风而立，双手背在身后，斩灵剑挂在腰间，浑身的银甲在阳光下亮丽无比，白袍在风中猎猎作响，像一面旌旗。

“贺，这一次，我要立功了。”倾城回过头，对“逝”的前任拥有者说，那语气就像是准备上战场的将军。

他的确立功了，第二次灵人大战的结束，与他不无关系，从此十二柄斩灵剑，只剩十一柄，在蜀山绝顶的档案库中，也只有十一个猎灵人的名录。

他会消失，是因为他寻找到了增强自己力量的途径。

而这个途径，也将是我接下来要走的。

集齐世间所有的斩灵剑，合而为一！

只不过，在这之前，我还要去一个地方，拿回我寄存在那里的一样东西！

或者说，一头恶兽！

越往前走，灰雾也越见浓郁，就像陷在黏稠的液体里，脚下悠悠荡荡，每一步的迈出都需要花费极大的力气。

这里是意海之境，在这里生活的，是世界上最纯粹简单的生灵——守灵。

他们是这个世界上最强大却也最弱小的存在，他们强大到拥有可以改天换地的力量，却也能轻易被一个具有生死意识的幼童杀死。

所以，他们轻易不敢介入人世。他们怀抱怜悯与爱护之心，默默地存在于这里，守护着世间万物、诸多生灵。他们聆听人类的祈祷，亦接受灵族的祝愿，他们就像天穹之中的一双眼，静默地看护着世间一切。但是，他们之中也有特殊的存在，会进入人世，利用自己的力量，达成某些生灵的愿望，或者做些善意的举动。

在过往的时代里，他们享有与神同样的待遇，接受人类的供奉与朝拜，但是，他们和神有着天壤之别，他们没有任何恶的欲念和思想，他们纯粹而简单，他们只有善。

我终于穿越层层迷雾，映入眼帘的是完全无法用言语形容的景象。

惨白如病房一样的悬崖峭壁，一望无际。我和夜养所踏足的地方正是崖顶，迎面，没有丝毫风的迹象，整个空间冷冷清清，远处没有云层，天空中没有日月，创世的神仿佛忘记了这里的设计和创建，没做任何修饰就远离了这里。

光漫射于地，不知其源头；地无穷极，不知其边际。

除了灰就是白，两种色调轻易地构建了这里的世界，唯一证明这里真实存在的，只有脚下踩着的实地岩石。

“知晓有贵客前来，我等候多时了。”一个头发银白的俊俏青年面带春风，从虚空之中现出若有若无的半透明身影。

“有劳久候了。”我抱拳行礼。

守灵洞悉世间，而且我直接闯入他们的领域，被发现是当然的事情。

“在下名为风间花夜，是守灵四大族类风族的长老。”风间花夜举止言谈儒雅之极。这名字中的“风花夜”三字，十分有意境，让人不免觉得他的眉目之间多出三分风流倜傥。

“我是贺，是来求见守灵的智者，以寻求帮助的。”我说。

“智者早已了解你的意愿，是他命我前来接引你的。”风间花夜面带浅笑。

“有劳了。”笑意漫上我的脸庞。

事情似乎很顺利。

风间花夜脚踏虚空犹如行云一般在前浮游而行，我施展着全身的灵力，也只能在悬崖之间飞跃，不时脚踏实地一次，才能再次借力前行。

连绵数百里，没有看到任何守灵，大地之间寂静非凡，让人不由感觉压抑，仿佛进入一个无法醒来的梦魇里，若不是前面有人带路，我铁定要迷失在这样的世界里。

突然，风间花夜定住身形，一手向后挡住我，巨大的惯性让我撞向他的手臂，我的身体被生生挡了下来。他的身躯虽然透明，却原来是跟人一样，是有血有肉的真实存在。

一道灰色的光从远处极快地纵跃而来，在悬崖之上留下道道弧线。在其之后，又有三道光以与它一样的方式纵跃着，不多时，就已经到了我们面前的不远处。

“救我……”那灰光几乎是蹒跚落地，化作人形滚落在我所在的悬崖上，用哀求的眼神望着我。这是一个身穿灰袍的女子，眉目颇为清秀，眼神犹如一汪秋水，呼吸急促，似是有些惊恐。乌黑的长发飘落至腰间，如玉的右手伸向我，向我请求援助。

这是个具有实体的人，看来不是守灵。

我不明白发生了什么，自然不会有所动作。三道白光已经飘落，化作三个半透明的人形落在地上。

“花夜长老。”三位看到风间花夜在，连忙行礼。

风间花夜点点头，又把目光放在那女子身上，说道：“茫茫意海，你又能跑去何处？不如跟他们回去吧。”

“不，我不回去！”女子几步跑到我身后，将我当作屏障，一双手紧紧地抓着我的手臂，冰凉的寒意渗过衣服，刺痛我的肌肤。

“他是我的贵客，是从人世而来，与你并不相同，你不要纠缠于他。”风间花夜摇摇头，无可奈何地轻叹一声。

女子听到此话，犹豫了一下，终究还是松开了手，向后退出几步，与我拉开了距离。

“你们先行回去吧，不用再理会她了。”三个守灵正欲走过来将女子带走，风间花夜阻止道。

三个守灵点点头，化作白光飞走，那女子见状连忙一闪身，也化作光向着另外的方向飞走了。

“我们走吧。”风间花夜并不追赶，略带歉意地望着我。

“不用去把她追回来吗？”我忍不住问一句。

“等她想明白，自然会回来的。”风间花夜笑了笑。

我有些不明所以，却也不好再问，只好跟在他身后，继续向智者所在地赶去。

据说天地之间总有些特别的存在，他们知晓古今之事，对世间一切的存在都能说出些所以然来，他们是活着的资料书，被世人冠以各种名号。守灵智者只是其中之一。

在风间花夜的带领下，我们很快就到了守灵智者所在之地。这是一片碧绿的深湖，一眼望不到边际。在众多悬崖峭壁耸立的中央，除了灰白黑之外，绿是我在这个空间见到的第四种颜色。

还未靠近，凉意就迎面而来，似是要透体而过。但随着这种凉意渗入身体每一个部位，渐渐地，温暖的感觉从心窝处四散开来，有种说不出的舒服之感。

安稳而平静。

“智者住在湖中吗?”我望着宽广而未有一丝涟漪的湖面,微笑着问。

“这就是我们守灵的智者。”风间花夜望着湖面,“收敛心神,用心聆听,你就能听到智者和你说的话。”

我将信将疑地闭上眼,将灵识收归一处。万籁俱寂,但似乎又很嘈杂,所有刚从我眼前消失的景象又浮现出来,深湖再现在我面前,就仿佛我未曾闭眼。

无数的白光灰影在深湖上空游荡,发出嚎叫或是悲鸣之声,那声音似乎是传进脑中的,与一切感官无关。

“智者,你能听到我的声音吗?”我努力地屏蔽掉那些干扰,望着水面传达着我的意念。

一道黑影从深湖之中窜出,没有看清楚它的模样,只看到血盆大口,森罗白牙,欲将我鲸吞。一时之间我不知道如何作为,心念杂乱,灵识尽散。

我猝然睁开眼,余悸未消,身体剧烈地颤抖着,不知道如何支撑,颓然倒在了地上。

第四十章　恶兽

现实当中，面对凶猛巨兽我未曾有过如此的惶恐，在灵识之间竟会如此不堪一击。想不到自己的内心如此脆弱，这让我极为受挫。

“你没事吧？”风间花夜问。

我摇摇头，坐在地上，望着深黑的大湖不想言语。

“每个人身体里都有一头恶兽，只要寻找到机会就会破体而出，择人而噬。”风间花夜轻轻道。

我侧头望向他，面无表情。

风间花夜面带笑意地望向我，说道：“把你吓成这副模样，你的心中藏着一头巨大的恶兽吧？”

风间花夜的笑意很淡，但我知道，他的情绪和表情是截然分开来的。我能从他身体周围感受到一种极大的悲悯气息，仿若一张极大的网在他说话的瞬间笼罩下来。只是这种气息一闪而过，陡然消散，飞快恢复平和。

我没有得到想要的答案，却看到了自己心中深埋的恶兽。

深黑的大湖渐渐恢复成碧绿的颜色，我缓缓地站起身来：“这可不是我想在这得到的答案。”

我的声音很小，刚刚的冲击让我失去了气力。我的声音中夹杂着一丝我自己也分辨不明的情绪，似是某种冷意，或是，刻意。

风间花夜背着手望着湖面，说：“我从未见过智者变作这种景象过，这种景象让人心有担忧。”

他顿了顿，侧身将手伸向我。“所以，若我收了你的心中恶兽，智者定然甚感宽慰。”

“呵呵。”我与他目光对视，带着笑意，“你做什么事，总需要听从智者的教诲吗？”

风间花夜一怔，刚想说话，我没有给他机会，而是自顾自地说道：“还是说，你在以智者的名义主持你自以为是的公理道义？”

“我不明白你的意思。”风间花夜眉头微皱，这是真实的不解。

“我知道守灵本性纯良，内心所存的是至高的善意，而且内外一致，心里想什么，脸上就表现什么。然而刚刚我却发现你掩饰了情绪，所以，我认为，你已非真正的守灵，而是一个欺世盗名的家伙。此地的智者，也不是真正的守灵智者，而是一个你用来给予别人罪行的工具，就如此刻，你以他的名义来针对我！”我敛起笑容。

“人心斑斓，果然非假，三言两语间，就颠倒黑白，混淆了是非。”风间花夜略有迟疑，但随即看透了我的意图，并未因为我的言语相激而生气，“事实上，你是智者的贵宾。我如此做，只不过是助你而已，莫非你愿那心中恶兽长居，让它有朝一日吞噬你？”

“心中有什么，我自己清楚不过。”我摇头拒绝，纵身飞起，“既然智者无法为我解惑，我这就告辞。”

“你要去哪？”风间花夜跟随在我身后。

“谢谢你的接待，之后的路，我不需要你这位向导了。”我没有回答他的问题。

“作为此间的主人，我有义务接待你，等你不需要在此了，我会送你回人间去。”风间花夜力量在我之上，他要跟上我的步伐，实在很简单，所以他直接拒绝我的话，我也没办法摆脱。

“我没有办法了！”我知道已没退路，便索性放弃了其他的顾忌，朗声道，“既然意海智者不接纳我的请求，那么我只能用强了！”

“智者已经帮你，你却不理解这份深意。”风间花夜一手背手，一手横挡，银白的发无风自动，显然已经催动了灵力。

“快走。”就在我准备动手之际，身旁一道黑影闪过，竟是不顾我意愿，强行将我拖走。

耳旁“呼呼”之声传来，我根本看不清楚周围的一切，只是光影不停变幻，已经飞出了不知多远。

悬崖之下略显幽暗，毫无阳光透入，带着丝丝清冷。

“你做什么？”我带着极大的怒意，望着眼前的女子。

这竟是不久前向我求助的女子。

“风间花夜动手了，你还不走，莫不是等死吗？”女子似乎是被我的怒意吓到，眼神中荡漾着不安。她小心翼翼地抬头望了我一眼，被我怒意的眼神直视一下，又赶忙低下头去。

见她如此表情，我只好尽力压抑自己的情绪。

我发觉自己已经与以前很不一样，有些情绪根本无法控制，从心底的某处涌上来，汹涌剧烈。

我摁住自己的头，手掌的凉意让我获得短暂的宁静。

“守灵也会杀人？”听到她的口吻，我不禁有些好奇。

至善守灵，也会做出扼杀生灵的事情来吗？

“他称呼你们为人世来的贵客，莫非你不知道他的身份？”女子稍稍抬头，疑惑地望着我，“作为守灵四大族，亦被称为意海的守护者，任何侵扰意海，与守灵为敌的敌对者都会被他们除去的。对于你们来说，除去也就是杀死的意思吧。”

如此说来，我的出现，已然构成被除去的条件了，我的心中咯噔一声，呼吸声又重了起来。这个传说中只有善的地方，却也存在着杀戮者这样的群体。

还是说，我们各自所理解的善的含义并不一样？

“你们怎会与他反目相向了呢？”女子见我闭口不言，又问。

“说来话长，你是什么人？怎么会到意海来的？先前被守灵追，他们也是要除掉你吗？”我问。事实上，从先前见她开始，就已落下疑问了。

“你的问题还真不少。”女子轻微一笑，带有种特别的矜持，“我本来就是意海的守灵，被他们追，却不是要除掉我，是要救我的，不过，这只是他们的理解吧……”

“你是守灵？”我有些讶异，打断了她的话，因为据我了解，守灵都该是半透明的才对。

“对。”女子点点头，“我叫清水优昙，你好。”她伸出手，却是要跟我握手。

我一时呆住，想不到这个对我来说已经相当陌生的礼节，会在这样一个地方和一个世外之人之间进行。

我没有伸手，用力捏了捏僵化的手指，然后才说：“我叫贺。”

“我看人世的人类都是这样来握手表示善意的。”清水优昙靠近我些，牵过我的手，用力地握了握。

她的手有些凉，仔细看去，竟是犹如白玉琉璃一般，却原来也是透明的，只是透明度不易被察觉。

“你既是守灵，定然知道如何去往意海深处吧？”我抽回手，避开她的眼眸。

那是双漆黑如墨的眸子，带着太多莫名的哀伤，以及茫然不解，又有几分热情，还有防备。

我不知道自己为何会一下就从她眼中看到这么多，这双眼让我脑海中随即闪现出几张熟悉或陌生的面孔，我不想去回忆，所以在未看清之前就屏蔽了出去。

“你要去吗？”清水优昙问。

我回望了下来路。“对。”

“我可以帮你,但你要带我一起去。”清水优昙说,带着某些决然,但我分明听到了她话语里的颤抖。

“为什么?”我几乎是下意识地问,听到这样的话我很诧异。

至善的君子对恶从来都有种敬而远之的矜持,而眼前的守灵竟在寻找通往那极致罪恶之地的路。

“你又是为什么?”清水优昙反问。

“我去寻找存放在那的东西,本属于我自己的东西。”我说。

我曾以为这个世界简单到用微笑就能应付,现在的我已明白,如果没有绝对的力量,根本无法按自己的意志存活,会被左右,会被伤害,会遗憾,会痛不欲生。

我还未理解这个世界就开始淡然,以致我没有在艰难的世事中学会保护自己,也注定要在了解这个世界之后变得无所适从,那么,就让事情变得简单一点。

无法强大,就去死。我心中早已经不可回避地做出了这样的决定。与其承受什么也掌握不住,什么也改变不了的现实,还不如孤注一掷,即使有可能被撕裂得尸骨无存、魂飞灵散,也要去追寻那最强大的力量。

“我想去看看。”清水优昙声音很轻,似乎是说出自己梦想般带有几分羞涩。

我哑然,但看着她的表情,我突然了解了她说这话的因由。

“不过,我一直都没有办法进去。”清水优昙接着说。

“那你又说你有办法?”我感到纳闷。

“我要去意海深处,是因为我心中有向往那里的欲念,但我只要一进入智者,这股欲念就会被洗涤干净,没有了它,我自然也就不会再向下深潜而主动回到外面来。”清水优昙丝毫没有避讳“欲念”二字。

所谓的意海深处,其实就是智者!我本打算通过和智者对话来得到想拿回的东西,可是它显然不想让我这么做。

“若能分开水道,是不是就能直接进入?”我变身雪女后,应该可行。

清水优昙摇摇头。“一切的法术,对智者都没有影响,即使是我水族的水灵术,也只能持续一瞬,根本无法支撑我们到达魔渊。”

“天水?”我脑袋中一个激灵,双眸聚笑,嘴角不自觉上扬起来,“难道是天意如此!”

“你说什么?”清水优昙对我的情绪变化极为疑惑。

“你有水灵术,我有停住时间的‘逝’,这通行天水的术法组合就在眼前,不是天意又是什么!”我感觉到整个身体都在因为激动而发抖。

"虽然还是不太明白你找到了什么方法，但也不妨一试。"清水优昙听出端倪，嫣然一笑。

山重水复疑无路，柳暗花明又一村。

大概是因为紧张夹杂着亢奋，我的身体有些颤抖。清水优昙在我前方飞行，我在石崖之间跳跃着，紧跟其后。此时的我，"逝"已握在手中，让前世的记忆和力量不停地涌入我的身体，为了近在咫尺的机会，我不容自己有任何失误。

那巨大的湖面越来越近。我心中突然有些不安，我不知道凭我们两人的力量是否能劈开湖水进入另一个世界，若出现一点差错，后果虽无法预测，但以刚刚清水优昙的说法，这智者之湖显然有着洗涤心中欲念的能力。

那么，我这寻求力量的心意，是否也会被洗涤干净？

机会与危险，同时摆在我的面前。

我从来不知道真正面对事情的时候，我会如此优柔寡断，以前，我总能下意识地做出一些决策，不计后果，率性而为，现在却不得不计较良多。

天意既然已经让有利条件全部摆在我面前，只要我心存执着之念，一定会成功的！

我稍一用力，竟将脚下的石头蹬塌，身体之中涌起的力量让我一跃而起，向着水面上空而去，我对清水优昙说："来吧，来看看我们能走到哪一步！"

清水优昙跟我同步跃起，双手摆出拈花式，身上光芒迸射，一瞬间，她的身体变作透明，无数水波一样的纹路蔓延上她的身体，变化出诸多图案。"裂！"她一声高喊，话音刚落，湖面猛然分成两半，水柱波涛汹涌，高立两侧。她手势变幻，身形下坠，向分开的湖面疾驰而下。"凝！"

两旁涌动的湖水瞬间化作两道冰雪高墙，挡住了周围未被施加术法的水向着中间聚集。守灵的力量果然不容小觑，瞬间就使出了绵延数里的灵术。

那些使用奥妙法则来改变世界的力量，被称为术。灵术、法术都是术的种类，因为不同的族类对奥妙法则的理解不一样，导致运用方式千差万别，但表现出来的效果并没有什么太大的改变。

我没有迟疑，身形迅速下落，向着那幽暗的海底深处急纵而下。

冰墙瞬间粉碎，水波滔天而起，从我们头顶之上倾覆而下。"破！"清水优昙周身力量猛然向四周扩散，冲撞出一个巨大的空间，我立马将剑刺上，使用了"五瓣花·刹那"。一个圆形的空间在我们周围形成，清水优昙浮空而立，站在中央，我脚踏剑柄，半蹲于上。

圆球载着我们二人向着湖底沉下去。其间，清水优昙一直不停地使用着水灵术，虽然在这湖水中一个水灵术的持续时间只有一瞬，但作为动力已经足够。

离湖面越来越远，周围越来越亮，水的质感变得不太真实，好像丝绸一般丝丝缕缕，又像细长的触手，不停地往我们所在的圆球表面接触。

“我的法术不能维持多久，等五瓣花最后一瓣碎裂之时，你必须再使用一次‘破’。”周围很宁静，天地之间仿佛只剩下我们二人，我更是有一种进入了星空的错觉。

“嗯。”清水优昙气息有些凝重，显然耗费了极大的力量。这种状态立刻让我有些担忧，智者之湖究竟有多深，根本无从知晓，要多久才能到达魔渊，也无从计算。清水优昙要是无法支撑，恐怕就要功亏一篑。

事情走到这一步，的确要埋怨我的急进，但，若不将自己逼到这种情形，我又怎么知道自己究竟能做到什么地步？我闭上眼，静静地等待着到达意海深处。

但就在此时，脑中灵光一闪，一种冰冷的危机与临敌之感瞬间遍布全身，我突然想到，在胡冲蛮撞之中，我已经将自己带入了一个无法回头的境地，而我面对着一次前所未有的危机。

我缓缓睁开眼，眼前的清水优昙一脸笑意，却带着无限诡异。我双眼微眯，带着审视的意味。“意海的守灵，何时做起这种惑乱人心的勾当来了？”

“意海之中，有从人的纯善中学习情感的守灵，自然也有像我一样从人的邪恶中学习手段的守灵。”清水优昙摊开双手，面露笑意，只是这种笑让人极不舒服，“惑乱人心这种事情，不是很有意思吗？”

“那么，你费尽心机做这一切，带我到意海深处，究竟有何目的？”我遏制了自己的抽离，转到重点，“还是说，你纯粹是想玩弄人心，觉得很有意思？”

“我的目的，你会知道的，‘漩’！”清水优昙双手拈诀，光芒迸射，周围的水流飞快旋转起来，瞬间就冲破了我的灵术，我虽已做好准备，但这巨大的冲击力量是我无法抗衡的，瞬间我就被卷入了无情洪流。

意海的水并不能减弱清水优昙的水灵术，看得出，这根本就不是什么天水。我调整好呼吸，随着海水被卷走，现在的我，离她越远越好。

一道巨大的水箭穿破水流，刺向我的胸口，我身形急转，脚踏水波，飞快纵走。

我并没有低估清水优昙，所以我将所有的力量都集中在了防御上，但我高估了自己，水灵术的力量，根本不是我所能抵抗的。

并不只是一道水箭，而是所有的意海之水都成了穿插来往的水箭之网，我的身体就像一只皮球一样，被撞击得无所适从。冰凉的湖水犹如利刃，割开我在身上布下的一道道防御，我口中灌满了液体，已不知道是鲜血还是湖水。

水灵术的冲撞力道渐渐减弱，我遍体鳞伤，早已全身无力，黏稠的液体触手纠缠着我的手臂和身躯，摇摆着将我送到清水优昙的面前。她的身体浸在水中，显得极其通透，在周围星星点点闪耀着光辉的水里起伏，看上去，就像一只与水融为一体的水灵。

我轻微咳嗽一声，满腔的血红瞬间朦胧了我的视线，但很快，这些血就飞快地消散在湖水里。

我的眼帘渐重，湖水尽数灌进口鼻，那一串串涌起的气泡就像是我飘飞的灵魂，渐渐游离开去。意海水中有质感的丝缕蔓延过来，不受限制地穿透我的身体，左右穿插纠缠。

我曾不止一次想过生存的意义，以为活着总能找到些让自己欣慰的东西，但只有临到头时才发现，追求意义本就是件荒谬的事情，人生，大概就是因为坚持了这样的荒谬才显得理直气壮，而让自己多了几分高于别人的傲气。

事实确实如此，到死时，我早没有了以往那般心有牵挂和不甘，就像等待了已久的结局，安然受命。

死亡并没有那么可怕啊，只不过是睡觉一般。

我努力挤出一丝笑容，任由灵魂坠入黑暗。

从此，这世间所有的一切，便与我无关了。

“呼……”喘息之声从远无边际的黑暗之中传来，仿佛是松了一口气，又像是带着一丝笑意，情绪繁杂，无从细致分辨。

又或者是我不想去分辨，只想就此了断，不再有任何关心之事。

黑暗之中出现一个光点，在视线之中越变越大。

不对，我明明闭上了眼，怎么还能见到东西？我努力地闭眼，但视线根本不受影响，我被动地看着一切越来越近，在我眼前，一个熟悉的身影出现，浑身上下白色的光辉让她显得极为不真实。

“这是哪？”我身上的白色柔光慢慢亮起，现出了完整的形体，站在离她不远的地方。

“你觉得呢？”我还是第一次完整地看到这个附在我身体里的雪女，她的面孔精致如玉石雕就，成熟而坚毅，带着些许傲然，“我虽然一心想让你融入现实，但现实却只能让你伤痕累累，也许他说得对，你的确不太适合做一个活得现实的人。”

“他？”我皱眉，我不记得谁说过这样的话。她和谁交流过吗？

“其实，你应该早就质疑了吧，为什么一个猎灵人的身体能被灵附身，甚至还改变了魂体。”雪女却没有回答我的问题。

“事实总是胜于雄辩的。”我不知道她要说什么，但我知道，她肯定不会说无用的话。

“虽然连我自己都难以接受，却不得不相信这样的事实。”雪女呓语般说。

“你怎么了？”我望着她。

“有人告诉我，我和多年前被杀掉的雪女根本就不是同一个。”雪女摇头浅笑，“那个雪女早就死了，而我，是被你创造出来的。”

“是吗？”我苦笑。这是我第二次听到这番话了，事实上，雪女就是我自己，这是我在跟自己对话。

雪女背后的阴影中，一个比黑暗更黑的身影走了出来，逐渐显出实体，嘴角上扬。

他跟我有一模一样的面孔，只是眼神中闪耀着明亮的光，那是现实中的我不曾拥有过的。

那是我的前世，在数千年前的意海之中封印的一个邪恶灵魂！

栾，我的双胞胎兄弟！但又不全是，因为他不是真正的栾，而是我最早用“逝”塑造出来的最为冷血的一个灵魂！

属于我自己的灵魂！

“贺，总有一天，你一定会后悔封印我。我会静静地等待着，直到你来寻我！”

我身体里的恶兽，我终于放你出来了，你高兴吗？

第四十一章　天机

解瞳来得很快，但他没有走近。他远远地站定，身影半隐在千年苍松的树影之下，我看到他的双眼，白茫茫一片，像是初冬的冰雪。

“你的天瞳，倒是完全成型了。”我扬声说。

“并不是什么好事。”解瞳背在身后的手移到了前面，斩灵剑一直握在他手中。

“这就要动手？”虽然是废话，我却还是多问了一句。

“能看到未来的人，自然最直截了当。”解瞳长发披散，苍白的发色瞬间雪白，“你我既然心知肚明，便也无须多言。我也想成为蛊，所以，只能是你死我活，对吗？”

“贺，你听过蛊吗？”多年前，倾城问。

“蛊师取百虫于皿中，使互相蚕食，最后所剩一虫，便是蛊。蛊兼有众虫之毒，毒性却更胜百虫百倍。”倾城又自己回答道。

我要成为蛊。

这些天来，我不止一次地重复这句倾城说过的话。那时候的贺不明白倾城要表达的意思，此时的我，却完全明白这句话的含义。

猎灵人也不过是被豢养的虫而已，要在乱世生存下去，必须成为蛊才行。

因为只有集齐所有的剑，猎灵人才能获得最强大的力量，生存下去，完成自己想要完成的事情！

倾城做到了，他杀光了其他的猎灵人，夺得了所有的剑，拥有了挑战一切的终极力量。

这么做的后果，很直接，也很黑色幽默，因为获得这种终极力量后，他作为载体，最终彻底消亡了。而其他的猎灵人，却可以再在这个世间重新轮回。

然而，对于倾城来说，他觉得值。

而我，又何尝不是觉得值呢？我豁然站起，“逝”剑出鞘，口中长啸：“见分晓吧！”

解瞳之斩灵剑，名曰“天机”，所谓“天机”，就是未来不可知之事。

古语有云，天机不可泄露。

解瞳，你究竟看到了怎样的天机？然而，不管那是怎样的，我都不会轻言放弃。

我见识过解瞳的天瞳，那时候的他只能看到未来三分钟之内的事情，而且必须配合禁术——时空裂断。此时的他已非当日可比，能看到多久的未来犹未可知，不过，从他出手并未使用时空裂断来看，他的天瞳运用能力已非一般强悍。

天地之间，变数无穷，若天瞳控制不得当，世间万物的未来便全在他的眼中，他要将未来完全看尽势必耗费大量灵力，纷杂错乱的信息尽数出现，要想从中得到有用的东西，还会浪费一定的分析和辨别的时间。

裂断时空的法术很好地解决了这个问题，它切断了施术者周围的时空，将局域之内的时间和空间完全独立开来，这样，天瞳便只需要看尽整个局域之内的未来即可，这大大减轻了施术者分析和判断的压力，能更好地控制自身周围的形势。同时，因为时空切断，对手很难从这个范围内逃走，简直是捕捉猎物的不二手法。

不过，裂断时空是禁术，凡被称为禁术者，要么是对自身损害极大，要么是有可能造成难以控制的局面。裂断时空被称为禁术的原因，是第一类，凡使用一次，会对灵体造成不可修复的伤害，也可以说，裂断时空实际上是以施术者自身的灵体为交换来得以施展的。

一直以来，对于灵体一词并没有明确的说明，古人的研究也未能知晓它到底对人来说意味着什么。只知道当灵体消失之后，人会死去。但灵体的少许缺失除了表现为丧失某些记忆之外，并没有其他的危害，所以，对有着十分强大灵体的猎灵人来说，即便是禁术，依然可以照用不误。

解瞳没有使用裂断时空，这并不表明他害怕伤害自身的灵体，而是在向我说明，他已经能十分精准地使用天瞳，他完全能掌握对他当前有用的未来。

世间有因果之说，前事是因，后事是果，能看见未来，则将因果混为一体，果促成因，因造就果，果是因，因也是果。

解瞳躲过我一次次的攻击，即便他的剑法不如我，步法也慢我许多，但他处变不惊，只需缓缓移动就能躲过我的剑锋。

“只要你的剑法还有破绽，就无法刺中我。”解瞳的底气来得不无道理。

而他能躲过的理由在我看来荒谬之极，仅仅是因为他看到未来的自己躲过了，自己便只要按部就班就可以。

同样是以时间为力量，我却自叹弗如。

“世间不会有完美的东西，任何事物都会有破绽。”我说。我并未到窘迫的境地，相反心平气和。他是在说明一个事实，一个我十分认同的事实。

“所以，你定不是我的对手。”解瞳一笑，瞳孔中一丝黑光一闪而过。

他的天瞳在一瞬间回到了正常的黑色状态，只是不待我看清，又换回了天瞳。这是为什么？

莫非是他的天瞳有问题，使用一段时间就必须停一下？我难免这样想，但也有可能他是在使诈，目的是让我掉以轻心，自以为得计。

一个能看到未来的人，想必知晓对手败在哪里，然后步步为营地布下陷阱。

也许，在他的心中，根本和我一样，根本不想把我当作同类，而是当作不得不杀的人，不得不抢夺的力量。

如果是这样的话，那么所有的卑劣手段，所有可用的力量，便会被层出不穷地施展出来而无所顾忌。

我未曾与倾城一战，但我知道他一定将其他猎灵人尽数杀了一遍，才成了蛊。

“贺，你太弱，即便我杀了你，对我成为蛊也毫无帮助。”倾城的话就像在耳边，那淡淡的语气让前世的贺感觉到悲哀与无力，“至今为止，十二猎灵人从未有人成为蛊，所以我也不知道自己成为蛊后会怎样，但我预感到那不会有趣，不过，我是一个活在当下的人，过去的那些记忆与未来要肩负的使命，都跟我没什么关系，我只顺从自己当下的念头。”

我不知道他那时当下的念头是什么，也许是为了振兴没落的家族，也许是要立下千方百计想立下的战功，也许只是要铲除那些他认为不可存在于人世间的力量。

活在当下，是啊，管他过去的记忆还是未来要肩负的使命，与我有什么关系，顺从当前的心情就好了，按自己所想的走下去，不管不顾。

“是否是你的对手，我不知道。”我挥出一剑，飞跃到高树之上，居高临下，“我能理解你要成为蛊的心情，但若让我像以前一样笑一笑，说声什么你既然有那样的理想，我就让开道路让你无所约束地追寻之类的话，是决计没有可能了。”

“这样的话，听上两遍总是让人心烦。”解瞳哈哈一笑，又猛然停住，那笑声戛然而止，仿佛突然掉进了某个空洞的虚无之间。他左手抬起，一道柔光闪过，我未能看清那是什么，他的身影就完全消失在我的视线之中。

潜行。

那是“驱魔”的能力，柳无言的剑已经落在了他的手上。我蓦然想起那晚我公寓楼下，两人并排站立的情形，柳无言笑眼如月、亲切无比。

与此同时，我所在的地面上，光线交错，编织出一个巨型的大阵。我心中一阵不安，握紧了手中的剑柄，灵力全部调动起来，搜索着解瞳的身影。

“禁·裂断时空！”我已成猎物！解瞳还是选择了最为保险的打法。

砰！上空一道剑光闪现，我连忙举剑相迎，巨大的冲击力压下，大树的枝丫顷刻断裂，我从上坠下。这并未结束，一连串剑光不停地砸向我，将我逼得毫无还手之力，胸膛中巨大的压迫感仿佛要胀破身体，待身体重重地撞到地面上时，鲜血早已抑制不住，飞溅而出。

我仰起头，刚准备爬起，解瞳已现出身形，剑锋逼近我的脖颈，脸带狂意。

“贺，让我来告诉你天机。”他说，“在我所见的未来里，我的确败于你手，但是，以现在的情形，你到底该怎样才能赢我？今日，你便同老天一起来破局，如何？”

柳无言的剑法快、狠、准，在解瞳手下施展出来毫不逊色，更有一份无法躲避的霸气。

他一瞬间劈出数剑，力量重叠在一起，以至于我所承受的每一剑都重若千钧。

出现这样一边倒的局面并未让我感觉诧异，这不过是暖场而已，真正的对决即将开始。他看见了天机，而我无法看见，要破这个局，只能靠我自己摸索。

我的剑法没有了优势可言，时空法术上也没什么可以用来与之抗衡的。既然结局已经注定，那我只需找到破绽就行。

首先，他必须在保持开天瞳的状态下才能看到未来。也就是说，当他的眼眸是黑色的时候，他是看不到未来的，并且就连先前所看到的未来也很快会变得模糊起来，或者很快就会忘记，否则的话，他不需要一直保持着开天瞳的状态。

那么第一个破绽，就在他黑白眸转换的转瞬即逝的那一刹，他极有可能料不到我的下一步动作，但此刻他的转换速度极快，这个破绽暂且忽略不计。

第二个破绽，是“驱魔”剑。每一柄剑都拥有自己的力量和记忆，当解瞳使用它的时候，它储存的记忆也会很快灌入他的脑海，极有可能导致记忆混乱。当然，如果他处理得当，这并不是什么问题。另外，“驱魔”与“天机”力量迥异，解瞳要协调两者的力量分配，务必会分散精力，这一方面我倒很有机会乘虚而入。

除此之外，似乎一切都无懈可击。

想到此，我才意识到这“天机”与“逝”，倒是同类型的武器。我露出了一丝微笑。

今日之战，犹如蜀山绝顶为棋盘，我与解瞳做棋子，进行一场苍天注目下的博弈。

不过，天意已决，胜负已定，只欠时机。

“吾念所致之处，亦吾身之所在，其令之托，皆为无上妙法，灵法・化身。”我快速咏动口诀，三个化身循声而出，一个化身扑向解瞳刺下的长剑，一个化身撞向他腰间，而另一化身和真身则左右就地一滚，飞快跃离。天瞳之下，我的化身攻击行动并不能起到太大的作用，解瞳优雅地躲过，但他没有刺向我们任何一人。

第三个破绽出现，他的天瞳无法识别化身与真身！

也就是说，只要我保持分身状态，他就会有所犹豫，当然，紧接着他会尽力除去我的化身。但至少这一回合，他稍有迟疑，未能及时出手。

他未刺向我的真身，也就说明他所见到的未来里，我的化身一直都存在，或者至少存在两个，否则，他从未来里知道了哪个是我的真身，就一定能从四个目标中将我的真身找出来。

这样一来，未来里有一件事情可以确定下来了，那就是我必须保证我的化身数量。

化身是雪女的能力。在我以为雪女附身的那段时间里，我像初任将栾重塑在身体内一样，将死去的雪女也重塑了出来，不只重塑了她的魂体和灵体，更重塑了她的能力。

如今，经过意海之役后，我们的灵魂已经合二为一，成了真正的一体。

我们和平共处，共同进退，而且已经意念相通！这并不是很难实现，关键点，就在于彼此接纳！

因为不管怎样，栾，以及雪女，都是我自己在潜意识下利用“逝”重造出来的，其本质都是为我自身服务的。

只不过现在，潜意识的一些念头成了表面意识，我便能主动选择，摒弃掉他们那些不相干的记忆，只使用他们的力量。

换言之，被我重造出来的栾和雪女，已经彻底死去了，只剩下他们的力量还依附在我身上，被我所使用。

尽管这样，我也说不清楚，身体里的雪女和栾究竟是我的分裂意识，还是真的存在过。我所知道的是，我已能随心所欲地运用他们的力量，并且，我也不介意，他们曾出现在我的生命之中。“哗！”避无可避的一剑，解瞳果断出手，一剑便劈开一个化身。我连忙再次咏动口诀，补上空缺。他的行动比我预料得要早，尽管说是迟疑，但事实上不过电光石火之间，他不会放松攻势，因为他已看到天机，唯一的生机，就是让我犯错。

他的破绽虽然越来越多，我却不能做到有效反击，反而是我自己已经踏入了十分精确的未来，不允许走错一步。

会发生的未来，是建立在他假想未来会改变的基础之上，而他所有针对我的措施，却又必然导致他的失败。

一面是臣服于宿命，一面是企图改变宿命的心。这样的事情，想想都令人纠结不已。解瞳心中一定很不好受。

四个人对一个解瞳，形势稍微有所改变。化身在不断分裂与重塑，场面十分惨烈，至少对我来说，就像是看到自己的生命在一点点耗费，毕竟我灵力有限，迟早有枯竭的时候。

时间一分一秒地过去，我看到解瞳黑白眼眸切换的时间间隔开始变长。

但我分不清那是因为用眼过度，还是故布疑阵。他的“天机”用得很少，几乎一直在用“驱魔”攻击，但他没用“驱魔”的法术。

“驱魔”的能力，远非如此，解瞳在等待时机。

我心中猛然一震，暗叫不好。解瞳似乎看准了我的内心所想，一声长啸，“驱魔”光芒大盛，四个黑色絮状的物体从中飞驰而出，分别朝三个化身和我扑过来。

“世界上的力量，不可能凭空出现，也不可能凭空消失，它只是从一处转移到另外一处。所谓‘驱魔’，便是驱除别人的魔，自己获得而已。”解瞳说，“贺，抉择吧。”

驱魔与魔相生。

“域！”我控制着三个分身同时结出八字真诀，试图挡住来势凶猛的黑色魔瘴，但魔瘴只是稍微被阻住一会儿，就突破域钻了进来。

魔物之属，大多蛊惑心神，若是沾到恐怕不妙。这魔瘴虚无难挡，速度之快又让人望尘莫及，想必是蛊惑心神的至魔之物。我心念一转，三个化身在我控制之下撞向真身，四个形体瞬间合为一个，此时此刻显露出真身，也没办法。

化身乃是虚拟灵体与冰在一起幻化而成，因为本身的自控性极弱，在我的意念控制下方才能展开行动。若被魔瘴所侵，不只会失去控制，恐怕更会成为解瞳的傀儡。

如此碰撞之下，解瞳仍然无法分辨化身和我的真身，也就是说，正常的轨道依然未有改变。

真身显现之后，我使用了“散”字诀，魔瘴顷刻消散。这些东西，对手持斩灵剑的我还构不成威胁，特别是与桀那样的魔渊怪物有过交锋之后，我意志上对魔障的抵抗力已经强了数倍，即使魔瘴侵入我的身体，也不会有碍。

但化身不一样，化身的抵抗力弱，一旦入魔，和我真身的差别一眼即明，想必释放魔瘴，正是解瞳看到未来之后想出来的解决方法。

此时此刻，形势再次回到当初，我无法再使用化身，而解瞳也无须再使用魔瘴。

劈砍，躲避，两人再次陷入消耗灵力的拉锯战。

论武力，使用两柄斩灵剑的解瞳必然胜过我。

我此时虽已经发现了他运用“天瞳”和“驱魔”的矛盾所在，当他使用“驱魔”时，他的眸子便会有一瞬间变为黑色，也就是说，我此前发现的他的第一破绽和第二破绽，事实上是一回事——“驱魔”对“天瞳”有一瞬间的遏制作用。

但此刻这个破绽依然没有任何用处，解瞳很好地控制了节奏，我没有丝毫机会。

第三个破绽已经不存在，我对他的胜算只看天意。

我稍有停顿，解瞳一剑劈下，剑气划破虚空，发出一声长啸。

我挥剑抵住，被一步步逼退，整个人已退至结界的角落。

“解瞳，天意来了。”我长呼一声，松开手中长剑，直插入地，光芒顷刻扩散，“时空叠遇。”

断裂的时空顿时光影变幻，结界中原本平静的天空突然变脸了，乌云集结，雷声阵阵，雨若瓢泼，电光闪现间，解瞳脸色惨败，形同鬼魅。

“你终是看透了天意！”解瞳想一剑继续压下，却不得不躲避疯狂下落的冰刺，那些落下的雨滴，已在我的“灵法·雨冰针之乱”中，成了伤人的利器。

隔断时空不外乎三个原因：其一，预防我逃；其二，以防无法有效控制“天瞳”；其三，断绝外界。

其一，我没有逃的心思，解瞳能见到未来，我何须多此一举？其二，据我观察，他对“天瞳”的控制娴熟之极，何必这么不自信？那么就只剩下最后一个原因：他要隔绝我与外部世界的联系，特别是掩盖一个事实。

蜀山绝顶在下雨，而且必然是大雨。

在他上山之时，我就已经注意了天候，如此重要的信息，我自然放在了心上，只是裂断时空之后，我对外面的天候变化一无所知，只能依靠推测来估摸外面的情况。

用“逝”来解除法术，对我来说无疑是一次生死豪赌，若没雨，我将直接死在解瞳的“驱魔”剑下。

所幸，我赌胜了。

解瞳要怪，就只能怪自己泄露了天机。

有了大雨相助，我对雪女灵法的使用变得更加顺手。

无处不在的水，成了解瞳无法穿越的障碍，场上形势开始逆转。

解瞳的眼能看清未来，便也能发现破绽和弥补漏洞，但有个前提，就是他只能实现能力范围之内最好的未来。

在绝对的力量面前，他无能为力。

雪女的冰雪灵法不仅伤人，而且具有碎灵的特殊能力。解瞳为了脱离困境而使用出来的有形质的灵力很快就与冰雪融合在一起，成了反过来伤害自己的武器。

我看着他像是溺水的孩童般在汹涌的冰雪狂潮中翻滚挣扎，不免轻叹一声。

只是这叹声还未完全出口，我就硬生生停了下来。

雨停了，就似刚才时空切换般迅速，乌云消散，红日当空，地上雨雾缭绕，片刻就蒸发了个干净。

解瞳满身血污地站起来，两柄斩灵剑交叉举在身侧。他闭着眼，大口大口地呼吸着，像是刚从地狱回来，贪婪地享受着活着的美好。

“贺，你知道能看见未来的人会有怎样的梦想吗?”解瞳问。

静谧。

“那就是想知道如果真实的未来和自己看见的未来不一样，会有怎样的心情。”解瞳睁开了眼。

他的整个眼眶中全部填满了黑色，像是随时都要溢出一样。

诅咒之眼!

第四十二章　梦貘

我知道，不同的两柄斩灵剑组合，表现出来的能力会各有不同，但“天机”与“驱魔”组合之后出现这样霸道的能力，却让我始料不及。

在彩虹村时，我曾见过半灵的诅咒之眼，对于它的效用，我有过亲身体会。

我紧握着手中的“逝”，缓步行走。没有云雾的遮挡，汗水从额头不断渗出来，滚落在地面干燥无比的沙石上，瞬间就没了痕迹。

视线里的景象开始随着温度的升高而扭曲起来，周围犹如毒辣阳光照耀下的荒漠，充满了焦躁与彷徨。

“以前的我从不计较未来是什么样子，所以也从不为促成特定的未来而努力。”我说，“未来总在那里，命运带我过去就好了，无须挣扎也无须抵抗，甚至有时候我还充满了好奇和期待，想看看命运在我人生的道路上究竟准备了些什么，所以有段时间我很同情你，想着像你这样的家伙，像看剧本一样把自己的未来轨迹都看得清清楚楚，然后演上一遍，世上再没比这更无聊的事。”

解瞳站着不动，黑色的眸像两个看不到尽头的黑洞，我再看不清他的眼神，我不知道他此刻在想什么，也不知道他还能否看到未来。

他的头发已由白色变成了透明，映着阳光，显得光泽熠熠。

“现在看来，却是我错了。”我忍不住用手挡住了阳光，“你所见到的未来，其实是你最期待的未来，跟上天替你写的剧本一点关系也没有，你不是在演，而是实实在在地在达成那样的未来，真正向未来屈服的，不是你，而是我这样的人，想着未来总只有一种样子，什么努力什么计划，都不过是白费功夫，还不如就这样随意迎上去就行了。”说到这里，我忍不住自嘲地笑了下，感觉浑身无力。

“小时候，我的确只能眼看着悲惨的事情发生，因为我没有能力去参与其中。长大后，所有我看到的未来，都是我能力最上限所能达到的未来，上天是在写剧本，但规划好的剧本连同我的改变力量也早已计算在内，所以有时候即便得到不好的结果，我也不会有怨恨，因为，我已经竭尽全力。”解瞳说。

“所以知道有什么样的未来，并不像世人所知的那样悲哀。”我突然想到初中课堂上，老师问我们有什么理想时，有人说当科学家，有人说当教师，有人说当作家，只有我说了不知道，我认为人生一旦有了框架和追寻的东西，就会失去自由。

也许这种自由只是一种借口，一种让自己努力的借口。

未来有无数种可能，全力以赴才能得到最好的那种。尽管最好的也可能有缺憾，但，缺憾总是越少越好。

“你以为我看到了未来的每一步吗？”解瞳说，“即便在天瞳的协助下，我所见到的也只是相隔一段时间的片段而已，必须要自己去精确计算每一步，才能将两段连接起来。在最开始的那段时间，我小心翼翼地计算每一步，害怕自己出现丝毫偏差，一旦出错，那么我所预见的东西，对我来说都只是幻境，失去预见能力，我将再无任何可依赖的东西。不过，上天就是这么厉害，他甚至猜透了我的心，现在回想起来，若不是我一步步逼迫自己，预知的未来根本就没办法成为现实。”

天意真的存在吗？还是，每个人都只在遵从自己的内心？

我抬起头，烈日让人睁不开眼。

我得不到答案。

“贺。”解瞳说，“我初见你时，就预见了此时此刻的情景，这些年，我一直在思考的不是要怎样逆转天意，而是在思考为什么老天会让我败在你这样的人手下。你我就是两个极端。我在为了人生竭尽全力，而你，却只是一团烂泥，从来不曾为任何事情努力。”

“可是，你却还是看到了那样的结局。”我笑着说，心中有些惋惜。

此时此刻，掌控大局的是他，我灵力几近耗尽，在诅咒之眼下，根本无还手之力。

若他要将我置之死地，易如反掌。

然而，诅咒之眼的反噬恐怕也不好应付，他刚刚已经使用过一次，再使用一次的话，以他目前的伤势，必死无疑！

是啊，他的内心是想杀死我的。他想要改变一次天意，一直遵从着天机行事，一直被天意所束缚，即使很多时候是自己主动去做的，但临到死了，看看天意之外的东西，不是很有趣吗？

你知道能看见未来的人会有怎样的梦想吗？那就是想知道如果真实的未来跟看见的未来不一样，会有怎样的心情！

我知道，这必然是他内心的话。

他临死之时得到了一个机会。

"解瞳,我无法在此停步!"我大喝一声,快步向着解瞳跑去,同时,用最后一丝灵力施展出了"镜"。

幻影中,满山的野兽疯狂地向着解瞳涌去,四周的人群被屠戮,鲜血浸染了秋天的黄叶,到处都是悲鸣与哀号。解瞳用黑色眼眶注视着一切,鲜血一般的红泪涌了出来。

我可是在用卑劣的手段在为未来努力啊!

所以,解瞳,动摇吧,在这最后一步,请顺从天意死去!

我突然那么害怕,害怕解瞳开口说出诅咒的话。

"还好,没有什么事必须等我这一世去做,我就不拼命挡在你们的路上了。"解瞳弯起来的嘴角像极了柳无言,随后他又哼了声,"那家伙明明自己打不过,还说这种自以为是的话。"

我的剑劈了下去。

贺,未来的路,还长着。

挡在你路上的猎灵人,都和你一样,是要努力去夺斩灵剑的人。他们拼命夺剑,并不只是为了获得强大的力量,而是他们每个人,都有自己想要完成的事!尽管夺得了这样的机会,将预示着他们只剩下这一世,可他们都跟你一样,义无反顾。

解瞳的身体渐渐消散在空气里。他的话语却弥久不散,一遍一遍地回响在我的耳际。

这算是对我的诅咒吗?

城市像一头洪荒猛兽,一步一步地蚕食着周边的土地,将一切不符合城市气质的事物尽数毁去。

半夜过后,整座城市一片寂静,人类的气息被它冰冷而僵硬的气息完全掩盖了下去。我蹲坐在楼顶之上环顾四周,即便道旁仍有灯光未灭,我依然感觉像面对着一座死城。

为了掩盖自己的气息,我服用了一颗幻香丸,这是白泽听到我在为越加浓郁的猎灵人气息犯愁之后,在蜀山绝顶上采集了各种奇花灵草用药阵炼制的。尽管他记忆中缺失了重要部分导致药效所剩无几,但好歹能在一段时期内让我的气息跟普通人一样,不会让我走到哪就引得那些小灵望风而逃,大大方便了我行事。

我的目光最终停在三条街外的一个窗口,半掩的窗帘后面,一个六七岁的小女孩正睡在小钢丝床上,我早已打听清楚,她叫伊伊。

伊伊眼皮之下的眼眸转动着,显然是已经入梦,只见她小手伸出被子之外,在空气里抓着，小嘴张合着想要喊什么，却喊不出口，如此胡乱摆弄像是和什么恶斗了一番，才稍稍收敛了拳脚，静静地躺安稳了，但这样的安稳情形并没有持续多久，噩梦再次袭来。

就在此时，一只成年猫大小的兽飞快地从小巷闪出，一群黑色的小鸟被惊飞，在夜空之中扑腾着翅膀，发出诡异而刺耳的呼啸声，蹿上了半空，飞快地消隐不见。这些都是长期生活在城市的魍魉末支，半夜之时，有着惑乱人心的力量，却是见不得光的小灵。

那兽飞快地爬到伊伊所在的窗口，站立在窗台之上朝屋内直直地望着，两只眼珠子很快聚起了一阵柔和的光芒，那光芒朝着屋内的伊伊笼罩了下去，很快，她就停止了胡乱挣扎，嘴角扬起，露出可爱甜美的表情，陷入了梦乡。

那兽只用了两分钟就改变了伊伊的梦境，却是累得不行。它像人一样靠着墙坐下，一身皮毛堆在一起，前爪拂过额头擦了一下额顶的汗，又不放心地往屋内望了一眼，这才长长地呼了一口气，闭上眼开始养神。

这兽叫梦貘，专以噩梦为食，是梦魇的天敌，两者算是有你无我的对手，不过，如今这两类都算是珍稀种类了。别说城市里，就算在乡村，都已不常见，故而在城市里嗅到梦貘的气息，很让我惊喜了一阵。但真正见到了，才发现它的力量着实薄弱得不像话了，我记忆中的那些梦貘，是能独自守护一座城市数十万人梦境的大灵兽，哪像这小家伙，守护一个小女孩还这般气喘。

要对付重黎身边的那等梦魇，可不是眼前这种小东西能做到的，就算把它放到蜀山绝顶去修炼，大致也要百年才有可能对上一个回合，而如今，我哪有那么多时间。

然而，获得了解瞳的“天机”剑后，尽管不能看到太多的未来，但一些碎片信息，已经让我获得了不少未来的关键点，正如伊伊，正如这只梦貘。

所以我很有耐心地在这蹲守着。

一道黑影从另一楼顶猛然扑向了闭目养神的梦貘，它去势极快，我从地面再次跃上楼顶时，小女孩的窗外已经空空如也，梦貘与黑影不见了踪影。

这黑影显然是与我一样在此蹲守梦貘的，却是小心翼翼避过了我此前的侦察，离开之时又在夜幕中留下了漫天遍地的恶心腐败臭味，让我的追寻诀法无从施展。

这是赤裸裸的挑衅。

我试图压制住心头冒起的一团怒火，却未能完全压抑住，怒火化作无数道杀意从身上激发出来，附近的魍魉躲闪不及，不知被冲杀了多少，在空中浮起一阵阵黑烟。

“天机”“驱魔”与“逝”融合之后，我身上的斩灵之气加重了很多，即便在不握剑的情况下，对灵的反感，也比以往任何时候都要强烈。

伊伊不知何时醒了，她揉着睡眼站在窗口，十分疑惑地望着长身而立的我。凭她的眼力，大概也就能看到虚影而已，我却是记住了她的面容，再次纵下了高楼。

放学的铃声响起，小学生们熙熙攘攘地走了出来。伊伊背着小书包，百无聊赖地将一只手贴在墙壁上，轻轻地拖着走，一直拖拉到钢质的小栅栏处，拨拉得钢条砰砰响。走完一趟之后，又觉得不过瘾，再次拨拉回去，直到发现有老师注意她了，才吐了吐舌头一溜烟地跑了。

城市改建，很多低矮小平房和破旧房屋等着拆迁，大大的红色"拆"字写满了房屋的四周，周围的环境嘈杂而混乱，很多地方都在施工，尘烟缭绕。

伊伊灵活地避开木板和水泥块的阻拦，绕进了一栋破旧的民房。虽然面临拆迁，房子内依然住满了人，每个阳台上都晾着衣服，像是永远不会干枯的污水从各层长满了青苔的小缝隙里流下来，行人一不小心就会被淋个满头。

伊伊拿着大门的钥匙开了门，又小心翼翼地合上，随着铁门"哐当"一声响，她上了楼。

在城里搜罗了一整天，得到的有关梦貘的消息少得可怜，由于这个城市污染太严重，又面临全面改建，一些通了灵窍的灵早不知道逃到哪里去了，唯独留下一只中央公园的老树灵因为移动不了根基，才半死不活地生活在这里，却也因为长相难看，面临着随时被砍伐的悲惨遭遇。我和它对话时，几个环卫工人就在那周边活动，让老树灵情绪极其不稳定，喊打喊杀的，无奈环境恶劣，灵力早用来维持生命，真正要有所行动却也很难。见我有求于它，顿时和我交换条件，说是不带他离开这里，就不告诉我梦貘的消息。

面对猎灵人还敢谈条件，看来它真是被吓得失了方寸，若是遇到别的猎灵人，早成了剑下亡魂。我也是杀心大动，感觉到我身上的杀气，它才忙不迭地把梦貘的事情一股脑儿说了出来。原来，伊伊一家是两年前从外地搬来的，梦貘也在那时跟了过来，只要伊伊做噩梦，梦貘就会用美梦来替换，如此守护，两年来一日也未曾间断。

至于梦貘的来历，还有为伊伊驱除噩梦的理由，以及昨晚抓走梦貘的黑影是什么，老树灵全不知情，但是他极其肯定地表示，这个城市力量最强的灵就是他自己，如果有比他还厉害的，一定是从外地来的。

有了昨晚的前车之鉴，我的灵知已扩大到了数千米开外，整个城市都已纳入了我的感知，只是，黑影和梦貘早已不在城中。

每个人都会做梦，甚至诸多生灵都会做梦，通常情况下，有"日有所思，夜有所梦"的说法，但梦究竟因何产生，却仍无定论。

世间有两类操纵梦的生灵，一类为梦魇，一类为梦貘，两者拥有收集梦境和创造梦境的能力，梦魇收集噩梦，梦貘收集美梦，两者能力低微时，只能用收集的梦境来替换当前的梦，能力强大的，则可以创造梦境，俗称“织梦”。

伊伊只是普通人类，无任何特别之处，梦貘不让她受到噩梦侵袭，这其中大有文章，如今梦貘不在，夜已渐深，我倒要看看噩梦的真实面目！

与昨晚的情形几乎一模一样，进入梦乡的伊伊很快就遭遇了噩梦，两只小手胡乱地抓着什么，没有梦貘改变梦境，伊伊渐渐地走进了噩梦深处，面部的表情惊怖不已。眼见情形不对，我的灵识闯入了她的梦境，同时不敢大意，分出两个化身护住了自己的本体。

雨夜，雷声阵阵，半人高的茅草长满了无边无际的原野，斑斓的毒虫长蛇穿梭其间，我立身其间都不免毛骨悚然，离我不过半里开外的伊伊吓得号啕大哭。那些毒物毫不客气地咬向伊伊的手脚躯壳，钻入她的口鼻耳中。这么惊恐的场面，很难想象会出现在一个不过六岁的小女孩的梦境里。

我驱动灵力，将那些毒物尽数震碎。

伊伊浑身鲜血淋漓，哭喊声让我心都快碎了，面对这样的情形，治愈咒、清心咒全部用了出去，蹲下将她搂住，她才勉强镇定了下来。

“妈妈。”她喊道。

“这……”我一时呆住，但随即发现，在广阔的原野上，出现了第三个人，我只能看到她的背影，披散着长长的发，一步一步地越走越远。

“别走。”伊伊哭喊道。

我也只能无奈地抱着她，没有去追，这个身影只是伊伊自己制造的影像而已，不是真实的东西，即使追到也毫无意义。

“伊伊，醒醒，宝贝，这是怎么了？”遥远而焦急的声音从梦境之外传进来，伊伊响应着那呼喊，周围的梦境开始坍塌变成虚空，我连忙收回灵识，从梦境中离开。

这个梦境并非梦魇所造，否则伊伊不可能那么容易逃脱，可是一个幼小的女孩子，怎么会制造出如此恐怖的噩梦来？望着在奶奶怀中依然瑟瑟发抖的伊伊，我的疑惑思绪充满了脑海。

不及细想，放大到整个城市的灵知起作用了。

一前一后两只特殊的灵从城市外延向着我所在的方向急促地冲了过来，不时还会发生一些冲突，两相对抗一阵，显然是一场追逐战，只是处于被追逐位置的那位被事所累，无心应战，逼退后者之后立刻向我的方向飞扑过来，追逐者并不弱，被逼退之后不多时又追赶上来，如此反复，过了一刻钟，才到了我附近的楼上。

我隐匿着气息，侧着身体，潜藏在天台的蓄水池阴影之后，目光扫向那两个对峙的身影。

一个是浑身透明光亮的灵兽，正龇牙咧嘴、目露凶光地低声怒吼，另一个竟是夜养！

那灵兽赫然是一只体形巨大的梦貘，口中白雾吞吐，无数梦境交织呈现，犹如一幕幕美好的回忆，若有人类在此，定会迫不及待地坠入那些美梦之中。

看得出夜养与梦貘并非对立关系，他只是在阻拦梦貘的行动。

“夜养，你若再阻，可别怪吾不客气了！”梦貘口吐人言，声音婉转犹如女子，情绪激动，呼吸稍显急促，而那叫夜养的青年呼吸稳定，力量恐在梦貘之上。

“灵尊，我只是劝你回去，并没阻你的意思。”夜养淡淡一笑，恭敬地说道。说话间，他手中的长剑从左手换到右手，每隔几秒就来回置换一下，似乎稍微握久了就会疲惫。

梦貘冷冷一哼：“我儿已遭坏人擒去，你这一阻拦，又白白耽搁了一天一晚！平日见你对我不错，才不想与你动手，事到如今，你要再拦我，我可不客气了！”

“灵尊，我们也是替你着想，你本体还未找到，光灵体神游，又没阵法保护，每日损失的灵力可不低！”夜养说道。

“我那修为损失便损失了，迟早能补回来，我儿没了，却是再回不来的！”梦貘吼道。

我蓦然想起九大灵兽来。明光时代，诛杀蚩尤，只因其魂灵太过强大，杀而不灭，幽冥都收它不下，只好将他身体分为九份，被九大灵兽吞食，继而将九大灵兽的灵体剥离，放入全人体内，以九转轮回术消磨，九灵之中，真是有一只梦貘的！如今数千年过去，这九大灵兽的灵体却依然如此强大！

“灵尊，你那儿子，也不过是从您灵体分化而出的，也非那么宝贝吧？”夜养见梦貘固执难以说服，不免苦笑。

“我的心情你自然不会明白！”梦貘冷冷说道，“快点动手，定个输赢，我好去找！休在这碍手碍脚，耽误我时间！”

“也罢。灵尊心意已决，我怎会不通情理。”夜养将手中长剑收起，“我先帮你找到他！”

“我儿的气息是在这里消失的。”梦貘探头望了一眼楼下的窗台。

夜养向下一跳，整个身影与黑夜融为一体，他轻轻落在此前小梦貘待过的那个窗台上，回望一眼，竟是望向了此前黑影所在的地方，他再一纵，犹如那黑影的逆向轨迹一样，跳上了这边的屋顶，身影之快，竟与之前的黑影在伯仲之间。

“好快的速度！”夜养从屋顶又以同样的速度飞扑向对面的窗台，像是在重现当时黑影的动作，站定之后，他惊叹了一声。

“可知道他们去了哪里？”梦貘问道。

“无迹可寻，似是穿破虚空去了！”夜养摇摇头，目光却是被吸引了一样瞟进了伊伊的房间内，声音突然变得不平静起来，像无风的大湖投进了一枚石子，“不过，他显然搞错了某些事情，用不了多久，他一定会再回来。”

第四十三章　心灵

夜养与梦貘商议之后决定静观其变，找了附近的旅店住下来，方便监视伊伊周边动静。夜养最后一句话所指，应该和我用天瞳看到的未来不谋而合。

伊伊的价值远大于那只小小的梦貘！

昨晚伊伊噩梦之后，她的胳膊和腿上都留下了蛇和虫子的咬痕！虽未流血也未中毒，她却疼痛哭嚎了一整晚，尽管只是弱弱地影响自身，也表明了一种恐怖的力量——可以将梦境变为现实的能力现世了！

早上伊伊的奶奶带着她去附近的小药店买了些药。六岁大的孩子体重不轻，她奶奶六十多岁的年纪抱着她很是吃力，走不远又得放下来休息会儿。一晚上折腾着没睡，伊伊身子软软的，只能靠着奶奶的肩膀休息，一双眼睛很是无神，小嘴和脸蛋没有半分血色。

我自然地跟在身后跟了老大一阵，见时机成熟了，才快步跑了上去，露出最为温和的笑容来，说道："阿姨，要帮忙吗？"

奶奶屈身蹲在地上，气喘得厉害，见我主动上去帮忙，便没有推辞，说道："小伙子，谢谢你了。"

我将伊伊抱起，她的小脑袋耷拉在我的肩膀上，大概是碰到了她身上的痛处，她发出一丝细若蚊吟的声音，小手小脚挪动了一下，这才环抱着我的脖子，静静地不出声了。

我跟在她奶奶的身后，走进待拆的楼房，沿着盘旋的楼梯，上了三楼。楼道里灯光昏暗，不时传来老鼠的叫声，有两层过道里还晾着不少湿漉漉的衣服，环境肮脏杂乱，水渍一片。

我早就知晓她家中只有爷爷奶奶和伊伊三人住，房子并不大，一个客厅，两间小房，几件家具一堆放，几乎占据了所有的室内空间。她爷爷一声声咳嗽着，正半睡不醒地躺在半敞着门的里屋，屋内散发着一股中药的味道，显然是在用药。

“休息会儿吧，屋里不宽敞，小伙子可不要介意。”领着我将伊伊放到床上之后，伊伊的奶奶擦了把脸上的汗，洗了洗手，用玻璃杯倒了半杯水给我，又拉开柜子找了个苹果，在水龙头下洗干净了递过来。

“阿姨，没事，您别客气。”我一副热心小伙子的派头接过苹果，那苹果许是放得久了，表皮怏怏的没半分鲜活气。

“老骨头一把，小孩子也带不动了。”伊伊的奶奶自嘲地捶捶腿，笑得很是无力，“这么早，要不是遇到你，怕是连楼都爬不上来。”

“小丫头是挺沉的。”我望了一眼伊伊躺着的屋，又露出一副担心的样子说，“她是病了吧？脸色惨白惨白的，真让人担心。”

“也没什么事，就身上被虫咬了几口，晚上闹，没休息好。”伊伊的奶奶叹气道，“倒也奇怪，她屋子里我是天天打扫的，不知怎么会有虫。”

昨晚，我却是看到了蛇咬的痕迹，大概她是无法想象城市中会出现蛇，又或者被蛇咬了算是罕见事，说出来怕吓到外人，也就自动省略了这一点，闷在心里不说了。

“现在怪事是挺多的。”我顺着她的话感慨道，拿着水杯抿了一小口，“您家就三个人住么？两个老人带个小孩，可够辛苦的。”

“是啊。”伊伊的奶奶又长叹一口气，勉强挤出一丝笑容来，“没办法，久了也就习惯了。”

“她爸爸妈妈呢？”我装作随口问了一句。

“她爸爸前些年做生意亏了，躲在外面不敢回来，早两年还有个电话，现在是音讯全无，也不知道死活。”她说起这些事，反而十分平静，像是麻木了一样，“她妈妈说是出去找她爸，大概是在外边开始新生活了，从没半个字传回来。如今的年轻人，一个比一个不懂事了。那些要钱的人，都找到家里来，我们老两口没办法，只好换了地方。”

一时，我不知道该说些什么来劝慰好，看到桌上有纸笔，便写了个手机号码上去。“阿姨，我住在这附近的，您看平时有什么需要帮忙的，就打我这电话吧，千万别客气。”

“你这样的小伙子，现在可不多了。在这住了两年多，邻居也不认识几个。”她双眼中泛起了些许泪光，“对了，我去准备午饭，你陪我家老头子喝两杯！”

“我去买菜吧。”我没有推辞，主动提议道。

将近中午时，伊伊的奶奶忙活好了一顿午饭。伊伊精神恢复了些，自己爬了起来，不过，眼神依然有些迷迷蒙蒙。她径直走到厨房门口，问正拿碗筷的奶奶要东西吃。见到伊伊醒来，奶奶十分高兴。“宝贝，先坐，奶奶给你熬了冰糖粥，就给你盛过来。”

我和伊伊的爷爷坐在饭桌旁，他轻微中风，腿脚不利索，拄着拐才能下床走动。他头发全白，戴着一副眼镜，眼神有几分清亮，看得出曾经是有几分睿智学识的学者，即使生活困顿，光芒还未消磨殆尽。他微笑着坐在我的对面，替我倒酒，说道：“来，尝尝，乡下来的高粱酒。”

自从三剑合一，我的身体早失却了对五谷杂粮的品尝能力，一旦吃下，定会呕吐不止。

于是乎，我从锁灵塔中搜罗了一只灵做我的契灵，不得已要吃东西的时候，就通过特殊法门，传递到它的肚子里去。这香味扑鼻，能闻到自然清香的高粱美酒，也就便宜它了。

“好酒，果然是从乡下来的，入口柔和，不烧喉，到了身体里，却又充满了热度，很是舒服。”我原本是乡野出身，以前也喝了不少高粱酒，它的特点，我知道得一清二楚。

“城里的酒，要么就是工业酒精兑的，要么就是机器酿造的，没有良心和苦心在里头，那酒连臭水都不如，是没法喝的。”爷爷轻抿了一口酒，颇有感慨地说。

“我就说买的瓶装酒怎么那么难喝呢，原来有这样的学问在里头！”我一副恍然大悟的样子，“良心和苦心，光这几个字，就够现在的年轻人参悟半辈子了。”

“只可惜懂事的少了。”说到此，爷爷轻叹了声，继而又举起杯来，“不说这些个扫兴的事情，来，喝酒！你这小伙子，倒是不嫌弃和我们这老头老太的一起。”

“您说哪里话。”我将酒喝了下去，入嘴就没了踪影。

“别理他，人老了，嘴就闲不住。”奶奶端了碗筷过来，笑着把筷子递到我手中。他们这对飘零在外的老人，想必家里很久都没来过客人了。

伊伊端着白粥走了过来，抬头望了我一眼，很是自然地走向我，钻到我面前来，把碗放到桌子上，也不说话，就开始扒拉着吃粥。

“小孩子，没规矩！”奶奶尴尬地说，“伊伊，别挡住叔叔吃东西了，过来坐这边。”

“没关系。”小孩子对梦和现实区分不是那么明显，我曾在她梦境中出现，想必她对现实中的我也有了依赖感。我将她抱起放在腿上，她很瘦削，很轻。

“那臭小子，跟你年纪也差不多。”爷爷几杯酒下肚，脸色红润起来，话匣子又再次打开，“从小就是个不安分的人，上了大学，也没几天认真读书的，捣鼓些乱七八糟的东西，一心想着赚钱，要出人头地，那时候被他做了出点成绩，我这当父亲的看着自然也高兴，就忘了提醒他稳一点。子不教，父之过，唉！”

“在孩子面前，别嘀咕这些有的没的。”奶奶瞟了一眼伊伊，示意他不要乱讲话。

“伊伊这么大了，也该知道些爸妈的事情。”爷爷取下眼镜，眼睛蓦地红了。

我周身有时空之力，能影响到他们对过往的思绪很是正常，不过，却不是我主动施为的，这是斩灵剑拥有的力量。

“那小子和我就是一个模子里刻出来的，年少轻狂，不知天高地厚。”爷爷继续说道，“唯独不像我的，就是输不起。你说人生百年，总有些起起落落，这样一走了之，留下个烂摊子给老少，跟个不通窍的畜生样只顾自己！男人不就是个担当吗？你说是不？”

“是欠了些考虑。”我附和地点头，却见伊伊捏着勺子，眼泪一滴滴地落在冰糖粥里。

“叫你不要瞎说！”奶奶拍了下爷爷的手，差点把酒打翻，爷爷见状一个字也不说了。他们憋了那么久，难得有个人愿意听，说说也正常。

“宝贝，别哭，你爷爷在瞎说，喝了点酒就管不住嘴。”奶奶边安慰，边伸手抱伊伊。

伊伊一转身扑到我怀里，忍不住耸动着肩膀，抽泣着。

“我抱着就行了。”我跟伊伊的奶奶说。

“爸爸是被妈妈吓跑的！妈妈会变蛇，我把她关在梦里了。”伊伊低言浅语地反驳着，爷爷奶奶没有听清，我却听得清清楚楚。

我轻拍着伊伊的背，她的情绪渐渐缓和下来。

哭了一场，喝完了冰糖粥，伊伊精神变得极好。等奶奶去收拾碗筷后，她从屋里翻箱倒柜拿了小人书出来，硬是要我给她讲故事听。我假装犹豫一阵，才磕磕巴巴地讲了起来。伊伊见我讲故事的生疏样，像是做成了什么大事，充满了得意，滔滔不绝地向我讲起了各种学校趣事。

爷爷在一旁陪着，不时笑笑，此前的阴郁气氛消散得无影无踪，阳光配合似的透过镂花玻璃窗照进来，黑色的花纹影子落在小小的客厅地板上，仿若任何一个寻常的午后。

伊伊说妈妈会变蛇，这种事情在我看来不太可能，经过了半灵诅咒之后，这个世界不再有新半灵出生，而且以我所见，伊伊也非半灵之身，更何况，能变化人形的蛇灵哪能被一个凡人发现真身，且被一个小孩关进了梦境里？不过，伊伊梦中的确有蛇和女子背影出现，若只是梦境幻影，六岁伊伊虚构的一切又未免太严谨了。

玩了一阵，伊伊的慵懒倦意又袭了来，她枕着我的腿，躺在沙发上睡了过去。白天她睡得极为安稳，呼吸平稳，还打着点小呼噜。我没再多待下去，将她抱进卧室，向她爷爷奶奶告辞下楼，听到街道旁喧哗阵阵，新建的楼房罩在青绿色的防护罩里，刺眼的焊接光夹杂着火星闪烁，充满了焦躁不安的气息。

经过夜养与梦貘所在的旅店，我没做任何停留，继续向前走，转过几条小巷子，走进一栋小楼，慢悠悠地从一楼走到四楼，从一间房的门梁上摸到了一把钥匙打开门。反脚踢上门后，我从冰箱里拿了瓶可乐，猛灌了几口，顺手拨了一通电话后，仰头倒在沙发上，一副主人模样。

我放好热水，久久泡了一个澡，聚神调息，灵知中关注着与伊伊有关的一切，静等夜晚她噩梦再现。

时间过得很快，仿若一晃神之间，金乌坠海，月上中天，“逝”与“天机”融合之后剑名“时空”，如今的我对时空的掌握还不到一成，还无法施用穿越时空之力，但缩短时间之事已能偶尔为之。

如昨夜一般，伊伊的噩梦如约而至，梦貘与夜养再次来到了楼顶，居高临下，俯视伊伊房内。我不再怠慢，小心翼翼地来到昨日的藏身之地。

“我儿竟在梦境之中！”梦貘摇头摆尾四面而观，又将灵识探入伊伊梦中，不久收回灵识后，对夜养说道。

“莫非那人是以他做入梦的口子？”夜养问道，“难怪我寻不到他去向，还以为是破了虚空而去。”

“这小孩梦境煞是古怪，用织梦之法布了一个险恶的杀阵，让自己无法在梦境之中移动半步，那杀阵之外，则到处都是迷雾陷阱，就算我进入其中，也不得不依靠自身力量撕裂梦境闯出来。几个生灵迷失在里面，恐怕无法逃脱。”梦貘低沉着嗓音说道，特别是说到“织梦”二字，语气颇有意味。

“如灵尊所说，这孩子的梦境只怕与常人不同。”夜养沉思一阵，这才开口。

我听到梦貘的话，联想到伊伊所说的囚禁了自己母亲在梦中，心中也是各种念头盘桓，最终得出的结论与夜养别无二致。不论她母亲是否为蛇灵，此时，我却是百分百相信，的确有生灵能够进入伊伊的梦。就算那黑影有能力摆脱我的追踪，小梦貘的气息却是没办法一时半会就被遮掩住的。

伊伊裸露的皮肤上已经出现血痕，她的哭声却被压抑在喉咙之中，即使拼命挣扎，也无法喊出声音来。

“灵尊，还请带我入梦，去看个究竟！”夜养向下扑去，梦貘偌大的身躯一闪，浑身透明的灵光笼罩着夜养，冲入了伊伊梦中。

我望了一眼渐渐平静下来的伊伊，也直接进入了她的梦。

依然是落在之前我见过的地方，周围是宽广的草原，唯独天气晴好，白云悠悠，凉风吹过，半人高的茅草随风摇摆，雪白的絮像冬季的雪花在空中飞舞，拂过我的面颊，不多时，全身沾上了许多。

四周广袤，无限延伸，我望着远处，草原尽头，连绵超过千里的山脉高低起伏，其间不乏高达数千丈的山峰，鳞次栉比，或雄伟浑厚，或巍峨高耸，或奇巧瑰丽，无不青绿葱葱，充满了生机，虎啸、熊咆、鹿鸣，知名或未知名的野兽之声远远可闻，更有各种鸟类成群结队地飞翔而起，不时发出清脆的鸣叫向着高空而去，排列出一幅幅有趣的图画。

高处，一些似虚似实的悬空岛屿星罗棋布，随着气流缓慢移动，犹如一座座移动城堡，上面云雾缭绕，让人无法一窥全貌，其上可见楼台檐角隐迹其中，仿佛仙境宫阙景色。

有数道闪耀着透亮水珠的千丈水瀑宛如天外飞练，从悬空岛屿上倾泻而下，声势惊人，其中几道瀑布前的一线彩虹犹如长龙引水，横跨数丈，七色之光带着阳光之晕，异美非凡。

更高处，仿若在天际尽头，却有无数昏黑的云气从四面八方向着中心汇集，形成一个巨大的旋涡，数万条电光从中乍现，此起彼伏，掀动着云海滚澜，可是只见景象，听不到半分声响，像是发生在另一个时空。

周围天空无不蔚蓝清澈，唯独这一片地方像被撕裂了一般，充满了古怪。

“六岁小孩的梦，未免也太恢宏了！”我不禁赞叹，又很纳闷。

刚有这样的想法，从远处模模糊糊走出一个人影，长发飘飘，踩在草地上一步一步地向我走来。在她身后，三条长约百米的双头大蟒以环绕保护之势，大张着血盆大口吞食着地面上密密麻麻不过长一米有余的小蛇，那凶猛的架势，只吓得周围千米内的小蛇飞快逃走，把半人高的茅草撞了个东倒西歪，像是狂风在大海中掀起的巨浪，一阵难闻的腥臭气猛然袭来，让我差点背过气去。

这股难闻的腥臭气显然是来自那三条双头大蟒，它们浑身上下布满了整齐的鳞甲，双眼晶体之中光芒闪烁，透着凶戾之气，猩红的分叉长舌不时地吞吐着，向我们示威。其中两条不时滴着黏稠的绿色口水，一经落地，方圆数米内草皮小蛇烂了个干净，显然是剧毒无比的毒液。

这腥臭的味道和我前晚闻到的倒是类似，只是强烈了许多倍，这些蟒怪吞下那么多同类小蛇，散发出这样的气息不足为怪。

在它们中间行走的女子身影逐渐近了，面目也清晰起来。她头发漆黑，裸露出来的肌肤白若冰雪，阳光照射之下，反射着丝丝冷光，细看去，能看到一丝丝白色蛇鳞覆盖其上。她的瞳仁与常人大不一样，一条若电的光线将眸子分作两半，与身旁的蛇眼并无两样，幸好嘴鼻都还是正常人类，除看上去有些蛇类的冷峻灵异之外，倒也不甚古怪。

蟒蛇已经滑行到了我们正前方不远处，我们高高在上，它们即使站直了身子也无法触及我们，只好认命地伏低些，那女子一跃，跳到了中间的一条蛇头顶上。

“大人，弄蛇一族玲珑有礼。”女子双手结出一个古怪的印。

我认出那是上古洪荒乱世之中，人类见面行礼表示友好的方式。

而所谓的弄蛇一族，正是上古洪荒的遗族之一，一个懂得镇压并操控蛇灵的特殊族群！

隐隐地，我感觉到了那未来碎片让我蹲守在伊伊这里的深意了。

因为离若，正是蛇灵！

“你是被困在这里了吧？”我不动声色地上下打量了一遍，没有发现小梦貘的身影。

“这小丫头的梦境很凶险，一不小心，小梦貘就会被这些恶心的家伙吃掉。”玲珑望了一眼地面密密麻麻的小蛇，有些恼火。

明明自己玩蛇，却说蛇恶心，而且这三条大蟒的恶心程度，比那些小蛇有过之而无不及。

“没有小梦貘，你要从梦中出去，的确是很难。”我恍然大悟，“不过没事，我精通时空转换，穿梭各种境界是稀松平常的事情，到时带你出去。”

“那里，似乎有人撕裂了梦境！”玲珑正要谢我，却陡然望向了远方。

我循着她手指的方向望去，见前方的平原之上，一道乳白色的光线撕裂了平原，让两边的空间变得像撕破了的照片又重新贴回去一样，露出一道抹不去的伤痕。

看情形，那是梦貘灵尊开出的一条梦境裂缝，不过，在我看来，它似乎不是要离开伊伊的梦。

“你跟上我，别丢了，不然下次你要碰见我可难了。”我朝着那裂缝追去。

两人火速穿过了裂缝，裂缝飞快地合拢，玲珑身后三条大蟒则被裂缝吞噬了一条，蟒头刚刚通过便被虚空切断，洒着腥臭的鲜血滚落地上。

玲珑不忍地望了一眼，轻声叹息，剩余的两条大蟒之一探过头去，将那颗头叼起来，囫囵吞枣吞了下去，不一会，大蟒的两颗头旁鳞甲破落，竟然又长出一颗小蛇头来，几近透明，连眼眸都还没睁开。

“相柳果然是天下最古怪的生灵，吃自己同类，反而是成长的手段。”我见状，忍不住咋舌。

玲珑拘谨地笑了笑。

如今我们所在的空间内已经看不到任何景物，天地间一片苍茫，到处都飘着一缕缕的长条丝线，像是食物散发出来的热气，游荡在我们的周围，静寂而柔和。

我下意识朝着丝线最集中的地方走去，不出意外的话，这里是伊伊的心灵空间！

小丫头心灵空间如此庞大，也难怪有那样强大的力量。

丝线越来越密，慢慢结成了絮布，拨开这些千丝万缕，不知道过了多久，终于抵达了伊伊心灵的中央。那里有一棵超过六人合抱大小，茂盛的白色结晶状大树，上面的丝絮就跟柳条一样，纠缠在一起，向着四周延伸。

这棵大树形状的东西正是心灵的起源，我看到大树树干侧旁，很多略有色彩的丝絮绑着一个年轻的女子，朝我们所在的方位露出半边身体来，无数条斑斓的小蛇在雪白的大树上游走，撕咬着她。

隐约间，我听到小孩的哭声从大树另一侧传来，这声音我再熟悉不过，正是伊伊！

第四十四章　弄蛇

我飞快跨出几步，走向大树另一侧，却只见到一片空旷，没有半个人影，哭声依然不停从虚空传来，平添了几分凄切。被绑在心灵之树上的女子身体正在被小蛇撕咬，伤口裂了之后又飞速长好，“嘶嘶”的声音让人毛骨悚然，她面目扭曲，呼吸轻微，早昏过去。

“这小丫头心里可够狠。”玲珑在旁看了，忍不住感慨。

“心灵空间一般由自我掌控，伊伊拥有独立的意识，这‘虿刑’必然是由她施下的。”我回答道，“不过，也许只是潜意识下的行为，伊伊的梦境控制力那么弱，对心灵的控制也强不到哪去。”

“月魅！”玲珑抬头看着那心灵之树上的女子，忽然失声叫了出来。

“她是你族人？”我问。

“嗯。”玲珑点头，使劲地摇晃着她，“又不是中毒，怎么会昏迷的？”

玲珑拿起一把蛇牙短刀，对着那些捆绑着月魅的丝絮飞快切割起来，那丝絮十分脆弱，一刀就断了，但玲珑还不及割第二根，它又自行连接起来，任玲珑速度再快，也无济于事。

她把目标转向了蛇，哪知道攀附在月魅身上的蛇也同这些丝絮一样，根本无法杀死，斩成数节也能飞快复原，根本不把她当一回事。

“可恶！”玲珑忍不住愤怒，“真邪门！”

“这位姑娘，你这样割下去，怕是一万年也别想救出她来。”夜养从远处飘然而至，梦貘灵尊紧跟其后。

我忍不住皱起眉，因为在夜养手上，抱着掩面而泣的伊伊。

玲珑警惕地反握着蛇牙匕首，两头相柳大蟒早做出了攻击的姿势。

“你们在这里做什么？”玲珑语气显得略微生硬冰冷，并不友好，越来越多的势力到来，让她难免多了戒备的心理。

“我们过来，纯属偶然，也知道这是你们弄蛇家事，自然是不会插手的，这个小孩是梦境的主导，我这就交到你的手上。”夜养说道。

整个过程中，他看也没看我一眼，似乎当我不存在。而我，也不想跟他交谈。

并非完全因为在生他当时站在重黎那边的气，因为我已经知道他那么做的原因，毕竟当时他有自己的立场。

我只是不想继续和他有任何关系，因为迟早有一天，我会杀了他，夺走他的斩灵剑！

玲珑也不客气，指挥着那条三头大蟒将伊伊卷了过去。

夜养与梦貘灵尊对视一眼，向玲珑抱了抱拳，说道：“告辞了。”

只见梦貘灵尊双爪一扑，将梦境撕开一个裂缝，通过缝隙，可以看见外面城市灯火通明，夜养紧跟着跳了出去，没入黑暗，随后裂缝飞快合拢，恢复如初。

“乖，别哭了。”玲珑从大蟒身上将伊伊抱下，轻拍着她的肩膀，安慰着。

可伊伊哪停得住，肩膀耸动，双手捂着面孔，不时发出痛哭声。许是在她梦境之中的缘故，这哭声虚无缥缈，极不真实，却又极其震慑人心，就像她所有的悲伤难过都直接灌到了我内心里去一样，引人共鸣。

“不要哭了！”玲珑束手无策，劝了一会儿，没有丝毫成效。她有些气恼，直接恐吓起来：“再哭我让这些蛇吃了你。”这一吓，伊伊哭得更厉害了。玲珑一脸尴尬和无奈，丢又丢不开，不知如何是好。

“小孩可不能吓，要哄的。”我连忙过去将伊伊抱过来。

有了之前的感情基础，听到我的声音，伊伊很快止住了哭声，缓缓放下了掩面的手，半倚在我肩上，除了肩膀偶尔耸动之外，整个心灵空间中已经听不到哭声了。

玲珑目瞪口呆。

“伊伊，还认得她吗？”看着时机成熟，我把她抱到心灵之树前面，让她望着树上的女子。

“她……是……妈妈。”伊伊嘟着嘴说。在这样残忍的场景面前，她没有任何惧意，可见这一切出自她的本意，她早就见怪不怪了。

“她是妈妈呀。”我早就猜到了这一点，听到伊伊的回答，一点也不吃惊，“那，妈妈怎么会被绑在树上了？是伊伊绑的吗？”

“嗯。”伊伊点头，“别人的妈妈都会把宝宝打扮得漂漂亮亮的，会做好吃的东西，买好玩的玩具，可我妈妈不会……她把爸爸吓跑了，我恨她，她变蛇吓爸爸，我就用蛇咬她！”说到此处，她眼泪又涌了上来，“可是，我这么做不对，她是我妈妈，不管她做什么，我都该喜欢她，但这样的妈妈，我没办法喜欢……”

“伊伊，那你能不能把你妈妈唤醒啊？”玲珑急切地问道，“阿姨有很重要的事情要问她。”

“玲珑。”我轻叹道，“我知道这势必关系到你们族内的大事，但你要找的人并不在这里。”

“嗯？”玲珑不明白地望着我。

“伊伊是个好孩子，即使恨一个人，那也只是有恨人的念头，她不可能真正去伤害一个人的，你眼前的这个女子，只是她制造出来的梦境景象。”我搂着伊伊，笃定地说。

尽管目前我没办法确认，但我相信这是事实。

正说话间，心灵空间内一阵震荡，开始出现各种裂痕，一道道白色的光芒从裂缝中射进来，仿佛这一片天地都要坍塌下来，我的视线内瞬间一片空白，却不是刺眼的阳光，而只是白色的空无，与此同时，怀中一空，伊伊突然消失，看样子是她醒了。

我有所准备，被强制排斥出心灵空间之后，灵识回到了本体内。

玲珑站在我身侧，那两条巨蟒已经被收了起来。我学过“契”，知晓那两头大蟒是“契”，也就是通常所谓的通灵兽、召唤兽之类的东西，只在需要的时候才会用召唤咒配合咒印召唤到身边来使用。

我们没急着交谈，而是先窜出伊伊的房间，她醒了，别吓着她才好。

到了我的公寓中。

“玲珑，事已至此，我就开门见山了。伊伊是个很特别的存在，现在露了行迹，恐怕会引来难以想象的灾劫，若在你们族中，她还有可能保全，但现在，凭你一个人，根本无法保证她的安全。”我觉得有必要说明当前的处境，更需要明白事情的来由，“我想知道，你们的族人怎么会这么不小心，让伊伊进到了人世之中？”

到了这一刻，我已经明白了，伊伊绝对不是普通家庭的孩子，她最大的可能，是弄蛇一族的血脉，掌握着弄蛇一族的至高力量。

玲珑目光闪烁一下，不免苦笑。“说起来，也是些让人觉得可笑的事情，但为了弄蛇一族不至于断了传承，玲珑在此坦诚相告，还望你能助我一臂之力。”

“这是自然。”见她有意说明，我点头答应，自从两剑合成“时空”之后，我所做的事虽然像是胡碰乱撞，但冥冥之中却是暗合天意，绝不会是无用的事情。

“弄蛇一族乃是女娲一脉，每一任族主都拥有织梦与创世的能力。刚才伊伊心灵之树上的女子名为月魅，正是我们的族主，不过，如今却也算不得了……”玲珑轻叹道，“每一任族主的头衔和能力会通过生子而传承下去，一旦有了孩子，她们的能力将不复存在。月魅自小继承了她母亲的能力，被守护在族中最隐秘的地方。说是守护，还不如说是囚禁，她没有任何朋友，也无法和族中其他人一样正常生活，而且，在二十四岁的时候，她还要和一个从未谋面的族中男子成亲，目的是生下下一任族主。”

显然玲珑对月魅的遭遇极为同情，话语中为她抱不平。

“莫非你们族主一辈子都要这样过？”我对这样的事是闻所未闻，“这跟豢养的家禽有什么区别！”

“那倒也不至于。”玲珑听到这么直白的话，有些尴尬，“下一任族主出生之后，月魅就可以过上和我们一样的生活了。”

“看样子月魅对你们的生活并不满足，带着伊伊逃了出来。”我猜测道。

“正是。”玲珑肯定了我的猜测，“月魅在任族主期间，凭自己的能力创造了一条九头相柳做‘契’。这种上古灵兽早在族中绝迹，根本无人是她对手，她长驱直入，带走了伊伊。”

依我之前所见，伊伊不可能伤害月魅，所以才认定了心灵之树上的女子不会是真实的月魅，但现在看来，月魅与她是千辛万苦逃出来的，绝不可能舍得与她分开。

难道，伊伊真把自己的母亲囚禁了？

“现在我已找到伊伊，带她回族里才是正理，刚才我已将来由说清楚，还请你相助，送我俩回去。”玲珑倒也不客气了，事关紧急，若再出了乱子，后果不堪设想。

“这也是最好的结果。”我点头应道。

又商量了一阵，我们再次来到伊伊家。

“谁啊？等等，就来。”是一个年轻的女声。

我敲门的手猝然停顿，伊伊家的地址我是绝对没有弄错的，突然冒出一个年轻女人来是怎么回事？脑海中闪过一个念头，我连忙示意玲珑下楼回避。

门豁然打开，一个打扮休闲的年轻女子出现在门口。也许是见到陌生人的缘故，她皱了皱眉，问道：“你好，请问你找谁？”

我报以友善的微笑：“我是来找伊伊的。前天她病了，我不太放心，所以又来看看，您是？”

“是你啊，小伙子，进来坐啊。”伊伊的奶奶一眼望见我，走了过来，招呼我进门，然后又介绍开门的女子给我认识，“她是伊伊的妈妈，今天一大早刚到的！”

不介绍我也认出来了。

月魅。

看来我让玲珑暂时躲避是正确的，要是两人遇上，真不知道要怎么聊下去。

在她身上我感觉到跟玲珑一样的特殊气息，看样子是月魅本人没错了。

这样一来，也就说明伊伊内心深处藏着的那位，只是她自己想象出来的幻影罢了。

她无法摆脱被亲人抛弃的痛苦，从而把这种痛苦转换成恨意全部发泄给自己的母亲，但她又无法原谅自己这种恶毒的行为，便把这种毒蛇噬咬的痛苦也同分量地施加在了自己身上。夜夜噩梦，却都是自己造成的。

如今看到月魅，让我明白伊伊这样的折腾，到头来也只是折腾了自己。小孩子不会分辨善恶，只能凭自己的念头来行事，若不是小梦貘阴差阳错出现，恐怕伊伊早把自己给害死了。

之前伊伊说把自己母亲关起来了，想必自那之后，月魅也没有再在她的生活中出现，那现在月魅出现，事情恐怕就没那么简单了。

“请喝茶。”招待我坐下之后，月魅双手端了杯清茶给我。

“谢谢。”我微微欠身接过茶杯，不经意瞟了眼伊伊的房间，向月魅问道，“伊伊好点了吧？”

房门紧闭着，里面有一股似有似无的灵气，而且还有一种熟悉感，这让我感觉很不好。

“还在睡呢，听妈说昨晚又闹了。”月魅微微一叹，用手理了理两鬓的短发，她很年轻，不像是个有了女儿的人，“是个不省心的孩子。”

“小孩子一闹，折腾的可是大人，二老肯定是辛苦了。”我顺着话题说。

“怕是中了邪。”奶奶刚进里屋接了个电话，这时走了出来。

“什么邪不邪的，妈您别说笑话了，我这不是带了医生来吗？他刚检查了，说是问题不大，应该很快就能治好的。”月魅安慰道。

光从神情和语气来看，月魅只是普通得不能再普通的人类而已。只是那么多年不见，在这个点上出现，未免也太巧了。

“是啊，伊伊那么乖，不会有事的。”我附和着月魅的话。

不过心里仍是咯噔了下，带了医生过来，会是谁？那股熟悉的灵气，很有可能是从这所谓的医生身上散发出来的吧。

“对了，我能不能见伊伊一面？刚好老家有些事，我就要动身回去了……”我又说了句。

月魅有些为难，似乎准备拒绝，但伊伊的奶奶却没这层心思。“嗯，可以，我带你去见她。”

我连忙跟上，不给月魅反驳的机会。

房间内，伊伊睡得正香。在她旁边，有一个跟离若七八分相似的少女，看上去稍显憔悴。

正是离若用善念分化出来的分身，灵儿。

灵儿看见我后，抿了抿唇，却目光闪躲，没敢跟我说话。

我权当没看见她，走到伊伊身旁，揭开被子，看了看她的手臂，发现蛇咬的痕迹已经没有了，看来灵儿治好了她。

“唉，她妈妈这次回来是有备而来，说是治好伊伊，就要把她带走。我把伊伊带成这样，肯定是不好再留的。”奶奶跟在我身边，俯下身子，低声地跟我说。

原来如此。

“这事，我恐怕也帮不上什么忙。”我对奶奶歉意一笑，轻声说，“如果她妈妈硬要带走她的话，你们就让她带走吧，毕竟小孩还是跟妈妈最亲，血脉亲情你们都能理解。”

听到我这样的话，伊伊的奶奶默默点了点头，但我转身要走时，却听到她在背后发出一声压抑的长叹，似连精气神都叹了出来。

下了楼，到了门外，玲珑在那等候。

“是不是月魅回来了？”玲珑冲我问道。

“不单是她，还有很多灵，都是奔着伊伊来的。你要带走伊伊，恐怕很难了。”我苦笑道。

“不行，她一定要跟我回族里！”玲珑听完就要往楼上冲。

我伸手拦住她。“会有一场恶仗，赢的人才能带走伊伊，先别急，我站在你这边。”

事实上，下楼之时，我的灵知早将全城地毯式搜索了一遍。这一搜就出了问题，十几个灵动的点分据城中各个位置，似是布置了一个巨型的大阵。

以灵动来看，个体实力并不强，若是单独对上，倒不会有什么问题，问题在于它们数量太多，并且阵形厉害，从我觉察到它存在开始，它就反向向我施加了压力。这股力量狠而准，从四周压过来，仿佛滔天洪水要将我淹没，我没有召唤出斩灵剑，抵制起来稍有困难，额头布满了密密麻麻的细汗。

趁着周围无人，我瞬间唤出斩灵剑，一剑挥出，将周围的灵压劈开了一条巨大的裂缝。有了斩灵剑在手，阵法对我的压力顿减。

与此同时，我布下了一个巨大的流光结界，这个无须耗费多少灵力就能使用的屏蔽结界，是为了避免普通人类看见不该看见的事情。一般情况下，猎灵人在办事之前，都会主动布下这种结界。按现世的理解方法，就是短时间内创造一个平行世界，凡是有点妖力、法力或灵力的非普通人只要被施术者允许，就能轻松进入，方便解决各种争执。

一阵凉风呼啸而过，只见一道道虚弱的白色柔光卷在其中飞了过去，天空之中同时响起了一声炸雷，紧接着高空上就仿佛推翻了一座高砖墙般，轰隆隆的声音连绵不绝地传了下来。

玲珑到这时才反应过来，抬头看着天空，脸色大变。“不好了，天好像要裂开了。”

“是伊伊的梦境。”眼望着城市中心上空一个螺旋形的黑云团迅速转动，城市中卷起了羊角大风，各种颜色的雾状能量体朝着那团黑云聚集过去，高山、大川、悬空岛屿，渐渐露出了形状，随着各种能量体的融合，一点一点地清晰起来。

“是梦境变成了真实吗?”玲珑忍不住问道，“我们该怎么办?”

“这并不是真实，但也不完全是虚幻的梦境，真实和梦境就像镜子外与镜子里，现在我们所看到的，可以称为镜子的反射，是梦境在现实中的投影。”我解释说。

“你的意思，这是幻境?”玲珑在这方面并没有我专业。

“跟幻境有些许区别。幻境的话，真实的东西是完全被掩盖的，但你仔细看这个，就会发现城市的一切都还在。”我指了指远处看不太分明的城市水泥建筑，那下面，甚至还有很多人类在正常生活着，根本就没发觉空中突然出现的幻影。

“这是要干什么呢?”玲珑问道。

“战场!”我的声音略微有些颤抖。

这一场战斗，来得太快了。

离若，你看穿了我要阻止你的想法吗？所以要在我收集完所有斩灵剑，力量达到最强之前，结束一切?

在这个梦境的投射幻境里，人类是看不到我们的，这一点跟流光结界有异曲同工之妙。

天空再次响过几声炸雷，我心中却静谧无比。

我所在的这栋楼的正上方，黑云堆压尤为严重，电光闪现，照得附近时而惨白一片，附近的建筑在电光下映衬出极其狰狞的阴影，仿佛张牙舞爪的怪兽潜伏其间。

我抬起头，聚精会神地望向远处，只见月魅立在九头相柳之上，缓缓从虚无中显露出真实的样子。在她身后，无数灵气组成的浓雾聚拢起来，显而易见，那是离若的一些手下，或者说，离若就在其中。

“为了得到伊伊，她投靠了我们的死对头——灵!”玲珑沉着脸，“可耻的叛徒!”

一声呼喝之后，玲珑朝着幻境之中飞去。

我手持斩灵剑，紧跟着进入幻境。

赤红的月亮之下，两个巨大的身影十分醒目，那是一黑一白两条九头相柳，发生了惨烈的厮杀!

我远远地看着，在这种浓郁的灵气冲撞之下，根本无法参与进去，更何况，我还必须防着离若的后手，替玲珑压阵，不能率先行动。

当两人最终短暂分开，玲珑临风而立，脸上血迹斑斑，身下的九头相柳喘着粗气，吐着蛇信，其中两个蛇头无力地耷拉着，血肉模糊。

月魅这一边情况更差一些，九个蛇头彻底死掉了三个，另外六个蛇头正在做一件让人毛骨悚然的事情——自己把妨碍自己行动的巨大肢体活生生吃掉！寂静的夜空里，传来“咯吱咯吱”的咀嚼声。

第四十五章　残杀

我看到玲珑憎恨的神情，她仿佛要将对面的月魅吞下肚去。

很快，玲珑再次控制着相柳扑向月魅，两条相柳纠缠在一起，发动了无情的厮杀。没有多余的动作，只是一个蛇头迎上一个蛇头，血腥而猛烈地以命搏命。

失去了三个蛇头的月魅吃亏不少。面对族人，她未曾有丝毫手软；面对玲珑谩骂之语，她无动于衷。我知道她已经拿定主意，将自己的命卖给了离若，目的是带走伊伊，让她彻底跟弄蛇一族摆脱关系。

玲珑终究胜了月魅一筹，一番纠缠厮杀之后，月魅和她的黑色九头相柳倒在了玲珑面前。

玲珑没有放过她，控制着相柳要将月魅及其九头相柳分而食之。

但就在这时，灵气笼罩的迷雾之中射出几道有实质的灵气光芒！

“不好。”我脸色陡然一变，下意识地叫出两个字。

离若他们出手相助了！

我飞身上前，想要斩断这些灵光，然而，只来得及斩断一部分，还是有一些落到了月魅和她的黑色相柳身上！

“快走，玲珑！”我大声叫道。

玲珑也意识到不对劲，扭头就走。

躺在地上的黑色相柳密密麻麻的蛇鳞全部竖了起来，飞快地脱落，通体变得光亮无比，一条条黑色的线从头贯穿到尾，看得出那是一种涌动的力量。它们交相碰撞，让相柳的身体不断撕裂再重组，速度极快，不出一刻钟，原本庞大的相柳身躯缩小成两米不到。更令人吃惊的是，九个蛇头在天空中以相似的螺旋形牢牢缠绕在月魅的腰部以下，身体一抖，将她托了起来。

我差点停止呼吸。

人首蛇身，那是女娲的形象！

弄蛇一族乃女娲后裔不假，可他们早已是人的形体，现在弄出了个这样的形象，我不禁产生了相当不妙的预感。

然而，让我更加诧异的事情发生了，只见那人首上光芒散尽后，露出的竟是离若的面容！

“离若！”我不禁咬牙切齿，朝她飞扑过去。

离若的真身是蛇，想不到跟月魅这个弄蛇一族的前族长融合之后，竟然成了女娲！

而且很显然，月魅已经死了，离若占用了她的躯体。

我还没有靠近，离若右手一举，一团柔和的纯灵力汇聚到她的手心，夜空猛然一白，又瞬间转黑，那纯灵力光球朝玲珑射去，玲珑身下的九头相柳身躯顿时被冲开一个巨大的破洞，倒在地上，彻底死去。

女娲身兼创世与灭世的霸道力量，若要毁灭什么，只在反手之间。

我飞扑到玲珑身旁，使出灵术，将我和她包裹在其中。

霸道的气势横冲直撞而来，整个城市的躁动声响竟在一瞬间消失了，所有的物体都散发着死气，天上的太阳体积异常的大，没有丝毫温度，这样强大的气势，竟压住了一切生灵的生机。

而我此刻感受到的霸道气势，是离若本身就有的，此刻的她犹如一个历经百战的蛮荒武士，天生拥有一股难以掩盖的霸气。

我感到惶恐不安，手中的斩灵剑狂啸不止，在离若这种绝对的力量面前，我和我的剑，孱弱得可以忽略不计。

两道不同颜色的残影飞快地冲进来，在我身旁错落而立，夜养和重黎也来了。

“能赢吗？”夜养看着远处的离若，问了一句。

也不知道他是问谁，反正没人回答他。

“一起上吧！”重黎狂吼一声，手持火神之剑，率先冲了出去。

“贺，只能联手了。”夜养顿了顿，朝我说道。

我皱皱眉，手握斩灵剑冲出，但我的目标却不是离若。

时空裂断！

我使出了灵法，无数柔白色光芒从我手中的剑身上蔓延而出，仿佛一条条巨龙，朝夜养和重黎笼罩过去。

时空裂断本是禁术，但对现在的我来说，施展这一招毫无压力。

巨大的白球之中，夜养和重黎停住了。

“贺，你要做什么？”夜养转身，疑惑地问我。

“呵呵，这不是显而易见吗?”重黎咧嘴一笑，“不错，贺，你的心性转变很大啊，比以前的器量大多了。”

“离若的力量已达巅峰，不合剑没有任何胜算，所以，把你们两人的剑，全都交给我吧。”我冷着脸说。

夜养看着我，没有说话，眉头微微蹙起。

“为什么不是你把剑交给我呢!”重黎傲然地看着我。

“你应该知道，所有斩灵剑在合剑之后，威力巨大，执剑人必死无疑吧?”我说道。

“我当然知道，这又不是什么秘密。”重黎笑着说，“我早就活够了，所以，这次永久死亡的名额，交给我就好。”

看他那么决绝，我嗤笑一声:“还是手底下见真章吧。”

在第二次人灵大战时，倾城为对抗灵，舍身成蛊，收集了其他十柄猎灵剑，却唯独没杀前世的我。

现在我已经了解倾城不夺我斩灵剑的原因，并非如他自己所说，是因为我太弱提不起兴趣，而是“逝”的能力能让人唤起内心深处的东西，恰好在他的内心深处，有着不能再碰的回忆。

重黎身后浮现一尊巨大的祝融法相，浑身灵光四溢。

夜养却没有参与，或许，直到这一刻，他还在犹豫，不知道该站在哪一边吧。

我没理会他，紧握斩灵剑，身上泛起巨大灵光。

斩灵剑虽然杀戮过重，但合并成“时空”之剑后，剑上直白的杀意内敛了许多，威慑力显然不够，于是我施加了雪女的冰雪之气上去，顿时剑身气势大变，周围里许冰屑顿生，寒流涌动。

随着我心念变化，时空移动，我已到了重黎面前，斩灵剑轰然劈下。这一剑看似大开大阖，实则暗合天意，与栾率性简单的剑术精髓相互增益，不仅破绽极小，还将对方各种退路封死，敌方一不小心，就要付出血的代价。

既然可以一招制敌，我也不打算与他客气，即便无法达到预期效果，看看他的水准如何也是好的。

重黎举剑向前一挡，竟化解了我的杀招，一道赤红的火光更是从祝融身上射下，将我包裹其中。我变化成雪女模样，冰块四散开来，将火光尽数阻挡。

你来我往，交锋数十个回合，互有损伤，但我和他都已经融合了多柄猎灵剑，一时之间根本分不出胜负。

尽管我的恢复力惊人，可这种战斗下的灵力消耗同样惊人，如果光靠猎灵人的力量战斗，顶多勉强维持平衡。

即便最后我打败重黎，又哪有余力去对付夜养？

我觉得不能再隐藏实力了！

我在蜀山绝顶时，曾深入锁灵塔，锁灵塔越高，受到的锁灵塔封印的伤害就越小，所以居住越高的，往往是力量越强的。锁灵塔总共有十九层，我一路向上走，止步于十层。因为在那里，我得到了我的契兽。

我没有将它当作撒手锏的想法，但让它过早亮相绝非我的本意。

可看现在的情形，我却不得不放出它了。我亮出左手，用斩灵剑在手掌中央割开一道伤口，鲜血飞快流动，在手掌中显现出一个血色的图纹。

仓颉造字成功时，天地为之动容，鬼神惊号，世间万物无不痛哭流涕，只因他给了万物对应的文字，每一个文字里都含有该物的精魂。后来出现的法术、咒语、符箓等也都植根于文字之上。

“与吾血结契，与吾灵相通，听吾号令，为吾驱使！”我飞快地念动咒语，一个巨大的暗影从空中浮出，从四方吸取各种物质组成身体，一声长啸过后，它猛然扑下，最后四个字话音刚落，它已落在了我身旁。

四凶之饕餮，巨大磅礴的灵力四散开来。

瞬间重黎身上火光散尽，迎风而立，摇摇欲坠。

饕餮一登场，形势立刻改变，虽然我对它的力量有一定的期待，但力量这样悬殊也是我始料不及的。

事实上，将它从四凶封印中解放出来的是重黎。它在重黎的授意之下，让桀抢夺我的红莲，这才有了我跟桀的决裂。饕餮生为四凶之一，被封印了几千年，最终耐不住寂寞，偷偷地从重黎处逃了出来，找了一心报仇的易泽共享身体，到了人世中来，却不料露了行踪，被柳无言与解瞳抓住，送往蜀山绝顶，被关进了锁灵塔。因为要与锁灵塔里的其他灵争斗，作为容器的易泽身体无法支撑它的力量，支离破碎，便成了最初的模样。

重黎为寻找四凶奔波天下，看着饕餮被关进蜀山绝顶，倒也宽心，没急着再把它带在身边，却是便宜了我，被我杀入锁灵塔，强迫着饕餮做了“契”兽。

蜀山绝顶之上有各种法阵和结界，对猎灵人的力量是有极大增幅的，而凶兽之类的力量则相应递减。

所以，我在火力全开的情况下，借着法阵和结界的压制，每天去虐饕餮，把当初它在酒楼欺负我的那份全都还了回去。原本饕餮还挺有骨气，可实在架不住我在蜀山绝顶锁灵塔，占据地利之便，把他欺负得苦不堪言，最终不得不服输，跟我签订了不平等条约，成了我的契兽。

饕餮能成为四凶之一，自有其过人之处，因其霸道与绝强的实力，作为灵王蚩尤的四大下属，连被九灵围攻也是不落下风的，而且这还是发生在四凶各怀心思，各自为战，九灵同心协力，以明光授予的灵兽战阵来对抗的基础上的，可见四凶实力如何。论单打独斗，四凶罕有对手。

不过，四凶被封印多年，力量被消磨了不少。上次遇到的穷奇，力量可能只有鼎盛时期的百分之一。饕餮拥有吞噬天下万物的本事，在锁灵塔中也不知道吃了多少小灵，所以实力恢复十分迅速，而且，作为契兽，平时也是需要地方安身的，我自然是把它照例放在锁灵塔，这样一来，它的实力与日俱增。

重黎胸膛起伏，黝黑的脸庞被饕餮纵横的灵气划出一道道血痕，他紧紧握住斩灵剑，身后祝融巨相如同缥缈的云雾，晃荡不休。

“你这个卑鄙无耻的小剑灵！当年明光见了本大爷也没动这样的歪心思！你可得随时小心，别让本大爷在你心神薄弱的时候，挣脱了血契，让你吃不了兜着走！”饕餮在我左侧摇头晃脑，低声咆哮着。

“希望有天如你所愿！”我轻轻一笑，以我加上他的力量，还能被人打得心神薄弱，那我也只好认栽。

“这种小家伙都得本大爷出马，那一天恐怕很早就会到来！”饕餮愤愤不平地逞口舌之快，木已成舟，如今的他根本没办法反抗我。即使他消极怠工，我也可以完全控制他的行动，但要是我控制得不熟练，吃亏的可是他自己。饕餮自然明白这个道理，尽管心里不服，也只能主动出击。

“嘿……”重黎冷笑一声，被饕餮叫成小家伙，心中难免不爽，却又是现实，“贺，我倒没想过，便宜了你。”

“如果你害怕的话，可以自刎。”我纵身跃上饕餮的额头，语气冰冷。对于一心要置于死地的目标，越是挑拨和激化矛盾，越不会有不忍情绪。

饕餮是在当今人世中都有不小知名度的灵，但其形象早被传得五花八门，唯一共同点，就是它有一张大嘴。其实这也是谬传，很能吃东西的并不一定嘴就大。饕餮嘴如狼，獠牙外露，双眼如狮，所以少了狼的狡黠，多了几分威猛与霸气。它体型庞大犹如一座大山，毛发犹如钢刺长矛，发出阵阵寒光。

“既然如此，我也不必客气了。”重黎深吸一口气，扬了扬手中的斩灵剑，对着手掌一划，念起了跟我同样的话语。

一头凶兽从天而降。

穷奇！

“蠢货！本大爷要杀了你！”我还没有多大反应，倒是饕餮暴躁地吼起来，朝穷奇扑了过去。

它们之间有什么纠葛，我完全不清楚，但看穷奇的反应同样剧烈，我想大概有很长的一段故事吧。

两头凶兽拼在一起，我和重黎又回到了原先的力量平衡状态，这不免让我感到尴尬，按道理，我不该忘了重黎当初从我手里抢走了穷奇。

就在这时，夜养忽然动了，一剑斩向重黎！

速度之快，如同闪电划破长空。

这不是他专属斩灵剑的能力，也就是说，他也杀了其他的猎灵人后夺了剑。

或许，当世觉醒的所有猎灵人里，根本就只剩下在场的我们三人了吧。

重黎被一剑砍中，却没有立即死去。他惊诧地看着夜养，不明白夜养为什么会这么做。

"上次你跟贺的战斗，我站在你这边，这次，算我向贺道歉吧。"夜养淡漠地说道。

重黎苦笑："你可真是……"

"对不起了，重黎，我知道你心怀绝望，早想彻底从轮回里脱身，但，这一次就算了吧。上次因为觉得你成为蛊的愿望比较迫切，所以我站在了你这边，但现在看来，贺似乎更加需要这次成为蛊的机会……"夜养一伸手，将重黎手中的斩灵剑夺了过去。

重黎长叹一声，从空中坠落，尚未落到地面，就被夜养手中他的斩灵剑甩出的一道火光裹住，瞬间焚烧殆尽。

主人一死，穷奇也瞬间消失，临消失之前，它还在那大放厥词，让饕餮等着，一定要再找饕餮大打一场。

没能跟穷奇斗个你死我活，饕餮也大为不满，冲着夜养咆哮。

"所以，你要把所有斩灵剑交给我吗？"我看着夜养说。

夜养抬起，目光不知望向哪里，随后才幽幽开口说："别人以命相搏，都是为了活下去，唯独我们猎灵人杀来杀去，夺得最强的力量后，是为了彻底从轮回中解脱，消失在这天地间。贺，我现在已经有了八柄斩灵剑的力量，你觉得，我会把彻底终结的机会让给你吗？"

"你也有了求死之心么？"我说道。

夜养摇摇头："这只是次要的原因，主要的原因，是我怕你对离若下不了手，所以，把你的斩灵剑，交给我吧。"

提到离若，我心中不免一痛，我所做的一切，从轮回中脱身，的确是次要的，最主要的是想阻止她，可最后时刻，我能对她下手吗？

"不，我的事情，该由我来了结！"我冲向夜养。

夜养将自己的斩灵剑和重黎的斩灵剑合在一起，两柄斩灵剑化为一体。

几乎在同一时刻，一片片漆黑的剑刃从夜养背部疯狂长出。

剑刃的宽度跟普通剑差不多，不到五厘米，但每一片都有四五米长，这使得夜养看上去像是长出了一对宽大的翅膀。

翅膀之上，阵阵黑气弥散开来，充满了邪恶。

所有飘散在空中的白色灵气全都朝他涌去，就像扑向火焰的蛾，在夜养周身的黑气中湮灭。

“有趣的力量。”饕餮发出一声低吼，周身散发的灵力与夜养身体上散发出来的湮灭之力碰撞着，互有损耗。

“趁着他还没有完全掌握斩灵剑的力量，解决他。”我斩灵剑一指，狂啸一声。

斩灵剑和斩灵剑的融合，需要时间，力量很难掌控，一不小心甚至会被反噬，我之前融合“逝”和“天机”都用了很长时间，更不用说夜养一次融合两柄力量更加强大的斩灵剑。他这么做，十分冒险，但为了能赢过我，他又不得不这么做。

“乘人之危吗？我喜欢！”饕餮也动了，它身上的灵力可是好不容易得来的，被这样白白消耗掉十分不值得。

夜养的双眼空洞，眼球不知道去了哪里，只剩下漆黑一片。

他步子蹒跚，机械地躲避着饕餮的攻击，虽然看起来毫无章法、凌乱不堪，我却知道能在饕餮攻击下保持毫发无损究竟需要何等实力。而且，他并不只是躲闪，那背后长长的剑刃也没闲着，不时反击我们。

此时夜养的身体就像一只同时操控着无数柄斩灵剑的手，舞出一道道剑光。

每一柄斩灵剑都有无数的记忆在里面，一次性涌入夜养的脑海，他根本无法承受。

我焦急万分，夜养这个样子，显然已经进入了迷失阶段，意识即将崩溃，到时他完全成为杀戮机器，那麻烦可就大了。

“夜养，你给我醒醒！”我狂吼道，但除此之外，我并没有其他办法来让他恢复神志。

我的叫喊起到了一点作用，夜养的动作稍有迟疑。

饕餮见此良机，哪愿意错过，身上如钢矛一般的毛发瞬间射出了上百支，这些钢矛看似寒光逼人，实际上却是灵力所化，也不知道还掺杂了什么在里面，具有极大的破坏力，夜养转眼就中了几支。

待他好不容易单手支地，犹如野兽般半跪着站定，我双手紧握斩灵剑剑柄，从高空飞扑而下。

漆黑的剑刃在一刹那完全脱离了夜养的身体，朝我极速飞来，在断去数十根之后，它们架住了我的剑势。我余势已尽，向上弹起，重新回到饕餮的额头上。

那些剑刃没有追击，而是均匀分开，浮在夜养身体周围，死死守住我所在的方位。

夜养勉强站直身体，漆黑的长发之上血迹斑斑，不时咳出一口口鲜血，摇摇欲坠。

“我高估了自己。”夜养紧紧地握着拳头，声音颤抖，“这份力量根本没人可以控制！”

“我能理解你想要帮我的心情，可是，你也要相信我，离若跟我的纠葛，我不能假手他人！”事到如今，我们二人已经有了共同的敌人，就是那份不可控的斩灵剑的霸道力量。

“听说‘逝’有可以看到过去的能力，你能为我施术一次吗？”夜养吐着血，看着我说。

“我的‘逝’只能重现你过往记忆中最为深刻的一幕，是在敌人心神最薄弱，用来让他陷入幻境之中无法自拔，以便我发动致命一击时才使用的。”我直言不讳。

一个人在内心深处总有记忆最为深刻的一幕，也许随着时间的推移，它会被岁月的落尘覆盖，又或许它被人无意中用别的事情遮盖住，暂时忘在角落里，但它一直存在的事实是无法改变的，它不会消失，也不会毁灭。

它是所有有记忆之人的弱点，致命的弱点。

“只有这样，你才能打败我，趁着我还有一点神志，能够控制住这些剑刃，来吧。”夜养怅然笑道。

我知道夜养正视了自己的实力，他太冒险，以至于差点被斩灵剑反噬，但他坚持不了多久了，如果神志彻底崩溃，他将彻底成为斩灵剑的傀儡。

我不再犹豫，手中长剑挽出一个剑花，光芒瞬间大盛。“夜养，谢谢你为我所做的一切，‘镜’！”

我来到夜养身前，长剑刺入他的身体，那些飞在他周围的剑刃果然没有动，夜养将它们暂时控制住了。

第四十六章　结局

周围的空间瞬间变幻，满山都是青翠的竹林。远处，可以看见半掩在竹林之中的黑色屋檐，一道闪亮水珠飞溅的瀑布下，一架小巧的水车吱呀转动着，水车附近，一个梳着小辫、穿着花布衣服的小女孩坐在溪旁的岩石上，晃动着赤脚逗着脚旁的锦鲤，不时被痒得呵呵笑。

在她身后不远处，是一架横着的竹桥。竹桥首尾相连，像一条线画在山水画中，一直延伸到远处。一个白衣少年与此刻的夜养重合着站在一起，不消说，这就是不知多少年前的夜养了。

看着小女孩一个人玩得正快乐的背影，夜养的表情也跟着温柔了下来，疼惜不已。

突然，小女孩身子一晃，扑通掉入水中。那瀑布之下的深潭深不可测，石头布满青苔，这一滑落，小女孩再难爬起。她伸出小手连连抓摸，都未能攀住触手可及的石头。此时，她已经看见了夜养，挥手向他呼救，冰冷的潭水涌入她的口中，她只能喊出含糊不清的声音："哥哥，哥哥，妹妹在这……"

少年夜养过去帮忙，却看到那深潭之中有黑色的东西朝着妹妹游过来，少年夜养吓得呆住，转身就跑。

那黑色的东西，是灵！

在他身后，灵将小女孩拖入深潭，没入水中消失不见。

清风拂过竹林，发出沙沙的响声，水车吱呀地转动，瀑布从高空落下，撞击着下方的深潭，发出轰响，溅起雪白的水珠。瀑布底部，一道彩虹在阳光中显现。在这唯美的景色之中，漂浮着一件美丽的衣裳。幻境慢慢散去，夜养的笑容却没有淡化，就像看到自己的妹妹依然活在自己眼前，欢快地晃动着小脚丫一样。

"我其实跟重黎一样，也无比厌恶自己，想要毁灭这种悲哀的轮回！"夜养笑中带泪，"可是，造就这种悲哀的，是那些可耻的灵。这世上，如果没有灵，该多好……贺，你成了蛊,能做到这一点吗?”

直到最后,他还在对我心怀期盼,然而,让我杀了离若?

我能做到吗?

饕餮低吼一声,提醒我出手。不用说,这时的夜养已经到了最脆弱的一刻,他的意识停留在过去最痛苦的时光里,全然忘我了。

我心念一动,剑上光芒大盛。

夜养身周飘浮的剑刃陡然朝我刺来,但早已对我没有了任何用处,下一秒,他在我的斩灵剑下化作飞灰。

所有的剑刃飞到一处,汇合在一起,化成了一柄剑。

我伸出手,剑落在我手中。

一股狂暴的意念随即涌入我的脑海,根本没给我任何准备的机会。

所有的斩灵剑,全在我手中,这种力量的汇合,超过了夜养刚才所承受的数倍。

饕餮罕见地露出恐慌神色,直接消失不见。足见它对我手中这把斩灵剑是多么忌惮!

在它以前被抓住封印起来的时候,自然也是在这把斩灵剑下吃过大亏的!所以它见了,没理由不怕!然而,我还必须将它们全部合在一起,才有战胜离若的可能。

左右手当即并拢!

我感到脑海中传来嗡的一声,世界先是陷入黑暗,但慢慢地又变作血红,无处不在的灵气在天地间翻滚,我心念所致,那些灵气便朝着我蜂拥而来。

时空裂断被我解除。

我全身覆盖着一副血红战甲,数米长的黑发如同斗篷一般拖曳在我身后,我右手持一柄不停变换着色彩的长剑,出现在离若面前。

“离若……”我叫出了她的名字。

依旧是女娲形象的离若与我对视着,随即她不发一言,凝出一个纯灵力的光球,朝我迸射过来。

这足以毁灭相柳的东西,我连躲的欲望也没有,让它直接砸在我身上。

血红战甲上扩散出圈圈涟漪,好似湖面被投进了一颗石子。

离若见到这一幕,一向处变不惊的脸庞也不免变了颜色。

“离若!”我飞身而起,拔剑朝她斩去,因为我知道,虽然力量足够强横,但留给我的时间并不多。

这是我留在这世上的最后一点时间了,并不能做太多的事情,而我此刻也只有一个想法。

那就是将斩灵剑砍向离若。

离若自知不是对手，转身要逃。

可已经登上猎灵人巅峰的我，早算准了她逃离的打算，以及逃出的方位。

一剑挥砍，让一切结束吧！

一个少女突然出现在离若身前，挡住了我这一剑。我定睛一看，竟是灵儿，离若至善之念所化的分身。

"贺……其实，离若姐，只分化了力量给我，跟你在一起时的记忆，她都保留着……"灵儿的身躯被剑身周围的灵气直接绞碎，唯独剩下一句话，仿佛从遥远的天边传来。

不少大灵出现，它们都是离若召集起来的灵，纷纷飞蛾扑火似的朝我涌来，想要给离若留下一线生机。

"不要上去！"离若焦急大喊。

我的剑再次动了，所有的大灵都在灵气之下粉碎，灰飞烟灭。

这就是最强斩灵剑的威力，世上再无可以阻挡它的力量，仿佛能将一切都杀戮干净。

杀……杀……我的脑海里，无数声音在怒吼，喊的都是同一个字，那就是杀，吵得我头疼欲裂。

我也开始不由自主地咆哮起来！

杀啊！

"离若，待在我身边不开心吗？为什么要离开我？"我压制住脑海里嗡嗡的吼声，站在离若面前，问她。

离若看着我，反问道："灵和猎灵人，能在一起吗？"

"为什么不能！"我怒声道，"为什么不能！我们在一起六年，不是好好的吗？"

"呵呵。"离若忽然笑了，"现在你脑海中充斥了无数的记忆，你知道哪些是幻觉哪些才是真实吗？你再仔细回忆下，我们在一起，真的有六年吗？"

我心里咯噔一下，难道，我跟离若在一起的所有过往，都是我自己编造的吗？就像雪女的存在那样？

我努力地回忆着，可是，脑海里有无数的记忆，属于我的，不属于我的，都在里面，我根本无法在这浩瀚如海的记忆之中找到跟离若相关的那部分。

刹那间，除了离若这个名字，我似乎再没了有关她的任何回忆，或许有，但它们藏在无数深刻记忆碎片的缝隙之中，让我无法找寻。

我看着眼前的离若，忽然间觉得她的面孔陌生起来。

“你想不起来了。”离若说，“你在将离若带回家之后不到一年，红莲失控，就将她杀了。”

我呆呆地看着她，不愿意相信那是真的。“不可能……你到了现在，还在骗我！”

“你杀了离若之后，很懊悔，随后‘逝’就觉醒了，你用它的能力，还原了她，也就是我，随后，却又让我离开，召集同类，寻求强大的力量，就是为了今天。”离若没理会我的话，继续说道。

我忽然惶恐起来，因为离若说话的口吻跟被我用能力创造的雪女一样。“为了觉醒所有的斩灵剑，然后把灵都杀光？完成我身为猎灵人的使命吗？”

“我不知道，你自己都不清楚的话，我又怎么知道呢？我只是听从你潜意识命令行事的傀儡而已。”离若说。

头越来越疼，血色充满了我的眼眸，离若的样子逐渐被血色所覆盖。

不论离若所说的是真是假，一切都快要结束了，斩灵剑的力量正在疯狂吞噬我的最后一点神志，我快死了。

不过，我很不甘心！

这不是我拼尽全力获得猎灵人的巅峰力量所要得到的结果！因为这样的消亡毫无意义！

直到这一刻，我还是无法对离若下杀手，其实我从来没有想过要杀死她，只是想抹灭她的力量，让她放弃野心，去过以前的普通生活。

我忽然明白了，我是爱离若的，但斩灵剑不爱她，所以她被失控的红莲所杀。

既然如此，那我获取猎灵人巅峰力量的目的，并不是要完成猎灵人的使命，去阻止离若为祸人间，而是要完成我自己的心愿！

是啊，这就对了。

我终于知道了，为什么我要追求变强，因为只有集齐所有斩灵剑，才能让我做到想要做的事情！

最后一点神志之下，我将斩灵剑的力量，全部用出。

灵光飞散，时光倒流！

世界刹那陷入恍若无限沉沦般的黑寂，所有的记忆画面朝着一个深邃的黑洞里钻了进去。

不知道多久以后，我睁开了眼睛。

一张少女的面庞，距离我不到十厘米，与我对视着。

我的手鬼使神差地托住了她的下巴，她没有反抗，只是望着我，也不说话。

“离若,我们又回到起点了。”我微笑着对她说。

离若懵懂地看着我,完全不知道我在说什么。